मैं सफ़दर को बहुत चाहता था।
वैसे, भला कौन उसे नहीं चाहता था?
हम सभी उसकी दिलकश शख़्सियत, उसके सहज ठहाके,
उसकी तमीज़ और तहज़ीब, सहज अभिव्यक्ति, स्पष्ट नज़रिए
और कोमल मानवीय मूल्यों के क़ायल थे।

हबीब तनवीर

‘*हल्ला बोल* को आप बीच में नहीं छोड़ सकते। ये एक तेज़-रफ़्तार, सजीव शब्द चित्रों, घनी सरगर्मियों से भरी किताब है। इसे पढ़कर आपका दिल बैठने लगता है, मगर यह फ़िक्शन नहीं है। यह एक हरदिल अज़ीज़ इंसान की कहानी है – एक ऐसा कॉमरेड जिसके लिए इंसानियत पार्टी से बड़ी थी; एक कलाकार, शायर, लेखक, अदाकार, कार्यकर्ता; एक ऐसा इंसान जो अपनी उपलब्धियों के बोझ से भी कभी राह से नहीं डिगा। बेशुमार प्रतिभाओं वाला ऐसा व्यक्ति जिसे तमाम दुनिया उम्मीद भरी नज़रों से देखकर ये कह उठती : “लो, ये रहा नए दौर का इंसान!” और सुधन्वा के रूप में उसे एक बेहतरीन जीवनीकार मिल गया है।’

आनंद पटवर्धन *फ़िल्मकार*

‘एक नगीना। *हल्ला बोल* रंगमंच के बारे में है, संस्कृति, राजनीति और उम्मीद के बारे में है, और दिल को हिला देने वाली, आज के लिए बेहद ज़रूरी किताब है। अगर ये आपकी लाइब्रेरी में नहीं है तो समझिए कि वो लाइब्रेरी अधूरी है।’

संजना कपूर *रंगकर्मी*

‘आपस में कस कर गुंथे कई नैरेटिव्ज़ को लेकर *हल्ला बोल* तेज़ी से आगे बढ़ती है। ये सफ़दर हाशमी का एक चमकदार शब्दचित्र है। यह किताब सांस्कृतिक व्यवहार और मज़दूर वर्गीय राजनीति के अंतर्संबंधों के बारे में है, और उन अंतर्संबंधों, उन चौराहों पर जी गई ज़िंदगियों का रोज़नामचा है। अलग-अलग नाटकों के बनने-बदलने के विवरणों, नुक्कड़ों-चौराहों-पार्कों में उनके मंचन के ब्यौरों से सजी इस किताब का कोमल, बहते पानी जैसा गद्य भी एक सुघड़ नाटक जैसा लगता है। एक दिलकश किताब!’

एजाज़ अहमद *मार्क्सवादी चिंतक*

‘*हल्ला बोल* सफ़दर हाशमी की छोटी मगर बेहद भरपूर ज़िंदगी का शानदार ब्यौरा देती है। इसको पढ़कर हमें पता चलता है कि शायरी और नाटक, हास्य और कोमलता, साहस और उम्मीद से भरे-पूरे राजनीतिक प्रतिरोध को जीने का क्या मतलब होता है। और सफ़दर हाशमी इस मंच पर कहीं अकेला दिखाई नहीं देता। शायद यही उसकी ज़िंदगी – और इस किताब – की कामयाबी है। *हल्ला बोल* हमें बिल्कुल पास से ये दिखाती है कि किस तरह एक मामूली आदमी की ज़िंदगी और मौत बहुत सारे लोगों की कहानियों में गुंथी होती है। वे सब मिलकर विचारधारा और ज़िंदगी के संघर्ष को आपस में जोड़ने वाली एक गहरी कड़ी को सामने लाती हैं। यह एक ऐसी किताब है जिसकी आज हमें दरकार है, ताकि हम प्रतिरोध की अपनी समझ को फिर से तराश सकें और उसे अमल में लाने की ताक़त जुटा सकें।’

गीता हरिहरन *लेखिका*

‘सफ़दर के बाद बड़ी हुई एक पूरी पीढ़ी के लिए *हल्ला बोल* एक खज़ाना है। ऐसी कहानियों और ब्यौरों से भरा खज़ाना जो उस दिलचस्प आदमी के जुनून, हास्य, और इंसानियत को एक अंतरंग पोर्ट्रेट के तौर पर आपके सामने नुमायां करती हैं। यह किताब किसी एक व्यक्ति या किसी एक दुखद घटना के बारे में नहीं है। सुधन्वा जन नाट्य मंच के लंबे सफ़र का बयान करते हैं और चलते-चलते ऐसी असंख्य आवाज़ों, और जिस्मों, और कल्पनाओं, और अनगिनत वाक़यों से रूबरू कराते जाते हैं जो करुणा और एकजुटता की मिसालें हैं। मेरी निगाह में ये किताब मोहब्बत के बारे में है।’

नील चौधरी *नाटककार एवं निर्देशक*

‘क़िस्सागोई के फ़न और चीज़ों को औरों की नज़र से देखने की शानदार क्षमता की बदौलत सुधन्वा देशपांडे सफ़दर हाश्मी के समृद्ध और बेहद प्रतिबद्ध जीवन पर एक गहरी रोशनी डालते हैं। यह किताब हमारे देश में भारी उथल-पुथल और बदलावों के दौर की कहानी भी है। यह उन बहुत सारे विचारों की कहानी है जिनसे सफ़दर और उनके साथी जूझ रहे थे और जिनसे हमारा वर्तमान बना है। बेशक, सफ़दर का जाना निहायत बेतुका और दुखद क्षण था मगर कुल मिलाकर वह एक ऐसे आदर्शवादी के रूप में सामने आता है जो राजनीतिक उद्देश्यों के लिए कलात्मक प्राथमिकताओं को छोड़ने के लिए तैयार नहीं है, जो आत्मसंदेह के साथ जूझना जानता है, और देश की एक महत्वपूर्ण रंगमंच कंपनी की बागडोर संभाले हुए दिलेरी के साथ आगे बढ़ रहा है। *हल्ला बोल* भारत के समकालीन रंगमंच पर मौजूद थोड़े-से साहित्य में एक बहुत बेशकीमती योगदान है।’

सुनील शानबाग *रंग निर्देशक*

‘जिसे हम अपना वर्तमान कहते हैं, इतिहास के उस पन्ने पर एक भयानक बवंडर उठ रहा है। *हल्ला बोल* में सुधन्वा देशपांडे ने उस नन्ही-सी, उस लरज़ती हुई लौ के चारों तरफ अपने हाथों का घेरा बनाया है जिसे हम सफ़दर हाश्मी के नाम से जानते हैं। यह, सफ़दर हाश्मी, और जिसका वो शरीक़ था, उस आंदोलन की उपलब्धि है कि *हल्ला बोल* सिर्फ एक व्यक्ति को नहीं बल्कि उस मिज़ाज, उस सामूहिक विचारधारा की एक प्रशस्ति के रूप में सामने आती है जो मानती है कि संघर्षरत समुदायों से जुड़े कलाकारों में ही हमारी मुक्ति की संभावनाएं छिपी हैं।’

अमिताव कुमार *लेखक*

सुधन्वा देशपांडे

जन नाट्य मंच, दिल्ली के साथ एक ऐक्टर,
डायरेक्टर और ऑर्गेनाइज़र के तौर पर सक्रिय हैं।
वह लेफ़्टवर्ड बुक्स के मैनेजिंग एडिटर हैं।
अपनी ज़्यादातर आवाजाही के लिए साइकिल पर चलने वाले
सुधन्वा की यह पहली किताब है।

हल्ला बोल

हल्ला बोल

सफ़दर हाश्मी की मौत और ज़िंदगी

सुधन्वा देशपांडे

अनुवाद योगेंद्र दत्त

वाम

पहला संस्करण, जनवरी 2020

वाम प्रकाशन
2254/2 ए, शादी खामपुर
न्यू रंजीत नगर
नई दिल्ली 110008
वाम प्रकाशन और लेफ़्टवर्ड बुक्स नया रास्ता पब्लिशर्स प्रा. लि. की प्रकाशन शाखाएं हैं।

leftword.com

इस किताब में इस्तेमाल की गईं तस्वीरें जन नाट्य मंच के आर्काइव से साभार ली गई हैं। जहां जानकारी हासिल है, वहां फ़ोटोग्राफ़र का नाम दिया गया है। अगर कोई कमी रह जाती है तो प्रकाशक की तरफ़ से इसमें सुधार किया जाएगा।

इस किताब की रॉयल्टी जन नाट्य मंच को जाएगी।

ISBN 978-81-943579-4-0

आवरण : सफ़दर और अन्य कलाकार, *काला क़ानून*, 1981। फ़ोटो, रथिन दास।
पेज 1 : *मशीन* में सफ़दर, मलयश्री, ललित, 1 मई 1988। फ़ोटो, यूजेन वैन एरवेन।
पेज 2 : *आया चुनाव* में सफ़दर, हरियाणा, 1980। फ़ोटो , सुरेंद्र राजन।
पेज 243 : सुहेल और सफ़दर, 1980 के दशक के उत्तरार्ध में।
पेज 274 : *हल्ला बोल*, 4 जनवरी 1989, झंडापुर, साहिबाबाद।

Halla Bol: Safdar Hashmi ki Maut aur Zindagi
By Sudhanva Deshpande
Translated by Yogender Dutt

कॉमरेड आई और प्रोफ़ेसर बाबा के लिए

विषय सूची

भाग एक

भाग दो

विषय सूची

भाग तीन

विषय सूची

उन्नीस सौ अठासी की आख़िरी शाम। कुछ ही घंटों में नया साल शुरू होने जा रहा था। हम घनी हरियाली के बीच एक ऊंचे टीले पर नए साल की महफ़िल सजाए बैठे थे। कड़ाके का जाड़ा पड़ रहा था मगर उसकी फ़िक्र भला कौन करता। हंसते-गाते, पीते, हम चाहते थे कि ये दिलकश रात कभी ख़त्म न हो।

उन्नीस सौ नवासी की पहली शाम। हम झुंड बनाए बैठे थे। एक सरकारी अस्पताल के सूने गलियारे में। ना गुस्सा महसूस होता था, ना शोक। अस्पताल की दीवारें बर्फ़ की सिल्लियां लगती थीं। हम सुन्न बैठे थे, सुबह के ख़ौफ़ में।

समय रुका हुआ था। घड़ी का एक कांटा लोहे का सरिया था, दूसरा बंदूक की नली।

मेरा दिल पत्थर था। उस जनवरी के पहले तीन दिन मैं एक मूर्छा में रहा। फिर भी मुझे उन दिनों का एक-एक लम्हा उसी तरह याद है जैसे दर्जनों बार देखी गई फ़िल्म। बिल्कुल साफ़, वक़्त की धूल से आज़ाद। रंग सच्चे, आवाज़ करारी। मैं अपनी यादों के वीडियो प्लेयर पर उसे स्लो मोशन में देख सकता हूं। मगर यह फ़िल्म है, ज़िंदगी नहीं।

मैं कुछ हक़ीक़त में लौटा चौथे दिन। जब हम वापस झंडापुर गए। उस दिन हमने झंडापुर में फिर से *हल्ला बोल* का मंचन किया। वही नाटक जो तीन दिन पहले हम पर हुए हमले के कारण अधूरा छूट गया था। उसी जगह, जहां हम पर हमला हुआ था। उस हमले ने दो लोगों की जान ली थी। एक कलाकार के सिर पर लाठियों से बेरहम वार किए गए थे। एक मज़दूर की जवान ज़िंदगी बेवजह एक वहशी बंदूक की गोली ने बुझा दी थी।

थियेटर एक सपना है; थियेटर हक़ीक़त है। यह क्षणिक है, हर पल बदलता है, अनित्य है; धुंए का एक छल्ला है। और यह स्पर्शनीय है, सजीव है, इसमें ख़ुशबू है, खटास है; गेहूं की बाली है।

कभी-कभी उसमें ख़ून की बू भी आती है। ख़ून, जो जाड़ों के इतवार की एक चटक सुबह एक मज़दूर बस्ती के खड़ंजे पर फैल जाता है।

यह मौत की कहानी नहीं है। यह ज़िंदगी की कहानी है।

एक सादालौह इंसान की दमकती, हसीन ज़िंदगी की कहानी, जितनी साधारण, उतनी ही असाधारण। सफ़दर हाश्मी की कहानी।

भाग एक

1 जनवरी 1989. **मद्रास होटल**

क़ायदे से उस दिन मुझे वहां होना ही नहीं था।

बीती गर्मियों में मैंने अपनी ग्रेजुएशन पूरी की थी और दिल्ली विश्वविद्यालय के इतिहास विभाग में एम.ए. में दाख़िला लिया था। बी.ए. में मैंने बहुत मामूली फ़ासले से फ़र्स्ट डिवीजन गंवा दी थी, लेकिन अब मैंने ठान लिया था कि एम.ए. में ऐसा नहीं होने दूंगा। इसीलिए मैंने सफ़दर को जता दिया था कि जनवरी से मैं जन नाट्य मंच (जनम) में नहीं आऊंगा। लिहाज़ा, पहली जनवरी को होने वाले उस शो में मेरे होने की कोई वजह नहीं थी। मगर न्यू इयर्स ईव पर हम यारों की जो महफ़िल जमी तो वक़्त का पता ही नहीं चला। जोगी, ब्रिजेंदर, ललित, उसके कुछ दोस्त और मैं, जवाहरलाल नेहरू विश्वविद्यालय (जेएनयू) के मशहूर पार्थसारथी रॉक पर बैठकर खाते-पीते रात भर नए साल का जश्न मनाते रहे। मेरे पिता जेएनयू में अध्यापक थे और कैंपस में ही मेरा घर था। तब जेएनयू कैंपस की शक़्ल-सूरत क़िले जैसी नहीं थी, जो अब बन गई है। उस ज़माने में आप बेधड़क, किसी भी समय, पूरे कैंपस में मज़े से घूम-फिर सकते थे।

सुबह ये सब शो के लिए जाने वाले थे। इतवार का दिन था। न माँ उस दिन शहर में थी, न दीदी। फिर तो ये हो ही नहीं सकता था कि मैं घर पर रुक जाता। सो मैं भी निकल पड़ा उनके साथ।

मद्रास होटल के बस स्टॉप पर हम सभी जमा हुए। सफ़दर, माला और कुछ और साथी पहले से वहां मौजूद थे।

'शाबाश! देख रहा हूं कि बड़ी मेहनत से पढ़ाई हो रही है', सफ़दर ने मुझे चिढ़ाते हुए कहा।

'रंग तो बड़ा अच्छा है। चटक हरा। हरा मुझे भी बहुत पसंद है', मैंने सफ़दर के स्वेटर पर कमेंट किया। मुझे लगा कि मैंने चतुराई से बात बदल दी है।

'चापलूसी हर दुष्ट का आख़िरी सहारा होती है,' सफ़दर बोला। हम दोनों हंस पड़े।

एक-दो कलाकार थोड़ा लेट हो गए थे सो सफ़दर इस फ़िराक में था कि कहीं चाय मिल जाए। यहां-वहां देखा पर कोई चायवाला नहीं दिखा। इतवार का दिन था, फिर पहली जनवरी, कौन इतनी सुबह ठीया लगाता!

एक बेवड़ा सड़क के दूसरे किनारे पर लड़खड़ाता दिखाई दिया। उसने हमारी तरफ़ देखा। हम भी उसे उतने ही अजीब लगे होंगे जितना वो हमें। वह हमें घूरता रहा।

सफ़दर ने उसे आवाज़ लगाई, 'भाईसाब, सब चंगा?'

उसने अंग्रेज़ी में जवाब दिया, 'हैप्पी न्यू इयर।'

'आपको भी हैप्पी न्यू इयर!' सफ़दर ने बड़ी सी स्माईल के साथ पलट कर जवाब दिया।

बेवड़े ने हम सब पर नज़र दौड़ाई और बोला, 'डोंट वरी, बी हैप्पी।' कुछ ही महीने पहले रिलीज़ हुआ ये गाना उस वक़्त पूरी दुनिया में सुपरहिट था। पर बेवड़ा यूं बोला मानो हमें आदेश दे रहा हो।

सफ़दर ने भी हंस कर कहा, मानो उसका वाक्य पूरा कर रहा हो, 'ऐंड डोंट फॉल इन ए डिच' (और किसी गड्ढे में मत गिर जाना)।

1 जनवरी 1989. **कुर्सी पर निशाना**

बस में चढ़ते हुए सफ़दर बोला, 'अरे यार अच्छा हुआ तुम आ गए। अभी मैं तुम्हें कल की प्रेस कॉन्फ्रेंस के बारे में बताता हूं।'

बात ये थी कि कुछ माह पहले, अक्टूबर या नवंबर में हमें ये मालूम चला था कि सांप्रदायिक सद्भाव के लिए काम करने वाला एक संगठन सफ़दर को सम्मानित करना चाहता है। यह कमोबेश अराजनीतिक छवि वाला संगठन था और उससे पुरस्कार लेने में किसी को कोई हर्ज़ा नहीं था। सब कुछ दुरुस्त ही लग रहा था। सफ़दर ने उन्हें इत्तिला दे दी थी कि वो यह पुरस्कार अकेले नहीं लेगा। चूंकि सांप्रदायिक सद्भाव के लिए उसकी सारी सरगर्मियां जनम के बैनर तले अंजाम दी जाती हैं इसलिए वह चाहता है कि यह सम्मान भी व्यक्ति को नहीं बल्कि संगठन को दिया जाए। पुरस्कार देने वालों ने भी इस तरमीम को मान लिया था।

फिर हमें एक और बात पता चली। पुरस्कार देने के लिए उन लोगों ने सूचना एवं प्रसारण मंत्री और पूर्वी दिल्ली से कांग्रेस के सांसद एच. के. एल. भगत को आमंत्रित किया था। सन चौरासी के सिख विरोधी दंगों में अपनी भूमिका को लेकर भगत पूरे देश में बदनाम हो चुके थे। जनम की कार्यकारी समिति (ईसी) में इस पर चर्चा हुई। कुछ का कहना था कि हमें इस समारोह का बहिष्कार करना चाहिए मगर पुरस्कार ले लेना चाहिए क्योंकि पुरस्कार देने वाले संगठन की छवि तो साफ़-सुथरी ही है; हमें एच के एल भगत नहीं बल्कि यह संगठन सम्मानित कर रहा है। पुरस्कार के साथ दस हज़ार रुपये की नकद राशि मिलने वाली थी जो उस ज़माने की एक अच्छी-ख़ासी रक़म थी। सफ़दर को यह बात गवारा न थी। 'देखो, बीच का रास्ता तो चलेगा नहीं।

या तो हम भगत के हाथों खुलकर सम्मान स्वीकार करें या इसे पूरी तरह ख़ारिज कर दें।' आख़िर में यही तय हुआ कि हम पुरस्कार नहीं लेंगे।

इस मद में जनम की राय को सार्वजनिक रूप से व्यक्त करने के लिए ही सफ़दर ने सोमवार, 2 जनवरी की शाम को एक प्रेस कॉन्फ्रेंस तय की थी। जब हम बस से झंडापुर जा रहे थे तो उसने मुझे प्रेस कॉन्फ्रेंस की तैयारियों के बारे में बताया और प्रेस रिलीज की कॉपी भी पढ़ने को दी।

साहिबाबाद पहुंच कर हम लोग ग़लत बस स्टॉप पर उतर गए इसलिए हमें कुछ दूर पैदल चलकर झंडापुर जाना पड़ा। दीवारों पर सब जगह चुनावी पोस्टर दिखाई दे रहे थे।

चलते-चलते सफ़दर बताने लगा, 'यूपी में नगर निगम के चुनाव अठारह से बीस साल बाद हो रहे हैं। लोग आजिज़ आ चुके हैं। किसी पार्टी के पास वोटरों से आंख मिलाने की हिम्मत नहीं है इसलिए ज़्यादातर उम्मीदवार निर्दलीय चुनाव लड़ रहे हैं। सिर्फ़ हम [मतलब भारत की कम्युनिस्ट पार्टी (मार्क्सवादी), आगे से माकपा] ही हैं जो अपनी पार्टी के निशान पर लड़ रहे हैं। आज भी हम अपने उम्मीदवार कॉमरेड रमानाथ झा के पक्ष में माहौल बनाने के लिए ही परफ़ॉर्म करने जा रहे हैं। कॉमरेड झा बड़े जुझारू ट्रेड यूनियन नेता हैं। वे दिसंबर में भी यहां मिले थे। तुझे याद है?'

'हां', मैंने बड़ी सफ़ाई से एक ही शब्द में आधा सच और आधा झूठ डाल दिया था। मुझे दिसंबर की परफ़ॉर्मेंस तो याद थी पर जिस शख़्स का ज़िक्र किया जा रहा था उनके बारे में कुछ भी याद नहीं था।

'चुनाव चिन्ह भी क्या चीज़ होते हैं, नहीं!' सफ़दर बोला।

'हां।'

'अरे वाह, ये देखो! इस आदमी को पूरा पता है कि वो किस चीज़ के लिए लड़ रहा है। उसका चुनाव चिन्ह ही कुर्सी है!' सफ़दर ने ठहाका लगाया।

'क़िस्सा कुर्सी का' कह कर मैं भी हंस दिया। इमरजेंसी में इसी नाम की फ़िल्म पर पाबंदी लगाई गई थी।

'कमाल की बात है। आज ही मैंने एक बेजोड़ शॉर्ट स्टोरी पढ़ी है – एक़दम शॉर्ट – *हंस* में। कहानी यूं है – द्रोण पूछते हैं, "तुम्हें क्या दिखाई दे रहा है?" सहदेव कहता है, "गुरुजी मुझे राजधानी दिल्ली दिखाई पड़ती है।" द्रोण कहते हैं, "तुम किसी काम के नहीं" और वह नकुल को आवाज़ लगाते हैं। उससे पूछते हैं, "तुम्हें क्या दिख रहा है?" नकुल कहता है, "गुरुजी, मुझे दिल्ली का पार्लियामेंट हाऊस

दिखाई पड़ रहा है।" "तुम भी बेकार हो।" द्रोण भीम को आवाज़ लगाते हैं। भीम से पूछते हैं, "तुम्हें क्या दिखाई देता है?" भीम कहता है, "गुरुजी मुझे मंत्रिमंडल दिखाई दे रहा है।" द्रोण "तुम भी बेकार हो" कहकर युधिष्ठिर को आवाज़ लगाते हैं। युधिष्ठिर से पूछते हैं, "तुम्हें क्या दिखाई पड़ता है?" युधिष्ठिर कहता है, "मुझे तो गुरुजी प्रधानमंत्री का चेम्बर दिखाई दे रहा है।" द्रोण फिर कहते हैं, "तुम भी किसी काम के नहीं" और अपने प्रिय शिष्य अर्जुन को पुकारते हैं। वह अर्जुन से पूछते हैं, "तुम्हें क्या दिखाई दे रहा है?" अर्जुन कहता है, "मुझे कुर्सी दिखाई दे रही है गुरुजी।" "बहुत बढ़िया" द्रोण कहते हैं। "चला दे बेटा तीर!"'

'लगता है ये कैंडीडेट भी हंस पढ़ता है।'

सफ़दर हंस पड़ा। 'वो भी क्या दिन होगा जब हमारे नेता भी साहित्यिक पत्रिकाएं पढ़ने लगेंगे।'

विश्वजीत भी हमारी बगल में चल रहा था। वह इलाहाबाद से था और एक टीवी सीरीज़ में रोल के लिए ऑडिशन देने दिल्ली आया था। उसे वह रोल मिल गया था लेकिन अभी शूटिंग शुरू नहीं हो पा रही थी इसलिए वह जनम से आ जुड़ा था। सफ़दर ने विश्वजीत की तरफ़ देखते हुए कहा, 'मेरे नए जूते कैसे लगे?' वह चमड़े के काले, बिल्कुल नए, चमकते जूते पहने हुए था। 'सोचो, कितने के होंगे।'

मुझे सफ़दर को जानते हुए एक दौर गुज़र चुका था इसलिए मुझे उसकी चाल मालूम थी। सो मैंने हाथ नहीं आज़माया। विश्वजीत नया था। उसने फ़ौरन जवाब दिया, 'क्या बात है सफ़दर भाई! मेरे हिसाब से दो, सवा दो सौ के तो होंगे। इसी के आसपास।'

'हाह! पचहत्तर में लिए हैं।'

'हो ही नहीं सकता! ये तो बहुत महंगे लगते हैं।'

यही गपशप करते हुए हम सेंटर ऑफ़ इंडियन ट्रेड यूनियन्स (सीटू) के दफ़्तर पहुंच गए। यहां से हमें उस जगह जाना था जहां हमारी परफ़ॉर्मेंस तय थी।

दफ़्तर पहुंच कर सफ़दर ने मुझे फिर हिदायत दी, 'सुनों, बाद में मैं भूल ना जाऊं, कल प्रेस कॉन्फ्रेंस में ज़रूर आना। तुम कार्यकारिणी के मेम्बर हो। प्रेस वालों को पता चलना चाहिए कि जनम के पास युवा नेता भी हैं।'

'पक्का रहा। मैं पहुंच जाऊंगा।'

मैं तो पहुंच गया। सफ़दर नहीं पहुंचा।

1 जनवरी 1989. परफ़ॉर्मेंस

सीटू का दफ़्तर सिर्फ़ एक कमरे का था। सामने एक छोटा सा अहाता था। पीछे की तरफ़ दफ़्तर से सटा प्लॉट खाली पड़ा था और बीच में तक़रीबन चार फुट ऊंची एक दीवार थी। अहाते की सामने वाली दीवार थोड़ी ऊंची थी, सात-साढ़े सात फुट की, और सड़क से अहाते में दाख़िल होने के लिए ज़ंग लगा लोहे का एक गेट था।

उस दिन करारी, बढ़िया धूप खिली थी। जाड़ों में नुक्कड़ नाटक के लिए माक़ूल मौसम था। सीटू के दफ़्तर में कॉमरेड्स हमारे पहुंचने का इंतज़ार कर रहे थे। चाय-बिस्कुट लेते हुए कलाकारों ने अपने-अपने काले कुर्ते पहने। जिन-जिन के पास थैले-झोले थे, सबने दफ़्तर में ही छोड़ दिए। परफ़ॉर्मेंस का ठिकाना ज़्यादा दूर नहीं था। झंडापुर में दाख़िल होने वाली मेन गली में ही हमें नाटक करना था।

हम जिस जगह नाटक करने वाले थे, वह एक तिराहा था। मेन गली उत्तर से तिराहे की तरफ़ जाती थी जिस पर चलते हुए हम यहां आए थे। घूम कर वह पूर्व की तरफ़ मुड़ जाती थी जहां एक मंदिर था। एक पतली सी सड़क पश्चिम की तरफ़ बने घरों की ओर जा रही थी। दक्षिण में डॉ. अम्बेडकर पार्क था जो उस वक़्त कुल मिलाकर कूड़े का एक ढेर भर था। अब हम हर साल पहली जनवरी के दिन इसी डॉ. अम्बेडकर पार्क में सफ़दर की याद में अपनी परफ़ॉर्मेंस और जनसभा का आयोजन करते हैं।

जब हम मौक़े पर पहुंचे तो दर्शक पहले ही नाटक देखने आ चुके थे। माला और कुछ अन्य साथी नाटक में इस्तेमाल होने वाली चीज़ें अपने-अपने ठिकानों पर लगाने लगे। जोगी ने भी ढोलक निकाली और बजाने लगा। इस गहमागहमी और ढोल की आवाज़ से फ़ौरन और लोग जुटने लगे। इसी बीच सफ़दर ने मुझे बुलाया।

'तुम परफ़ॉर्म तो कर नहीं रहे, नाटक से पहले बोल ही दो।'

'हां, मुझे वही करना पड़ेगा क्योंकि तुम मुझे वो रोल तो देते नहीं जो मैं सबसे अच्छा करता हूं।'

ये पुलिसवाले का रोल था जो कभी विश्वजीत तो कभी ललित किया करता था। उस दिन ये दोनों मौजूद थे इसलिए पहली परफ़ॉर्मेंस में विश्वजीत को और दूसरी में ललित को ये रोल निभाना था। तीसरी में फिर विश्वजीत को ये रोल मिलता।

पलक झपकते वहां सौ-डेढ़ सौ की भीड़ जमा हो गई थी। मैंने लोगों को नाटक के बारे में बताया और उनसे निवेदन किया कि वे कॉमरेड रमानाथ झा को वोट दें। इसके बाद परफ़ॉर्मेंस शुरू हुई। मैं अपनी बात कहकर सफ़दर और ललित के पास

बैठ गया। पास ही में नुक्कड़ पर चाय की गुमटी थी। हम चाय पीने लगे। हम लोग नाटक स्थल से सिर्फ़ पंद्रह फुट दूर थे इसलिए हमें सब कुछ साफ़ सुनाई पड़ रहा था।

नाटक शुरू हुए अभी दस से बारह मिनट ही हुए थे कि हमें मंदिर की तरफ़ से नारों की आवाज़ उभरती सुनाई दी। चंद मिनटों के भीतर चुनाव प्रचार पर निकली गाड़ियों का एक क़ाफ़िला आता दिखाई दिया। सबसे आगे एक कार थी जिसमें चार-पांच आदमी सवार थे। कार के पीछे अभियान सामग्री से सजा हुआ एक टैम्पो चल रहा था। कार और टैम्पो के बीच में लगभग दर्जन भर लाठीधारी आदमी नारे लगाते हुए चल रहे थे। टैम्पो में भी आदमी भरे थे। टैम्पो के पीछे जुलूस था।

'मैं बात करता हूं इनसे।' कहते हुए सफ़दर कार की तरफ़ बढ़ा।

सफ़दर कार में ड्राइवर के बगल में बैठे आदमी से झुक कर बात करने लगा। उसने परफ़ॉर्मेंस की तरफ़ इशारा किया जो इस हो-हल्ले की वजह से रुक गई थी।

'मैं भी जाकर देखता हूं', कहते हुए ललित भी सफ़दर की तरफ़ लपका। उसके कुछ क़दम पीछे-पीछे मैं भी साथ हो लिया। सफ़दर उस आदमी से बात कर रहा था। 'भाईसाहब, हम यहां एक छोटा सा नाटक कर रहे हैं। आप भी थोड़ी देर रुककर देख लीजिए। सिर्फ़ दस मिनट की बात है। आपको मज़ा आ जाएगा।'

भीतर बैठे आदमी ने कुछ कहा जो मुझे सुनाई नहीं दिया।

'तो फिर आप लोग दूसरे रास्ते से क्यों नहीं निकल जाते। थोड़ी देर बाद यहां आ जाना। हमारा नाटक तो अभी ख़त्म हो जाएगा।'

ऐसा लगा कि उस आदमी ने हमारी बात मान ली है। कार व टैम्पो पीछे हटने लगे। जब ये लोग मंदिर के सामने पहुंचे तब तक सफ़दर परफ़ॉर्मेंस स्थल पर पहुंच कर दर्शकों से बात करने लगा था।

'इस रुकावट के लिए माफ़ी। अब हम नाटक फिर से शुरू कर रहे हैं।'

जोगी ने एकाध मिनट ढोलक बजाई और जब दर्शकों का ध्यान वापस नाटक पर लौट आया तो अभिनेताओं ने अपने-अपने रोल फिर से पकड़ लिए। यह व्यवधान ज़्यादा से ज़्यादा पांच-सात मिनट का ही रहा होगा।

और फिर, पलक झपकते, मानो कोहराम मच गया।

1 जनवरी 1989. **हमला**

वे लोग लाठियां और सरिए लेकर हम पर टूट पड़े। देखते-देखते सारे दर्शक तितर-बितर हो गए। हमारे पास अपनी हिफ़ाज़त के लिए कुछ था तो बस छह-सात डंडे थे

जिन पर हम झंडे लहराया करते थे। थे तो बांस के मगर बहुत हल्के और पतले डंडे थे। छड़ी जैसे। नाटक के ये डंडे भला उन मज़बूत, तेल पिलाई लाठियों और सरियों का क्या मुक़ाबला कर पाते! देखते-देखते हमारे डंडे टुकड़े हो गए।

चारों तरफ़ अफ़रा-तफ़री थी। हमारे पास कुछ न था, सो जो दो-चार पत्थर नज़र आए, हमने वही चलाए। हमारा कोई निशाना सही नहीं बैठा जबकि हमलावर तो पके हुए गुंडे थे। एक-दो बार ऐसा लगा भी कि हमने उनको पीछे धकेल दिया है पर कुल मिलाकर साफ़ था कि ये मुक़ाबला क़तई बराबरी का नहीं था।

सफ़दर इस पूरे नज़ारे के बीचोंबीच था। बिखरे बाल, ऊंचा उठा हाथ, खनकती आवाज़ में हमें इंसट्रक्शन्स देना – उसकी वो काया भुलाते नहीं भूलती। वो लीडर था। घबराकर दुबकना उसकी तबीयत में नहीं था।

सीटू के कॉमरेड जदुमनी बेहरा को सिर पर लाठी लगी थी और वह लहूलुहान थे। हममें से किसी को कमर पर, किसी को बांह पर, किसी को कंधे पर लाठी पड़ी थी।

मैं हमलावरों पर पत्थर फेंक रहा था कि तभी मुझे सफ़दर की आवाज़ सुनाई पड़ी। 'सीटू के दफ़्तर आओ। हम वहीं जा रहे हैं।' मैंने मुड़ कर देखा कि ललित, माला, प्राची, शिखा और कुछ और लोगों ने कोने पर बनी धोबी की दुकान में पनाह ली हुई थी। सफ़दर उन्हें लेकर सीटू के दफ़्तर की तरफ़ बढ़ने लगा।

मैं भी उनके साथ जाना चाहता था मगर नहीं जा पाया। दो-तीन हमलावरों ने मेरा रास्ता रोक लिया था।

मैंने दूसरी तरफ़ देखा तो पश्चिम की तरफ़ वाली छोटी सड़क के नुक्कड़ पर बृजेश और विश्वजीत दिखाई दिए। बृजेश चिल्लाया, 'सुधु, भाग!'

मैंने किसी तरह ख़ुद को हमलावरों से छुड़ाया और उनसे जा मिला। बेतरतीब गलियों में से हम जितनी तेज़ दौड़ सकते थे दौड़े। हम तीनों एक-दूसरे के लिए एक हद तक अंजान ही थे। विश्वजीत कुछ महीने पहले ही दिल्ली आया था और बृजेश सफ़दर के कुछ युवा डॉक्टर मित्रों में से एक था। वह माला और सफ़दर को तो भली-भांति जानता था, मगर मुझसे उसकी मुलाक़ात हाल ही में हुई थी।

विश्वजीत लंबा-चौड़ा नौजवान था। तक़रीबन छह फुट तीन या चार इंच लंबा। अपने क़द की बदौलत वो दूर से ही दिखाई पड़ जाता था। नाटक के लिए पहनी पुलिस की वर्दी के कारण वह और भी आसानी से दिखाई दे रहा था। बृजेश ने उसको कहा कि वह कम से कम अपनी ख़ाकी क़मीज़ निकाल दे।

'मगर मैंने नीचे कुछ नहीं पहना है।'

मैंने कहा, 'ठीक है मेरी शर्ट ले लो।' मैंने अपनी जैकेट उतारी और क़मीज़ निकाल कर उसे दे दी। मैंने क़मीज़ के बिना ही स्वेटर पहना और जैकेट पहनने लगा।

बृजेश बोला, 'जैकेट मत पहन। ये भी तो ख़ाकी क़मीज़ जैसी लगती है।'

बात सही थी। मेरी जैकेट भी ख़ाकी रंग की थी। मैंने जैकेट अपनी बांह में लटका ली।

विश्वजीत के पास पुलिस के कॉस्ट्यूम का बैटन था। उसने पूछा, 'अब इसका क्या करूं?'

मैंने कहा, 'इसको वहां पान वाले के पास रख देते हैं।'

हमने बैटन पान वाले को थमा दिया और ये सोचते हुए आगे बढ़ गए कि बाद में वापस आकर ले लेंगे।

वह वापसी कभी नहीं हुई।

1 जनवरी 1989. **रास्ता ढूंढते हुए**

हमें बस्ती के नक्शे का कोई अंदाज़ा नहीं था। हमें सीटू के दफ़्तर पहुंचना था जहां सफ़दर ने हमें जमा होने के लिए कहा था।

जैसे-तैसे हम मेन रोड पर निकल आए जो झंडापुर को आनंद विहार से जोड़ती है। हमें बस इतना मालूम था कि इसी मेन रोड से वह गली अंदर जाती है जहां हम नाटक कर रहे थे। जब हम गली में बढ़े तो एक आदमी दौड़ता हुआ हमारे पास से गुज़रा।

'उधर मत जाना। वे वहीं हैं। तुम लोगों को ही ढूंढ रहे हैं।'

यानी, नज़र में ना आने की हमारी कोशिश नाकाम रही थी।

हम वापस मेन रोड पर लौट आए और बस्ती के अंदर जाने का कोई और रास्ता ढूंढने लगे। थोड़ा आगे जाकर दाईं तरफ़ हमें एक छोटा सा रास्ता दिखाई दिया। हम इससे बस्ती में दाख़िल तो हो गए मगर यहां तो गलियों की भूल-भुलैया थी। हमें अंदाज़ा तो था कि सीटू का दफ़्तर किस ओर है मगर ये पक्का मालूम नहीं था कि ऐन कौन सा रास्ता उस तरफ़ जाएगा।

बृजेश ने कहा, 'मैं आगे जाकर देखता हूं। तुम लोग यहीं मेरा इंतज़ार करना।' हम वहीं ठिठके।

वह कुछ मिनट बाद वापस आया। 'रास्ता तो यही है। मगर लोग कह रहे हैं कि सीटू के दफ़्तर पर भी हमला हुआ है।'

'अच्छा! चलो फिर वहीं चलकर देखते हैं', मैंने कहा।

हम छिपते हुए किसी तरह सीटू के दफ़्तर पहुंचे। वहां कुछ देर पहले हुए हमले का नज़ारा अभी भी साफ़ था। रियाज़ का स्कूटर बाहर ही औंधा पड़ा था। अहाते का गेट खुला था। चारों तरफ़ चीज़ें बिखरी हुई थी। यहां-वहां पत्थर पड़े थे जो हमलावरों ने बाहर से दफ़्तर पर फेंके थे। खड़ंजे पर एक लाल-सा निशान था जो न मालूम ख़ून का था या किसी और चीज़ का। मगर वहां इंसान की ज़ात कहीं नहीं थी।

जब हम दफ़्तर के अहाते से निकले तो सामने के घर से एक औरत हमारी तरफ़ आई। उसने नाटक स्थल की तरफ़ इशारा करके कहा, 'सड़क पर तुम्हारा एक आदमी मरा पड़ा है। पांच लोग मरे हैं। चारों तरफ़ लाशें पड़ी हैं।'

बृजेश और मैंने एक-दूसरे को देखा। इतनी हिंसा को झेलने और सीटू के दफ़्तर व अहाते की तबाही को देखने के बाद भी इस बात पर यक़ीन नहीं हो रहा था कि यहां लोग मारे गए हैं। और वो भी पांच लाशें! ये तो यक़ीन के परे था। फिर भी जाकर देखना तो था ही।

बृजेश आगे-आगे चला। मैं उसके पीछे और विश्वजीत मेरे पीछे था। बृजेश आगे मोड़ तक गया और झांक कर उसने मेन गली में नज़र घुमाई। बाईं तरफ़, जहां थोड़ी देर पहले हम नाटक कर रहे थे। और यकायक वह तीर की तरह दौड़ पड़ा।

मैं भी उसी तरफ़ दौड़ा जिधर वह भागा जा रहा था। नुक्कड़ पर जहां हम मुड़े वहां कुछ ही आगे एक आदमी पड़ा था। बृजेश उसी की तरफ़ दौड़ा जा रहा था। एक लम्हे के लिए मुझे लगा कि वो विनोद है। विनोद, अभिनेताओं में से एक।

और तब मुझे हरा स्वेटर दिखाई दिया। सफ़दर।

1 जनवरी 1989. **सफ़दर को बचाने की जद्दोजहद**

मैं विश्वजीत को पुकारते हुए सफ़दर की तरफ़ दौड़ा। जब मैं मौक़े पर पहुंचा तो मैंने सफ़दर का चेहरा देखा। वह बेहोश था। बहुत ज़ोर लगाकर मुंह से सांस लेने की कोशिश कर रहा था। उसका सिर लथपथ था। बाल ख़ून से भीगे थे। चेहरा मगर काफ़ी साफ़ था। बृजेश उंगली से सफ़दर के मुंह से ख़ून और लार साफ़ करने लगा। ताकि वह ठीक से सांस ले सके।

एक पल को बृजेश ने मेरी तरफ़ देखा। ज़रूर मेरे चेहरे पर सवालिया अंदाज़ रहा होगा। उसने अपनी गर्दन की हल्की-सी जुंबिश से मेरे अनकहे सवाल का जवाब दिया। मैं समझ गया कि चोट सीरियस है। संभवतः जानलेवा।

'उठाओ इसको', बृजेश ने कहा। मैंने सफ़दर को गट्टों से पकड़ा और बृजेश ने उसकी कलाइयां थामीं। हमने उसे उठाने की कोशिश की मगर उठा नहीं पा रहे थे। सफ़दर लंबी-चौड़ी क़द-काठी का आदमी था।

मैंने कहा, 'बगल में हाथ डाल कर उठा।'

'तू इस तरफ़ आ। सिर सीधा रखना। वरना गला बंद हो जाएगा।'

अपनी जगह बदलते हुए मैंने पहली बार उस तरफ़ नज़र डाली जहां हम थोड़ी देर पहले नाटक कर रहे थे। वो जगह यहां से पच्चीस-तीस मीटर रही होगी। दो गुंडे अब भी वहां खड़े थे। एक के हाथ में सरिया था। वह सीना ताने चीखे जा रहा था हालांकि गली सुनसान थी।

दूसरे के पास बंदूक थी। उसने हवा में गोली चलाई।

मैंने कहा, 'खींचो! विश्वजीत, जल्दी!'विश्वजीत के हाथ-पांव फूल गए थे।

इससे पहले कि क़ातिलों की नज़र हम पर पड़ती, हम तीनों सफ़दर को घसीटते हुए पास की एक संकरी गली में ले आए।

हमने सफ़दर को उठाया। मैंने पीछे से बगलों में हाथ डाल कर उठाया ताकि उसका सिर मेरे सीने पर टिक पाए। बृजेश ने उसकी टांगें संभालीं। विश्वजीत ने पीठ के नीचे हाथ लगाया। बृजेश के हाथ सफ़दर के मोज़ों पर बार-बार फिसल रहे थे।

'उसके जूते और जुराब निकाल दो,' मैंने कहा। 'गट्टों से पकड़ना आसान हो जाएगा।' हमने जूते फेंके नहीं थे मगर इस हड़बड़ी में ना जाने कब सफ़दर के नए, चमकते जूते हमसे कहीं छूट गए। शायद वो किसी को पाए? सफ़दर को ये अच्छा लगता।

सफ़दर को यों उठा कर चलना आसान नहीं था। वह हमारे हाथों से फिसल रहा था। उसका सिर संभाल कर सीधे रखना भी मुश्किल हो रहा था। बृजेश बोला, 'ऐसे बात नहीं बनेगी। रुको, मैं बाहर से कोई गाड़ी देखता हूं। तुम लोग यहीं ठहरो।'

हमने सफ़दर को ज़मीन पर बिठाया। उसका धड़ और सिर मेरे सीने से लगा हुआ था। मैंने उसका मुंह और गला साफ़ करने की कोशिश की मगर ये उतना आसान नहीं था जितना बृजेश के करते हुए लग रहा था।

तभी ना जाने कहां से एक अजनबी सामने आया। बिना कुछ कहे वह हमारे साथ शामिल हो गया। हमने फिर कोशिश की। विश्वजीत ने सफ़दर को टांगों से पकड़ा, मैंने कंधे से, और अजनबी ने बीच में से। वह मज़दूर था। उसकी मज़बूत बाज़ुओं ने सफ़दर को संभाल लिया। अचानक काम कुछ आसान हुआ। उसके आने

से हमारे चलने में रफ़्तार आई। थोड़ी ही देर में बृजेश भी लौट आया। बोला, 'बाहर, मेन रोड पर एक कार रुकवाई है। कार वाला हमें अस्पताल तक छोड़ देगा।'

जब हम मेन रोड पर पहुंचे तो वहां कोई कार नहीं थी। बृजेश ने बाद में बताया कि कार पर भारतीय जनता पार्टी (भाजपा) का झंडा लगा हुआ था।

उसी वक़्त ना जाने कहां से एक रिक्शे वाला आ गया। उसने एक नज़र सफ़दर को देखा और उसे अस्पताल लेकर चलने को तैयार हो गया।

'लेकिन बाबूजी, मोहन नगर अस्पताल तो यहां से दूर है। देर लग जाएगी।'

फिर भी हमने जैसे-तैसे सफ़दर को साइकिल रिक्शे पर चढ़ाया। सफ़दर के साथ बैठकर बृजेश उसे संभाले हुए था और उसका सिर सीधा रखने की कोशिश कर रहा था। बीच-बीच में वह सफ़दर के मुंह में जमा हो रही लार और ख़ून के थक्के साफ़ करता जाता। मुझे और विश्वजीत को समझ में नहीं आ रहा था कि क्या करें। हम रिक्शे के पीछे-पीछे दौड़ने लगे।

वो अजनबी जैसे आया था, वैसे ही ग़ायब हो गया। न कुछ बोला, न कुछ बताया। इस आपाधापी में हम उसको शुक्रिया तक नहीं कह पाए। रिक्शे के साथ दौड़ते-दौड़ते हमें अपने पीछे एक बस की आवाज़ सुनाई दी। विश्वजीत और मैं बस के बिल्कुल सामने खड़े हो गए जिससे बस वाले को रुकना पड़ा। कंडक्टर ने सफ़दर को बस में चढ़ाने से इनकार कर दिया। हमने बहुत मिन्नत-गुजारिश की मगर उसने एक ना सुनी।

मैंने बृजेश से कहा, 'मैं मोहन नगर जाकर एम्बुलेंस लेकर आता हूं। तू इसी तरफ़ चलना। मैं तुझे रास्ते में पकड़ लूंगा।' ऐसा कहते हुए मैं बस में सवार हो गया। बस चलने लगी तो विश्वजीत ने आवाज़ लगाकर पूछा, 'मैं क्या करूं?'

बृजेश ने कहा, 'तू भी उसके साथ जा।'

अस्पताल के रिसेप्शन पर पहुंचकर मैंने एम्बुलेंस मांगी। वहां बैठे शख़्स ने सूनी निगाहों से मेरी तरफ़ देखा। 'आज संडे है। एम्बुलेंस नहीं मिलेगी।'

मैं बाहर भागा। विश्वजीत मेरे पीछे था। मुझे सड़क के दूसरी तरफ़ एक टैक्सी स्टैंड दिखाई दिया। वहां एक ड्राइवर हमारे साथ चलने को तैयार हो गया। वह प्राइवेट कार भाड़े पर चलाता था।

मुझे कोई अंदाज़ा नहीं था कि बृजेश सफ़दर को लेकर अब कहां तक पहुंचा होगा। मुझे वक़्त का क़तई ख़्याल नहीं रह गया था। मैं सड़क के दूसरी तरफ़ नज़रें गड़ाए देखता रहा कि साइकिल रिक्शा नज़र आए।

जब हम मोहन नगर फ़्लाई ओवर से नीचे उतरे तो मुझे दूसरी तरफ़ एक कार दिखाई दी। कार ख़राब हो गई थी और ड्राइवर बाहर खड़ा हुआ था। वह गाड़ियों को रोकने के लिए हाथ दे रहा था। कार की पिछली सीट पर मुझे दो लोग दिखाई दिए। ... हरा स्वेटर।

हमने फ़ौरन गाड़ी मुड़वाई और सफ़दर को टैक्सी में लिटाया। बृजेश सफ़दर के साथ पिछली सीट पर बैठा। विश्वजीत और मैं अगली सीट पर ड्राइवर की बगल में एक-दूसरे से चिपक कर बैठ गए। शुक्र है कि उस ज़माने में अगली सीटें अलग-अलग नहीं होती थीं!

ना तो बृजेश ने कुछ कहा और ना मैं कुछ बोला। मुझे ये पूछने का ख़्याल भी नहीं आया कि वह रिक्शे से उस कार में कैसे पहुंचा था।

मैंने मुड़ कर देखा। बृजेश की बांहों में सफ़दर एक बच्चे जैसा लग रहा था। पता नहीं कि सफ़दर का जिस्म कार की धचकियों से झटके खा रहा था या वो स्पैज़्म थे।

1 जनवरी 1989. **मोहन नगर अस्पताल**

सफ़दर धातु के बेड पर लेटा हुआ था। हर सांस के साथ उसका जिस्म ऐंठ जाता था। अस्पताल पहुंचने पर बृजेश ने सबसे पहले सफ़दर के कपड़े निकाल कर अच्छी तरह ये चेक किया कि उसे सिर के अलावा और कहीं तो चोट नहीं लगी है। कहीं और कोई चोट नहीं थी। मैंने सफ़दर की जेबों को टटोला। सिगरेट का एक पैकेट – वही, जाना-पहचाना चारमीनार प्लेन। एक माचिस, एक फ़ोन डायरी। कुछ पैसे। पैसे मैंने अपनी जेब में डाल लिए। सोचा कि माला मिलेगी तो उसे दे दूंगा। माला को वो पैसे कभी नहीं मिले मगर मुझे भी याद नहीं पड़ता कि मैंने उनका क्या किया।

बृजेश डॉक्टर को बुलाने गया। मैंने विश्वजीत को सफ़दर के पास रुकने को कहा और मैं फ़ोन ढूंढने निकल पड़ा।

विश्वजीत घबराया हुआ था, 'देर मत करना, प्लीज़!'

मैंने हामी भरी।

शुक्र है कि उस हॉल में सिक्के वाला एक फ़ोन लगा हुआ था। मैंने अपने घर फ़ोन किया और बाबा से बात की। आई उस वक़्त त्रिवेंद्रम गई थी। वह माकपा की पार्टी कांग्रेस में हिस्सा लेने आए एक फ़्रेंच प्रतिनिधिमंडल के साथ दुभाषिए के तौर पर गई हुई थीं। मेरी बहन भी परचम की गीत मंडली के साथ वहीं गई हुई थी।

मैंने बाबा को बताया कि 'हम ग़ाज़ियाबाद में हैं। मोहन नगर अस्पताल में।

सफ़दर बहुत सीरियसली इंजर्ड हुआ है। यहां हम तीन लोग हैं। तुम पार्टी ऑफ़िस में फ़ोन करके किसी को भेजने के लिए बोलो ना।'

बाबा को इत्तिला देकर मैं दौड़ता हुआ सफ़दर के पास लौट आया। विश्वजीत ने बताया कि एक पुलिस वाला आया था और मुझे पूछ रहा था।

'बिल्कुल सदाशिव अमरापुरकर लगता है। वही ख़ूनी, लाल आंखें।'

मैं पुलिस वाले को देखने बाहर निकला तो वह सामने ही टकरा गया।

'तो तुम लोगों को लगता है कि तुम लोग बच जाओगे, ऐं? तुम लोग वहां तीन लोगों को मार कर भागे हो। फांसी पर लटकोगे, सालो! तीनो के तीनो।'

मैंने हैरानी से उसे तरफ़ देखा। 'यहां एक आदमी घायल पड़ा है। वह मर रहा है। हम उसे उठा कर अस्पताल लाए हैं। आप बात क्या कर रहे हैं?'

तभी पीछे मुझे धड़ाम से किसी चीज़ के गिरने की आवाज़ सुनाई दी। मुड़ कर देखा तो विश्वजीत लकड़ी की बेंच पर पसरा पड़ा था। इस किताब की तैयारी के सिलसिले में जब मैंने विश्वजीत से बात की तो उसने बताया कि वह दहशत के मारे गश खाकर गिर पड़ा था। मुझे उस वक़्त इस बात का अंदाज़ा नहीं था। मैंने सोचा था कि कभी-कभी अचानक उठकर खड़े होने पर जो चक्कर आते हैं, वैसा ही कुछ हुआ होगा। ब्लैकआउट जैसा कुछ। ख़ासतौर से अगर किसी ने कुछ खाया ना हो, और उस दिन विश्वजीत ने भी सुबह से भला क्या खाया होगा! मगर ऐसा नहीं था। विश्वजीत के साथ हुए इंटरव्यू में उसने और भी अचंभे वाली बात बताई : उसको ये तो याद था कि उस दिन वह बृजेश के साथ था मगर मैं उसकी याददाश्त से ग़ायब था। जब मैंने उसे कई तरह के ब्यौरे दिए तब भी उसे ये बात याद ही नहीं आ रही थी कि मैं भी उस दिन साथ ही था। सदमा किस तरह हमारी यादों को छान देता है, क्या रह जाता है और क्या बिसर जाता है, कौन जाने!

ख़ैर, मैंने पुलिस वाले से कहा, 'सर, यहां मेरा दोस्त पड़ा है। उसको सिर में गहरी चोट लगी है। उसे डॉक्टर की ज़रूरत है। प्लीज़ किसी को बुला दीजिए जल्दी से!'

'भागने की कोशिश मत करना, ओके? हमारी आंखें हर तरफ़ लगी हुई हैं।' यक़ीनन वह हिंदी फ़िल्मों का शौक़ीन था।

थोड़ी देर में बृजेश एक डॉक्टर को लेकर आया। एक नौजवान था। शायद जूनियर रेज़ीडेंट रहा हो। सफ़दर पर एक नज़र डालते ही वह भांप गया था कि स्थिति गंभीर है। बृजेश ने अपना आई-कार्ड दिखा कर बताया कि वह भी डॉक्टर है, सरकारी डॉक्टर।

'हमें फ़ौरन सीटी स्कैन करवाना होगा।' बृजेश बोला।

'सही कह रहे हैं सर। मगर हमारी स्कैन मशीन काम नहीं कर रही।'

'तो मैं इसे दिल्ली लेकर जाता हूं। अभी।'

'लेकिन सर, ये तो एमएलसी [मेडिको लीगल केस] है। पुलिस यहीं एफ़आईआर दर्ज करने के लिए कहेगी।'

'आई डोंट केयर! ये आदमी सीरियस है। मैं इसे दिल्ली लेकर जा रहा हूं। सुधु, टैक्सी ढूंढो, जल्दी जाओ।'

मैं बाहर दौड़ा और एक टैक्सी लेकर आया। वो एक ऐम्बेसेडर कार थी।

जिस वक़्त हम सफ़दर को गाड़ी की पिछली सीट पर बिठा रहे थे, उसी वक़्त सामने से कॉमरेड वेद गुप्ता आते दिखाई दिए। जिस वक़्त बाबा ने पार्टी दफ़्तर फ़ोन किया था उस वक़्त वेद गुप्ता ही वहां थे। वह फ़ौरन टैक्सी लेकर अस्पताल के लिए चल पड़े। वेद गुप्ता एक लंबे, सफेद बालों वाले, मृदुभाषी व्यक्ति थे। उस वक़्त वह ज़ाकिर हुसैन कॉलेज में पढ़ाया करते थे। मेरी उनसे बहुत थोड़ी दुआ-सलाम थी। वे एसएफ़आई में हमारी स्टडी क्लास लेने आते थे।

बृजेश ने कॉमरेड वेद को बताया कि वह सफ़दर को इरविन अस्पताल (जिसे बाद में लोकनायक जयप्रकाश नारायण का नाम दिया गया) लेकर जा रहा है।

'ठीक है बृजेश। जल्दी निकलो। मैं झंडापुर जाकर औरों को ढूंढ़ता हूं। किसी को मालूम है माला कहां होगी?' कॉमरेड ने कहा।

हे भगवान! माला को तो ये मालूम भी नहीं होगा कि उसके पति के साथ क्या हुआ है और अब वो कहां है। मुझे पूरे दिन ये ख़्याल ही नहीं आया था।

हममें से किसी को भी कुछ पता नहीं था कि कौन कहां होगा। ख़ैर, बृजेश सफ़दर को लेकर निकल पड़ा।

'कॉमरेड सुधन्वा, तुम दोनो भी दिल्ली चले जाओ। तुम्हें बाहर से शाहदरा की बस मिल जाएगी। पैसे हैं?'

'कॉमरेड, एक पुलिस वाला आया था। कहकर गया है कि यहां से जाना नहीं।'

'उसकी चिंता तुम मत करो। तुम जाओ। मैं पुलिस वालों को संभाल लूंगा।'

बाद में मुझे मालूम चला कि उन्होंने पुलिस वाले को बताया कि वह लोकसभा सांसद हैं!

जब कुछ साल बाद कॉमरेड वेद का देहांत हुआ और हम नौजवानों से पूछा गया कि रात में उनके पार्थिव शरीर के साथ कौन रुकेगा तो बृजेश और मैंने हाथ उठा

दिए थे। पार्टी ऑफ़िस में कॉमरेड वेद का शव लाल झंडे में लपेट कर रखा गया था। वेद की पत्नी बबली और बृंदा करात भी वहीं थीं। हड्डियां सर्द कर देने वाली वह रात हमने पार्टी ऑफ़िस में ही गुजारी। बृजेश और मैं, लाल क़मीज़ पहने, कॉमरेड वेद के दाएं-बाएं खड़े थे। एक वेद की दाहिनी तरफ़ और एक बाईं तरफ़ था। बबली वेद को याद किए जा रही थीं और बृंदा उन्हें संभाले हुए साथ बैठी थीं।

'वेद को सफ़दर से बड़ा लगाव था। ये हिंदी टाइपराइटर, देखती हो? ये सफ़दर ने दिया था पार्टी ऑफ़िस को। उसके क़त्ल से बस थोड़े दिन पहले। उसे टेलीविज़न का कोई असाइनमेंट मिला था। उसी के पैसे से खरीदा था उसने ये। वेद घर में दफ़्तर की बात नहीं किया करते थे। पर उस दिन, उस दिन उन्होंने सफ़दर के बारे में, पार्टी के बारे में, उसकी लगन के बारे में ख़ूब देर तक बात की थी। सफ़दर कितना ज़िंदादिल है। बार-बार कहते थे। ... मालूम है वेद सफ़दर को क्या कहा करते थे? "रंगीन मिज़ाज फ़कीर।" सफ़दर की हत्या पर बेहद ग़ुस्सा थे। तुम सोच सकते हो? इतना शांत, कोमल-सा आदमी कभी ग़ुस्से में भी आया होगा? अगर मैंने कभी इनको सचमुच आग-बबूला होते देखा तो उसी दिन। जब उन लोगों ने सफ़दर को मारा था।'

1 जनवरी 1989. **दिल्ली के अस्पताल**

विश्वजीत और मैं सीधे इरविन अस्पताल पहुंचे तो बृजेश एक एम्बुलेंस में बैठा जाता दिखाई दिया। मालूम चला कि वह सफ़दर को राम मनोहर लोहिया अस्पताल लेकर जा रहा है।

जब हम आरएमएल अस्पताल पहुंचे तो सुबह के बाद अब जाकर पहली बार माला दिखाई दी। मैंने दूर से उसको देखा। वह बाक़ी कॉमरेड्स के बीच खड़ी थी। उसके माता-पिता, अपर्णा दी और बाबा; सफ़दर की माँ, अम्मा जी, भी वहीं थीं। मुझे ये देखकर हैरानी हो रही थी कि कितने लोग जुट गए हैं। अब जाकर मुझे ये मालूम हुआ कि हमारी टोली में बाक़ी सब महफ़ूज़ थे। बस बृजेन्द्र का किसी को कुछ पता नहीं था। ये भी पता चला कि इस हमले में एक मज़दूर भी मारा गया है।

थोड़ी देर में बृजेश आईसीयू से बाहर आया और माला व दूसरे कॉमरेडों से बात करने लगा। जोगी, ललित, और जनम के कुछ अन्य साथियों के साथ मैं थोड़े फ़ासले पर खड़ा था। जनम के पुराने साथी सुभाष त्यागी, जो उस दिन झंडापुर में भी हमारे साथ थे, और मनीष मनोचा, व अरुण शर्मा पास ही में खड़े थे। बृजेश जैसे ही हमारी तरफ़ बढ़ा हमने उसे घेर लिया।

'स्कैन तो कर लिया है। उसका दिमाग़ कुचल गया है। उसकी नाक से सिर का पानी निकल रहा है। बचने की उम्मीद बहुत ही कम है। बच भी गया तो पता नहीं उसकी हालत कैसी होगी।'

शाम ढलने लगी थी। अस्पताल में लोग जुटते चले गए। एक के बाद एक कॉमरेड्स आते जा रहे थे। बहुत सारे दूसरे हमदर्द भी पहुंच गए थे। मेरे बाबा भी आ गए थे। मैं जाकर उनके सीने से लग गया। कहने को तो कुछ था ही नहीं। थोड़ी देर बाद थियेटर डायरेक्टर हबीब तनवीर भी अपनी पत्नी मोनिका के साथ आ पहुंचे। उन्होंने भी मुझे गले लगाया। मोनिका दी ने मेरे सिर पर हाथ फेरा।

'हिम्मत रखो। हिम्मत रखो।'

शाम घिरने लगी थी और भीड़ बढ़ती जा रही थी। हरेक के चेहरे पर एक मातमी सन्नाटा था। कोई कुछ बोलता ना था। अंधेरा ढलने के भी बहुत बाद हमें आख़िरकार पता चला कि बृजेन्द्र भी सुरक्षित है। थोड़ी देर बाद वह भी अस्पताल पहुंच गया। उसने हमें बताया कि हमला होने के बाद वह मदद के लिए झंडापुर थाने गया था। पुलिस वालों ने नाटक मंडली के लोगों की मदद के लिए टीम भेजने की बजाए उसी को थाने में बंद कर लिया। शाम को उसे छोड़ा। वहां से वह पार्टी ऑफ़िस गया और पार्टी ऑफ़िस से अस्पताल आया।

अब हमें और जानकारी मिली। बंदूक की गोली से मारे गए मज़दूर का नाम राम बहादुर था। वह नेपाल से आया एक नौजवान मज़दूर था जो पास ही की एक फ़ैक्ट्री में नौकरी करता था। उसको लोगों में दहशत फैलाने के लिए उसे मारा गया था। उस बेचारे का तो किसी से कुछ लेना-देना नहीं था।

रात को तक़रीबन दसेक बजे माला हमारे पास आई।

'यूँ इंतज़ार करते रहने का कोई फ़ायदा नहीं है। तुम लोग जाओ, थोड़ी देर सो लो। कुछ खाया? जाओ कहीं से खाने का इंतज़ाम करो। पैसे हैं? अभी जाओ, सुबह आ जाना।'

बृजेन्द्र, जोगी, ललित, और मैं अस्पताल से चल पड़े। भूख तो किसी को नहीं थी मगर ललित ने ज़ोर दिया कि हमें कुछ तो खा ही लेना चाहिए। हमें पास ही एक ढाबा मिल गया और हमने कुछ दाल-रोटी खा ली। सुबह के बिस्कुटों के बाद ये पहला निवाला था जो हमारे हलक़ में गया था।

हमने रात विट्ठल भाई पटेल हाउस में डीवाईएफ़आई के दफ़्तर में गुजारी। ललित ने दफ़्तर हमारे लिए खुलवा कर रखा था। एक कॉमरेड वहां पर होल टाइमर

थे। जनम के साथी सोमन के छोटे भाई। उन्होंने हमें दो कंबल दिए। जोगी, बृजेन्द्र, और मैं रात भर वहीं रहे। ललित कॉमरेड के घर रहा।

मुझे लग नहीं रहा था कि नींद आ जाएगी। पर जैसे ही मैं लेटा, मानो काठ का हो गया था।

1 जनवरी 1989. **भागमभाग**

उस सुबह मद्रास होटल के सामने हमें जो लोग मिले थे उनमें से एक शख़्स से मैं पहले कभी नहीं मिला था। ये एक नाटे क़द का, ख़ुशनुमा सा आदमी था। एक भली सी मुस्कान सदा उसके चेहरे पर रहती थी। वह भी झंडापुर हमारे साथ आया था मगर दिन भर की अफ़रा-तफ़री में मुझे उसका ख़्याल नहीं आया।

उसका नाम था मुरलीधरन। बतौर पार्टी होल टाइमर उसे कुछ ही दिन पहले अहमदाबाद से दिल्ली भेजा गया था। वह और सफ़दर त्रिवेंद्रम में आयोजित माकपा कांग्रेस में आए अंतर्राष्ट्रीय प्रतिनिधियों की अगवानी और विदाई का ज़िम्मा संभाले हुए थे। उस ज़माने में केरल में अंतर्राष्ट्रीय हवाई अड्डा नहीं हुआ करता था इसलिए इन प्रतिनिधियों को दिल्ली से होकर ही जाना पड़ता था। चूंकि फ़िलहाल सारे अंतर्राष्ट्रीय प्रतिनिधि पार्टी कांग्रेस के लिए त्रिवेंद्रम में थे इसलिए मुरली के पास भी दिल्ली में बहुत ज़्यादा काम नहीं था। इतवार का दिन था। जब सफ़दर ने कहा कि तुम भी नाटक देखने चलो तो मुरली फ़ौरन राज़ी हो गया।

जब हमला हुआ तो सफ़दर, माला, और दूसरों के साथ मुरली भी सीटू के दफ़्तर गया था। मुरली किसी को जानता नहीं था। जब हमलावर सीटू के दफ़्तर में घुसे तो कॉमरेड रमानाथ झा, बृजेन्द्र, और सफ़दर ने दफ़्तर के अहाते का गेट मज़बूती से पकड़े रखा। एक गुंडे ने दीवार पर चढ़ कर उनके ऊपर ईंट फेंक कर मारी। वो रमानाथ झा के सिर पर लगी। कॉमरेड झा को पहले ही घुटने में चोट लग चुकी थी। वे लड़खड़ा कर गिर पड़े। ये देखकर सफ़दर ने सबको भागने के लिए कहा। रमानाथ झा भी किसी तरह पिछली दीवार फांद कर भाग निकले। हत्यारे उनका पीछा कर रहे थे। भागते-भागते वह एक मज़दूर के घर में जा घुसे जिसने उन्हें छिपा लिया। वह हमलावरों की नज़र से बच गए। कॉमरेड झा को न ढूंढ पाने की हताशा में हत्यारों ने राम बहादुर को उसके कमरे से घसीट कर बाहर निकाला और पिस्तौल उसकी कनपटी पर टिका कर गोली चला दी। उसकी बीवी पवित्रा की आंखों के सामने।

इधर मुरली भी दीवार फांद कर भागा। वह किसी को जानता तो था नहीं। न

ही उसे अंदाज़ा था कि वह कहां है। उसे कुछ लोग खिड़कियों में से झांकते दिखाई दिए। किसी में बाहर निकलने की हिम्मत नहीं थी। वह और बृजेन्द्र एक-दूसरे के लिए अजनबी थे मगर आज हालात ने दोनों को साथ दौड़ा दिया था। मुरली अहमदाबाद से आया एक मलयाली था जिसने पहले कभी जूते नहीं पहने थे। दिल्ली के जाड़ों का सामना करने के लिए उसने गोला स्पोर्ट्स शूज़ खरीदे थे और उस दिन पहली बार उन्हें पहन कर निकला था। उस दिन उसने जाना होगा कि इंसान जूतों को पहन कर ज़्यादा तेज़ दौड़ सकते हैं।

बृजेन्द्र और मुरली दौड़ते-दौड़ते मेन रोड पर पहुंचे जहां चाय की एक गुमटी थी।

बृजेन्द्र ने कहा कि 'मैं थाने जा रहा हूं। आप यहीं इंतज़ार करिए।'

देखते-देखते कुछ लाठीधारी भी वहां पहुंच गए। ये वही हमलावर थे। वे मुरली को नहीं पहचान पाए क्योंकि उसने जनम का काला कुर्ता नहीं पहना था। मुरली चुपचाप वहां बैठा रहा। ये उम्मीद करते हुए कि बृजेन्द्र जल्दी वापस ना आ जाए। उस दिन मुरली की दुआ क़ुबूल हो गई। बृजेन्द्र सचमुच पलट कर नहीं आया। मुरली बहुत देर तक उसकी राह देखता रहा और फिर दिल्ली के लिए निकल गया। उसको याद नहीं कि वह कैसे वापस पहुंचा।

जब बृजेन्द्र दौड़ा जा रहा था, रास्ते में साइकिल पर सवार एक आदमी ने उसे थाने तक अपने पीछे बिठा लिया। थाने में पहुंचने पर उसने कॉन्स्टेबल भाग सिंह और कुछ अन्य पुलिस वालों को हमले की जानकारी दी।

भाग सिंह बोला, 'हां, पता है। हमें रिपोर्ट मिल गई है। तू आराम से बैठ। चाहे तो उल्टा चला जा। हमने पुलिस पार्टी रवाना कर दी है।'

बृजेन्द्र को ये सुनकर थोड़ी तसल्ली मिली। वह बेंच पर बैठ गया और सोचने लगा कि आगे क्या करना है। उसने लौटने के बारे में सोचा। अगर पुलिस झंडापुर पहुंच चुकी है तो वह दूसरों को भी ढूंढ सकता है। मगर तभी तीन-चार कारों में सवार बहुत सारे गुंडे वहां आ धमके। उनकी नज़र बृजेन्द्र पर पड़ी।

उनमें से एक ने अपने सिर पर लगी खरोंच पर उंगली रखकर कहा 'इसी हरामी ने मुझे लाठी मारी थी। हम पर हमला करने वालों में ये भी था। ये सब दिल्ली से आए हैं। हमारे बहुत सारे लोग घायल हुए हैं।'

बृजेन्द्र ने इस बात का विरोध किया तो कॉन्स्टेबल ने उसी को चार-पांच थप्पड़ लगा दिए।

'नीचे बैठ, मादरचोद। ये थाना है, तेरे बाप का घर नहीं है।'

फिर उसे ना जाने क्या सूझी और उसने बृजेन्द्र को लॉकअप में बंद कर दिया। चंद मिनट बाद उसे लॉकअप से निकाल कर फ़र्श पर बैठने को कहा।

पुलिस वालों ने बृजेन्द्र को वहीं धर लिया। उसकी आंखों के सामने हमलावरों ने कॉन्स्टेबल रामस्वरूप को नोटों की एक गड्डी थमाई। पुलिस की इसी मुस्तैदी का नतीजा था कि बृजेन्द्र को शाम तक थाने में बिठा कर रखा गया। उसे पेशाब करने के लिए भी नहीं जाने दिया। उसे तब छोड़ा गया जब पीएसी (प्रॉविंशियल आर्म्ड कॉन्स्टेब्युलरी) के जवान मौक़े पर पहुंचे।

थाने से निकल कर बृजेन्द्र मेन रोड पर आया जहां उसे दिल्ली ट्रांसपोर्ट कॉरपोरेशन (डीटीसी) की हसनपुर डिपो की एक बस दिखाई दी। उसने हाथ देकर बस रुकवाई और कंडक्टर को बताया कि ग़ुंडों ने उसके पैसे छीन लिए हैं। जाड़ों की ठिठुरती शाम को वह सिर्फ़ एक कुर्ते और जीन्स में सड़क पर खड़ा था इसलिए कंडक्टर को उसकी कहानी क़ाबिले-यक़ीन लगी। बस कंडक्टर ने उसे लिफ़्ट दे दी और आख़िरकार वह वी. पी. हाउस स्थित पार्टी ऑफ़िस पहुंच गया।

उस दिन सुबह जब नाटक में पहली बार ख़लल पड़ा तो जोगी को कुछ ज़्यादा खटका नहीं लगा था। उसने सोचा, 'सफ़दर तो है ही। संभाल लेगा।' चुनांचे, जब उन लोगों ने बाक़ायदा हमला बोल दिया तो उसको बड़ा झटका लगा था। दर्शक तो पलक झपकते मौक़े से ग़ायब हो गए थे। औरतें, बच्चे, मर्द, सब इधर-उधर भागे जाते थे। वह भी उन लोगों में से एक था जो सफ़दर के साथ सीटू के दफ़्तर गए। उसे दिवाकर, विनोद, बृजेन्द्र, माला, शिखा, प्राची, इन सबके बारे में याद है। जब सीटू के दफ़्तर पर हमला हुआ तो सफ़दर ने सबको पीछे की दीवार फांद कर भागने के लिए कहा। जब जोगी भागा तो उसके पास नाटक का एक डंडा अभी भी था। एक आदमी उसको मारने के लिए पीछे दौड़ा आ रहा था। जोगी ने डंडा उसकी ओर फेंका जो हमलावर की टांगों में जाकर लगा। वो लड़खड़ाकर गिर पड़ा जिससे जोगी को भाग निकलने का मौक़ा मिला।

किसी ने अपने छोटे से कमरे का दरवाज़ा खोल कर उसे अंदर छिपा लिया और दरवाज़ा बंद कर दिया। तभी कहीं एक गोली चली। जोगी की रूह कांप गई। गोली के धमाके के बाद जो सन्नाटा फैला उसमें उसे अपनी सांस तक सुनाई पड़ने लगी। और कुछ नहीं। उसकी जान बचाने वाले ने थोड़ी देर बाद दिवाकर को, और कुछ देर बाद विनोद को भी अपने कमरे में छिपा लिया।

जोगी, दिवाकर, और विनोद, तीनों बिल्कुल ख़ामोश थे। उनमें एक-दूसरे से

बात करने की भी हिम्मत नहीं थी। यहां उन्होंने अपने काले कुर्ते निकाल कर अपने सामान्य कपड़े पहने जो उन्हें ऑफ़िस से मिले थे। उनको पनाह देने वाले ने पानी की एक बाल्टी और मग भी उन्हें दे दिया। पीने के लिए। वे वहां कब तक, कितनी देर बंद रहे, जोगी को याद नहीं। शायद बीस मिनट। शायद दो घंटे। आख़िरकार उस आदमी ने कमरे का दरवाज़ा खोला।

'कॉमरेड, वे लोग जा चुके हैं। अब आप लोग निकल जाओ। ये वाली गली पकड़ लो। देखकर जाना।'

हमले में सबसे पहले चोट खाने वालों में त्यागी भी एक थे। उनकी पीठ पर लाठी पड़ी थी। इसके बाद तो लम्हे भर में वहां भूचाल आ गया था। कुछ कॉमरेड्स ने हमलावरों को रोकने के लिए उन पर पत्थर फेंके। इसी अफ़रा-तफ़री में त्यागी भी अपनी जान बचाकर भागे। तभी उन्हें ख़्याल आया कि उन्हें अपना कुर्ता उतार देना चाहिए। उन्होंने कुर्ता निकाल कर पास खड़ी एक औरत को दे दिया। मगर कुर्ते के नीचे उनका बनियान बेदाग सफेद था। वह मज़दूरों जैसा तो बिल्कुल नहीं था। झकाझक नया। ये देखकर उस औरत ने उनको अपने घर में घुसाकर बाहर से कुंडी लगा दी। त्यागी के साथ जनम का एक और ऐक्टर था। त्यागी का कहना है कि वह दिवाकर था मगर जोगी कहता है कि दिवाकर उसके साथ था। कौन जाने! ख़ैर, घर में छिपे दोनों अभिनेता किवाड़ की दरार से देख सकते थे कि गुंडे ठीक दरवाज़े के आगे आकर पूछ रहे थे कि ये घर किसका है। औरत बोली, कोई नहीं रहता, घर का मालिक तो फ़ैक्ट्री में काम करने गया है। जब गुंडे लौट गए तो औरत ने दरवाज़ा खोला। त्यागी को समझ में आ गया था कि अगर वे मेन दरवाज़े से निकलेंगे तो सड़क पर गुंडे फिर उन्हें पकड़ लेंगे। यह सोचकर वे लोग छत पर चढ़ गए और एक छत से दूसरी छत कुलांचे भरते गली के आख़िर तक जा पहुंचे।

आसमान से गिरे और खजूर पे लटके! छतों को फांदते-फांदते जब त्यागी और उनके साथी ने आख़िरी छत से नीचे छलांग लगाई तो पता चला वो एक गुंडे के घर जा पहुंचे थे।

'यही हैं, पकड़ो सालों को!' गुंडे चिल्लाए।

तब त्यागी सैंतालीस साल के थे, पर ग़ज़ब के फ़ुर्तीले। उन्होंने गुंडों को पछाड़ दिया। दूसरा ऐक्टर तो वैसे भी नौजवान था इसलिए तेज़ी से भाग निकला। जैसे-तैसे वे हमलावरों को छकाते हुए मेन रोड पर पहुंचे जहां आकर उन्हें किसी ने कहा कि तीन लोग मारे गए हैं। उनके पास इस ख़बर की तस्दीक़ करने का कोई ज़रिया नहीं

था। ना ही ये पता चल सकता था कि अगर वाक़ई लोग मरे हैं तो वे हैं कौन। उन्हें तो जो भी पहली बस दिखाई दी वे उसमें सवार हो गए। इस बस ने उन्हें शाहदरा छोड़ा जहां से वे वापस पार्टी ऑफ़िस पहुंचे। यहां आकर उन्हें पहली बार पता चला कि सफ़दर को गहरी चोटें आई हैं और उसे इरविन अस्पताल में दाख़िल कराया गया है। जब वे अस्पताल पहुंचे तो मालूम हुआ कि सीटी स्कैन मशीन काम नहीं कर रही है इसलिए सफ़दर को आरएमएल अस्पताल भेजना होगा। उसी वक़्त कुछ पत्रकार आ पहुंचे। इरविन अस्पताल के डॉक्टरों ने कहा कि अगर फ़ोटोग्राफ़रों ने एक भी तस्वीर ली तो सफ़दर को अस्पताल में ही रखना होगा; वे उन्हें आरएमएल अस्पताल नहीं भेज पाएंगे। इस पर त्यागी ने हाथ जोड़ कर प्रेस वालों से बात की और उनसे विनती की कि वे तस्वीर ना लें। शुक्र है कि उन्होंने त्यागी की बात मान ली।

हमला होने पर औरों के साथ-साथ ललित भी सीटू के दफ़्तर में जा छिपा था। हमलावर उसकी भी जान के पीछे पड़े थे। तब वह भी माला, शिखा, और प्राची के साथ पीछे की दीवार फांद कर एक घर में जा छिपा था। अगले कई घंटे वह लड़कियों के साथ वहीं बंद रहा।

1 जनवरी 1989. **छिपना और छकाना**

31 दिसंबर 1988 को माला और सफ़दर ओखला इंडस्ट्रियल एरिया स्थित तेहखंड मोड़ पर *हल्ला बोल* के मंचन के लिए गए थे। सफ़दर ने बाक़ियों को इत्तिला दी कि दो तारीख़ के शो में वह नहीं आएगा क्योंकि उस दिन शाम को प्रेस कॉन्फ्रेंस थी। माला और सफ़दर के लिए नए साल की कोई ख़ास गहमागहमी नहीं थी। लिहाज़ा, साल की आख़िरी शाम को वे ओखला से सीधे घर चले गए।

अगले दिन, 1 जनवरी की सुबह वे लक्ष्मीबाई नगर स्थित अपने घर से चलकर आईएनए पहुंचे और वहां से उन्होंने शिवाजी स्टेडियम की बस पकड़ी। यूं तो उस दिन ज़्यादातर ऐक्टर लेट हो गए थे मगर रियाज़ कुछ ज़्यादा ही लेट था। सफ़दर और माला सोच रहे कि उसका रोल कौन करेगा कि तभी बस छूटने से ठीक पहले वह अपने छकड़ा स्कूटर पर झूलता हुआ पहुंचा। उसने कहा कि वह स्कूटर पर ही जाएगा। वह झंडापुर में मिलने को कहकर वहां से चल पड़ा।

माला को झंडापुर के बस स्टॉप से सीटू ऑफ़िस तक का पैदल रास्ता आज भी याद है। इस टोली में कुल पंद्रह लोग थे : बृजेन्द्र, बृजेश, दिवाकर, जोगी, ललित, माला, मुरली, प्राची, रियाज़, सफ़दर, शिखा, सुधन्वा, त्यागी, विनोद, और

विश्वजीत। माला बताती है कि जब नाटक शुरू हुआ उस वक़्त सफ़दर और मुरली सीटू के कॉमरेड रमानाथ झा के साथ चाय की दुकान पर खड़े थे। जब पहली बार नाटक में ख़लल पड़ा तो माला को ऐसा नहीं लगा कि इसमें कुछ ख़तरे की बात है। ऐक्टिंग के दायरे के भीतर से उसके लिए ये अंदाज़ा लगाना मुश्किल रहा होगा कि कितने लोग हम पर अपनी नज़रें जमाए हुए थे। जब नाटक बीच में रुका तो उसने देखा कि सफ़दर और रमानाथ झा जाकर कुछ लोगों से बात कर रहे हैं। महज़ कुछ मिनटों के भीतर सफ़दर ने नाटक जारी रखने का इशारा किया। जोगी ने फिर से ढोल पर चंद थाप दी और ऐक्टर्स वहीं से अपना-अपना किरदार लेकर चल पड़े जहां वे रुके थे। इस बार उन्होंने दो-तीन मिनट नाटक खेला होगा कि तभी माला को कुछ खटका। उसे कुछ हलचल महसूस हुई। ऐसा लगा कि दर्शक बेचैन हो रहे हैं। तभी उसे सरिए और लाठियां लिए बहुत-से लोग आते दिखाई दिए। उसके बाद सब कुछ धुंधलाता चला गया। उसको याद पड़ता है कि किसी ने बेंच उठाकर रमानाथ झा की टांगों पर दे मारा था।

इस अफ़रा-तफ़री में माला की नज़र नाटक की प्रॉपर्टीज़ यानी साज़ो-सामान पर थी। उसने फ़टाफ़ट सब कुछ इकट्ठा किया और बगल में इस्त्री वाली की दुकान में घुस गई। नाटक दुकान के ठीक सामने हो रहा था। उसने प्राची और शिखा को ख़ासतौर से अपने साथ रखा। तभी सफ़दर आया। माला ने देखा कि उसके साथ धक्का-मुक्की हुई, या वो कहीं गिर पड़ा था क्योंकि उसकी ऐनक ज़मीन पर पड़ी थी। ऐनक को उठाने का कोई मतलब नहीं था। वह चूर-चूर हो चुकी थी।

तब पहली बार माला को ख़तरे का अंदेशा हुआ।

सफ़दर ने कहा कि सब सीटू दफ़्तर चलो। दफ़्तर में पहुंच कर माला ने देखा कि कॉमरेड जदुमनी बेहरा के सिर में चोट लगी थी। माला ने देखा कि उनका घाव गहरा था। उस चोट का गड्ढा कॉमरेड बेहरा की खोपड़ी पर आज भी मौजूद है। माला ने कॉमरेड बेहरा की चोट साफ़ की और ख़ून को रोकने की कोशिश की। कुछ सोचने का वक़्त नहीं था। उसके हाथ ख़ुद-ब-ख़ुद चल रहे थे।

हमलावरों की आवाज़ पास आती जा रही थी। दफ़्तर के दरवाज़े की भीतर की कुंडी टूटी हुई थी। सफ़दर ने माला की तरफ़ देखा।

'मैं दरवाज़ा अंदर से पकड़ता हूं। तुम लड़कियों को लेकर पीछे से भागो।'

माला, प्राची, और शिखा पीछे की दीवार फांद कर दूसरी तरफ़ पहुंच गए। बाक़ी कॉमरेड भी उनके पीछे-पीछे निकलने लगे। यहां से लोग अलग-अलग दिशाओं में

बंट गए। कोई इधर भागा तो कोई उधर। ललित भी माला, प्राची, और शिखा के साथ हो लिया। माला को याद है कि ज़्यादातर मकान कम ऊंचाई के और अधिकांशतः एक मंज़िला थे। सभी की दीवारें छोटी थीं। बहुत सारे प्लॉट खाली पड़े थे। एक खाली प्लॉट को पार करके उन्होंने किसी के घर पर दस्तक दी। दरवाज़ा नहीं खुला। माला ने दो और दरवाज़ों पर दस्तक दी। यहां से भी कोई जवाब नहीं मिला। तब उसकी नज़र एक और मकान पर पड़ी जिसका दरवाज़ा खुला हुआ लग रहा था। दरवाज़े को धक्का देकर ये चारों भीतर दाख़िल हो गए। माला ने भीतर जाकर झट से कुंडी लगा ली।

वहां एक औरत अपना छोटा-सा बच्चा लिए बैठी थी। एक और कमरा था जिस पर ताला लगा था। बाईं तरफ़ रसोई थी और दाहिनी तरफ़ टॉयलेट था। दोनों में जाने के लिए कमरे से बाहर निकलना ज़रूरी था। माला उस औरत से मुख़ातिब हुई।

'गुंडे हमारे पीछे पड़े हैं। मेहरबानी करके ये कमरा खोल दो और हमें भीतर बंद कर दो। हम ज़रा सी भी आवाज़ नहीं करेंगे।'

उस भली औरत ने माला का कहा किया। बाद में पता चला कि जिस कमरे पर ताला लगा था वह एक किरायेदार का था जो उस वक़्त अपने गांव गया हुआ था। कमरा लगभग सूना था। ना कोई फ़र्नीचर था। सिर्फ़ फ़र्श पर एक दरी बिछी हुई थी।

तालाबंद कमरे के भीतर चारों ये कल्पना करते बैठे रहे कि बाहर क्या कुछ हो रहा होगा। उन्हें शोर सुनाई दे रहा था। धुंधली-धुंधली चीख पुकार सुनाई पड़ रही थी। तक़रीबन आधे घंटे बाद गोली चलने की आवाज़ आई। कमरे में ऊपर एक रोशनदान था। तीनों महिलाओं ने ललित को ऊपर उठाया ताकि वह उससे बाहर देख सके। उनकी कोशिश ज़्यादा कामयाब नहीं हो पाई। रोशनदान में सीमेंट की जाली थी और उसके सुराख़ छोटे थे। ललित को कुछ दिखाई नहीं दिया। इसी बीच उन्हें लगा कि घर में कोई आदमी दाख़िल हुआ है। शायद उस औरत का पति रहा होगा।

फिर उन्हें पास ही में शोर सुनाई पड़ने लगा। कुछ आदमी, शायद आधा दर्जन लोग, इधर से उधर आते-जाते सुनाई पड़ रहे थे। वे पूछ रहे थे कि काले कुर्ते वाली औरतें किस तरफ़ गई हैं। माला और बाक़ियों ने काले कुर्ते के नीचे स्वेटर पहने हुए थे। उन्होंने कुर्ता और स्वेटर निकाले और कुर्ते के ऊपर स्वेटर पहन लिया। भेष बदलने की ये कोशिश स्वाभाविक थी।

वह महिला कमरे में आई और उसने कहा कि वह उन्हें बाहर नहीं जाने देगी, ख़तरा है। माला ने भी कहा कि हां, कोई बाहर जाने वाला नहीं है।

चारों लोग चुपचाप सांस थामे बैठे रहे। गोली की पहली आवाज़ के तक़रीबन

डेढ़ घंटे बाद उन्हें एक बार फिर गोली चलने की आवाज़ सुनाई दी। इस बार आवाज़ दूर से आ रही थी इसलिए यक़ीन से कहना मुश्किल था कि ये गोली की ही आवाज़ है। अब बहुत-बहुत देर तक सन्नाटा पसर जाता था।

वह महिला फिर से कमरे में आई।

'तुम्हारा एक आदमी मारा गया है।'

माला ने पूछा, 'उसने क्या पहना था?' वह जानना चाहती थी कि कोई काले कुर्ते वाला तो नहीं है।

'स्वेटर।' महिला ने जवाब दिया।

बीच में किसी समय उन्हें रियाज़ के स्कूटर की आवाज़ सुनाई पड़ी थी। तक़रीबन तीन साढ़े-तीन घंटे बाद माला बाहर निकली। उसने बाथरूम में जाकर उसके रोशनदान से बाहर झांक कर देखा। रियाज़ पास से ही गुज़र रहा था। फिर दिवाकर भी दिखाई दिया। मगर दोनों साथ-साथ नहीं जा रहे थे।

एक बार फिर सन्नाटा पसर गया था। हवा में अभी भी तनाव था। माला को कोई डर तो नहीं था मगर दूसरों की हिफ़ाज़त को लेकर वो बेचैन थी। कुछ पता नहीं था कि बाक़ी कौन कहां है। न ही उन्हें ये अंदाज़ा था कि उन्हें कब तक यहां छिपना पड़ेगा। आगे क्या होगा, क्या नहीं! माला ने कहा कि वे लोग दिन ढलने के बाद ही यहां से निकलेंगे। किसी ने विरोध नहीं किया।

लड़कियां बाथरूम जाना चाहती थीं। इसके लिए उस महिला ने उन्हें एक बाल्टी दी। फिर उसने खाने को कुछ दिया। शायद भुने हुए चने।

शाम को कॉमरेड वेद वहां पहुंचे। उस समय तक़रीबन पांच बज गए होंगे क्योंकि माला को याद पड़ता है कि अभी अंधेरा नहीं हुआ था। स्थिति शांत हो चुकी थी। हवा में वैसी दहशत नहीं थी। गुंडे अपने बिलों में वापस लौट गए थे। माला को बाहर वेद की आवाज़ सुनाई दी। वे ज़ोर-ज़ोर से बोल रहे थे ताकि कोई भी छिपा हो तो बाहर निकल आए। तब ये चारों साथी बाहर निकले। वेद ने फ़ौरन उन्हें कार में बिठा लिया।

जब कार दिल्ली के लिए चली तो माला ने एक-एक करके हरेक के बारे में पूछना शुरू किया। पता चला कि ज़्यादातर लोगों का पता-ठिकाना मालूम है।

'बृजेन्द्र कहां है?' माला ने पूछा।

'उसका अभी पता नहीं चला।'

'और सफ़दर?'

'उसके बारे में दिल्ली चलकर बात करते हैं।' माला ने ज़ोर देना ठीक नहीं

समझा मगर उसे अंदाज़ा हो गया कि सफ़दर को चोट लगी होगी। उस वक़्त उसे सफ़दर से ज़्यादा फ़िक्र बृजेन्द्र को लेकर थी।

इरविन अस्पताल में माला को बहुत सारे लोग मिले। सफ़दर की माँ, अम्माजी वहां थी। माला की माँ अपर्णा थीं। और भी कई कॉमरेड अस्पताल में मौजूद थे। सफ़दर स्ट्रेचर पर लेटा दिखाई दिया। किसी ने उसे बताया कि सफ़दर को स्कैन के लिए आरएमएल अस्पताल ले जा रहे हैं। बृजेश सफ़दर के साथ था। माला ने भांप लिया था कि सफ़दर की चोटें गंभीर हैं। मैंने इस किताब के सिलसिले में माला से पूछा कि जब उसने पहली बार सफ़दर को इस हालत में देखा तो उसके ज़ेहन में क्या गुज़रा।

'सोच मुल्तवी हो गई थी। मैं सिर्फ़ देख रही थी।'

आरएमएल में सफ़दर को पहले इमरजेंसी यूनिट में ले जाया गया। वहां पहले ही बहत सारे लोग जमा थे। माला को याद है कि थियेटर डायरेक्टर बंसी कौल वहां पर थे जिन्होंने सफ़दर को ओढ़ाने के लिए अपना शॉल दिया। इसके अलावा माला को विज्ञान कार्यकर्ता प्रबीर पुरकायस्थ भी याद हैं जो अस्पताल वालों पर दबाव डाल रहे थे कि वे जल्दी से जल्दी स्कैन करें।

स्कैन के बाद सफ़दर को आईसीयू में भेज दिया गया। बृजेश के डॉक्टर दोस्तों में से एक कंटूर थे जो माला और सफ़दर को जानते थे और आरएमएल में तैनात थे। कंटूर और बृजेश ने माला को बताया कि सफ़दर का ब्रेन स्टैम (मस्तिष्क स्तम्भ) टूट गया है, उसकी हालत बहुत नाज़ुक है, मगर वे हर पल उस पर नज़र रख रहे हैं। फ़िलहाल इंतज़ार करने के सिवा उनके हाथ में कुछ नहीं था। इसी बीच माला को मालूम पड़ा कि बृजेन्द्र भी सुरक्षित है। उसे थोड़ी राहत मिली। ग़ाज़ियाबाद से एक कॉमरेड अस्पताल में आकर उससे मिले। उन्होंने माला को बताया कि गुंडों ने राम बहादुर को मार डाला है। माला ने इन कॉमरेड को कहा कि सीटू को इस घटना पर जल्दी से जल्दी झंडापुर में एक जनसभा बुलानी चाहिए। एकाध हफ़्ते के भीतर। उसने कहा कि जनम भी फिर से वहां नाटक करेगा।

माला ने रात अस्पताल में गुजारी। अम्माजी, अपर्णा दी, पुशी (सफ़दर के बहनोई और कॉमरेड), बृजेश, और कंटूर के साथ वह अस्पताल के ही एक दफ़्तरनुमा कमरे में बैठी रही। माला बताती है कि उनके साथ एक और कोई व्यक्ति था मगर कौन था उसको याद नहीं पड़ता। उन्होंने वहीं फ़र्श पर चादरें बिछाईं और पैर सीधे करके बैठे रहे।

2 जनवरी 1989. अलविदा

दिन निकलते ही मैं फिर से अस्पताल जा पहुंचा। आज वहां कल से भी ज़्यादा बड़ी भीड़ थी। इस हमले की ख़बर बहुत-से अख़बारों के पहले पन्ने पर छपी थी। अब हमें मालूम हो चुका था कि साहिबाबाद का एक लोकल कांग्रेसी गुंडा मुकेश शर्मा हमलावरों की अगुवाई कर रहा था। राजीव गांधी प्रधानमंत्री थे और नारायण दत्त तिवारी उत्तर प्रदेश के मुख्यमंत्री। दोनों जगह कांग्रेस की सरकार। लिहाज़ा, जब उस दिन केंद्रीय गृह मंत्री बूटा सिंह अस्पताल आए तो उनका सामना एक गुस्साई भीड़ से हुआ। इन लोगों ने बूटा सिंह को आईसीयू में सफ़दर को नहीं देखने दिया। वह डॉक्टरों से मिलकर ही लौट गए। उन्होंने आश्वासन दिया कि सफ़दर के इलाज का पूरा ख़र्चा सरकार उठाएगी। अगर ब्रेन सर्जरी होती है तो उसका पूरा ख़र्चा भी सरकार ही वहन करेगी।

मुझे ठीक से याद तो नहीं कि ये बूटा सिंह के अस्पताल आने से पहले की बात है या बाद की। मगर अब अख़बारों की रिपोर्ट्स को देखकर मालूम चलता है कि उस दिन तक़रीबन तीन सौ कलाकारों और बुद्धिजीवियों ने बूटा सिंह के घर के बाहर प्रदर्शन किया था। गृह मंत्री से मिलने वाले प्रतिनिधि मंडल में भीष्म साहनी, हबीब तनवर, नेमीचन्द्र जैन, रेवतीशरण शर्मा, एम. के रैना, बंसी कौल, मनोहर सिंह, और सुधीश पचौरी जैसे जाने-माने कलाकार और साहित्यकार शामिल थे। रंगमंच समुदाय में आक्रोश इतना गहरा था कि सबने मिलकर दो जनवरी से शुरू होने वाले साहित्य कला परिषद के रंगमंच उत्सव का बहिष्कार कर दिया। बूटा सिंह ने भी दिल्ली के चीफ़ एग्जिक्यूटिव काउंसिलर (दिल्ली में तब मुख्यमंत्री नहीं हुआ करता था) जगप्रवेश चंद्र को निर्देश दिया कि वह रंगमंच उत्सव को रद्द कर दें। लंबी, रटी-रटाई परिपाटी पर चलते हुए गृह मंत्री ने प्रतिनिधि मंडल को आश्वासन दिया कि हमले की वजहों का पता लगाने के लिए एक उच्च स्तरीय जांच कराई जाएगी। इस जांच के बारे में उस दिन के बाद किसी ने कभी कुछ नहीं सुना।

यहां से प्रदर्शनकारी कलाकारों का जत्था रबीन्द्र भवन पहुंचा। लगभग डेढ़ किलोमीटर दूर स्थित इस भवन के अहाते में तुरत-फुरत एक जनसभा आयोजित की गई और फ़ैसला लिया गया कि पूरे देश में 9 जनवरी को प्रतिरोध दिवस मनाया जाएगा।

उस दिन शाम को सफ़दर द्वारा बुलाई गई प्रेस कॉन्फ्रेंस यथासमय आयोजित हुई। कमरा पत्रकारों, कार्यकर्ताओं, और कलाकारों से ठसाठस भरा था। प्रेस कॉन्फ्रेंस

को संबोधित करने वालों में रंगकर्मी गोविंद देशपांडे, एम. के. रैना और हबीब तनवीर प्रमुख थे। जनम के ऐक्टर्स में से बृजेन्द्र बताया कि कल उसके साथ क्या-क्या हुआ था। गोविंद देशपांडे (मेरे पिता, जिन्हें ज़्यादातर लोग जीपीडी के नाम से जानते थे) ने कहा कि मौजूदा कांग्रेस इमरजेंसी से भी ज़्यादा गिर चुकी है। 'अब ये लोग हमें जेल में नहीं डालते, ना ही ख़बरों पर पाबंदी लगाते हैं। वे लोगों को सीधे मार डालते हैं। ये तो सेंसरशिप से भी बुरा दौर है।' उन्होंने इस बारे में भी बताया कि सफ़दर कैसा अभूतपूर्व प्रतिभाशाली व्यक्ति है, उसकी राजनीतिक प्रतिबद्धताएं क्या हैं।

एम. के. रैना गुस्से से तिलमिला रहे थे। 'हम सफ़दर हाश्मी की ही बदौलत जलसे-जुलूसों में साथ चलते रहे हैं। वो हम कलाकारों को एक सूत्र में पिरोने वाली डोर था। तेरह साल से मैं उसके नाटक देखता आ रहा हूं। ये ऐसे नाटक हैं जो प्रासंगिक हैं, जो मौजूदा हालात पर सवाल खड़ा करते हैं। सांप्रदायिक सद्भाव, राष्ट्रीय एकजुटता, हर चीज़ पर हमें रास्ता दिखाते हैं। एक सजग नागरिक से आप और क्या उम्मीद रखते हैं? इस तरह के किसी कवि, कलाकार, बुद्धिजीवी, चित्रकार, लेखक को, ऐसी विविध प्रतिभाओं के व्यक्ति को कोई गुंडा मार डालता है ... दिल्ली के ठीक किनारे पर? यहां से सिर्फ़ चौदह किलोमीटर के फ़ासले पर? अगर सफ़दर हाश्मी के साथ ऐसा हो सकता है तो भला देश में कौन सुरक्षित बचा है?' उनकी आंखों से चिंगारियां फूट रही थीं।

हबीब तनवीर आमतौर पर तैश में आकर बात करने वाले व्यक्ति नहीं थे। मगर उस दिन उनके शब्द दहकते अंगारे थे। 'और, अगर यही होना है, अगर ऐसे ही हालात हैं तो मैं यही कहूंगा कि तमाम लोगों को हथियारबंद करो। फिर हम ख़ुद अपनी हिफ़ाज़त कर लेंगे। एक निहत्था आदमी, या कलाकारों, अभिनेताओं की टोली, गुंडों के झुंड का कैसे सामना कर सकती है! अब वक़्त आ गया है – हम सबको हथियार मिलने चाहिए। हम परफ़ॉर्म करेंगे; और हमारे पास अपनी बंदूकें होंगी। हम मारेंगे; या मर जाएंगे। वरना ये सिलसिला यहीं ख़त्म करना होगा।'

उस ज़माने में संवाददाता सम्मेलनों के बारे में अख़बारों में ही पढ़ने को मिलता था लिहाज़ा मुझे कोई अंदाज़ा नहीं था कि प्रेस कॉन्फ्रेंस कैसे हुआ करते हैं। मैं ये देखकर अचंभित था कि यहां बोलने वाले लोग किस क़दर भावुक और क्रुद्ध थे। ना जाने क्यों मुझे ऐसा लगा रहा था कि वे किसी प्रोटोकॉल का, किसी गरिमा का उल्लंघन कर रहे हैं। फिर भी, जो कुछ हो रहा था वह मेरी भावनाओं से मेल खाता था, जिन्हें मैं व्यक्त नहीं कर पा रहा था।

संवाददाता सम्मेलन के बाद हम फिर अस्पताल की तरफ़ चल पड़े। उस दिन सर्द शाम को भी बहुत सारे लोग वहां मौजूद थे और भीड़ बढ़ती जा रही थी। जोगी, बृजेन्द्र, और जनम के साथियों के साथ मैं भी बैठा रहा। बहुत सारे लोग आकर, ख़ासतौर से बृजेन्द्र से बात करते थे। इस चक्कर में उस बेचारे को न जाने कितनी बार अपनी यातना के ब्यौरे दोहराने पड़े होंगे। शुक्र है कि लोगों ने मुझे अकेला छोड़ दिया था। जब-तब बृजेश आईसीयू से बाहर आता और माला से व सफ़दर के भाई सुहेल से बात करता। सुहेल भी शाम को ही त्रिवेंद्रम से लौटे थे।

उस रात को शायद साढ़े दस बजे बृजेश आख़िरी बार आईसीयू से बाहर आया। उसके पास ख़बर थी।

सफ़दर नहीं रहा।

कुछ मिनटों तक एक सन्नाटा पसरा रहा। फिर किसी ने दबी-सी आवाज़ में नारा लगाया, 'कॉमरेड सफ़दर अमर रहें!' इस नारे का किसी ने जवाब नहीं दिया। फिर उसने एक और नारा लगाया, 'ख़ून का बदला ख़ून से लेंगे!' माला ने उसे तीखी नज़रों से देखा और हाथ उठाकर चुप कराया। वो शख़्स चुपचाप पीछे हट गया।

मैं जहां बैठा था वहीं बैठा रहा। सुन्न। शून्य में ताक़ता।

थोड़ी देर बाद माला हमारे पास आई। 'जाओ, थोड़ी देर सो लो। कल सुबह पार्टी ऑफ़िस आना।'

बृजेन्द्र उस रोज़ थोड़ी देर पहले घर चला गया था। ललित, जोगी, और मैं डीवाईएफ़वाई के दफ़्तर गए। हममें से किसी ने कोई बात नहीं की। ललित लगातार सिगरेट फूंके जा रहा था। हम तीनों बैठे दफ़्तर की दीवारों को घूरते रहे। कुछ देर बाद ललित उठा। गालियां बकता हुआ बाहर निकल गया। जोगी और मैं वहीं पड़े एक कंबल में सिमट गए। फिर नींद ने मुझे अपनी आगोश में ले लिया।

2 जनवरी 1989. **माला**

2 जनवरी की सुबह माला घर गई थी। नौ बजे तक वह अस्पताल लौट आई। उसको अंदाज़ा हो गया था कि सफ़दर बचने वाला नहीं है। एक सीनियर डॉक्टर ने उसको ये बात बता दी थी। शायद न्यूरोलॉजी डिपार्टमेंट के प्रमुख ने। माला को याद पड़ता है कि डॉक्टर एक शांत स्वभाव के और संतुलित व्यक्ति थे। उन्होंने कहा कि सफ़दर के बचने की उम्मीद बहुत कम है मगर वे लोग हर मुमकिन कोशिश कर रहे हैं। सफ़दर के सिर में लगी चोटों की क़िस्म और गहराई को देखते हुए सर्जरी करना मुमकिन नहीं

था। डॉक्टर ने कहा कि अगर परिवार के लोग और किसी तरह का इलाज चाहते हैं तो उन्हें कोई ऐतराज़ नहीं होगा। माला ने दूसरे किसी इलाज से इनकार कर दिया।

उस दिन अस्पताल में बहुत लोग आए। कुछ माला से जाकर मिले। माला को याद है कि किस तरह बूटा सिंह को लोगों ने आईसीयू में घुसने ही नहीं दिया। दूरदर्शन के भी बहुत सारे कर्मचारी अस्पताल आए थे। सफ़दर की ये दोस्तियां तब की थीं जब उसने कुछ साल पहले दूरदर्शन के लिए कुछ लघु वृत्तचित्रों पर काम किया था। कलाकार तो दिन भर आते ही रहे। माला को याद है कि उस दिन भीष्म साहनी आए थे, इब्राहिम अल्काज़ी भी आए थे। सुहेल और माकपा के दिल्ली सचिव जोगेंद्र शर्मा त्रिवेंद्रम से रात को पहुंचे थे।

पूरा दिन इंतज़ार में गुज़रा। सफ़दर की बहनों, शबनम और शहला ने खाने-पीने का बंदोबस्त किया। दिन में एक दफ़े अम्माजी और माला को थोड़ी देर के लिए आईसीयू में जाने दिया। वे सफ़दर को एक फ़ासले से देखकर लौट आई थीं। सफ़दर उस समय वेंटीलेटर पर था।

बीते दिन जनम को तीन जगह नाटक खेलना था इसलिए माला उस स्कूली किताब की पांडुलिपि साथ लेकर गई थी जो वह लिख रही थी। उसे उम्मीद थी कि नाटक खेलने के बीच यहां-वहां उसे कुछ लिखने का समय मिल जाएगा। अब उसका ख़्याल पांडुलिपी पर भटका – जाने उसका झोला उसे कभी वापस मिलेगा या नहीं? मगर शाम को जब वह पार्टी ऑफ़िस गई तो उसे किसी ने पांडुलिपी सहित झोला थमा दिया।

फिर बृजेश ने सफ़दर की मौत का ऐलान किया। पर माला अभी घर नहीं गई। उसे सफ़दर की आंखें दान करनी थी। वह चाहती थी कि सफ़दर के अंग दान कर दिए जाएं और उसका शरीर चिकित्सकीय शोध के लिए दे दिया जाए। मगर इसमें क़ानूनी अड़चनें थीं, सो ये नहीं हो पाया।

पोस्टमार्टम रिपोर्ट ने वही दोहराया जो हमने मोहन नगर अस्पताल में देखा था। कि, उसके कानों, नाक, और गले से बहुत ख़ून बहा था। रिपोर्ट में कहा गया था कि उसके सिर पर भोंथरे हथियारों से बने 'गहरे घाव' थे। उसके 'सिर पर लोहे की छड़ों से कम से कम बीस वार किए गए थे।'

3 जनवरी 1989. **अंतिम विदाई**

सुबह वी.पी. हाउस स्थित पार्टी ऑफ़िस में सफ़दर का पार्थिव शरीर आने से पहले ही

विशाल जनसमूह दफ़्तर के बाहर जमा हो चुका था। जब सफ़दर का शव लाल झंडे में लपेट कर पंडाल में रखा गया तब तक कई हज़ार लोग जमा हो चुके थे।

अपनी यादों के साउंडट्रैक पर मुझे उस दिन की दो आवाज़ें आज भी सुनाई पड़ती हैं। गगनभेदी नारे और विलाप। मैं रेड वॉलंटियर्स में से एक था। मैं सफ़दर के शव के साथ खड़ा था। एक मुस्तैद प्रहरी की तरह। मैंने एक ढीली सी लाल शर्ट पहनी थी जो पार्टी ऑफ़िस में किसी ने मुझे दी थी। मेरे बगल से लोग कतार में गुज़रते जा रहे थे। बहुत सारे विपक्ष के नेता थे। वी. पी. सिंह भी आए थे जो उसी साल बाद में प्रधानमंत्री बने। तरह-तरह के लोग सफ़दर को श्रद्धांजलि देने आए थे। नहीं आए तो सिर्फ़ कांग्रेस और भाजपा के नेता नहीं आए।

कांग्रेस ने ये कहकर पल्ला झाड़ लिया कि गुंडों में उनका कोई आदमी नहीं था।

जब सफ़दर की अंतिम यात्रा शुरू हुई तो वॉलंटियर्स की कतारें आगे-आगे चल रही थीं। पुरुषों ने लाल क़मीज़ें पहनी थीं और महिला कॉमरेडों ने लाल किनारी वाली सफेद साड़ियां। हाथों में आधे झुके हुए लाल झंडे थे। वॉलंटियर्स की इन कतारों के पीछे टेम्पो में सफ़दर की अर्थी रखी गई थी। सुहेल, रैना, भीष्म साहनी, माला, माला के पिता, और अम्माजी टेम्पो पर थे। इनके अलावा दिल्ली माकपा के भूतपूर्व, तत्कालीन और भावी सचिव, क्रमशः प्रकाश करात, जोगेंद्र शर्मा और पीएमएस ('पुशी') ग्रेवाल भी टेम्पो पर थे। मैं और जनम के अभिनेता टेम्पो के पीछे जनम का बैनर थामे चल रहे थे। हमारे पीछे लोगों का एक हुजूम चला आ रहा था। इस जुलूस में कम से कम पंद्रह हज़ार लोग रहे होंगे। मुझे अंदाज़ा भी नहीं है कि उनमें से ज़्यादातर लोग थे कौन। बहुत सारे तो हिंदी और अंग्रेज़ी के तमाम राष्ट्रीय दैनिक अख़बारों में छपी ख़बर पढ़ कर पहुंचे थे। सदमे और शोक की भावनाओं से जूझते हुए धीरे-धीरे मैं इस बात को समझने लगा था कि सफ़दर के क़त्ल ने देश के अंतर्मन को छू लिया है। यह बात जनम के वजूद, सफ़दर की ज़िंदगी, और वामपंथ की चिंताओं से कहीं ज़्यादा बड़ी थी। ऐसा लग रहा था कि इस घटना में वह असंतोष और गुस्सा एक शक्ल ले रहा है जो आने वाले चुनावों में कांग्रेस को धूल चटाने वाला था।

शवयात्रा रफ़ी मार्ग स्थित वी. पी. हाउस से शुरू हुई और संसद मार्ग से कनॉट प्लेस, बाराखंभा रोड, मंडी हाउस, आईटीओ और बहादुरशाह ज़फ़र मार्ग स्थित अख़बारों के दफ़्तरों के सामने से होते हुए फ़िरोज़शाह कोटला और उसके बाद गांधी समाधि और रिंग रोड पर बढ़ते हुए आख़िर में निगम बोध घाट स्थित विद्युत शवदाह गृह पहुंची। जिस समय हम बहादुरशाह ज़फ़र रोड़ से गुज़र रहे थे, मुझे

अपने कंधे पर किसी का हाथ महसूस हुआ। मैंने पीछे मुड़ कर देखा। एक अजनबी था। वह कोई बैंक क्लर्क या किसी अख़बार के दफ़्तर के कारिंदे जैसा लग रहा था। 'एक्सक्यूज़ मी, मैं आपसे कुछ पूछ सकता हूं?'

'जी, कहिए।'

'क्या तक़रीबन एक महीने पहले कनॉट प्लेस के सेंट्रल पार्क में आप लोग ही गीत गा रहे थे?'

'जी हां।'

'तो उस दिन ये भी गा रहे थे?'

उसने टेम्पो की तरफ़ इशारा करके कहा।

'जी हां।'

'असल में उस दिन मैं भी वहीं था। मुझे मालूम नहीं था कि आप लोग कौन हैं। मगर हाश्मी साहब की पर्सनेलिटी मेरे ज़ेहन में बस गई थी। मैंने बहुत सारे लोगों का उनके बारे में बताया था। मैंने किसी को वैसे गाते नहीं देखा जैसा ये गाते थे। आप प्लीज़ अपना काम मत छोड़िएगा। हम आपके साथ हैं। मैं सिर्फ़ इन्हें श्रद्धांजलि देना चाहता था।'

जैसे वो आदमी आया था, वैसे ही नागाह भीड़ में ग़ायब हो गया।

जब सफ़दर का पार्थिव शरीर बिजली की भट्ठी में रखा गया, माला ने हमें बुलाया।

'कुछ लोगों का सुझाव है कि कल हमें झंडापुर में *हल्ला बोल* परफ़ॉर्म करना चाहिए। तुम लोग क्या कहते हो?'

हम सबने निःशब्द हामी भर दी।

'ओके, तो फिर कल सुबह रिहर्सल के लिए मिलते हैं।'

उस रात मैं अपने घर गया। जब मैंने अपने कपड़े उतारे तो अहसास हुआ कि मेरे स्वेटर और जैकेट पर सफ़दर के ख़ून के निशान थे। उस रात तीन दिन बाद मैं नहाया। फिर मैं अपने बिस्तर में गया और रोता रहा।

4 जनवरी 1989. **परफ़ॉर्मेंस**

सफ़दर की मौत के बाद अड़तालीस घंटे से भी कम समय के भीतर हमने झंडापुर में उसी जगह वो नाटक फिर से खेला जो उस दिन रोक दिया गया था। मेरे ख़्याल में यह भारतीय रंगमंच के इतिहास में किसी भी नुक्कड़ नाटक की सबसे महतवपूर्ण प्रस्तुति थी।

उस दिन हम सुबह तालकटोरा रोड पर इकट्ठा हुए जहां सीटू का केंद्रीय कार्यालय था। इसी के लॉन में हम अपने नुक्कड़ नाटकों की रिहर्सल किया करते थे। जिस वक़्त नाटक को रोका गया था उस वक़्त जो-जो साथी परफ़ॉर्म कर रहे थे आज उन्हीं को फिर से नाटक करना था। सिर्फ़ एक बदलाव हो गया था। उस दिन विनोद को नौकरी के इंटरव्यू के लिए जाना था। चूंकि मुझे उसकी लाइनें और मूवमेंट मालूम थे इसलिए उसकी जगह मुझे चुना गया। ये इत्तेफ़ाक़ ही था कि पहली तारीख़ को मैं झंडापुर में था जबकि उस दिन वहां मुझे जाना नहीं था और चार तारीख़ को एक बार फिर इत्तेफ़ाक़ से ही मुझे परफ़ॉर्म करने का मौक़ा मिल रहा था।

सबने फटाफट अपनी लाइनें दोहराईं। परफ़ॉर्मेंस से पहले लोगों को संबोधित करने का ज़िम्मा आज भी मुझे सौंपा गया।

रिहर्सल के बाद हम भाड़े की बस में झंडापुर के लिए रवाना हुए। जब हम मंडी हाउस पहुंचे तो मैंने पाया कि लोगों को झंडापुर ले जाने के लिए और भी बहुत सारी बसें तैयार थीं। मेरी गिनती के हिसाब से पंद्रह बसें तो ज़रूर थीं। शायद और भी रही हों। किसी बस में पांव रखने की जगह नहीं थी। सब ठसाठस भरी हुई थीं। झंडापुर में सैकड़ों मज़दूर पहले से जमा थे। उस दिन वहां उन संकरी गलियों में पांच हज़ार से ज़्यादा लोग जमा थे। उनमें से बहुत सारे कलाकार, लेखक, कार्यकर्ता, और पेशेवर थे। उस दिन बहुत-से जाने-पहचाने चेहरे मौजूद थे मगर ज़्यादातर अब धुंधला गए हैं। जो एक शख़्स वहां नहीं था वो था सुहेल हाश्मी। सफ़दर का बड़ा भाई। मुझे दशकों बाद ये बात मालूम हुई कि उसे उस दिन ऑफ़िस में रुकने के लिए कहा गया था ताकि वह पत्रकारों और अन्य लोगों के फ़ोन कॉल्स अटैंड कर सके। इसके लिए पार्टी को किसी सीनियर और ज़िम्मेदार साथी की ज़रूरत थी। ज़ाहिर है कि उस समय मोबाइल फ़ोन नहीं हुआ करते थे। मगर ये फ़ैसला सिरे से बेमानी साबित हुआ। सारे पत्रकार तो झंडापुर पहुंचे हुए थे। सुहेल को एक भी कॉल अटैंड नहीं करना पड़ा। वह सारे दिन ख़ाली बैठा रहा।

ख़ैर, पहले हमने बस्ती में ख़ामोश जुलूस निकाला। हम राम बहादुर के घर के आगे से गुज़रे। हमने उसको श्रद्धांजलि दी। महज़ एक-सवा साल पहले इस नौजवान की शादी हुई थी। कुछ ही माह पहले उनका बच्चा हुआ था। बाद में मुझे पता चला कि इस दौरान माला कुछ देर राम बहादुर की पत्नी पवित्रा और उनके शिशु के पास भी रही।

सफ़दर के पुराने दोस्त काजल घोष की अगुआई में 'परचम' ने दो गीत गाए।

तू ज़िंदा है, तू ज़िंदगी की जीत पर यक़ीन कर
अगर कहीं है स्वर्ग तो उतार ला ज़मीन पर

और

लाल झंडा लेकर, कॉमरेड, आगे बढ़ते जाएंगे
तुम नहीं रहे, इसका ग़म है पर, फिर भी लड़ते जाएंगे

उस वक़्त मुझे इल्म नहीं था कि सफ़दर ने 'लाल झंडा' का बांग्ला से हिंदी में अनुवाद किया था।

जब परचम के साथियों ने '*हज़ार भेष भर के आई मौत तेरे द्वार पर / मगर तुझे न छल सकी चली गई वो हार कर*' गाया तो उनके सुर में सुर मिलाते मेरा गला रुंध गया।

हर तरफ़ लोग ही लोग थे। हर कोने, हर दरवाज़े पर आंखें हम पर लगी थीं। छतों पर, कूड़े के ढेर तक पर लोग जमा थे। मैंने इतने दर्शक पहले कभी नहीं देखे थे। बहुत सारे लोग हाथ से बनी तख्तियां लेकर आए थे जिन पर 'सफ़दर ज़िंदाबाद' और 'सफ़दर तेरी क़ुर्बानी बेकार नहीं जाएगी' जैसी इबारतें लिखी थीं। हर तरफ़ लाल झंडे दिखाई दे रहे थे।

जब मैं बोलने के लिए खड़ा हुआ तो मेरा दिमाग़ बिल्कुल सुन्न था। और फिर ना जाने कैसे और कहां से शब्द निकलने लगे।

'आज हम अपना अधूरा नाटक पूरा करने आए हैं। हम अपने दर्शकों से किया गया अपना वायदा पूरा करने आए हैं। हम यहां ये ऐलान करने आए हैं कि वे हमें मार सकते हैं मगर हमें रोक नहीं सकते। हम यहां कॉमरेड राम बहादुर को श्रद्धांजलि देने आए हैं। हम यहां ये बताने आए हैं कि कॉमरेड सफ़दर हाश्मी की मौत नहीं हुई है। वे यहां जीवित हैं, हम सब में, और देश के बेशुमार नौजवानों की ज़िंदगियों में ज़िंदा हैं।'

नाटक एक उदास अंदाज़ में शुरू हुआ। हम मशीन के पुर्जों की तरह अपने-अपने किरदार निभा रहे थे। *हल्ला बोल* नाटक के पहले कुछ मिनटों में काफ़ी हंसी-मज़ाक है। इन पंक्तियों के दौरान ख़ुद हमें भी हंसना होता है। पर उस दिन कौन हंसता। सब तो सदमे और शोक में डूबे हुए थे। इसके बाद नाटक में एक मुक़ाम आता है जहां नाटक रोकने के लिए आए सिपाही को देखकर सारे किरदार कोने में एक घेरा

बनाते हैं और मशविरा करते हैं कि अब उन्हें क्या करना है। जब हमने ये झुंड बनाया तो मैं माला के ठीक सामने था। उसने पैनी निगाहों से हमें देखा।

'क्या हुआ है तुम सबको? अरे हंसो!'

झुंड जब खुला तो वह झूम कर पीछे मुड़ी और उसने ज़ोर से ठहाका लगाया।

मानो उसने हमें ग्लूकोज़ का इंजेक्शन लगा दिया। नाटक में जान पड़ गई। कुछ ही लम्हों में दर्शक भी ठहाके लगाने लगे।

अगले दिन इस परफ़ॉर्मेंस और उसमें अभिनय करती माला की तस्वीरें देश भर के अख़बारों की सुर्ख़ियों में थीं। जहां उसका कॉमरेड और दोस्त, उसका महबूब शहीद हुआ था, वहीं हम सबको ले जाकर नाटक खेलने के इस साधारण-से कृत्य ने उसे एक ऐतिहासिक किरदार बना दिया था। आने वाले दिनों में देश भर के छोटे-बड़े शहरों, क़स्बों, और गांवों में न जाने कितने विरोध प्रदर्शन हुए। माला ने बंबई, त्रिपुरा, केरल, और ना जाने कहां-कहां जाकर विशाल जनसभाओं को संबोधित किया। जनवरी के आख़िर में वह कलकत्ता गई जहां कुछ दिनों बाद *हल्ला बोल* नाटक खेलने के लिए हम लोग भी पहुंच गए थे। कलकत्ता विश्वविद्यालय की ओर से सफ़दर को मरणोपरांत डी.लिट. की उपाधि से सम्मानित किया गया। वहां हुई प्रस्तुति के बाद हमें छात्र-छात्राओं ने घेर लिया था। मेरी ज़िंदगी में ये अकेला ऐसा मौक़ा था जब मैंने ऑटोग्राफ़ बुक्स पर हस्ताक्षर किए हों।

हमारे इस टूर की आख़िरी प्रस्तुति सॉल्ट लेक स्टेडियम के बास्केट बॉल कोर्ट में हुई जहां तक़रीबन पच्चीस हज़ार लोग हमारे साथ एकजुटता व्यक्त करने के लिए आए थे। देश भर में सफ़दर और माला के बारे में कविताएं, गीत, और नाटक लिखे व खेले गए। कलाकारों ने पेंटिंग और पोस्टर बनाए, और बुद्धिजीवियों व कार्यकर्ताओं ने भाषण दिए। 4 जनवरी की परफ़ॉर्मेंस के महज़ कुछ दिनों के भीतर सफ़दर हाश्मी मेमोरियल कमेटी का गठन हुआ जो सफ़दर हाश्मी मेमोरियल ट्रस्ट (सहमत) के गठन की दिशा में पहला क़दम था। आने वाले वक़्त में इसी सहमत ने सांप्रदायिकता तथा हिंदू दक्षिणपंथ के उभार के ख़िलाफ़ कलाकारों और बुद्धिजीवियों को एकजुट और गोलबंद करने में अभूतपूर्व भूमिका अदा की।

सत्यजीत रे हों या रविशंकर, अडूर गोपालकृष्णन हों या उत्पल दत्त, कृष्णा सोबती हों या राजेंद्र यादव, छोटे-बड़े, जाने-अंजाने, न जाने कितने कलाकारों, बुद्धिजीवियों, और साहित्यकारों ने सार्वजनिक रूप से एकजुटता व समर्थन व्यक्त किए। यह एक असीम फ़ेहरिस्त थी। इसी क्रम में एक साहसिक क़दम उठाते हुए 8

जनवरी को शबाना आज़मी ने दिल्ली में चल रहे अंतर्राष्ट्रीय फ़िल्मोत्सव के मंच से सफ़दर की हत्या के ख़िलाफ़ एक विरोध वक्तव्य पढ़ा। हॉल के बाहर मौसम बादलों से मटमैला हो चला था। सर्द तेज़ हवाएं चल रही थीं। और दिलीप कुमार सफ़दर की तस्वीर लिए प्रदर्शनकारियों की कतार में खड़े थे। अगले दिन देश भर में सुनियोजित विरोध कार्यक्रम आयोजित किए गए। कुछ महीने बाद, 12 अप्रैल को सफ़दर का जन्मदिन था जिसे कलाकारों के आह्वान पर राष्ट्रीय नुक्कड़ नाटक दिवस के रूप में मनाया गया। देश भर में उस दिन तीस हज़ार से ज़्यादा नुक्कड़ नाटक खेले गए।

सहमत की स्थापना के समय से ही उसके मुख्य संगठनकर्ताओं में शामिल राजेंद्र प्रसाद ('राजन') ने सालों बाद मुझे बताया कि, उनके हिसाब से, अगर माला ने उस दिन झंडापुर में अधूरे नाटक को पूरा करने का हौसला ना दिखाया होता तो सहमत अस्तित्व में नहीं आ पाता।

ये सच्ची बात है। उस दिन माला एक निःशब्द अवहेलना की जीती-जागती तस्वीर बनी हुई थी। मुझे उसकी आंखों के वो तेवर याद हैं – अपने इरादे पर अटल, उस शोक की झलक भी नहीं जो उसकी आत्मा को चीर रहा था। ऐसा लगता था कि उसकी दुबली-पतली काया में फ़ौलाद की रीढ़ थी। वह बिल्कुल सतर, चट्टान की तरह सिर उठाए खड़ी थी। उसकी साधारण सी क़द-काठी उस दिन अविश्वसनीय रूप से विराट लगने लगी थी।

और वो आवाज़!

साफ़, गूंजती हुई, खनकती, दर्शकों के ऊपर तैरती, उनके दिलों में उतरती वो अविस्मरणीय आवाज़।

गर्मियां, 1987. **जनम के साथ मेरा पहला नाटक**

मेरे सेकेंड इयर के इम्तिहान ख़त्म हो चुके थे। गर्मियों की पूरी छुट्टियां मेरे सामने थीं। मैंने सोचा हुआ था कि इस दफ़े मैं अपने दोस्त संजय महर्षि के साथ प्रगति मैदान स्थित शाकुंतलम थियेटर में, और विदेशी दूतावासों के सांस्कृतिक केंद्रों में दुनिया भर की बेहतरीन फ़िल्में देखूंगा।

एक दिन दोपहर को फ़ोन बजा। दूसरी तरफ़ सफ़दर था।

'हमारे कुछ शो होने वाले हैं। हमारे पास ऐक्टरों की कमी है। तुम आ सकते हो?'

जेएनयू, जहां मैं रहता था, और दिल्ली विश्वविद्यालय, जहां मैं पढ़ता था, इन दोनों विश्वविद्यालयों में मैंने जनम के कई नाटक देखे थे। मेरी बहन अश्विनी उस वक़्त

एसएफ़आई की कार्यकर्ता हुआ करती थी और गायकी पर उसकी अच्छी पकड़ थी। वह परचम में सक्रिय थी, और मेरी कम्युनिस्ट फ़ेमिनिस्ट माँ कालिंदी ऑल इंडिया डेमोक्रेटिक वीमेंस एसोसिएशन (एडवा) में सक्रिय थी। जब मेरी माँ ने ऐडवा के लिए महिलाओं की टोली बुलंद नाट्य मंच के नाम से तैयार की तो सफ़दर ने उसमें हाथ बंटाया था। लब्बोलुआब ये कि सफ़दर के साथ काम करने के चार-पांच साल पहले से मैं उसे जानता था। कभी फ़िल्म स्क्रीनिंग के दौरान तो कभी किसी नाटक के दौरान मेरी उससे दुआ-सलाम हो ही जाती थी।

'कौन-सा नाटक है?' मन ही मन मुझे उम्मीद थी कि वो कहेगा, *राजा का बाजा*। यह शिक्षा व्यवस्था पर जनम का विख्यात नाटक था जिसमें रामेश्वर दयाल नाम के मुख्य पात्र का बड़ा शानदार रोल है। सच कहूं तो मेरी नज़र इसी किरदार पर थी। रामेश्वर दयाल की भूमिका अभी भी सुभाष त्यागी निभाया करते थे जो अब चालीस पार जा चुके थे और लिहाज़ा क़ायदे से उनकी जगह किसी नौजवान को रखा जा सकता था।

'*समरथ को नहीं दोष गोसाईं*,' सफ़दर बोला। 'इसमें एक छोटा सा रोल है। तुम एक रिहर्सल में उसे पकड़ लोगे।'

मैंने ये नाटक देखा था। ये महंगाई और राशन की दुकानों में होने वाले भ्रष्टाचार के बारे में था। 'छोटा सा रोल है।' मैंने पल भर को सोचा। अच्छा, पुलिस वाले का रोल होगा। उसकी लाइनें और मूवमेंट मैं एक ही रिहर्सल में पकड़ लूंगा।

सफ़दर ने मुझे जेएनयू में रहने वाले बच्चों के साथ नाटक करते हुए देखा था। इसके अलावा मैंने अपने कॉलेज रामजस में भी कुछ नाटक किए थे। उन्हें भी सफ़दर ने देखा था। बीते सालों के दौरान उसने कई बार मुझसे जनम से जुड़ने के लिए कहा था। मैं हमेशा उसे 'हां, जल्दी बताता हूं' कहकर टाल देता था। 'बस धमकी ही देते रहोगे या कभी उस पर अमल भी करोगे?' वो हंसते हुए कहता था।

'बहुत जल्द सफ़दर, बस कुछ ही दिन में। आता हूं एक दिन।'

'ये "एक दिन" इंक़लाब की तरह है। कम्बख़्त कभी आता नहीं।'

उस दिन जब रिहर्सल के लिए मैं पहुंचा, तो सफ़दर ने मुझे एक काग़ज़ थमा दिया। 'आओ गाने की रिहर्सल कर लें।'

'क्या? गाना? मैं? भला क्यूं? अरे, पुलिसवाले का कहां कोई गाना है?'

'पुलिसवाला? किसने कहा? तुम्हें बोरे का रोल करना है।'

नाटक में एक मदारी है जो गली-गली घूम कर जादू के करतब दिखाता है।

उसके साथ मदद के लिए जमूरा होता है। लोग भूखे हैं इसलिए मदारी जादू से अनाज का एक बोरा पैदा करके दिखाता है। वजूद में आने पर यह बोरा गीत गाकर बताता है कि कैसे किसानों की मेहनत से वह पैदा होता है मगर खेत से निकलने पर लाला उसे अपनी क़ैद में ले लेता है। इसके बाद बोरा कहता है कि अब वह आज़ाद है इसलिए अब वह लोगों के पास रहेगा। आमतौर पर मनीष मनोचा मदारी का रोल किया करते थे और सुभाष त्यागी जमूरा बनते थे। बोरे का किरदार सफ़दर निभाया करता था जो गाने में भी माहिर था। संयोग की बात ये है कि इस बार मनीष और त्यागी, दोनों एक ही दिन उपलब्ध नहीं हो पा रहे थे। लिहाज़ा ये तय हुआ कि जिस दिन मनीष नहीं आएंगे उस दिन सफ़दर मदारी करेगा और जिस दिन त्यागी नहीं आएंगे उस दिन जमूरा। सो, बोरे का किरदार निभाने के लिए किसी कीं आवश्यकता थी। एक ऐसा अभिनेता जो गा भी सकता हो।

माला उस वक़्त सरदार पटेल विद्यालय में पढ़ाया करती थी जहां मैं पढ़ा था। उसने मुझे स्कूल की गीत मंडली में हिस्सा लेते हुए देखा था। सफ़दर को ये मालूम था कि अश्विनी अच्छा गाती है। इसलिए उसने मान लिया था कि मैं भी अच्छा ही गाता होऊंगा। उसकी धारणा ग़लत थी। सरासर ग़लत।

'मगर मैं तो गा ही नहीं सकता भाई!'

'अरे छोड़ो भी, शर्माओ मत। चलो, मेरे पीछे-पीछे गाओ।'

मैंने उसके पीछे-पीछे गा दिया।

'अच्छा, ओके। बहुत बढ़िया। एक बार फिर कोशिश करते हैं। देखो, सही सुर ये है।'

मैंने फिर गाया। फिर दोबारा। फिर एक बार। बार-बार। मगर सही सुर एक बार भी मेरी पकड़ में न आ सका।

'कोई बात नहीं। चलो, लाइनें और ऐक्शन करते हैं। फिर बाद में काजल के पास चलेंगे। वह तुम्हारा स्केल पकड़ लेगा। जब तुम हारमोनियम के साथ प्रैक्टिस करोगे तो अपने आप ठीक गाने लगोगे।'

हमने ये तजवीज़ भी आज़मा ली। काजल ने दाएं से, बाएं से, हर तरफ़ से हाथ आज़मा कर देख लिया। मगर वह भी मुझे इस लायक न बना सका कि मैं लगातार दो बार एक ही स्केल पर गाना उठाता। मुसीबत ये थी कि हमें अगले दिन नाटक परफ़ॉर्म करना था।

'ठीक है, कोई बात नहीं। देखो, तुम्हें गाने की सिर्फ़ पहली लाईन पकड़नी है।

एक लाईन गा देना। मैं बाहर से अपनी आवाज़ जोड़ दूंगा। और जिस दिन मैं जमूरा बनूंगा उस दिन तो मनीष भी होगा। वो भी अच्छा गाता है।'

इत्तेफ़ाक से हमारा पहला परफ़ॉर्मेंस एक मंदिर के अहाते में हुआ। नाटक शुरू होने के दस मिनट के भीतर मंदिर की घंटी बजने लगी। त्यागी और सफ़दर, दोनों नुक्कड़ नाटक के मंजे हुए कलाकार थे। दोनों के पास कमाल की ऊंची आवाज़ थी। मगर मंदिर की घंटियों के शोर का मुक़ाबला करना उनके भी बस के बाहर था।

जब मेरी एंट्री होने वाली थी उससे ठीक पहले सफ़दर ने मुझे इशारा किया कि मैं चिंता ना करूं, क्योंकि वो मेरे साथ गाएगा। मैं निश्चिंत हो गया।

मैं अपनी ज़िंदगी का पहला नुक्कड़ नाटक परफ़ॉर्म करने जा रहा था। अभिनेता के तौर पर मैं अपने आप को बेहद सीरियसली लिया करता था। एक साधारण मंदिर के घंटे की टन-टन मेरे आगाज़ के लम्हे को, मेरे डेब्यू को, कैसे बर्बाद कर सकती थी? मैंने एंट्री ली। मेरे जिस्म में एड्रेनलिन उबालें मार रहा था। मैंने बड़ी बहादुरी के साथ ऊंचे स्वर में गाना शुरू कर दिया।

सफ़दर की आंखें चौड़ी हुईं। उसने इशारे से कहा कि एक-दो स्केल नीचे आ जाऊं। बेचारा! मानो स्केल पकड़ना या छोड़ना मेरे बस की बात हो! मैं आंखों से इल्तिजा कर रहा था कि मेरे साथ गाने में शामिल हो। तय तो यही हुआ था कि गाना उसे संभालना है। है कि नहीं?

और फिर जो होना था वही हुआ। मेरी आवाज़ फटने लगी। मैंने और ज़ोर लगाया। अब मेरी आवाज़ भर्राने लगी। सफ़दर ने सिर पकड़ लिया। उसने एक लाईन भी नहीं गाई। मुझे मझधार में अकेला छोड़ दिया। मैं अपनी आवाज़ को उस हद तक खींचता रहा जहां तक ले जाना मेरे लिए मुमकिन नहीं था। गाने की आख़िरी लाइनों तक आते-आते मेरे गले से सिर्फ़ घुटी-घुटी फुसफुसाहट भर निकल पा रही थी।

तो यूं हुआ नुक्कड़ नाटक की दुनिया में एक सिंगिंग स्टार के रूप में मेरा डेब्यू!

गर्मियां, 1987. **फ़रीदाबाद**

समरथ के ये शो विधानसभा चुनाव लड़ रहे कॉमरेड मोहनलाल के समर्थन में थे। बचपन में मोहनलाल एक लोकल नौटंकी कंपनी में भी काम किया करते थे। वह उत्तर प्रदेश में मिर्जापुर के थे, और बाद में उनको मोदीनगर टेक्सटाइल मिल के बुनाई विभाग में नौकरी मिल गई और वह इधर आ गए। 1967 में मोदी मिल्स के आंदोलन और मज़दूरों पर हुई फायरिंग ने उन्हें झकझोर कर रख दिया और

कम्युनिस्ट पार्टी में शामिल हो गए। उसी दौरान कंपनी ने उन्हें नौकरी से बर्ख़ास्त कर दिया। नौकरी छूटने के बाद वह कुछ दिनों के लिए कानपुर चले गए। 1969 में उन्हें फ़रीदाबाद स्थित बंगाल सूटिंग्स में नौकरी मिल गई। 1984 में वे होल टाइमर बने। वह बहुत दिलकश, उदार और कोमल स्वभाव के व्यक्ति थे। मज़दूरों की समस्याओं, उनकी परेशानियों के बारे में जानने-समझने के लिए हम अक्सर उन्हें बुलाया करते थे। अपने बहुत-से नाटक तैयार करने में हमें उनकी सूझ-बूझ, उनके तजुर्बों और सुझावों से ज़बर्दस्त फ़ायदा हुआ है। सालों बाद, जब 12 अप्रैल 2012 को हमने शादीपुर में स्टूडियो सफ़दर की स्थापना की तो कॉमरेड मोहनलाल को उसके उद्घाटन के लिए बुलाया। उस वक़्त वह कैंसर के आख़िरी स्टेज में थे। फिर भी उन्होंने स्टूडियो सफ़दर का उद्घाटन करना स्वीकार किया।

'कॉमरेड सफ़दर को मैं कैसे मना कर सकता हूं?'

ख़ैर, फ़रीदाबाद में हमारे शो तो बढ़िया रहे हालांकि कॉमरेड मोहनलाल चुनाव हार गए। राजनीति से मेरा साबका बिल्कुल नया था, लिहाज़ा मैं ये समझ नहीं पाता था कि सबसे बढ़िया उम्मीदवार, सबसे ईमानदार और खरा आदमी, ग़रीबों के लिए लड़ने वाला, सबसे बढ़िया सोच और योजनाएं रखने वाला आदमी, भला हार कैसे सकता है। वैसे तो मैं इस बात को अभी भी नहीं समझ पाता मगर अब इतना फ़र्क़ आ गया है कि अब मैंने इस पर हैरान होना छोड़ दिया है।

फ़रीदाबाद में पहले परफ़ॉर्मेंस के दिन मैं वी. पी. हाउस से सफ़दर के साथ गया था। एक-दो दिन के भीतर मुझे समझ में आ गया था कि मैं वी. पी. हाउस की बजाए आश्रम चौक से भी फ़रीदाबाद की बस ले सकता हूं। फिर भी मैंने वहां से बस नहीं ली। मैं वी. पी. हाउस से फ़रीदाबाद तक के सफ़र में उसके साथ होने वाली लंबी-लंबी बातचीत का बेसब्री से इंतज़ार करता। सफ़दर से आप दुनिया की हर शय के बारे में बात कर सकते थे।

एक दिन न जाने कैसे और कहां से हमारी बात रूसी क्रांति की तरफ़ मुड़ गई। हमारे सेकेंड इयर में सोवियत संघ के इतिहास पर एक पर्चा था और मैंने उसके लिए बड़ी मेहनत से पढ़ाई की थी। एलेक नोव से लेकर मॉरिस डॉब तक, ट्रॉट्स्की से लेकर लेनिन तक, मायकॉव्स्की से ब्लोक तक, मैंने सब पढ़ा था, किसी को छोड़ा नहीं था। चुनांचे मुझे ये देखकर हैरानी हुई कि सफ़दर ने न केवल इनमें से ज़्यादातर चीज़ें पढ़ी हुई थीं बल्कि उसे पढ़ा हुआ याद भी था। मैंने सोचा था कि कम से कम इस मोर्चे पर तो उसे धराशाई कर ही दूंगा मगर जब बहस शुरू हुई तो मुक़ाबला

बराबरी पर ही छूट पाया। बल्कि बराबर भी क्या शायद सफ़दर ने ही मुझे चित्त कर दिया था हालांकि मेरा ईगो इस बात को मानने के लिए तैयार नहीं था। ऐसी ही एक बातचीत के दौरान हम आधुनिक भारतीय नाटककारों के बारे में बात करने लगे। उसने मुझे विजय तेंदुलकर की रचनाओं का पैना विश्लेषण पेश किया। एक और बातचीत के दौरान उसने सत्यजीत रे (जिनके बारे में मैं थोड़ा-बहुत जानता था) और ऋत्विक घटक (जिनके बारे में मैं कुछ भी नहीं जानता था) की फ़िल्मों का तुलनात्मक विश्लेषण किया।

उसे बात करने में मज़ा आता था और मुझमें उसे एक उत्सुक श्रोता मिल गया था। मगर मुझे कभी भी ऐसा नहीं लगा कि वह शो-ऑफ़ कर रहा है। ना ही वह कभी पेट्रॉनाइजिंग या बड़प्पन का भाव दिखाता हुआ मालूम पड़ा। उसे विभिन्न चीज़ों पर मेरी राय जानने का कौतूहल था। वह अक्सर पूछता कि मैं आजकल क्या पढ़ रहा हूं। मैंने उसे सुझाव दिया कि वो लैटिन अमेरिकी मैजिकल रियलिस्ट गार्सिया मार्केस, वर्गास योस्सा और दूसरे लेखकों को पढ़े जिनमें से किसी को भी शायद उसने नहीं पढ़ा था।

हमारी बातचीत हमेशा सिर्फ़ संजीदा, भारी-भरकम चीज़ों पर नहीं होती थी। उसकी ख़ासियत थी कि वह किसी मामूली सी घटना को भी अपनी लच्छेदार भाषा से, अपने जानदार हाव-भाव और मुद्राओं से, एक बिल्कुल अलग रंग दे देता था। लोगों को ऑब्ज़र्व करने में उसे मज़ा आता था। ये समझने की कोशिश करता था कि वे जो कुछ कर रहे हैं, वैसा क्यों करते हैं। देखते-देखते हमने एक छोटा सा खेल बना लिया था जिसके तहत हम बस में बैठे किसी व्यक्ति को देखते और फिर उसकी बैक स्टोरी गढ़ लेते थे।

आमतौर पर हम छह लोग होते थे – सफ़दर, मनीष या त्यागी, अरुण शर्मा (जो लाला का रोल बड़े मज़े से निभाया करता था), ललित (नेता), जितेंद्र डागर (पुलिसवाला), और मैं। मैं उन्नीस साल का था। सबसे छोटा। सफ़दर मुझ से तक़रीबन चौदह साल बड़ा था। त्यागी सफ़दर से भी बारह साल बड़े थे। यानी मुझे से पूरी चौथाई सदी ज़्यादा। मनीष और अरुण कमोबेश सफ़दर की ही उम्र के थे। ललित मुझ से तक़रीबन पांच साल बड़ा था। जितेंद्र भी ललित की ही उम्र का रहा होगा या शायद ललित से एक-दो साल बड़ा भी हो। मगर मामला उम्र का नहीं था, क्लास का था। मैं मध्यवर्ग का लड़का था, एक शिक्षित और संभ्रांत परिवार से आता था, अंग्रेज़ी किताबें पढ़ता था, और सहज ही ख़ुद को बुद्धिजीवी मान चुका था।

चुनांचे, मुझे लगता था कि सफ़दर के अलावा मैं किसी से बात कर ही नहीं पाऊंगा।

एक दिन सफ़दर ने कहा कि वह परफ़ॉर्मेंस के बाद फ़रीदाबाद में ही ठहरेगा। उसे चुनाव अभियान में हाथ बंटाना था। जब मैंने कहा कि क्या मैं भी रात को यहां रुक सकता हूं तो उसे अचंभा हुआ था मगर उसने फ़ौरन हामी भर दी। उस दिन विजय कालिया भी हमारे साथ आया। मैंने उसे जनम के कुछ नाटकों में अभिनय करते देखा था मगर व्यक्तिगत तौर पर मैं उसे ज़्यादा जानता नहीं था।

सबसे पहले हम दीवारों पर पोस्टर चिपकाने निकले। कालिया और सफ़दर, और कुछ अन्य कॉमरेड, दो-दो की टीमों में दीवार के सामने काम पर लग जाते थे। एक आदमी पोस्टर पर गोंद लगाता था और दूसरा उसे दीवार पर चिपका कर हाथ फिराता था ताकि उसमें भीतर हवा ना रह जाए। मुझे भी एक मज़दूर कॉमरेड के साथ काम करने का ज़िम्मा सौंपा गया। कॉमरेड गोंद लगाते थे और मैं पोस्टर दीवार पर चिपकाता था। मैं जब भी चिपकाता तो उसमें या तो सलवटें रह जातीं या उसमें हवा भरी रह जाती। यह देख कर कॉमरेड ने कहा, 'दीजिए, मैं चिपकाता हूं।' अब मैं गोंद लगाने लगा। या तो मैं बहुत ज़्यादा गोंद लगा देता या पोस्टर सूखा रह जाता। मैं एक बार भी सही मात्रा में गोंद नहीं लगा पाया। कई बार मैं पोस्टर के कई हिस्सों को सूखा छोड़ देता। मुझे शुक्रिया अदा करना चाहिए उन कॉमरेड का कि वह लगातार मेरा हौसला बढ़ाते रहे। मुझे छोटी-छोटी हिदायतें देते रहे। कुछ घंटों तक जैसे-जैसे हम साथ काम करते रहे वैसे-वैसे मेरे हुनर में कुछ सुधार तो आया, फिर भी, जब काम ख़त्म हुआ तो मैंने राहत की सांस ली।

इसके बाद वॉल राइटिंग यानी दीवार लेखन की बारी आई। अब हमारी भूमिकाओं का क्रम उलट गया था। मज़दूर वर्ग के कॉमरेड्स लिखने का ज़्यादातर काम हमें सौंप देते और वे ज़्यादातर पेंट-ब्रश संभाले साथ चलते। जहां दीवार साफ़ नहीं होती वहां वे दीवार पर चूने से सफेदी कर देते। यूं तो मुझे काग़ज़ पर लिखकर दे दिया गया था कि दीवारों पर क्या लिखना है; फिर भी मुझ से चूक हो ही जाती। इसके एवज़ मैंने ब्रश पर भी ख़ूब इल्ज़ामतराशी की जिसको चलाने में मुझे ख़ासी मुश्किल आ रही थी। जितनी देर में मैं एक दीवार ख़त्म करता, उतनी देर में सफ़दर दो दीवारें पार कर जाता था। उसकी लिखी हुई सारी इबारतें मेरे मुक़ाबले ज़्यादा साफ़-सुथरी और आकर्षक लगती थीं।

सुबह तक़रीबन चार बजे हमें एक और काम करने को मिला। यह हमारी आख़िरी ज़िम्मेदारी थी उस रात के लिए। हमें बस्ती के तीन-चार मुख्य कोनों पर

होर्डिंग लगाने थे। मैं कह तो रहा हूं होर्डिंग्स मगर वास्तव में वे चार गुना तीन फुट के साइनबोर्ड थे। ये टिन के बोर्ड थे जिन पर हाथ से लिखावट करके उन्हें लकड़ी के फ्रेम पर चढ़ा दिया गया था। इन साइनबोर्ड्स को दो-दो बल्लियों के सहारे लगाया जाना था। दोनों बल्लियों को गाड़ने के लिए हमें ज़मीन में गड्ढा खोदना था। हर बल्ली के लिए लगभग दो फुट का। फिर बल्ली को गड्ढे में उतार कर उसे मिट्टी और रोड़ों से भरना था ताकि बोर्ड गिर न जाए। सफ़दर ने एक को छोड़कर बाक़ी सभी कॉमरेड्स को जाने के लिए कह दिया क्योंकि उन्हें दिन में काम पर भी जाना था। वे लोग लगभग पूरी रात आराम नहीं कर पाए थे। सिर्फ़ एक कॉमरेड हमारे साथ रह गए।

अब तक मुझे ये बात समझ में आ गई थी कि कोई भी काम उतना आसान नहीं होता जितना किसी माहिर आदमी के हाथों से होने पर लगने लगता है। मगर जब कॉमरेड और कालिया ने ख़ुदाई शुरू की तो मैं फिर अपना सबक भूल गया। मुझे लगा कि ये काम वाक़ई आसान है। मैंने सफ़दर की तरफ़ देखा। 'तुम ख़ुदाई क्यों नहीं कर रहे?'

वह मुस्कुराया। 'तुम कोशिश करो।'

मैंने कोशिश की।

और तब मुझे ये अहसास हुआ कि एक भारी घन को सही ढंग से पकड़ना भी उस रात किए गए बाक़ी सारे कामों से कोई कम मुश्किल काम नहीं था। यदि मैं पूरी ताक़त झोंक देता तो या तो हथौड़ा निशाने से चूक जाता या संबल ज़मीन में टेढ़ा जाता। सफ़दर मेरे इन करतबों को देखता, और मुस्कुराता।

जब हमने काम ख़त्म किया तो हमें सड़क किनारे एक चाय वाला दिखाई दिया। एक साइकिल रिक्शे वाला भी वहीं बैठा था। हम लोग चाय का इंतज़ार करने लगे और सफ़दर रिक्शे वाले से बात करने लगा। फिर वह मुझसे मुख़ातिब हुआ। 'माला ने मुझे बताया था कि तुम साइकिल पर स्कूल जाया करते थे। सही बात है? जेएनयू से लोधी कॉलोनी तक, पूरा रास्ता?'

'हां।'

आख़िरकार मुझे भी पूरी रात में फ़ख़्र महसूस करने का एक लम्हा मिल ही गया।

'कभी साइकिल रिक्शा चलाया है?'

'नहीं।'

'चलाओगे?'

'हां, क्यों नहीं!'

रिक्शे वाले से परमीशन लेकर मैं आगे बढ़ा और पैडल पर पैर रखकर चढ़ने लगा। मेरे शरीर का पूरा वजन पैडल पर था। रिक्शा फ़ौरन बाईं तरफ़ घूम गया। मैंने रिक्शा सीधा किया और अपने शरीर को सीट पर स्थिर किया। फिर पैडल मारा। रिक्शा फिर बाईं तरफ घूमा। जब भी कोशिश करता, रिक्शा बाईं तरफ़ घूम जाता। जब मैं हिम्मत हार कर लौटा तब तक कालिया हंसते-हंसते लोट-पोट हो रहा था।

'रिक्शा हमेशा एक तरफ़ को भागता है। उसे सीधा रखने के लिए हमें अपने शरीर के वजन को सही ढंग से इस्तेमाल करना होता है।'

'और ये रिक्शा कम्युनिस्ट है। ये सदा लेफ़्ट की तरफ़ ही भागता है,' सफ़दर बोला। यह जोक *समरथ* से था। सफ़दर इस मौक़े पर इसका सदुपयोग करने से भला ख़ुद को कैसे रोक लेता। मुझे भी अपने इस बेतुकेपन पर हंसी आ ही गई।

उस रात मैंने देखा कि लिखने के अलावा कालिया उन सारी चीज़ों में माहिर था जो हमने उस रात की थी। वापसी की बस में सफ़दर से बात करते हुए मैंने इस बात का ज़िक्र किया।

'उससे कभी पूछना कि उसने अपनी ज़िंदगी में क्या-क्या काम किए हैं।'

मैंने इस तजवीज़ पर भी अमल किया। मालूम चला कि कालिया का प्रोफेशनल बायोडाटा लंबा है – वह लॉटरी के टिकट बेचा करता था। माचिस की डिब्बियों में तीलियां भरा करता था। नई चप्पलों में रबड़ के फालतू टुकड़े काटा करता था। बिस्कुट की फ़ैक्ट्री में बेकिंग ट्रे साफ़ करके उन्हें बेकिंग के लिए तैयार किया करता था। बढ़ई का सहायक रहा। घर में बनी आइसक्रीम बेची। किराने की एक दुकान में मज़दूरी की। अपने पिता के देहांत के वक़्त वह सोलह साल का था। घर में फ़ाक़ों की नौबत रहती थी जिसके चलते उसे पढ़ाई छोड़कर रेलवे में चतुर्थ श्रेणी कर्मचारी के तौर पर यानी क़ायदे से एक मज़दूर के तौर पर पिता की जगह नौकरी करनी पड़ी। जब यह हादसा गुज़रा तब वह नवीं क्लास में पढ़ रहा था। तब उसके एक अध्यापक ने उसे पढ़ाई जारी रखने के लिए प्रोत्साहित किया। जैसे-तैसे वह फ़ुल टाइम नौकरी के साथ स्कूल भी जाता रहा। आख़िरकार, न केवल उसने स्कूल की अपनी पढ़ाई पूरी की बल्कि दिल्ली विश्वविद्यालय से बी.कॉम. की डिग्री भी हासिल की जिसके दम पर उसने रेलवे की विभागीय परीक्षाओं में हिस्सा लिया और इम्तिहान पास करके क्लर्क बना। 1974 की ऐतिहासिक रेलवे हड़ताल में उसकी हिस्सेदारी उसके अफ़सरों की निगाह से नहीं बच पाई। सज़ा के तौर पर उसको पदावनत कर दिया गया। यानी निचले ओहदे पर भेज दिया गया।

जब मैंने उस दिन कालिया से बात की तो मालूम चला कि वह पदावनति के इस फ़ैसले पर अभी भी अदालत में मुक़दमा लड़ रहा है। उसे 1990 में जाकर इस मुक़दमे में कामयाबी मिली और रेलवे को उसे एक साथ तीन पदोन्नतियां देनी पड़ी – इतने सालों तक पदोन्नति न मिलने के एवज़ में।

गर्मियां, 1987. **जनम के हालात**

फ़रीदाबाद में मेरी पहली परफ़ॉर्मेंस के दिन मुझे पता था कि मुझे काला कुर्ता नहीं मिलेगा। मुझे जूट का बोरा जो बनना था। यही मेरा कॉस्टयूम था। मुझे उम्मीद थी कि बाक़ी लोग काले कुर्ते और नीली जींस या पैंट में होंगे।

मगर ऐसा नहीं हुआ। लिहाज़ा, परफ़ॉर्मेंस के बाद मैंने सफ़दर से पूछा, 'आज तुम लोगों ने काले कुर्ते क्यों नहीं पहने थे?'

'अरे हां, असल में क्या है कि ये लोग काम से लौटे हैं। ... उनके लिए कपड़े लेकर आना मुश्किल होता है।' ओर ये कहकर उसने बात बदल दी।

हक़ीक़त ये है कि जनम उस वक़्त बड़े ख़स्ता दिनों से गुज़र रहा था। कुछ साल से तो जनम के परफ़ॉर्मेंसेज़ के लिए ऐक्टर जुटाना भी एक समस्या बन गया था। जनम के कुछ पुराने अभिनेता दूसरी चीज़ों में मुब्तिला हो गए थे। जो बचे रहे उनमें से कुछ अपनी ज़िंदगी के बदले हुए हालात की वजह से सक्रिय नहीं रह पाए। सबकी उम्र तीस के पार हो चली थी। शादियां हो चुकी थीं। कइयों के बच्चे भी थे। उनके माँ-बाप बूढ़े हो रहे थे। उन्होंने दस-पंद्रह साल तक ये सब किया था मगर अब उनमें पहले जैसा जोश और प्रेरणा नहीं थी।

ऐसे दौर में निजी मुद्दे सिर उठाने लगते हैं। धीरे-धीरे वे इतने अहम हो जाते हैं कि बाक़ी सारी चीज़ें हाशिए पर खिसक जाती हैं। जब इन लोगों ने अपना सफ़र शुरू किया था तब जनम जोशीले और आदर्शवादी नौजवानों का एक छोटा सा समूह था। सबमें एक तरह की बराबरी थी। न कोई ऊपर था और न कोई नीचे था। और तो और, जनम की कोई सांगठनिक संरचना भी नहीं थी, हालांकि संगठन का पंजीकरण कराया जा चुका था। वक़्त के साथ कुछ लोगों का अधिक विकास हुआ – कलात्मक और वैचारिक, दोनों नज़रियों से। बाक़ियों का उतना नहीं हुआ। मगर कुछ ही समय में कुदरती तौर पर कुछ सदस्य कलाकार का और कुछ लोग कार्यकर्ता का व्यक्तित्व अख़्तियार करने लगे थे। इस तरह के बदलावों से खींचतान और असहमतियां पैदा होने लगीं।

जनम के पास सही मायनों में तीन रचनात्मक लेखक/निर्देशक थे। एक थे राकेश सक्सेना जो जनम के शुरुआती नुक्कड़ नाटकों के सहलेखक थे। *मशीन* और *औरत* जैसे क्लासिक नाटकों को उन्होंने और सफ़दर ने मिल कर लिखा था। भाषा पर उनकी पकड़ का कोई सानी नहीं था। वो और सफ़दर मिलकर काम किया करते थे। तीसरा था एन. के. शर्मा जो वैसे लेखक तो नहीं है मगर उसके पास दृश्यात्मक और नाटकीय बोध है। राकेश सक्सेना अस्सी के दशक की शुरुआत में अपनी नौकरी के सिलसिले मे भारत से बाहर चले गए। जब अस्सी के दशक के मध्य में मैं पहली बार जनम के संपर्क में आया, उस ज़माने में दिल्ली के रंगमंच के दायरों में लोग जनम को 'एनके-सफ़दर का ग्रुप' बुलाते थे। एनके को सिनेमा का बेइंतेहा शौक़ है। वह फ़िल्म निर्माण की दुनिया में अपना नसीब आज़माने कुछ अर्से के लिए बंबई गया था। जब मैं जनम में सक्रिय हुआ तब तक सफ़दर ही समूह में एकमात्र रचनाशील नेता बचा था जो लेखन, अभिनय, और निर्देशन, तीनों में बराबर दख़ल रखता था।

माला ने भी जनम में एक बड़ी भूमिका अदा की है मगर उस ज़माने में इसको कभी भी पूरी तरह मान्यता नहीं मिली। वह सदा ही एक बाकमाल अदाकारा रही और कई दफ़े तो बहुत लंबे अर्से तक वह जनम में एकमात्र महिला अदाकार थी। सांगठनिक तौर पर भी उसने अहम भूमिका अदा की है। साज़ो-सामान जुटाने में। कॉस्ट्यूम्स और प्रॉपर्टीज़ तैयार करने और संभालने में। किसी भी सक्रिय संगठन के लिए ज़रूरी, तरह-तरह के कामों को अंजाम देने वालों में वह हमेशा अगली कतार में रही है। मगर, इनमें से ज़्यादातर काम ऐसे होते हैं जो नज़र के दायरे के बाहर, घर के भीतर, और बहुधा रात में किए जाते थे। इसके अलावा, ख़ुद अपनी नज़र में भी माला सबसे पहले और सबसे प्रमुख रूप से एक अध्यापिका है। रंगमंच में वह ख़ुद को इसके बाद ही देखती है। सफ़दर जानता था कि माला के ज़रिए जनम को क्या हासिल होता है, वो जनम के लिए क्या मायने रखती है। मगर दूसरों ने ना तो इस बात पर ग़ौर किया और ना ही इसे महत्वपूर्ण समझा।

जब इस किताब के सिलसिले में मैंने जनम के उस ज़माने के एक ऐक्टर से बात की तो उसने ऑन रिकॉर्ड, बेबाकी से बताया कि उनको – यानी कुछ सीनियर्स को – लगता था कि सफ़दर महत्वाकांक्षी हो गया है क्योंकि वह टेलीविज़न में भी काम करने लगा था और बंबई के फ़िल्म उद्योग में भी स्क्रिप्ट लेखन में नाम कमाने के सपने संजो रहा था। इस ऐक्टर के शब्दों में, 'सफ़दर में एक एलीटनेस आ गई थी!' यह बात दीगर है कि सफ़दर की ये सारी जद्दोजहद किसी मज़दूर बस्ती में एक सांस्कृतिक

केंद्र खोलने के लिए चल रही थी। सफ़दर के कॉमरेड इस बात को समझ और परख नहीं पाए। 'हम लोगों ने तय कर लिया था कि अब सफ़दर को यहां से हटाओ, अब वह जनम के लिए नहीं, अपने लिए काम कर रहा है।' ख़ुशनसीबी जनम की, कि वो दिन कभी नहीं आया।

इस खींचतान का कुछ-कुछ आभास उस समय मुझे भी हो गया था जब मैं 1987 की गर्मियों में जनम में शामिल हुआ। समूह में एक अनियमित सा माहौल था। एक ऐक्टर मुझे हमेशा इस बात का अहसास कराने की कोशिश करता कि वे लोग 'सीनियर' हैं। सफ़दर की मृत्यु के एकाध साल के भीतर यह पूरा समूह जनम से निकल गया। इन लोगों ने बाक़ायदा प्रेस कॉन्फ्रेंस बुलाई जिसमें उन्होंने इस बात पर दुख प्रकट किया कि 'एक शख़्स' को हीरो की तरह पूजा जा रहा है। वे लोग इस बात से नाख़ुश थे कि जनम का वामपंथी आंदोलन से नज़दीकी रिश्ता रहा है। मगर उनका असली असंतोष माला से था जिसने जायज़ तौर पर एक विराट हैसियत हासिल कर ली थी हालांकि निजी तौर पर वह अभी भी वही थी जो वह पहले हुआ करती थी – सहज-सरल और बिना लाग-लपेट के बात करने वाली साधारण कार्यकर्ता। मुझे लगता है कि उन्हें एक औरत के नेतृत्व में काम करना हजम नहीं हो रहा था। उन्होंने जो किया और जिस तरह से किया उससे मुझे दुख तो हुआ, पर आश्चर्य नहीं।

सफ़दर जानता था कि जनम दम तोड़ रहा है। उसे उसमें फिर से जान फूंकनी थी।

मगर बात सिर्फ़ संगठन को रिवाईव करने की नहीं थी। सफ़दर का सपना इससे बड़ा था।

भाग दो

शुरुआती साल

सफ़दर के पिता हनीफ़ हाश्मी (1924–1976) और माँ क़मर आज़ाद हाश्मी (1927–2013) की शादी 1948 में हुई थी। सबीहा उनकी पहली बेटी थी जिसका जन्म 1949 में हुआ। फिर 1950 में सुहेल और 1952 में शेहला का जन्म हुआ। सफ़दर 1954 में पैदा हुआ। ये चारों बच्चे दिल्ली में पैदा हुए। अब्बूजी, यानी सफ़दर के पिता 1952 में अलीगढ़ जाकर बस गए थे और 1954–55 के जाड़ों में उनकी पत्नी और बच्चे भी अलीगढ़ चले गए। उस वक़्त सफ़दर की उम्र दस महीने के आसपास रही होगी। इनकी सबसे छोटी बहन शबनम का जन्म 1957 में हुआ।

अब्बूजी की शख़्सियत के कई पहलू थे। सियासी रुझान से वह कम्युनिस्ट थे। अलीगढ़ में फ़र्नीचर वर्कशॉप खोलने से पहले पुरातत्व (आर्कियोलॉजी) में हाथ-पांव मार चुके थे। क़मर आज़ाद यानी अम्माजी एक स्कूल में पढ़ाया करती थीं। परिवार की माली हालत बहुत अच्छी नहीं थी और कई बार उन्हें बुरे दिन देखने पड़े। ख़ासतौर से अलीगढ़ में बसने के बाद, जहां सफ़दर को दस साल की उम्र तक रहने का मौक़ा मिला। पूरे परिवार पर अम्माजी का ख़ामोश, लामहसूस, और दख़लंदाज़ी से फ़ारिग, मगर बहुत गहरा असर था। साहित्य और कलाओं में उनकी और अब्बूजी की दिलचस्पी बच्चों ने जज़्ब की। सफ़दर का बचपन किताबों से घिरे हुए बीता। अम्माजी भले ही दिन भर की मेहनत के बाद थक जाती थीं मगर सफ़दर को कहानियां सुनाकर ही सुलाती थीं। वह बच्चों के दायरे का सम्मान करती थीं पर उन्हें कभी तन्हा नहीं महसूस होने दिया। उनकी हर ज़रूरत का ख़्याल अम्माजी को होता। वो अपने परिवार का ध्रुव तारा थीं जो कठिन वक़्त में भी परिवार की बागडोर संभाले रहती थीं। फिर बच्चे तो बच्चे होते हैं। जहां भी हों, वे खेल का सामान ईजाद करते हुए अपनी रचनात्मक अभिव्यक्ति के तरीक़े ढूंढ ही लेते हैं। और जितनी साधनों की कमी, उतना ही क्रिएटिविटी में इज़ाफ़ा। हाश्मी परिवार के बच्चे भी तमाम आर्थिक कठिनाइयों के बावजूद – या शायद इनकी वजह से – मौज-मस्ती में, और ख़ुशी से रहे। इन भाई-बहनों में आज भी गहरा प्रेम है और सबके पास अपने बचपन की एक से एक बाकमाल यादें हैं। सफ़दर को घर के लोग प्यार से रज्जू कहा करते थे। बचपन के उस दौर को याद करते हुए शेहला अब भी कभी-कभी सफ़दर को रज्जू कहकर याद करती है।

सबीहा और सुहेल उर्दू पढ़ना जानते हैं जिसकी बदौलत उन्होंने प्रेमचंद, इस्मत

चुग़ताई, और बहुत सारे लेखक-लेखिकाओं को मूल उर्दू में भी पढ़ा है। सुहेल ने गोर्की के उपन्यास *माँ* को चौथी या पांचवीं कक्षा में ही पढ़ लिया था – उर्दू में। उसने टॉलस्टॉय का भी बहुत सारा अनुवाद पढ़ा है। अब्बूजी भी नियमित रूप से पत्र-पत्रिकाएं मंगवाते थे। वह शाहराह मंगाते थे जो लगभग प्रगतिशील लेखक संघ (प्रोग्रेसिव राइटर्स एसोसिएशन – पीडब्ल्यूए) की पत्रिका थी, हालांकि अधिकृत रूप से ऐसा नहीं था। इसके अलावा वे *किताब* और *शबख़ून*, जो शम्सुर्रहमान फारूख़ी इलाहाबाद से निकालते थे, भी मंगाते थे। प्रगतिशील पत्रिका *सवेरा* और बच्चों की पत्रिका *खिलौना* कमोबेश नियमित रूप से उनके यहां मंगाई जाती थी। सुहेल को याद नहीं कि सफ़दर का अलीगढ़ के दौर में किताबों से कोई ख़ास लगाव था, मगर जब परिवार फिर दिल्ली आया तो सफ़दर निश्चित रूप से किताबों में डूबता चला गया। जब वह कॉलेज में पहुंचा तब तक ऐसी-ऐसी चीज़ें पढ़ चुका था जो उसके किसी भाई-बहन ने नहीं पढ़ी थीं। सफ़दर ने ही सुहेल को जॉन डन ('*नो मैन इज़ एन आईलैंड ...*') जैसे साहित्य से परिचित कराया। सत्तर के दशक में सफ़दर को जो भी हाथ लगता, वह उसको पढ़ने बैठ जाता। अमेरिकी साहित्य, साहित्यिक आलोचना, ब्रेख़्त का जो भी हाथ लगता, वह सब पढ़ जाता। इनमें से ज़्यादातर चीज़ें उसके कोर्स, स्कूल, या कॉलेज की ज़रूरतों से अलहदा थीं।

घर में साहित्य का बोलबाला था, सिनेमा का नहीं। परिवार के पास पैसा यूं भी नहीं था। लिहाज़ा फ़िल्म देखने जाना एक बड़ा मौक़ा होता था। जब दिल्ली में *बेन हर* रिलीज हुई तो अब्बूजी ने ये फ़िल्म देखने के लिए पूरे परिवार को अलीगढ़ से दिल्ली भेजा। फिर *दि टेन कमांडमेंट्स* दिल्ली में और *झनक-झनक पायल बाजे* अलीगढ़ स्थित तस्वीर महल सिनेमा में देखी। जब चौदह साल की उम्र में सुहेल दिल्ली लौटा तो उसने अपनी ज़िंदगी में सिर्फ़ चार फ़िल्में देखी थीं। अब्बूजी ने जब रशियन न्यूज़ एजेंसी तास में काम करना शुरू किया तो अपनी पहली तनख़्वाह से वो एक रेडियो लाए थे। दूसरे महीने की तनख़्वाह से उन्होंने एक रिकॉर्ड प्लेयर और तीन एलपी खरीदे। एक के. एल. सहगल का, एक पंकज मलिक का, और एक रविशंकर की छोटी-छोटी रचनाओं का। काम करते-करते अब्बूजी ग़ालिब और मीर के साथ-साथ फ़ारसी के कुछ शायरों को भी गा लिया करते थे। उन्हें देखते-देखते बच्चे भी इन पंक्तियूं को दोहराने लगते थे।

सन चौंसठ में ये लोग फिर से दिल्ली आए। यहां आकर सफ़दर ने पहले एनडीएमसी के सरोज़नी नगर स्कूल में दाख़िला लिया। इसके बाद वो बेयर्ड रोड

स्थित डीएवी स्कूल जाने लगा। अंत में उसने लोधी रोड स्थित दिल्ली कन्नड़ा सीनियर सेकेंडरी स्कूल में दाख़िला लिया। 1970 में उसने यहीं से हायर सेकेंडरी का इम्तिहान दिया। सफ़दर पढ़ने में काफ़ी तेज़ था। नतीजतन, पहली ही कक्षा में उसे डबल प्रमोशन मिला। पहली से वह सीधे तीसरी कक्षा में पहुंच गया। वह और सुहेल जिस स्कूल में पढ़ा करते थे वो पांचवीं कक्षा तक को-एजुकेशनल स्कूल था यानी उसमें लड़के और लड़कियां साथ पढ़ा करते थे। छठी से लड़कों और लड़कियों के रास्ते अलग हो जाते थे। जिस साल सुहेल ने पांचवीं पार की, उसी साल शबनम को नर्सरी में दाखिला लेना था। डीएवी स्कूल में नर्सरी हुआ करती थी इसलिए शबनम को भी वहीं दाख़िल करा दिया गया। अब सफ़दर एनडीएमसी स्कूल में अकेला रह गया था। इसे देखते हुए कुछ दिनों बाद उसे भी डीएवी स्कूल में दाख़िल कर दिया, ताकि तीनों बच्चे एक ही रिक्शे से स्कूल जाने लगें और कुछ बचत हो। डीएवी में सफ़दर के दाख़िले के कुछ ही दिन बाद कक्षा तीन के उसके कुछ नए दोस्तों को कक्षा चार में भेज दिया गया। सफ़दर सीधे प्रिंसिपल के पास गया और मांग की कि उसे भी अगली कक्षा में बिठाया जाए। प्रिंसिपल साहब मान गए। उम्र में चार साल बड़ा सुहेल अब सफ़दर से सिर्फ़ दो क्लास आगे रह गया था। एक और ज़ुल्म ये हुआ जब सुहेल दसवीं में पहुंचा तो फ़ेल हो गया क्योंकि वह पढ़ाई-लिखाई की बजाए स्कूल में एक हड़ताल आयोजित करने में लगा रहा था। फलस्वरूप, अब वह सफ़दर से सिर्फ़ एक क्लास आगे रह गया था। पूरा नज़ारा प्रेमचंद के *बड़े भाई साहब* जैसा लगने लगा था जिसमें परिश्रमी और मेधावी बड़ा भाई बार-बार फ़ेल होता जाता है और छोटा भाई सारी आवारगी के बावजूद पास होता जाता है और अंततः पांच साल का फ़ासला ख़त्म हो जाता है और दोनों भाई एक ही कक्षा में पहुंच जाते हैं। शुक्र है कि सुहेल के साथ ऐसी नौबत बस आते-आते रह गई।

सुहेल ने 1969 में और सफ़दर ने 1970 में कॉलेज में दाख़िला लिया। अब्बूजी और सुहेल, दोनों चाहते थे कि सफ़दर का दाख़िला हिंदू कॉलेज में हो मगर उसने ख़ासे एलीट माने जाने वाले सेंट स्टीफ़ंस कॉलेज में अंग्रेज़ी ऑनर्स में दाख़िला लिया। सफ़दर तब अंग्रेज़ी ज़्यादा अच्छी तरह बोल नहीं पाता था। उसे सेंट स्टीफ़ंस में दाख़िला सिर्फ़ इसलिए मिला था क्योंकि इंटरव्यू कमेटी में कोई साहब थे जिन्होंने न जाने कैसे ये भांप लिया था कि ये लड़का इंटेलीजेंट है और लिहाज़ा उसे हिंदी में बोलने की छूट दे दी थी। सेंट स्टीफ़ंस में दाख़िले के इंटरव्यू में सफ़दर कुर्ता पाजामा पहने पहुंचा था। हिंदी में बात करते हुए सफ़दर इंटरव्यू कमेटी को प्रभावित करने में

सफल रहा। इंटरव्यू कमेटी के उन जनाब को अंदाज़ा सही निकला। लड़का तेज़ था। जल्दी ही अंग्रेज़ी बोलना सीख गया। लेकिन सफ़दर को अपने कॉलेज के एलीट, अंग्रेज़ीपरस्त माहौल से नफ़रत थी। वह कैंटीन भी नहीं जा पाता था क्योंकि वहां के मेन्यू में जो-जो चीज़ें मिलती थी उनमें से कोई उसके बूते के भीतर नहीं थी। और हां, सेंट स्टीफ़ंस अकेला ऐसा कॉलेज था जहां कैंटीन को कैफेटेरिया कहा जाता था।

ख़ैर, यहां तक आते-आते सुहेल का काफ़ी राजनीतिकरण हो चुका था और वह स्टूडेंट फ़ेडरेशन ऑफ़ इंडिया (एसएफ़आई) में सक्रिय हो गया था। जब मैंने मदन गोपाल सिंह और एम.के. रैना के इंटरव्यू लिए तो दोनों ने कहा कि उस वक़्त सफ़दर एक सुंदर, लंबा, छरहरा, शर्मीला, और अधिकांशतः चुप रहने वाला नौजवान था, जिसे पढ़ने का शौक़ था। रैना बताते हैं कि 'सुहेल को अपने छोटे भाई पर बड़ा फ़ख़्र था।'

अब सफ़दर का भी राजनीतिकरण हो रहा था। उसी दौरान वह सेंट स्टीफ़ंस में सक्रिय नक्सलवादी विद्यार्थियों के एक समूह की तरफ़ आकर्षित हुआ। बाक़ी वजहें चाहे जो रही हों, इन नौजवानों की तरफ़ आकर्षित होने का एक कारण तो यही था कि सफ़दर की तरह उनके पास भी कैफ़े से कुछ खरीदने के लिए पैसे नहीं हुआ करते थे। सुहेल ख़फ़ा हुआ और उसने सफ़दर को समझाने की कोशिश की। सफ़दर भी बहस पर उतर आया। नतीजा, भाइयों के बीच बोलचाल बंद हो गई। ख़ैर, नक्सलवाद के साथ सफ़दर का इन्फ़ैचुएशन शायद दसेक दिनों में ढीला पड़ गया और वह वापस एसएफ़आई की क़तारों में लौट आया।

तक़रीबन एक दशक बाद सफ़दर ने प्रभात उप्रेती को एक ख़त लिखा जो श्रीनगर, गढ़वाल में सफ़दर के अध्यापन के दौर में उसके सबसे घनिष्ठ मित्र बन गए थे। सफ़दर ने लिखा :

'स्टेनगन लेकर "दो-चार कमीनों" को मारने की कोई ख़्वाहिश नहीं है। ऐसा करने वालों पर, सोचने वालों पर, तरस आता है। जी चाहता है उन्हें समझाऊं कुछ, आंखें खोलूं उनकी ... (उन्होंने) इंक़लाब के रास्ते पर झूठी बहादुरी और महानता का बैरीकेड खड़ा किया था। इनसे प्रेरित होगे तो बर्बाद हो जाओगे।'

उप्रेती को वह हमेशा हिंदी में ही लिखा करता था। ना तो अब्बूजी और ना ही अम्माजी फर्राटेदार अंग्रेज़ी बोलते थे। दोनों की स्वाभाविक ज़बान हिंदुस्तानी थी। ख़ासतौर से अब्बूजी के पास महीन हास्य का कमाल था। एक बार सफ़दर का एक दोस्त और अब्बूजी, दोनों डीटीसी की एक ही बस में सफ़र कर रहे थे। बस

खचाखच भरी थी। नौजवान और अब्बूजी के बीच थोड़ी-बहुत बातचीत हुई जिसके बाद अब्बूजी को उतरना था।

अब्बूजी ने नौजवान से कहा 'अगर आप इजाज़त दें तो मैं चलूं?'

इस बेइंतहा विनम्रता से हड़बड़ाए नौजवान ने जैसे-तैसे 'गुडबाय' कहा, मगर अब्बूजी वहीं खड़े रहे। फिर उसी विनम्रता से बोले, 'आपके साथ आपके पैर की इजाज़त भी चाहिए।'

नौजवान इस पूरे दरमियान अब्बूजी के पांव पर पांव धरे खड़ा हुआ था।

सत्तर के दशक की शुरुआत. **दिल्ली विश्वविद्यालय**

तमाम पुरानी बिल्डिंगों के बावजूद आज के दिल्ली विश्वविद्यालय का नॉर्थ कैंपस साठ के दश के मध्य के नॉर्थ कैंपस से बिल्कुल भिन्न था। आर्ट्स और लॉ फ़ैकल्टी के पास जहां आज छात्र संघ का दफ़्तर है वहां उस वक़्त कुछ बैरकें हुआ करती थीं। कनॉट प्लेस में वेंगर्स की बेकरी और कन्फेक्शनरी की दुकान मशहूर है। उस ज़माने में वेंगर्स का एक रेस्टोरेंट विश्वविद्यालय की इन बैरकों में हुआ करता था। उन दिनों चार कप चाय की केतली 84 पैसे में मिला करती थी। अगर आपकी जेब में दम है तो आप 16 पैसे की टिप देकर एक रुपये में चार कप चाय पी सकते थे। यानी चवन्नी का एक कप। बढ़ती महंगाई का हवाला देकर वेंगर्स ने चाय की केतली का दाम लगभग दुगना कर दिया था।

पंचवर्षीय योजनाओं की मेहरबानी से पचास के दशक में मंहगाई तुलनात्मक रूप से कम थी। महंगाई या मुद्रास्फीति बढ़ना शुरू हुई साठ के दशक में। ख़ासतौर से जून 1963 से जून 1964 के बीच खाने-पीने की चीज़ों के दामों में 13.4 प्रतिशत का इज़ाफ़ा हुआ था। अगस्त 1964 में राममनोहर लोहिया ने जनसंघ (भाजपा का पुराना अवतार) तथा कम्युनिस्ट पार्टी के वाम और दक्षिण, दोनों ख़ेमों को सुझाव दिया कि मिलकर मूल्य वृद्धि विरोधी आंदोलन शुरू करें। जनसंघ को यह प्रस्ताव ज़्यादा समझ में नहीं आया। कम्युनिस्ट पार्टी के दक्षिणपंथी तत्व भी इस बारे में विश्वस्त नहीं थे। मगर पार्टी के वामपंथी धड़े ने इस प्रस्ताव को हाथों-हाथ लिया। कनॉट प्लेस स्थित इंडियन कॉफ़ी हाउस इस संघर्ष का केंद्रबिंदु था। इसी के बाहर आंदोलनकारियों ने सस्ती दर पर कॉफ़ी बेचने के लिए एक अस्थायी स्टॉल शुरू कर दिया था। आईसीएच का बहिष्कार बेहद कामयाब रहा। लेखक, पत्रकार, राजनेता, कलाकार, आम नागरिक रोज़ वहां आने लगे। तक़रीबन दो महीने बाद आईसीएच

को मूल्य वृद्धि से पहले के दाम फिर से बहाल करने पड़े। इस आंदोलन से दूसरी चीज़ों की क़ीमतों पर भी असर पड़े और सिर्फ़ कॉफ़ी के शौक़ीनों के लिए नहीं बल्कि सभी प्रकार के ग्राहकों के लिए क़ीमतों में कमी आई।

1966 में जब वेंगर्स ने चाय की क़ीमतें बढ़ाने का फ़ैसला लिया तो इसी मूल्य वृद्धि आंदोलन की सफलता से प्रेरित छात्रों के एक समूह ने दिल्ली विश्वविद्यालय के तत्कालीन वाइस चांसलर सी.डी.देशमुख को विरोध पत्र लिखा। देशमुख अर्थशास्त्र खूब समझते थे। अंग्रेज़ों के ज़माने में भारतीय रिज़र्व बैंक के गवर्नर रह चुके थे। वे पहले भारतीय थे जिन्हें इस पद पर नियुक्त किया गया था। आज़ादी के बाद वह जवाहरलाल नेहरू के पहले मंत्रीमंडल में 1950 से 1956 तक भारत के पहले वित्त मंत्री भी रहे। वह कैंपस में ऐसा कोई आंदोलन नहीं चाहते थे क्योंकि उन्हें मालूम था कि शहर में ऐसे आंदोलन को फ़ौरन समर्थन मिलेगा। पत्र मिलने पर उन्होंने पांच विद्यार्थियों को बात करने के लिए बुलावा भेजा। इनमें से एक राजेंद्र प्रसाद (राजन) थे जो उस वक़्त दर्शनशास्त्र में पीएचडी कर रहे थे। देशमुख ने विद्यार्थियों से पूछा कि वे क्या चाहते हैं। उन्होंने जवाब दिया कि वो एक कोऑपरेटिव कैंटीन चलाना चाहते हैं। देशमुख ने ये तजवीज़ मान ली और एक अध्यापक को उनके एडवाइज़र के तौर पर नियुक्त कर दिया। राजन और उनके कॉमरेड्स ने कैंपस में कोऑपरेटिव कैंटीन शुरू की जहां वे एक-दो रुपये में भरपेट खाना देने लगे। सैकड़ों विद्यार्थी यहां खाना खाने आते। इस प्रकार, यह कोऑपरेटिव कैंटीन विद्यार्थियों के मिलने-जुलने और संगठित होने का केंद्र बन गई।

उस ज़माने में ऑल इंडिया स्टूडेंट्स फ़ेडरेशन (एआईएसएफ़, भाकपा की विद्यार्थी शाखा) की कैंपस में कोई ख़ास मौजूदगी नहीं हुआ करती थी। विपक्ष के धरातल पर सोशलिस्ट गुटों का दबदबा था जिसमें समाजवाजी युवजन सभा (एसवाईएस) सबसे प्रमुख थी। 1964 में भाकपा में विभाजन हुआ जिसमें माकपा बनी मगर पार्टी के जनसंगठनों में विभाजन 1970–71 में हुआ। जैसा कि राजन बताते हैं, साठ के दशक के आख़िरी सालों में कैंपस में माकपा को खड़ा करने वाले तीन अध्यापकों का बड़ा योगदान था – कुमारेश चक्रवर्ती, ज़हूर सिद्दिक़ी (ये दोनों दिल्ली यूनिवर्सिटी टीचर्स एसोसिएशन के अध्यक्ष रहे) और किटी मेनन।

ख़ासतौर से कुमारेश चक्रवर्ती ने विश्वविद्यालय के लोकतंत्रीकरण में बेमिसाल योगदान दिया। अगस्त 1967 में उन्होंने दिल्ली यूनिवर्सिटी टीचर्स एसोसिएशन (डूटा) की एक जनरल बॉडी मीटिंग के दौरान अध्यापकों की बग़ावत का नेतृत्व

किया था। उस समय तक डूटा विश्वविद्यालय के मुट्ठी भर ताक़तवर अफ़सरों और प्रधानाचार्यों की कठपुतली हुआ करता था। ये लोग साल दर साल अपने चेले-चपाटों को चुनाव जितवा दिया करते थे। चक्रवर्ती के आग उग़लते भाषणों से उत्तेजित अध्यापकों की मनोदशा को भांपते हुए विश्वविद्यालय प्रशासन स्वतंत्र चुनाव के लिए तैयार हो गया। लोकतांत्रिक समूह को चुनाव में ज़बर्दस्त कामयाबी मिली। स्वयं कुमारेश चक्रवर्ती कार्यकारिणी के लिए निर्वाचित हुए। 1971 में उन्होंने जनसंघ समर्थित उम्मीदवार को हराकर डूटा के अध्यक्ष पद का चुनाव जीता। उनकी अध्यक्षता के दौरान डूटा ने कर्मचारियों के साथ मिलकर भी काम किया और उनकी मांगों पर उनको समर्थन दिया। डूटा ने निकटवर्ती हरियाणा में स्कूल अध्यापकों के आंदोलन में भी ख़ूब हिस्सा लिया। विभाग प्रमुखों के लिए टेन्योर व्यवस्था को ख़त्म करके एक रोटेशनल व्यवस्था लागू करवाना शिक्षक आंदोलन की एक और महत्वपूर्ण लोकतांत्रिक सफलता थी। इस नई व्यवस्था के तहत प्रत्येक विभाग प्रमुख एक निश्चित समय तक ही विभागाध्यक्ष का पद संभाल सकते थे। शिक्षक आंदोलन के ही दबाव में सरकार को संसद में पेश किया गया एक विधेयक भी वापस लेना पड़ा जिसमें कहा गया था कि शिक्षक यूनियनों को ख़त्म करके आगे से 'कॉलेज काउंसिल' गठित की जाएगी। इन संघर्षों के पहले आभिजात्य पृष्ठभूमि वाले अंग्रेज़ी भाषी प्रोफ़ेसर और प्रधानाचार्य ही विश्वविद्यालय पर छाए रहते थे। अब साधारण और ग़रीब पृष्ठभूमि के भी बहुत सारे अध्यापक-अध्यापिकाएं डूटा के नेता बनने लगे। यह हमेशा ही एक दिलचस्प बात रही है कि कांग्रेस और जनसंघ/भाजपा (और बाद में आम आदमी पार्टी) के राजनीतिक दबदबे वाले शहर के सबसे बड़े विश्वविद्यालय पर एक उल्लेखनीय वामपंथी शिक्षक आंदोलन का ज़ोर रहा है।

एसएफ़आई 1970 के आसपास सामने आई। मगर उससे पहले भी वामपंथी विद्यार्थी कलात्मक गतिविधियां आयोजित कर रहे थे। इसी क्रम में बर्तोल्त ब्रेख़्त के नाटक *दि एक्सेप्शन ऐंड दि रूल* प्रस्तुति की गई। जिस ज़माने में कामू, सार्त्र, और अस्तित्ववाद जैसी धाराओं का बोलबाला था उस ज़माने में राजन को एक किताब हाथ लगी जिसमें ब्रेख़्त का यह मार्क्सवादी नाटक छपा था। इस नाटक से राजन बहुत गहरे तौर पर प्रभावित हुए। उन्होंने मंसूर सईद को कहा कि वे इसका अनुवाद करें। मंसूर सईद, जिन्हें मंसूर भाई के नाम से जाना जाता था, सफ़दर और सुहेल के चचेरे भाई थे जो बाद में पाकिस्तान चले गए और वहां जाकर कराची में उन्होंने दस्तक नाम से एक थियेटर शुरू किया। उनकी बेटी सानिया सईद पाकिस्तान की

मशहूर अदाकारा हैं। इस नाटक की कास्ट में भावी फ़िल्मकार केतन मेहता भी शामिल थे। इन सबने मिलकर हिंदू कॉलेज के फ़ेयर में ब्रेख़्त पर एक प्रदर्शनी का आयोजन किया। सुहेल को एसएफ़आई में लाने में राजन ने अहम भूमिका अदा की थी। उन्होंने किरोड़ीमल कॉलेज में होने वाली प्रदर्शनी के लिए पाब्लो नेरूदा के शाहकार *दि हाईट्स* और *माचू पीचू* पर विवान सुंदरम द्वारा बनाए गए पेंसिल स्कैचेज़ को मंगवाया। इसके बाद क्यूबाई क्रांति पर एक कार्यक्रम आयोजित किया गया जिसे उस ज़माने में ट्यूटोरियल बिल्डिंग नाम से मशहूर इमारत में आयोजित किया गया। यह इमारत श्रीराम कॉलेज ऑफ़ कॉमर्स की लाइब्रेरी के बगल में हुआ करती थी।

सुहेल को याद पड़ता है कि कृषि संकट पर किरोड़ीमल कॉलेज में एसएफ़आई द्वारा आयोजित किए गए कार्यक्रम में कम्युनिस्ट पार्टी के दिग्गज नेता हरेकृष्ण कोनार को आमंत्रित किया गया था। कोनार साम्राज्यवाद विरोधी संघर्ष के नायक थे जिन्हें 1933 में छह साल के लिए अंडमान द्वीपसमूह की कुख्यात सेल्युलर जेल में बंद रखा गया था। बाद में वह वाम मोर्चा द्वारा पेश किए गए भूमि सुधारों, जिसे ऑपरेशन बर्गा के नाम से जाना जाता है, के मुख्य शिल्पियों में से एक रहे। इन्हीं हरेकृष्ण कोनार को एसएफ़आई ने किरोड़ीमल कॉलेज में आमंत्रित किया था। आज भी अचंभा होता है कि हमारे कुछ संकट कभी ख़त्म क्यों नहीं होते। नोम चॉम्स्की ने कहीं कहा है कि जब उन्हें कहीं बोलने के लिए बुलाया जाता है और तारीख़ कई महीने पहले तय कर दी जाती है, मान लीजिए एक साल बाद की, तो वह 'मध्य-पूर्व में मौजूदा संकट' जैसा कोई शीर्षक दे देते हैं क्योंकि वहां इज़रायल और अमेरिकियों और उनके पिट्ठुओं की बदौलत हमेशा एक वर्तमान संकट बना ही रहता है। ऐसे ही भारत के भी कुछ चिरंतन संकट हैं। किसी भी दौर में आप बेझिझक कृषि संकट पर बात कर सकते हैं। (यानी जब तक शासक वर्ग की अगुआई एकाधिकारिक पूंजीपति और बड़े ज़मींदार कर रहे हैं तब तक तो यही सूरत रहेगी)। हरेकृष्ण कोनार अंग्रेज़ी में भाषण नहीं दे सकते थे और हिंदी भी उन्हें बस टूटी-फूटी ही आती थी। उनके भाषण के दौरान कई बार बिजली भी चली गई इसलिए माइक और पंखे भी बंद हो गए। फिर भी डेढ़ सौ की क्षमता वाले लेक्चर हॉल में तीन सौ से ज़्यादा लोग जमा थे। कुछ विद्यार्थी अर्थशास्त्र विभाग से आए थे। लेकिन बहुत सारे दूसरे विषयों के भी थे। तीन घंटे तक कोनार कृषि संकट की चीर-फाड़ करते रहे, भूमि-सुधारों की ज़रूरत, और खेती के बारे में कांग्रेस बनाम वामपंथ के दृष्टिकोण पर रोशनी डालते रहे। सुहेल बताते हैं, तीन घंटे तक 'एक भी बंदा' बाहर नहीं गया।

दिल्ली यूनिवर्सिटी डिस्कशन सोसायटी की तरफ़ से दिल्ली स्कूल ऑफ़ इकॉनॉमिक्स के लेक्चर हॉल में भी नियमित रूप से चर्चाएं और वार्ताएं आयोजित की जाती थीं। इन गोष्ठियों और सेमिनारों में किटी मेनन, बिपन चंद्र, हरबंस मुखिया, रोमिला थापर जैसे प्रख्यात बुद्धिजीवी और कार्यकर्ता भाषण देने आते थे। राजन एक और नियमित, संभवतः साप्ताहिक स्टडी सर्कल का ज़िक्र करते हैं। इसमें भी रेडिकल विद्यार्थी हुआ करते थे जिनमें से कुछ सोशलिस्ट रुझान वाले थे और कुछ कम्युनिस्ट थे जबकि कुछ अन्य थे जिनका कोई स्पष्ट रुझान नहीं था। इस स्टडी सर्कल में इतिहासकार नूरुल हसन और सतीश चंद्र जैसे लोग बोलने आया करते थे। *इंडिया टुडे* के संस्थापक, प्रकाशक अरुण पुरी इस स्टडी सर्कल का हिस्सा थे जिसके कुछ सत्र कनॉट प्लेस स्थित उनके दफ़्तर में आयोजित किए गए थे।

इस ज़माने में कई लड़कियां भी वामपंथ की तरफ़ आकर्षित हुईं और उनमें से कई एसएफ़आई की सदस्य बनीं। मधु प्रसाद, पहले से राजनीतिक रुझान अर्जित कर चुकी थीं और इंग्लैंड से लौटकर दिल्ली विश्वविद्यालय में नौकरी कर रही थीं। बबली, जिनके भाई विनोद नागपाल एक प्रसिद्ध अदाकार हैं और जिनका पुरानी दिल्ली स्थित घर वामपंथी सांस्कृतिक गतिविधियों का केंद्र हुआ करता था। रंजना नरूला, जिन्होंने अपनी ज़िंदगी महिला, और बाद में ट्रेड यूनियन आंदोलन, में लगा दी। इंदिरा जयसिंह, देश की बेहतरीन वकीलों में से एक जो मोदी सरकार की ताक़त से लोहा ले रही हैं। दर्शना भोगीलाल, जिन्होंने पीपुल्स यूनियन ऑफ़ सिविल लिबर्टीज़ में अपने काम की मार्फ़त मुंबई के फ़ुटपाथ वासियों के अधिकारों के लिए भी बहुत काम किया है। नारीवादी पत्रिका *मानुषी* की संस्थापक मधु किश्वर जो अब उन्मत्त दक्षिणपंथी और मोदी की अगाध भक्त बन चुकी हैं मगर उस ज़माने में मिरांडा हाउस स्टूडेंट्स यूनियन की अध्यक्ष चुनी गईं।

उस ज़माने में युवा वामपंथी कार्यकर्ताओं के बीच भारतीय शासन वर्ग के चरित्र जैसी बहसें आम थीं : भारतीय शासक वर्ग राष्ट्रीय पूंजीपति वर्ग है, या यह इजारेदार पूंजीपतियों और बड़े ज़मींदारों का गठबंधन है? या यह दलाल पूंजीपति वर्ग का प्रतिनिधि है? जो लोग राष्ट्रीय पूंजीपति वर्ग वाली लाईन लेते थे वह भारत में एक राष्ट्रीय लोकतांत्रिक क्रांति की बात करते थे। जो लोग मानते थे कि भारतीय शासक वर्ग एकाधिकारिक पूंजीपतियों और बड़े ज़मींदारों का गठबंधन है वे भारत में जन लोकतांत्रिक क्रांति (पीपुल्स डेमोक्रेटिक रेवॅल्यूशन) के हक़ में दलील देते थे। जो मानते थे कि भारत का शासक वर्ग असल में दलाल पूंजीपति वर्ग है, उनको लगता

था कि भारत समाजवादी क्रांति की अवस्था में पहुंच चुका है और कहीं भी एक चिंगारी दावानल का रूप ले सकती है। इन्हीं विभेदों की तर्ज़ पर कम्युनिस्ट पार्टियां भी भाकपा, माकपा, और भाकपा (माले) जैसे टुकड़ों में बंटती चली गई। दिल्ली विश्वविद्यालय में आरएसएस का छात्र संगठन एबीवीपी भी मज़बूत था (मसलन, 1974 में एबीवीपी के टिकट पर अरुण जेटली दिल्ली विश्वविद्यालय छात्रसंघ के अध्यक्ष चुने गए थे) और दिल्ली में जनसंघ का भी एक आधार हुआ करता था मगर कुल मिलाकर भारतीय राजनीति में हिंदू दक्षिणपंथी धारा एक हाशियाई ताक़त थी।

तब, सत्तर के दशक में युवाओं के लिए 'संपूर्ण क्रांति' का नारा देने वाले जयप्रकाश नारायण तेज़ी से आकर्षण का केंद्र बनते चले गए। युवाओं के आकर्षण के दूसरे छोर पर विभिन्न कम्युनिस्ट पार्टियां और उनके जनसंगठन थे। हालांकि भारतीय शासक वर्ग के चरित्र निर्धारण पर वामपंथी धारा में ज़बर्दस्त मतभेद थे और लिहाज़ा क्रांति की अवस्था को लेकर भी ख़ूब बहसें चला करती थीं, मगर अमेरिकी साम्राज्यवाद के सभी ख़िलाफ़ थे। ख़ासतौर से वियतनाम पर अमेरिका द्वारा किए गए युद्ध के कारण अमेरिका का विरोध बिल्कुल स्पष्ट था। इस राजनीतिक रुझान के साथ अमेरिकी प्रतिरोध धारा का सांस्कृतिक प्रभाव भी भारत पर पड़ रहा था। बॉब डिलन और जोन बायेज़, पीट सीगर, पॉप आर्ट और ऐंडी वारहॉल, और अमेरिकी हिप्पी संस्कृति, सब का असर दिखाई दे रहा था। लेकिन राजनीतिक विभाजनों और सीमाओं की वजह से निजी, यहां तक कि प्रेम संबंधों में भी कोई रुकावट नहीं आ रही थी। दो अलग-अलग राजनीतिक धाराओं पर चल रहे दो युवाओं के बीच प्रेम एक सामान्य बात थी।

1970 तक आते-आते एसएफ़आई ने कैंपस में अपनी मौजूदगी दर्ज करा दी थी। उन गर्मियों में कॉलेज की छुट्टियों के दौरान राजन और सुहेल दिल्ली, हरियाणा, व पश्चिमी उत्तर प्रदेश के ऐसे नौजवान लड़के और लड़कियों में शामिल थे जो रोहतक, हरियाणा में एक प्रशिक्षण कार्यशाला के लिए आए थे। इस तरह की प्रशिक्षण कार्यशाला भी स्टडी क्लासेज़ जैसी ही होती थी जिसे मुख्य रूप से वेद गुप्ता और महेंद्र सिंह चलाया करते थे। एम.ए. जावेद भी इनके साथ थे। ये तीनों दिल्ली विश्वविद्यालय के कॉलेजों में पढ़ाते थे, पुरानी दिल्ली में रहते थे। ख़ासतौर से वेद और महेंद्र ने नौजवानों की एक पूरी पीढ़ी को मार्क्सवाद के बुनियादी पहलुओं से अवगत कराने में ऐतिहासिक योगदान दिया। कम्युनिस्ट किसान नेता हरिकिशन सिंह सुरजीत, जो राष्ट्रीय राजनीतिक परिदृश्य में ऊंची शख़्सियत रखते थे, वह भी एक

क्लास लेने आए थे जिसकी वजह से वहां तैनात पुलिस वालों में भगदड़ मच गई थी।

ऐसे हालात में उस पीढ़ी के छात्र कार्यकर्ताओं के लिए साम्राज्यवाद का विरोध सबसे बुनियादी उसूल था और भारत में लोकतंत्र की हिफ़ाज़त करना सबसे बड़ा उद्देश्य। भारत के ग़रीबों को डस रही भयानक ग़रीबी के कारणों और उसके संभावित समाधानों को समझने की चेष्टा उनकी रोज़मर्रा ज़िंदगी का हिस्सा थी। आज यह लगभग मान लिया जाता है कि वामपंथी विद्यार्थी आंदोलन की शुरुआत जवाहलाल नेहरू विश्वविद्यालय से हुई थी। बेशक, बाद के सालों में जवाहरलाल नेहरू विश्वविद्यालय में वामपंथ एक प्रभावशाली और बड़ी ताक़त बना मगर जेएनयू का वामपंथी विद्यार्थी आंदोलन दिल्ली विश्वविद्यालय के बाद ही वजूद में आया। जेएनयू के शुरुआती वामपंथी कार्यकर्ता या तो दिल्ली विश्वविद्यालय के पुराने विद्यार्थी थे, या देश के दूसरे भागों से आए थे।

यही वो आबोहवा थी, वो ज़माना था जब सफ़दर ने 1970 में मात्र सोलह साल की उम्र में (स्कूल में दो डबल प्रमोशन हासिल करने की बदौलत) सेंट स्टीफ़ंस कॉलेज में दाख़िला लिया।

सत्तर के दशक की शुरुआत. इप्टा

सुभाष त्यागी उस वक़्त नौजवान थे और गोल मार्केट इलाक़े में रहा करते थे। वह दिल्ली इलेक्ट्रिसिटी सप्लाई अंडरटेकिंग (डेसू) में नौकरी किया करते थे। 1968 में उन्होंने डेसू की नौकरी शुरू की थी। 1970 में एक दिन जब वह बिरला मंदिर के सामने अपने कुछ दोस्तों के साथ ताश खेल रहे थे तो उन्हें एक थियेटर ग्रुप के बारे में पता चला जिसका ठिकाना शंकर मार्केट में ही कहीं था। उनके ज़्यादातर दोस्त बंगाली थे जिनके साथ वह एक दिन इस थियेटर ग्रुप की तलाश में निकल पड़े। पहले ही दिन उन्हें कमरे में झाड़े लगाने का काम सौंपा गया। इसे अपनी तौहीन मानते हुए वह वहां से निकल गए और कसम खाई कि वहां कभी वापस नहीं लौटेंगे। ताश खेलने वाले उनके बंगाली दोस्तों में से एक ने उन्हें समझाया कि फ़र्श बुहारना तो अभिनेता बनने के सिलसिले का लाज़िमी हिस्सा होता है; सभी अदाकार ऐसा करते हैं। इस पर त्यागी के अहंकार को थोड़ी ठंडक मिली और वह इंडियन पीपुल्स थियेटर एसोसिएशन (इप्टा) की दिल्ली शाखा से जुड़ गए।

एक ज़माना था जब भारत के कला-संस्कृति धरातल के तक़रीबन तमाम छोटे-बड़े नाम इप्टा के परचम तले उपनिवेशवाद विरोधी और फ़ासीवाद विरोधी संघर्षों में

अपनी आवाज़ मिला रहे थे। चालीस के दशक के उस स्वर्णिम दौर से गुज़र चुका इप्टा अब कमज़ोर हो चुका था और उसकी दिल्ली शाखा तो पिछले डेढ़ दशक से बेजान पड़ी थी। कलकत्ता से आए युवा कम्युनिस्ट कार्यकर्ता श्यामल मुखर्जी ने संगठन को पुनर्जीवित करने के लिए कोशिशें शुरू कीं। जुलाई 1971 में उन्होंने युवा कार्यकर्ताओं का एक समूह अपने इर्द-गिर्द इकट्ठा कर लिया जिनमें एक सफ़दर भी था। वे रफ़ी मार्ग स्थित वी. पी. हाउस के भीतर बने सांसदों के हॉस्टल से अपना काम करने लगे। बहुत-से वामपंथी सांसद यहीं रहा करते थे और कई वामपंथी संगठनों को यहीं कार्यालय दिए गए थे। सितंबर 1971 में यह समूह ऑल इंडिया किसान सभा सम्मेलन में सांस्कृतिक कार्यक्रम पेश करने रुड़का कलां, पंजाब गया।

इप्टा का कनॉट प्लेस के पास शंकर मार्केट में अपना एक दफ़्तर हुआ करता था। फ़्लैट नंबर 33 में। इप्टा सचिव द्वारा अपने निजी कामों के लिए इस्तेमाल किए जा रहे इस फ़्लैट का एक हिस्सा युवा कार्यकर्ताओं की रिहर्सल और अन्य गतिविधियों के लिए दे दिया गया था। बहुत-से विद्यार्थी और इप्टा के पुराने साथी एक बार फिर इसकी गतिविधियों में लौटने लगे। लेकिन बागडोर नौजवानों के हाथों में आ चुकी थी।

इन पुराने लोगों में एक अपर्णा रॉय थीं जो एक ज़माने में इप्टा की ऑफ़िस सेक्रेटरी रह चुकी थीं। उन्होंने कुछ नाटकों में भी अभिनय किया था। उनकी बेटी मलयश्री (माला) बचपन में अपनी माँ के साथ कई दफ़े 33, शंकर मार्केट आ चुकी थी और उन दिनों को आज भी बड़े चाव से याद करती हैं। उसे छुटपन में नियाज़ हैदर से मिलना याद है। पुरानी दिल्ली में रहने वाले नियाज़ हैदर के पास पूंजी थी तो बस यह – आठ भाषाओं पर ज़बर्दस्त पकड़, शायरी का शौक़, एक पैनी मार्क्सवादी नज़र, और अपने चाहने वालों का एक बड़ा दायरा, जो गाहे-बगाहे इस फक्कड़ की ज़रूरतें पूरी किया करते थे, जो वैसे भी ज़्यादा नहीं थीं। भांग के शौक़ीन थे। उथलेपन (मीडियॉक्रिटी) से उन्हें बेइंतेहा चिढ़ थी – चाहे वो हलकापन सियासत में हो, कला में, या ज़िंदगी में – लिहाज़ा, स्थापित साहित्यिक जगत से उनका हमेशा छत्तीस का आंकड़ा रहता था। 'बाबा' के नाम से पुकारे जाने वाले नियाज़ हैदर फ़ैज़ अहमद फ़ैज़, कैफ़ी आज़मी, और अली सरदार जाफ़री जैसों के समकालीन थे। उन्होंने कई नाटकों के अनुवाद भी किए थे। अपनी बहन मुर्तज़ई को उन्होंने कम्युनिस्ट बनाया। उम्मीद कीजिए कि किसी दिन इस ढीठ नास्तिक, फक्कड़ शायर, मुंहज़ोर फ़कीर, बाग़ी स्कॉलर, और क्रांति के अनन्य पुजारी की ज़िंदगी – जो किसी उपन्यास से कम नहीं है – पर कोई किताब लिखेगा।

1970 के अंत या 1971 की शुरुआत की बात है। माला यूनिवर्सिटी (जहां वह प्राणिविज्ञान ऑनर्स की पढ़ाई कर रही थी) के बाद अपनी माँ से मिलने 33 शंकर मार्केट गई, तो पाया कि ये जगह नौजवानों के जोश से भरी है। पुराने लोग भी मदद और प्रोत्साहन देने आते मगर कुल मिलाकर अब दिल्ली इप्टा नौजवानों का संगठन बन गया था। नौजवान ही इसके कर्ता-धर्ता थे, वही सब कुछ तय करते थे।

इसमें तरह-तरह के लोग थे। श्यामल मुखर्जी राजनीतिक रूप से बेहद चतुर, और शानदार संगठनकर्ता थे। माला के शब्दों में, एक ऐसा व्यक्ति जो 'चीज़ों को जोड़कर रखना' जानता था। मार्च 1972 में एक सड़क दुर्घटना में उनका देहांत हो गया। सफ़दर अक्सर कहता था कि श्यामल की मौत एक बड़ा नुक़सान थी। उदय चटर्जी एक और अच्छे संगठनकर्ता थे जो दिल्ली में बसे एक बंगाली परिवार से आते थे। बाहर से शांत दिखाई देने वाले चटर्जी के पास एक ज़बर्दस्त सेंस ऑफ़ ह्यूमर था। उदय के सांगठनिक कौशल को देख-देखकर सफ़दर ने बहुत कुछ सीखा था। बाद में उदय को दामोदर वैली कॉरपोरेशन में नौकरी मिल गई और वे दिल्ली से चले गए। बिजॉय समाजदार के पिता कम्युनिस्ट थे। बिजॉय को गाने गाना और अभिनय करना पसंद था। बक़ौल माला, वह 'कमाल के बातूनी' थे। फिर काजल दास थे, जिनकी ऐनक का कांच इतना मोटा था कि उसके बिना वह लगभग अंधे हो जाते थे। मगर उनकी बौद्धिक दृष्टि बेहद पैनी थी और वह एक बढ़िया, जोशीली बहस के लिए हमेशा तैयार रहते थे। बाद में उन्होंने भारतीय सूचना सेवा में नौकरी कर ली। सफ़दर और बाक़ियों को ऋत्विक घटक के सिनेमा से उन्होंने ही वाक़िफ़ करवाया था। वह ऋत्विक घटक को निजी तौर पर भी जानते थे। सुभाष त्यागी दूसरों के मुक़ाबले थोड़ी ज़्यादा उम्र के थे। उन्होंने बहुत जल्दी ही समूह के बेहतरीन अदाकारों में अपनी पहचान बना ली थी। उनके अभिनय में स्वतःस्फूर्तता और एक ज़बर्दस्त जोश था। राकेश सक्सेना नई दिल्ली नगर निगम में नौकरी के साथ-साथ पार्ट टाइम पढ़ाई कर रहे थे। नगर निगम में उनके वरिष्ठ सहकर्मी जोगेंद्र शर्मा ने उन्हें इप्टा से वाक़िफ़ दाख़िल कराया। राकेश सक्सेना छरहरी काया वाले, संजीदा भाव-भंगिमा रखने वाले, और पैनी दृष्टि के धनी व्यक्ति थे। उनकी यह सूरत उनके हंसोड़ स्वभाव से मेल नहीं खाती थी। राकेश बहुत ख़ूबसूरत हिंदी बोलते थे। जैसे-जैसे समय बीता, सफ़दर और राकेश गहरे दोस्त बने। काजल घोष स्कूल की पढ़ाई पूरी करते ही पश्चिम बंगाल के बटकुला (ज़िला नादिया) से सीधे दिल्ली आ गए थे। वह बटकुला में एक क्रांतिकारी गीत दस्ते से जुड़े हुए थे। दिल्ली आने से पहले ही वह हारमोनियम पर महारत हासिल

कर चुके थे। वह एक ग़रीब परिवार से ताल्लुक़ रखते थे। उनके माता-पिता नामशूद्र दलित समुदाय से थे और कम्युनिस्ट आंदोलन में सक्रिय थे। बाद में उनकी माताजी लोकसभा सांसद चुनी गईं। अस्सी के दशक में काजल क्रांतिकारी गीत मंडली परचम के प्रमुख रचनात्मक बल बन चुके थे। उन्हें संगीत नाटक अकादमी पुरस्कार दिया गया और आज वह भारतीय रंगमंच के संगीत रचनाकारों में सबसे अगली कतार में गिने जाते हैं। जनम के साथ वह आज भी घनिष्ठ रूप से जुड़े हुए हैं। इप्टा के उन शुरुआती दिनों में एक और संगीतीय प्रतिभा वाले व्यक्ति थे गौरीशंकर जो अमित सेनगुप्ता के नाम से ज़्यादा जाने जाते थे और नक्सलवादी विश्वासों के नज़दीक थे। उस ज़माने में और भी कई नौजवान इप्टा से जुड़े, मगर नाम अब लोगों को याद नहीं हैं। कई नौजवान लेखक भी आते थे जिन्होंने बाद में दुनिया में ख़ूब नाम कमाया। जैसे, अशोक चक्रधर, रमेश उपाध्याय, कांति मोहन, चंचल चौहान, और अन्य।

और इसी गहमागहमी में, बक़ौल माला, 'लंबा, छरहरा, बढ़िया बोलने वाला और ख़ूबसूरत आवाज़ का मालिक' सफ़दर भी था। अभी इन दोनों के बीच किसी ख़ास तरह की दोस्ती नहीं थी।

जनवरी 1972 में दिल्ली इप्टा ने एक आम सभा का आयोजन किया जिसमें गयारह सदस्यों की एक एडहॉक संचालन समिति का चुनाव किया गया। इसमें कुछ लोग भाकपा और कुछ माकपा के नज़दीक थे। श्यामल मुखर्जी की मौत के बावजूद दिल्ली इप्टा सक्रिय था और भाकपा तथा माकपा, दोनों पार्टियों के ट्रेड यूनियन संगठनों, क्रमशः ऑल इंडिया ट्रेड यूनियन कांग्रेस (एटक) और सेंटर ऑफ़ इंडियन ट्रेड यूनियन्स (सीटू), के लिए सांस्कृतिक कार्यक्रम पेश करता था। इप्टा के साथियों ने भारत-सोवियत मैत्री सोसायटी के मंच पर भी अपनी प्रस्तुतियां दीं। जून 1972 में इप्टा ने सीटू और एसएफ़आई के साथ मिलकर यूनाइटेड स्टेट्स इन्फ़ॉर्मेशन सर्विस (यूएसआईएस) दफ़्तर के बाहर एक बड़ा प्रदर्शन आयोजित किया। उस ज़माने में यूएसआईएस का दफ़्तर भगवान दास रोड पर उसी बहावलपुर हाउस में हुआ करता था जहां अब नेशनल स्कूल ऑफ़ ड्रामा (एनएसडी) तथा कत्थक केंद्र क़ायम हैं। इस प्रदर्शन में कई कलाकारों ने हिस्सा लिया जिनमें एम. के. रैना भी थे। उस वक़्त वे एनएसडी से ताज़ा-ताज़ा निकले थे। इप्टा ने एक छोटी सी नाटिका प्रस्तुत की जिसका शीर्षक था निक्सन-किसिंजर संवाद। यह नुक्कड़ नाटक के साथ सफ़दर का पहला तजुर्बा था। इस नाटक में उसने निक्सन की भूमिका अदा की थी।

इप्टा दिल्ली ने कुछ बड़े नाटक भी तैयार किए : *किमलिश*, जो इप्टा का एक

पुराना नाटक था, और इसका बांग्ला से हिंदी में अनुवाद किया गया था। यह नाटक बिहार के एक ऐसे भूमिहीन मज़दूर की कहानी थी जो शहर आता है, एक मज़दूर के रूप में जीवनयापन करता है, यहां उसका राजनीतिकरण होता है, और वह गांव लौट कर ग्रामीण मेहनतकश वर्ग को संगठित करने में जुट जाता है। कांति मोहन द्वारा लिखित *दरबार सियासत* और सियासी जोड़-तोड़ के बारे में शब्दों के खेल से रचा एक और नाटक था। इसके अलावा ब्रेख़्त का *क़ानून के आक़ा* भी था जिसका मंसूर भाई ने *दि एक्सेप्शन ऐंड दि रूल* से अनुवाद किया था। इन सारे नाटकों को सैकड़ों और कई बार हज़ारों लोगों के सामने कामचलाऊ और वक़्ती मंचों पर पेश किया जाता था। माला फ़तेहपुरी के पास चांदनी चौक में *किमलिश* की देर रात दी गई प्रस्तुति को याद करती है और बताती है कि वहां लोगों ने सड़क को बंद करके एक कामचलाऊ स्टेज खड़ा किया था। किरोड़ीमल कॉलेज में *क़ानून के आक़ा* पेश किया गया था जिसके बारे में सफ़दर बहुत मज़े लेकर हमें बताया करता था। इस नाटक में त्यागी जज की भूमिका अदा कर रहे थे जो नाटक के अंत में एक लंबा फ़ैसला पढ़ कर सुनाता है। अब हुआ ये था कि त्यागी ने इस फ़ैसले की लाइनों को रटने की बजाए फ़ाइल अपने सामने रख ली थी ताकि वह देख-देख कर पढ़ सकें। परेशानी ये हुई कि इस शो के दौरान जब उन्होंने फ़ाइल खोली तो मालूम चला कि उसमें रखे गए काग़ज़ नदारद हैं। मगर वह एक माहिर कलाकार थे। उन्होंने बड़े अधिकार के साथ ये ऐलान किया कि अदालत को इस मसले पर सोचने के लिए वक़्त की ज़रूरत है। ये कहते हुए वह मंच से विंग्स में आए। पार्श्व में माला प्रॉम्प्टिंग कर रही थी। त्यागी ने उससे स्क्रिप्ट झपटी और बहुत लामालूम अंदाज़ में फिर से दृश्य में लौट आए!

इनमें से किसी भी नाटक के शो बहुतायत में नहीं हुए। *किमलिश* शायद उनका सबसे सफल नाटक था और उसकी तक़रीबन दर्जन भर प्रस्तुतियां हुई थीं। *मियां की जूती मियां का सिर* एक और नाटक था जिसको उन्होंने पढ़ा तो कई बार मगर शायद उसकी प्रस्तुति कभी नहीं हुई। हबीब तनवीर जैसे इप्टा के विख्यात कलाकार भी कभी-कभी यहां आते थे। माला बताती है कि उन्होंने छत पर एक कार्यशाला आयोजित की थी जिसमें हबीब तनवीर ने उन्हें कुछ शब्द देकर उन पर अभिनय करने को कहा था। इनमें 'प्यार' और 'सांप' जैसे शब्द शामिल थे।

कुछ समय बाद माला ने इप्टा छोड़ कर मुक्ति नामक एक और थियेटर ग्रुप का दामन थामा। यह नक्सलवाद के साथ उसका एकमात्र संबंध था। इस समूह में औरों के साथ-साथ शम्सुल इस्लाम शामिल थे जिन्होंने बाद में निशांत नाट्य मंच बनाया।

गौरीशंकर तथा बिजॉय समाजदार के छोटे भाई सपन भी इस नए समूह से जा जुड़े। एनएसडी से पढ़कर निकली श्रीलता स्वामिनाथ उनकी मदद किया करती थी जो बाद में भारतीय कम्युनिस्ट पार्टी (माले) की नेता बनी।

इप्टा विद्यार्थियों, ट्रेड यूनियनों, और मैत्री सोसायटियों के मंच पर रह-रहकर अपने नाटक और गीत प्रस्तुत करता रहा। अक्टूबर 1972 में उन्होंने दुर्गा पूजा के उत्सवों में अपने नाटक पेश किए। ख़ैर, साल ख़त्म होते-होते ये स्पष्ट दिखाई देने लगा था कि भाकपा से हमदर्दी रखने वाले साथी माकपा की तरफ़ रुझान रखने वाले ज़्यादा रेडिकल और नौजवान सदस्यों के साथ असहज महसूस कर रहे हैं। ये नौजवान मज़दूर वर्ग और किसानों के बीच ज़्यादा से ज़्यादा काम करना चाहते थे। भाकपा वाला समूह इप्टा को एक 'कलात्मक' रुझान में ज़्यादा देखता था और उसे राजनीतिक के बनिस्बत कलात्मक छवि देने की कोशिश कर रहा था। मार्च या अप्रैल 1973 में सफ़दर ने एक नोट में लिखा, 'हमारा मानना है कि इस संगठन को जल्दी से जल्दी छोड़ दिया जाए, ज़्यादा से ज़्यादा आम सदस्यों (यानी ऐसे सदस्य जो भाकपा और माकपा, दोनों से जुड़े नहीं हैं) को साथ लेकर अलग हो जाया जाए और बिल्कुल नए सिरे से काम खड़ा किया जाए।'

भाकपा वाले समूह को शायद इस बात की भनक मिल गई थी इसलिए इन लोगों ने बड़े नाटकीय ढंग से संगठन के नौजवान रेडिकल सदस्यों को निकाल कर बाहर कर दिया। दफ़्तर की पहली मंज़िल की खिड़की से इन लोगों का सामान बक़ायदा बाहर फेंक कर उन्होंने दफ़्तर पर शब्दशः दोबारा क़ब्ज़ा कर लिया। इन नौजवान कार्यकर्ताओं ने अप्रैल 1973 में जन नाट्य मंच का गठन किया। दिल्ली इप्टा एक बार फिर निर्जीव हो गया। उसके दफ़्तर में फिर से लोग अपने निजी काम निपटाने लगे। तब सफ़दर की उम्र उन्नीस साल थी और सुभाष त्यागी, काजल दास, राकेश सक्सेना, उदय चटर्जी, रथिन दास, काजल घोष, शेहला हाश्मी, आदि के साथ वह भी नए संगठन के संस्थापक सदस्यों में से एक था।

इप्टा की मशाल को अब जनम ने थाम लिया था।

1973. जनम का जन्म

सफ़दर की मृत्यु के बाद जल्दी में लिखे गए एक प्रेस नोट में दर्ज है कि सफ़दर 1976 में माकपा का सदस्य बना। मैं इस तारीख़ के बारे में मुतमईन नहीं हूं क्योंकि उस वक़्त सफ़दर राजनीतिक रूप से सक्रिय नहीं था और दिल्ली के बाहर पढ़ा रहा था।

मेरे ख़्याल में उसने 1972 के आख़िर या 1973 की शुरुआत में पार्टी की सदस्यता ली होगी। सफ़दर के काग़ज़ों में पार्टी के नाम इस समय लिखा एक हस्तलिखित नोट है जिसके टोन से लगता है कि वो पार्टी मेम्बर की हैसियत से लिखा गया है। कुल मिलाकर मुझे लगता है कि जिस समय जनम का गठन हुआ, तब तक वह पार्टी मेम्बर बन चुका था। फिर भी, किसी ठोस सबूत के अभाव में इस बारे में कोई दावा करना ठीक नहीं होगा।

जनम के शुरुआती दौर में रिहर्सल का कोई पक्का ठिकाना नहीं था; कई जगह रिहर्सल हुई। ऐसा ही एक ठिकाना कविता नागपाल का घर था। अब तक कविता और विनोद नागपाल रंगमंच की दुनिया में अपनी पहचान बना चुके थे। कविता ने 1964 में थियेटर शुरू किया था। उन्होंने पहले कानपुर में और फिर बंबई में नाटक किए जहां वह गढ़ों-मठों को चुनौती देने वाले विरले निर्देशक सत्यदेव दुबे के साथ काम कर चुकी थीं। बाद में कविता लंबे समय तक एक स्थापित रंगमंच समीक्षक के रूप में काम करती रहीं। उनकी बेबाक समीक्षाओं को लोग पसंद भी करते थे, और उनसे कुछ ख़ौफ़ भी खाते थे। दिल्ली रंगमंच के धरातल पर विनोद एक अदाकार और गायक के रूप में प्रसिद्ध थे। मुझे विजय तेंदुलकर के क्लासिक नाटक *घासीराम कोतवाल* के राजिन्दर नाथ द्वारा निर्देशित प्रोडक्शन में गाते हुए सूत्रधार की उनकी छवि बख़ूबी याद है। उस वक़्त मैं बच्चा था, शायद चार या पांच साल का रहा हूंगा। इस प्रोडक्शन में मेरे पिता ने भी अभिनय किया था, और हमारी माँ मुझे व मेरी बहन को रिहर्सल दिखाने के लिए ले जाया करती थीं। उस नाटक के संवाद आज तक अश्विनी और मुझे याद हैं। बाद में विनोद नागपाल ने हिंदी के पहले टेलीविज़न सोप ऑपेरा *हम लोग* में पिता की भूमिका निभा कर अस्सी के दशक में राष्ट्रीय ख्याति प्राप्त की थी। वह आज भी हिंदी फ़िल्मों में दिखाई पड़ते हैं।

जनम के रिर्हसल कभी अम्माजी के स्कूल में, और कभी वी. पी. हाउस में, दिल्ली माकपा के दफ़्तर में, या फिर काजल घोष के घर में हुआ करते थे। जयपाल सिंह दिल्ली के पार्टी सचिव थे। उन्हें लोग प्यार से कॉमरेड मेजर कहा करते थे। उनकी ज़िंदगी भी बेमिसाल रही, बिल्कुल किसी फ़िल्मी कहानी जैसी। वह ब्रिटिश भारतीय सेना में अफ़सर हुआ करते थे। इसी दौरान वे स्वतंत्रता संघर्ष की तरफ़ आकर्षित हुए। 1942 में वह फौजियों के बीच भारत छोड़ो आंदोलन का संदेश फैलाने लगे और 1946 में जब उनकी पोस्टिंग असम में हुई तो उन्होंने जवाहरलाल नेहरू के ख़िलाफ़ अंग्रेज़ों द्वारा की जा रही साज़िशों का भंडाफोड़ किया। इस चक्कर में वे ख़ुद

भी बेनक़ाब हुए और उनके ऊपर कोर्ट मार्शल का ख़तरा मंडराने लगा। अगर उनका कोर्ट मार्शल होता तो लाज़िमी तौर पर उनको मौत की सज़ा सुनाई जाती। इस ख़तरे को भांपते हुए वह अंडरग्राउंड चले गए। अंडरग्राउंड रहते हुए उन्होंने असम से लेकर पांडिचेरी तक बहुत-से ठिकानों पर क्रांतिकारियों को प्रशिक्षण दिया। वह सामंती शासकों और औपनिवेशिक सरकार के ख़िलाफ़ तेलंगाना के किसानों द्वारा किए गए ऐतिहासिक सशस्त्र विद्रोह के मुख्य मिलिट्री कमांडरों में से एक थे। आज़ादी के बाद उन्होंने अपने अफ़सरों के सामने आत्मसमर्पण कर दिया। क़िस्मत की सितमज़रीफ़ी देखिए कि एक नायक की तरह उनका अभिनंदन करने की बजाए आज़ाद भारत की फ़ौज के आला अफ़सरों ने उनको कलकत्ता स्थित फ़ोर्ट विलियम में क़ैद करके रख दिया। साल भर की क़ैद के बाद वह जेल से भाग निकले। जिस दिन आपातकाल घोषित किया गया उसी दिन शाम को उन्हें फिर क़ैद कर लिया गया। जनवरी 1982 में जब विजयवाड़ा में उनका असमय देहांत हो गया तो तेलंगाना के तमाम ज़िलों से हज़ारों किसान अपने इस महान नायक को श्रद्धांजलि अर्पित करने पहुंचे थे।

कुल मिलाकर कॉमरेड मेजर एक सादा, दिलेर, और विनम्र व्यक्ति थे जो एक ही मुलाक़ात में किसी का भी दिल जीत लेते थे। एक जाट किसान की प्रचलित छवि के विपरीत वह सांस्कृतिक और कलात्मक मामलों में संवेदनशील और उदार रवैया अपनाते थे। शायद इसके पीछे उनकी पत्नी उषा का असर रहा हो जो बंगाल इप्टा में नृत्यांगना और अभिनेत्री रह चुकी थीं। ये भी हो सकता है कि यह मार्क्सवाद के बारे में उनकी अपनी बेहद परिष्कृत समझदारी का परिणाम रहा हो। ख़ैर, जो भी हो, सौभाग्य से, जिस वक़्त जनम इप्टा से अलग हुआ, उस वक़्त कॉमरेड मेजर रिहर्सल के लिए जगह, सलाह, प्रोत्साहन, और बंदोबस्ती मदद देने के लिए हरदम हाज़िर रहे। जनम में जो लोग राजनीतिक से ज़्यादा कलात्मक उद्देश्य और उम्मीदों से आते थे, वे भी कॉमरेड मेजर को बड़े सम्मान की नज़र से देखते थे। जैसा कि कविता नागपाल कहती हैं, 'कॉमरेड मेजर हमारी कोशिशों में बहुत मददगार और हमदर्दी का रवैया रखते थे। हमारी ज़्यादातर प्रस्तुतियों को आयोजित करने में वे मदद करते थे। उन्होंने कभी हमारे काम में दख़ल नहीं दिया, बल्कि हमेशा सहारा दिया।'

जनम को अपने पैरों पर खड़े होने में कुछ वक़्त तो लगना ही था। रथिन दास बताते हैं कि सितंबर 1973 के मध्य में गोल मार्केट स्थित मार्केट स्क्वेयर में काजल दास के घर पर (वही मार्केट स्क्वेयर जहां अब भाई वीर सिंह सदन बना है) एक मीटिंग मेंएक नाटक पेश करने का फ़ैसला लिया गया। इप्टा ने गत वर्ष एक-दो दुर्गा

पूजा उत्सवों में नाटक पेश किए थे। इस मीटिंग में तय किया गया कि वे आगामी दुर्गा पूजा उत्सव में बंगाली नाटक तैयार करेंगे। इसके लिए इरविन शॉ के नाटक बरी *दि डेड* के आधार पर *मृत्युर अतीत* ('मौत के परे') नाटक चुना गया। जनम में बहुत-से ग़ैर-बांग्लाभाषी अभिनेता भी काम करते थे लिहाज़ा नाटक में कुछ कतर-ब्योंत भी की गई। मिसाल के तौर पर, त्यागी ने एक डोम का किरदार निभाया जो वैसे तो हिंदी बोलता है मगर इक्का-दुक्का बांग्ला शब्द भी जानता है। सफ़दर एक डॉक्टर की भूमिका अदा कर रहा था जिसके लिए उसे 'लेफ़्ट वेंट्रिकल डैमेज' जैसे अंग्रेज़ी के चिकित्सकीय शब्दों का इस्तेमाल करना पड़ता था। राकेश ने संभवतः हिंदी भाषी पुलिस वाले की भूमिका निभाई थी। इस नाटक से जनम को कमाई तो ज़्यादा नहीं हुई मगर इसके बहाने इप्टा की विरासत के वाहक के रूप में अपने आपको पेश करने का मौक़ा ज़रूर मिला।

भारत भाग्य विधाता जनम का अगला नाटक था। यह युवा हिंदी लेखक रमेश उपाध्याय का लिखा हुआ संगीतीय व्यंग्य नाटक था जिसमें कांग्रेस और इंदिरा गांधी पर निशाना साधा गया था। इसका संगीत मोहन उप्रेती ने दिया था जो ख़ुद एक स्थापित संगीतकार थे। नाटक में बहुत सारे किरदार थे और शो करने के लिए एक पूरी बस किराए पर लेते थे। तब तक कविता और विनोद नागपाल भी जनम से जुड़े चुके थे। कविता नाटक निर्देशित कर रही थी और विनोद सूत्रधार तथा सफ़दर प्रति-सूत्रधार की भूमिका अदा कर रहे थे। नाटक में एक ज़मींदार और एक पूंजीपति चुनाव में एक-दूसरे के ख़िलाफ़ खड़े होते हैं। तरह-तरह के चोरों-बेईमानों को चुन-चुन कर तंग आ चुके आम लोग अपनी तरफ़ से एक मोची को उम्मीदवार बनाते हैं। जब ऐसा लगने लगता है कि दलित उम्मीदवार जीत जाएगा तो बाक़ी दोनों उम्मीदवार आपस में हाथ मिला लेते हैं और उसको मरवा देते हैं। नाटक के आख़िर में सूत्रधार और प्रति-सूत्रधार गीत के ज़रिए कहते हैं कि भले ही वह मर चुका है मगर उसका संघर्ष अभी भी ज़िंदा है।

1974 के उत्तर प्रदेश विधानसभा चुनावों में जनम ने भाकपा और माकपा के चुनाव अभियान के तहत नाटक पेश किए। इस चुनाव में उत्तर प्रदेश में माकपा को दो सीट मिलीं (जलालपुर और मैनपुरी) और एक सीट पर उसका उम्मीदवार दूसरे स्थान पर रहा। भाकपा ने सोलह सीटें जीतीं। भाकपा राज्य में चौथी सबसे बड़ी पार्टी रही। कांग्रेस, चरण सिंह के नेतृत्व वाला भारतीय क्रांति दल (जो बाद में जनता पार्टी में शामिल हो गया) और भारतीय जनसंघ अन्य तीन पार्टियां थीं। मेरा ख़्याल है कि

जिन सीटों पर भाकपा और माकपा के उम्मीदवार जीते थे वहां कहीं भी जनम ने अपने नाटक नहीं खेले थे मगर अमरोहा में जनम के आने से विरोधी उम्मीदवारों में कुछ ऐसी दहशत हुई कि उन्होंने नाटक मंडली को बदनाम करने के लिए अफ़वाह फैला दी कि दिल्ली से 'रंडी नाच' दिखाने वाली कोई टीम आई हुई है। जब टीम के नौजवान अभिनेताओं ने ये सुना तो उनके ठहाके छूट पड़े क्योंकि अब तो उनकी प्रस्तुतियों में दर्शकों की कमी रहने वाली नहीं थी। फिर भी जनम की एक युवा सदस्या को ये बात बहुत चुभ गई और उसने नाटक में हिस्सा लेने से इनकार कर दिया। कविता नागपाल ने बड़ी मुश्किल से उसको शांत किया। नाटक शुरू होने से पहले ही हज़ारों लोग जमा हो चुके थे। हर तरफ़ अफ़रा-तफ़री का माहौल था। उसी समय विनोद नागपाल उठ कर मंच पर आए और फ़ैज़ अहमद फ़ैज़ को गाने लगे। आप कल्पना नहीं कर पाएंगे कि भीड़ में फ़ौरन एक सन्नाटा पसरता चला गया। सफ़दर हमें ठहाके लगाते हुए बताता था कि उस शाम विनोद की आवाज़ में महज़ संगीत का नशा नहीं था, हालांकि विनोद ख़ुद हमेशा यह दावा करते वह एक न्यायाधीश-से शांत थे। जो भी हो, ये एक जादुई लम्हा था।

कई जगह उन्हें अभिनय स्थल में काट-छांट करनी पड़ती थी। एक बार नाटक के लिए जगह इतनी कम मिली कि कुछ दृश्य एक घर की बालकनी में परफ़ॉर्म करने पड़े। एक जगह लाइट्स का इंतज़ाम नहीं होने की वजह से एक बस की हेडलाइट की रोशनी में नाटक पेश किया गया। एक जगह पेट्रोमैक्स लैम्पों की कृत्रिम रोशनी में नाटक खेला गया।

अगला नाटक था *बकरी*। सर्वेश्वर दयाल सक्सेना के इस नाटक का निर्देशन कविता नागपाल ने किया था। उस समय सर्वेश्वर एक कवि और जुझारू मार्क्सवादी के रूप में ख्याति प्राप्त कर चुके थे। कविता ने उनसे गुजारिश की कि वे नौटंकी शैली में एक नाटक लिखें। उन्होंने एक नाटक लिखा जिसको पहले एनएसडी के विद्यार्थियों ने तैयार किया। बाद में सर्वेश्वर ने उसे थोड़ा फैलाया और नया संस्करण जनम को सौंप दिया। यह नाटक भी ज़बर्दस्त हिट रहा। विनोद नागपाल ने एक बार फिर सूत्रधार की भूमिका अदा की और अपनी शानदार गायकी और ज़बर्दस्त स्टेज प्रेज़ेन्स से दर्शकों का मन मोह लिया। एनएसडी से हाल ही में निकले पंकज कपूर ने इस नाटक में एक केंद्रीय भूमिका अदा की। *बकरी* को खेलने के लिए जनम को 'कॉल शो', यानी नाटक पेश करने के लिए न्यौते भी मिलने लगे। रथिन बताते हैं कि चंडीगढ़ के विशाल टैगोर थियेटर में *बकरी* का मंचन हुआ। *बकरी* नाटक के

तक़रीबन पचास परफ़ॉर्मेंस हुए थे जबकि बाक़ी ज़्यादातर नाटक छ-आठ शो के बाद निपट जाते थे। *बकरी* ने दिल्ली में एक गंभीर थियेटर ग्रुप के तौर पर जनम की आमद का ऐलान किया – एक ऐसा ग्रुप जिसका कलात्मक पक्ष मज़बूत है और राजनीतिक प्रतिबद्धता सघन है।

1975. इमरजेंसी

मई 1974 मे लगभग चौदह लाख भारतीय रेल मज़दूर हड़ताल पर चले गए। भारतीय रेलवे से ज़्यादा रोज़गार देने वाली कंपनी भारत में न तो तब थी और न आज है। 1974 की हड़ताल का राजनीतिक महत्व सिर्फ़ रेलवे मज़दूरों तक महदूद नहीं था। इसने पूरे देश को अपनी चपेट में ले लिया था। इंदिरा गांधी की सरकार ने हड़ताल को कुचलने के लिए बर्बर दमन का सहारा लिया। हज़ारों लोगों को जेल की सलाखों के पीछे फेंक दिया गया। न जाने कितनों की नौकरी जाती रही। मज़दूर वर्ग के बढ़ते जुझारू तेवरों और ग़ैर-कांग्रेसी बुर्जुवा विपक्षी दलों के एकजुट हो जाने से घबराई इंदिरा गांधी ने जून 1975 में इमरजेंसी का ऐलान कर दिया हालांकि इसका तात्कालिक कारण ये था कि इलाहाबाद उच्च न्यायालय ने उन्हें चुनाव जीतने के लिए अवैध तौर-तरीक़े अपनाने का दोषी पाया था और उनका निर्वाचन रद्द कर दिया था। इमरजेंसी के दौरान सरकार ने चुनाव रद्द कर दिए, नागरिक स्वतंत्रताओं पर अंकुश लगाया, प्रेस पर सेंसरशिप लागू की, और हज़ारों विपक्षी नेताओं व कार्यकर्ताओं को जेलों में डाल दिया।

जब उच्च न्यायालय के फ़ैसले के बावजूद इंदिरा गांधी ने इस्तीफ़ा देने से इनकार कर दिया तो जनम ने *कुर्सी, कुर्सी, कुर्सी* नाम से एक छोटी सी नाटिका तैयार की। एक निर्वाचित नेता कुर्सी पर बैठा है मगर वह चुनाव हार जाता है। तब शासक खड़ा होता है मगर कुर्सी उससे चिपकी रहती है। लाख कोशिश करके भी कोई उसे कुर्सी से अलहदा नहीं कर पाता। यह संक्षिप्त नाटिका नुक्कड़ नाटक विधा की ओर बढ़ने की जनम की दूसरी कोशिश थी। यह नाटक बोट क्लब के लॉन में पेश किया गया जहां केंद्र सरकार के कर्मचारी लंच के समय अभी की तरह तब भी तफ़रीह करने, ताश खेलने, और धूप सेंकने आया करते थे। यह नाटक कई दिन पेश किया गया। हर रोज़ इसमें बदलाव आते गए और नए-नए लतीफ़े, नए-नए जुमले जुड़ते गए। कविता नागपाल *जनता पागल हो गई है* नामक एक और नाटक का भी ज़िक्र करती हैं जिसमें उन्होंने इंदिरा गांधी की भूमिका अदा की थी जो जनता को भरमाती है। जनता की

भूमिका विनोद ने निभाई थी। कविता बताती हैं कि इस नाटक की एक परफ़ॉर्मेंस 21 जून को हुई थी मगर उसी रात उनकी माताजी का देहांत हुआ, और चार दिन बाद इमरजेंसी लग गई। इसलिए ये नाटक कभी दोबारा नहीं खेला जा सका। 1980 के अपने एक लेख में सफ़दर ने भी इस बात का ज़िक्र किया है और कहा है कि 'दिल्ली के अलग-अलग हिस्सों में ये नाटक लगभग बीस बार खेला गया।'

रंगमंच की दृष्टि से इस तरह का नुक्कड़ नाटक काफ़ी स्वतःस्फूर्त क़िस्म का अनुभव था। इसमें विधा को लेकर ऐसी कोई गहरी सोच नहीं थी, न ही कोई नया प्रयोग करने की कोशिश। वो सब बाद में हुआ, इमरजेंसी के बाद जब जनम ने नुक्कड़ नाटक को एक गंभीर विधा के रूप में तराशना शुरू किया।

जनम के विकास की दृष्टि से इमरजेंसी के साल निरर्थक साबित हुए। सफ़दर ने यूजेन वैन एरवेन को दिए अपने साक्षात्कार में इन सालों के बारे में बड़ी बेबाकी से कहा था : '25 जून (1975) को जब इमरजेंसी का ऐलान किया गया और हमारे बहुत सारे दोस्त गिरफ़्तार कर लिए गए तो हम लोग भी घबरा गए थे। हमें ऐसा लगने लगा था कि हम भारतीय राज्य के लिए बड़ा भारी ख़तरा बन गए हैं। हम अपने ही इस ख़ौफ़ को और ज़्यादा बढ़ाकर देखने लगे थे और ये मान चुके थे कि किसी भी समय हमें गिरफ़्तार कर लिया जाएगा और यातनाएं दी जाएंगी। लिहाज़ा हम ग़ायब हो गए। हमने परफ़ॉर्म करना बंद कर दिया। हमने पार्टी के दफ़्तर या ट्रेड यूनियन के ऑफ़िस जाना भी छोड़ दिया। ... मगर एक तरह ये सब फ़र्ज़ी था। क़ायदे से हम अलग-अलग तरीक़ों से अपना काम जारी रख सकते थे।'

ये 'अलग-अलग तरीक़े' क्या हो सकते थे? एक बेतारीख़, हाथ से लिखे, टेलीग्राफ़िक क़िस्म के संक्षिप्त और रोचक नोट में, जो संभवत इमरजेंसी के दौरान लिखा गया होगा, सफ़दर कहता है :

'1. लंबा विलंब। फ़ौरन शुरू करने की ज़रूरत।

'2. काम के सीमित दायरे। (गीत मंडली और नुक्कड़ नाटक को स्थगित करना होगा।)

'3. पुरानी विषयवस्तु वाले नाटक संभव नहीं हैं। अगर उन पर रोक नहीं लगाई गई है तो भी मौजूदा हालात में अनावश्यक रूप से सरकार का ध्यान अपनी तरफ़ आकर्षित करना उचित नहीं होगा।

'4. यह ऐसा समय है जब हम अपने आपको व्यवस्थित कर सकते हैं, अपनी ताक़त को एकजुट कर सकते हैं, नए जोश से काम शुरू कर सकते हैं। कलात्मक

क्षमता बढ़ाने के लिए गीत मंडली विशुद्ध संगीतीय कक्षाएं शुरू कर सकती है। ड्रामा सेक्शन क्लासिक कृतियों को ले सकता है, हो सके तो प्रगतिशील विषय वाले क्लासिक लेकर उनका बड़े पैमाने पर मंचन कर सकता है। जन नाट्य मंच की एक बिल्कुल अलग छवि तैयार की जाए, पेशेवर कसौटियों को बेहतर बनाया जाए। जनम में विभिन्न प्रकार के लोगों को आकर्षित किया जाए और एक विशुद्ध रंगमंचीय संगठन के रूप में काम किया जाए।

'5. पेशेवर या विशुद्ध कलात्मक रुझान वाले संगठनों को प्रगतिशील नाटक खेलने दिया जा रहा है; हमारी छवि वैसी नहीं है।

'6. हम भवभूति के *उत्तर रामचरित*, शूद्रक के *मृच्छकटिक*, टॉलस्टॉय के *पॉवर ऑफ़ डार्कनेस*, जिरान्दो के *मैडवूमन ऑफ़ शैलो* जैसे नाटक या *शकुंतला*, *रामलीला*, *इडीपस*, या शेक्सपीयर के विशुद्ध रंगमंचीय नाटक भी चुन सकते हैं।

'7. यह महान कला को सांस्कृतिक रूप से विपन्न मज़दूर वर्ग और किसानों के बीच लेकर जाने का अवसर है।

'8. (प्रेमचंद) होरी – लक्ष्मीनारायणलाल + भारतेंदु (विष्णु प्रभाकर – *गोदान*)

'9. सरकारी मंज़ूरी के लिए कई स्क्रिप्ट सब्मिट कर सकते हैं।

'10. सेंसर के सामने कम आपत्ति वाले गीतों की सूची जमा कराई जाए।'

इनमें से कोई भी काम नहीं हुआ। इमरजेंसी की पूरी अवधि के दौरान जनम निष्क्रिय पड़ा रहा।

जून 1979. **सफ़दर रॉय और मलयश्री हाश्मी**

सफ़दर ने एम.ए. की अपनी डिग्री पूरी की और दिल्ली विश्वविद्यालय में पढ़ाने लगा। शायद दिल्ली की ज़िंदगी उसे बेजान-सी लगी। लिहाज़ा उसने श्रीनगर, गढ़वाल में हाल ही में खुले गढ़वाल विश्वविद्यालय (जिसे बाद में हेमवती नंदन बहुगुणा विश्वविद्यालय का नाम दिया गया) में लेक्चरर की नौकरी पकड़ी।

इमरजेंसी के दौरान कमोबेश पूरे समय वह श्रीनगर में ही रहा। यहां उसे पहाड़ों से इश्क़ हुआ। अपने दोस्त प्रभात उप्रेती के साथ वो गढ़वाल के पहाड़ों में लंबे-लंबे ट्रैक पर जाता। सफ़दर मई 1977 तक श्रीनगर, गढ़वाल में रहा और विश्वविद्यालय में पढ़ाता रहा। फिर उसे ज़्यादा विख्यात श्रीनगर, यानी कश्मीर वाले श्रीनगर में पढ़ाने की नौकरी मिली। यहां भी उसने ड्रेमेटिक सोसायटी का गठन किया, ब्युख़नर के *वॉइज़ेक* नाटक का इंग्लिश प्रोडक्शन एक बड़ी कास्ट के साथ तैयार किया। इसके

बाद उसने ब्रेख़्त के *एक्सेप्शन ऐंड दि रूल* और प्राचीन चीनी नाटक *ऑरफ़न ऐंड दि चाओ* भी तैयार कराए। *एक्सेप्शन ऐंड दि रूल* के खुले में चालीस से ज़्यादा शो हुए।

इस बीच अब्बूजी का देहांत हो गया। उप्रेती को लिखे एक ख़त में सफ़दर ने लिखा था कि वह 'एक संत जैसे विद्वान' व्यक्ति थे और उनका हृदय और सहनशीलता विलक्षण थी। 'यथार्थवाद, उस शख़्स का नग्न यथार्थवाद मृत्यु की स्पष्ट और पूर्ण स्वीकृति में प्रकट दिखाई दे रहा है।'

गहन शोक, और फिर हर्षोन्माद। सफ़दर को इश्क़ हुआ।

माला 1975 में दिल्ली छोड़ कर बंगलौर से लगभग सौ किलोमीटर दूर कोलार ज़िले में स्थित नीलबाग में शिक्षक प्रशिक्षण शाला में पढ़ने चली गई थी। इस संस्था की स्थापना ब्रिटेन में जन्मे शिक्षाविद् डेविड हॉर्सबरो ने की थी जो पहली बार 1943 में रॉयल एयरफ़ोर्स के एक अफ़सर के तौर पर भारत आए थे। बाद में उन्होंने अपनी पत्नी डॉरीन के साथ मिलकर एक अभिनव, प्रायोगिक ग्रामीण पाठशाला खोली जहां से सीखने की लोकतांत्रिक पद्धतियों के बारे में बहुत सारे नए-नए सिद्धांत पैदा हुए। वे अभिनव अध्यापन सामग्री तैयार करने, स्थानीय स्तर पर मिलने वाली चीज़ों, लकड़ी के टुकड़ों, सिगरेट की डिब्बियों आदि का इस्तेमाल करने पर ज़ोर देते थे। बीते सालों में मैं सरदार पटेल विद्यालय में माला की कक्षाओं में पढ़े बहुत-से विद्यार्थियों से मिल चुका हूं। बात करो तो पता चलता है कि सभी की पसंदीदा अध्यापिकाओं में 'मलयश्री आंटी' का नाम ज़रूर आता है। इसका श्रेय एक हद तक डेविड हॉर्सबरो और नीलबाग स्कूल को जाता है जहां माला ने सीखा कि 'बच्चों को सीखने में मदद कैसे दी जाए।'

नीलबाग के बाद डेविड ने माला को एक परियोजना से जोड़ा जो वह कश्मीर के शिक्षा विभाग के लिए चला रहे थे। इस परियोजना के तहत डेविड को अंग्रेज़ी की पाठ्यपुस्तकें तैयार करनी थीं। इसी परियोजना के अंतर्गत माला कुछ कार्यशालाओं के आयोजन के लिए एक सहकर्मी के साथ श्रीनगर गई थी। उसने संभवतः अपनी माँ से ये सुना हुआ था कि सफ़दर भी श्रीनगर में है। उसे मालूम नहीं था कि श्रीनगर सिर्फ़ कश्मीर में नहीं है; गढ़वाल में भी एक श्रीनगर है। मगर हुआ ये कि जब माला रवाना हुई, तब तक सफ़दर भी गढ़वाल के श्रीनगर से कश्मीर के श्रीनगर में रहने लगा था। इस तरह, सितारों की गर्दिश का नतीजा था कि धरती के ये दोनों सितारे एक ही शहर में जा टकराए। शुरू में सफ़दर विश्वविद्यालय के अंग्रेज़ी विभाग के विभागाध्यक्ष टी. जयरामन के यहां पेईंग गेस्ट के तौर पर रह रहा था। जब माला ने एजुकेशन विभाग

के अपने मेज़बान के सामने सफ़दर का ज़िक्र किया तो उनको फ़ौरन ये समझ में आ गया कि वो किसकी बात कर रही है और ये नौजवान कहां रहता है। इसके बाद माला सफ़दर से मिलने गई और इस तरह प्रोफ़ेसर जयरामन की भी दोस्त बनी। जयरामन पैनी ज़बान और तीक्ष्ण बुद्धि वाले व्यक्ति थे। माला को देखकर जयरामन को अपनी भतीजी गार्गी भट्ट की याद आती थी। सितारों की ही गर्दिश का एक और दिलचस्प करिश्मा ये रहा कि बाद में यही गार्गी भट्ट सरदार पटेल विद्यालय में माला की सहकर्मी बनी। अफ़सोस, हर किसी से बेबाकी व गर्मजोशी से मिलने वाली गार्गी की कैंसर से कम उम्र में ही मौत हो गई।

ख़ैर, श्रीनगर में तक़रीबन पांच हफ़्ते बिताने के बाद माला दिल्ली लौटी। कुछ दिनों बाद फिर श्रीनगर गई और लगभग एक महीना फिर वहां रही। इस बार वह अध्यापकों से मिलने दूर-दूर के गांवों में जा रही थी। यहां के बाद वह जम्मू के गांवों के अध्यापकों से मिली। वह बताती है कि उसे सभी जगह लोगों ने बड़ी मोहब्बत, अपनेपन और इज़्ज़त से अपनाया – आख़िर वो 'उस्तानी' जो थी! मगर ये भी साफ़ था कि वह 'भारत से' आई है। सफ़दर ने दिसंबर 1977 में प्रभात उप्रेती को लिखा :

'तुम्हारा ख़त पढ़ कर ख़ुशी से झूम गया था। मलयश्री को कंधे से भी ऊपर उठा कर घर में भागा-भागा फिरा था, बीसियों ही बार तो ख़ुशी के आवेश में आकर उसे चूमा था। वो बेचारी हक्का-बक्का रह गई थी। 13 नवंबर तक वो यहां रही। वक़्त तूफ़ान की तेज़ी से गुज़र गया। ... मलयश्री और उसकी मोहब्बत ने मुझे एक बुखार की सी हालत में कर दिया है। अगर मैं चाहता भी तो कोई काम ना कर पाता था उन दिनों ... मलयश्री क्या है! कभी पत्थरों पे टकराते, गुज़रती अलकनंदा के पानी जैसी (ग़ुस्से में नहीं, रूद्र के आवेग में, ग़ुस्सा तो शायद उसको आता ही नहीं), कभी शाम की हल्की धूप में पीपल के झिलमिलाते पत्तों जैसी, कभी केदारनाथ वादी की ख़ामोशी जैसी, कभी तुंगनाथ की ऊंचाई जैसी, कभी दुग्गलबिट्टा जैसी घनी, कभी आसमान जैसी गहरी, कभी पास, कभी दूर, कभी ख़ुश, कभी उदास, कभी बेक़ाबू, कभी शांत, कभी शोख़, कभी गंभीर। हमेशा प्यार से सराबोर और हमेशा प्यारी। दुनिया के भयानक दर्द में शरीक, आंसू बहाती। लेकिन चट्टान जैसी ठोस और मज़बूत। बस कुत्तों से डरती है। सुबह से शाम तक बीसियों चारमीनार सूंत जाती है। बच्चों के बारे में बात करती है तो उत्तेजित हो जाती है। और उस की आंखें – काली आंधी से भी काली और रात से भी गहरी। इस सब से ऊपर – वो मुझे सच्ची मोहब्बत करती है, मेरे यार।'

1978 में वह वापस श्रीनगर गई मगर इसे वह अपनी 'निजी यात्रा' बताती है। इस बार वह केवल सफ़दर के साथ समय बिताने गई थी। उन्होंने शादी का फ़ैसला कर लिया था। इधर सफ़दर दिल्ली लौटने, और थियेटर और सियासत में फिर से सक्रिय होने के लिए बेताब हुआ जा रहा था। माला बताती है, 'हालांकि वह कश्मीर में भी अपने विद्यार्थियों के साथ थियेटर कर रहा था मगर उसकी चिंताओं का सबसे बड़ा हिस्सा जनम था। उसे भी समझ में नहीं आता था कि क्या करें मगर वह अक्सर इसी के बारे में बात करता था। और ये कि उसे राजनीतिक सरगर्मियों में हिस्सा बंटाना है। उसके लिए राजनीति बहुत अहम शय थी। माकपा के साथ उसकी प्रतिबद्धता अविचल थी। इस बात को वह कई बार दोहराता कि इस बिंदु पर कोई समझौता नहीं हो सकता। वह बेचैन था। "अगर मैं जनम की बागडोर संभालने के लिए दिल्ली जाता हूं" – क्योंकि अब उसे ये बात तो समझ में आ चुकी थी कि किसी न किसी को इस प्रयोग को आगे बढ़ाने का ज़िम्मा लेना ही होगा – "तो बिना नौकरी कैसे जीऊंगा?" वह वापस तो ज़रूर जाना चाहता था। इस बात में तो कोई शक नहीं है। और उसे ये भी नहीं लगता था कि शादी करके कश्मीर में रहना कोई बढ़िया बात होगी हमारे तथाकथित फ़र्क़ के चलते [एक मुस्लिम नाम और दूसरे का हिंदू नाम]। मैंने कहा, क्यों नहीं? अच्छा आइडिया है। कई बार ऐसी बातें मिसाल बन जाती हैं। जुलाई (1978) तक ये कमोबेश साफ़ हो गया था कि अब सफ़दर दिल्ली लौट जाएगा।'

प्रभात उप्रेती को लिखे अपने एक ख़त में सफ़दर ने भी यही चिंता जताई थी कि उसके पास नौकरी नहीं है और इस बात का अंदाज़ा भी नहीं है कि रोज़ी-रोटी चलाने के लिए वह क्या करेगा। फिर भी एक दिन उसने तय कर लिया कि अब वो वापस जाएगा। उसने अपनी नौकरी से इस्तीफ़ा दे दिया। इससे कुछ दिन पहले जाड़ों में, कश्मीर में अपनी नौकरी के दौरान ही सफ़दर और माला गुजरात स्थित आणंद भी गए थे जहां सफ़दर ने नेशनल डेली डेवलेपमेंट बोर्ड (एनडीडीबी) की विभागीय पत्रिका के संपादक की नौकरी के लिए भी अर्ज़ी दी थी। यहां उसे नौकरी का प्रस्ताव भी मिला मगर उसने नौकरी ली नहीं। वजह ये थी कि, जैसा कि उसने माला को बताया था, 'यहां मैं कुछ भी कर नहीं पाऊंगा' जिसका मतलब यह था कि वह कोई राजनीतिक काम नहीं कर पाएगा। जब वह कश्मीर से लौटा तो सफ़दर को प्रेस इंस्टीट्यूट ऑफ़ इंडिया की न्यूज़ मैगज़ीन *विदुर* में नौकरी मिल गई जहां रथिन दास पहले से काम कर रहा था।

काफ़ी बाद में सफ़दर ने माला को बताया कि जब वे इप्टा में थे और एक-दूसरे को अच्छी तरह जानते नहीं थे, एक दफ़े सब एक बड़े समूह में सफ़दर के घर दावत पर गए थे और अब्बूजी ने माला की तरफ़ इशारा करके सफ़दर से कहा था, 'देखना एक दिन तुम इसी लड़की से शादी करोगे।' माला को इस कहानी पर यक़ीन नहीं आता। माला को लगता है कि ये भी सफ़दर की उन अनगिनत कहानियों में से एक है जो वो मौक़े के हिसाब से गढ़ लिया करता था। अब्बूजी का 1976 में देहांत हुआ। कश्मीर में माला और सफ़दर की मुलाक़ात से पहले। उनकी शादी हुई 18 जून 1979 को। सफ़दर की उम्र पच्चीस साल से दो महीने ऊपर थी और माला सफ़दर से चार महीने बड़ी थी। ये एक साधारण कोर्ट मैरेज थी जिसमें अपर्णा दी और सुहेल गवाह के तौर पर आए थे। बाबा (माला के पिता, जे. सी. रॉय, जोकि भारतीय रिज़र्व बैंक में ट्रेड यूनियन राजनीति में सक्रिय थे) और अम्माजी भी साथ में मौजूद थीं। बाबा ने माला से पूछा था कि उसे रिसेप्शन आयोजित करने की इच्छा है या नहीं मगर माला ने इनकार कर दिया था। अम्माजी और सुहेल ने नज़दीकी दोस्तों और परिचितों के लिए एक सरल, सादा, छोटा सा रिसेप्शन आयोजित किया था। शादी से पहले ही इन दोनों ने पश्चिमी दिल्ली में जनकपुरी के पास पोसंगीपुर में एक छोटा सा जनता फ़्लैट भी अपने लिए ढूंढा था। यहां वे कुछ ही महीने रह पाए थे कि चूहों ने उन्हें खदेड़ कर बाहर निकाल दिया। तंग आकर उन्होंने पटेल नगर में माला के चाचा-चाची के घर के ठीक सामने एक बरसाती किराए पर ले ली। अगले दो-सवा दो साल तक वे यहीं रहे।

सफ़दर का इरादा था कि दोनों अपना नाम बदल लें : वह अपना नाम सफ़दर रॉय कर लेगा और माला का नाम मलयश्री हाशमी होगा। सो नाम परिवर्तन की अर्ज़ी, विवाह प्रमाणपत्र की कॉपी, पहचान व पते के दस्तावेज़ी सबूत, और अपनी फ़ोटो लेकर अपने-अपने बैंकों में अपने नाम बदलवाने के लिए निकल पड़े। माला के बैंक में बाबू ने अर्ज़ी पढ़ी, विवाह प्रमाण पत्र देखा, और नाम परिवर्तन की अर्ज़ी पर दस्तख़्त कर दिए। काम ख़त्म।

सफ़दर के बैंक में बाबू ने भवें सिकोड़ीं, अर्ज़ी को ग़ौर से पढ़ा, उससे भी ज़्यादा मेहनत से अपने दिमाग़ को काम पर लगाया, अर्ज़ी को फिर से पढ़ा, एक और सहकर्मी से सलाह मांगी, उस सहकर्मी ने नियमों की किताब के पन्ने पलटे, और अंत में दोनों ने ये ऐलान किया कि नहीं, बैंक के पास इस अर्ज़ी पर कार्रवाई करने का अधिकार नहीं है। आपको अपना नाम अधिकृत रूप से बदलना होगा। सफ़दर ने

पूछा कि इसके लिए मुझे क्या करना होगा। सरकारी बाबू साहेब ने पेंसिल चबाते हुए कहा, हम्म, सरकारी स्टांप पेपर पर एक हलफ़नामा बनवाओ, उसमें अपना मौजूदा नाम और पता लिखो। अपना नया नाम और पता लिखो। नाम परिवर्तन की वजह लिखो – ज्योतिष, अंक विज्ञान, विवाह, या कुछ और। मगर तुम औरत तो हो नहीं, तो मालूम नहीं कि नाम परिवर्तन के लिए 'शादी' को एक वाजिब कारण माना जाएगा या नहीं। फिर भी, जब हलफ़नामा बन जाए तो दो अख़बारों में इश्तिहार निकालो – एक अंग्रेज़ी का और एक तुम्हारे राज्य की अधिकृत भाषा यानी हिंदी का होना चाहिए। जब अख़बारों में इश्तहार निकल जाए तो सरकारी गजेट में नाम बदलने की अर्ज़ी देना, ओरिजनल इश्तहार नत्थी करना, अपनी दो पासपोर्ट साइज फ़ोटो नत्थी करना, अपनी पहचान और पते के दस्तावेज़ों की प्रतियां नत्थी करना, और कंट्रोलर ऑफ़ पब्लिकेशंस के दफ़्तर में जाकर जमा कराना। जब गज़ेट में तुम्हारा नाम बदल जाएगा तो भगवान भी उसे तुमसे नहीं छीन सकता।

तो हुआ यूं कि मलयश्री रॉय तो मलयश्री हाश्मी बन गई मगर सफ़दर हाश्मी सफ़दर हाश्मी ही रहा।

अक्टूबर 1978. **नुक्कड़ नाटक की शुरुआत**

मार्च 1977 में इमरजेंसी हटी। 1977–78 के जाड़ों की छुट्टियों के दौरान सफ़दर दिल्ली लौटा और जनम को फिर से संगठित करने की कोशिशों में जुट गया। इस दौरान उसकी मुलाक़ात एन के शर्मा से हुई। एनके का बचपन पुरानी दिल्ली के चूड़ीवालान में बीता था। यहां पहले वह दिल्ली नगर निगम के और फिर डीएवी स्कूल में पढ़ा था। इसके बाद उसने दिल्ली विश्वविद्यालय के हिंदू कॉलेज में दाख़िला लिया। उसके पिता दिल्ली प्रशासन में औद्योगिक अधिकारी के पद पर थे। उनकी अचानक मृत्यु हो गई। उस समय परिवार के पास दिल्ली में अपना घर नहीं था। पिता की मृत्यु के आधार पर एनके ने दिल्ली प्रशासन में नौकरी के लिए आवेदन दिया जिसे मंज़ूर कर लिया गया। नौकरी भी मिल गई और सरकारी मकान भी बच गया। उस समय एनके की उम्र अठारह साल रही होगी। उसने नौकरी की वजह से हिंदू कॉलेज छोड़ दिया और पत्राचार के विद्यार्थी के तौर पर दाख़िला लिया। कॉलेज की पढ़ाई पूरी की। एनके पहली बार 1975 में जनम के संपर्क में आया था मगर वह सक्रिय हो पाता, उससे पहले ही इमरजेंसी थोप दी गई। जब इमरजेंसी के बाद थोड़ी हलचल शुरू हुई

तो एनके भी वापस लौट आया। इस बार मेरठ के अरुण शर्मा भी शामिल हो गए थे।

उस वक़्त हिंदी कवि कांति मोहन जनम से जुड़े हुए थे। एनके बताता है कि नया बाज़ार, पुरानी दिल्ली के उनके घर में एक मीटिंग हुई थी जिसमें सफ़दर, त्यागी, मनीष, अरुण, और ख़ुद एनके मौजूद थे। हो सकता है एक से ज़्यादा मीटिंग्स हुई हों क्योंकि कविता नागपाल भी कांति मोहन के घर पर एक मीटिंग का ज़िक्र करती हैं। एनके कहता है कि कविता इस मीटिंग में नहीं थी। इस मीटिंग से कुछ ख़ास निकल तो नहीं पाया मगर इन नौजवानों के हौसले पस्त नहीं थे। एनके बताते हैं कि चूंकि राकेश सक्सेना उस मीटिंग में नहीं आ पाए थे इसलिए कुछ दिनों बाद सप्रू हाउस के लॉन में वे एक बार फिर मिले जो उस ज़माने में बौद्धिक और सांस्कृतिक गतिविधियों का केंद्र हुआ करता था। वहां एक शानदार लाईब्रेरी इन लोगों को आकर्षित करती थी। इस मीटिंग में रथिन दास भी था। राकेश सक्सेना ने जनम को पुनर्जीवित करने में बहुत अहम भूमिका अदा की।

असगर वजाहत के *फ़िरंगी लौट आए* के प्रोडक्शन के साथ जनम एक बार फिर एकजुट होने लगा। इस नाटक का निर्देशन कविता नागपाल ने किया। इसके बाद उन्होंने उत्पल दत्त का एक नाटक लिया जिसमें इमरजेंसी की आलोचना थी। *एबार राजार पाला* नाम के इस बांग्ला नाटक को जनम ने *अब राजा की बारी है* के नाम से पेश किया। एनके के मुताबिक इसका निर्देशन उत्पल बनर्जी ने किया था। बांग्ला से हिंदी अनुवाद अपर्णा दी ने किया था और राकेश व सफ़दर ने हिंदी की स्क्रिप्ट को तराशा था। ये पुराने ढर्रे वाले नाटक थे : लंबे, बहुत सारे अभिनेताओं से भरे। सफ़दर ने इन दोनों नाटकों में अभिनय नहीं किया क्योंकि उसने अभी कश्मीर की नौकरी छोड़ी नहीं थी। लेकिन अब हालात बदले हुए थे। परफ़ॉर्म करने का मौक़ा मिलना मुश्किल होता जा रहा था। इमरजेंसी के दौरान ट्रेड यूनियन, किसान सभा, छात्र संगठन सभी अंडरग्राउंड थे। किसी के पास पैसा नहीं था। ऊपर से सभी संगठनों को अपने कार्यकर्ताओं के ख़िलाफ़ चल रहे मुक़दमों के लिए भी लगातार पैसे जुटाने पड़ते थे। अपने आपको फिर से खड़ा करने के लिए उन्हें जनम के नाटकों की ज़रूरत तो थी, मगर नाटक करवाने के आर्थिक साधन नहीं थे।

सफ़दर नौकरी छोड़कर दिल्ली लौट चुका था। पूरे समूह के सामने सवाल यही था कि आगे क्या करना है, आगे का रास्ता क्या होगा। सफ़दर ने कहा कि अगर हम बड़े नाटक नहीं कर सकते, तो हम छोटे नाटक करें जिन पर ख़र्चा कम हो, और जिन्हें

हम कहीं भी जाकर पेश कर सकें। जनम ने खुले में छोटे नाटक पहले किए थे। अब सवाल ये था कि इस विधा को और तराशा जा सकता है या नहीं। एनके ने पुरानी दिल्ली में फेरी वालों और गली में करतब दिखाने वाले लोगों को देखा था जो अपनी छोटी-छोटी ट्रिकों से लोगों को अपनी तरफ़ खींच लेते थे और अपना सामान बेचते थे। उसने कहा कि हम भी ऐसा कुछ क्यों नहीं कर सकते?

एक दशक बाद सफ़दर ने यूजेन वैन एरवेन को बताया कि 'किसी ने सुझाव दिया कि हम अपने नाटक लिखें। ऐसी चीज़ें लिखें जिनको आसानी से और सस्ते में तैयार किया जा सके। हमें लग रहा था कि हमारे पास वैसा करने का आत्मविश्वास नहीं था। तब एक पुराने कम्युनिस्ट लीडर ने मुझे बुलाया और हाल ही में हुई एक घटना के बारे में बताया। ये घटना ग़ाज़ियाबाद की एक केमिकल फ़ैक्ट्री में घटी थी। हैरिग-इंडिया नाम की इस फ़ैक्ट्री में मज़दूरों की यूनियन नहीं थी। वहां मज़दूरों की दो बहुत मामूली मांगें थीं। ... एक तो वे कोई ऐसी जगह चाहते थे जहां वह अपनी साइकिलें खड़ी कर सकें और दूसरे, वे फ़ैक्ट्री अहाते में एक भट्ठी चाहते थे जहां वे एक प्याली चाय बना सकें और लंच के समय अपना खाना गरम कर सकें। ... इन मामूली-सी मांगों के लिए मज़दूरों को हड़ताल करनी पड़ी। ... हड़ताली मज़दूरों पर गार्ड्स ने गोली चला दी और छह मज़दूरों को मार डाला। ... हमने तय किया कि इस पर एक नाटक बनाएंगे।'

छह लोगों को अपनी जान ऐसी चीज़ों के लिए गंवानी पड़ीं जो आर्थिक मांगें भी नहीं थीं। उनको पुलिस ने नहीं बल्कि प्राइवेट गार्ड्स ने गोलियों से भून डाला। क्यों?

इमरजेंसी के बाद मज़दूर वर्ग के जुझारूपन में इज़ाफ़ा हुआ था। पुलिस और प्रशासन तो यूं भी हमेशा मालिकों के साथ खड़े होते हैं; ऊपर से मालिकों के पास प्रत्यक्ष या अप्रत्यक्ष रूप से काम करने वाले गुंडों की फ़ौज भी होती है। मगर, ग़ाज़ियाबाद में परंपरागत रूप से भी पूंजीपतियों द्वारा गुंडों और अपराधियों के इस्तेमाल का सिलसिला बहुत पुराना रहा है। कई बार मालिक ख़ुद ही अपराधी पृष्ठभूमि वाले होते हैं, जो अपने ग़ैरक़ानूनी धंधों को छिपाने के लिए क़ानून का सहारा लेकर फ़ैक्ट्री खोल कर बैठ जाते हैं। बहुत-से फ़ैक्ट्री मालिक भू-माफ़िया से भी जुड़े हैं। हैरिग-इंडिया एकमात्र फ़ैक्ट्री नहीं थी जहां मज़दूरों पर ऐसा दमन हुआ। उसी दौर में इलाक़े की लगभग 8-10 और फैक्टरियां थीं जहां मज़दूरों को मामूली चीज़ों के लिए हड़ताल पर जाना पड़ा। मालिक मज़दूरों से उनकी समस्याओं के बारे में बात करना भी अपनी तौहीन समझते थे।

इन घटनाओं का व्यापक संदर्भ भी महत्वपूर्ण था। जनता पार्टी सरकार यूनियनों के बढ़ते जुझारूपन पर अंकुश लगाने के लिए एक नया औद्योगिक संबंध क़ानून पारित करने जा रही थी।

जब जनम ने इसके इर्द-गिर्द एक नाटक तैयार करने का फ़ैसला लिया तो उनके ज़ेहन में कुछ बातें साफ़ थीं : (क) नाटक इतना सरल हो कि उसे कहीं भी खेला जा सके; (ख) ऐसा हो कि किसी एक फ़ैक्ट्री के ही नहीं बल्कि सभी मज़दूर उसे समझ सकें; (ग) किसी एक मालिक की क्रूरता के बारे में नहीं बल्कि पूंजीवादी व्यवस्था के बारे में बात करे; (घ) पूंजीपति वर्ग की अमानवीयता को सामने लाए; (ङ) इस बात पर ज़ोर दे कि मसला मालिकों के बर्ताव से नहीं, बल्कि पूंजीवाद के ख़ात्मे से ही ख़त्म होगा। व्यापक, वृहत्तर स्तर पर, और स्थानीय स्तर पर भी हालात को समझने के लिए सफ़दर और एक-दो अन्य साथी ट्रेड यूनियन कार्यकर्ताओं व नेताओं से मिले। के. एम. तिवारी, जो उस वक़्त सीटू के कार्यकर्ता व फ़ैक्ट्री मज़दूर थे, और अब दिल्ली माकपा के सचिव हैं, उन्होंने बताया कि एक अन्य वरिष्ठ ट्रेड यूनियन कार्यकर्ताओं के साथ उन्होंने भी सफ़दर से बात की थी और सफ़दर के बहुत सारे सवालों पर उनको जानकारियां दी थीं। जोगेंद्र शर्मा भी उस वक़्त सीटू के कार्यकर्ता थे। वह भी सफ़दर और साथियों से मिले थे और ग़ाज़ियाबाद के औद्योगिक हालात पर विस्तार से चर्चा की थी। इस विस्तृत शोध को ज़ेहन में रखते हुए और नाटक के स्वरूप और विषयवस्तु के बारे में जनम में हुई चर्चाओं के आधार पर राकेश सक्सेना और सफ़दर नाटक लिखने बैठे। 'और ख़ुद-ब-ख़ुद नाटक उभर कर सामने आने लगा। हमने ख़ुद-ब-ख़ुद संवाद बोलना शुरू कर दिया।'

इसका नतीजा था *मशीन*।

यह छोटा-सा नाटक है, मुश्किल से तेरह मिनट का। इसमें पांच अदाकार आते हैं और अपने शरीरों से एक मशीन बनाते हैं। वे मशीन के पुर्जे हैं। मशीन के तीन अहम हिस्से हैं : मज़दूर, मालिक और सिक्योरिटी गार्ड। ये तीनों मशीन में से निकलते हैं और उत्पादन की प्रक्रिया में अपनी-अपनी भूमिकाओं के बारे में बताते हैं : मज़दूर मूल्य पैदा करता है, मालिक मज़दूरों की श्रम शक्ति के आर्थिक फल का सुख लेता है, और सिक्योरिटी गार्ड अपनी लाठी के दम पर मज़दूरों में अनुशासन और आज्ञापालन सुनिश्चित करता है। सूत्रधार इन सबको एक माला में पिरोता है। एक बिंदु पर आकर मशीन बंद हो जाती है। सूत्रधार पूछता है कि इसके लिए कौन ज़िम्मेदार है। मज़दूर आगे आकर जवाब देते हैं कि इसके लिए हम ज़िम्मेदार हैं। एक तरफ़ मालिक है

जो कुछ सुनने को तैयार नहीं, और दूसरी तरफ सिक्योरिटी गार्ड है, ख़ून का प्यासा। मरता क्या न करता। हड़ताल। नतीजा? मशीन ग़ायब, मशीन बंद। इस पर मालिक दमन का रास्ता अपनाता है लेकिन अंत में जीत मज़दूरों की होती है।

इस विवरण में नाटक की ताक़त और ख़ूबसूरती का अंदाज़ा लगा पाना मुश्किल है। मानव मशीन पूंजीवाद का एक सरल मगर शक्तिशाली रूपक है। नाटक की भाषा लयात्मक और शायराना है। उसमें शब्दों का खेल है, उतार-चढ़ाव हैं। उसकी भाषा करुणा भी पैदा करती है और हंसी भी। मैंने ये नाटक पहली बार अस्सी के दशक में दिल्ली के प्रगति मैदान में एक नुक्कड़ नाटक उत्सव के दौरान देखा था। यह जनम से मेरे जुड़ने के पहले की बात है।

उसी उत्सव के समय पहली बार मैंने बादल सरकार का नाटक भी देखा था। उस समय जो बात मुझे समझ में आई वो ये थी : बादल सरकार के नाटक ज़्यादा फ़िज़िकल होते थे और सादे, या स्पार्टन होने के बावजूद शानदार थे। मुझे उनका नाटक देखते वक़्त तो पसंद आया, मगर नाटक के बाद मैं कन्फ़्यूज़्ड रहा। मुझे ये बात समझ में नहीं आई कि नाटक क्या कहने की कोशिश कर रहा है। मैंने सोचा कि मुझे बांग्ला नहीं आती इसलिए मैं नहीं समझ पाया। सफ़दर मेरे सामने बैठा था। उसी ने मुझे इस शो के बारे में बताया था। लौटते हुए जब मैंने उससे पूछा था तो उसके पास भी बहुत स्पष्ट उत्तर नहीं था। वह भी कन्फ़्यूज़्ड था। बादल सरकार के नाटक तर्क से परे जाकर छूते थे। वे अतार्किकता, बेतुकेपन, गुस्से और घृणा का भाव पैदा करते थे। अब बादल सरकार के बहुत सारे नाटकों को पढ़ने के बाद मैं भी यह महसूस करता हूं कि अर्थ के मामले में उनके नाटकों में एक ख़ास तरह का तनाव बना रहता है : वे देखने में बिल्कुल ठोस और स्पष्ट दिखाई देते हैं मगर जब आप उन्हें पकड़ने की कोशिश करते हैं तो वे रेत की तरह आपकी मुट्ठी से फिसल जाते हैं। अगले दिन मैंने *मशीन* देखा और इसे देख कर मैं स्तब्ध रह गया। यह नाटक बादल सरकार के नाटकों से कितना मेल खाता था और फिर भी उनसे कितना भिन्न था। यह भी संक्षिप्त था, यह भी फ़िज़िकल था, इसमें भी भाषा का पैनापन उतना ही था, मगर अर्थ के मामले में कोई कन्फ़्यूज़न नहीं था।

मशीन को सबसे पहले 15 अक्टूबर 1978 को लेखकों के एक सम्मेलन में पेश किया गया। इस नाटक को एक गोलाकार मंच को ध्यान में रखकर तैयार किया गया था जिसमें दर्शक अभिनेताओं के चारों तरफ़ होंगे। मगर इसका पहला प्रदर्शन सम्मेलन के मंच पर हुआ जहां दर्शक सिर्फ़ एक ही तरफ़ थे। फिर भी सभी

अभिनेताओं ने महसूस किया कि वे इस बदली हुई स्थिति के हिसाब से भी ख़ुद को आसानी से ढाल सकते हैं। इस शो में हिंदी कवि मनमोहन भी मौजूद थे। एक दफ़े उन्होंने मुझे बताया था कि उस दिन इस नाटक को देखकर वह चकित रह गए थे। ऐसा लगता था किसी ने कार्ल मार्क्स की महान कृति *कैपिटल* को तेरह मिनट के गुटके में समेट दिया हो। एनके बताता है कि डॉक्टर महादेव साहा और चंद्रबली सिंह जैसे वरिष्ठ लेखक भी इसे देखकर अचंभे में पड़ गए थे।

इस नाटक की सबसे ऐतिहासिक परफ़ॉर्मेंस 19 नवंबर को तालकटोरा इंडोर स्टेडियम में हुई जहां प्रस्तावित औद्योगिक संबंध विधेयक पर चर्चा के लिए अखिल भारतीय ट्रेड यूनियन सम्मेलन बुलाया गया था। सम्मेलन के अगले दिन बोट क्लब के लॉन में एक विशाल रैली निकालने का भी फ़ैसला लिया गया था। उस अनुभव को याद करते हुए सफ़दर ने यूजेन वैन एरवेन को बताया :

'हम सुबह-सुबह ही स्टेडियम पहुंच गए थे और आयोजकों से बार-बार गुहार लगाते रहे कि वे हमें नाटक दिखाने का मौक़ा दें। उन्हें ये बात समझ में नहीं आ रही थी कि ट्रेड यूनियन की एक गंभीर चर्चा सत्र में नाटक का क्या काम हो सकता है। हम तरह-तरह से उन्हें समझाते रहे। वे हमें जानते तक नहीं थे। हम शाम तक डटे रहे। अंत में जब वे लोग हमसे तंग आ गए तो उन्होंने कहा कि अंतिम प्रस्ताव पारित होने के बाद हम ये नाटक परफ़ॉर्म कर सकते हैं। उनकी उदासीनता इतनी थी कि उन्होंने साफ़ कह दिया कि हम इस बारे में घोषणा नहीं करने वाले हैं। अगर आप अपने बूते पर घोषणा करना चाहें तो कर लेना। स्टेडियम की बनावट हमारे लिए मुफ़ीद थी। ये एक एरीना जैसा है। इसके बीचोंबीच बड़ा सा बास्केट बॉल कोर्ट है और चारों तरफ़ सीटें लगी हैं। ... जैसे ही आख़िरी नारे की गूंज शांत हुई और लोग कतारों में स्टेडियम से बाहर निकलने लगे, हम छह लोग दौड़ कर एरीना में धमके और बीचोंबीच जाकर हमने फटाफट 'मशीन' बनाई। हमारी लयात्मक, फुंफकार जैसी आवाज़ को सुनकर लोग वापस मुड़ने लगे। किसी को समझ में नहीं आ रहा था कि ये क्या हो रहा है। आमतौर पर हम ज़्यादा से ज़्यादा बीस सेकेंड तक मशीन चलाते हैं मगर उस समय हॉल में शोर बहुत ज़्यादा था इसलिए हम दो मिनट तक मशीन चलाते रहे। हमें बहुत ऊंची आवाज़ निकालनी थी लिहाज़ा दो मिनट के भीतर ही हम थक चुके थे। कल्पना कीजिए कि हमारे सबसे नज़दीकी दर्शक भी हमसे कम से कम साठ फुट दूर थे। लोग शांत होने लगे। मैं सूत्रधार था। मैंने मशीन रोकने का इशारा किया और बोलना शुरू किया। ये एक अद्भुत सफलता थी। जब हमने आख़िरी गीत गाया तो ट्रेड यूनियन

कार्यकर्ता रेलिंग पर से कूद कर आने लगे। उम्रदराज़ नेता भी बच्चों जैसे हो गए थे। उन्होंने हमें अपने कंधों पर उठा लिया। हम देखते-देखते उस क्षण के नायक बन गए थे। लोगों ने सिगरेट के पैकेटों पर हमारे ऑटोग्राफ लिए और हमें अगले दिन होने वाली रैली में परफ़ॉर्म करने का न्यौता दिया।'

जब उन्होंने अगले दिन बोट क्लब की रैली में दसियों हज़ार लोगों के सामने अपना नाटक पेश किया, तो लोगों ने इस नाटक को देखा कम और सुना ज़्यादा क्योंकि नाटक एक ऊंचे मंच पर खेला गया था और दर्शक दूर तक फैले हुए थे। फिर भी इसका असर ज़बर्दस्त रहा। जनम को हर जगह से *मशीन* नाटक पेश करने के न्यौते आने लगे। इसके बाद परफ़ॉर्मेंसेज़ का एक सिलसिला चल पड़ा और *मशीन* मज़दूर बस्तियों और औद्योगिक इलाक़ों में खेला जाने लगा। दस साल बाद सफ़दर ने विश्लेषण करते हुए कहा, 'मज़दूरों को इस नाटक से बेइंतिहा प्यार है। मुझे अब भी समझ में नहीं आता क्यों। ये तो इतना सरल नाटक है। इसमें कुछ है ही नहीं। ये तो सिर्फ़ एक ख़ाका भर है, इसमें बस डायलॉग दिलचस्प हैं। फिर भी सब जगह मज़दूर इसे पसंद करते हैं। इस बात को समझाना बहुत मुश्किल है। इसमें शायद कुछ उदात्त या अमूर्त बात है जो उन्हें छू जाती है।'

मशीन को याद करते हुए फ़रीदाबाद के कॉमरेड मोहनलाल कहते हैं :

'एक बार मोदीनगर में फायरिंग हुआ था, 1967 में। सफ़दर ने कई लोगों से आंदोलन के बारे में ज़िक्र सुना था। मेरे से भी उन्होंने सुना था क्योंकि उस आंदोलन में मेरा शुरुआत हुआ था, 1967 में। उसी तरह पुलिस के अटैक, फायरिंग जो होते हैं, मेरे से बात किए थे वो। जब मैंने *मशीन* नाटक देखा ना, पहली बार, तो मुझे 1967 का वो (ज़माना) याद आ गया, वो गेट का, मोदी मिल का। मैंने कहा उनसे, आपने तो वही बना दिया है, सिर्फ़ ये कि बहुत शॉर्ट में है। छोटे रूप में है, वो जो वहां हुआ था, वो बहुत बड़ा कांड हुआ था। *मशीन* जो था, पंद्रह या बीस मिनट का नाटक था, लेकिन श्रमिकों के गेट पर जब होता था नाटक, तो मज़दूरों को अपने में एक शक्ति मिलती थी, उस नाटक से। क्योंकि वो ऐसा नाटक था जो आंदोलन से संबंधित था। मज़दूरों को अपनी एकता बनाने के लिए वो ज़्यादा शक्ति देता था। तो मुझे इसलिए बहुत ज़्यादा पसंद है क्योंकि वो जब से मैंने ट्रेड यूनियन शुरू किया था तो मुझे भी ऐसा लगा कि मेरे जीवन से संबंधित जो बातें हुई हैं वो ही उन्होंने इस नाटक में दर्शाया है। तो हर मज़दूर को लगता था, हर आंदोलनकारी को, कि ये मेरा ही है।'

इसके बाद तो जनम की चल निकली। अगले दस साल में जनम ने बाईस नुक्कड़

नाटक तैयार किए। सफ़दर कहता था कि इस दौरान जनम ने कुछ चार हज़ार शो किए होंगे। माला को यह बात अतिशयोक्ति लगती है। उसके हिसाब से लगभग ढाई हज़ार परफ़ॉर्मेंस हुई होंगी।

नुक्कड़ नाटक की दिशा में बढ़ना कोई सचेत, कलात्मक फ़ैसला नहीं था। यह कोई नया प्रयोग करने की ख़्वाहिश का नतीजा नहीं था। यह फ़ौरी ज़रूरत का नतीजा था। इसका कारण था, पैसे की तंगी। जनम के बड़े नाटकों को परफ़ॉर्म करना संभव नहीं था क्योंकि ट्रेड यूनियनों, किसान संगठनों, और छात्र संगठनों के पास इमरजेंसी के बाद के मुश्किल दौर में मंच खड़ा करने और साउंड व लाइट्स का बंदोबस्त करने के लिए पैसे नहीं होते थे। जब ये संगठन ख़ुद मोहताज हो चुके थे तो वे भला जनम को क्या बुलाते! लिहाज़ा जनम एक दोराहे पर पहुंच गया था। या तो वह वैकल्पिक दर्शकों की तलाश करे और अपनी कलात्मक यात्रा जारी रखे, या अपने काम को उन मज़दूरों की ज़रूरतों और आर्थिक क्षमताओं के हिसाब से बदले जिनके लिए वह काम करना चाहता था।

आजकल के कला प्रबंधन (आर्ट्स मैनेजमेंट) की भाषा में कहें तो जनम के सामने अपने मिशन को जारी रखने के लिए अपने विज़न में संशोधन करने, या विज़न पर डटे रहने के लिए अपने मिशन में बदलाव लाने की दुविधा थी। बहुत सारे कलाकार, बहुत सारे एनजीओ, बहुत सारे रेडिकल कार्यकर्ता आजकल अपने मिशन पर डटे रहने के लिए अपने विज़न में कतर-ब्योंत कर लेते हैं। वे फंडिंग के पीछे दौड़ते हैं और अपने काम से समझौता कर लेते हैं। जनम ने ठीक उल्टा किया। उसने अपनी राजनीति को केंद्र में रखा।

अस्सी का दशक. **नुक्कड़ नाटक का सिद्धांत**

माला बताती है कि जब 19 नवंबर 1978 को तालकटोरा स्टेडियम में *मशीन* परफ़ॉर्म करने के बाद जनम के लोग वी. पी. हाउस की तरफ़ वापस चले और लोग उन्हें घेर कर उनसे नाम-पता मांग रहे थे, उस गहमागहमी में भी सफ़दर का दिमाग़ कहीं और था। 'हमने एक नई चीज़ ईजाद की है। ये चीज़ क्या है? कैसे चलती है? ये हमें पता लगाना है। हमें इस पर काम करना होगा। हमें इसको तराशना होगा। हमें इसका व्याकरण ढूंढना होगा।' *मशीन* की कामयाबी को लेकर जनम में हर व्यक्ति रोमांचित था। लिहाज़ा सफ़दर की ये उत्तेजना भी अस्वाभाविक नहीं थी। ग़ौर करने वाली बात ये है कि यह इस नाटक का सिर्फ़ पांचवां परफ़ॉर्मेंस था और सफ़दर अभी

से उसका विश्लेषण करने लगा था। 'मगर ये बात अस्वाभाविक नहीं थी,' माला बताती है, 'जब भी कुछ नया होता था, सफ़दर की निगाह सबसे पहले उसे पकड़ती थी, और उसमें एक पैटर्न ढूंढने की कोशिश करती थी – जब हमने ऐसा किया, तो कैसा नतीजा सामने आया।'

इसके कुछ ही अर्से बाद सफ़दर ने इस नई, रोमांचक विधा को समझने में दिलचस्पी रखने वाले 'अभिनेताओं, निर्देशकों, नाटक लिखने वालों, संगीतकारों और कलाकारों' के साथ साझा करने के लिए 'नुक्कड़ नाटक के स्वरूप और आवश्यकता पर मसविदा पर्चा' लिखा। नुक्कड़ नाटक करते हुए जनम को मात्र चार महीने हुए थे। नुक्कड़ नाटक 'दस्तावेज़ी और संक्षिप्त, सकते में डालने वाला मगर जाना-पहचाना' होता है और इसलिए इसका असर 'सिर्फ़ भावनात्मक नहीं बल्कि तर्कशील भी होता है – और लिहाज़ा लंबे समय तक टिकता है।' यह सूक्ष्म या 'बेहद बारीक विश्लेषणात्मक' विधा नहीं है। यह 'पुरशोर और शानदार है, और मज़ेदार भी', और 'इसका सही वक़्त पर सामने आना अपने आप में एक बयान है।' मगर, वास्तविक प्रैक्टिस में पुरशोर और मज़ेदार होने का मतलब करतबों की भरमार नहीं, बल्कि स्पर्श की निश्चितता है जिसमें बहुत सटीक और स्पष्ट विवरण निश्चित भाव-भंगिमाओं और मुद्राओं की किफ़ायत के साथ एक स्थिति या मनोभाव को स्थापित करते हैं।' नुक्कड़ नाटक एक चलते-फिरते अख़बार की तरह है जो 'रोज़मर्रा के धरातल पर समकालीन घटनाओं के बारे में हमारी सोच को सामने लाता है।' ऐजिटप्रॉप (एजिटेशनल प्रोपेगेंडा – आंदोलनात्मक प्रचार का संक्षिप्त रूप) की भूमिका के अलावा नुक्कड़ नाटक का एक व्यापक उद्देश्य भी है : 'सांस्कृतिक रूप से विपन्न लोगों के बीच स्वस्थ मनोरंजन को लेकर जाना।' नुक्कड़ नाटक करने वालों के लिए यह ना केवल अपने आपको कलात्मक दृष्टि से प्रशिक्षण देने का साधन है बल्कि राजनीतिक प्रशिक्षण का साधन भी है क्योंकि 'यह उन्हें पैने ढंग से, स्पष्ट रूप से, और विश्लेषणात्मक ढंग से सोचने में मदद देता है, बल्कि इसके लिए उन्हें बाध्य करता है।' यह मसविदा नोट कहीं छपा तो नहीं, मगर इसे कुछ लोगों के साथ साझा ज़रूर किया गया, क्योंकि जनम के काग़ज़ों में कुमारेश चक्रवर्ती द्वारा 28 फ़रवरी 1979 को इस पर्चे के जवाब में लिखी गई हस्तलिखित प्रतिक्रिया भी मौजूद है।

जनम में नुक्कड़ नाटक के स्वरूप, विधा, और उसकी सियासत को लेकर बार-बार चर्चाएं होती थीं मगर जहां तक मैं समझ पाता हूं, सफ़दर एकमात्र ऐसा व्यक्ति था जिसने अपने अनुभवों को लेखन में सैद्धांतिक रूप देने की कोशिश की। मुझे

विदुर में नुक्कड़ नाटक पर रथिन दास का लिखा हुआ एक लेख तो मिला है मगर किसी और ने कहीं कुछ लिखा हो, इसका प्रमाण नहीं मिलता। अप्रकाशित नोट्स और टिप्पणियों के अलावा सफ़दर ने कई लेख भी लिखे जो नुक्कड़ नाटक के सिद्धांत की आधारशिला पेश करते हैं। मसलन : 'कॉन्सेप्ट ऑफ़ पीपुल्स थियेटर' (जनता के रंगमंच की अवधारणा, 1980); 'दि एनचांटेड आर्च' (तिलिस्मी कमान, 1983); 'दि ट्रेडीशन ऑफ़ स्ट्रीट थियेटर' (नुक्कड़ नाटक की परंपरा, 1986) और 'दि फ़र्स्ट टेन इयर्स ऑफ़ स्ट्रीट थियेटर' (नुक्कड़ नाटक के पहले दस साल, 1988)। इस एक दशक के दौरान उसकी सोच में कमाल की निरंतरता दिखाई देती है।

इन लेखों में सफ़दर मोटे तौर पर नुक्कड़ नाटक के इतिहास का जायज़ा लेता है। वह रूस की बोल्शेविक क्रांति से शुरू करते हुए चीनी क्रांति, इप्टा और भारत के उपनिवेश विरोधी संघर्ष, स्पेन में गृह युद्ध, वियत नाम, लैटिन अमेरिका और अफ़्रीका में उपनिवेशवाद विरोधी संघर्षों, मैक्सिकी किसानों के संघर्षों, तथा अमेरिका के सिविल लिबर्टीज़ आंदोलनों को एक सूत्र में बांधते हुए इसके इतिहास का एक मोटा-मोटी ख़ाका पेश करता है। इस क्रम में वह आम समझ के विपरीत जाता दिखाई पड़ता है। भारत में नुक्कड़ नाटक की परंपरा हमेशा मौजूद रही है क्योंकि हमारे यहां खुले में, खेतों में, ग़ैर-परंपरागत मंचों पर तरह-तरह की नाट्य विधाएं चलती रही हैं – ऐसा कहने के बजाए सफ़दर नुक्कड़ नाटक की परंपरा को एक आधुनिक शख़्सियत प्रदान करता है। उसकी राय में, 'खुले में होने वाले किसी भी नाटक को' नुक्कड़ नाटक कहना उतनी ही बेतुकी बात है जिस तरह 'ऐसे किसी भी नाटक को ट्रेजेडी कह देना जिसके अंत में नायक की मौत हो जाती है।' नुक्कड़ नाटक पूंजीवाद के ख़िलाफ़ मज़दूरों के आंदोलन की उपज है : 'भारत सहित दुनिया भर में राजनीतिक पर्चे, पोस्टर, दीवार लेखन और आंदोलनात्मक भाषण, इन सबने नुक्कड़ नाटक की विधा को रचने में अपना-अपना योगदान दिया है। नुक्कड़ नाटक उस समय अपरिहार्य हो गया था जब उन्नीसवीं शताब्दी के मध्य में मज़दूर ख़ुद को यूनियनों में संगठित करने लगे। उन्नीसवीं शताब्दी के आख़िर और बीसवीं शताब्दी की शुरुआत में राजनीतिक प्रदर्शनों की परंपरा के उदय के साथ इसकी आमद भी लाज़िमी हो गई थी। यह बीसवीं शताब्दी की देन है जो आधुनिक दुनिया की ख़ास ज़रूरतों से पैदा हुई है', भले ही स्वरूप के स्तर पर यह 'हमारे लोक एवं क्लासिकीय ड्रामे तथा पश्चिमी रंगमंच से काफ़ी कुछ उधार लेता है।'

दूसरी बात, वह नुक्कड़ नाटक को वामपंथी आंदोलन के हिस्से के रूप में देखता

है। उसके हिसाब से यह वामपंथी आंदोलन से पैदा हुआ है और बदले में उसे सींचता है। 'बुनियादी तौर पर ये प्रतिरोध का एक मिलिटेंट राजनीतिक रंगमंच है। इसका मक़सद है लोगों को आंदोलित करना और उन्हें संघर्षरत संगठनों के पीछे गोलबंद करना।' *मशीन*, *औरत* और *चक्का जाम/हल्ला बोल* जैसे नाटक इस अवधारणा का बेहतरीन उदाहरण हैं।

तीसरी बात, वह नुक्कड़ नाटक की कलात्मक गुणवत्ता के बारे में भी फ़िक्र करता है। अगर यह विधा सिर्फ़ पोस्टर या पर्चे के स्तर पर सिमटी रहेगी तो यह रूढ़, बासी हो जाएगी और रटे-रटाए अनुमानों की पटरी पर चलने लगेगी। वह उम्मीद करता है कि 'नुक्कड़ नाटक एक मुकम्मल कला के रूप में विकसित हो और फले-फूले।' लिहाज़ा, वह नुक्कड़ नाटक को 'प्रोसीनियम थियेटर के ख़िलाफ़ बग़ावत या उसके जवाब में पैदा हुई विधा' नहीं मानता क्योंकि 'दोनों ही समान रूप से जनता से जुड़ी हुई विधाएं हैं।'

चौथी बात, वह शासक वर्गों द्वारा थियेटर पर क़ब्ज़े के ख़िलाफ़ है चाहे वह 'प्रोसीनियम थियेटर हो, जिस पर पलायनवादियों, अराजकतावादियों और पुनरुत्थानवादियों ने क़ब्ज़ा जमा लिया है' और चाहे वह 'सुधारवादी और सरकारी नुक्कड़ नाटक' हो। जिस समय सफ़दर यह लिख रहा था तब की बनिस्बत आज यह बाद वाली श्रेणी, यानी सुधारवादी और सरकारी नुक्कड़ नाटक वाली श्रेणी, एक महामारी बन चुकी है। तमाम सरकारी एजेंसियां, एनजीओ, पूंजीवादी राजनीतिक दल, और यहां तक कि कॉरपोरेट कंपनियां भी बेहद उपयोगितावादी ढंग से, अपने आड़े-टेढ़े संदेशों को लोगों तक पहुंचाने के लिए नुक्कड़ नाटक का इस्तेमाल करने लगी हैं। विडंबना यह है कि सफ़दर की हत्या और उसके फ़ौरन बाद नुक्कड़ नाटकों में आए ज़बर्दस्त इज़ाफ़े से इन संस्थाओं का ध्यान बहुत तेज़ी से इस विधा की तरफ़ आकर्षित हुआ और उसका बड़े पैमाने पर दुरुपयोग शुरू हुआ।

सफ़दर 'कलात्मक अभिव्यक्ति के औज़ारों और उपकरणों' का ग़ुलाम नहीं था बल्कि उसका कहना था कि 'ड्रामा किसी भी वर्गाकार, आयाताकार, या गोल जगह पर अपनी एक ताक़त और सौंदर्य के साथ पैदा होता है। चाहे दर्शक एक तरफ़ हों या चारों तरफ़ बैठे हों, चाहे वे अंधेरे में हों या उजाले में हों, नाटक सजीव हो उठता है।'

1978. समुदाय और बेलची

जिस समय जनम उत्तर भारत में नुक्कड़ नाटक विधा को निखारने में लगा था उसी समय दक्षिण भारत में समुदाय नामक संगठन भी नुक्कड़ नाटक के धरातल पर नए

प्रयोग कर रहा था। बंगलौर में 1975 में गठित समुदाय, एक समूह से तेज़ी से एक आंदोलन में तब्दील होता चला गया। इसका फैलाव कमाल का था। 1982 तक आते-आते पूरे कर्नाटक में उसकी अठारह इकाइयां स्थापित हो चुकी थीं। के. वी. नारायण लिखित *हुत्तवा बड़िदरे* ('बीहड़ों पर विजय') समुदाय का पहला प्रोडक्शन था। यह नाटक सम्सा के *विगड विक्रमराया* ('राजा विक्रम महान') पर आधारित था। इस नाटक का निर्देशन प्रसन्ना ने किया था और संगीत बी. वी. कारंत ने दिया था। इसके फ़ौरन बाद *पाटा ओंदू* ('अध्याय एक') और *पाटा येरडू* ('अध्याय दो') नामक दो छोटे नाटक तैयार किए गए। इनका निर्देशन भी प्रसन्ना ने किया था। *पाटा येरडू* में जो अभिनेता थे वे ख़ुद बंगलौर की मज़दूर बस्तियों के बाशिंदे थे। प्रसन्ना ने ब्रेख़्त के *दि मदर* और *गैलीलियो* का भी निर्देशन किया। *माँ* की टिकटें बेचने में भाकपा और माकपा ने बढ़-चढ़ कर मदद की थी। *गैलीलियो* के लिए समुदाय ने एक छोटा सा मंच तैयार किया जिसको कहीं भी ले जाकर स्थापित किया जा सकता था ताकि खुले में ज़्यादा से ज़्यादा परफ़ॉर्मेंस की जा सकें।

इसी बीच समुदाय ने क्रांतिकारी गानों और कविताओं के साथ-साथ राजनीतिक व सांस्कृतिक मुद्दों पर पर्चे व पुस्तक प्रकाशित किए, फ़िल्म सोसायटियों का गठन किया, और एक लाइब्रेरी आंदोलन शुरू किया। समुदाय का पहला नुक्कड़ नाटक था *बेलची* जो बिहार में मई 1977 में दलित खेत मज़दूरों को जलाकर मार देने की भयानक घटना पर आधारित था। *बेलची* की पहली परफ़ॉर्मेंस 1978 में हुई और कुल मिलाकर इसके तक़रीबन ढाई हज़ार शो आयोजित हुए। *बेलची* और *मशीन* में कमाल की समानताएं दिखाई देती हैं: दोनों नाटक एक ही साल तैयार किए गए; दोनों वास्तविक हत्याकांडों पर आधारित थे; दोनों क्रांतिकारी वर्ग के साथ प्रतिबद्धता को अभिव्यक्त करते थे – *मशीन* औद्योगिक सर्वहारा वर्ग और *बेलची* ग्रामीण सर्वहारा वर्ग; दोनों ही रंगमंच की दृष्टि से नई शैली के नाटक थे; दोनों में एक हद तक शैलीगत विशिष्टताओं का प्रयोग था; दोनों में इमरजेंसी की प्रतिक्रिया सुनाई पड़ती थी; दोनों के तेज़ी से अनुवाद हुए और उनको देश भर में खेला जाने लगा। *बेलची* को सी. जी. कृष्णास्वामी ने लिखा था और दलित कवि सिद्धलिंगैया ने इसके गीत लिखे थे। झुग्गी बस्तियों में इसको बहुत बड़े पैमाने पर खेला गया। इसके कलाकार भी झुग्गी बस्तियों से लिए गए थे। *बेलची* के फ़ौरन बाद कृष्णास्वामी का लिखा *मे डे* ('मई दिवस') तैयार किया गया। इसके बाद बंगलौर की एक फ़ैक्ट्री में हुई हड़ताल पर *स्ट्रगल* ('संघर्ष') नाम से एक डॉक्यू-ड्रामा तैयार किया गया। लक्ष्मी चंद्रशेखर और

एम. सी. आनंद के निर्देशन में बनाए गए इस नाटक में ख़ुद हड़ताली मज़दूरों ने अभिनय किया था।

इसके अलावा और भी प्रयोग किए गए। कर्नाटक के शिमोगा ज़िले में मालिक द्वारा दलित बंधुआ मज़दूर की बर्बर हत्या को नाटक में ढालते हुए *पत्ते संगधन कोले* नाटक तैयार किया गया। 1975 में बिहार के एक कोयला खदान में पानी भर जाने से 380 मजदूरों की मौत पर *चसनाला* नाटक बना। अंधविश्वास और फ़र्ज़ी बाबाओं पर *बेलेदवरू* नाटक बना। आंध्र प्रदेश में पुलिस द्वारा की गई हत्याओं पर तारकुंडे आयोग की रिपोर्ट को लेकर *भारत दर्शना* और बंधुआ मज़दूरों के जीवन पर *जीथदहत्ती रंगा* नाटक तैयार किए गए। मुझे पक्का पता नहीं है कि ये सारे नाटक समुदाय की बंगलौर इकाई ने तैयार किए थे या अलग-अलग इकाइयों ने किए थे। जो भी हो, अक्टूबर 1979 में, यानी नुक्कड़ नाटक शुरू होने के पहले एक साल में हमें समुदाय द्वारा किए गए आठ नाटक दिखाई देते हैं।

समुदाय का जनआंदोलन बनना उनके द्वारा समय-समय पर आयोजित किए जाने वाले 'जत्थों' (कारवां) में अद्भुत ढंग से दिखाई पड़ता है। इनमें से पहला जत्था 15 अक्टूबर से 15 नवंबर 1979 के बीच आयोजित किया गया। रती बारथोलोमियो लिखती हैं, 'इसके दो मक़सद थे : ज़मीनी धरातल पर लोगों की ज़िंदगी को जानना, उनसे सीखना, हालात को ख़ुद अपनी आंखों से देखना व समझना, तथा रंगमंच को शिक्षा के एक साधन, सामंती और अर्द्धसामंती मूल्यों पर एक हमले के रूप में इस्तेमाल करना।' इस प्रयोग के लिए पैसे की ज़रूरत कलाकारों द्वारा बनाए गए बीस हज़ार ग्रीटिंग कार्ड्स की बिक्री और व्यक्तिगत चंदों के ज़रिए इकट्ठा की गई थी। ये जत्था कर्नाटक के उन्नीस में से सत्रह ज़िलों से होकर गुज़रा था। इस दौरान 450 जगह शो किए गए। असंख्य जगह गीत गाए गए, तरह-तरह के साहित्य की बिक्री हुई, दर्शकों के साथ चर्चाएं हुईं। इन्हीं दर्शकों ने कलाकारों की मेज़बानी का भी ज़िम्मा उठाया। दूसरा जत्था 15 जनवरी से 31 जनवरी 1981 के बीच आयोजित किया गया। ये पहले जत्थे के मुक़ाबले आधी अवधि का था मगर ज़्यादा सघन और ज़्यादा विकेंद्रीकृत था। इस बार जत्थे में दस समूह थे और प्रत्येक समूह में बीस-पच्चीस स्थायी सदस्य चल रहे थे। ये जत्थे दस शहरों से शुरू हुए और दस अलग-अलग शहरों में पहुंचे। जत्थे के आख़िर में सभी टीमों को एक जगह नहीं पहुंचना था। 1979 के जत्थे में लोग वैन और बसों में यात्रा करते थे, इस बार ये लोग साइकिलों पर यात्रा कर रहे थे।

इस संक्षिप्त और अधूरे विवरण से भी समुदाय के काम का महत्व ज़ाहिर हो जाता है। यह इप्टा के ज़माने के बाद सच्चे अर्थों में जनकेंद्रित, लोकतांत्रिक, धर्मनिरपेक्ष, जनसांस्कृतिक आंदोलन खड़ा करने की पहली बड़ी और बहुत हद तक कामयाब कोशिश थी। समुदाय न केवल प्रगतिशील, और बहुधा क्रांतिकारी संस्कृति को लोगों तक लेकर गया, वह लोगों को भी इस संस्कृति को रचने और सींचने में साझीदार बनाने में कामयाब रहा। एक शहरी इकाई से राज्य भर में फैली इकाइयों के नेटवर्क तक समुदाय का ज़बर्दस्त विस्तार, प्रोसीनियम थियेटर से नुक्कड़ नाटक तक की यात्रा; रंगमंच से दूसरी कला विधाओं तक विस्तार; लोगों के साथ रचनात्मक साझेदारी से चलकर विशाल, राज्यव्यापी जत्थों के आयोजन तक, समुदाय का विस्तार इस विश्वास का परिणाम था कि जनता के सांस्कृतिक आंदोलन का वास्तविक नायक ख़ुद जनता ही होती है। आने वाले सालों में तमिलनाडु में चेन्नई कलाई कुढ़ु और तेलुगू इलाक़ों में प्रजा नाट्य मंडली जैसे संगठन भी सामने आए जो नुक्कड़ नाटक की विधा को बढ़-चढ़ कर इस्तेमाल कर रहे थे। प्रजा नाट्य मंडली भी एक जनआंदोलन बना जिसमें आज भी सबसे निर्धन और हाशियाई तबक़ों के हज़ारों लोग काम करते हैं।

अस्सी का दशक. **अदाकार**

माला ने गुजरात एजुकेशन सोसायटी द्वारा चलाए जाने वाले सरदार पटेल विद्यालय में जुलाई 1981 में नौकरी ली। प्रगतिशील स्कूलों की अगली कतार में शुमार किया जाने वाला सरदार पटेल विद्यालय दिल्ली के लोधी एस्टेट में स्थित है, इत्तेफ़ाक से सफ़दर के कन्नड़ स्कूल से सटा हुआ। अब माला और सफ़दर पश्चिमी पटेल नगर में रहने लगे थे। मशहूर कम्युनिस्ट उपन्यासकार तथा कम्युनिस्ट अभिनेता बलराज साहनी के छोटे भाई भीष्म साहनी भी अपनी पत्नी शीला के साथ पूर्वी पटेल नगर में पास ही रहा करते थे। सफ़दर और भीष्म जी दिल्ली कॉलेज (जिसे अब ज़ाकिर हुसैन कॉलेज के नाम से जाना जाता है) में साथ काम कर चुके थे जहां सफ़दर ने कश्मीर से लौटने के बाद कुछ दिन पढ़ाया था। वैसे तो दोनों की उम्र में चार दशक का फ़ासला था फिर भी दोनों में गहरी दोस्ती हो गई। माला बताती है कि सफ़दर और भीष्म जी के बीच कला, साहित्य, और सियासत पर ख़ूब चर्चाएं होती थीं। वेद गुप्ता भी पास ही में रहते थे। सफ़दर और वेद, जो अब तक सिर्फ़ कॉमरेड थे, अब गहरे दोस्त बन गए।

जिस समय नुक्कड़ नाटक शुरू हुआ तब तक कविता और विनोद नागपाल जनम से निकल चुके थे। कविता चाहती थीं कि जनम प्रोसीनियम थियेटर करता रहे और

'रंगमंच आंदोलन का अगुआ दस्ता' बना रहे जबकि संगठन के नए सदस्य, यानी सफ़दर, एनके, राकेश सक्सेना, माला, और अन्य लोग अपने मुख्य दर्शकों, शहरी ग़रीबों के बीच अपनी बात पहुंचाने को बेताब थे। इसी बीच सफ़दर के साथ जनम के शुरुआती नुक्कड़ नाटक लिखने वाले राकेश सक्सेना अपनी नौकरी के सिलसिले में इथियोपिया चले गए। मेरी उनसे सिर्फ़ एक मुलाक़ात हुई, सफ़दर की मृत्यु के बाद। 2008 में मात्र इक्यावन साल की उम्र में उनका देहांत हो गया।

जनम में अब नए लोग भी आए। रेलवे में नौकरी करने वाले विजय कालिया ने जनम को लोको वर्कर्स कॉन्फ्रेंस में परफ़ॉर्म करते देखा था और वह फ़ौरन प्रभावित हुआ। नाटक के बाद वह सफ़दर के पास आया और सफ़दर ने उसे रिहर्सल में आने का न्यौता दे दिया। करोल बाग़ में पला-बढ़ा और एक छोटे कारोबारी का बेटा ललित रतन गिरधर प्रत्येक शनिवार को कनॉट प्लेस के सेंट्रल पार्क में आर्ट मेले के दौरान जनम की प्रस्तुति देखने आता था। आर्ट मेले में नौजवान और संघर्षरत कलाकार अपनी-अपनी रचनाएं बेचने-दिखाने आते थे। इसी मेले में जनम की परफ़ॉर्मेंस देखकर ललित भी आकर्षित हुआ और जनम से जुड़ा। कुँवर दीपक गुलाटी बैंक में काम करता था और रंगमंच से प्रेम रखता था। वह जनम के साथ जुड़ने से पहले जनम के कुछ सदस्यों के संपर्क में था। दिवाकर पांडे दिल्ली विश्वविद्यालय में पढ़ाई के दौरान जनम से जुड़ा। इससे पहले वह एसएफ़आई से जुड़ा हुआ था। वह रामजस कॉलेज में मुझसे दो साल सीनियर था और अपनी तरह का एक ही किरदार था। वह सफ़दर और बाक़ी लोगों से दस-बारह साल छोटा था।

अस्सी के दशक में जनम में माला एकमात्र नियमित महिला सदस्य थी। बाक़ी लड़कियां आती-जाती रहीं। जेएनयू में स्पेनिश भाषा की विद्यार्थी सोन्या सुरभि गुप्ता कैंपस में एसएफ़आई से जुड़ी हुई थी जिसने कैंपस में समुदाय के *बेलची* नाटक का हिंदी संस्करण पेश किया था। बाद में 1980 में वह जनम में आई। सोन्या एक बेहतरीन गायक है। कुछ साल वह जनम में रही, हालांकि वह सारे नाटकों में परफ़ॉर्म नहीं करती थी। बाद में वह सीआईईएफ़एल, हैदराबाद, और उसके बाद नई दिल्ली में जामिया मिल्लिया इस्लामिया में पढ़ाने लगी। रजनी पालरीवाला, जो अब दिल्ली स्कूल ऑफ़ इकोनॉमिक्स में समाजशास्त्र की प्रोफ़ेसर हैं, उस वक़्त दिल्ली विश्वविद्यालय की छात्रा हुआ करती थी। वह सालेक भर जनम के साथ रही। आभा दयाल जनम की दोस्त और हमदर्द रहीं। उन्होंने भी जनम के कुछ नाटकों में जब-तब हिस्सा लिया और 1981 में समूह के साथ असम के दौरे पर गई।

इनके अलावा भी कई महिलाएं आई और गईं। *अब राजा की बारी है* में ऐक्टिंग कर चुके पत्रकार जावेद नक़वी फ़िलहाल एयर हॉस्टेस के तौर पर काम करने वाली निम्मी से अपनी इत्तेफ़ाक़िया मुलाक़ात के बारे में बताते हैं। निम्मी भी इस नाटक में नकवी के साथ अभिनय कर रही थी। जब नकवी ने निम्मी से पूछा कि एक राजनीतिक थियेटर समूह के साथ काम करने की वजह से उसे परिवार की तरफ से विरोध तो नहीं सहना पड़ा, तो निम्मी का जवाब बेबाक था : 'कह नहीं सकती कि कौन सी बात ज़्यादा मुश्किल है – एक कम्युनिस्ट होना या हमारे समाज की एक औरत होना।'

हंसी-मज़ाक, चुहल और शरारतें जनम की रोज़मर्रा ज़िंदगी व संस्कृति का हिस्सा थीं। त्यागी, मनीष, एनके और सफ़दर इस सब में उस्ताद था। आप कभी भी इन लोगों की शरारतों का शिकार नहीं बनना चाहेंगे। काजल घोष व्यावसायिक जिंगल (विज्ञापन गीत) बनाया करता था। उसे एक जिंगल बनाने के दो सौ रुपये मिलते थे और हफ़्ते के एक जिंगल के हिसाब से महीने में आठ सौ रुपये बन जाते थे। उस ज़माने में ये अच्छी-ख़ासी रक़म थी। एक बार उसने एक अंडरवियर के लिए जिंगल बनाया। आप अंदाज़ा लगा सकते हैं कि ये सफ़दर के लिए कितना शानदार मौक़ा था। एक दिन जब वे लोग वी. पी. हाउस में एसएफ़आई दफ़्तर के बाहर गपशप कर रहे थे, सफ़दर ये कहते हुए काजल की टांग खींचने लगा कि क्रांति के मार्ग पर अब उन्हें कच्छे भी बेचने पड़ रहे हैं। काजल शर्मसार हुआ और उसने तय किया कि वह जिंगल्स बनाना ही छोड़ देगा। कुछ ही समय बाद उसका सामना ऑल इंडिया रेडियो के दफ़्तर में सफ़दर से हुआ। जब उसने सफ़दर से पूछा कि वो वहां क्या कर रहा है तो सफ़दर ने बताया कि वो एक रेडियो स्पॉट के लिए अपनी आवाज़ देने आया है।

'तो फिर तूने मेरी इतनी खिंचाई क्यों की थी! मैंने तो उसी की वजह से जिंगल बनाना छोड़ दिया।'

सफ़दर ने तपाक से जवाब दिया, 'तू उल्लू का पट्ठा है! तूने इतना बढ़िया काम सिर्फ़ इसलिए छोड़ दिया क्योंकि मैंने उसका मज़ाक उड़ाया था?'

काजल वापस जिंगल की दुनिया में लौट गया।

एक बार मैं रिहर्सल के लिए ज़रा फ़ैन्सी जूते पहन कर पहुंचा। जब सफ़दर की नज़र मेरी टांगों पर पड़ी तो उसकी आंखों में चमक आ गई थी।

'भई वाह! ज़रा स्टाइल तो देखो!'

'नहीं नहीं। ये तो किसी ने मेरे चाचा को दिए थे मगर उनको ये जूते फिट नहीं आए। तो उन्होंने मुझे दे दिए।'

मेरे चाचा दांतों के डॉक्टर थे और सफ़दर व माला, दोनों को जानते थे। ये दोनों अपने दांतों के इलाज के लिए हमेशा उन्हीं के पास जाया करते थे। इसके बाद मेरे तार्रुफ़ में ये बात भी जुड़ गई कि मैं ऐसे शख़्स का भतीजा हूं जिसकी अलमारी से जूतों की गंगा बहती है।

अस्सी के दशक के शुरुआती साल. **ऋत्विक घटक**

जब नंदपुर गांव, बखिरा बाज़ार, बस्ती (उत्तर प्रदेश) में पुलिस ने एक नुक्कड़ नाटक करने पर रोक लगा दी और उन्होंने प्रतिरोध कर रही महिलाओं को यौन उत्पीड़न का शिकार बनाया तो इसके ख़िलाफ़ एक विरोध प्रदर्शन आयोजित किया गया। मई 1981 में आयोजित इस विरोध प्रदर्शन के आयोजकों में जनम भी एक था। उसी साल कुछ माह बाद पुलिस ने एक नोटिस जारी किया था कि सभी रंगमंच, संगीत, और नृत्य संगठन अपनी स्क्रिप्ट या सिनॉप्सिस मंज़ूरी के लिए पुलिस के पास जमा किया करेंगे। इसके जवाब में कलाकारों और संगठनों ने विरोध कार्यक्रमों का आयोजन किया। जनम ने इसमें भी हिस्सा लिया। इन कलाकारों ने शुरू में एक कामचलाऊ कमेटी बनाई और बाद में एक स्थायी संचालन समिति का गठन किया जिसमें जनम के सदस्य रथिन एक तरह से प्रवक्ता की भूमिका निभाते थे।

इस विरोध आंदोलन का ज़्यादातर काम बाबा खड़क सिंह मार्ग स्थित स्टेट एम्पोरिया कॉम्पलेक्स में बने वेस्ट बंगाल इन्फ़ॉर्मेशन ब्यूरो (डब्ल्यूबीआईबी) के दफ़्तर से चला करता था। डब्ल्यूबीआईबी के इतिहास में ये एकमात्र ऐसा मौक़ा था जब यह संस्था सचमुच सक्रिय, सजीव और महत्वपूर्ण हो उठी थी। ऐसा तब हुआ जब 1980 से 1983 के बीच सफ़दर यहां सूचना अधिकारी के रूप में काम करने आया।

डॉक्यूमेंट्री फ़िल्मकार और स्कॉलर शोहिनी घोष अस्सी के दशक की शुरुआत में दिल्ली के एक कॉलेज में पढ़ रही थी। कलकत्ता में अपने परिवार में बिताई आरामदेह ज़िंदगी को पीछे छोड़ कर दिल्ली आने पर उसे बहुत असहज महसूस हो रहा था। शोहिनी घोष की सिनेमा में बहुत दिलचस्पी थी, लिहाज़ा वह कॉलेज फ़िल्म सोसायटी की सदस्य बन गई। डिजिटल ज़माने, बल्कि वीएचएस ज़माने से भी पहले उन दिनों में फ़िल्म सोसायटियों को स्क्रीनिंग्स के लिए प्रॉजेक्टर और बड़े-बड़े डिब्बों में फ़िल्म की रीलें लेकर आना होता था। दिल्ली में विभिन्न सांस्कृतिक केंद्रों और अलग-अलग

देशों के दूतावासों से फ़िल्में मिला करती थीं। या फिर आप फ़िल्म स्क्रीनिंग के लिए नेशनल फ़िल्म आर्काइव्ज़ ऑफ़ इंडिया (एनएफ़एआई), पुणे को लिखकर उनसे फ़िल्म मंगाते थे। इस तरह, फ़िल्म सोसायटियां फ़िल्मों का कोई वैकल्पिक स्रोत तलाशती रहती थीं।

अपने पिता के कहने पर शोहिनी ये पता लगाने के लिए डब्ल्यूबीआईबी चली गई कि वहां उसे कोई फ़िल्म मिल सकती है या नहीं। 'मैं वहां गई तो मुझे वहां एक ख़ूबसूरत आदमी अपनी डेस्क पर बैठा मिला। उसके पीछे दो बड़े-बड़े पोस्टर थे। एक पोस्टर ऋत्विक घटक का था और एक सत्यजीत रे की फ़िल्म *तीन कन्या* का। उसने मुझसे बांग्ला में बात की मगर उसकी बोली थोड़ी भिन्न थी। मुझे समझ में नहीं आया कि वह बंगाली है या नहीं। मगर उसके पास मुझसे बात करने के लिए दुनिया भर का समय था। हमने यहां-वहां की बातें कीं। उससे बात करना बहुत सहज था। फिर उसने मुझे स्क्रीनिंग के लिए कुछ फ़िल्में दीं। मैं ख़ुशी-ख़ुशी ये फ़िल्में लेकर चली गई।' इनमें से एक बहुत दुर्लभ फ़िल्म थी *पलंक* (पलंग, 1975) जो राजन तरफ़दार के निर्देशन में बनी थी। ये फ़िल्म भारत-बांग्लादेश संयुक्त प्रोडक्शन के तहत बनी थी जिसमें उत्पल दत्त और अनवर हुसैन ने काम किया था। बाद में शोहिनी को पता चला कि इसकी वजह से डब्ल्यूबीआईबी में मिले उस शख़्स को कुछ परेशानी भी उठानी पड़ी थी – 'उसके अफ़सर इस बात को लेकर नाराज़ थे कि उसने फ़िल्म के डिब्बे कॉलेज की किसी बिल्कुल अंजान लड़की को थमा दिए थे। ख़ुद उसे इसकी परवाह नहीं थी।' घर से दूर और दिल्ली में एक तरह के अलगाव से जूझ रही शोहिनी रह-रहकर डब्ल्यूबीआईबी के दफ़्तर में आने लगी, 'सफ़दर को बस देखने और उससे बात करने के लिए। उसकी दिलचस्पियों का सिलसिला बड़ा लंबा था और कमाल की बात ये है कि वह कभी भी मुझसे बड़ों की तरह बात नहीं करता था हालांकि मैं सिर्फ़ अंडर ग्रेजुएट छात्रा थी।'

इस तरह के तजुर्बों से गुज़रने वाली शोहिनी घोष अकेली नहीं थी। मौलाना आज़ाद मेडिकल कॉलेज (एमएएमसी) के कुछ नौजवान डॉक्टरों ने भी अपने यहां एक फ़िल्म सोसायटी का गठन किया और वे फ़ेडरेशन ऑफ़ फ़िल्म सोसायटी ऑफ़ इंडिया (एफ़एफ़एसआई) से जुड़ने के लिए सफ़दर से मदद मांगने आए। इसके जवाब में सफ़दर ने उन्हें एम.के. रैना के पास भेज दिया। उनके हाथ रैना के लिए एक नोट भेजा : 'गुरु, इनकी मदद करो।'

इस समूह के कई डॉक्टर बाद में सफ़दर और माला के नज़दीकी दोस्त बने।

बृजेश भी इन्हीं डॉक्टरों में से एक था। जो कॉमरेड या दोस्त निजी इलाज नहीं करा पाते थे सफ़दर उन्हें इन्हीं डॉक्टरों के पास भेज दिया करता था।

फ़िल्म और ऑर्ट स्कॉलर, सूफ़ी शायरी व पंजाब के संगीत के माहिर मदन गोपाल सिंह डब्ल्यूबीआईबी का वो वक़्त बड़ी शिद्दत से याद करते हैं जब सफ़दर वहां था। 'फ़िल्मकारों, रंगकर्मियों, संगीतकारों, लोक कलाकारों और तमाम तरह के लोगों के लिए ये सबसे अहम अड्डा बन गया था। सफ़दर के पास वहां कोई सुविधाएं नहीं थीं, वह ख़ुद एक मामूली मेज़-कुर्सी पर बैठा करता था जिसके पीछे ऋत्विक घटक की तस्वीर लगी हुई थी और उसके नीचे लिखा था "बेमिसाल फ़िल्म जीनियस" या कुछ ऐसा ही। इसी के बगल में सत्यजीत रे की फ़िल्म का एक पोस्टर भी था। उस ज़माने में हम सब बड़े संकीर्ण हुआ करते थे। अगर तुम्हें ब्रेख़्त बड़ा नाटककार लगता है तो तुम बैकेट के आलोचक हो जाओगे। अगर तुम्हें विलायत ख़ान अच्छे लगते हैं तो तुम रविशंकर के धुर्रे उड़ाओगे। अगर तुम घटक के फ़ैन हो तो रे को पसंद नहीं कर सकते। इन मामलों में हमारा रवैया बड़ा सख़्त हुआ करता था। मगर सफ़दर कभी उस जाल में नहीं फंसा। जब (फ़िल्मकार) मणि कौल दिल्ली आए तो डब्ल्यूबीआईबी उनका अनाधिकृत ऑफ़िस बन गया था। बहुत सारे दूसरे लोग भी यहीं से अपना काम चलाते थे। यहां उनके लिए चाय, लंच, और फिर अगली चाय का कभी ना ख़त्म होने वाला सिलसिला जारी रहता था। सफ़दर यहां फ़िल्म स्क्रीनिंग और संवाददाता सम्मेलन आयोजित करने लगा था। ये शहर की सबसे रोमांचक जगह बन गई थी। शायद ही कोई दिन बीता हो जब मैं वहां नहीं गया हूं। मैं जेएनयू (जहां मदन गोपाल पढ़ा करते थे) से निकलता और घर लौटते हुए सफ़दर के दफ़्तर में चक्कर मार लेता था। सिनेमा के बारे में, रंगमंच के बारे में, कलाकार की भूमिका के बारे में वहां मेरी ना जाने कितनी चर्चाएं हुईं। मैंने सार्त्र को ताज़ा-ताज़ा पढ़ा था और सामाजिक प्रतिबद्धता का साहित्य के उनके विचार से प्रभावित था। सिर्फ़ वामपंथी ही नहीं बल्कि तमाम तरह के कलाकार वहां आते थे। सब सफ़दर को जानते थे। सफ़दर वहां लेक्चर आयोजित कराता था। यहीं मैंने पहली बार आर्किटेक्ट रोमी खोसला को सुना था।'

सफ़दर ने दिल्ली में बांग्ला नाटकों के तीन उत्सव आयोजित किए। एक के लिए उसने उत्पल दत्त को *दाराओं पथिकबार* ('रुको, ओ यात्री') परफ़ॉर्म करने के लिए आमंत्रित किया था। उत्पल दत्त बांग्ला रंगमंच पर पहले ही एक विख्यात कलाकार बन चुके थे और हिंदी व्यावसायिक सिनेमा में बड़े स्टार थे। मगर उत्पल दत्त के

भीतर एक मसख़रे की आत्मा वास करती थी। वह हर चीज़ का लतीफ़ा बना देते थे, हर चीज़ के प्रति व्यंग्यात्मक और बेअदब नज़र रखते थे। वह सत्ता को ठेंगा दिखाने वाले कलाकार थे। मगर इस बाहरी मसख़रे के मुखौटे के पीछे एक गहरा चिंतक, एक प्रतिबद्ध मार्क्सवादी क्रांतिकारी, एक महान कलाकार खड़ा था जो अपनी कला के माध्यम से दुनिया में बदलाव लाने के लिए व्यग्र था। इस सीनियर कलाकार को उस नौजवान में शायद अपनी एक झलक दिखाई दी। जब उत्पल दत्त इस उत्सव के लिए दिल्ली आए तो उनकी रंगमंच और सियासत पर सफ़दर से लंबी चर्चाएं हुईं और सफ़दर भी लोक क्रांतिकारी रंगमंच की उत्पल दत्त की अवधारणा से बहुत गहरे तौर पर प्रभावित हुआ। सफ़दर ने डब्ल्यूबीआईबी में डेरोज़ियो और माइकल मधुसूदन दत्त पर उत्पल दत्त की बनाई फ़िल्में दिखाईं।

1982 में जब माला और सफ़दर बंबई गए तो वे लगभग दस दिन मणि कौल के घर ठहरे थे। एक तरह से देखें तो ये अनपेक्षित क़िस्म की दोस्ती थी, बल्कि बेमेल-सी। मणि कौल उम्र में तो सफ़दर से सिर्फ़ नौ साल बड़े थे मगर वह एक आध्यात्मिक क़िस्म का रुझान रखते थे जबकि सफ़दर ख़ालिस नास्तिक और भौतिकवादी था। दोनों के बीच समानता एक ही थी – दोनों ऋत्विक घटक के काम के मुरीद थे। उस दौर में सफ़दर के महत्वपूर्ण योगदानों में से एक ये था कि उसने प्यारेलाल भवन में ऋत्विक घटक की फ़िल्मों पर एक सेमिनार और एक रिट्रोस्पेक्टिव आयोजित किया। इसके अलावा उसने और भी कुछ कारनामे किए जिनके बारे में मदन गोपाल सिंह को बड़ी अच्छी तरह याद है :

'मणि कौल ने घटक के सिनेमा से ह्यूबर्ट बाल (रोटरडम फ़िल्म फ़ेस्टिवल के संस्थापक निदेशक) का तारुफ़ कराया। ह्यूबर्ट बाल घटक की फ़िल्मों के प्रिंट्स को दुरुस्त करने के लिए आधा ख़र्चा करने को तैयार थे। उनके पास पैसे की कमी नहीं थी। इस काम के लिए बाक़ी पैसा भारतीय सूचना एवं प्रसारण मंत्रालय से लाना था। सफ़दर डायरेक्टरेट ऑफ़ फ़िल्म फ़ेस्टिवल्स के निदेशक को जानता था जो डब्ल्यूबीआईबी आते रहते थे। सूचना एवं प्रसारण मंत्रालय में एक सचिव भी हुआ करते थे जिनका नाम शायद कुछ चक्रवर्ती था। वो भी बहुत विद्वान और पढ़े-लिखे आदमी थे। मणि कौल ने सफ़दर से बात की। उस समय तक अंतर्राष्ट्रीय स्तर पर बंगाल के सिर्फ़ दो निर्देशकों को दुनिया जानती थी – सत्यजीत रे और मृणाल सेन। घटक को लेने के लिए कोई तैयार नहीं था। समस्या ये थी कि घटक की फ़िल्मों के प्रिंट बहुत खस्ता हाल में थे। वे अंतर्राष्ट्रीय फ़िल्म समारोहों में दिखाने के लायक नहीं

थे। इस समस्या से निपटने के लिए सफ़दर ने फ़िल्म फ़ेस्टिवल के निदेशक को लिखा जिसने टका-सा जवाब भेज कर बताया कि वे यह काम नहीं कर सकते। इस पर सफ़दर जाकर वसंत साठे (तत्कालीन सूचना एवं प्रसारण मंत्री) से मिला मगर उन्होंने भी फ़िल्म फ़ेस्टिवल निदेशक का जवाब दोहरा दिया। हमारी हिम्मत टूट गई थी। हम सचमुच चाहते थे कि दुनिया घटक को जाने। फ़्रांसीसी मार्क्सवादी समालोचक जॉर्ज सेडू ने उनकी फ़िल्में देखी थीं और वे उनसे बहुत प्रभावित थे। इसके बाद फिर कुछ नहीं। तब सफ़दर को एक अनोखा ख़्याल आया। उसने भूतपूर्व सूचना एवं प्रसारण मंत्री इंदर कुमार गुजराल को चिट्ठी लिखी और उनसे मिलने का समय मांगा। संयोग की बात ये थी कि इंदर कुमार गुज़राल घटक के दोस्त थे। गुज़राल ने अपने टाइपिस्ट को बुलाकर फ़ौरन साठे के नाम एक अधिकृत ख़त लिखवाया और उनसे फ़ोन पर बात की। साठे को कहना पड़ा, "काम हो जाएगा सर!" मेरा ख़्याल है कि इसमें चक्रवर्ती का भी कहीं कोई हाथ ज़रूर था – शायद उन्होंने ही गुज़राल का नाम सुझाया हो। सफ़दर एक बच्चे की तरह ख़ुशी से चहक उठा। "मद्दी, काम बन गया यार!"'

अस्सी के दशक की शुरुआत. एक दर्शक का अनुभव

आज, जब भारत में इतनी बड़ी तादाद में नुक्कड़ नाटक हो रहे हैं, तब इस बात को याद करना बहुत मुश्किल है कि शुरुआती दर्शक इस विधा को कैसे देखा करते थे। इसका अंदाज़ा लगाने के लिए पेश है एक दर्शक का बयान :

'अस्सी के दशक की शुरुआत में (निश्चित सन् याद नहीं) पहली बार मैंने किसी नुक्कड़ नाटक को देखा। बचपन से मुझे नाटक का बहुत शौक़ था, कई नाटक देखे थे और कुछेक में अभिनय भी किया था। लेकिन वह सारे परंपरागत नाटक थे। पौराणिक, ऐतिहासिक, सामाजिक, मनोवैज्ञानिक आदि कई विषयों पर लिखे गए नाटक समय के हिसाब से अच्छे-ख़ासे दो-तीन घंटे चलते थे। ज़ाहिर है कि नाट्य-विषय की सही प्रस्तुति के लिए अनुकूल सामग्री प्रस्तुतकर्ताओं को उपलब्ध थी, जैसे कि बड़ा मंच, विषयानुकूल सेट्स, कलाकारों की वेशभूषा, ध्वनि तथा प्रकाश व्यवस्था, और विषयवस्तु को पूरी मानसिक तैयारी के साथ ग्रहण करने के लिए आए हुए दर्शक! मेरे दिमाग़ में भी नाटक की संकल्पना बस इतनी ही थी।

'इसलिए जब एक दिन जवाहरलाल नेहरू विश्वविद्यालय के स्कूल ऑफ़ लैंग्वेजेज़ के नोटिस बोर्ड पर "*औरत*" का नोटिस देखा तो मेरा कौतूहल जाग

उठा। नाटक का शीर्षक ही अपने आप में आकर्षित करने वाला था। ऊपर से उसके "नुक्कड़" होने की बात कही गई थी, जगह बताई थी स्कूल के सामने का लॉन (उन दिनों जेएनयू पुराने कैंपस में था)। ये सब पढ़कर मुझे और भी आश्चर्य हुआ और मैंने तय किया कि जो भी हो, आज ये नाटक देखना ही है। दरअसल, नाटक का समय मुझे बहुत ही असुविधाजनक लगा क्योंकि उस वक़्त बच्चे स्कूल से वापस आते थे – उनकी भूख-प्यास और चिड़चिड़ापन शांत करने के लिए मुझे घर में रहना बहुत ज़रूरी था। बहुत देर तक मेरे मन में द्वंद्व चलता रहा – नाटक या घर? गृहिणी का कर्तव्य या एक औरत की अपनी पसंद हासिल करने की इच्छा? एक ओर डर भी मन में था, बच्चों की परवाह किए बग़ैर मैं नाटक देखने में व्यस्त रही ये बात घर के बड़ों को पता चली तो? (और इन मामलों में बच्चों से अधिक चुगलख़ोर कोई नहीं होता।) ख़ैर, इस प्रकार की उलझन ने उस वक़्त मुझे कितना परेशान किया होगा इस बात का अंदाज़ा मेरी आज की छवि देखकर किसी को पता लगाना बहुत मुश्किल है – लेकिन एक मध्यवर्गीय परिवार की मर्यादाओं की सीमाओं में बंधी हुई मुझको इस प्रकार का एक मामूली फ़ैसला लेना मानो आर या पार की लड़ाई की तरह था। आख़िर में बग़ावत करना तय किया। और अब याद नहीं कि बच्चों के लिए क्या व्यवस्था की, लेकिन नाटक की स्मृति आज भी ताज़ा है।

'तय समय से पहले ही मैं मंचन की जगह पर पहुंच गई। काफ़ी देर तक सोचती रही कि स्टेज अब लगेगा, तब लगेगा, और उस हिसाब से मैं सबसे अगली लाईन में बैठूंगी लेकिन कहीं कुछ हलचल दिख ही नहीं रही थी। मैं सोचती रही, कहीं मैंने ग़लत नोटिस तो नहीं देखी? फिर से जाकर समय और तारीख़ देखी – कुछ ग़लती नहीं थी। मैं वापस आ गई और फिर इंतज़ार में लगी रही, पांच-सात मिनट बीते होंगे, इतने में अचानक चारों ओर से विद्यार्थी इकट्ठे होने लगे – मैंने राहत की सांस ली, और नहीं तो क्या – उधर बच्चों को अनदेखा किया, और इधर नाटक भी नहीं – फिर सोचिए मेरी हालत क्या होती? लोग आते रहे और अपने आप एक बड़ा सा घेरा बनाने लगे, जैसे कि उसकी भी रिहर्सल की गई हो। चलो दर्शक तो आ गए, लेकिन नाटक वाले कहां हैं? कुछ लड़के नाटक की प्रॉपर्टी जैसी चीज़ें वर्तुल की सीमा पर अलग-अलग जगह पर रखने लगे – मेरा कौतूहल बढ़ता ही गया। आख़िरकार ये माजरा क्या है? अभिनेता कहीं नज़र ही नहीं आ रहे थे – मैं इस तरह आश्चर्य में डूबी ही थी कि अचानक घेरे के बीच एक सांवली सी लड़की आई – उसका ना कोई मेकअप था, और ना ही कोई ख़ास वेशभूषा। गहरे नीले रंग की खादी का कुर्ता और

शायद काले रंग की सलवार – बस इतने सादे पहनावे के साथ वो घेरे के मध्य में आई और एक हाथ ऊपर करके बुलंद आवाज़ में बोली "मैं, एक औरत ..." उस एक वाक्य ने और उसकी अदा से मेरी हृदय गति मानो स्तब्ध-सी हो गई। शरीर पर रोंगटे खड़े हुए और प्राण कानों में आ बैठे।

'पूरी तन्मयता से मैं देखने लगी – नाटक धीरे-धीरे बढ़ता गया, नाटक की मुख्य पात्र थी "औरत", जिसका ना कोई विशेष नाम था, ना किसी धर्म-जाति या प्रदेश की पहचान थी और ना ही एक विशेष उम्र। बड़ी सहजता से ये अभिनेत्री एक छोटी सी स्कूली बच्ची से लेकर कॉलेज की छात्रा, नववधु, बुढ़िया, मज़दूर औरत की भूमिकाओं को साकार कर रही थी। और मज़े की बात ये थी कि दरअसल मेरी निजी ज़िंदगी उन सब भूमिकाओं से अलग होते हुए भी कहीं ना कहीं उन सब से मेल भी खा रही थी। ये सचमुच एक अजूबा था – मैं उनमें से कोई भी नहीं थी, फिर भी उन सबमें मेरा एक अंश था। फिर से एक बार "हीरोइन" की मेरी पारंपरिक संकल्पना को एक सुखद धक्का पहुंचा। कभी-कभी पूरे तीन घंटे बैठने के बाद और प्रमुख पात्र को चित्रित करने का पूरा आडंबर रचने के बाद भी दर्शक असंमजस में रह जाता है, लेकिन यहां केवल तीस से पैंतीस मिनट में उस औरत को चित्रित किया गया जिसकी कुंठा, घुटन, पीड़ा चिरंतन है, शाश्वत है, अनादिकाल से चलती आई है। उसका एक वैश्विक रूप होते हुए भी ये स्थल, काल, परिस्थिति विशिष्ट है।

'नाटक देखते-देखते मेरा मन थर्रा उठा और एक अनोखा आत्मविश्वास अंदर से जागने लगा। देखते-देखते नाटक कब ख़त्म हुआ पता ही नहीं चला। आख़िर में उस बुढ़िया, कमज़ोर मज़दूर औरत का गर्व के साथ उठाया हुआ लाल झंडा मेरी आंखों के सामने नाचता ही रहा कि अचानक मेरे सामने एक अभिनेता आकर खड़ा हुआ, चंदे की मांग करते हुए। मेरे पास कितने पैसे थे ये तो याद नहीं, लेकिन इतना स्मरण निश्चित है कि उस वक़्त जितने भी पैसे पास थे – सारे के सारे जनम के चंदे में जमा हुए।'

ये दर्शक थी कालिंदी, मेरी माँ, जो बाद में जनवादी महिला समिति (जेएमएस) की कार्यकर्ता, भारतीय कम्युनिस्ट पार्टी (मार्क्सवादी) की सदस्य, जेएमएस के नुक्कड़ नाटक समूह – बुलंद – की संस्थापक और उसके सारे नाटकों की लेखक-निर्देशक रहीं। और जिस चिड़चिड़े बच्चे की बात की जा रही है वो मैं हूं क्योंकि मेरी बहन ना तो चिड़चिड़ी थी और ना ही तब वह बच्ची रह गई थी।

अस्सी के दशक की शुरुआत. **नुक्कड़ नाटक का फैलाव**

सत्तर के दशक के आख़िर में दिल्ली में वर्कशॉप थियेटर नाम का एक समूह हुआ करता था। इसमें कुछ ऐसे लोग थे जो बाद में बंबई के फ़िल्म और टेलीविज़न उद्योग की तरफ़ निकल गए और उन्होंने अच्छा नाम कमाया। इनमें सुधांशु मिश्रा, सुधीर मिश्रा, सुष्मिता मुखर्जी, बीना पॉल और अनीता मेहता जैसे लोग प्रमुख थे। मगर अनामिका हक्सर और मनोहर ख़ुशलानी जैसे कुछ और लोग भी थे जिन्होंने बंबई का रुख़ नहीं किया। ये वो दौर था जब बादल सरकार देश भर में कार्यशालाएं आयोजित कर रहे थे, एक ऐसे थियेटर की तकनीक सिखा रहे थे जिसे वह ख़ुद 'थर्ड थियेटर' (तीसरा रंगमंच) का नाम देते थे। बादल सरकार अपनी कार्यशालाओं से सक्रिय थियेटर ग्रुप तैयार करने की कोशिश में रहते थे। वर्कशॉप थियेटर उनकी इसी तरह की एक कार्यशाला से उपजा था। उन्होंने चीनी क्रांति के दौरान एक गांव के ब्यौरों पर आधारित विलियम हिंटन की क्लासिक रचना पर आधारित *फानशेन* नामक नाटक तैयार किया। इसके अलावा उन्होंने बादल सरकार का भोमा नाटक भी तैयार किया। जब एम. के. रैना ने बादल सरकार के नाटक जुलूस और बाद में *स्पार्टाकस* और ब्रेख़्त के *माँ* के नुक्कड़ नाटक संस्करण किए तो इस समूह के बहुत-से सदस्यों ने रैना के साथ भी काम किया।

अस्सी के दशक की शुरुआत में अख़बारों में दहेज हत्या की बहुत ख़बरें आने लगी थीं। उसी समय महिला समूह स्त्री संघर्ष से जुड़ी उर्वशी बुटालिया और सुभद्रा बुटालिया ने माया राव और अनुराधा कपूर से आग्रह किया कि वे एक नुक्कड़ नाटक तैयार करें ताकि इस समस्या पर चर्चा खड़ी करने के लिए उसका सहारा लिया जा सके। अनुराधा कपूर और माया राव ने चार-पांच महिला संगठनों की सदस्यों को लेकर एक नुक्कड़ नाटक तैयार किया। इसमें उन्होंने दिल्ली विश्वविद्यालय की कुछ छात्राओं और दिल्ली के मेडिकल कॉलेजों के विद्यार्थियों को भी लिया। इस प्रकार उन्होंने ओम स्वाहा नाम का नाटक रचा जिसकी पहली परफ़ॉर्मेंस इंद्रप्रस्थ कॉलेज में हुई। कुमकुम संगारी और सुदेश वैद के न्यौते पर इस नाटक की परफ़ॉर्मेंस और चर्चा का कार्यक्रम हुआ। *ओम स्वाहा* का कई भारतीय भाषाओं में अनुवाद भी हुआ।

ओम स्वाहा की लोकप्रियता से उत्साहित अनुराधा कपूर, मनोहर ख़ुशलानी, और माया राव ने तय किया कि वे एक संगठन बनाएंगे। उन्होंने अपने समूह को थियेटर यूनियन का नाम दिया और इस तरह अब *ओम स्वाहा* को थियेटर यूनियन के बैनर तले परफ़ॉर्म किया जाने लगा। आईन लाल, रागिनी प्रकाश, और विनोद

दुआ इसमें शामिल हुए। सुदेश वैद और कुमकुम संगारी नाटकों के लिए सामग्री जुटाती थीं और बलात्कार संबंधी क़ानूनों से जुड़े मुद्दों और ख़बरों पर शोध करतीं। रति बार्थोलोमियो इस कोशिश में एक और महत्वपूर्ण व्यक्ति थीं। मेरा मानना है कि सबसे बढ़िया नुक्कड़ नाटक करने वालों में थियेटर यूनियन का नाम निश्चित रूप से आना चाहिए।

थियेटर यूनियन का दूसरा नाटक प्रस्तावित बलात्कार विरोधी विधेयक पर आधारित था जिसका नाम था *बलात्कार क़ानून*। सफ़दरजंग अस्पताल में काम करने वाले कुछ डॉक्टर इसमें शामिल हुए और थियेटर यूनियन के सदस्य बने। सबने मिलकर इस नाटक को तैयार किया। मैंने ये नाटक तो नहीं देखा मगर वॉलंटरी हेल्थ एसोसिएशन ऑफ़ इंडिया की साझेदारी में बनाए गए *मर्ज़ का मुनाफ़ा* ज़रूर देखा। यह हास्य-विनोद से भरपूर, व्यंग्यात्मक मगर सूचनापरक नाटक था जो लोगों की कठिनाइयों से मुनाफ़ा कमाने वाली दवा कंपनियों को बेनक़ाब करता है। थियेटर यूनियन ने क्लासिक नाटकों को सड़क पर परफ़ॉर्म करने का प्रयोग भी किया। इसी क्रम में उन्होंने मुद्राराक्षस के लिखे *आला अफ़सर* से प्रेरित *इंस्पेक्टर जनरल* को लोगों के बीच परफ़ॉर्म किया। दिल्ली और उसके आसपास के इलाक़ों में खेले गए इस नाटक का संगीत नौटंकी परंपरा पर आधारित था। फ़्यूज़न रॉक बैंड इंडियन ओशन के संस्थापकों में से एक असीम चक्रवर्ती इस प्रोडक्शन के लिए थियेटर यूनियन की म्यूज़िक टीम से जुडे।

टोबा टेक सिंह थियेटर यूनियन का सबसे बड़ा शाहकार था। ये सआदत हसन मंटो की कहानी 'टोबा टेक सिंह' पर आधारित था। मैंने रंगमंच और फ़िल्म के पर्दे पर इस कहानी को कई बार देखा है, शायद दर्जन भर से भी ज़्यादा बार, मगर आज भी अपनी स्पार्टन कलात्मकता, अभिव्यक्तियों की किफ़ायत के मामले में थियेटर यूनियन का नाटक और सबसे कोसों आगे दिखाई देता है। इसकी स्पार्टन कलात्मकता और सटीक अभिव्यक्तियां देखते ही एक जज़्बाती असर पैदा करती थीं। मैंने यह नाटक अस्सी के दशक के मध्य में देखा था। उस वक़्त दिल्ली में सन् चौरासी के घाव अभी बिल्कुल ताज़ा थे। शायद इस वजह से भी उस नाटक का मेरे ऊपर ख़ासा असर रहा। फिर भी यह एक बहुत शक्तिशाली और प्रेरणास्पद रंगमंचीय उपलब्धि थी।

अस्सी के दशक के मध्य में एडवा की दिल्ली इकाई ने 'बुलंद' नाम से नुक्कड़ नाटक का अपना समूह बनाया। उन्होंने साल भर में चार नए नुक्कड़ नाटक लिखे और

तैयार किए जिनका लेखन और निर्देशन कालिंदी देशपांडे ने किया था। उन्होंने इन नाटकों की स्क्रिप्ट, निर्देशन, संगीत, कॉरियोग्राफी, और कास्टिंग के लिए सफ़दर से सलाह ली थी। एक नाटक में बहू को जलाने का बड़ा मार्मिक दृश्य था जो सफ़दर के सुझाव को लेकर ही तैयार किया गया था। यह दृश्य मुझे आज भी याद है और उसको याद करके आज भी मेरे रोंगटे खड़े हो जाते हैं। यह दृश्य लाल और पीले कपड़े की लंबी कतरनों के ज़रिए लपटें दिखाने की वजह से सजीव हो उठा था। जब सफ़दर ने साक्षरता और महिला सशक्तिकरण पर *खिलती कलियां* शृंखला लिखी तो उसने एक किरदार को कालिंदी नाम दिया था।

अक्टूबर 1988 के आख़िर में जब जनम ने नुक्कड़ नाटक के दस साल पूरे किए तो हमने थियेटर यूनियन को इस कार्यक्रम में आमंत्रित किया और उन्होंने *मर्ज़ का मुनाफ़ा* और *टोबा टेक सिंह* दोनों नाटक परफ़ॉर्म किए थे। थियेटर यूनियन के नाटक देखने का मौक़ा फिर मुझे कभी नहीं मिला।

उस समय देश के दूसरे भागों में बहुत-से संगठन सामने आ रहे थे। पहला उछाल अस्सी के दशक की शुरुआत में आया जब देश भर में बहुत सारे नुक्कड़ नाटक समूह पैदा होने लगे। कई जगह प्रगतिशील लेखकों ने नुक्कड़ नाटक समूहों की नींव डाली या उनको प्रोत्साहन दिया। यह चालीस के दशक में प्रगतिशील लेखक संघ (प्रोग्रेसिव राइटर्स एसोसिशन – पीडब्ल्यूए) से इप्टा की उपज जैसी प्रक्रिया दिखाई पड़ रही थी। बहुत सारी पत्र-पत्रिकाओं ने भी नुक्कड़ नाटक प्रकाशित किए जिससे उनके बारे में ज़्यादा से ज़्यादा लोगों को पता चला। सव्यसाची द्वारा मथुरा से प्रकाशित की जाने वाली प्रगतिशील लेखन की हिंदी पत्रिका *उत्तरार्द्ध* ने 1983 में नुक्कड़ नाटकों पर एक विशेषांक प्रकाशित किया जिसमें तेईस नुक्कड़ नाटक (जिनमें सात जनम के, पांच असगर वजाहत के, दो गुरुशरण सिंह के और समुदाय के एक नुक्कड़ नाटक का हिंदी अनुवाद शामिल था), ब्रेख़्त के चार शिक्षाप्रद (डायडेक्टिक) नाटक और नौ अन्य लघु नाटक प्रकाशित हुए। लगभग 450 पन्ने के इस विशाल अंक ने उत्तर भारत में नुक्कड़ नाटक विधा के प्रचार-प्रसार में अहम भूमिका अदा की। जब तक सव्यसाची जीवित थे, *उत्तरार्द्ध* नियमित रूप से नुक्कड़ नाटक प्रकाशित करता रहा। इस विधा के उभार और प्रसार में *उत्तरार्द्ध* के योगदान को कभी नज़रअंदाज़ नहीं किया जा सकता।

जनम का योगदान भी महत्वपूर्ण था : *मशीन* और *औरत* जैसे नाटक देश के कोन-कोने तक पहुंचे। शुरू में *उत्तरार्द्ध* जैसी पत्रिकाओं और हाथ से लिखी

पांडुलिपियों की फ़ोटोकॉपियों के ज़रिए, और बाद में किताब की शक्ल में। बहुत सारे संगठनों ने जन नाट्य मंच का नाम तक अपना लिया, हालांकि जनम से उनका कोई सांगठनिक संबंध नहीं था। कई दूसरे संगठनों ने इप्टा नाम अपनाया। मगर एक हद के बाद इन नामों का कोई ख़ास मतलब नहीं था। मतलब इस बात का था कि सैकड़ों, शायद हज़ारों नौजवानों को जनता के बीच, जनता के लिए, और जनता द्वारा नाटक की ज़रूरत महसूस हुई, उन्होंने वामपंथी आंदोलनों से जुड़ना चाहा और इसके लिए उन्होंने नुक्कड़ नाटक को अपना स्वाभाविक साधन समझा।

कुछ संगठन सलाह मशविरे के लिए जनम से संपर्क करते थे। ये सिलसिला आमतौर पर वास्तविक मुलाक़ात के रूप में होता था। आज भी ऐसा ही होता है। जब जनम दूसरे शहरों में जाता है तो वहां लोग हमसे सलाह-मशविरे के लिए मिलते हैं। कई बार चिट्ठियां लिखते हैं। उदाहरण के लिए, 27 फ़रवरी 1986 में इंदौर के रंगकर्मी परशुराम तिवारी ने सफ़दर को ख़त लिखकर बताया कि उन्होंने 'जनम' का गठन किया है। 11 मार्च को सफ़दर ने इस ख़त का जवाब लिखा जिसमें ख़ुशी व्यक्त करने के साथ-साथ मदद का आश्वासन दिया और साथ में दो सलाह भी दी :

'नुक्कड़ नाटक ऐसी विधा है जिसका कि कोई निश्चित व्याकरण विकसित नहीं हुआ है। लगातार अनुभव के आधार पर ही इस शैली को विकसित किया जा रहा है। हर ग्रुप अपने-अपने हिसाब से इसे विकसित कर रहा है ...

'दूसरी बात – हर कला की तरह नुक्कड़ नाटक भी साधना और रियाज की मांग करता है। अभिनेताओं को ख़ुद को विकसित करने के लिए ख़ुद ही प्रयास करना होगा। आवाज़ को ट्रेन करना, गाना, बजाना, नाचना सीखना होगा, गोलाकार अभिनय स्थल में "स्पेस" के सही इस्तेमाल के बारे में सचेत रूप से विचार करना होगा। आपका संदेश कितना भी सशक्त, आपकी समझ कितनी ही वैज्ञानिक क्यों ना हो, वो बग़ैर सशक्त कलात्मक प्रस्तुतिकरण के दर्शकों को प्रभावित नहीं करेगी।'

अपने ख़त के साथ सफ़दर ने जनम के ताज़ा नाटक *अपहरण भाईचारे का* की एक प्रति नत्थी की। साथ में कॉमरेड परशुराम से कहा कि इस पांडुलिपि के लिए दस रुपये का चंदा अगर मनीऑर्डर से भेज दें तो बढ़िया रहेगा।

नुक्कड़ नाटकों में दूसरा बड़ा उभार 1989 में सफ़दर की हत्या के बाद आया। जब कलाकारों ने सफ़दर के जन्मदिन 12 अप्रैल को राष्ट्रीय नुक्कड़ नाटक दिवस के रूप में मनाने का फ़ैसला लिया तो देश भर से जो प्रतिक्रिया आई वो सकते में डाल देने वाली थी : 1989 में उस एक दिन में पूरे देश में तीस हज़ार से ज़्यादा नुक्कड़ नाटक

खेले गए। यह संख्या तो सहमत को मिली जानकारियों के आधार पर दिल्ली में बैठ कर संकलित की गई हैं। मेरा पूरा विश्वास है कि इससे भी ज़्यादा परफ़ॉर्मेंस हुई होंगी।

अप्रैल 1982. **'हरिजन' नाटक**

'ऐसा क्यों है कि जनम के पास जाति के मुद्दे पर अब तक एक भी नाटक नहीं है?'

मुझे याद नहीं पड़ता कि सफ़दर से ये सवाल मैंने कब पूछा था। मगर मुझे ये याद है कि हम सेंट्रल दिल्ली में कहीं पैदल जा रहे थे। मुझे लुटियंस दिल्ली के घने छायादार पेड़ों के बीच चौड़ी शाहराहें याद हैं।

'ईमानदारी से कहूं तो ये एक पेचीदा मुद्दा है, भीषण रूप से जटिल। मिसाल के तौर पर, सिर्फ़ ये सोच कर देखो कि हम उत्पीड़ित जातियों को किस तरह संबोधित करते हैं। लोग उनके लिए "अछूत" या "चूहड़ा" जैसे अपमानजनक शब्द इस्तेमाल करते रहे हैं। तब गांधीजी आए और उन्होंने इन जातियों को सम्मान देने की मंशा से "हरिजन" शब्द ईजाद किया। लंबे समय तक यही शब्द चलता रहा। तकनीकी शब्दावली में उन्हें अनुसूचित जाति के नाम से संबोधित किया जाता है। आज उत्पीड़ितों में जो जागरुकता आई है उसके चलते वे "हरिजन" शब्द पसंद नहीं करते बल्कि ख़ुद को "दलित" कहलाना पसंद करते हैं। क्या दलित मराठी का शब्द है?'

यह सवाल सुनकर मुझे शर्म महसूस हुई क्योंकि मुझे इसका जवाब मालूम नहीं था। फिर भी, अगर आप इस सवाल का जवाब जानना चाहते हैं तो अब मैं बता सकता हूं कि यह मराठी का शब्द नहीं है। यह संस्कृत का शब्द है जिसका मतलब है 'टूटा हुआ' और यह शब्द बाबासाहेब अम्बेडकर ने 'हरिजन' शब्द के मुक़ाबले चुना था। बाबासाहेब की समझ थी कि गांधी जी 'हरिजन' शब्द के माध्यम से उत्पीड़ित जातियों को भले ही सम्मान देने की बात करते हों, दरअसल चतुर्वर्ण के बाहर खड़े समुदायों को हिंदू धर्म से जोड़ने की एक अप्रत्यक्ष चेष्टा थी। दिलचस्प बात यह है कि जाति के पहले बड़े सिद्धांतकार जोतिराव फुले 'दलित' शब्द का नहीं बल्कि 'अतिशूद्र' शब्द का इस्तेमाल करते हैं। वह 'शूद्रादिशूद्र' शब्द का भी प्रयोग करते हैं जोकि चतुर्थ वर्ण 'शूद्र' और 'अतिशूद्र', यानी वर्ण व्यवस्था के बाहर मौजूद समुदाय, को मिलाकर बनता है। इसके अलावा, फुले ने ब्राह्मण महिलाओं सहित सभी जातियों की महिलाओं को शूद्रादिशूद्र श्रेणी में रखा था क्योंकि उनकी नज़र में सभी औरतें जाति व्यवस्था की अमानवीयता का शिकार हैं। उत्पीड़ित जातियों के लिए एक और शब्द 'बहुजन' संभवतः अम्बेडकर के ही समकालीन विट्ठल रामजी

शिंदे ने दिया था मगर खेद की बात है कि जाति संबंधी अध्ययनों में शिंदे पर कुछ ज़्यादा काम नहीं हुआ है।

सफ़दर ने बात आगे बढ़ाते हुए कहा, 'एक दफ़े हमने जाति के मुद्दे पर एक नाटक तैयार करने की कोशिश की थी। नहीं कर पाए। इतने सारे पहलू हैं। हम सबको एक नाटक में समेट नहीं सके। हमें इस मुद्दे पर कभी एक प्रोसीनियम नाटक बनाना चाहिए। हो सकता है कि एक बड़े कैनवस पर हम इस समस्या को संबोधित कर पाएं।'

सफ़दर की मृत्यु के बाद हमने जाति पर दो प्रोसीनियम नाटक तैयार किए हैं। दोनों का निर्देशन मैंने किया था। एक नाटक था जोतिराव और सावित्रीबाई फुले के जीवन पर गोविंद देशपांडे का लिखा *सत्यशोधक* और दूसरा था बृजेश का *शंबूक वध*। यह नाटक रामायण के उस अंश पर आधारित है जिसमें श्रीराम वेद पढ़ने के 'अपराध' में एक शूद्र का वध कर देते हैं। *सत्यशोधक* 1992 में और *शंबूक वध* 2004 में परफ़ॉर्म किया गया। फिर 2016 में जनम की कोमिता ने रोहित वेमुला के अंतिम ख़त पर आधारित नाटक *दि लास्ट लेटर* ('अंतिम ख़त') का निर्देशन किया, और 2018 में हमने अभिषेक मजुमदार को आमंत्रित किया कि वह जनम के लिए एक नाटक लिखें और निर्देशित करें। नतीजा था *तथागत* जिसमें एक प्राचीन बौद्ध राज्य का राजा एक शुद्र मूर्तिकार को मौत की सज़ा सिर्फ़ इसलिए सुनाता है कि वो बुद्ध की प्रतिमा के लिए सफ़ेद संगमरमर की जगह काला पत्थर चुनता है।

सफ़दर जिस नाटक का ज़िक्र कर रहा था वह अप्रैल 1982 का है। जनम की फ़ाइलों से पता चलता है कि इस मुद्दे पर गहन चर्चाएं हुईं और नाटक लिखने की कोशिशें भी की गईं। सफ़दर की लिखावट में हमारे पास तीन एपिसोड के एक नाटक का ख़ाका मौजूद है। किसी और की लिखावट में एक दृश्य के तीन पन्ने के संवाद हैं। इसके अलावा उसी दृश्य के लिए सफ़दर की लिखावट में लिखे गए संवादों का एक पन्ना है जिसे पूरी तरह लकीर खींच कर काट दिया गया है। सफ़दर के ख़ाके में तीन ऐपिसोड इस तरह हैं :

'1. सूदख़ोर ज़मींदार फ़ौरन वसूली या ज़मीन से बेदख़ली का हुक्म देता है। हत्या और लूटपाट। कारण और प्रभावों का गीत।

'2. मज़दूर अपनी पगार मांगता है। काम पूरा होने तक इंतज़ार को कहा जाता है। बहस होने पर नौकरी से निकाल दिया जाता है। बेटा बग़ावत करता है। रात में हत्या। कारण और प्रभावों का गीत।

'3. माँ बेटे का दाख़िला कराना चाहती है। हेडमास्टर और दूसरे माँ-बाप व लड़के विरोध करते हैं। बहस के बाद पीट-पीट कर हत्या। कारण और प्रभावों का गीत।'

इस ख़ाके में ब्रेख़्त का प्रभाव साफ़ दिखाई देता है : 'कारण और प्रभाव का गीत' मानो सीधा ब्रेख़्त की रचनाओं से उठाया गया हो – लेकिन ऐसा है नहीं। सफ़दर और दूसरे लेखक, दोनों के संवादों के जो अंश हमारे हाथ लगे हैं वे संभवतः उपरोक्त एपिसोड 1 के हैं। पर दरअसल सबसे दिलचस्प वो चर्चा है जो ग्रुप में हुई, और जिसका अंदाज़ा हमें सफ़दर और माला के लिखे नोट्स से मिलता है।

मसलन, ललित सवर्ण हिंदुओं के द्वारा किए जाने वाले अपमान के बारे में बात करता है और कहता है कि आरक्षण तथा दलितों को मिलने वाली दूसरी सुविधाएं उन्हें बहुत मुश्किल से मिल पाती हैं। इसके अलावा, ग़रीबी, सामाजिक उपेक्षा व बहिष्कार के कारण शिक्षा संस्थानों में भी दलितों की ड्रॉपआउट दर बहुत ऊंची रहती है। आसिफ़ को ऐसा लगता है कि धर्मांतरण [ईसाई धर्म में? या बौद्ध धर्म में?] एक तरह की सुरक्षा की चाह को प्रतिबिंबित करता है। यहां सफ़दर लंबा हस्तक्षेप करता है – या हो सकता है कि सफ़दर के मुक़ाबले माला कहीं ज़्यादा ब्यौरेवार नोट्स लेती है इसलिए ये हस्तक्षेप लंबा लग रहा हो। सफ़दर सभी शोषितों के साथ होने वाले उत्पीड़न की बात करता है मगर इस बारे में आगाह भी करता है कि सभी ग़रीबों के साथ होने वाले उत्पीड़न की सघनता को दिखाने के चक्कर में हम दलितों की ख़ास समस्याओं पर फ़ोकस धुंधला न कर दें। वह ग़रीब दलितों और ग़रीब ग़ैर-दलितों के बीच पैदा किए गए एक अस्वाभाविक विच्छेद के बारे में बात करता है। उसके मुताबिक़, जातिगत हिंसा और लोकतांत्रिक आंदोलनों के बीच एक विपरीत संबंध दिखाई देता है। जहां लोकतांत्रिक आंदोलन कमज़ोर होता है वहां जातीय हिंसा ज़्यादा होती है और जहां लोकतांत्रिक आंदोलन मज़बूत होता है वहां जातीय हिंसा कम होती है। वह खेतों और मध्यवर्गीय घरों में काम करने जाने वाली दलित महिलाओं के यौन शोषण की बात करता है। वह कहता है कि दलितों की मुक्ति उनकी विशिष्ट, पृथक पहचान बनाने से नहीं होगी। यह लोगों को जाति, धर्म, भाषा आदि के आधार पर बांटने की कोशिश कर रहे शासक वर्गों की एक साज़िश है। दलितों की मुक्ति उत्पीड़ित जनता के साथ हाथ मिलाने और एक व्यापक एकजुटता तैयार करने पर ही हो सकती है। समाजशास्त्री रजनी पालरीवाला, जो उस वक़्त जनम में सक्रिय थी, साज़िश के इन सिद्धांतों के ख़िलाफ़ आगाह करती है क्योंकि गांवों में दलितों और ग़ैर-दलितों का भेद ठोस हो सकता है और इसलिए गांवों में दलितों का सामाजिक बहिष्कार होता

है। त्यागी अपने गांव के अनुभवों को विस्तार से साझा करते हैं। वह कहते हैं कि वहां कुछ दलितों के पास बड़े-बड़े घर तो हैं मगर खेती के लिए कोई ज़मीन नहीं है जिसकी वजह से सवर्णों की तरफ़ से तीखी प्रतिक्रिया आती है। उनका मानना है कि जातिगत टकराव के पीछे आरक्षण कोई कारण नहीं है जैसा अक्सर माना जाता है। जब कोई कहता है कि नाटक में किसी चीज़ को कैसे दिखाया जाए तो एनके उन्हें याद दिलाता है कि यह चर्चा स्थिति को समझने के लिए की जा रही है; नाटक में क्या चीज़ कैसे दिखानी है इस बारे में नहीं। थोड़ा शायरना अंदाज़ में वह ये भी कहता है कि जाति व्यवस्था असल में बाग़ियों को बिरादरी से बाहर निकालने का एक हथियार है। माला कहती है कि तथाकथित जातिगत संहारों में ग़रीब ही हैं जो जाति की सीमाओं का उल्लंघन करने पर पीड़ा सहते हैं। हमें इस समस्या के सामाजिक पहलुओं की पड़ताल करनी है। अरुण याद दिलाते हैं कि अस्पृश्यता भी कोई बीते ज़माने की बात नहीं है और इसलिए उसे भी नाटक में ज़रूर रखा जाना चाहिए।

दो सबसे तीखे हस्तक्षेप मनीष और रवि नाम के साथी की तरफ़ से आते हैं। ना तो एनके को और ना ही माला को याद पड़ता है कि यह रवि कौन था। रवि 'हरिजन' शब्द के इस्तेमाल के ख़िलाफ़ आगाह करते हैं और उसकी जगह 'दलित' शब्द का सुझाव देते हैं। उनका कहना है कि दलित कोई एकाश्म (मोनोलिथिक) समूह नहीं होता। वह अठारहवीं-उन्नीसवीं शताब्दी के भारतीय पुनर्जागरण की बात करते हुए कहते हैं कि इससे केवल सतही सुधार ही आए जिनसे दलितों को ज़्यादा फ़ायदा नहीं हुआ। मिशनरियों ने छुआछूत को स्वीकार नहीं किया और दलितों को शिक्षा दी। रवि ये भी कहते हैं कि आरक्षण से लाभान्वितों का एक (अपठनीय लिखावट – संभवतः 'आरामतलब') तबक़ा पैदा हुआ है। वह जोतिराव फुले का ज़िक्र करते हैं मगर फुले के बारे में उन्होंने क्या कहा, ये नोट्स में नहीं लिखा है। मनीष बहुत सटीक बात कहते हैं कि जाति पर हमला असल में धर्म पर हमला है। उनके तर्क में अम्बेडकर के इस विश्वास की गूंज सुनाई पड़ती है कि अगर आप जाति को हटा लेंगे तो हिंदू धर्म में कुछ नहीं बचेगा।

यह एक लंबी चर्चा का छोटा सा सारांश भर है। हमारे पास यह चर्चा सिर्फ़ जल्दी-जल्दी में लिखे गए छोटे-छोटे बुलेटेड प्वॉइंट्स के रूप में ही मिली है। जहां तक मेरी समझ है, इस चर्चा में मौजूद लोगों में से एक भी दलित नहीं था। 1982 में जाति पर उतनी विशद सामग्री मौजूद नहीं थी जो आज हम माउस के एक क्लिक के दम पर अपने सामने खोल लेते हैं। एक को छोड़ कर गेल ऑमवेट की सारी किताबें

नब्बे के दशक या उसके बाद की ही हैं। रोज़ालिन ओ'हानलोन का अध्ययन फुले पर पहला उल्लेखनीय अकादमिक शोध है जो 1985 में प्रकाशित हुआ था। सबऑल्टर्न स्टडीज़ का पहला खंड 1982 में आया था; वसंत मून द्वारा संपादित और महाराष्ट्र सरकार द्वारा प्रकाशित अम्बेडकर की *राइटिंग्स ऐंड स्पीचेज़* के विभिन्न खंड 1979 में प्रकाशित तो हुए थे, पर मुझे याद है कि अस्सी के दशक के मध्य में, जब मैं कॉलेज में पढ़ता था, दिल्ली की कुछ बेहतरीन लाइब्रेरियों में पैठ होने के बावजूद इन किताबों को हासिल करना कितना भारी काम हुआ करता था।

बुद्धिजीवी वर्ग इस सवाल पर थोड़े बाद में पहुंचा मगर जाति का प्रश्न वामपंथी आंदोलन के एजेंडा में काफ़ी पहले से रहा है। बी. टी. रणदिवे का बेहद प्रभावशाली लेख 'कास्ट, क्लास ऐंड प्रॉपर्टी रिलेशंस' *इकोनॉमिक ऐंड पॉलिटिकल वीकली* में 1979 में प्रकाशित हो चुका था। इस लेख में उन्होंने कहा था कि यदि जाति विरोधी आंदोलन ग्रामीण सामाजिक संबंधों के सवालों को मध्य में नहीं रखता है तो वह जातिगत सुधारवाद की ओर खिसकता चला जाएगा; और दूसरी तरफ़, अगर कम्युनिस्ट भी जाति के सवाल की उपेक्षा करेंगे तो वामपंथी आंदोलन केवल वर्ग आधारित अंधेपन का शिकार होकर रह जाएगा। बीटीआर ने वामपंथी और जाति विरोधी, दोनों आंदोलनों को बड़े पैमाने पर संयुक्त संघर्ष चलाने का आह्वान किया था। ई. एम. एस. नंबूदरीपाद ने भी इस दौर मे जाति के सवाल पर तीन अहम चीज़ें लिखीं : 'कास्ट, क्लास ऐंड पार्टीज़ इन मॉडर्न पॉलिटिकल डेवलपमेंट' (1977): 'कास्ट कान्फ़्लिक्ट्स वर्सेज़ ग्रोइंग यूनिटी ऑफ़ पॉपुलर डेमोक्रेटिक फोर्सेज़ (1979); 'वंस अगेन ऑन कास्ट ऐंड क्लासेज़' (1981)। ये सारे लेख ईएमएस की किताब हिस्ट्री, सोसायटी ऐंड लैंड रिलेशंस : सेलेक्टेड एस्सेज़ में संकलित हैं जिसे 2010 में लेफ़्टवर्ड बुक्स ने प्रकाशित किया था। बीटीआर की तरह ईएमएस भी संयुक्त संघर्षों पर ज़ोर देते हैं और आरक्षण के समर्थन में बुलंद आवाज़ उठाते हैं।

बहरहाल, सारी चर्चाओं के बावजूद और नाटक का एक मोटा-मोटी ख़ाका तैयार करने के बावजूद जनम यह नाटक नहीं रच पाया। मेरा ख़्याल है कि सफ़दर ने जो बात बाद में मुझे कही वह अहम थी : वे लोग नुक्कड़ नाटक के सीमित और संक्षिप्त धरातल पर समस्या के असंख्य पहलुओं को समेटने में कामयाब नहीं हो पाए। जनम के शुरुआती नाटकों में हर परिघटना को समग्र रूप में पकड़ने की महत्वाकांक्षा दिखाई देती है। जब उन्हें इस कोशिश में कामयाबी मिली, उन्होंने *मशीन* और *औरत* जैसे शाहकार तैयार किए। इन दोनों नाटकों में एक पैनोरेमिक दृष्टिकोण दिखाई देता

है। ये विराट धरातल वाले नाटक हैं। मगर कई दफ़े समूह के भीतर मौजूद अलग-अलग मतों को समेटने में नाकामी की वजह से पूरी कोशिश धराशाई भी हो जाती थी। 'हरिजन' नाटक के मामले में कुछ ऐसा ही हुआ।

अस्सी के दशक का मध्य. **बच्चों के लिए लेखन**

उस वक़्त मैं स्कूल में, गयारहवीं कक्षा में पढ़ रहा था। ये 14 नवंबर 1983 की, यानी चिल्ड्रेंस डे, की बात है। ज़्यादातर स्कूलों में इस दिन बच्चों द्वारा परफ़ॉर्मेंस आयोजित की जाती हैं। उनके अध्यापक-अध्यापिकाएं दर्शकों में बैठ कर उनकी कला को देखते हैं। सरदार पटेल विद्यालय (एसपीवी) इस मामले में औरों से थोड़ा अलहदा था। यहां अध्यापक-अध्यापिकाएं मंच पर थे और बच्चे दर्शक बने थे। मुझे याद है कि हमारे दो संगीत शिक्षकों – उमा भाई और शहाणे सर – तथा एक आर्ट टीचर ने हिंदी फ़िल्म पड़ोसन का गीत 'एक चतुर नार' गाकर कैसे बच्चों को लोट-पोट कर दिया था। इसके बाद *दि डिसेपियरिंग ऐक्ट* नाम का नाटक पेश किया गया जिसमें प्राइमरी और मिडिल स्कूल के छह टीचर्स ने अभिनय किया था। इस नाटक में एक साथ रहने वाली छह बहनें हैं। एक दिन डाकिया इनमें से एक बहन के लिए एक ख़त लेकर आता है। बाक़ी पांच बहनें छठी बहन को सब जगह तलाश करती हैं मगर वह उन्हें नहीं मिलती क्योंकि ग़ायब हो गई बहन का किरदार वही अदाकार पेश करती है जो डाकिया बनकर आई है। अगले दिन एक दूधिया दूध देने आता है मगर जिस बहन ने उसको दूध लाने के लिए कहा था वह भी दिखाई नहीं देती। यह सिलसिला इसी तरह चलता जाता है और सभी बहनें एक-एक करके गुम होती जाती हैं।

ये दिलकश नाटक था और इसका लाजवाब तर्क उसी समय खुल जाता है जब पहली बहन डाकिये के रोल में आती है। सिवाए बाक़ी बहनों के हर व्यक्ति को मालूम था कि क्या चल रहा है। कुछ छोटे बच्चे तो अभिनेत्रियों को देखकर ख़ुशी से चीखने लगे थे। वे इशारे करके बताते थे कि गुमशुदा बहन कहां है, जिसे बाक़ी बहनें ढूंढ नहीं पा रही हैं। अपनी अध्यापिकाओं को स्टेज पर ऐसी बेवक़ूफ़ाना हरकतें करते हुए देखना, स्कूल की स्थापित ऊंच-नीच की व्यवस्था को मानवीय ढंग से उलट देना, एक मज़ेदार अनुभव था।

इस नाटक की छह में से दो बहनों की भूमिका गार्गी और माला ने निभाई थी और ये नाटक सफ़दर ने लिखा था।

माला ने जुलाई 1981 में एसपीवी में प्राइमरी स्कूल टीचर की नौकरी शुरू की

थी। दिल्ली में एसपीवी एक प्रगतिशील स्कूल के रूप में ख्याति अर्जित कर चुका था। इसकी प्रधानाचार्य विभा पार्थसारथी बच्चों को कला गतिविधियों में हिस्सा लेने और अध्यापक-अध्यापिकाओं द्वारा की जाने वाली परफ़ॉर्मेंसेज़ से जुड़ने के लिए ख़ूब प्रोत्साहित किया करती थीं। माला अक्सर सफ़दर को इस बारे में बताती कि वह अपने स्कूल के बच्चों के साथ क्या कर रही है। इस पर सफ़दर भी उसे इस बारे में सुझाव देता कि किसी कहानी या कविता को कैसे परफ़ॉर्म करें तो अच्छा रहेगा।

ख़ासतौर से बच्चों के लिए सफ़दर ने कोई चीज़ संभवतः पहली बार तब लिखी जब स्कूल में पढ़ने वाले एक बच्चे की माँ, जो ख़ुद एक नर्तकी थी, ने एक अन्य अभिभावक द्वारा लिखी गई अकबर-बीरबल की कहानी पर बच्चों के लिए एक परफ़ॉर्मेंस तैयार करना चाहा। वह कहानी अंग्रेज़ी में थी और एसपीवी ऐसे गिने-चुने स्कूलों में था जहां हिंदी के प्रति किसी अहंकार या हिकारत के बिना उसको प्रोत्साहित किया जाता था। प्राइमरी स्कूल में पढ़ाई का माध्यम भी हिंदी था। माध्यमिक कक्षाओं में पहुंचकर बच्चे अंग्रेज़ी माध्यम में पढ़ने लगते थे और तीन साल में उन्हें तीसरी भाषा भी सीखनी होती थी। माला ने सफ़दर से कहा कि वह अकबर-बीरबल की उस कहानी का हिंदी में अनुवाद कर दे। सफ़दर ने अनुवाद करने की बजाए उसको 'दुनिया सबकी' नाम की एक लंबी कविता में तब्दील कर डाला और अंत में उसे एक नाटकीय ट्विस्ट भी दे दिया जिसमें अकबर को ये अहसास होता है कि ये धरती या तो सबकी है या किसी की नहीं है।

सफ़दर ने एसपीवी के बहुत सारे अध्यापक-अध्यापिकाओं के कहने पर बच्चों के लिए नाटक और कविताएं लिखीं। जब मिडिल स्कूल की एक अध्यापिका ने कक्षा सात के बच्चों के लिए एक नाटक लिखने का आग्रह किया तो सफ़दर ने *गिरगिट* नाटक लिखा जो एंटोन चेखव की लघु कथा 'दि कॅमीलियन' पर आधारित था। माला बाल दिवस के लिए तैयार किए गए एक और नाटक *मूर्तिकार* के बारे में भी बताती है जिसमें कक्षा दो और तीन के बच्चों के साथ अध्यापिकाओं ने अभिनय किया था। इस नाटक में वयस्क आपस में लड़ने लगते हैं और बच्चे अपनी कला के माध्यम से उन्हें रास्ता दिखाते हैं।

माला का कहना है कि बच्चों के लिए लिखी गई सफ़दर की चीज़ों में 'किताबें' कविता शायद सबसे बेहतरीन है। एसपीवी में जूनियर और सीनियर स्कूलों के लिए अलग-अलग इमारतें हैं और दोनों के बीच थोड़ा सा फ़ासला है। जूनियर स्कूल की लाईब्रेरी सीनियर स्कूल की बिल्डिंग में बनी मुख्य लाईब्रेरी का हिस्सा थी। माला ने

विभा पार्थसारथी से पूछा कि क्या जूनियर स्कूल की सीढ़ियों के नीचे पड़ी जगह को बच्चों की एक अलग लाईब्रेरी के तौर पर इस्तेमाल किया जा सकता है। तब विभाबेन ने कहा था कि अगर किताबों की छंटाई, उनका हिसाब रखने, और मुख्य लाईब्रेरी में किताबें लौटाने आदि की व्यवस्था माला ख़ुद संभाले तो ऐसा हो सकता है। माला एक बेहतरीन ऑर्गेनाइज़र है ही सो उसने इस परेशानी का हल निकाल लिया और फलस्वरूप अब जूनियर स्कूल के पास 'किताब घर' नाम की अपनी एक लाईब्रेरी है जो बच्चों और अध्यापकों की बहुत आसान पहुंच में रहती है। यह लाईब्रेरी अध्यापकों और माता-पिता के योगदान और सुझावों से तैयार हुई। इस लाईब्रेरी में बच्चे सीढ़ियों पर बैठ कर पढ़ते हैं। यहां एक डिस्पले बोर्ड भी हुआ करता था जिस पर माला और दूसरी अध्यापिकाएं किताबों से जुड़ी चीज़ें प्रदर्शित किया करती थीं।

एक दिन माला ने सफ़दर से किताबों की दुनिया की भव्यता पर एक कविता लिखने के लिए कहा। आमतौर पर जब वह सफ़दर को अपने बच्चों के लिए लिखने के वास्ते कहती थी तो उसे विस्तार से बताती थी कि वह क्या चाहती है। फिर सफ़दर उसमें अपने ख़्यालों को जोड़कर और व्यापक तस्वीर बना देता था। मगर इस बार माला के कुछ कहने से पहले ही सफ़दर लिखने में जुटा गया।

माला बताती है, 'उसने सोचने का समय भी नहीं लिया। उसने एक बार में पूरी कविता लिख डाली। ना कहीं काट-छांट ना दोबारा कुछ लिखा। आमतौर पर वह अपनी लिखी चीज़ों पर बहुत काम किया करता था। उनमें बार-बार काट-छांट करता था। उनको बार-बार लिखता था। "किताबें" के लिए उसने बहुत ही मामूली बदलाव किए। जो कविता हम अब पढ़ते हैं उसका 98 प्रतिशत रूप वही था जो उसने उस दिन एक झोंके में लिख डाला था। मैंने जाकर यह कविता बोर्ड पर लगा दी और बच्चों को सच में ये बड़ी पसंद आई। ना तो मैंने उनको कविता के बारे में कुछ बताया और ना ही उनको जाकर पढ़ने के लिए कहा। वे ख़ुद ही इसको पढ़ते थे और उनको ये अच्छी लगती थी। मुझे याद है, पांचवीं कक्षा का एक लड़का मेरे पास आया, और बोला, "मैं भी ऐसा ही लिखना चाहता हूं"।'

'किताबें' को बाद में नेशनल बुक ट्रस्ट ने एक पोस्टर की शक़्ल दी। सहमत ने भी मिकी पटेल के चित्रों के साथ इस कविता का एक पोस्टर तैयार किया था। ये कविता दूर-दूर तक फैली और इंटरनेट पर आज आसानी से मिल जाती है। ये भाषा के साथ खेलने, उसका रचनात्मक इस्तेमाल करने का बेहतरीन उदाहरण है। माला के शब्दों में, सफ़दर की भाषा में एक 'बहुत तीखी सरलता' थी।

1983 से 1987 के बीच, उन चारेक सालों में सफ़दर ने बच्चों के लिए बहुत कुछ लिखा। कभी उसने अनुवाद किए, कभी किसी चीज़ के आधार पर कुछ और तैयार किया। माला के या एसपीवी की अन्य अध्यापिकाओं के कहने पर वह कुछ ना कुछ लिखता रहा। माला बच्चों के लिए जो लर्निंग मैटेरियल तैयार करती उसके वास्ते नए-नए शब्द और स्कैच बनाने में भी सफ़दर माला की मदद करता था। 'वह अक्सर अपने ख़्याल जोड़ देता और मेरे पगले विचारों में और पागलपन जोड़ देता था।' सफ़दर ने ख़ुद कभी बच्चों के बीच काम नहीं किया। ना ही उसे अध्यापन की ट्रेनिंग हासिल थी। मगर माला याद दिलाती है कि सफ़दर की माँ यानी अम्माजी ख़ुद अध्यापिका थीं। एक बहुत ही उत्साही अध्यापिका। सफ़दर ने निश्चित रूप से उनसे बहुत कुछ सीखा होगा। अपनी तरफ़ से माला सफ़दर को बताती थी कि बच्चे कैसे सीखते हैं, कैसे बड़े उनको सीखने में मदद दे सकते हैं, उन्हें बच्चों को छोटा नहीं समझना चाहिए, बल्कि उनके साथ सोचने-समझने वाले मनुष्य जैसा बर्ताव करना चाहिए क्योंकि बच्चों में परोसी गई थाली से अपने मतलब का सामान चुन लेने की जादुई क्षमता होती है।

जब सफ़दर ने बांग्ला सीखी तो वह सुकुमार रे को पढ़ने लगा। वह नॉनसेंस लेखन के एक और माहिर एडवर्ड लीयर का भी बहुत बड़ा शैदाई था। उसने सुकुमार रे का हिंदी में अनुवाद करने की कोशिश की मगर उसे इसमें बहुत कठिनाई महसूस हुई। लिहाज़ा, उसने कुछ नया लिखने की कोशिश की। नतीजा था 'गड़बड़ घोटाला' नाम की कविता जो बच्चों को बहुत पसंद आती है। माला ने अपने बच्चों से इसको परफ़ॉर्म करवाया था। सफ़दर ने सुकुमार रे के पिता (और सत्यजीत रे के दादा) उपेंद्रकिशोर रायचौधुरी की कहानी पर अधारित सत्यजीत रे की फ़िल्म *गुप्पी गाएं, बाघा बाएं* के आधार पर बच्चों का एक नाटक भी लिखा।

इसके अलावा माला और सफ़दर ने मिलकर स्कूल की अलग-अलग गतिविधियों के लिए कई कहानियां रचीं जो कभी लिखी नहीं गईं। इनमें से बहुतों में सांप, भैंस, ततैया, केंचुआ, कौवा, मेंढक जैसे जानवर होते थे जो आमतौर पर बाल साहित्य में नहीं पाए जाते हैं। सफ़दर और माला की कहानियों में वे महत्वपूर्ण और सकारात्मक भूमिका निभाते थे। उनकी कहानियों और नाटकों में जेंडर आधारित भूमिकाएं उलट-पलट जाती हैं। जब मादा चिड़िया नर चिड़िया को ख़तरे से बचाकर निकालती है, नर इठलाता है, और कहता है, 'अरे, बड़ी देर कर दी, मुझे भूख लगी है।' एक कहानी एक ऐसे देश के बारे में थी जहां राजा ने गाने-बजाने पर पाबंदी लगा

दी है। वहां एक बच्चा है जो बोल नहीं सकता, सिर्फ़ गा सकता है। यह कहानी कभी किसी ने लिखी नहीं मगर जनम ने इसे *नाटक जारी है* नाम से नाटक में तब्दील किया था। 1 जनवरी 1990 को, यानी सफ़दर की शहादत की पहली वर्षगांठ पर हमने यह नाटक झंडापुर मे परफ़ॉर्म किया था।

सफ़दर ने बाल रचनाएं किसी प्रकाशक के लिए, किताबों में तब्दील में तब्दील किए जाने के लिए नहीं लिखी थीं। उसने ये बच्चों के इस्तेमाल करने के लिए, अध्यापकों, या परिजनों, या दोस्तों के वास्ते लिखी थीं। उसकी ज़्यादातर चीज़ें ख़ास संदर्भों में, ख़ास पाठकों या प्रयोक्ताओं को ज़ेहन में रखकर लिखी गई थीं। वे आने वाली पीढ़ियों को नज़र में रखकर नहीं लिखी थीं। नतीजतन, भले ही सफ़दर ने बड़ी मेहनत की हो, मगर उनमें एक आकस्मिकता है, एक तरह की सहजता है, लिखने की बजाए बोलने वाली ख़ासियत है, हालांकि सफ़दर हमेशा अफ़सोस करता कि वह सुकुमार रे जैसे क्यों नहीं लिख सकता। सफ़दर की मृत्यु के बाद सहमत ने उसके लेखन को किताबों में संकलित किया। इन किताबों में जाने-माने कलाकारों ने साज-सज्जा और चित्र बनाए हैं। ये किताबें बच्चों, माता-पिता और अध्यापकों को आज भी मज़े दे रही हैं।

अस्सी के दशक का मध्य. **रंगमंच को गंभीरता से लेना**

सफ़दर के काग़ज़ों में एक हस्तलिखित नोट मिलता है जिसका शीर्षक है 'एडहॉकिज़्म इन स्ट्रीट थियेटर' (नुक्कड़ नाटक में कामचलाऊ रवैया)। ये नोट 1983 का है जिसमें वह इस बात पर दुखी दिखाई देता है कि 'हममें से ज़्यादातर लोग नुक्कड़ नाटक को बेरहमी से कामचलाऊ अंदाज़ में लेने लगे हैं।' जनम में *मशीन* के बाद से नुक्कड़ नाटक के स्वरूप और उसके व्याकरण को लेकर लंबी बहसें और चर्चाएं होती रही हैं। जब आप केवल एक तरफ़ बैठे दर्शकों के लिए परफ़ॉर्म करते हैं तो दर्शकों से दूर वाले हिस्से को, यानी मंच के पिछले हिस्से को अपस्टेज कहा जाता है और दर्शकों के पास वाले हिस्से को, यानी मंच के अगले हिस्से को डाउनस्टेज कहा जाता है। इसी तरह, स्टेज लेफ़्ट और स्टेज राइट भी अभिनेताओं का बायां या दायां पक्ष नहीं बल्कि दर्शकों का बायां और दायां पक्ष होता है। मंच पर अभिनय का दायरा विंग्स और परदों के सहारे स्पष्ट रूप से चिन्हित होता है। मगर जब आपके चारों तरफ़ दर्शक बैठे हों तब क्या होता है? जो हिस्सा एक तरफ़ बैठे दर्शकों के लिए अपस्टेज है वही सामने बैठे दर्शकों के लिए डाउनस्टेज हो जाएगा। इसी तरह स्टेज लेफ़्ट या स्टेज राइट भी

निरर्थक हो जाएंगे। इसमें विंग्स या पर्दे नहीं हैं जो ऐक्टर्स और ऐक्शन को छिपा या दिखा सकें। ऐसे में, एक घेरेकार जगह पर परफ़ॉर्म करने के लिए अलग व्याकरण की आवश्यकता थी। एनके, त्यागी, राकेश, सफ़दर, ललित, और अन्य लोग गलियों में मजमा लगाकर बेचने वालों का बार-बार ज़िक्र किया करते थे जो जड़ी-बूटियों, फूलों, बीजों और अलग-अलग जानवरों के उल्लेखनीय व अनुल्लेखनीय अंगों से निकले रसों को मिलाकर बनाए जाने वाली चिकित्सकीय और कामोद्दीपक दवाइयां बेचा करते हैं। ख़ासतौर से पुरानी दिल्ली में ऐसे मजमेबाज़ बहुत पाए जाते थे। चारों तरफ़ खड़े और बैठे दर्शकों को यह मस्त कलंदर अपने शब्द चातुर्य, हाज़िरजवाबी, वक्रोक्ति से लबालब जुमलों के सहारे घंटों बांधे रहते। सफ़दर और उसके साथी इन परफ़ॉर्मर्स की कलाकारी के क़ायल थे।

'क्या प्रोसीनियम रंगमंच के कुछ स्थापित लोगों की अधूरी सोच का ही नतीजा है कि नुक्कड़ नाटक को नारेबाज़ी कहकर हाशिए पर धकेल दिया जाता है? मुझे ऐसा नहीं लगता। इसकी एक वजह, और मेरे ख़्याल में बड़ी वजह, ये है कि हममें से ज़्यादातर लोग नुक्कड़ नाटक को बेरहमी से और कामचलाऊ ढंग से देखते हैं। हममें से कितने लोग हैं जिन्होंने नुक्कड़ नाटक का ख़ास व्याकरण और भाषा सीखने और विकसित करने की कोशिश की होगी, कितने लोगों ने नुक्कड़ नाटक के स्वरूप और ज़रूरतों के हिसाब से ख़ुद को मांजने की सचेत कोशिशें की होंगी? कितनों ने नुक्कड़ नाटक की परंपरा को निर्धारित करने का प्रयास किया है? मुझे खेद है कि ज़्यादातर ने नहीं किया है। हमारे नाटक अनगढ़ होते हैं, अस्पष्ट होते हैं, उनमें मनोरंजन नहीं होता। वे प्रिडेक्टेबल और बासी दिखते हैं। जब हम गाते हैं तो सुर-ताल ऊपर-नीचे पड़ते हैं। जब हम नाचते हैं तो हमारे क़दम बेढब होते हैं। जब हम बोलते हैं तो सड़क के शोर का मुक़ाबला तक नहीं कर पाते। हमारे दृश्य घिसे-पिटे होते हैं, हमारे किरदार सिर्फ़ कैरीकेचर होते हैं, यहां तक कि हमारा हास्य भी ख़ालिस बेलुत्फ़ होता है। हमें देखना लोगों के लिए एक अच्छी-ख़ासी सज़ा होती है। फिर भी, इस बात को दर्ज किया जाना चाहिए कि हम फल-फूल रहे हैं। इसकी वजह ये है कि हम ही [अपठनीय; शायद "लोग"] हैं जो सड़कों पर परफ़ॉर्म कर रहे हैं और हमारे दर्शक कला के लिए भूखे हैं।

'मुझे ऐसा लगता है कि हमने अपनी सफलता को सहजप्रदत्त मान लिया है। इस विधा के सकारात्मक विकास की संभावना के लिए यह रवैया घातक साबित होगा। लोगों के लिए आसानी से उपलब्ध वैकल्पिक थियेटर, जीवन के दैनिक मुद्दों

पर परिवर्तनशील ढंग से प्रतिक्रिया देने वाले थियेटर के विकास की दिशा में हमारी प्रतिबद्धता तब तक खोखली है जब तक हम इस माध्यम की ज़रूरतों और अपेक्षाओं को संजीदगी से नहीं लेंगे। हमें सदा यह याद रखना चाहिए कि हम रंगमंचीय कामगार हैं। जब तक हमारा काम रंगमंच पर दिखाई नहीं देगा, यह निरर्थक है। साफ़ पानी पीने के लिए हमें गहरा कुंआ खोदना होगा। अगर हम ज़रा सी नमी देखते ही ख़ुदाई बंद कर देंगे तो हम साफ़ पानी तक पहुंच नहीं पाएंगे।

'हमारे काम में आकस्मिकता और तदर्थवाद का रवैया ख़ूब है। अक्सर लोग ये मान लेते हैं कि नुक्कड़ नाटक तो कोई भी कर सकता है। इसके लिए अभ्यास, प्रशिक्षण और अनुशासन की कोई ज़रूरत नहीं है। ये सोच बेहद हानिकारक है। नुक्कड़ नाटक में ऐसे किसी व्यक्ति के लिए कोई स्थान नहीं है जो मानसिक और शारीरिक रूप से ख़ुद को तपाने के लिए और कठोर परिश्रम करने को तैयार नहीं है। जो लोग किसी नैसर्गिक प्रतिभा और/या इसे सींचने की किसी तमन्ना के बिना इसमें कूद पड़ते हैं, वे नुक्कड़ नाटक को ग़ैर-कलात्मक मानकर उस पर हमला करने वालों से भी ज़्यादा हानिकारक हैं।'

लगभग तय है कि यह नोट फ़रवरी 1983 में मध्य प्रदेश रंगमंडल, भोपाल, और संगीत नाटक अकादमी द्वारा संयुक्त रूप से आयोजित किए गए दस-दिवसीय राष्ट्रीय नुक्कड़ नाटक उत्सव एवं कार्यशाला में हिस्सा लेने के बाद लिखा गया है। इस उत्सव के पर्चे में देश भर के सत्ताईस थियेटर संगठनों के नाम दिए गए थे। इनमें उज्जैन, अंबिकापुर, देवास, ठाणे, राजनांदगांव, आरा, गोरखपुर, बीकानेर, जबलपुर, और चेन्नई के अलावा भी कई शहरों के नाम हैं। दिल्ली से जनम के अलावा दो और भी समूह थे। एक था, अहसास, जिसमें दीप्ति प्रिया महरोत्रा (जिन्होंने नौटंकी अदाकारा गुलाब बाई पर किताब लिखी है), राहुल रॉय (फ़िल्मकार और कार्यकर्ता), वृंदा ग्रोवर (वकील) और संजय राय (जो जयपुर लिट्रेचर फ़ेस्टिवल के लिए जाने जाते हैं)। दूसरे समूह का नाम था 'अखिलेश ग्रुप' जो मंडी हाउस में पाए जाने वाले कुछ ऐक्टरों का जमावड़ा भर था जो भोपाल तफ़रीह करने गए थे। उनमें न तो नुक्कड़ नाटक से कोई प्रेम था और ना ही इसके प्रति कोई उत्साह।

इस उत्सव में भारतीय रंगमंच के चोटी के कलाकारों को बुलाया गया था। कुल मिलाकर इस उत्सव में पैंसठ नाटक लेखकों, निर्देशकों, समीक्षकों, और अन्य लोगों को निमंत्रण भेजे गए थे। उत्सव में आमंत्रित लोगों में शंभु मित्रा, कमला देवी चट्टोपाध्याय, गोविंद देशपांडे, त्रिपुरारी शर्मा, प्रसन्ना, पर्ल पदमसी, एम. के.

रैना, बेनिस कौल, कमलाकर सोनटक्के, रति बारथोलोमियो, नामवर सिंह, महेश एलकुंचवार, अनुराधा कपूर, सर्वेश्वर दयाल सक्सेना, श्यामानंद जालान, एम. एस. सथ्यू और राजिन्दर नाथ शामिल थे। मुझे ये पक्का पता नहीं है कि इनमें से किस-किस ने कार्यक्रम में हिस्सा लिया और कौन नहीं आए।

इस सूची में मणिपुर के किसी संगठन का नाम तो नहीं है मगर वक्ताओं और प्रेक्षकों की सूची में हाइसनाम कन्हाईलाल और साबित्री हाइसनाम के नाम शामिल हैं। माला को याद है कि इसी उत्सव में उसने उनके क्लासिक नाटक *पेबेट* की परफ़ॉर्मेंस देखी थी। माँ चिड़िया अपने बच्चों को एक धूर्त और बदमाश बिल्ली के पंजे से बचाने के लिए क्या-क्या करती है, इस पर केंद्रित एक साधारण लोक कथा की इस शब्दहीन प्रस्तुति को देखकर जनम की टीम हतप्रभ रह गई थी। यह नाटक मौलिक और लयात्मक है। जिसने भी साबित्री को माँ चिड़िया की भूमिका निभाते हुए देखा वह इस अभिनेत्री का अद्भुत और गरिमापूर्ण अभिनय कभी भूल नहीं पाएगा। वे सरल परंतु परिष्कृत भाव मुद्राओं की भाषा और विस्तृत ध्वनि अभिव्यक्तियों को अभिनय, नृत्य, और गायन के एक निस्सीम मिश्रण में घोल देती हैं। साबित्री का शरीर कलाकार, साज़, और अभिव्यक्ति, तीनों का ऐसा विरला संगम है जो खोजते नहीं मिलता। आज लोग रंगमंच के धरातल पर तमाम तरह के प्रयोगों के आदी हो चुके हैं। अस्सी के दशक की शुरुआत में, जब ख़ुद जनम का नुक्कड़ नाटक भी मुख्यधारा के रंगमंच से शैली और स्वरूप के धरातल पर एक विच्छेद कर रहा था, उस समय साबित्री और कन्हाईलाल का रंगमंच बौद्धिक और भौतिक, विस्फोटक और संयमित, संगीतीय और भंगिमात्मक, तात्विक और आधुनिक, सबको समेटे हुए था और ये सब कुछ जिस अतुलनीय सटीकता और परिष्कार के साथ पेश किया गया था, वो एक अलग ही धरातल की उपलब्धि थी। इसने लोगों को अवाक छोड़ दिया था। सालों बाद भी मैं सफ़दर और माला से इस महान अभिनेत्री की कहानियां सुना करता था। आख़िरकार, 2010 में जनम के हम कुछ साथी अपना झोला-डंडा लेकर निकले और दस दिन तक कन्हाईलाल, साबित्री, और उनके नौजवान साथियों के साथ रह कर आए। यह हम सबके लिए एक अविस्मरणीय शैक्षिक अनुभव था।

प्रोबिर गुहा जो फ़िज़िकल थियेटर में माहिर थे, वह भी कलकत्ता के पास स्थित 24 परगना से अपना लिविंग थियेटर लेकर भोपाल पहुंचे थे। लखनऊ के आतमजीत क़लम के साथ आए थे। अमृतसर से गुरशरण सिंह अपना अभिनय नाट्य कला केंद्र लेकर आए थे। रत्नाकार मतकरी बंबई से सूत्रधार लेकर आए थे। कर्नाटक से समुदाय

की ग्रामीण पुत्तुर यूनिट की टीम भी आई थी। सुबह परफ़ॉर्मेंस होती थी, दोपहर को उनपर चर्चा, और फिर शाम को विशेषज्ञों के भाषण।

अस्सी के दशक के दौरान एनके और सफ़दर ने अपने रंगमंच कौशल को निखारने पर ख़ासतौर से ज़ोर दिया। वे नाटक देखने जाते थे (जैसा कि जनम के बाक़ी लोग भी कमोबेश देखते थे), अन्य रंगकर्मियों से चर्चा करते थे, विभिन्न वार्ताओं और सेमिनारों मे हिस्सा लेते थे, और थियेटर कलाकारों के साथ दोस्तियां गांठते थे। नुक्कड़ नाटक फ़ेस्टिवल के साल भर पहले भी एनके और सफ़दर भोपाल गए थे जहां निर्देशक पीटर ब्रुक आने वाले थे और देश भर के रंगकर्मियों से बात करना चाहते थे। यह उनके प्रख्यात महाभारत प्रॉजेक्ट से काफ़ी पहले की बात है। इस प्रॉजेक्ट में उन्हें अस्सी के दशक में कई बार भारत आना पड़ा। बाद में सफ़दर ने ललित को नेशनल स्कूल ऑफ़ ड्रामा में दाख़िला दिलाने की भी कोशिश की। वह ललित को कहा करता था, 'हमें एक प्रशिक्षित रंगकर्मी की ज़रूरत है। कोई ऐसा आदमी जो हमें और दूसरों को प्रशिक्षण दे सके। कोई ऐसा जो काम को आगे बढ़ा सके।' सफ़दर उसके लिए फ़ॉर्म लेकर आया। फ़ॉर्म भर कर उसको जमा करवा कर आया। एनएसडी में अपने संपर्कों के माध्यम से उसने प्रवेश परीक्षा के बारे में भी कुछ जानकारियां हासिल कीं। भीतर के लोगों से मिले इस ज्ञान और अपनी मेहनत के दम पर ललित ने लिखित इम्तिहान तो पास कर लिया था मगर वह प्रैक्टिकल इम्तिहान पास नहीं कर पाया।

कई मौक़ों पर जनम ने विवादास्पद मुद्दों पर स्पष्ट स्टैंड लिया और कलाकारों व बुद्धिजीवियों को गोलबंद करने में भूमिका अदा की। उदाहरण के लिए, जब लंदन में आयोजित होने वाले फ़ेस्टिवल ऑफ़ इंडिया से प्रसन्ना निर्देशित *तुगलक़* नाटक रद्द करने का फ़ैसला लिया गया तो जनम ने इसका सख़्त विरोध किया। इस विवाद में एनएसडी के निदेशक बी. एम. शाह ने एक प्रतिगामी पोजीशन ली थी और एक तरह से सेंसरशिप का समर्थन किया था। 8 फ़रवरी 1986 को जब जनम और परचम के कलाकार मद्रास होटल के पास परफ़ॉर्म कर रहे थे तो अचानक पुलिस आ गई और एनके और सफ़दर को हिरासत में ले लिया। इसके जवाब में कलाकारों ने उसी दिन एक बयान जारी किया और इसे 'बर्बर दमन' का क़दम बताया। उन्होंने मांग की कि जनम के कलाकारों को फ़ौरन रिहा किया जाए। इस पर हस्ताक्षर करने वालों में जनम के सदस्यों के अलावा भीष्म साहनी, एम. के. रैना, दादी पदमजी, रामनाथ पसरीचा, और मनजीत बावा जैसे जाने-माने लोग शामिल थे। शाम को इन कलाकारों को रिहा कर दिया गया।

अस्सी के दशक में सफ़दर के दोस्तों में सीमा कपूर एक थीं। उस समय उनका ओमपुरी के साथ प्रेम प्रसंग चल रहा था जिनसे उन्होंने बाद में शादी की। सफ़दर और ओम पुरी के बीच फ़ौरन एक गहरा राब्ता क़ायम हो गया। जब ओम पुरी ने श्याम बेनेगल की फ़िल्म *सुस्मन* में अपनी भूमिका के लिए बुनाई सीखी तो उन्होंने सफ़दर को अपने हाथ से बुना हुआ एक कपड़ा भेंट किया। सफ़दर की पहली बरसी पर ओमपुरी बंबई से दिल्ली आए, हमारी परफ़ॉर्मेंस देखने झंडापुर तक साथ गए। अगली शाम को रबींद्र भवन में आयोजित मेमोरियल कार्यक्रम में उन्होंने पाश की कविता 'घास' पढ़ी। सालों बाद जब माला और मैं ओमपुरी से मिलने गए तो उनका पहला सवाल था, 'उसने उस कपड़े का क्या किया?' जब हमने उन्हें बताया कि सफ़दर ने उस कपड़े से एक क़मीज़ बनवाई थी और उसे बड़े फ़ख़्र से पहना करता था तो ओम पुरी की आंखें नम हो गई थीं।

अस्सी के दशक का मध्य. **सांप्रदायिक सद्भाव समिति**

31 अक्टूबर 1984 को प्रधानमंत्री इंदिरा गांधी की उनके अंगरक्षकों ने हत्या कर दी। इस घटना के बाद चार दिन तक दिल्ली में भयानक रक्तपात हुआ। इस सिख विरोधी दंगे में तीन हज़ार से ज़्यादा लोगों की जान गई। इस हिंसा ने अपने समाज के बारे में, हिंदू-सिख संबंधों के बारे में, दिल्ली शहर के मिज़ाज के बारे में, और कांग्रेस पार्टी के बारे में लंबे समय से चली आ रही मान्यताओं और सोच को भी तार-तार कर दिया। हज़ारों सिखों को भाग कर शहर के विभिन्न इलाक़ों में खोले गए रिफ़्यूजी कैम्प्स में शरण लेनी पड़ी। ना जाने कितने परिवारों के प्रियजन नहीं रहे। असंख्य लोगों के घर और कारोबार ख़त्म हो गए।

इस भयानक जनसंहार के बाद दिल्ली विश्वविद्यालय के नॉर्थ कैंपस में पहला शांति मार्च निकाला गया। अभी आग थमी नहीं थी और ज़ख़्म ताज़ा थे। सैकड़ों, शायद हज़ारों लोगों का ये जुलूस कैंपस के हर कॉलेज से होते हुए खालसा कॉलेज के सामने जाकर एक जनसभा में बदल गया। जब सभा शुरू हुई तो भीड़ कई हज़ार में पहुंच चुकी थी। मेज़बान खालसा कॉलेज के विद्यार्थी – जिनमें ज़ाहिर है, सिखों की बहुतायत थी – बड़ी तादाद में जुट गए थे। इनमें से बहुत सारे नौजवानों में ग़ुस्सा था, उनकी आंखों से चिंगारियां फूटती थीं। उनके दिलों में दर्द था, नफ़रत भी थी और दुख भी। प्रतिशोध की आवाज़ें हवा में हर तरफ़ सुनाई पड़ रही थी।

भाषणों का सिलसिला शुरू होने से पहले परचम के साथियों को माइक पर गीत

गाने थे। लेकिन ऐसे माहौल में कोई गाए तो गाए कैसे। विद्यार्थियों में ज़बर्दस्त रोष था। उनका सबसे ज़्यादा गुस्सा पुलिस वालों की विशाल भीड़ की तरफ़ था। सब जानते थे कि बीते कुछ दिनों के दौरान दिल्ली पर जो तबाही बरपा हुई है, जो ख़ून बहा है, उसमें पुलिस की बड़े हद तक मिलीभगत थी। विद्यार्थी इस बात से अंजान हों, ये तो हो ही नहीं सकता था। स्थिति नाज़ुक होती जा रही थी। शांति जुलूस के आयोजक इस बात को लेकर चिंतित थे कि हालात किसी भी क्षण बेक़ाबू हो सकते हैं। उस वक़्त परचम की सबसे युवा सदस्य सुमंगला दोमोदरन थी। क़द में नाटी, दुबली-पतली सुमंगला तब फ़र्स्ट इयर में पढ़ती थी। सफ़दर ने उसे माइक थमाया। उसने सुमंगला से कहा, 'चलो, "जाने वाले सिपाही" गाओ।' ये चालीस के दशक में कम्युनिस्ट कवि मख़्दूम मोहिउद्दीन द्वारा लिखा गया गीत है जो युद्ध की विभीषिका के ख़िलाफ़ लिखा गया था। साठ के दशक में हिंदी फ़िल्म *उसने कहा था* के लिए सलिल चौधरी ने इसे संगीत में बांधा था। अभी तक परचम केवल समूह-गान गाया करता था। ये परचम का पहला सोलो गीत था और इससे पहले उन्होंने कभी कहीं परफ़ॉर्म नहीं किया था।

सुमंगला नर्वस थी। सफ़दर ने उसके कंधे पर हाथ रखा, झुका और उसके कान में बोला, 'सुमी, गाओ। घबराओ मत। बस गाओ।'

सुमंगला एक पल हिचकिचाई। सफ़दर ठीक उसके पीछे खड़ा था। फिर उसने गाना शुरू किया। सुमंगला की आवाज़ में शहद भी था, फ़ौलाद भी। वो आवाज़ उसके भीतर किसी गहरे कोने से आ रही थी। आवाज़ की वो भरावट सुमंगला की छरहरी काया से मेल नहीं खाती थी। सर्दीली रात में ठिठुरते बदन पर कोई जैसे कंबल ओढ़ा दे, उस दिन उस गीत ने वही काम किया। भीड़ की हलचल थम गई। जैसे-जैसे उसका गीत गूंजता गया, सारे गुस्साए लड़के-लड़कियां मानो एक मोह में खो गए। कुछ था उनके भीतर जिसको इस आवाज़ ने झंकार दिया था। ये गीत एक ऐसे सिपाही के बारे में है जो मोर्चे के लिए जा रहा है। पीछे भूखे बच्चों को बहलाती दुखिया बीवी को छोड़ के आया है। 'लाश जलने की बू आ रही है, ज़िंदगी है के चिल्ला रही है।'

श्रोताओं में कोई सुबकने लगा। फिर किसी और के होंठ लरजे। फिर किसी और के। एकाध मिनट के भीतर न जाने कितने लोग सुबकने लगते हैं। औरतें भी और आदमी भी। जो नहीं रो रहे थे, वे भी भावनाओं के ज्वार में डूब रहे थे। शायद ही किसी की आंख ख़ुश्क रही हो। जो पुलिस वाले चंद मिनट पहले ऐक्शन के लिए

कमर कसे खड़े थे, वे भी माहौल के इस क़दर बदल जाने को देखकर अचंभे में थे।

अजीबोग़रीब पल था। एक मुस्लिम नाम वाले हैदराबादी कम्युनिस्ट शायर का लिखा चालीस साल पुराना गीत, जिसे पच्चीस साल पहले एक बंगाली ने संगीतबद्ध किया। हिंदू नाम वाली एक नौजवान मलियाली लड़की द्वारा गाए जा रहे इस युद्ध विरोधी गीत ने सांप्रदायिक सफ़ाए की जहरीली हवा में सांस ले रहे नौजवानों के लिए जैसे ज़हरमार का काम किया। बात कहां शुरू हुई, कहां उसने दम लिया – आगाज़ कहां, अंजाम कहां, कुछ मेल न खाता था। दशकों बाद, एक विपदा के मारे दुखियारों के दिल का दर्द दूसरी विपदा के मारों के दिल की आवाज़ बना, मानो किसी पुराने सफ़े पर आंसू की बूंद गिरे और स्याही, पानी और नमक एकमएक हो जाएं।

दो साल बाद, 18 दिसंबर 1986 को हज़ारों लोगों के साथ मैं भी सांप्रदायिक सद्भाव के लिए निकाले गए पिपुल्स मार्च में हिस्सा लेते हुए दिल्ली की सड़कों से गुज़र रहा था। मैं अपने ग्रेजुएशन के दूसरे साल में था और एसएफ़आई के हाशियाई दायरों में थोड़ा-बहुत दिखाई पड़ जाता था। जब-तब ऐक्टिविज़्म की दुनिया में जाता-आता रहता था मगर वास्तव में नाटक, फ़िल्में और तफ़रीह ही मेरे शौक़ थे। जब 1984 की सिख विरोधी हिंसा हुई उस वक़्त मैं स्कूल में ही था। इस हादसे ने बहुत सारे लोगों की तरह मुझे भी झिंझोड़ कर रख दिया था।

पहली नवंबर यानी इंदिरा गांधी की हत्या के अगले दिन हमारे घर अख़बार नहीं आया। चूंकि हम जेएनयू कैंपस में रहा करते थे जो उन दिनों दिल्ली के किनारे से दूर एक टापू-सा था, इसलिए हमें कोई ख़बर नहीं थी शहर में क्या कुछ घट रहा है। बाबा ने मुझे अख़बार लाने को कहा। मैं साइकिल लेकर निकल पड़ा। पैडल मारता गया, मारता गया। दूर-दूर तक आंखें गड़ाए देखता रहा, और अपने सामने उस वीभत्स यथार्थ को घटते देखता चला गया। मुनीरका से गुज़रा तो दुकानों की कतारें आग में धू-धू जल रही थीं। वहां से रिंग रोड होता हुआ, सफ़दरजंग अस्पताल की तरफ़ बढ़ा। वहां ख़ून की प्यासी भीड़ ने भरी बस से एक सिख आदमी को उतारा। वह जान बचाने भागा, भीड़ उसके पीछे। आगे मालवीय नगर की तरफ़ गया जहां मेरी गर्लफ्रेंड रहा करती थी। उसके मकान मालिक सिख थे। उसके घर तक पहुंचने के रास्ते में मैंने देखा कि लोगों ने टैक्सियां जला दी हैं, कुछ से अभी भी रह-रहकर धुआं उठ रहा था। ये एक दर्दनाक सुबह थी। आने वाले हफ़्तों में मेरी माँ मुझे शरणार्थी शिविरों में लेकर गई जहां मुझे सर्ववाइवर्स की रोंगटे खड़े कर देने वाली एक से एक दहशतनाक कहानियां सुनने को मिलीं। 1986 के जुलूस तक आते-आते मैं स्कूल में पढ़ने वाला

मासूम लड़का नहीं रह गया था। मैं राम जन्मभूमि के नाम पर चलाए जा रहे नफ़रत की मुहिम को फैलते देख रहा था। विश्वविद्यालय कैंपस में आरएसएस के लोगों से मेरी मुठभेड़ें हो चुकी थीं। इसके बावजूद मैं ये देखकर हैरान था कि सांप्रदायिक सद्भाव जुलूस में कितने लोग उमड़ पड़े थे : तीस हज़ार से भी ज़्यादा!

ये सब स्वतःस्फूर्त नहीं था। इस जुलूस में तक़रीबन एक तिहाई लोग मज़दूर थे। मुख्य रूप से सीटू के लोग थे। इस किताब के लिए शोध करते हुए मुझे जुलूस की तैयारियों का व्यापक अंदाज़ा हुआ। जुलूस का आह्वान करने वाली सांप्रदायिक सद्भाव समिति का गठन 6 अप्रैल 1986 को 'दिल्ली के कुछ प्रमुख नागरिकों की पहल पर' किया गया था। उनके पीछे माकपा की सांगठनिक मदद और समर्थन था।

छह महीनों तक इस कमेटी ने पूरे शहर में मोहल्लों के स्तर पर सभाएं आयोजित कीं। अक्टूबर में सांप्रदायिकता के ख़िलाफ़ एक कन्वेंशन का आयोजन किया। फिर नवंबर के मध्य से एक महीने का सुनियोजित अभियान चलाया गया। कमेटी ने बीस से ज़्यादा बड़ी जनसभाएं, और 150 से ज़्यादा नुक्कड़ सभाएं और पदयात्राएं आयोजित की। स्कूलों, कॉलेजों, और दफ़्तरों में मीटिंगें बुलाईं। कमेटी ने एक-दूसरे को थामे तीन हाथों वाले लोगो छपे बीस हज़ार बिल्ले बेचे। दस लाख से ज़्यादा पर्चे बांटे। शहर की चार प्रमुख ज़बानों – हिंदी, उर्दू, पंजाबी, और अंग्रेज़ी में चालीस हज़ार से ज़्यादा पोस्टर चिपकाए थे। कमेटी ने एम. एस. सथ्यू की क्लासिक फ़िल्म *गरम हवा* की कम से कम पंद्रह जगह स्क्रीनिंग की और न जाने कितनी जगहों पर परचम के साथियों ने गीत गाए। उनचालीस स्कूलों के लगभग एक हज़ार बच्चों ने पेंटिंग स्पर्धा में हिस्सा लिया था। कई प्रख्यात कलाकारों ने पोस्टर मेकिंग कार्यशाला में हिस्सा लिया था और अस्सी से ज़्यादा चोटी के कलाकारों ने अभियान के लिए पैसा जुटाने के वास्ते अपनी कलाकृतियां चंदे के तौर पर दीं। इन कलाकृतियों की मंडी हाउस स्थित रबींद्र भवन के लॉन में नीलामी की गई। मुझे याद है कि शुरुआत में आई. के. गुजराल इस नीलामी का संचालन कर रहे थे। फिर कृष्ण खन्ना ने बागडोर संभाली। नीलामी ने असली ज़ोर तब पकड़ा जब रोमेश थापर ने माइक संभाला। उनकी गर्मजोशी और सेंस ऑफ़ ह्यूमर ने माहौल जमा दिया। वह अपने दोस्तों, परिचितों को उनकी उम्मीद से ज़्यादा बोली लगाने के लिए उकसाते और ऐसा ना होने पर उनको चिढ़ाते, शर्मिंदा करते। उद्देश्य नेक था, सो कौन बुरा मानता।

इस नीलामी के लिए अपनी कलाकृति देने वाले कलाकारों में अंजलि ईला मेनन, अर्पणा कौर, अर्पिता सिंह, बी. सी. सान्याल, जी. आर. संतोष, जतिन दास, जोगेन

चौधरी, लतिका कट, एम. एफ़. हुसैन, माधवी पारेख, मंजीत बावा, रघु राय, रुमाना हुसैन, शंखो चौधुरी, और विवान सुंदरम जैसे बड़े-बड़े कलाकार शामिल थे। इस नीलामी से तक़रीबन 2,40,000 रुपये की रक़म जमा हुई जो उस ज़माने के हिसाब से एक अच्छी-ख़ासी रक़म थी। शायद दिल्ली में ये पहला मौक़ा था जब कलाकारों ने किसी राजनीतिक उद्देश्य के लिए अपनी कलाकृतियां दान में दी हों। जुलूस के ब्रोशर में भारत के राष्ट्रपति ज्ञानी जैल सिंह, सर्वोच्च न्यायालय के मुख्य न्यायाधीश पी. एन. भगवती, और दिल्ली विश्वविद्यालय, जवाहर लाल नेहरू विश्वविद्यालय, और जामिया मिल्लिया विश्वविद्यालय के कुलपतियों की तरफ़ से शुभकामना और सद्भाव के संदेश छापे गए थे।

अनुमान लगाया जाता है कि इस विशाल कोशिश के माध्यम से कमेटी ने कम से कम पंद्रह लाख लोगों से संपर्क किया था।

सफ़दर सांप्रदायिक सद्भाव समिति का संभवतः सबसे युवा सदस्य था। उसने ख़ुद को सांगठनिक कामों में पूरी तरह झोंक रखा था। अब उसके पास प्रेस में, कलाकारों के बीच, बुद्धिजीवियों में, असंख्य परिचित और दोस्त बन चुके थे और वह सांप्रदायिक सद्भाव का संदेश फैलाने के लिए इन सबको अपने साथ लेकर चल रहा था। उसके पास युवा डॉक्टरों का भी एक समूह था। उसने उन्हें जुलूस के दौरान मेडिकल कैंप लगाने के लिए प्रेरित किया।

इस अभियान के लिए जनम ने एक नया नाटक तैयार किया था। *अपहरण भाईचारे का* नामक ये नाटक सांप्रदायिकता पर जनम का तीसरा नाटक था। इससे पहले *हत्यारे* और *वीर जाग ज़रा* तैयार किए जा चुके थे। इनमें से पहला नाटक 1979 के अलीगढ़ दंगों पर केंद्रित था और दूसरा पंजाब के हालात पर जनम ने *अपहरण भाईचारे का* की एक प्रिव्यू प्रस्तुति दोस्तों और कॉमरेड्स के लिए की। बबली गुप्ता कमेटी में अध्यापकों के समूह की सदस्य थीं। बाद में उन्होंने इस प्रिव्यू परफ़ॉर्मेंस के बारे में लिखा :

'इस नाटक को उस वक़्त *दि ग्रेट अमेरिकन सर्कस* का नाम दिया गया था। इसके पहले संस्करण मे यह बहुत असरदार नहीं था। कॉमरेड्स को लगता था कि सांप्रदायकिता के लिए केवल विदेशी ताक़तों को ज़िम्मेदार ठहराया जा रहा है जो कि वाजिब नहीं है। साम्राज्यवाद के साथ-साथ घरेलू सांप्रदायिक एवं राजनीतिक ताक़तों की भूमिका पर संतुलित ढंग से ज़ोर नहीं दिया गया है। इससे भी ज़्यादा कॉमरेड्स ने ये महसूस किया कि यह नाटक लोगों को भाईचारे के लिए संघर्ष करने को प्रेरित

नहीं कर पाता। सफ़दर ने सबकी बात सुनी और कहा, ठीक है, संशोधित शो देखने के लिए दो दिन बाद फिर आइएगा। इस छोटे से वक़्फ़े में नाटक को सिरे से बदल दिया गया था। जनम की टीम ने अपने नाटक को कितनी जल्दी और कितनी परिपक्वता के साथ बदल लिया था, ये देखकर मैं ख़ुद हैरान थी। ... अब अमेरिकी रिंग मास्टर की बजाए भाईचारा (का किरदार) नाटक का केंद्रबिंदु बन गया था।'

वह कमेटी में सफ़दर की सांगठनिक भूमिका के बारे में वह कहती हैं, 'शांति मार्च की तैयारी के दौरान वह तरह-तरह के काम करता हुआ सब जगह दिखाई पड़ता था। वह स्कूलों और कॉलेजों के प्रधानाचार्यों से उनके संस्थानों में मीटिंगें आयोजित करवा रहा था। हमारे जैसे वक्ताओं को वहां जाकर बोलने के लिए तैयार करता था। दर्शकों और श्रोताओं को जुटाता था। सफ़दर हर चीज़ के अगले मोर्चे पर था। फिर वह हमें आगे धकेल कर ख़ुद पीछे हट जाता था और हर वक़्त हमें ये भरोसा दिलाता रहता था कि हम कितने शानदार वक्ता हैं। ... जब हम उसकी तारीख़ करते तो सफ़दर हंसी में बात उड़ा देता था। वह बेमिसाल प्रतिभा का मालिक था पर निहायत बेख़ुद।'

अस्सी के दशक का मध्य. **टेलीविज़न और डॉक्यूमेंट्रीज़**

2 फ़रवरी 1988 को सफ़दर ने गुरबीर सिंह ग्रेवाल के साथ वर्तमान फ़िल्ममेकर्स नाम के तहत डीड ऑफ़ पर्टिक्यूलर पार्टनरशिप पर दस्तख़त किए। गुरबीर सिंह और सफ़दर *खिलती कलियां* पर साथ काम कर चुके थे। ये दूरदर्शन द्वारा प्रसारित वयस्क साक्षरता पर 24 कड़ियों का धारावाहिक था। सफ़दर इस सीरियल का लेखक था और फ़िल्म ऐंड टेलीविज़न इंस्टीट्यूट इंडिया से 1975 से निकले ग्रेवाल उसके निर्देशक थे। इस प्रक्रिया में दोनों के बीच दोस्ती हुई।

'पर्टिक्युलर पार्टनरशिप' एक ऐसी कंपनी होती है जो आप एक ख़ास परियोजना के लिए बनाते हैं; परियोजना ख़त्म होते ही वह अनुबंध भी ख़त्म हो जाता है। जो परियोजना सफ़दर और गुरबीर सोच रहे थे, वो था 'सांप्रदायिक सद्भाव की थीम पर हिंदी मे तेरह कड़ियों का टेलीविज़न सीरियल'। दो दिन बाद सफ़दर ने दूरदर्शन के तत्कालीन महानिदेशक भास्कर घोष को लिखा कि उसने सीरियल के लिए प्रस्ताव जमा कराया है और 'अगर आपको मेरा कॉन्सेप्ट और पहले एपिसोड का स्क्रीनप्ले पसंद आए तो चाहूंगा कि आप मुझे इस बात पर रोशनी डालने का मौक़ा दें ...'। मैं नहीं जानता कि उनकी मीटिंग हुई या नहीं।

'उम्मीद' नाम के कामकाजी शीर्षक के तहत सोचे गए इस प्रस्तावित सीरियल की कहानी पंजाब के दो परिवारों के इर्द-गिर्द घूमती थी जो चरमपंथी हिंसा की वजह से तबाह हो चुके हैं। हरभजन सिंह फ़िलहाल खेती करता है मगर फ़ौज में सिपाही रह चुका है। वह 1965 और 1971 के भारत पाकिस्तान युद्ध के मोर्चों पर लड़ चुका है। वह अपनी विधवा माँ, पत्नी, विवाहित बेटी, और बेटे के साथ रहता है। जुगल किशोर उसका घनिष्ठ दोस्त है। वह मिडिल स्कूल में पढ़ाया करता था और अब रिटायर हो चुका है। उसकी पत्नी एक प्रशिक्षित दाई है। एक सिख और एक हिंदू, ये दोनों परिवार हर स्तर पर एक-दूसरे में गुंथे हुए हैं। हरभजन की बेटी को बच्चा होता है तो जुगल किशोर की पत्नी प्रसव कराने जाती है; हरभजन के बेटे और जुगल किशोर की बड़ी बेटी एक-दूसरे से प्रेम करते हैं। तेरह एपिसोड के दौरान चरमपंथी हिंसा, हत्याओं, पलायन, हिंदुओं और सिखों में विभाजनकारी राजनीति के फैलाव के चलते इन दोनों परिवारों की नियति एक-दूसरे से छिटकने लगती है। इसके बावजूद, दोनों परिवारों और उनके समुदायों के बीच जो बुनियादी प्रेम और भाईचारा था वह ना केवल क़ायम रहता है बल्कि और पनपता है। सफ़दर के काग़ज़ात में दूरदर्शन के पास जमा कराए गए इस सीरियल का प्रस्ताव मौजूद है जिसमें कॉन्सेप्ट नोट, सभी तेरह एपिसोड के सिनॉप्सिस और पहले एपिसोड का टाइप किया हुआ स्क्रीनप्ले शामिल है। इन काग़ज़ों में दूसरे और तीसरे एपिसोड का हस्तलिखित स्क्रीनप्ले भी शामिल है।

सफ़दर के कॉन्सेप्ट नोट में बताया गया है कि यह सीरियल (क) पंजाब के जीवन के सारे आयामों में हिंदुओं और सिखों के गहरे संबंधों को ईमानदारी से दर्ज करेगा; (ख) पंजाब तथा अन्य स्थानों पर धर्मनिरपेक्ष मूल्यों के लिए प्रतिबद्ध लोगों के बहादुराना और अदम्य संघर्षों का गौरवगान करेगा; (ग) इस समस्या पर सांप्रदायिक रवैये से पैदा होने वाले ख़तरों पर रोशनी डालेगा।' क्या यह ख़ाका बहुत उपदेशात्मक लगता है? शायद ये है भी – मगर उदारीकरण से पहले के ज़माने में टेलीविज़न यूं भी उपदेशपरक ही हुआ करता था। इस कहानी में प्रवाह तब पैदा होता है जब हिंदू परिवार को पलायन करके दिल्ली आना पड़ता है और यहां उसका सामना एक हिंदू राष्ट्रवादी प्रॉपर्टी डीलर से होता है। सफ़दर के कॉन्सेप्ट नोट में इस बात को रेखांकित किया गया है कि यह सीरियल पंजाब के आम लोगों की ज़िंदगी के सकारात्मक और प्रेरक पहलुओं का कुछ आदर्श रूप पेश करता है।

इससे पहले सफ़दर और ग्रेवाल ने दूरदर्शन के लिए जिस *खिलती कलियां* सीरियल पर साथ काम किया था वह वयस्क शिक्षा निदेशालय और यूनिसेफ़ द्वारा

बनवाया गया था। यह सीरियल इसी नाम की एक प्रायोगिक साक्षरता पुस्तिका पर आधारित था और इसे मुख्य रूप से पंद्रह से पैंतीस साल की ग्रामीण महिलाओं को ध्यान में रखकर तैयार किया गया था। इस सीरियल में महिलाओं के सामने आने वाली सामाजिक, आर्थिक और राजनीतिक वंचनाओं और चुनौतियों पर ज़ोर दिया गया था और इस बहाने लैंगिक असमानताओं पर प्रकाश डाला गया था। कुल मिलाकर सीरियल की धार साक्षरता तक सीमित नहीं थी बल्कि पितृसत्ता पर भी केंद्रित थी।

खिलती कलियां में सफ़दर ने हर ऐपिसोड को मदारी-जमूरा सीन के साथ शुरू किया था मगर परंपरा को पलटते हुए उसने दोनों भूमिकाएं महिलाओं को दी। एपिसोड महिला सशक्तिकरण के गीत के साथ ख़त्म होता है। ऐपिसोड का आख़िरी फ्रेम किसी औरत के क्लोज़अप पर जाकर ठहरता है जिसके चहरे पर एक सकारात्मक और आत्मविश्वास का भाव है। यह सीरियल जिस प्रवेशिका पर आधारित था, उसमें और अन्य साक्षरता सामग्री में भी औरतों को मोटे तौर पर सिर्फ़ गृहिणी और देखभाल करने वाली व्यक्ति के रूप में ही दिखाया जाता था। उनका सिर ढका और झुका होता था। इस सीरियल में बिल्कुल अलग रवैया अख़्तियार किया गयाा। इसमें औरतें ताक़तवर, सोचने-समझने वाली, और मर्दों के बराबर दिखाई देती हैं। प्रत्येक किरदार एक विश्वसनीय व्यक्ति का है। सीईएनडीआईटी (सेंडिट) द्वारा यूनिसेफ़ और डायरेक्टरेट ऑफ़ एडल्ट एजुकेशन (डीएई) के लिए किए गए मूल्यांकन अध्ययन में 'पाया गया था कि नमूना गांवों की लड़कियां इन किरदारों को अपनी ज़िंदगी के ज़्यादा नज़दीक मानती हैं और उन्हें प्रेरक रोल मॉडल के रूप में देखती हैं। इसके विपरीत अधेड़ उम्र की महिलाओं ने इन किरदारों के मुखर तौर-तरीक़ों और बेबाक संवादों को तो पसंद नहीं किया मगर उनके ज़रिए जो मुद्दे उठाए जा रहे थे उनसे अपनी सहमति जताई। ... (यह सीरियल) एक सचेत विचार प्रक्रिया को शुरू करने मे कामयाब रहा जोकि एक सार्थक बदलाव लाने के लिए लाज़िमी थी।'

सफ़दर ने अलग-अलग परिस्थितियों के लिए गीत लिखे। एक गीत ऐसी लड़की के बारे में है जिसे घर में हाथ बंटाना पड़ता है जबकि उसके भाई को खेलने की आज़ादी है। एक गाने में ऐसी महिला है जो ककहरे के अक्षरों को याद नहीं रख पाती और गीत के माध्यम से उसे उन सारी चीज़ों के बारे में याद दिलाया जाता है जो उसे अपनी रोज़मर्रा की ज़िंदगी में याद रखनी पड़ती है। एक गाने में सवर्णों के कुएं से पानी खींचने वाली ग़ैर-सवर्ण औरतों की जीत का जश्न मनाया गया है। वयस्क साक्षरता के लिए केवल चॉक और ब्लैक बोर्ड इस्तेमाल करने की बजाए प्रत्येक

ऐपिसोड में टहनी, रोटी, मिट्टी, अनाज, लकड़ी आदि सामान्य चीज़ों का सहारा लिया गया। लिखने के लिए इन चीज़ों के इस्तेमाल का ख़्याल सफ़दर को माला को अपना टीचिंग मैटेरियल तैयार करते देख कर आया होगा। इन सारी चीज़ों के इस्तेमाल से साक्षरता एक मज़ेदार गतिविधि दिखाई देने लगती थी और साक्षरता शिक्षकों के लिए एक इशारा भी था कि वे भी रचनात्मक व नए तरीक़े अपनाएं। गांव में महिला समिति के गठन के मौक़े पर एक कठपुतली शो दिखाया जाता है जिसमें पति द्वारा छोड़ दी गई महिला को समिति से जुड़ कर नई ताक़त मिलती है। प्रत्येक एपिसोड में सामूहिकता पर, एक-दूसरे को ताक़त देने पर, अधिकारों को हासिल करने पर और आर्थिक गतिविधियों को ख़ुद संभालने पर ज़ोर दिया गया। अविक घोष लिखते हैं : 'सर्वेक्षण में ... बहुत सारी महिलाओं को वयस्क शिक्षा के ये पहलू साक्षरता से भी ज़्यादा रोचक लगते थे और वे अपनी ज़िंदगी और माहौल में भी इसी तरह की गतिविधियां शुरू करना चाहती थीं। उनमें से कुछ ने सचमुच इस तरह की सामूहिक गतिविधियां शुरू कीं।'

दिलेर और तेज़तर्रार किरदार रच कर, नाटकीय परिस्थितियों को गढ़ कर, और अपने संवादों और ब्यौरों में हास्य शामिल करके सफ़दर ने आमतौर पर नीरस दिखाई देने वाले विषय में भी एक अलग चंचलता पैदा की है। जैसे-जैसे सीरियल आगे बढ़ता है ज़्यादातर ग्रामीण महिलाओं के किरदारों में एक आत्मविश्वास और हुनर दिखाई देने लगता है। इनमें से एक रशीदा बाई है जो एक दर्ज़ी की पत्नी है। वह ठाकुर का मुक़ाबला करने के लिए ख़ुद पर्दे से बाहर निकलती है। शहरी किरदारों में ऐसी महिलाओं को दिखाया गया जो ख़ुद अपने हालात से संघर्ष कर रही हैं। गांव और शहर की औरतों के बीच यह संबंध 'ग़रीब और निरक्षर ग्रामीण महिलाओं के प्रति किसी संरक्षण के भाव के बजाए' एक गर्माहट, सम्मान, और बहनापे का संबंध था।

इस सीरियल के नैरेटिव का ड्रामा वर्ग, जाति, और जेंडर आधारित टकरावों से पैदा होता है। कहानी का खलनायक एक ज़मींदार है जो प्रगतिशील ताक़तों यानी स्वास्थ्यकर्मी, साक्षरता आंदोलन, किसान सभा, और खेत मज़दूर यूनियन आदि, सबका विरोधी है। इस प्रकार, यह सीरियल वयस्क साक्षरता को एक नौकरशाही क़वायद की बजाए आर्थिक और सामाजिक स्तर पर उत्पीड़ित ग्रामीण महिलाओं के वास्तविक सशक्तिकरण का हिस्सा बना देता है।

सफ़दर ब्राज़ीली मार्क्सवादी शिक्षाविद पाउलो फ़्रायेर के काम से भली-भांति परिचित था। फ़्रायेर की ऐतिहासिक किताब *उत्पीड़ितों का शिक्षाशास्त्र* अंग्रेज़ी में

1970 में प्रकाशित हुई थी। फ़्रायेर चेतना निर्माण पर काफ़ी ज़ोर देते थे। उनकी नज़र में चेतना निर्माण ऐसी एकतरफ़ा प्रक्रिया नहीं है जिसमें मध्यवर्गीय शिक्षक जाकर निरक्षर ग्रामीण या शहरी ग़रीबों की चेतना 'निर्मित' करते हैं बल्कि वास्तव में ख़ुद शिक्षक भी इस प्रक्रिया में शिक्षित होता जाता है क्योंकि इस प्रक्रिया में उसका अपना वस्तुनिष्ठ यथार्थ भी उजागर होता है और उस यथार्थ के अंतर्विरोध नुमायां होते हैं। मसलन, मध्यवर्गीय शहरी शिक्षक को 'हल' शब्द पढ़ना और लिखना तो आता है, मगर उसे हल चलाना नहीं आता : दूसरी तरफ़ एक ग़रीब किसान है जो ये नहीं जानता कि 'हल' शब्द कैसे पढ़ा या लिखा जाता है मगर वह हल चलाना अच्छी तरह जानता है, और साथ ही उससे जुड़ी असंख्य दूसरी चीज़ों का ज्ञानी है जिनमें मिट्टी की क़िस्म, फ़सलों के प्रकार, पेड़-पौधे, जीव-जंतु, मौसम, स्थानीय भाषा, संबंधित गीत और कहानियां आदि शामिल हैं। इसीलिए, फ़्रायेर की नज़र में सिर्फ़ मौजूदा ज्ञान का प्रसार ही काफ़ी नहीं है क्योंकि मौजूदा ज्ञान भी मौजूदा उत्पीड़क संरचनाओं के भीतर से ही पैदा होता है। लिहाज़ा, उत्पीड़न से मुक्त समाज की रचना में हमें नए ज्ञान की रचना के लिए भी क़दम उठाने होंगे। इसमें उत्पीड़ित भी ज्ञान सृजन की प्रक्रिया में उतना ही भागी बन जाता है जितना कि उसका शिक्षक होता है।

उत्पीड़न की संरचनाओं को उजागर करने से ख़ुद-ब-ख़ुद उनका रूपांतरण नहीं हो जाएगा। इसके लिए हमें सामाजिक और राजनीतिक आंदोलन की ज़रूरत होगी और इसके लिए उत्पीड़ितों के संगठन एक अहम रोल अदा करते हैं। रंगमंच के अपने काम, कम्युनिस्ट पार्टी के अपने अनुभवों, और पाउलो फ़्रायेर के माध्यम से सफ़दर इस बात को बहुत अच्छी तरह जानता था। इसीलिए, सफ़दर के लेखन में ज़मींदार और ग्रामीण ग़रीबों का टकराव दुखों और त्रासदियों की कहानी नहीं है बल्कि सशक्तिकरण और रूपातंरण की कहानी है। इसमें किसान सभा और खेत मज़दूर यूनियन ग़रीबों को संगठित कर रहे हैं। *खिलती कलियां* के कुछ एपिसोड यू-ट्यूब पर मौजूद हैं और उनको ज़रूर देखा जाना चाहिए। इन एपिसोड्स में आप शुरुआती दिनों की सीमा बिश्वास को एक मुख्य किरदार निभाते हुए देख सकते हैं। सरकार और संयुक्त राष्ट्र की एक एजेंसी द्वारा निर्मित और राष्ट्रीय दूरदर्शन पर प्रसारित टेलीविज़न शो में 'किसान सभा ज़िंदाबाद', 'खेत मज़दूर यूनियन ज़िंदाबाद' जैसे नारों को देखकर आपको भी लुत्फ़ आएगा।

साक्षरता को इस दृष्टि से देखने के मामले में सफ़दर अकेला नहीं था। अस्सी के दशक में साक्षरता के काम से जुड़े ज़्यादातर वामपंथी रेडिकल कार्यकर्ता मानते

थे कि यह जेंडर आधारित शोषण और पितृसत्ता के ख़िलाफ़ संघर्ष का हिस्सा है। यह अंधविश्वास और प्रतिगामी सामाजिक तौर-तरीक़ों के विरोध, सामंतवाद और जाति के विरोध, तर्कशीलता और वैज्ञानिक सोच के विकास और एक न्यायपूर्ण व समतापरक समाज की रचना की परियोजना का हिस्सा है।

यहां मैं एक छोटा सा निजी उत्तर-अनुभव भी जोड़ सकता हूं। *खिलती कलियां* में मुझे भूमिहीन मज़दूर कलुआ की भूमिका अदा करनी थी। यह किरदार पहले एपिसोड के आख़िर में दिखाई देता है और बाद के ऐपिसोड्स में इसे विकसित होना था। इस किरदार में प्रेम प्रसंग का कोण भी शामिल था। अगर आप इस एपिसोड को यू-ट्यूब पर देखें तो लॉन्ग शॉट में फ़िल्माया गया एक छोटा-सा दृश्य दिखाई देता है जिसमें कलुआ (मैं, पर्दे पर अपने पहले रोल में) की पीठ रोशनी की तरफ़ है। उस शॉट में मैं ख़ुद भी अपने आपको नहीं पहचान सकता। वजह? जब ये दृश्य फ़िल्माया गया तो मैं हकलाता रहा, हकलाता रहा और सिर्फ़ हकलाता रहा। सफ़दर ने हर जुगत भिड़ाई मगर मैं अपनी दो लाइनें बोल नहीं पाया। इस चक्कर में शूटिंग के कुछ घंटे मेरी वजह से बर्बाद हुए। आख़िरकार ग्रेवाल ने तय किया कि एक लॉन्ग शॉट में पीछे की तरफ़ से रोशनी डाली जाए और मेरी लाईन अलग से रिकॉर्ड कर ली जाए। बाद के ऐपिसोड्स से इस किरदार को ही हटा दिया गया। जब मैंने पूछा तो सफ़दर ने कभी नहीं माना कि यह किरदार मेरी वजह से काटा गया था।

उसने मासूमियत भरा जवाब दिया, 'कहानी ही बदल गई। हमें लगा कि प्रेम प्रसंग वाला कोण निकाल देना ठीक रहेगा।'

मैंने भी इस बात पर मासूमियत से यक़ीन कर लेना ही बेहतर समझा।

सफ़दर की सबसे लोकप्रिय रचना शायद 'पढ़ना लिखना सीखो' ही मानी जाएगी। अविक घोष का कहना है कि ये गाना राष्ट्रीय साक्षरता मिशन के लिए लिखा गया था मगर माला बताती है कि सफ़दर ने इसे अलग से लिखा था, शायद *खिलती कलियां* को लिखने के दौरान। या बिना किसी उद्देश्य के लिख कर छोड़ दिया हो। जो भी हो, यह गीत राष्ट्रीय साक्षरता मिशन की पहचान, उसका गान बन गया, तमाम जगह लोकप्रिय हुआ, और कई भाषाओं में उसके अनुवाद हुए। इसकी पंक्तियों में भी पाउलो फ्रायेर की नसीहत शामिल है : '"पढ़ना लिखना सीखो" ओ मेहनत करने वालो, पढ़ना लिखना सीखो ओ भूख से मरने वालो।' यह गीत बर्तोल्त ब्रेख़्त के नाटक दि मदर में इस्तेमाल किए गए गीत 'प्रेज ऑफ़ लर्निंग' (सीखने का गौरव) पर आधारित था। इस गीत को न केवल समूचे हिंदी भाषी इलाक़े में साक्षरता

मिशन के कार्यक्रमों के तहत पढ़ाया और गाया जाने लगा, बल्कि इसको दूरदर्शन पर भी प्रसारित किया गया जिससे इसको सुनने और जानने वालों की तादाद करोड़ों में पहुंची।

यह गीत परंपरागत ऊंच-नीच को चुनौती देता है। यह बात इस तथ्य से उजागर होती है कि इस पर कई तरह की आपत्तियां उठाई गईं। ये आपत्तियां कहने को तो 'कुछ दर्शकों' की तरफ़ से ही थीं मगर निश्चित रूप से ये वयस्क शिक्षा निदेशालय के कुछ ऐसे अधिकारियों की तरफ़ से रही होंगी जिनकी राय में 'ओ भूख से मरने वालों' पंक्ति भुखमरी ख़त्म करने के बारे में सरकारी दावे को चुनौती देती लग रही थी। मेरा ख़्याल है कि इस गीत का एक और संस्करण भी प्रसारित किया गया था जिसमें यह पंक्ति हटा कर केवल पहली पंक्ति को ही दोहरा दिया गया था। मगर, जिस हिस्से में कटौती नहीं हुई वो ये था :

पूछो, मज़दूरी की खातिर लोग भटकते क्यों हैं?
पढ़ो, तुम्हारी सूखी रोटी गिद्ध लपकते क्यों हैं?
पूछो, माँ-बहनों पर यूं बदमाश झपटते क्यों हैं?
पढ़ो, तुम्हारी मेहनत का फल सेठ गटकते क्यों हैं?

पढ़ो, लिखा है दीवारों पर मेहनकश का नारा
पढ़ो, पोस्टर क्या कहता है, वो भी दोस्त तुम्हारा
पढ़ो, अगर अंधे विश्वासों से पाना छुटकारा
पढ़ो, किताबें कहती हैं, सारा संसार तुम्हारा
पढ़ो, कि हर मेहनतकश को उसका हक़ दिलवाना है
पढ़ो, अगर इस देश को अपने ढंग से चलवाना है

ग़रीबी और भुखमरी का ज़िक्र आते ही जिन अफ़सरों की रातों की नींद उड़ गई थी, उन्हीं मूर्खों को पूंजीवाद और जेंडर आधारित शोषण और समाजवादी क्रांति के ज़िक्र और आह्वान से कोई दिक़्क़त नहीं हुई।

'पढ़ना लिखना सीखो' को संपूर्ण साक्षरता अभियान और भारत ज्ञान विज्ञान समिति के कार्यकर्ताओं सहित साक्षरता संबंधी कार्य कर रहे तमाम लोगों ने ख़ुद-ब-ख़ुद अपनाया। यह गाना नई दिल्ली नगर पालिका (एनडीएमसी) के स्कूलों में

सिखाया जाने लगा। इस गीत की अपील केवल साक्षरता अभियान तक ही सीमित नहीं थी। असल में इस गीत ने आम लोगों के दिलोदिमाग़ को छुआ था। इस प्रकार, यह ऐसा दुर्लभ गीत है जिसने सरकारी होते हुए भी अपने दम पर एक अलग तरह की लोकप्रियता हासिल की।

1985 में नवस्थापित मास कम्युनिकेशन रिसर्च सेंटर (एमसीआरसी), जामिया मिल्लिया इस्लामिया के छह स्नातकों ने मिलकर मीडियास्टॉर्म नाम से एक फ़िल्ममेकिंग कलेक्टिव बनाया था। ये लोग थे शिखा झिंगन, सबीना गेडिहोक, सबीना क़िदवई, रंजनी मजूमदार, शोहिनी घोष, और चारू गार्गी। मेरे ख़्याल में ये भारत का पहला डॉक्यूमेंट्री कलेक्टिव था और चूंकि इसमें सिर्फ़ लड़कियां थीं, इस लिहाज़ से भी अनोखा प्रयास था। मीडियास्टॉर्म ने तीन फ़िल्में बनाईं – *इन सेक्युलर इंडिया* (1976), *फ़्रॉम दि बर्निंग एम्बर्स* (1988), और *हूज़ कंट्री इज़ इट एनीवे* (1991)।

शोहिनी, वही जिसे सफ़दर ने एक ज़माने में फ़िल्मों के बक्से दिए थे, याद करती हैं, '*इन सेक्युलर इंडिया* शाहबानो जजमेंट और उसके नतीजों पर केंद्रित फ़िल्म थी। यह फ़िल्म एमसीआरसी के संस्थापक अनवर जमाल क़िदवई के प्रोत्साहन से स्टूडेंट प्रॉजेक्ट के रूप में शुरू हुई थी। जल्दी ही हमें इस प्रॉजेक्ट को एक स्वतंत्र फ़िल्म के रूप में लेना पड़ा क्योंकि विश्वविद्यालय ने मुस्लिम वीमेंस बिल पर एक अलग पोजीशन ले ली थी। ए. जे. क़िदवई ने हमें माइक पांडे जैसे दूसरे स्वतंत्र फ़िल्मकारों से इस फ़िल्म के लिए मदद दिलाई। जब शूटिंग पूरी हो गई तो हमने सफ़दर से एक ऐसा गीत लिखने को कहा जो मुस्लिम वीमैंस बिल के नतीजों को झेल रही एक ग़रीब मुस्लिम औरत की कहानी बयान करे। सफ़दर ने कहा कि उसने इससे पहले कभी स्वतंत्र गीत नहीं लिखे थे (यानी ऐसे गीत जो किसी नाटक का हिस्सा ना हों)। हम अपने आग्रह पर डटे रहे। आख़िरकार उसने एक बहुत सुंदर, वृत्तांतपरक गाना लिखा जिसमें हमारी फ़िल्म का मूल भाव बहुत सटीक ढंग से जज़्ब हो गया। रंजनी को याद है कि किस तरह दो या तीन दिन तक सफ़दर उस गाने से जूझता रहा और फिर अचानक वो मुकम्मल हो गया था। ये गाना अपने आप बहता है। उसने ये गीत ढाबे में बैठ कर लिखा था, चाय की चुस्कियां लेते हुए जबकि हम बाक़ी लोग एमसीआरसी में अपने फ़ाइनल प्रॉजेक्ट ख़त्म करने में लगे हुए थे। उसने *फ़्रॉम दि बर्निंग एम्बर्स* (1988) के लिए भी तीन ताक़तवर गाने लिखे थे। ये फ़िल्म मीडियास्टॉर्म की दूसरी फ़िल्म थी जो देवराला में रूप कंवर के "सती" होने की घटना पर आधारित थी। इस फ़िल्म में जनम को भी सती प्रथा पर एक नाटक खेलते हुए दिखाया गया है। यह

नाटक कालिंदी देशपांडे ने लिखा था और माला ने रूप कंवर की भूमिका निभाई थी।'

शोहिनी बताती हैं कि जैसे-जैसे समय बीता, सफ़दर एमसीआरसी में एक 'रेग्यूलर फ़िगर' बन गया था। इन्हीं सालों में रंजनी ने भोपाल गैस त्रासदी पर एक स्टूडियो एक्सरसाइज़ शूट थी जिसमें दिल्ली साइंस फ़ोरम के प्रबीर पुरकायस्थ और सफ़दर को चर्चा के लिए अतिथि वक्ताओं के रूप में आमंत्रित किया था। सफ़दर ने एमसीआरसी में एक साल नुक्कड़ नाटक मॉड्यूल भी पढ़ाया। बाद में, 1993–94 में एक साल माला ने, और उसके बाद एक दशक तक मैंने वहां यही मॉड्यूल पढ़ाया।

1987 में सफ़दर ने पीटीआई-टीवी के लिए 'पांच मिनट' नाम से एक सीरीज़ की रूपरेखा लिखी। इसके लेखन और निर्देशन का ज़िम्मा सफ़दर को ही संभालना था। जैसा कि नाम से ही पता चलता है, ये संक्षिप्त, पांच मिनट की फ़िल्में होनी थी जो एक परिवार के इर्द-गिर्द घूमती थी। हर एपिसोड में केवल एक मुद्दा उठाया जाना था और हर एपिसोड में एक अतिथि कलाकार को आना था। जब सफ़दर ने जून 1987 में जेएनयू से सटे मुनीरका के एक फ़्लैट में इसका पायलट एपिसोड शूट किया तो मैं भी वहां मौजूद था। इस पूरे प्रकरण में मुझे कुछ ख़ास करना नहीं था। सफ़दर ने मुझे बस इतना कहा था कि अगर मुझे शूटिंग देखने का मन हो तो मैं आ सकता हूं। मेरे पास और कुछ करने को था भी नहीं तो मैं उसकी शूटिंग ही देखने चला गया। यह एपिसोड रात भर में शूट किया गया था और अगले दिन उसका संपादन किया गया। इस तरह, सफ़दर ने चौबीस घंटे लगातार काम किया। इससे पहले मैंने किसी को इतनी देर तक बिना रुके काम करते नहीं देखा था जबकि मुझे संपादन के दौरान अपनी आंखें खुली रखने में ज़बर्दस्त मुश्किल पेश आ रही थी। जहां तक मुझे याद पड़ता है, यह सीरीज़ एक ऐसे परिवार के इर्द-गिर्द घूमती थी जिसमें माता-पिता, उनके दो बच्चे, और बच्चों की दादी, सब साथ रहते हैं। पिता की भूमिका मनीष ने और देश के पहले सोप ओपेरा *हम लोग* की कामयाबी से अभिभूत लवलीन मिश्रा ने बेटी की भूमिका निभाई थी। पायलट एपिसोड इस बारे में था कि हमारे समाज में बुजुर्ग किस तरह ख़ुद को बेकार महसूस करने लगते हैं। इस एपिसोड में वीरेंद्र सक्सेना अतिथि कलाकार थे जिन्होंने साल भर पहले भीष्म साहनी के उपन्यास *तमस* पर आधारित गोविंद निहलानी के सीरियल में जरनैल सिंह की भूमिका निभा कर अपने अभिनय की धाक जमाई। सफ़दर वीरेंद्र सक्सेना को उसके थियेटर के दिनों से जानता था। मेरे ख़्याल में पायलट एपिसोड मंज़ूर हो गया था मगर मुझे पक्का पता नहीं कि ये सीरीज़ कभी तैयार क्यों नहीं हुई।

इस तरह, 1985 से 1988 के बीच सफ़दर विडियो और टेलीविज़न में बड़े पैमाने पर काम करता रहा। इन तीन सालों में उसने स्क्रिप्ट राइटर, गीत लेखक, और वॉइस ओवर आर्टिस्ट के तौर पर अलग-अलग अवधि वाली कम से कम तेरह डाक्यूमेंट्रीज में काम किया था। ये सभी वृत्तचित्र दूरदर्शन के लिए बनाए गए थे। इनमें चैप्लिन, आईंस्टीन, और नेहरू जैसी प्रगतिशील शख़्सियतों और शेक्सपीयर आदि पर पांच-पांच मिनट की छोटी-छोटी फ़िल्में शामिल थीं और वाइल्ड लाइफ़ फ़िल्म फ़ेस्टिवल जैसे बिल्कुल अलहदा विषयों पर बनी फ़िल्में थीं। इनमें ऊर्जा, विश्व शांति, ग्रामीण भारत, और प्रथम स्वतंत्रता संग्राम जैसे विविध विषयों पर बनी फ़िल्में थीं। इसके अलावा उसने विभिन्न एजेंसियों के लिए बनाई गई डॉक्यूमेंट्रीज़ में अपनी आवाज़ दी। कुछ डॉक्यूमेंट्रीज़ का निर्देशन भी किया। इनमें से एक डॉक्यूमेंट्री सांप्रदायिक सद्भाव समिति द्वारा बनाई गई *मिल के चलो* और एक डॉक्यूमेंट्री दिल्ली साइंस फ़ोरम के लिए बनाई गई *रोग पुराण* थी।

भारत में होम विडियो अथवा वीएचएस तकनीक के ये शुरुआती साल थे। यह तकनीक जापान में शुरू हुई थी और सत्तर के दशक के आख़िर में अमेरिका और यूरोप में काफ़ी लोकप्रिय हुई थी। इस तकनीक ने विडियो को अचानक एक उपभोक्ता वस्तु में तब्दील कर दिया था। अब कैमरे छोटे, ज़्यादा पोर्टेबल, और सस्ते हो गए थे। आप टेप में विडियो रिकॉर्ड करके उसे संभाल कर रख सकते थे, उसको कभी भी देख सकते थे। संगीत की तरह अब विडियो भी लोगों के निजी संग्रह का हिस्सा बनने लगा था। जिस तरह इप्टा की शुरुआती पीढ़ी के बड़े-बड़े दिग्गज ज़्यादा से ज़्यादा लोगों तक पहुंचने की उम्मीद में बंबई के फ़िल्म उद्योग की तरफ़ निकल गए थे, उसी तरह सफ़दर का मानना था कि वामपंथी सांस्कृतिक कार्यकर्ताओं को तकनीक के धरातल पर आने वाले बदलावों को अपनाना चाहिए और नए रूपों व तरीक़ों में काम करना सीखना चाहिए। यह एक मज़दूर वर्गीय बस्ती में सांस्कृतिक केंद्र स्थापित करने के उसके सपने का मूल बिंदु था जिस पर हम आगे फिर लौटेंगे।

1988. पाकिस्तान

सफ़दर बचपन में अपने बिछड़े परिवार वालों से मिलने एक बार पाकिस्तान गया था। मगर बालिग़ होने पर उसके पास कोई पासपोर्ट नहीं था क्योंकि इसकी कभी ज़रूरत नहीं पड़ी थी। लिहाज़ा, जब उसे दिसंबर 1987 में संयुक्त राष्ट्र के फ़ूड ऐंड एग्रीकल्चर ऑर्गेनाइज़ेशन से संबद्ध कमला भसीन की तरफ़ से एक ख़त मिला

जिसमें उसे 6 से 11 फ़रवरी 1988 के बीच लाहौर में नुक्कड़ नाटक एवं लोक रंगमंच कार्यशाला में हिस्सा लेने के लिए आमंत्रित किया गया तो उसे सबसे पहले तो अपना पासपोर्ट बनवाना पड़ा। न्यौते में कहा गया था कि सहभागी 11, 12 और 13 फ़रवरी को होने वाले फ़ैज़ मेले में भी रुक सकते हैं। इस कार्यक्रम में जाने वाली भारतीय टीम में तिरसठ वर्षीय बादल सरकार सबसे वरिष्ठ सदस्य थे। उनके साथ उनसठ वर्षीय रति बारथोलोमियो, और अपेक्षाकृत युवा कलाकार अनुराधा कपूर (37), माया राव (34) और सफ़दर (33) थे।

सौभाग्य से उस कार्यशाला के ज़्यादातर हिस्से की विडियो रिकॉर्डिंग जनम के आर्काईव्ज़ में मौजूद है। शशि कुमार की फ़िल्म में मैंने उस रिकॉर्डिंग के कुछ टुकड़े देखे थे। इस फ़िल्म में एक बड़ा मज़ेदार हिस्सा है जहां सफ़दर कहता है कि जनम के एक्टर बड़े बेसुरे हैं। 'आवाज़ें तो बुलंद हैं – पर यही प्रॉब्लम है – बेसुरा आदमी बेसुरा भी बड़ी बुलंद आवाज़ में होता है।' जब ललित वाच्छानी ने जनम पर एक फ़िल्म बनाई तो सोचा सफ़दर की इस बात को टेस्ट किया जाए। लाहौर के विडियो में सफ़दर *समरथ* का बोरे वाला गाना सुनाता है, अपनी सुरीली आवाज़ में। ललित वाच्छानी ने सफ़दर के गाने के साथ निहायत बेसुरे विजय कालिया और ज़रा कम बेसुरे मेरे गाए उसी गाने के क्लिप्स को जोड़ कर साबित किया कि सफ़दर के कथन में ज़रा सी भी अतिशयोक्ति नहीं थी।

इस कार्यशाला के विडियो कमाल के हैं। जैसा आप सोच सकते हैं, इसमें भारतीयों और पाकिस्तानियों के बीच कोई फ़र्क़ दिखाई नहीं देता। वे एक जैसे दिखते हैं, दोनों की एक जैसी आदतें हैं, एक-सी ज़बान बोलते हैं। और दोनों तरफ़ वाले बराबर तादाद में सिगरेट फूंकते हैं। भारत से गए सदस्य कई बार इस बात पर ज़ोर देते हैं कि वे पाकिस्तान में रंगमंच के बारे में जानने और सीखने आए हैं मगर पाकिस्तानी भारतीयों को अपने उस्तादों की तरह देखते हैं। पाकिस्तानियों के इस रवैये की जायज़ वजह थी। भारत से गई टीम के हर सदस्य के पास किसी भी पाकिस्तानी सहभागी से कहीं ज़्यादा अनुभव था। बल्कि बादल सरकार ने पाकिस्तानियों के लिए एक पूरा सत्र लिया था जिसमें उन्होंने अपने थियेटर के अनुभवों और तौर-तरीक़ों के बारे में बताया। वह दिखाते हैं कि अपने नाटकों में वे मानव देह का किस प्रकार इस्तेमाल करते हैं। इसके लिए वे पाकिस्तानी अदाकारों को लेकर अपने नाटकों के छोटे-छोटे अंश पेश करते हैं।

कुल मिलाकर इस कार्यशाला का मूड आपसी जुड़ाव, बेबाक चर्चा, और एक-

दूसरे की स्वस्थ आलोचना से भरा दिखाई देता है। भारतीयों में बादल सरकार ख़ामोश, लगभग अप्रत्यक्ष प्रेक्षक की तरह दिखाई पड़ते हैं। वह केवल अपनी कार्यशाला के दौरान हरकत में दिखाई देते हैं। तब उनमें मानो नई जान आ जाती है, वे बच्चों-से जोश में आ जाते हैं। रति बारथोलोमियो मेरी उम्मीद के मुक़ाबले कमोबेश ख़ामोश रहती हैं, पर जमकर नोट्स ले रही दिखती हैं और चर्चाओं को बड़े ग़ौर से सुनती हैं। अनुराधा कपूर संक्षिप्त मगर बहुत तीखे हस्तक्षेप करती हैं। माया राव और सफ़दर सबसे सक्रिय दिखाई देते हैं। वे लगातार नोट्स लेते हैं, दूसरों की कही एक-एक बात ग़ौर से सुनते हैं, सवाल पूछते हैं, टिप्पणियां करते हैं, और अपने अनुभव साझा करते हैं। कोई भी किसी को धकेलता या किसी से आगे निकलता दिखाई नहीं देता। ना ही कोई नेटवर्किंग या यात्राओं के लिए किसी से चापलूसी करता दिखाई देता है। जब लाहौर में उनकी मेज़बान निगहत फ़रीद ख़ान, जिन्होंने कमला भसीन के साथ मिलकर इस कार्यशाला पर काम किया था, ये सुझाव देती हैं कि उन्हें आख़िरी सत्र में भविष्य की योजना पर बात करनी चाहिए तो सफ़दर कहता है कि 'मैं यहां किसी कार्यक्रम का हिस्सा बनने नहीं आया हूं। मैं पाकिस्तानी रंगकर्मियों के साथ बातचीत करने आया हूं। मैं ये बात साफ़ कर देना चाहता हूं कि मैं एक समूह की नुमाइंदगी कर रहा हूं। अगर किसी कार्यक्रम का ख़ाका बनता है तो मुझे अपने समूह से बात करके उनकी राय और रज़ामंदी लेनी होगी।'

माया भी ऊहापोह में है : 'अगर पहले से कोई कार्यक्रम तय है तो मैं जानना चाहती हूं कि वो क्या है।'

चूंकि बादल सरकार शुरू में समझाते हैं कि 'फ़्री थियेटर' (इस दौर तक आते-आते उन्होंने अपनी पहले की संज्ञा 'थर्ड थियेटर' को छोड़ दिया था) से उनका क्या मतलब है, इसलिए सत्र की शुरुआत में थियेटर के वास्ते ज़रूरी संसाधन जुटाने के व्यावहारिक पहलुओं पर काफ़ी देर चर्चा है। मदीहा गौहर, जो उस समय बत्तीस साल की थीं और आने वाले दौर में पाकिस्तान की प्रख्यात रंगकर्मी और महिला अधिकार कार्यकर्ता के रूप में प्रसिद्ध हुईं, अपने समूह अजोका के बारे में काफ़ी विस्तार से बताती हैं। उनके पति और साझीदार शाहिद नदीम ज़्यादातर चुप दिखाई देते हैं। वे एक-दो जगह तथ्यात्मक हस्तक्षेप करते हैं या सवाल भर पूछते हैं। पंजाब लोक रहस और सांझ के सदस्य भी अपने-अपने अनुभव साझा करते हैं।

कार्यशाला के कुछ सबसे रोचक हिस्से वे हैं जहां भारत के सदस्य अपने नुक्कड़ नाटक की विधा के बारे में बताते हैं और उसे अपनी राजनीति के साथ जोड़ कर दिखा

रहे हैं। सफ़दर सहित कुछ अन्य वॉलंटियर्स की मदद से अनुराधा और माया *ओम स्वाहा* के कुछ दृश्य दिखाती हैं। वे इस बारे में बात करती हैं और करके भी दिखाती हैं कि महिलाओं के अनुभवों के उन हिस्सों को कैसे संप्रेषित किया जाए जिन्हें कभी भी महत्वपूर्ण नहीं माना जाता – जैसे उनकी ख़ामोशियां और आहें। इसके लिए वे एम्प्लीफ़िकेशन और उसके विलोम, कॉन्संट्रेशन की तकनीकों का सहारा लेती हैं। माया बताती हैं कि जब दहेज और बलात्कार जैसे बिल्कुल निजी हादसों पर लड़कियों की टीम नाटक परफ़ॉर्म करती है तो उनके सामने किस तरह के अनुभव आते हैं। 'बलात्कार एक यथार्थ है मगर उसे नुक्कड़ नाटक में दिखाने के लिए ऐसे तरीक़ों और रूपों का इस्तेमाल करना पड़ता है जो ग़ैर-यथार्थवादी होते हैं।' वह बताती हैं कि समय सीमित होने की वजह से नुक्कड़ नाटक में आपको अपनी प्राथमिकताएं बहुत स्पष्ट रखनी पड़ती हैं। उदाहरण के लिए, उन्हें तैयारी के दौरान ये तय करना पड़ा कि उनका नाटक दहेज पर होगा या दहेज हत्याओं पर। 'दहेज की समस्या बहुत बड़ा विषय है। समाज में औरतों की हैसियत से जुड़े बुनियादी पहलुओं सहित तमाम तरह के मुद्दे इसमें उलझ जाते हैं। लिहाज़ा हमने ये तय किया कि हम अपना नाटक दहेज उत्पीड़न और दहेज हत्याओं पर केंद्रित करेंगे ना कि दहेज के लेन-देन पर।'

सफ़दर जनम के अनुभव साझा करता है और अपनी विधा के बारे में बताता है। वह जनसंगठनों के साथ और उनके लिए परफ़ॉर्म करने के बारे में बताता है। आल्हा और बहर तवील (लंबे छंद) जैसे परंपरागत मीटर के इस्तेमाल के बारे में बात करता है। अभियान के लिए तैयार किए जाने वाले नाटकों और ख़ास मुद्दों पर तैयार किए जाने वाले नाटकों के फ़र्क़ पर रोशनी डालता है। वह बताता है कि किस तरह एक ही आइडिया – मसलन मदारी-जमूरा खेल – एक नाटक (*समरथ*) में तो कारगर दिखाई देता है मगर दूसरे नाटक (*अपहरण*) में कारगर नहीं रहता। इससे पहले अनुराधा और माया किसी नाटक को ख़त्म करने की कठिनाई के बारे में बात कर चुकी थीं। सफ़दर इस मुद्दे पर एक विधा या फ़ॉर्म का पहलू भी जोड़ता है : 'नाटक को ख़त्म करना हमेशा एक चुनौती होता है। हमारे पास नाटक के ख़ात्मे को इंगित करने के लिए प्रोसीनियम स्टेज की तरह पर्दा गिरने या अंधेरा होने या ऑडिटोरियम की बत्तियां जलाने जैसे औपचारिक साधन नहीं होते जो ये ज़ाहिर करें कि अब नाटक ख़त्म हो गया है। हमारे पास परफ़ॉर्मेंस के लिए सिर्फ़ एक घेरा होता है और उसकी भी सीमा तय नहीं होती। इसलिए नाटक में समाप्ति का एक अलग बोध डालना पड़ता है। हम सभी इस बात पर सहमत हैं कि नुक्कड़ नाटक एक कार्रवाई के आह्वान के

साथ ख़त्म होना चाहिए। मगर बहुत सारे ऐसे विषय हैं जिन पर आप किसी सरगर्मी का आह्वान नहीं कर सकते। लिहाज़ा कई बार आप नाटक ख़त्म करते हुए लोगों के सामने सिर्फ़ एक सवाल छोड़ देते हैं।' वह *समरथ* और *राजा का बाजा* के उदाहरण देता है जो सवालों के साथ ख़त्म होते हैं।

जब मदीहा पंरपरागत विधाओं के साथ काम करने की बात करती हैं क्योंकि लोग उन विधाओं को जानते हैं तो सफ़दर उनकी बात में एक नया कोण जोड़ता है : 'परंपरा कोई एक चीज़ नहीं है। प्रत्येक सोचने समझने वाले व्यक्ति को परंपरा के साथ एक आलोचनात्मक संबंध बनाना होता है। तमाम तरह के दकियानूसी और पिछड़े मूल्य भी हमारी परंपरा का हिस्सा हैं। ऐसे विचार जो हमें पीछे खींचते हैं। होता ये है कि अपनी परंपराओं को खोजने की कोशिश में हम उनके ग़ुलाम बन जाते हैं। परफ़ॉर्मिंग आर्ट्स में बहुत सारी शैलियां हैं जो जीवंत हैं और परंपरा का हिस्सा हैं। कभी-कभी उन शैलियों का प्रयोग किया जा सकता है, थोड़े-बहुत रचनात्मक बदलाव करके। कभी-कभी शैली अपने साथ अपनी विषयवस्तु को लेकर भी आती है। दोनों आपस में गुंथे हुए होते हैं। ऐसे में हमें सावधान रहना होगा। भारत में इसने हमारी संस्कृति को तबाह कर दिया है। "जड़ों की तरफ़ लौटने" की इस चाह ने हमें तबाह कर डाला है। आजकल संगीत नाटक अकादमी जैसी सरकारी संस्थाएं और फ़ोर्ड फ़ाउंडेशन जैसी साम्राज्यवादी संस्थाएं इसी तर्क का सहारा ले रही हैं जबकि इस तरह की शैलियों के इस्तेमाल का उद्देश्य क्या है, ये स्पष्ट नहीं होता।'

सफ़दर का राजनीतिक पक्ष किसी को ठेस पहुंचाए बिना अपनी जगह दृढ़ है। जब कमला भसीन पूछती हैं कि जनम प्रोपेगेंडा से बचने के लिए क्या करता है तो सफ़दर स्पष्ट उत्तर देता है। 'इसका कोई सरल जवाब नहीं हो सकता। कभी-कभी आपको एक स्पष्ट "लाइन" की ज़रूरत पड़ती है। उदाहरण के लिए, दंगों के दौरान। कभी-कभी हमारा नाटक लोगों की चेतना पर केंद्रित होता है। कभी हमारा नाटक केवल कुछ प्रश्न उठाता है। कभी नाटक सिर्फ़ एक समस्या को सामने रखकर छोड़ देता है। मैं लोगों के सामने अपने समूह की पोजीशन रखने में नहीं शर्माता।'

मेरे लिए इस कार्यशाला के सबसे मर्मस्पर्शी क्षण वह हैं जब बादल सरकार पश्चिम बंगाल में कांग्रेस सरकार के अर्द्ध-फ़ासीवादी आतंक के दौर में, 1974 में कलकत्ता के कर्ज़न पार्क में 'सीलुएट' के युवा रंगकर्मी प्रबीर दत्ता की हत्या का विवरण बताते हैं। वह बताते हैं कि प्रबीर की मृत्यु पर एक गहरा डर और गुस्सा था। बहुत सारे रंगकर्मी, कलाकार, और बुद्धिजीवी विरोध में इकट्ठा हुए थे। बादल

सरकार उस क्षण को याद करते हुए बताते हैं, 'मैंने उस समय कहा था कि असली जवाब ये नहीं है कि आप प्रधानमंत्री को एक ख़त लिखें या मुख्यमंत्री से जाकर मिलें। ये तो करना ही चाहिए, मगर सबसे बढ़कर अगले शनिवार को हमें कर्ज़न पार्क जाना चाहिए और वहीं थियेटर करने के अपने अधिकार को फिर से स्थापित करना चाहिए।'

बादल दा की इस बात को एक साल भी नहीं हुआ था जब हमारे सामने ऐसा क्षण आया। और माला ने बिल्कुल यही क़दम उठाया।

अस्सी के दशक का आख़िर. **बेज़ारी और बासीपन**

सन् 1986 में शिकागो के ऐतिहासिक मई दिवस संघर्ष की सौवीं वर्षगांठ थी। यही वह संघर्ष था जिसने आठ घंटे की पाली को एक नियम की मान्यता दिलाई थी। यहीं से 'आठ घंटे काम, आठ घंटे आराम, आठ घंटे हमारी मर्ज़ी' का नारा पैदा हुआ था। दुनिया भर के ट्रेड यूनियन संगठन शतवार्षिकी मनाने जा रहे थे। सीटू भी इस क्रम में अपने कार्यक्रम करने जा रहा था। जनम ने इस अवसर पर मई दिवस की गौरवशाली विरासत को मज़दूरों के बीच ले जाने के लिए एक नाटक करने का फ़ैसला लिया। सफ़दर ने *मई दिवस की कहानी* नाटक लिखा। इसमें तीन ऐतिहासिक क्षणों को शामिल किया गया था : 1886 में शिकागो के मई दिवस के शहीदों का मुक़दमा; *माँ* में ब्रेख़्त द्वारा दिखाए गए मई दिवस के दृश्य के आधार पर रूस की 1905 की परेड का दृश्य; और नात्सी जर्मनी में मई दिवस का दृश्य। इस नाटक के अधिकांश दृश्य और नाम दिल्ली के मज़दूरों के लिए अजनबी और अंजाने थे, फिर भी उन्होंने इस नाटक को बड़े उत्साह से अपनाया।

नाटक तो सफल रहा मगर इसको करने में दुश्वारियां आईं। कारण बस ये था कि जनम के पास इसे खेलने के लिए पर्याप्त संख्या में अभिनेता नहीं थे – बावजूद इसके कि इस नाटक को सिर्फ़ छह कलाकार भी कर सकते थे। सफ़दर ने प्रॉपर्टीज़ और मुखौटों की मदद से कलाकारों की कमी को पूरा करने का प्रयास किया। इसीलिए मई दिवस दृश्यात्मक विविधता और रोचकता के लिहाज़ से जनम के सबसे दिलचस्प नाटकों में से एक है। इसमें लगभग नब्बे अलग-अलग चीज़ों का इस्तेमाल किया गया!

कमोबेश इसी समय सफ़दर ने मार्क ट्वेन के जीवन और कृतित्व पर एक अमेरिकी नाटक देखा जो मात्र एक कलाकार द्वारा पेश किया गया था। इससे सफ़दर को एक

नई प्रेरणा मिली। उस ज़माने में एकल प्रस्तुतियां उतनी प्रचलित नहीं थीं जितनी बाद में हुईं। इस नाटक को देखकर सफ़दर को ये ख़्याल आया कि जनम भी इस तरह की परफ़ॉर्मेंस तैयार कर सकता है। इस दिशा में पहला क़दम उठाने के लिए उसे प्रेमचंद सबसे उपयुक्त कहानीकार दिखाई दिए। उसने प्रेमचंद को फिर से पढ़ना शुरू किया। उसका आइडिया था कि बेशक कोई और न हो, माला के साथ मिल कर वह ऐसी प्रस्तुति तैयार कर सकता है। उसने दिल्ली में बंगाली रंगमंच के बेहतरीन कलाकार और अपने पुराने दोस्त जयंत दास को ऐक्टर्स के एक समूह के साथ एक रीडिंग परफ़ॉर्मेंस देते हुए देखा था। सफ़दर को लगा कि इस संभावना पर भी ग़ौर किया जा सकता है। वैसे उसने यक़ीनन इस बारे में भी विचार किया होगा कि एकल प्रस्तुतियों का ख़्याल अपने आप में तो रोचक है मगर कहीं ऐसा ना हो कि समस्या को हल करने की बजाए उससे समस्या और उलझ जाए।

ऐसा नहीं है कि ये संकट ताज़ा था। सफ़दर के काग़ज़ों में अप्रैल 1982 का एक नोट मिलता है जिसमें जाति आधारित आरक्षण, सांप्रदायिकता, बेरोज़गारी, जनसंख्या जैसे 'व्यापक और सामान्य मुद्दों' पर नाटक तैयार करने की ज़रूरत का ज़िक्र किया गया था। इस नोट में रथिन दास की एक रिपोर्ट का उल्लेख है जिसमें कहा गया था कि कलकत्ता के 1980 के टूर के बाद जनम का दिल्ली और आसपास के इलाक़ों में अपने मुख्य दर्शक समूह यानी मज़दूर वर्ग से कुछ अलगाव हो चला है। सफ़दर का कहना है कि जनम के अभिनेता मज़दूर बस्तियों में होने वाले परफ़ॉर्मेंसेज़ में जाने से अक्सर कतराते दिखाई देते हैं जिसकी वजह से कई शो रद्द करने पड़ते हैं। यह रवैया 'मध्यवर्गीय दर्शकों के बीच होने वाले शोज़ के मुक़ाबले मज़दूर बस्तियों में होने वाले शोज़ के मामले में ज़्यादा साफ़ दिखाई देता है।' सफ़दर लिखता है, 'सहभागिता का सामान्य भाव ग़ायब है' और वह 'ईमानदारी से हिसाब रखने' पर ज़ोर देता है। इसमें नियमित रूप से नए नाटक तैयार करने, हर परफ़ॉर्मेंस की समीक्षा करने, जनम की पहल पर परफ़ॉर्मेंस तय करने यानी आयोजक संगठनों की तरफ़ से निमंत्रण का इंतज़ार ना करने की ज़रूरत पर भी बात कही गई है। इस नोट का आख़िरी बिंदु संक्षिप्त है और सामूहिक संचालन पर सफ़दर के बार-बार आग्रह के विपरीत दिखाई पड़ता है : 'नेता को पूरी तरह स्थापित करें।'

अगले चार-पांच साल में समस्या और पेचीदा हुई बल्कि संकट में तब्दील हो चुकी थी। बात साफ़ थी : संगठन में बेज़ारी और बासीपन की बू आ रही थी।

भाग तीन

1988. **नई पौध**

1987 में मैं जिस जनम से जुड़ा वह धीरे-धीरे दम तोड़ रहा था।

सफ़दर इस बात को समझता था। जनम में फिर से प्राण फूंकने के लिए उसका एकमात्र समाधान ये था कि समूह की राजनीति को और मज़बूती से पकड़ा जाए। यानी, जनम को एक बार फिर जनता के आंदोलनों का हमसफ़र और हिस्सा बनना होगा। यह काम थके हुए, पस्त, बुढ़ाते अभिनेताओं के बस का नहीं था। इसके लिए नए दिमाग़ों और नौजवान जिस्मों की ज़रूरत थी। नए अदाकारों की ज़रूरत थी जो नई ऊर्जा और नए विचार लेकर आएं, जो सीखने को तैयार हों। शायद उसे इप्टा का अपना ज़माना याद आ रहा होगा। चुनांचे वह ज़्यादा से ज़्यादा युवाओं को जनम से जोड़ने के अभियान में जुट गया। नौजवानों को समूह से जोड़े रखने का एकमात्र तरीक़ा ये था कि उन्हें करने के लिए दिलचस्प चीज़ें दी जाएं, उन्हें रचनात्मक ढंग से चुनौती दी जाए, और नए व पुराने, सभी साथियों को रंगकर्मियों के तौर पर नए कौशल सीखने के अवसर मुहैया कराए जाए। इन नौजवानों को नेताओं की भूमिका निभानी थी और इसके लिए जनम की आंतरिक सांगठनिक संरचना को भी फिर से उलटना-पलटना ज़रूरी था। जनम को दूसरे वामपंथी सांस्कृतिक संगठनों के साथ ज़्यादा घनिष्ठ संबंध विकसित करने थे। और यह सब कुछ वक़्त की सबसे बड़ी ज़रूरत को पूरा करने के लिए था : मज़दूर वर्ग के साथ जनम के संबंधों को मज़बूती देना और जनता के संघर्षों में सक्रिय भूमिका अदा करना।

आज पीछे मुड़कर देखने पर मुझे ये बात विस्मयकारी लगती है कि उसने 1988 की गर्मियों से साल के आख़िर तक, महज़ आधे साल में ये पूरा काम कर डाला। यह सब कुछ करते हुए भी उसने इसके बारे में न तो कभी शोर मचाया और न कभी शेखी बघारी। वह हमेशा सहज और मुस्कुराता हुआ मिलता था। उस ज़माने से सफ़दर की जो छवि मेरे ज़ेहन में घूमती है वो एक ऐसे आदमी की है जिसके पैरों में स्प्रिंग लगी हुई थी। जिसके चेहरे पर हमेशा एक मुस्कान चस्पां रहती थी जो अपनी निश्छलता से उसकी ख़ूबसूरती में चार-चांद लगा देती थी।

1988 की गर्मियां. **औरत**

एक दिन फ़ोन की घंटी बजी। दूसरी तरफ़ सफ़दर की आवाज़ थी।

'मुझे मालूम है कि तुम इम्तिहान की तैयारी कर रहे हो। ... मगर देशबंधु कॉलेज

में *समरथ* की एक परफ़ॉर्मेंस तय हुई है। मैं चाहता हूं कि तुम भी आओ। मैं कोशिश कर रहा हूं कि कुछ नए स्टूडेंट जनम से जुड़ें। उन्हें हम बूढ़ों की बजाए नए चेहरों को देख कर कुछ अच्छा लगेगा।'

मनीष और त्यागी, दोनों इस शो के लिए उपलब्ध थे इसलिए सफ़दर फिर से बोरे की भूमिका निभाने वाला था। यानी इस शो में मेरा कोई काम नहीं था। मैंने राहत की सांस ली।

देशबंधु कॉलेज दक्षिण दिल्ली के कालकाजी में स्थित है। उस ज़माने में ये कॉलेज थोड़ी-बहुत बदमाशी के साथ-साथ वामपंथी छात्र राजनीति और रंगमंच के लिए भी मशहूर था। एसएफ़आई ने यहां मज़बूत संगठन खड़ा कर लिया था और अगर मेरी याददाश्त सही है तो न केवल उन्होंने लगातार तीन साल तक छात्र संघ अध्यक्ष का चुनाव जीता था बल्कि जब हम वहां गए तो उस साल यूनियन के चारों पदाधिकारी एसएफ़आई के थे।

जब विद्यार्थियों में वामपंथी विचार फैलने लगे और एसएफ़आई कांग्रेस और आरएसएस के छात्र संगठनों के ख़िलाफ़ खड़ा हुआ तो यह कॉलेज सभी के लिए, और ख़ासतौर से लड़कियों के लिए पहले से ज़्यादा सुरक्षित जगह बन गया। इसमें बौद्धिक विकास, एक्टिविज़्म और सांस्कृतिक गतिविधियों की गहमागहमी होने लगी। इन्हीं हालात में कॉलेज की थियेटर सोसायटी को भी नए पंख लग गए।

कॉलेज में हमारी परफ़ॉर्मेंस कामयाब रही और थियेटर सोसायटी के सदस्य हमसे ख़ासतौर से प्रभावित हुए। उन्होंने पहले कभी ऐसा नाटक नहीं देखा था – खुले में होने वाला नाटक, दिन की रोशनी में, बिना किसी तामझाम के, बहुत मामूली प्रॉपर्टीज़ के साथ, और फिर भी इतना अनोखा, चतुर, और मनोरंजक नाटक। परफ़ॉर्मेंस के बाद थियेटर सोसायटी के सदस्य हमें चाय और समोसा खिलाने कैंटीन ले गए। सफ़दर कॉलेज के विद्यार्थियों से बात कर रहा था।

'क्या तुम में से कोई ऐसा है जो कोई कुछ बजा सकता हो? और तुम लोगों में गाने वाले कौन-कौन हैं?' पता चला कि एक ढोलक बजाता था और एक गाता था।

'मैं तुम्हें जाने नहीं दूंगा। तुम्हें तो जनम से जुड़ना ही है। तुमने ढोलक बजाना कहां से सीखा? तुमने बाक़ायदा गाना सीखा है? नहीं? बहुत बढ़िया, यानी तुम्हारे पास कुदरती टैलेंट है। ये लो, हम यहां रिहर्सल करते हैं, ये पता लिख लो। तुम लोग कब आ सकते हो?'

ढोलक बजाने वाला जोगी, और गाने वाला बृजेन्द्र था। दोनों कॉलेज से ही

दोस्त थे। उनकी दोस्ती इतनी गाढ़ी थी कि उन्होंने एक गुप्त भाषा भी विकसित की थी जिसे वे एक-दूसरे के साथ बड़ी सुगमता से इस्तेमाल करते थे। वैसे तो यह हिंदी जैसी लगती थी मगर ग़ौर से सुनने पर पता चलता था कि यह हिंदी नहीं थी। दोनों के सरनेम भी समान थे – सिंह। उनकी निजी भाषा और सरनेम देखकर लोगों को लगता था कि वे भाई हैं। जब वे गाने में माहिर हो गए तो मैं भी उन्हें प्यार से जनम के 'सिंह बंधु' कहने लगा था।

उनके साथ राकेश शर्मा भी आया। उसकी शुरुआत ऐक्टर के रूप में हुई मगर धीरे-धीरे उसने डायरेक्शन में भी दिलचस्पी लेना शुरू किया। जब हमने साल के आख़िर में हबीब तनवीर के साथ काम किया तो देशबंधु कॉलेज से और भी अदाकार हमारे साथ जुड़े। अरुण कालरा, प्रवीण वढेरा ('लैम्बी'), और बाद में जॉय सेनगुप्ता। जनम से जुड़ने वालों में शिखा सेठी भी एक थी जिसका देशबंधु से अलग तरह का ताल्लुक़ था। उसका पति वहां पढ़ाता था।

सफ़दर ने युवा ऐक्टर्स ढूंढने की कोशिशों के तहत जेएनयू में थियेटर कार्यशाला आयोजित की। यह विरोधाभासी बात लगती है कि जेएनयू में वामपंथी छात्र आंदोलन की अच्छी-ख़ासी ताक़त होने के बावजूद जनम में जेनएनयू के छात्रों की संख्या बहुत कम रही। यह तब था जबकि हम जेएनयू कैंपस में हर साल कम से कम दो-तीन बार तो परफ़ॉर्म करने जाते ही थे। जेएनयू में पढ़ाई-लिखाई का शेड्यूल बहुत सघन था और विद्यार्थियों में अपने कैंपस तक सीमित रहने की प्रवृत्ति थी। फिर भी जेएनयू की कार्यशाला कामयाब रही। तीन लड़कियों ने एक साथ जनम में शामिल होने का फ़ैसला लिया। इनमें एक थी आयशा क़िदवई जिसके साथ उसकी सहेली शिकमा पंडित भी शामिल हुई। शिकमा के बारे में सभी यह मानते थे कि वह जेएनयू की छात्रा है। वह भी लोगों की ग़लतफ़हमी को दूर करने की कोशिश नहीं करती थी। तीसरी लड़की थी प्राची डोवाल। अब जनम में माला अकेली महिला नहीं रह गई थी। लगभग उसी ज़माने में मैंने अपने दोस्त संजय महर्षि और थोड़ा बाद में नंदिता दास को भी जनम में घसीट लिया था। हम लोग स्कूल में साथ पढ़े थे और कॉलेज में भी हमारी दोस्तियां क़ायम थीं। हम तीनों नॉर्थ कैंपस में पढ़ते थे। मैं रामजस कॉलेज का विद्यार्थी था। रामजस कॉलेज ड्रामा सोसायटी का मेरा दोस्त ऐश्वर्ज कुमार भी जनम से जुड़ा।

मगर ये बाद की बातें हैं। इससे पहले गर्मियों में सफ़दर ने तक़रीबन सारे नए कलाकारों को लेकर *औरत* नाटक तैयार किया। *औरत* नुक्कड़ नाटक विधा का

शाहकार है। एक तरह से आप इसे तीन अंकों का नाटक समझ सकते हैं। पहले अंक से पहले भूमिका आती है, और आख़िर में उपसंहार तो नहीं पर एक तरह का ब्रह्मवाक्य या समापन वक्तव्य जैसा आता है। इसके तीनों 'अंक' तीन किरदारों की कहानियां हैं जो मिलकर औरत की कहानी कहते हैं। इन तीनों किरदारों की कहानियां जीवनी के ब्यौरों या मनोवैज्ञानिक विवरणों से भरी नहीं है। इसमें हमें ऐसे दृश्य दिखाई देते हैं जो तीन ख़ास महिलाओं की ज़िंदगियों के अनुभव को नहीं बल्कि इसी तरह की स्थितियों से गुज़र रही असंख्य महिलाओं का प्रतिनिधित्व करते हैं। इस अर्थ में नाटक के दृश्य ये नहीं बताते कि इन किरदारों की क्या ख़ासियत है जो उन्हें शेष समाज से भिन्न बनाती है। उल्टे हमें ये पता चलता है कि समाज की बहुत सारी महिलाओं की ज़िंदगियों में क्या समान है। इस प्रकार, ये महिलाएं नायिका नहीं हैं, बल्कि वे हमारी दुनिया का प्रतीक बन जाती हैं।

जब लोग 'नुक्कड़ नाटक' के बारे में सोचते हैं तो उनके ज़ेहन में यही संरचना होती है – *औरत* की संरचना। शुरू में समस्या का एक सामान्य ब्यौरा, उसके बाद अलग-अलग आयामों को सामने रखने वाले संक्षिप्त, नुकीले दृश्य। ये सारे दृश्य एक नैरेटिव का हिस्सा नहीं होते, ना ही किसी एक किरदार की कहानी कहते हैं। वह एक पहिए की तीलियों की तरह हैं। हरेक की अपनी दिशा है, मगर हरेक केंद्र से जुड़ा होता है। इस तरह, एक बच्ची की कहानी (लड़कपन में ही जिसकी एक शराबी आदमी से शादी कर दी जाती है), एक मध्यवर्गीय युवती की कहानी (नौकरी के इंटरव्यू की आड़ में जिसका यौन उत्पीड़न किया जाता है), और एक मज़दूर औरत की कहानी (जिसे पूंजीपति नौकरी से निकाल फेंकता है क्योंकि उसका आरोप है कि वह मर्दों जितनी मेहनत नहीं कर सकती), सब आपस में जुड़ी हुई हैं और सबकी जड़ में एक ही समस्या है – जेंडर आधारित भेदभाव और उत्पीड़न।

इस नाटक के गीत ब्रेख़्तियन क़िस्म के मालूम पड़ते हैं। वे स्थितियों पर टिप्पणी करते हैं, नाटक के कई हिस्सों की समाप्ति का संकेत देते हैं, या अगले दृश्य को सामने लाते हैं। इस नाटक में राजनीतिक रंगकर्म की शानदार परंपरा के अनुकूल बेहतरीन, चुभने वाला हास्य है। जब लड़की की शादी होती है तो पुजारी महिला के जीवन में स्वीकार्य और वर्जित चीज़ों को पवित्र मंत्रों के रूप में दोहराता है; जब दूसरी महिला कॉलेज में भौतिकी की कक्षा में दाख़िला लेना चाहती है तो उससे एक से एक वाहियात सवाल पूछे जाते हैं।

इस नाटक की शुरुआत में मर्ज़ीये अहमद ऊसकुई की मैं 'एक औरत हूं' कविता

आती है। ऊसकुई एक ईरानी कम्युनिस्ट स्कूल अध्यापिका थी जिसको शाह की पुलिस ने मार डाला था। सफ़दर ने इस कविता का अंग्रेज़ी अनुवाद कहीं पढ़ा था। उसे यह कविता इतनी अच्छी लगी थी कि फ़ौरन उसे नाटक में शामिल करने का फ़ैसला ले लिया। उसने इस कविता का हिंदुस्तानी में शानदार अनुवाद किया है।

इस नाटक में माला औरत की अलग-अलग भूमिकाएं निभाती थी। बाकियों की तरह मैं भी कई भूमिकाएं निभाता था। यह पहली बार था जब मुझे माला के साथ काम करने का मौक़ा मिला था और मैंने उसके पिता की भूमिका निभाई थी!

1988 की गर्मियां. **राजा का बाजा**

विश्वविद्यालय का नया सत्र शुरू होने से पहले सफ़दर ने नए अभिनेताओं को लेकर *राजा का बाजा* तैयार किया। ये मेरे लिए सपनों के सच हो जाने जैसा अनुभव था। मैं लंबे समय से इस नाटक के केंद्रीय किरदार रामेश्वर दयाल की भूमिका पर नज़रें गड़ाए हुए था और जब सफ़दर ने मुझे ये भूमिका निभाने को कहा तो मैं ख़ुशी से फूला नहीं समाया। अब हमारे समूह में दो गायक थे इसलिए सूत्रधार की भूमिका भी दो लोगों में बांट दी गई थी। जोगी की ढोलक ने नाटक में और जान डाल दी थी। अब शिखा भी समूह से जुड़ चुकी थी इसलिए माला की जगह उसने ली। यहां तक कि सफ़दर की भतीजी सानिया सईद, जो उन दिनों पाकिस्तान से आई हुई थी, उसने भी कुछ परफ़ॉर्मेंसेज़ में रोल किया।

जब विश्वविद्यालय खुला तो हमने इस नाटक की परफ़ॉर्मेंस कई कॉलेजों में पेश की। परफ़ॉर्मेंस शुरू होने से पहले सफ़दर बोलता था, वह विद्यार्थियों को बताता था कि हम एक खुला समूह है जिसमें आप भी आकर शामिल हो सकते हैं। आख़िर में वह लोगों से दिल खोल कर चंदा देने को कहता था। हर परफ़ॉर्मेंस के बाद कुछ ना कुछ विद्यार्थी हमसे जुड़ने की ख़्वाहिश व्यक्त करते, हमारा पता-ठिकाना पूछते, और उनमें से कुछ सचमुच रिहर्सल में आते भी थे।

एक दिन हम लोग रिहर्सल के लिए पैदल जा रहे थे। सफ़दर और मैं। 'मैं चाहता हूं कि अब नाटक से पहले भी तुम ही बोलो। हमेशा मेरा बोलना ठीक नहीं लगता।'

'मगर सफ़दर, तुम्हें तो मालूम है कि मैं हकलाता हूं। मैं कभी ये काम नहीं कर सकता।'

'अरे छोड़ो, ऐक्टिंग करते हुए तो तुम कभी नहीं हकलाते। गाते हुए भी नहीं हकलाते। मतलब, वो करते हुए जिसे तुम गाना समझते हो।'

यह कटाक्ष मेरे सनसनीख़ेज़ सिंगिंग डेब्यू पर था।

'वो अलग बात है। वहां तो मुझे अपनी लाइनें रटी होती हैं। रिहर्सल होती है।'

'तो ये लाइनें भी सीख लो। लिख लो। मैं मदद करूंगा।'

और तब, एक या दो दिन बाद, जब हम परफ़ॉर्मेंस के लिए बस में जा रहे थे तो सफ़दर ने सचमुच मेरा भाषण तैयार करवा दिया। मैंने उसकी एक-एक लाईन को तो नहीं लिखा मगर लाइनों का अभ्यास ज़रूर किया।

और जब वक़्त आया तो मैंने सारी लाइनें कह डालीं। एक बार भी नहीं हकलाया।

'देखा? मैंने कहा था ना ... कि तुम कर लोगे।'

आने वाले सप्ताहों और महीने के दौरान मैं परफ़ॉर्मेंस के पहले अक्सर बोलने लगा और मुझे लाइन याद करने की ज़रूरत नहीं रही। बस खड़ा होता और मौक़े के हिसाब से बोलना शुरू कर देता।

मई 1988. **हबीब तनवीर**

एक दिन सफ़दर जब रिहर्सल में आया तो उसके पांवों में अलग ही उछाल था और होंठों पर बंगाल की खाड़ी से चौड़ी मुस्कान।

'तुम लोगों को यक़ीन नहीं होगा। हबीब तनवीर हमारे लिए एक नाटक डायरेक्ट करने को तैयार हो गए हैं। ये प्रोसीनियम नाटक होगा और मैं लिखूंगा!'

पूरे एक दशक तक केवल नुक्कड़ नाटक करने के बाद सफ़दर को ये महसूस हुआ कि अब ज़्यादा पेचीदा रंगमंचीय चुनौतियां लेने का समय आ गया है। इससे पहले उसने प्रोसीनियम नाटक कभी नहीं लिखा था। 1982–83 के आसपास कभी उसने मैक्सिम गोर्की के *ऐनिमीज* का एडप्टेशन तो तैयार किया था मगर वह कभी खेला नहीं गया क्योंकि जनम के पास उतने साधन नहीं थे। ना तो हमारे पास इतने अदाकार थे, ना पैसा था, और ना ही रंगमंच का वैसा कौशल। अब रंगमंच के इस महासागर में डुबकी लगाने और अपनी अब तक की इबारत को बदलने का वक़्त आ गया था। *दुश्मन*, जिसको सफ़दर की ज़िंदगी में कभी परफ़ॉर्म नहीं किया गया, उसको आख़िरकार सफ़दर की मौत के बाद 1989 में हबीब तनवीर ने नेशनल स्कूल ऑफ़ ड्रामा रेपर्टरी कंपनी के लिए निर्देशित किया। हबीब तनवीर ने इसके लिए नए सिरे से गाने लिखे। ये एक शानदार प्रोडक्शन था मगर एनएसडी रेपर्टरी ने इसकी सिर्फ़ कुछ ही परफ़ॉर्मेंस की थीं। बाद में हबीब साहब ने मुझे बताया कि एनएसडी के आला लोगों को ये नाटक राजनीतिक रूप से ज़्यादा ही रेडिकल दिखाई दिया – उसमें लाल

झंडे और क्रांतिकारी गीत जो थे – इसलिए उन्होंने इस प्रोडक्शन को दफ़ना दिया। इसके बाद हबीब तनवीर को रेपर्टरी के लिए कोई नाटक निर्देशित करने नहीं बुलाया।

हबीब साहब का सफ़दर के पिता हनीफ़ हाश्मी से परिचय था। साठ के दशक में ये दोनों सोवियत इन्फ़ॉर्मेशन डिपार्टमेंट में साथ काम करते थे। लिहाज़ा हबीब साहब सफ़दर से लड़कपन से ही वाक़िफ़ थे।

सफ़दर का परिचय कराते हुए हनीफ़ हाश्मी ने हबीब साहब से कहा था, 'ये तो पहले ही कम्युनिस्ट है। और इसका रंग मेरे से भी ज़्यादा लाल है।' अब्बूजी ख़ुद भाकपा के साथ थे। रंगमंच में सफ़दर के शुरुआती स्कूली दिनों की दिलचस्पी का ज़िक्र करते हुए उन्होंने कहा, 'हबीब, ये तुम्हारे ही रास्ते पर चलने की कोशिश कर रहा है।' फिर, जब हमने *मोटेराम का सत्याग्रह* किया तो उससे कुछ समय पहले हबीब साहब की सहयोगी और नया थियेटर की मशहूर ऐक्टर फ़िदा बाई मरकम एक हादसे में बुरी तरह जल गई थीं। हबीब तनवीर लिखते हैं, 'हर कोई उसकी प्रतिभा की सराहना करता था, सफ़दर भी। कई महीनों के इलाज के बाद भी उसकी हालत में बहुत कम सुधार आया और उसके गले में एक छेद रह गया था। उन दिनों वह दिल्ली में बेर सराय के हमारे ठिकाने पर ही रहा करती थीं। उसी समय एक दिन सफ़दर मेरे पास आया और फ़िदा बाई से मिला। उसने सुझाव दिया कि फ़िदा बाई को सफ़दरजंग अस्पताल में उसके कुछ परिचित डॉक्टरों को दिखाया जाए। संयोग से वहीं पर बर्न विभाग में फ़िदा बाई का इलाज चल रहा था। सफ़दर के सुझाव पर अमल करते हुए एक दिन हम लोग अस्पताल के दूसरे विभाग में गए जहां सफ़दर के कहने पर नौजवान डॉक्टरों का एक पूरा जमघट चंद मिनटों में जमा हो गया। मैं दंग था। उन सबने फ़िदा को घेर लिया था और बेहद आधुनिक मशीनों की मदद से उनकी हालत का जायज़ा ले रहे थे। उस दिन हमने इन डॉक्टरों के साथ काफ़ी समय बिताया। मैं हैरान था कि कितनी तन्मयता से सफ़दर का पूरा ध्यान केवल फ़िदा पर था – जैसे उसे दुनिया में कोई और काम ही न हो!'

हबीब साहब सफ़दर के 'अदमनीय मानवतावाद' को देखकर अचंभे में थे और जब हमले के बाद सफ़दर ख़ुद अस्पताल में था, तो हबीब साहब ने देखा कि कितने डॉक्टर वहां उसकी हालत पूछने के लिए आ पहुंचे थे। हबीब साहब के शब्दों में, इससे 'मुझे ये ख़्याल आया कि इन डॉक्टरों के पास सफ़दर यक़ीनन कितने ही ज़रूरतमंदों मरीज़ों को लाया होगा जिनके पास उसकी मदद के बिना इलाज की क्षमता नहीं थी।'

सफ़दर ने 1985 में हबीब साहब के नाटक *हिरमा की अमर कहानी* की एक आलोचनात्मक लेकिन हमदर्दी से भरी समीक्षा लिखी थी। उसने न केवल नाटक देखा था, बल्कि हबीब साहब का लंबा इंटरव्यू किया था और कई बार रिहर्सल देखे। हबीब साहब ने बाद में लिखा कि 'सफ़दर की समीक्षा में जितनी गहराई थी उतनी मैंने कभी किसी और समीक्षा में नहीं पाई।'

1988 की गर्मियों में सफ़दर और माला बेर सराय जाकर हबीब साहब से मिले और जनम के लिए एक प्रोसीनियम नाटक के निर्देशन की गुज़ारिश की। सफ़दर ने उन्हें जनम की कलात्मक ट्रेनिंग पाने के लिए मंच नाटक के हालात के बारे में बताया। 'इस सिलसिले में सबसे पहले उसने मुझसे बात की थी और मैं इससे बहुत ख़ुश था। मैं सफ़दर को बहुत चाहता था। वैसे, भला कौन उसे नहीं चाहता था? हम सभी उसकी दिलकश शख़्सियत, उसके सहज ठहाके, उसकी तमीज़ और तहज़ीब, सहज अभिव्यक्ति, स्पष्ट नज़रिए और कोमल मानवीय मूल्यों के क़ायल थे।'

सफ़दर ने दूसरे वामपंथी सांस्कृतिक संगठनों, जनवादी लेखक संघ, परचम, और दिल्ली में रहने वाले मलयालियों के संगठन जनसंस्कृति से बात की और सदी के सबसे लोकप्रिय लेखक मुंशी प्रेमचंद के इर्द-गिर्द एक उत्सव या समारोह आयोजित करने का प्रस्ताव रखा। उसका विचार था कि इस समारोह में प्रेमचंद पर एक सेमिनार किया जाए, और उनकी कहानियों पर एक नाटक तैयार किया जाए, जो सफ़दर लिखने वाला था और हबीब तनवीर निर्देशन।

सफ़दर लगभग पौने घंटे का एक छोटा नाटक तैयार करना चाहता था। वह सांप्रदायिकता के मुद्दे पर नाटक लिखने की सोच रहा था। पिछले कुछ सालों के दौरान हिंदू और मुस्लिम सांप्रदायिकता दो दैत्यों की तरह समाज पर छा चुकी थी। ऑपरेशन ब्ल्यू स्टार, श्रीमती गांधी की हत्या, और सन् चौरासी के सिख-विरोधी दंगों के बाद राजीव गांधी प्रधानमंत्री बन चुके थे। 1985 में उनकी सरकार ने शाहबानो मामले में सर्वोच्च न्यायालय के प्रगतिशील फ़ैसले के ख़िलाफ़ मुस्लिम महिला विधेयक पारित किया था। जब हिंदू दक्षिणपंथी ताक़तों ने सरकार पर ये आरोप लगाया कि वह मुस्लिम तुष्टिकरण का रास्ता अपना रही है – और यह तुष्टिकरण था भी मगर अल्पसंख्यकों का नहीं, बल्कि यह अल्पसंख्यक सांप्रदायिक ताक़तों का तुष्टिकरण था – तो 1986 में सरकार ने हिंदू दक्षिणपंथियों की राजनीतिक बढ़त को कमज़ोर करने के लिए बाबरी मस्जिद का ताला खुलवा दिया। इससे सरकार की बजाए हिंदू दक्षिणपंथियों को ही और ज़्यादा फ़ायदा मिला, जो पहले ही राम जन्मभूमि के मुद्दे

पर सांप्रदायिक अभियान छेड़े हुए थे। हर तरफ़ सांप्रदायकि भावनाएं फैल रही थीं। सफ़दर का मानना था कि प्रेमचंद के लेखन के माध्यम से इस पर एक सांस्कृतिक प्रतिक्रिया दी जा सकती है।

प्रेमचंद की ख्याति एक कुशल उपन्यासकार के रूप में है ही, मगर वह लघुकथाओं के भी बेजोड़ शिल्पी हैं। सफ़दर प्रेमचंद की ऐसी कहानियां तलाशने लगा जिनको स्टेज के लिए एडेप्ट किया जा सके। वह प्रेमचंद की लघु कथाओं के सातों खंडों – *मानसरोवर* – को पढ़ने में जुट गया। मैं भी इस परियोजना में कहीं चिपक जाऊं, इस उम्मीद के साथ मैं भी प्रेमचंद की कहानियां पढ़ने लगा। ना तो मैं लेखक था और ना ही मेरी लेखक बनने की कोई महत्वाकांक्षा थी, मगर मैं सफ़दर और हबीब तनवीर को काम करते हुए नज़दीक से देखने की चाह रखता था। सफ़दर जो खंड पढ़ लेता उसे मुझे थमा देता। मैं भी उन कहानियों को पूरे उत्साह से पढ़ तो रहा था, मगर मुझे इस बात का ज़रा भी इल्म नहीं था कि किसी कहानी को नाटक में कैसे रूपांतरित किया जाता है। लिहाज़ा मैं सफ़दर के विचारों के लिए कमोबेश एक ख़ामोश बाउंसिंग बोर्ड की भूमिका ही निभा सकता था।

सफ़दर ने *मानसरोवर* में से तक़रीबन आधा दर्जन कहानियां चुनी, जिन पर आधारित नाटक बन सकते थे। चूंकि हबीब साहब हिंदी उतनी तेज़ी से नहीं पढ़ पाते थे (उनकी रवानी उर्दू में थी) इसलिए उन्होंने हमसे कहा कि हम उन्हें कहानियां पढ़कर सुनाएं। लिहाज़ा, एक इतवार की सुबह सफ़दर और मैं बेर सराय में हबीब साहब के घर पहुंचे।

मुझे ये देखकर हैरानी हुई कि उनका मकान कितना छोटा था। हम रसोई से होते हुए, किताबों से भरे छोटे से ड्राइंग रूम में दाख़िल हुए, हर तरफ़ फ़ाइलें और काग़ज़ बिखरे हुए थे। हबीब साहब का प्रख्यात पाइप, तंबाकू, माचिसों का एक डिब्बा और ऐश ट्रे एक तरफ़ रखी हुई थीं। केवल दो कमरों के इस मकान के कमरों के बीच कोई दरवाज़ा नहीं था। भीतर वाला कमरा उनका बेडरूम था जहां मोनिका दी कुछ पढ़ रही थीं। हबीब साहब लकड़ी और जूट के सोफ़े पर बैठे और हम मूढ़ों पर विराजमान हुए।

पहली कहानी सफ़दर ने पढ़ी। अगली कहानी पढ़ने के लिए उसने किताब मुझे थमा दी। हबीब तनवीर की मौजूदगी में पढ़ने के ख्याल से मैं थोड़ा नर्वस तो था ही। थोड़ा नहीं, बल्कि बहुत। पर मुझे ना कहने की हिम्मत न हुई।

काश हुई होती!

ख़ैर, मैंने पढ़ना शुरू किया। और हकलाया। हकलाने से और नर्वस हुआ और नर्वस होने से और हकलाया।

सफ़दर बोला, 'ये बड़ा अच्छा ऐक्टर है। एक बार चल पड़ेगा तब आप देखना।' हबीब साहब ने सिर हिलाकर हामी भरी। उनकी आंखों में एक हल्की-सी मुस्कुराहट थी। चमक थी। मैं खिसियानी सी हंसी के साथ आगे बढ़ा। हबीब साहब ने आराम से, फ़ुर्सत से अपना पाइप जलाया। मैं और ज़्यादा नर्वस हुआ। तक़रीबन पांच मिनट बीते, लेकिन मैं पहला पैराग्राफ पार नहीं कर पाया।

'हम्म। सफ़दर, इस वक़्त हमें मालगाड़ी की नहीं, बल्कि राजधानी एक्सप्रेस की ज़रूरत है, वरना हम दो दिन तक यहीं अटके रहेंगे। फ़िलहाल तुम ही पढ़ो?'

सो, अगले तीन घंटे तक सफ़दर ही कहानियां पढ़ता रहा। एक के बाद एक। मोनिका दी और हबीब साहस ख़ामोश सुनते रहे। हबीब साहब बीच-बीच में अपनी डायरी में इक्का-दुक्का नोट लिख लेते। जल्द ही मैं अपनी शर्मिंदगी को भूल गया, और प्रेमचंद की दुनिया में खो गया। आख़िरी कहानी ख़त्म करके सफ़दर ने हबीब साहब की तरफ़ देखा।

'आपको क्या लगता है? इनमें से कौन सी इस्तेमाल कर सकते हैं?'

'वाक़ई, ये तो सारी कमाल की हैं। तुम बताओ तुम्हें क्या लगता है? वैसे भी लिखना तो तुम्हें है, मुझे नहीं।'

'मुझे लगता है कि हम इनमें से दो को आपस में जोड़ सकते हैं। "हिंसा परमो धर्मः" और "सत्याग्रह"।'

'कैसे?' हबीब साहब ने अनगिनतवीं बार अपना पाइप जलाया।

'हिंसा परमो धर्मः' का मुख्य किरदार जामिद है जो गांव का एक मामूली छोकरा है। वह यतीम है और गांव वाले लगातार उसका फ़ायदा उठाते हैं। आख़िरकार उसका एक शुभचिंतक उसे शहर जाकर अपनी ज़िंदगी बनाने की सलाह देता है। शहर पहुंच कर वह एक मंदिर में शरण लेता है। वहां एक चालाक पुजारी उसे अपना चेला बना लेता है। जब वह मंदिर में होने वाले अन्याय को देखता है तो चुप नहीं रह पाता और फलस्वरूप उसे मंदिर के बाहर फेंक दिया जाता है। यहां से एक मौलवी उसे पकड़ता है और हिंदू उत्पीड़न के शिकार के तौर पर लोगों के सामने उसकी नुमाइश लगाता है। मगर जब वो मौलवी द्वारा की जा रही नाइंसाफ़ियों को देखता है तो वह उसके ख़िलाफ़ भी आवाज़ उठाता है। अब उसे मस्जिद से भी खदेड़ दिया जाता है। इस प्रकार शहर से उसका मोहभंग होता है और वह वापस गांव लौट जाता है।

प्रेमचंद ने बनारस के पंडित मोटेराम शास्त्री को मुख्य पात्र रख कर लगभग आधा दर्जन कहानियां लिखी हैं। इन्हीं में 'सत्याग्रह' भी एक है। ये कहानियां ज़बर्दस्त हास्य-विनोद से भरपूर हैं और इनका कथानक मोटेराम की निस्सीम भूख के इर्द-गिर्द घूमता है। 'सत्याग्रह' में भारत का ब्रिटिश वायसराय जब बनारस के दौरे पर आता है तो कांग्रेस एक हड़ताल का आह्वान करती है। मजिस्ट्रेट बेचैन हो जाता है और अपने भारतीय सामंती चमचों से पूछता है, हड़ताल कैसे रोकी जाए। वे मिलकर एक तरक़ीब निकालते हैं – राष्ट्रवादी हड़ताल के ख़िलाफ़ धार्मिक भूख-हड़ताल। इसके लिए पंडित मोटेराम शास्त्री को चुना जाता है। अपनी पत्नी की लाख सलाह के ख़िलाफ़ जाकर वह भूख-हड़ताल पर बैठने के लिए तैयार हो जाता है और गरदन तक पेट भर कर अनशन पर बैठ जाता है। मगर भूख तो भूख है और मोटेराम की भूख सुरसा मुख है। अंत में कांग्रेस का एक नौजवान वर्कर उसे एक से एक लज़ीज़ मिठाइयां दिखा कर ललचा लेता है और उसकी हड़ताल तुड़वा देता है। अंग्रेज़ों की साज़िश धराशाई हो जाती है।

सफ़दर की सोच ये थी कि हिंसा से नाटक शुरू करें और पहली कहानी के सांप्रदायिक तत्वों को दूसरी कहानी मे आने वाले मजिस्ट्रेट के दोस्तों की जमात में तब्दील कर दें। मोटेराम की भूख हड़ताल तुड़वाने के लिए युवा कांग्रेसी वर्कर की बजाए जामिद को लेकर आएं। हबीब साहब को भी ये ख़ाका जंच गया और सफ़दर ने लिखना शुरू कर दिया।

ये जून के मध्य की बात है। 1 जुलाई से रिहर्सल शुरू होनी थी और 30 जुलाई को इसकी पहली परफ़ॉर्मेंस थी। प्रेमचंद जयंती पर यानी 31 जुलाई को फ़ॉलोअप परफ़ॉर्मेंस तय थी।

जून 1988. **प्रेमचंद का एडेप्टेशन**

मैं शाम को सफ़दर और माला के घर चला जाता था। वहां हम साथ डिनर करते और फिर माला-सफ़दर दोनों काम में जुट जाते। माला अगले दिन के स्कूल की तैयारी में लग जाती और सफ़दर लिखने बैठ जाता। इसके घंटे-डेढ़ घंटे बाद सफ़दर कोई सीन पढ़कर हमें सुनाता। हम अपनी टिप्पणियां, सुझाव देते। वह कुछ बदलाव करता और फिर अगला दृश्य लिखने बैठ जाता। वह एक मशीन की तरह, एक के बाद एक सीन लिख रहा था। गीत भी उसकी क़लम से ख़ुद-ब-ख़ुद निकलते जाते थे। अगले दिन हम सुबह हबीब साहब के पास जाते। सफ़दर उन्हें सीन सुनाता और

उसकी एक कार्बन कॉपी हबीब साहब के पास छोड़ आता। यहां से सफ़दर पार्टी दफ़्तर जाता और मैं थका हुआ घर लौट कर बिस्तर में जमा हो जाता। रोज़ यही सिलसिला चलता रहा।

एक दिन वो अटका।

जामिद की कहानी तो ठीक थी। नाटक की शुरुआत भी बढ़िया थी। फिर एक बिंदु पर आकर हमें जामिद से मोटेराम पर जाना था। इसके लिए हमें कोई ऐसा तरीक़ा ढूंढना था कि जामिद ऐसा क्या करे कि मोटेराम के संपर्क में आ जाए और बाद में उसका अनशन तुड़वा सके। इसके लिए सफ़दर ने पहले एक तरक़ीब ढूंढ़ी। मगर वह नाकाम रही। फिर उसने दूसरी तरक़ीब ढूंढी। वह भी नहीं चली। तब देर रात गए, दिन निकलने से एक या दो घंटे पहले उसने तीसरा संस्करण तैयार किया और उसको लगा कि अब बात बन जाएगी।

मगर अगले दिन सुबह हबीब साहब के घर की तरफ़ जाते हुए बस में बैठने के बाद भी सफ़दर पूरी तरह मुतमईन नहीं था।

'बात बन नहीं रही है। जामिद और मोटेराम, दोनों अब ऐसे किरदार नहीं रह गए हैं जैसे प्रेमचंद ने गढ़े थे। कहीं हमसे कुछ छूट रहा है।'

हबीब साहब के घर पहुंच कर उसने तीनों ऑप्शन्स पढ़कर सुनाए। हबीब साहब सब कुछ ग़ौर से, एकाग्र मन से सुनते रहे। मेरी नज़र उनके पाइप जलाने के रिचुअल पर अटकी थी। माचिस की तीली निकालना, उसे टटोलना, जलाना, जलती तीली को पाइप तक लाना, पाइप का जलना, दो-एक कश लेना, पाइप को बुझाना, फिर माचिस की तीली निकालना – एक अंतहीन, हिप्नोटाइज़ करने वाला चक्र! उनके माथे पर गाढ़ी लकीरें थीं। वह हर तरीक़े पर चर्चा करते और बताते कि उन्हें किसमें क्या कमी लग रही है। हर बार एक उम्मीद की किरण सी उभरती और कुछ ही मिनटों में हम वापस शून्य पर लौट आते।

लगभग एक-डेढ़ घंटे बाद जब हबीब साहब ने एक और समाधान सुझाया तो अभी तक लगभग उनींदी मुद्रा में बैठी मोनिका दी अचानक हरकत में आईं।

'हबीब तुम बेवक़ूफ़ हो। तुम इस समस्या को कभी हल नहीं कर सकते। ये जामिद वाली कहानी एक ट्रैजडी है। मोटेराम की कहानी एक प्रहसन है, फ़ार्स है। अगर तुम दोनों को मिलाओगे तो तुम्हें ट्रेजेडी की कॉमेडी बनानी पड़ेगी या फ़ार्स को ट्रेजेडी में तब्दील करना होगा। चाहे ये करो चाहे वो। प्रेमचंद इसमें नहीं रहेगा। ये तेल और पानी की तरह हैं। मिक्स नहीं होंगे।'

सन्नाटा।

'हम्म। मोनिका, मेरे ख्याल में तुम ही सही हो।'

'इसका ख़्याल है कि मैं सही हूं। सफ़दर, इस ज़िद्दी आदमी को देखो। इसका अब भी बस ख़्याल ही है कि मैं सही हूं। बेशक, मैं ही सही हूं!'

'तो मोनिका दी, आपके हिसाब से फिर हमें क्या करना चाहिए?'

'ख़ुदा के वास्ते सिर्फ़ एक कहानी चुनो! जामिद का किरदार बढ़िया है मगर कहानी थोड़ी क्लिशेड है। मुझे मोटेराम की कहानी पसंद है। किरदार भी मज़ेदार है, कहानी भी अलग है। और ये फ़ार्स है। हबीब फ़ार्स अच्छे से करता है। मोटेराम को मत छोड़ो। तुम्हारे पास सेंस ऑफ़ ह्यूमर है। हबीब और तुम्हारी ख़ूब जमेगी।'

तो बस, बात तय हो गई। सफ़दर ने एक हफ़्ते में पूरा नाटक लिख डाला। पढ़ते हुए ये लगभग पैंतीस मिनट का था। लिहाज़ा हमें लगा कि परफ़ॉर्मेंस में तक़रीबन पैंतालीस मिनट का समय लेगा।

मगर अभी हमने हबीब तनवीर को जाना नहीं था।

जुलाई 1988. **हनुमान की पूंछ**

कहानी में प्रेमचंद, 'घोड़े पर सवार मजिस्ट्रेट' का दुकानदारों को जेल भिजवाने, बाज़ार लुटवाने, और 'यह और वह करवाने' की धमकियां देने का एकाध वाक्य में बयान करते हैं। इस वाक्य से सफ़दर के ज़ेहन में एक हास्यास्पद मजिस्ट्रेट और उसके अलग-अलग महकमे संभालने वाले सात एक से एक मूर्ख अफ़सरों की छवि बनती थी। ज़ेहन में चल रही इसी छवि को फैलाते हुए उसने कई और सीन लिख डाले। प्रेमचंद की कहानी में असली टकराव तक पहुंचने लिए बहुत थोड़ा समय, शायद दो पैराग्राफ लिए गए हैं। टकराव ये है कि जिस दिन वायसराय बनारस आ रहा है उसी दिन कांग्रेस ने हड़ताल का ऐलान कर दिया है। इसके बाद प्रेमचंद पंडित मोटेराम शास्त्री के किरदार पर आ जाते हैं जो कांग्रेस की हड़ताल के ख़िलाफ़ अनशन पर बैठने के लिए राज़ी हो जाता है। सफ़दर की स्क्रिप्ट में इन दो परिचयात्मक पैराग्राफ़ों ने ही लगभग आधे नाटक की जगह घेर ली थी। और, जब स्क्रिप्ट हबीब साहब के हाथ में पहुंची तो उन्होंने एक-एक हास्यास्पद संभावना को और उभारा। हनुमान की पूंछ की तरह नाटक लंबा होता चला गया। मिसाल के तौर पर, नाटक की शुरुआत में दो अर्दलियों से हमें पता चलता है कि मजिस्ट्रेट ने मुंह अंधेरे अपने सातों मुख्य अधिकारियों के साथ एक आपातकाल मीटिंग बुलाई है। इस मीटिंग में

पहले सातों अधिकारी आते हैं, उनके बाद मजिस्ट्रेट आता है जो उन्हें बताता है कि वायसराय बनारस के दौरे पर आ रहे हैं और उन्हें इस दौरे के लिए कोई कसर नहीं छोड़नी है। सफ़दर का लिखा सीन ये था :

मजिस्ट्रेट : मॉर्निंग, मॉर्निंग, बैठिए। अर्दली, सब अफ़सरान हाज़िर है?

अर्दली : जी जनाब।

मजिस्ट्रेट : टो मीटिंग शुरू किया जाटा है। डियर ऑफ़िसर्स, हमको आज बहुट सवेरे हिज़ ऐक्सीलेंसी दि वायसराय ऑफ़ इंडिया का एक टेलीग्राम मिला है। इम्पॉर्टेंट बाट ये नहीं है कि वायसराय साहब का टेलीग्राम आया है। बनारस के मजिस्ट्रेट होने की वजह से हमें हिज ऐक्सीलेंसी से इंस्ट्रक्शन मिलटी ही रहटी है। रोज़ की ही बाट है। इम्पॉर्टेंट बात ये है कि वायसराय साहब अगले हफ़्ते शहर के एक दिन के दौरे के लिए टाशरीफ़ ला रहे हैं।

अफ़सरान बेहोश हो कर गिर जाते हैं। मजिस्ट्रेट ताली बजाता है। अर्दली दौड़-दौड़ आते हैं। अफ़सरान को होश में लाते हैं।

पहला : पानी, पानी ...

दूसरा : पंखा झलो, पंखा ...

तीसरा : मेरी जेब में दवा होगी, वो मुझे सुंघा दो जल्दी ...

चौथा : (*उंगली दिखाते हुए*) सर मैं अभी आया ... (*जाता है*)

पांचवां : अर्दली, एक और पाजामा लाओ ...

छठा : मेरा दिल, मेरा दिल, थोड़ी ब्रांडी देना ...

सातवां : ये मैं कहां हूं? मेरा तकिया कहां गया? चमेलीजान, तुम कहां हो?

अर्दली सब को दोबारा बिठा कर जाते हैं।

मजिस्ट्रेट : हम ये देख के बहुट ख़ुश हैं कि आपने इस समाचार को इटना सीरियसली, इटना गंभीरटा से लिया है। हमें अकीन है कि लाट बहाडुर के स्वागत की टैयारी भी आप इटना ही गंभीरटा से करेगा। हम चाटा है कि लाट साहब का स्वागत बहुट ढूमढाम से किया जाए टाकि उनको बनारस का डौरा हमेशा याड रहे।

अफ़सरान : यस सर, यस सर।

मजिस्ट्रेट : टो आपके क्या सजेशन्स हैं? इंस्पेक्टर ऑफ़ वर्क्स?

भाग तीन

इसके बाद अफ़सर एक से बढ़ कर एक अजीबोग़रीब सुझाव देने लगते हैं। हबीब साहब के हाथों में इस सीन की शक़्ल कुछ यों हो गई :

मजिस्ट्रेट : साब आ गए हैं?

पहला : मैं तो आ गया हूं।

छठा : तो मैं क्या एबसेंट हूं?

पहला : मैंने ऐसा तो नहीं कहा।

सातवां : यूं कहिए सभी आ गए हैं।

पांचवां : ये आप कैसे कह सकते हैं? क्या मालूम किस-किस को बुलाया गया हो।

चौथा : थ्री-नॉट-थ्री यहां नहीं है।

छठा : उन्हें इन्वीटेशन नहीं भेजा गया था।

तीसरा : ख़ैर छोड़िए दूसरों को।

दूसरा : हम तो बस इतना जानते हैं कि हम आ गए हैं।

मजिस्ट्रेट : वैरी गुड, वैरी गुड। आप लोग ढ्यान से हमारा बाट सुनिए। समस्या बहुट गंभीर है।

अफ़सरान : गंभीर सर?

मजिस्ट्रेट : येस, बहुट गंभीर। आज बहुट सवेरे हमें हिज एक्सीलेंसी वायसराय साहब का एक टेलीग्राम मिला है।

पहला : वायसराय साहब का?

छठा : मैंने क्या कहा था?

पांचवां : आपने कुछ नहीं कहा था।

छठा : चुप रहो और साहब की बात सुनो।

तीसरा : मगर बात है बहुत हैरानी की।

मजिस्ट्रेट : इसमें हैरानी का क्या बाट है? ऑफ़्टर ऑल, हम बनारस का मजिस्ट्रेट है, हिज़ एक्सीलेंसी से हमें इंस्ट्रक्शन मिलटा ही रहटा है। रोज़ का बाट है।

छठा : ऑफ़कोर्स।

पहला : यस सर, ये तो रोज़ की बात है।

अफ़सरान : यस, यस।

मजिस्ट्रेट : इम्पॉर्टेंट बात ये है कि हिज़ एक्सीलेंसी, हिंदुस्टान का वायसराय साब, अगले हफ़्टा, एक डिन का डौरा के लिए बनारस आ रहा है।

अफ़सरान खड़े होते हैं। सब उत्तेजित होकर एक साथ बोलते हैं :

दूसरा : बनारस आ रहे हैं?

तीसरा : वायसराय साहब आ रहे हैं?

चौथा : क्या, क्या कहा सर?

पांचवां : मैंने कहा था ना, तगड़ी ख़बर है।

छठा : ये नामुमकिन है!

पहला : अब आएगी आफ़त!

मजिस्ट्रेट : यस, वायसराय साब बनारस आ रहा है!

अफ़सरान बेहोश होकर गिर जाते हैं।

मजिस्ट्रेट : अम ये देख के बहुट ख़ुश हैं कि आपने इस समाचार को इटना सीरियसली, इटना गंबीरटा से लिया है। हमें अकीन है कि इस बार लाट बहाडूर के स्वागत की टैयारी भी आप लोग इटना ही सीरियली और मुस्टैदी से करेगा। हम चाहता है कि वायसराय साब का स्वागत इतना ढूम-ढाम से किया जाए कि उनको बनारस का ये डौरा हमेशा, हमेशा के लिए याड रहे। टो आप लोग बारी-बारी से अपना सजेशंस दीजिए। इंस्पेक्टर ऑफ़ वर्क्स! (*बेहोश अफ़सरान में कोई जुंबिश नहीं होती*)। ऑफ़िसर्स, अटेंशन! (*अफ़सरान हड़बड़ा कर खड़े होते हैं*)। बारी-बारी से सजेशंस डेगा, सजेशंस डे! इंस्पेक्टर ऑफ़ अनएम्प्लॉयमेंट!

और यूं नाटक आगे बढ़ता है। ख़रामा-ख़रामा। अगर सफ़दर ने ऐसी स्थितियां और किरदार रच लिए थे जिनकी प्रेरणा उसे प्रेमचंद के पाठ से मिली थी तो हबीब साहब ने सफ़दर की लाइनों में छिपी मामूली से मामूली हास्यपरक संभावना को हवा-पानी देकर फलने-फूलने दिया। चुनांचे, सफ़दर ने इल्तिजा की कि हबीब साहब उसके सह-लेखक के तौर पर क्रेडिट होना मंजूर करें। हबीब साहब ने इसे स्वीकारा, मगर उनकी अपनी राय साफ़ थी।

'रचा तुमने है। मैंने सिर्फ़ इलेबोरेट किया है। नाटक के पहले लेखक तुम्हीं हो। मैं दूसरा हूं।'

जुलाई 1988. **चमेलीजान**

और फिर चमेलीजान वाला सीन!

सफ़दर की स्क्रिप्ट में इंस्पेक्टर ऑफ़ एन्टरटेनमेंट सुझाव देता है कि वायसराय के दौरे के आख़िर में उन्हें मशहूर तवायफ़ चमेलीजान के कोठे पर ले जाया जाए। सफ़दर को तवायफ़ का नाम प्रेमचंद की किसी और कहानी से मिला, और उसने एक छोटा सा दृश्य लिख दिया था। इसी दृश्य में मजिस्ट्रेट और हम, यानी दर्शक, ये जान पाते हैं कि कांग्रेस ने वायसराय के विरोध में एक हड़ताल का आह्वान किया है। लिहाज़ा, नैरेटिव की दृष्टि से ये एक महत्वपूर्ण दृश्य था। जब हमने फ़्लोर पर इसकी रिहर्सल शुरू की – जिसमें सफ़दर अनाड़ी मजिस्ट्रेट की भूमिका में था, माला मादक अंदाज़ में चमेलीजान का किरदार अदा करती थी और मैं अतिउत्साही सीक्रेट एजेंट थ्री-नॉट-थ्री की भूमिका में था – तो यह सीन फैलता चला गया। सफ़दर और हबीब साहब, दोनों इस सीन में एक के बाद एक नए-नए हास्यपरक ट्विस्ट और टर्न जोड़ते चले गए। रही-सही कसर हम बाक़ी लोगों के छोटे-मोटे सुझावों ने पूरी कर दी। ख़ैर, आख़िर में मजिस्ट्रेट अपने अफ़सरान के सामने अधनंगी हालत में तवायफ़ के साथ पाया जाता है। इससे स्वाभाविक रूप से उसे शर्मिंदगी महसूस होती है मगर इससे ये भी पता चलता है कि तवायफ़ सभी अफ़सरों की रग-रग से वाक़िफ़ है। जैसा कि बाद में हबीब साहब ने लिखा, 'ये सीन बेइंतेहा मज़ेदार था। इसके हास्य को और बढ़ाने के लिए रिहर्सल के दौरान सफ़दर ने ही एक से एक ऑब्सीन सुझाव दिए जो मैंने हाथों-हाथ लपक लिए थे। सफ़दर का सेंस ऑफ़ ह्यूमर ज़बर्दस्त था।'

जो पुराने, 'सीनियर' ऐक्टर थे, उनमें से कुछ को इस सीन पर ऐतराज़ था। उनकी राय में, इसमें राजनीतिक पुट ज़्यादा नहीं था मगर वास्तव में वे इस दृश्य में दिखाई जा रही सेंशुअलिटी को लेकर बेचैन थे। हालांकि चमेलीजान पूरे दृश्य में सिर से पांव तक कपड़ों में रहती है मगर मर्दों के कपड़े उतरते जाते हैं। मजिस्ट्रेट अधनंगा हो जाता है, थ्री-नॉट-थ्री अपने आधे कपड़े निकाल देता है, आगे चलकर बिस्तर के नीचे से सिर्फ़ चादर लपेटे एक अंजान आदमी निकलता है। उनकी निगाह में यह सीन अश्लील था क्योंकि इसमें सेक्स और सेक्शुअलिटी की तरफ़ इशारा था और इस तरह मध्यवर्गीय दर्शकों की 'सौम्य रुचि' को चुनौती देता था।

माला की चमेलीजान दिलकश थी – सेक्सी, शरारती, उन्मुक्त, अपनी यौनिकता पर पूरा नियंत्रण रखने वाली। ऑडिटोरियम को अपने ठहाकों से सराबोर करते हुए, नाटक के नैरेटिव पर पूरा नियंत्रण रखने वाली। बेढब, अति-उत्तेजित, हैरान-परेशान

मजिस्ट्रेट की भूमिका सफ़दर ने अदा की थी। दोनों आमने-सामने होते तो मंच थिरक उठता। माला एक ट्रेपीज़ कलाकार की तरह रोल में कूद पड़ती – हमेशा पूरे कंट्रोल में। सफ़दर एक कॉमिक उस्ताद की तरह था, जिसके भौंचक्के, असंतुलित, हकलाते, हाव-भाव, सब बिल्कुल नपे-तुले थे, ना रत्ती भर ज़्यादा ना एक माशा कम। यहां मैं जोड़ता चलूं कि सफ़दर की मौत के बाद मुझे मजिस्ट्रेट का किरदार निभाने वाले दो और कलाकारों के साथ भी थ्री-नॉट-थ्री की भूमिका निभाने का मौक़ा मिला। पहले हबीब साहब ने ये रोल संभाला और जब 1991 में हमने कमोबेश नए कलाकारों के साथ नाटक को दोबारा तैयार किया, तो जयंत दास मजिस्ट्रेट बने। चमेलीजान के रोल में हबीब साहब ने शिखा, शेहला, और नंदिता को आज़माया पर इनमें से कोई भी माला का सानी नहीं निकला। उस दृश्य में माला-सफ़दर की कैमिस्ट्री का कोई जोड़ नहीं था। इन दो अद्भुत अदाकारों के साथ स्टेज पर होना एक अनुभव था।

इस दृश्य में सेक्स के प्रति बुर्जुवा नैतिकता और मध्यवर्गीय पाखंड पर टिप्पणी थी और मेरे लिए इसी में इस सीन की राजनीति थी। अब पीछे मुड़ कर देखने पर मैं कह सकता हूं कि यह दृश्य दूसरे अर्थों में भी राजनीतिक था। इसमें एक आज़ाद-ख़्याल औरत औपनिवेशिक राज्य के तमाम अफ़सरान को अपनी उंगली पर नचा रही है। उसकी स्वच्छंद यौनिकता अपने आप में मुक्ति का संदेश है। गाने में उसे बनारस की 'आबरू' बताया जाता है, एक ऐसी औरत जो दिलों को पंख लगा देती है, जो बा-शऊर है, जो शहर के जज़्बात और ख़्वाहिशों के मुताबिक़ नाज़ो-अंदाज़ से जीती है। हबीब साहब के दिलकश लफ़्ज़ों में :

उन्हीं में जज़्बा-ए-जम्हूर कारफ़रमा है,
उन्हीं में क़ौम की उल्फ़त का रंग गहरा है,
तमाम अहले-सियासत का उनको सजदा है,
करेंगी ज़ख़्म सभी के रफ़ू चमेलीजान,
हमारे शहर की हैं आबरू चमेलीजान!

दर्शक उसी के माध्यम से ये जान पाते हैं कि हड़ताल होने वाली है। दृश्य के दौरान अंग्रेज़ मजिस्ट्रेट और सीक्रेट सर्विस का मुखिया, दोनों बेहोश होकर गिर जाते हैं मगर वह पूरी तरह होशोहवास में रहती है। वह कमज़ोर, बेवक़ूफ़ मर्दों से घिरी एक ताक़तवर औरत की छवि पेश करती है।

शायद यही बात लोगों को अखर रही थी, कौन जाने! मगर जब 'सीनियर्स' ने इस दृश्य के बारे में सवाल उठाए तो सफ़दर के सामने एक दुविधा थी। ये लोग हबीब साहब के सामने सीधे बोल नहीं सकते थे मगर उनकी पीठ पीछे मीनमेख और शिकायतें उठा रहे थे। लोकतांत्रिक सिद्धांतों में गहरी निष्ठा रखने वाले सफ़दर का फ़र्ज़ था कि वो इन लोगों की इस भावना को हबीब साहब तक पहुंचाए, हालांकि ज़ाती तौर पर वह यही मानता था कि कलात्मक और राजनीतिक दृष्टि से यह दृश्य एक ज़बर्दस्त उपलब्धि है। वह आपत्ति उठाने वालों को बचाना भी चाहता था। वो ये नहीं चाहता था कि उन्हें कोई संकुचित सोच वाला माने। लिहाज़ा जब सफ़दर ने हबीब साहब से बात की तो उसने एक ज़्यादा विश्वसनीय तर्क गढ़ लिया। उसने शंका जताई कि कहीं यह सीन इतना ज़्यादा मज़ाहिया तो नहीं हो गया कि पूरे नाटक पर हावी हो रहा है? लिहाज़ा, क्या नाटक का मुख्य थीम, यानी धर्म को राजनीति से दूर रखने का संदेश, धुंधला तो नहीं पड़ गया है?

हबीब साहब ने इस तर्क को परखने के लिए एक वैकल्पिक दृश्य लिखा जिसमें आगामी हड़ताल की ख़बर हमें बाज़ार में एक कुंजड़न से मिलती है। हमने एक दिन में इस सीन की रिहर्सल की और पहले चारों दृश्यों के दोनों संस्करणों में खेला ताकि समझ सकें कि कौन सा संस्करण बेहतर है। समूह में मतभेद अब भी बने हुए थे। एक मुखर मगर छोटा तबक़ा नए संस्करण को पसंद कर रहा था और ख़ामोश मगर ज़्यादातर लोग चमेलीजान वाले पुराने संस्करण के पक्ष में थे। आख़िर में किसी एक संस्करण को चुनने का ज़िम्मा हबीब साहब पर छोड़ दिया गया। उन्होंने चमेलीजान को चुना।

परफ़ॉर्मेंस में इस दृश्य को जितनी सराहना मिली, उसके आलोक में शिकायतों की फुसफुसाहट अपने आप दबती चली गई।

जुलाई 1988. **गुरु और शिष्य**

जब हमने नाटक पर काम करना शुरू किया, सफ़दर चौंतीस का था। उसे थियेटर करते हुए डेढ़ दशक हो चुका था जिसमें एक दशक सिर्फ़ नुक्कड़ नाटकों का था। हबीब साहब पैंसठ साल के थे, अपने करियर के शिखर पर, पिछले डेढ़ दशक के दौरान *चरणदास चोर*, *मिट्टी की गाड़ी* और *शाहजहांपुर की शांतिबाई* जैसे एक से एक शाहकार पेश कर चुके थे। उनका *आगरा बाज़ार* उससे भी पहले एक क्लासिक का दर्जा हासिल कर चुका था। बाद में *देख रहे हैं नैन* और *कामदेव का अपना बसंत*

ऋतु का सपना आदि नाटक सामने आए। सफ़दर सीखना चाहता था और हबीब साहब सिखाने को तत्पर थे। मैं फूल पर मंडराती वो मधुमक्खी था जो शहद चूसने की फ़िराक़ में रहती है।

प्रेमचंद की कहानी के पहले हाफ़ में जो इशारे थे उन्हें सफ़दर ने बाक़ायदा दृश्यों में तब्दील किया, और हबीब साहब ने उनको और विस्तार दिया। बाद के हिस्सों में उन्होंने ठीक उल्टा किया। जहां मजिस्ट्रेट और उसके सामंती दोस्त मोटेराम को अनशन पर जाने के लिए समझा रहे हैं वहां प्रेमचंद ने बेहतरीन हास्यपरक संवाद लिखे हैं। सफ़दर ने उनमें कुछ लाइनें जोड़ीं, मगर हबीब साहब ने उन्हें काट दिया। इसी तरह, अंतिम दृश्य में जब कांग्रेस का नौजवान वर्कर मोटेराम को मिठाई की ख़ुशबू से ललचा कर उसका अनशन तुड़वाने की कोशिश करता है वहां सफ़दर ने प्रेमचंद के संवादों को फैला दिया था। हबीब साहब ने फिर प्रेमचंद के संवादों को बहाल किया।

'प्रेमचंद एक मास्टर है सफ़दर। ख़ुद देखो कि उसके डायलॉग कितने कसे हुए हैं। वह शब्दों का इस्तेमाल बड़ी किफ़ायत से करता है मगर पूरा असर पैदा करता है। फिर उसके साथ हम छेड़छाड़ करें ही क्यों? ऐसे ही रहने दो।' संवादों की बात और थी, नाम का मसला और था। मूल कहानी का शीर्षक है 'सत्याग्रह' और सफ़दर ने भी अपने मसविदे में यही नाम दिया था, मगर हबीब साहब ने इसे *मोटेराम का सत्याग्रह* कर दिया था।

'"मोटेराम" एक पेटू ब्राह्मण के लिए कितना मुफ़ीद नाम है! इसे सुनते ही ज़ेहन में एक तस्वीर उभर आती है। आपको फ़ौरन अंदाज़ा हो जाता है कि ये हंसी-मज़ाक का नाटक होगा। और आप ये भी जान जाते हैं कि सत्याग्रह फ़ेल होना है – भला मोटेराम जैसे नाम का कोई आदमी अनशन पर कैसे बैठ सकता है! लिहाज़ा, केवल "सत्याग्रह" थोड़ा रूखा लगता है। इसे सुनकर लगता है कि ये किसी शहीद की मार्मिक कहानी भी हो सकती है। प्रेमचंद महान कहानीकार हैं मगर अपनी कहानियों के नाम देने में वे उतने माहिर नहीं हैं। जब बहुत साल पहले मैंने "*शतरंज के खिलाड़ी*" का स्टेज एडप्टेशन तैयार किया था तो मैंने उसे "*शतरंज के मोहरे*" कर दिया था। मुझे ये नाम बेहतर लगा। असल में ये कहानी शतरंज के माहिर खिलाड़ियों के बारे में नहीं है। कहानी दो आदमियों के बारे में है जिनकी क़िस्मत शतरंज के मोहरों की तरह इतिहास की ताक़तों से तय हो रही है।'

हबीब साहब ने सफ़दर के ड्राफ़्ट पर ख़ूब काम किया। कुछ छोटे-छोटे दृश्यों

को मिलाकर लंबे दृश्य बना दिए। कुछ किरदारों को हटा दिया और उनके हिस्से के करतब दूसरे किरदारों को सौंप दिए। कुछ जगहों पर उन्होंने कुछ नए दृश्य जोड़े जिनसे कथानक दिलचस्प और साफ़ हुआ।

नाटक में गीत भी थे। हबीब साहब ने बाद में लिखा था, 'जहां तक कल्पना का सवाल है तो सफ़दर एक शायर था। कुछ बहरों पर उसकी पकड़ थी। मगर सिर्फ़ कुछ बहरों पर ही। उसकी सबसे बड़ी ख़ासियत ये थी कि उसे किसी तरह का अहंकार नहीं था। उसने सहजता से स्वीकार किया कि तवायफ़ चमेलीजान के लिए गीत की जो बहर मैंने सोची थी, उसमें लिखना उसके लिए असंभव था। तब मैंने ख़ुद ही गाना लिख लिया। इसकी वजह ये थी कि छंदशास्त्र में उसकी परवरिश और पृष्ठभूमि कमज़ोर थी जिसकी वजह से वह कभी-कभी उन बहरों में भी गलतियां कर देता था जिनपर उसकी दरअसल पकड़ थी। जैसे पिंगल – आल्हा-उदल की बहर – जिसमें वह सबसे सहज महसूस करता था। ये एक और वजह है जिसके चलते उसके इतने जल्दी चले जाने से मुझे बड़ा रश्क है। मुझे ये उम्मीद थी कि समय के साथ मैं उसे पद्य में उसकी इन कमज़ोरियों से वाक़िफ़ करा सकूंगा और वो समझ-बूझ के साथ कमियों को दुरुस्त भी कर लेगा क्योंकि उसके पास बहुत तेज़ दिमाग़ था। मुझे नियाज़ हैदर की याद आती जिन्होंने मेरी शायरी के शुरुआती दिनों में मुझे बेशक़ीमती सुझाव दिए थे। मगर सफ़दर इतने सारे सांगठनिक मामलों में इस क़दर उलझा रहता था, पार्टी के कामों में और नाटक के बंदोबस्ती पहलुओं में, कि मुझे उसकी शायरी सुधारने का ये काम फ़िलवक़्त मुल्तवी करना पड़ा और फिर वो वक़्त कभी आ ही नहीं सका कि जब मैं उसे शायरी सिखा पाता।' हबीब साहब को नियाज़ हैदर की अमोघ प्रतिभा से सीखने का मौक़ा तब मिला था जब पचास के दशक में दोनों ने क़ुदसिया ज़ैदी के हिंदुस्तानी थियेटर में मिलकर काम किया था – और झगड़े भी!

हबीब साहब सफ़दर की शायरी की कमियों को किस तरह दुरुस्त करते थे इसके दो उदाहरण मुझे याद हैं। नाटक के पहले गाने की पहली लाईन सफ़दर ने यूं लिखी थी :

प्रेमचंद ने लिखा था क़िस्सा, नाटक हमने दिया बनाए

जिसको हबीब साहब ने बदल कर यूं कर दिया :

कथा लिखी थी प्रेमचंद ने, नाटक हमने दिया बनाए

इसी तरह, नाटक के लगभग आख़िर में आने वाले एक गीत में सफ़दर ने लिखा था :

बासी रोटी ही खा लूंगा अगर कहीं वो ही मिल जाए

हबीब साहब ने बदलकर इसे यूं कर दिया था:

बासी रोटी बिन पानी के खा लूं कहीं वो ही मिल जाए

दोनों बार जैसे ही हबीब साहब ने नई लाईन सुनाई, सफ़दर फ़ौरन समझ गया कि वो बहर के हिसाब से ज़्यादा माक़ूल है और ज़बान से ज़्यादा लयपूर्वक बहती है। दूसरे उदाहरण में उन्होंने सिर्फ़ बहर नहीं सुधारी बल्कि भूखे, अनशन करते ब्राह्मण की दुर्दशा को और उजागर कर दिया। जब काजल घोष और देवीलाल नाग ने इन गानों की धुनों को तराशा तो और भी घना असर पैदा हुआ।

कमाल की बात है कि ये सब कुछ सिर्फ़ उनतीस दिनों के वक़्फ़े में हुआ। पहली रीडिंग से लेकर ड्रेस रिहर्सल तक, सिर्फ़ उनतीस दिन! इतवार को छोड़ कर हम बाक़ी दिनों में सिर्फ़ शाम को ही काम किया करते थे। हमारी क़िस्मत अच्छी थी कि माला के चलते हमें लोदी कॉलोनी स्थित सदार पटेल विद्यालय के ऑडिटोरियम में रिहर्सल की इजाज़त थी। प्रधानाचार्य विभा पार्थसारथी और मैनेजर पाठक भाई के स्नेह की वजह से हमें वह ऑडिटोरियम घर-सा लगता था।

24 जुलाई शो से पहले का आख़िरी इतवार था, और नाटक तैयार होने के कहीं क़रीब न था। शिवानी की मदद से शेहला अभी भी मोनिका दी की देख-रेख में कॉस्ट्यूम्स पर काम कर रही थी। नाटक का मुख्य गीत अभी सफ़दर को लिखना था। यह नाटक में दो जगहों पर आना था। अभिनेता अभी लाइनों पर अटक रहे थे। गाने वाले अभी गानों को पढ़ कर गा रहे थे। सेट पर रंग अभी होने थे।

ऊपर से, मेरी नज़र में, क्लाइमेक्स मारक नहीं बन पाया था। मुझे ये फ़िक्र थी कि कहीं हमने दर्शकों को शुरू में ही ज़्यादा तो नहीं हंसा दिया। इतना कि नाटक का अंत मुक़ाबलन फीका लगने लगे। मतलब, कहीं लोग हंसते-हंसते ऊब तो नहीं जाएंगे!

और अगर ऐसा हुआ तो क्या इसके लिए चमेलीजान वाला दृश्य ज़िम्मेदार होगा?

श्री-नॉट-श्री और कांग्रेस वर्कर के दो किरदारों को निभाने के अलावा मैं स्टेज मैनेजर भी था। सो, मुझे ऐक्टर्स के टाइम टेबल तय करने के लिए लगातार हबीब साहब से बात करनी पड़ती थी। हम स्कूल की कैंटीन में, चाय की चुस्कियां लेते रिहर्सल का शेड्यूल तय कर रहे थे। पास में सफ़दर अपने आख़िरी गीत की लाइनों से कुश्ती लड़ रहा था, लेकिन उसके कान हमारी बातचीत पर भी लगे हुए थे।

'हबीब साहब अब तो सिर्फ़ पांच ही दिन बचे हैं। नाटक तैयार हो जाएगा?'

हबीब साहब ने अपना पाइप जलाया और गहरी सांस ली।

'तुम सही कह रहे हो। वक़्त बहुत कम है। मगर मैं तुम्हें एक छोटी सी ट्रिक बताता हूं। ये मैंने इंग्लैंड में, ओल्ड विक में सीखी थी। वहां मेरे एक उस्ताद कहते थे कि अगर पूरे नाटक पर फ़ुर्सत से काम करने का वक़्त नहीं है तो पहले और आख़िरी सीन में कोई कसर मत छोड़ो। बीच का हिस्सा ख़ुद अपने आपको संभाल लेगा। हम भी यही करेंगे। हमारी ओपनिंग बढ़िया है। अंत में अभी जान नहीं है। उसे और उठाना है।'

'हबीब साहब, कहीं ऐसा तो नहीं है कि हम दर्शकों को शुरू में कुछ ज़्यादा हंसा रहे हैं? और इस वजह से अंत सपाट लगने लगा है?'

'हम्म। ख़्याल दिलचस्प है। मुझे नहीं लगता कि शुरुआती हिस्से को कम मज़ेदार बना देने से बाद का हिस्सा ख़ुद-ब-ख़ुद ज़्यादा मज़ेदार हो जाएगा। मगर हम ये जानते हैं कि हंसी कंटेजीयस होती है, फैलने वाली चीज़ होती है। हमें आख़िर के लिए कुछ वैसा करना होगा।'

और फिर उसी दिन उन्होंने आख़िरी सीन के ताले की कुंजी भी खोज ही ली। जब नौजवान कांग्रेस कार्यकर्ता मोटेराम को अपना अनशन तोड़ने के लिए ललचाता है और दर्शक मोटेराम को खाने पर टूट पड़ते हुए देखते हैं तो कोरस सामने आता है और गीत गाने लगता है। इसके साथ एक-एक करके सारे ऐक्टर स्टेज पर आते हैं और मोटेराम को खाते हुए देखकर ठहाके लगाने लगते हैं। इस तरह हबीब साहब ने मंच पर दर्शकों का समूह पैदा कर दिया था जो ठहाके लगा कर नाटक के असली दर्शकों को इशारा कर रहा था कि उनकी प्रतिक्रिया क्या होनी चाहिए। इस तरह, पूरे नाटक में भरपूर हंस चुकने के बावजूद, दर्शक फिर हंसी से लोटपोट हुए और क्लाइमेक्स एक उठान पर जाकर ख़त्म हुआ।

जुलाई 1988. ज़ोहरा सेगल

'ज़ोहरा हिंदुस्तान वापस आ गई है और काम की तलाश में है। वह मेरे साथ काम करना चाहती है। क्या तुम्हें लगता है कि हम उसे अपने नाटक में ले सकते हैं?' हबीब साहब, मोनिका दी, सफ़दर, और मैं एक दिन रिहर्सल के बाद बात कर रहे थे जब हबीब साहब ने हमसे ये बात साझा की। मुझे कुछ पता नहीं था कि वह किसके बारे में बात कर रहे हैं। मगर सफ़दर ख़ुशी से उछल पड़ा।

'ज़ोहरा सेगल? दि ज़ोहरा सेगल? पृथ्वी थियेटर्स वाली ज़ोहरा सेगल? उन्हें काम की तलाश है? बिल्कुल-बिल्कुल! उनके साथ काम करना तो हमारे नसीब की बात होगी।'

आठ साल उदय शंकर के साथ और चौदह साल पृथ्वीराज कपूर के साथ काम करने के बाद ज़ोहरा सेगल तक़रीबन पच्चीस साल इंग्लैंड में रह चुकी थीं और जहां वे मुख्य रूप से टेलीविज़न में काम करती थीं। भारत में लोग उनको लगभग भूल चुके थे। नब्बे के दशक में और उसके बाद एक बार फिर लोग हिंदी फ़िल्मों में उनके काम के ज़रिए उनको पहचानने लगे हैं। उनकी पैदाइश 1912 की थी और लिहाज़ा जब उन्होंने हमारे साथ काम किया तो वह छिहत्तर साल की हो चुकी थीं। एक तरह से वह भारत में अपना दूसरा डेब्यू कर रही थीं। उन्हें मोटेराम की बीवी, पंडिताईन का किरदार दिया गया। मोटेराम की भूमिका निभा रहे त्यागी उनसे ठीक तीस साल छोटे थे। पर ज़ोहरा आपा के अभिनय से ये फ़ासला पता ही नहीं चलता था। उनकी चाल चुस्त थी और पैरों में एक नर्तकी का हल्कापन। आवाज़ पर उनकी पकड़ मुझे अभिभूत कर देती थी। वह हर बार, हर स्वर को बिल्कुल सटीक ढंग से पकड़ लेती थीं और लंबी से लंबी लाईन का आख़िरी अक्षर तक ऑडिटोरियम में पीछे बैठे दर्शकों तक साफ़ पहुंचता था। जब मैंने उनसे आवाज़ की इस ख़ूबी के बारे में पूछा तो उन्होंने निर्लिप्त भाव से बताया कि वह वोकल रियाज़ करती हैं।

'ओह! हर रोज़?'

'यानी तुम नहीं करते?' उनकी आंखें अविश्वास से फैल गईं और मेरे जी में इस ख़्वाहिश ने करवट ली कि काश ये धरती अभी फट जाए और मैं उसमें समा जाऊं।

उनका पेशेवर अंदाज़ मिसालिया था। वह हर रोज़ बिल्कुल सही टाइम पर पहुंच जाती थी। मैं रोज़ आने वाले कल की रिहर्सल के शेड्यूल का ऐलान कर दिया करता था। लेकिन हबीब साहब तो हबीब साहब थे – वो थोड़े ही अपनी योजनाओं के क़ैदी होने वाले थे। वे किसी बारीक़ चीज़ पर उलझ जाते और उस ज़रा-सी चीज़ को दुरुस्त

करने के लिए घंटों जुटे रहते। यूं तो ज़ोहरा आपा भी परफ़ेक्शनिस्ट थीं मगर वह घर ही से पूरा अभ्यास करके निकलती थीं। ऊपर से उनके हुनर का स्तर भी इतना ऊंचा था कि हबीब साहब को उनके ऊपर वक़्त ज़ाया करना ही नहीं पड़ता था। यहां तक कि अगर ज़ोहरा आपा कुछ तैयार करके लाई हैं और हबीब साहब को उनसे कुछ नया करवाना है तो भी पलक झपकते वे बात को पकड़ लेती थीं। इसका नतीजा ये था कि फ़्लोर पर उनको बहुत कम वक़्त बिताना पड़ता था और अगर सीन में कुछ वक़्त लगे भी तो सिर्फ़ किसी को-ऐक्टर की वजह से ही लगता था, उनकी वजह से कभी नहीं। लिहाज़ा, ज़्यादातर उन्हें एक तरफ़ बैठ कर इंतज़ार ही करना पड़ता था। उन्हें इस तरह इंतज़ार करते देख कर मैं नर्वस हो जाता था। जब एक दफ़े वह घंटे भर तक इसी तरह इंतज़ार करती रहीं तो मुझे ख़राब लगा और मैं उनके पास जाकर माफ़ी मांगने लगा।

'चिंता मत करो। मुझे मालूम है तुम सब शौक़िया ऐक्टर हो। मैं यहां तुम लोगों से वैसी उम्मीद नहीं करती जो किसी पेशेवर कंपनी से करती। मगर तुम लोगों का जोश और लगन देखकर मुझे अच्छा लगता है। मुझे मालूम है तुम सब कितनी मेहनत कर रहे हो। मुझे भी मज़ा आ रहा है, हबीब के साथ, सफ़दर के साथ, तुम सब लोगों के साथ काम करते हुए। जानते हो, हबीब मेरे से दस साल छोटा है। मगर उसे देखो। ऐसे लगता है जैसे मेरा पड़दादा है। वो हमेशा से ऐसा था। चालीस के दशक में भी, जिस वक़्त मैं उससे पहली बार मिली थी। एसके ऐसे-ऐसे आइडिया थे जो हम में से किसी को समझ में नहीं आते थे। आला दर्जे का जीनियस।'

ज़ोहरा आपा ने हमारे साथ पहले दो शो में काम किया। जब नाटक को फिर से परफ़ॉर्म करने की बात आई तो सफ़दर उनके पास गया। मगर उन्होंने विनम्रता से इनकार कर दिया। ज़ोहरा आपा ने अपने संस्मरणों में लिखा है कि उन्होंने दो वजहों से सफ़दर का प्रस्ताव नकार दिया था : पहली बात तो ये है कि उन्हें नाटक के लिए अपने बाल रंगने पड़े – 'मैं पूरी कार्टून लग रही थी।' और दूसरी बात, उन्होंने कभी मुफ़्त में काम नहीं किया था। हालांकि हमने पहले दो परफ़ॉर्मेंस के लिए उन्हें भुगतान किया था मगर वह हमारी माली हालत जानती थीं सो हमारे लिए और ज़्यादा कठिनाई पैदा नहीं करना चाहती थीं। सफ़दर की हत्या के बाद विरोध में वह भी शामिल थीं, और सफ़दर की पहली बरसी पर जब रबींद्र भवन में कविता पाठ रखा गया तो फ़ैज़ के 'इंतिसाब' को पढ़ते हुए उन्होंने ही शाम की शुरुआत की थी। उस शाम शबाना आज़मी, जावेद अख़्तर, ओम पुरी, रोशन सेठ, नृत्यांगना इंद्राणी

रहमान और चित्रकार कृष्ण खन्ना जैसे चोटी के कलाकारों ने भी कविताएं पढ़ी थीं।

जुलाई 1988. **मोनिका दी**

जनम के साथ जुड़ने से पहले मैंने कुछ दिनों तक ड्रामाटेक के साथ काम किया था। ड्रामाटेक दिल्ली के रंगमंच की दुनिया में रह-रहकर बनने ओर ग़ायब हो जाने वाले समूहों में से एक था। ये समूह रंगमंच में दिलचस्पी रखने वाले आईआईटी के कुछ ग्रेजुएट ने बनाया था। उनके समूह में मैं सबसे कम उम्र का था। मैं तो ख़ैर आईआईटी से नहीं था और मुझे उन्होंने स्टेज मैनेजर बना दिया था। मतलब मैं वो सारे काम करने वाला शख़्स था जो कोई और नहीं करना चाहता था। मसलन, सेट का सामान एक जगह से दूसरी जगह ले जाने के लिए टेम्पो का जुगाड़ करना। फिर भी, सैकड़ों असली प्रॉप्स वाले उन बड़े-बड़े सेट्स को संभालने के उस अनुभव से मैंने बहुत कुछ सीखा है। ख़ासतौर से मैंने ये सीखा कि इतना सारा ताम-झाम कलात्मक और आर्थिक, दोनों लिहाज़ से कितना बेमतलब होता था। ड्रामाटेक के साथ तीन नाटक करने के बाद भी जब मैंने ये देखा कि मुझे सिर्फ़ प्रॉप्स संभालने के लिए रखा गया था और बदले में मुझे जो रोल मिल रहे थे वे कुल मिलाकर प्रॉप्स जैसे ही होते थे – मिसाल के तौर पर, *विटनेस फ़ॉर दि प्रोसिक्यूशन* नाटक में अगले गवाह को पुकारने के लिए अर्दली का रोल। कुछ समय बाद मैंने उनका साथ छोड़ दिया।

हबीब साहब जनम के ऐक्टर्स में से किसी को नहीं जानते थे। वह सफ़दर को जानते थे मगर मेरा अंदाज़ा यही है कि उन्होंने सफ़दर को भी पहले परफ़ॉर्म करते हुए नहीं देखा होगा। काम शुरू करने से पहले वे हमारी कुछ परफ़ॉर्मेंसेज़ में आए थे। उस वक़्त हम *औरत* परफ़ॉर्म कर रहे थे इसलिए उन्हें ये नाटक दिखाना कोई बड़ी मुश्किल नहीं थी। *औरत* में मनीष, त्यागी और अरुण नहीं थे इसलिए सफ़दर ने उन्हें *समरथ* की रिहर्सल के वास्ते किसी तरह बुला लिया था। ये परफ़ॉर्मेंसेज़ इसलिए आयोजित की जा रही थीं ताकि हबीब साहब हमारा काम देख लें। *समरथ* का एक और फ़ायदा था – सफ़दर को बोरे के रोल में गाने का मौक़ा मिलता था। ये शो पश्चिमी दिल्ली स्थित रानी बाग़ में आयोजित किए गए और हबीब साहब को वहां लेकर आने की ज़िम्मेदारी मेरी थी। *मोटेराम* के लेखन की प्रक्रिया अभी शुरुआती अवस्था में थी। इसलिए मैं तनवीर परिवार को अभी अच्छी तरह से नहीं जानता था। जब मैं उन्हें लेने पहुंचा तो मुझे ये देखकर थोड़ा अचंभा हुआ कि हबीब साहब जीन्स और बड़े-बड़े छापे वाली रंगीन शर्ट पहने बिल्कुल हीरो लग रहे थे। मोनिका दी एक

ख़ूबसूरत साड़ी में थीं और मेकअप कर रही थीं। नगीन इस बात को लेकर परेशान थी कि वो क्या पहनकर चलेगी।

मैंने पूछा, 'क्या आप लोगों को शो के बाद कहीं जाना है?' अगर उन्हें कहीं और जाना होता तो मुझे उनके साथ कार में नहीं बल्कि डीटीसी बस से धक्के खाते हुए वपास आना पड़ता।

हबीब साहब ने थोड़ा सवालिया निगाहों से मेरी तरफ़ देखा।

'मेरा मतलब, आप ऐसे तैयार हो रहे हैं मानो किसी पार्टी में जा रहे हों।' मैंने बात को किसी तरह संभाला।

'नहीं, मगर हम थियेटर देखने जा रहे हैं!' नगीन ने चहकते हुए कहा।

'हां, मगर ये तो बस्ती में एक नुक्कड़ नाटक होगा।'

'पर है तो थियेटर ही ना!' मोनिका दी ने ख़ुशी-ख़ुशी बात ख़त्म की।

आने वाले सालों में मैं जितना उनको जानता गया, मैंने तनवीर परिवार से यही सीखा कि थियेटर के लिए जाना, किसी भी तरह के थियेटर के लिए जाना, एक बड़ा मौक़ा होता है और इसके लिए सबको अच्छी तरह सज-धज कर ही जाना चाहिए। थियेटर थियेटर होता है, चाहे वो किसी आलीशान ऑडिटोरियम में हो या गांव के चौपाल पर हो। वो हमेशा ही मज़ेदार, ख़ुशनुमा, रोमांच पैदा करने वाला अवसर होता है।

मोनिका दी और नगीन *मोटेराम* की हर रिहर्सल में आती थीं। मोनिका दी तो नाटक की तैयारी और रिहर्सल का अभिन्न हिस्सा थीं। वे थियेटर में कॉस्ट्यूम और प्रॉपर्टीज़ संभाला करती थीं और इन मामलों में उनका अनुभव और हुनर हमारे लिए बहुत ही काम का था। इसके अलावा उन्होंने तीन और बहुमूल्य योगदान दिए।

एक बात, जिसका मैं पहले भी ज़िक्र कर चुका हूं – नाटक के लिए कहानी का चुनाव उन्हीं के सुझाव पर तय हुआ।

दूसरा योगदान था, भावना के स्तर पर। रिहर्सल की प्रक्रिया के लगभग आख़िर में एक दिन हमने लंबी, थकाऊ रिहर्सल की थी। लगभग नौ बजे, जब अमूमन काम समेटने का समय होता था, हबीब साहब ने कहा कि अब एक रन-थ्रू और होगा। मतलब, पूरा नाटक, शुरू से अंत तक? उफ़्फ! मैंने सफ़दर की तरफ़ देखा। सफ़दर ने थोड़ा हिचकिचाते हुए कहा, 'हबीब साहब, नौ बज चुके हैं। ...'

'हां, साढ़े दस तक काम ख़त्म कर लेंगे।'

उन्होंने कह दिया तो बस कह दिया। स्टेज मैनेजर की हैसियत से मुझे ये ख़बर

सारे ऐक्टर्स के पास पहुंचानी थी। मुझे लगता है कि जनम में मुझे इतनी नफ़रत कभी नहीं मिली जितनी उस दिन मिली होगी। ख़ैर, रन-थ्रू शुरू हुआ। हरेक को इंतज़ार था कि यह यातना कब ख़त्म होगी। एक ज़बर्दस्त हास्यपरक नाटक के सबसे उबाऊ रनथ्रू के बाद हम हबीब साहब के चारों तरफ़ जमा हुए जो बीच-बीच में अपनी डायरी में नोट्स लिखा करते थे और हर सीन के बारे में ऐक्टर्स को 'प्वॉइंट्स' बताया करते थे। मगर इससे पहले कि वह आज का सिलसिला शुरू करते, मोनिका दी खड़ी हो गईं।

'हबीब, अपने प्वॉइंट्स यहीं छोड़ो।' हबीब साहब ने अपनी डायरी बंद कर दी। इसके बाद मोनिका दी हमारी तरफ़ मुख़ातिब हुईं। 'अरे भई, तुम लोग कर क्या रहे हो? किसी के जनाज़े में आए हो? वो जोश कहां गया? वो ख़ुशी कहां है? तुम्हें हमारे [नया थियेटर के] ऐक्टरों को देखना चाहिए। वे देहाती लोग हैं, पढ़े-लिखे नहीं हैं, शहरी तौर-तरीक़ों से नावाक़िफ़ हैं। मगर उन्हें थियेटर में मज़ा आता है। चाहे वे गांव की चौपाल में परफ़ॉर्म कर रहे हों या इंग्लैंड के आलीशान थियेटर में, चाहे उनका पहला शो हो या सौवां शो हो, चाहे वो परफ़ॉर्म कर रहे हों या रिहर्सल कर रहे हों, चाहे उन्होंने अभी काम शुरू किया हो या रात भर काम किया हो, वे हरदम मज़े से काम करते हैं। ऐक्टर वो है जो दर्शक को जोश और ऊर्जा दे। अपने आप को झोंक दे। अपना नाटक बढ़िया है। उसका मज़ा लो।'

मैं कभी नहीं भूल पाऊंगा जिस अंदाज़ में उन्होंने 'झोंक दे' कहा था। छोटी-सी और कुछ गोलमटोल-सी मोनिका चलती नहीं थीं, गोया पानी की तरह बहती थीं। उन्होंने अपने पूरे शरीर को इस शब्द में झोंक दिया था। उनकी इस छोटी-सी नसीहत से हमारे खेलने की अदा बदल गई।

उन्होंने मुझे एक ऐसी चीज़ भी बताई जो ऑब्वियस होते हुए भी ऑब्वियस नहीं है। बतौर स्टेज मैनेजर मेरी ये ज़िम्मेदारी थी कि सेट बदलने वाली टीम को संभालूं और हर दृश्य के लिए प्रॉप्स का ध्यान रखूं।

'हमारे पास आगे वाला पर्दा नहीं है। जहां संभव हो, वहां हम सेट बदलने के दौरान लाइटों को डिम करते हैं। लेकिन हर जगह इसका प्रबंध नहीं होता – जैसे कि छोटे शहरों, क़स्बों में – या कहीं अगर दिन में परफ़ॉर्म कर रहे हों। तब सेट बदलने की पूरी प्रक्रिया सबको दिखाई देती है। इसलिए ज़रूरी है कि तुम इसे टेक्नीशियन की तरह नहीं ऐक्टर की तरह करो। नाटक की रफ़्तार को ज़ेहन में रखो। हर चीज़ का अभ्यास करो। हर छोटी से छोटी चीज़ का। सेट बदलना घड़ी के पुर्ज़ों जैसा होना चाहिए। ये काम बहुत ख़ूबसूरत और सटीक ढंग से किया जाना चाहिए। इसमें मज़ा

आना चाहिए। तुम्हे मज़ा आएगा तो दर्शक को मज़ा आएगा।'

ये तीसरा सबक था। मंच पर मौजूद हर चीज़ – और मंच के पीछे की भी हर चीज़ – नाटक का हिस्सा होती है और लिहाज़ा उसमें मज़ा लेना चाहिए क्योंकि मज़ा एक फैलने वाली चीज़ है, एक कंटेजियस अहसास है।

ये बात मुझे आने वाले सालों में पता चली कि मोनिका दी ने अपने करियर की शुरुआत एक निर्देशक के रूप में की थी। बाद में भारतीय थियेटर के बने-बनाए ढर्रे को निभाते हुए पत्नी दृश्य के पीछे खिसकती चली गई, और पति पर स्पॉटलाईट बढ़ती चली गई। अंत में पत्नी सिर्फ़ वो रनवे भर बनकर रह रह गई जिस पर रफ़्तार पाकर ही पति की ख्याति का विमान उड़ान भर पाता है।

जुलाई 1988. **ऐक्टिंग क्या होती है?**

हबीब साहब ऐक्टर्स को हर रन के बाद 'प्वॉइंटस' दिया करते थे। ये ऐसे प्वॉइंट होते थे जिनको हमें ज़ेहन में रखना होता था, याद रखना होता था। ये अपने आप में एक स्थापित तरीक़ा है। आप एक रन-थ्रू करते हैं और फिर डायरेक्टर अपने ऐक्टर्स को इकट्ठा करके उन्हें फ़ीडबैक देते हैं। बतौर ऐक्टर, मैं असंख्य बार इस रस्म से गुज़रा हूं और मैंने एक निर्देशक के तौर पर भी इस प्रक्रिया को असंख्य बार दोहराया है। फिर भी, ऐसा क्यों है कि मेरे ज़ेहन में ये फ़ीडबैक सेशन हबीब साहब के साथ जुड़कर रह गया है?

ये उस आला शख़्सियत की मोहकता, उसकी विद्वत्ता, और सेंस ऑफ़ ह्यूमर का नतीजा है। उनके लिए संभव ही नहीं था कि वे किसी परिस्थिति के हास्यपरक पहलू को नज़रअंदाज़ कर पाएं। वह ऐक्टर्स को जो फ़ीडबैक देते थे, वह भी हास्य में लिपटा होता था – कभी कोमल, कभी बारीक़, और कई बार पांव उखाड़ देने वाला। मुझे जो बात सबसे मार्के की लगी वो थी अपने ऐक्टर्स को नसीहत देने का उनका अंदाज़। मिसाल के तौर पर, वह कहते, 'जब तुम्हें मालूम होता है कि तुम्हारा बच्चा मर गया है तो उस वक़्त तुम्हारी रफ़्तार बहुत तेज़ लगती है। ज़रा आहिस्ता चलो, भारी क़दमों से चलो।' या 'पुलिस वाले को झांसा देने के बाद खंखार कर और अच्छी तरह अपनी छाती साफ़ करो।' या 'जब वो तुम्हारे इशारे को अनसुना कर दे तो सिपाही को और ऊंची आवाज़ में पुकारो, और कड़ी आवाज़ लगाओ।'

आपको लगेगा कि इन हिदायतों में कुछ भी तो ख़ास बात नहीं है। सिवाय इसके – इनमें से किसी भी नसीहत में हबीब साहब भावनाओं या जज़्बात के बारे में

बात ही नहीं कर रहे हैं। आने वाले सालों में मैंने बार-बार इस बात को देखा। हबीब साहब कभी भी अपने ऐक्टर्स से 'भावना' नाम की चीज़ के बारे में बात नहीं किया करते थे। वो कभी भी ये नहीं कहते थे कि 'इसमें और जज़्बात डालो' या 'इसे और फीलिंग के साथ निभाओ' वग़ैरह। मिसाल के तौर पर आप ऊपर दी गई स्थितियों को देखें। दूसरे निर्देशकों के 'प्वॉइंट' शायद ये होते : 'हमें और ज़्यादा शोक दिखाओ'; 'मग़रूर अंदाज़ में निकल जाओ'; या 'और ज़्यादा ग़ुस्सा दिखाओ'।

'महसूस करने' की बजाए 'करने' पर हबीब साहब का ये फोकस कई बार तो चकरा देने की हद तक चला जाता था – ऐक्टर के लिए। 1990 में हबीब साहब श्रीराम सेंटर रेपर्टरी के लिए असगर वजाहत के नाटक *जिस लाहौर नीं वेख्या वो जन्म्याई नईं* का निर्देशन कर रहे थे। यह नाटक बंटवारे की पृष्ठभूमि में लिखा गया है। यह एक बूढ़ी हिंदू औरत की कहानी है जो लाहौर में अपनी हवेली को छोड़कर नहीं जाना चाहती हालांकि उसका पूरा कुनबा भारत के लिए पलायन कर चुका है। जब ये हवेली भारत से आए एक मुस्लिम परिवार को आबंटित कर दी जाती है तो उन्हें मालूम चलता है कि यहां एक हिंदू औरत अभी भी मौजूद है। जैसे-जैसे नाटक आगे बढ़ता है, ये बूढ़ी औरत इस्लामिक कट्टरपंथियों के अलावा हरेक की अज़ीज़ हो जाती है। इस नाटक में एक किरदार, शायर है जो रात में शहर की सड़कों पर भटकता है। एक दृश्य में वह सड़क किनारे चाय बेचने वाले को जगाता है। झल्लाहट में, चाय वाला एक मोटी-सी गाली देता है, मगर फिर उसे पता चलता है कि ये तो उसका चहेता शायर है, और वह शर्मिंदा होता है। यह एक मज़ेदार सीन था। पहली बार जब मैंने इसकी रिहर्सल देखी तो मेरी भी हंसी छूट गई थी। मेरी नज़र में तो इस सीन में कोई कमी नहीं थी। फिर हबीब साहब ने ऐक्टरों से ये दृश्य फिर से करने को कहा। इसके बाद फिर। फिर एक बार और। तक़रीबन दर्जन भर बार उन्होंने ये दृश्य दोहरवाया। हर बार वह उससे कोई छोटी सी चीज़ दुरुस्त करने के लिए कहते – 'जब गाली देते हो तो अपनी जांघ पर और ज़ोर से थाप मारो' या 'नहीं-नहीं, आंखें तीन बार मत मलो, दो बार ही काफ़ी है'। जब चायवाले का हिस्सा दुरुस्त हो गया तो हबीब साहब शायर की ओर मुड़े। 'ना-ना, हंसते हुए अपे सिर को इतना पीछे मत करो' या 'जब उसको जगाते हो तो अपना मुंह खुला मत रखो। जब वो गाली दे तब अपना मुंह खोलना। मगर मुंह खोलना सिर्फ़ हल्की सी हंसी के लिए।'

इसे अतिशयोक्ति मत मानिएगा। उन्होंने वाक़ई इन छोटी-छोटी चीज़ों पर दो घंटे से ज़्यादा लगा दिया था। लगता था उन्हें कोई चीज़ तसल्ली नहीं देती।

आख़िरकार ऐक्टरों की हिम्मत ने जवाब दे दिया। शायर का किरदार निभा रहे ऐक्टर ने मिन्नत करते हुए कहा, 'सर मैंने इसको इतनी बार किया, हर तरह से। आप कैसी फ़ीलिंग चाहते हैं?' इस पर हबीब साहब ने ख़ामोश, हल्के-से मुस्कुराते हुए उसको देखा। वह उठे, और उसे करके दिखाया। कोई शक नहीं था – जो उन्होंने किया वो लाजवाब था। इसके बाद वे शायर की तरफ़ मुड़े और कहा, 'तुम फ़ीलिंग्स के बारे में कुछ ज़्यादा सोच रहे हो। तुम सिर्फ़ अपनी पेशियों को सही ढंग से चलाओ, बाक़ी सब सही हो जाएगा।' इसके बाद उन्होंने एक-एक सेंटीमीटर ख़ुद चलकर दिखाया कि वे किस पेशी से क्या करते हैं, किस तरह वे एक पैर का वजन दूसरे पर और दूसरे का पहले पर बदलते हैं, जब वह अपनी पीठ सीधी करते हैं तो उनकी कोहनी कितनी पीछे जाती है, वग़ैरह। ऐक्टर की दाद देनी पड़ेगी कि थके होने के बावजूद उसने इसे जज़्ब किया और सीन को बख़ूबी खेलने लगा।

कहानी का मर्म यहीं ख़त्म नहीं होता। यह छोटा सा दृश्य – जिस पर हमेशा दर्शकों के ठहाके गूंजते थे – के बाद शायर और एक मुस्लिम कट्टरपंथी गुंडे की मुठभेड़ होती है। ये एक गंभीर दृश्य है मगर शायर की हाज़िरजवाबी से एक बार फिर ठहाके गूंजते। मगर, इस बार हंसी का रंग अलग होता। ऊपर मैंने जिस रिहर्सल का ज़िक्र किया था, उसके तक़रीबन डेढ़-दो साल बाद एक बिल्कुल अलहदा संदर्भ में मैं हबीब साहब से इस बारे में बात कर रहा था कि किस तरह हंसी भी अलग-अलग क़िस्म की होती है और किस तरह कई बार हमारे नुक्कड़ नाटक टोली के अभिनेता परेशान हो जाते हैं जब लोग पुलिस या उद्योगपति के गुंडों द्वारा मज़दूर की पिटाई को देखकर भी हंसने लगते हैं। फिर मैंने *जिस लाहौर* का हवाला देते हुए उनसे पूछा कि उन्होंने शायर का किरदार निभा रहे ऐक्टर से इतनी मेहनत क्यों करवाई थी।

'देखो, चाय वाले की शर्मिंदगी तभी फ़नी है जब शायर इसे ज़ाती तौर पर ना ले। अगर शायर ज़्यादा हंसे तो वह फ़नी नहीं रहेगा क्योंकि तब ऐसे लगेगा मानो शायर चायवाले का मज़ाक उड़ा रहा है। शायर को स्थिति में हास्य दिखाई देता है, मगर उसके लिए इसमें छोटे-बड़े का फ़र्क़ नहीं है। उसे फ़र्क़ नहीं पड़ता कि चायवाले के मुक़ाबले उसकी हैसियत ऊंची है। दूसरी तरफ़ चायवाले की शर्मिंदगी इसलिए दुगुनी है क्योंकि वह शायर की सामाजिक हैसियत को जानता है। उसकी ये सामाजिक हैसियत, उसका पढ़ा-लिखा होना, वही शायर को उस गुंडे का मुक़ाबला करने के लिए आत्मविश्वास देती है। वह देखते-देखते अपने तर्कों से उसका कीमा बना देता है। हम चाहते हैं कि दर्शक इस बिंदु पर हंसे क्योंकि यहां जो हंसी होगी वह राजनीतिक हंसी

होगी, जिसके माध्यम से दर्शक भी रुढ़िवादी राजनीति के प्रति अपनी असहमति ज़ाहिर करेंगे। मगर ये हंसी उस समय तक नहीं आएगी जब तक कि तनाव इतना नहीं बढ़ जाता कि ऐसा लगने लगे कि गुंडा शायर पर हमला करने वाला है – वह संभावना जिसे शायर की हाज़िरजवाबी मिटा देती है। और ये तनाव, शायर की ज़िंदगी के लिए पैदा हो रहा ये असली ख़तरा तब तक सघन नहीं होगा जब तक चायवाले की शर्मिंदगी पर पैदा होने वाली हंसी संतुलित नहीं होगी।'

ओह, तो यह बात थी! उस छोटी-सी चीज़ को पैदा करने के लिए दो घंटे तक थकाऊ रिहर्सल करनी पड़ी क्योंकि आगे जो तनाव पैदा होने वाला था वो इस हंसी पर पैदा होता और यह तनाव रूढ़िवादी गुंडे पर दर्शकों की आने वाली हंसी का आधार बनता जो कि पूरे नाटक का ना सही मगर उस दृश्य का राजनीतिक मर्म था।

मेरी निगाह में ऐक्टिंग के प्रति हबीब साहब के रवैये की कुंजी यही थी। दर्शकों को महसूस होना चाहिए कि गुंडे से शायर को सचमुच ख़तरा है, उनमें वह बेचैनी पैदा होनी चाहिए क्योंकि एक तरह से वह शायर उन आम इंसानों की चेतना का प्रतिनिधित्व कर रहा है जो सद्भाव के साथ और हिंसा के बिना जीना चाहते हैं। मगर ये ख़तरा उस ऐक्टर के ज़रिए साकार नहीं होगा जो गुंडे की भूमिका निभा रहा है (हालांकि उसकी भूमिका और उसकी ऐक्टिंग महत्वपूर्ण थी और उसकी भी बार-बार और बड़े सटीक ढंग से रिहर्सल कराई गई थी जिससे उसका किरदार एक कैरीकेचर भर ना रह जाए) बल्कि मुख्य रूप से तब पैदा होगा जब आप दर्शकों को सही मनोदशा में ले आएंगे, जिसके लिए आपको पिछले दृश्य के हास्य को सटीक संतुलन में रखना होगा।

कहने का मतलब ये है कि दरअसल ऐक्टर वह बर्तन है जो भावनाओं को दर्शकों तक ले जाता है, जैसे गिलास ख़ुद नशे में डूबे बिना शराब को पीने वाले तक लेकर जाता है। शराब और गिलास की यह उपमा *नाट्यशास्त्र* में मिलती है। व्यवहार के धरातल पर ऐक्टर और डायरेक्टर के लिए इसका क्या मतलब है, यह मैं तब तक नहीं समझ पाया था जब तक हबीब साहब से नहीं मिला था।

भुलवा राम, दीपक तिवारी, उदय राम, चैत राम, गोविंद राम, माला बाई, और आदेश नाग जैसे नया थियेटर के बहुत सारे कलाकार भी *मोटेराम* की रिहर्सल में शामिल होते थे। संगीतकार और गायक देवीलाल नाग ने काजल घोष के साथ मिलकर गीतों की धुनें तैयार की थी। मेरे लिए ये पहला मौक़ा था जब मैं इन ऐक्टर्स को इतने नज़दीक से देख रहा था हालांकि परफ़ॉर्म करते हुए मैंने उन्हें कई बार देखा

था। सफ़दर इनमें से कइयों को अच्छी तरह जानता था। उसको इस बात का बड़ा मलाल रहता था कि अब फ़िदा बाई ऐक्टिंग नहीं कर सकती थी।

एक दिन हम उदय और गोविंद को एक छोटा दृश्य बनाते हुए देख रहे थे। यह स्क्रिप्ट में नहीं था, और हबीब साहब ने उन्हें तक़रीबन कोई हिदायत नहीं दी थी। फिर भी उनकी कोशिश पहली बार में ही कामयाब रही और ये टुकड़ा नाटक का हिस्सा बन गया। मुझे याद है कि इन लोगों को इस छोटे से हिस्से को इम्प्रोवाइज़ करते हुए देखकर सफ़दर किस तरह ख़ुशी से चहक उठा था।

'ब्रेख़्त का जो कुछ उपलब्ध है, मैंने वो सब पढ़ा है। कसम से, ऐक्टिंग में डिस्टेंसिंग क्या होती है, यह कोई हबीब साहब के ऐक्टरों से सीखे। नुक्कड़ नाटक के लिए हमें यही सीखना है।' सफ़दर 'अलगाव/एलिएनेशन' का नहीं बल्कि 'फ़ासले/डिस्टेंसिंग' शब्द का इस्तेमाल करता था। उसका मानना था कि 'डिस्टेंसिंग' ब्रेख़्त के *verfremdung* की धारणा के नज़दीक पड़ता है। सफ़दर की निगाह में 'अलगाव' शब्द एक सूखा, भावरहित, बेजान अहसास देता है।

पतझड़ 1988. **हमारी ट्रेनिंग**

मोटेराम की पहली परफ़ॉर्मेंस हमने 30 जुलाई को प्यारेलाल भवन के गांधी मेमोरियल हॉल में दी। दूसरी परफ़ॉर्मेंस अगले दिन प्रेमचंद की सालगिरह पर पेश की गई। नाटक ज़बर्दस्त हिट रहा। इस समारोह के दौरान प्रेमचंद पर आयोजित किया गया सेमिनार मेरे लिए एक तालीम थी। मैंने उनके बहुत ज़्यादा उपन्यास तो नहीं पढ़े थे मगर *मोटेराम* की तैयारी के तौर पर मैंने *मानसरोवर* के सारे खंड पढ़ डाले थे और सेमिनार के ज़रिए उनके अन्य पहलू – एक महान प्रगितिशील लेखक, हंस के संस्थापक, मेरे सामने उजागर हुए। यह समारोह पहला अवसर था जब जनम, जनवादी लेखक संघ, परचम, और जन संस्कृति, ये चारों वामपंथी सांस्कृतिक संगठन एक साथ काम कर रहे थे। हमने इस समारोह का एक ब्रोशर निकाला था और उसके लिए जो विज्ञापन जुटाए गए थे – जो लगभग सारे सफ़दर ने जुटाए थे – उन्हीं से नाटक और शेष समारोह का मुख्य ख़र्चा चलाया गया था।

अगस्त में हम *औरत* और *राजा का बाजा* की परफ़ॉर्मेंसेज़ करते रहे। सितंबर में हमने आईफ़ैक्स ऑडिटोरियम में *मोटेराम* को फिर से परफ़ॉर्म किया। जब मैं बच्चा था तब मैंने आईफ़ैक्स में कुछ नाटक देखे थे और अब ये पहला मौक़ा था जब मैं वहां परफ़ॉर्म कर रहा था। ये छोटा सा मगर ख़ूबसूरत ऑडिटोरियम हुआ करता था।

दिल्ली मे ये बेहतरीन अकॉस्टिक्स के लिए मशहूर थे। यहां हमने तीन परफ़ॉर्मेंस किए जिनमें से आख़िरी दोपहर को किया गया था। इसके लिए जनवादी महिला समिति विभिन्न बस्तियों से अपनी सदस्यों को नाटक दिखाने के लिए लाई थी। ये बहुत जीवंत, लगातार सक्रिय, अभिव्यक्तिपरक ऑडियेन्स थी और उन्होंने नाटक का ख़ूब लुत्फ़ लिया। ख़ासतौर से चमेलीजान वाले दृश्य पर देर तक तालियां बजती रहीं। इनका अगला गीत भी दबकर रह गया। मोनिका दी की आंखों में चमक देखते ही बनती थी।

‘ये औरतें बिल्कुल हमारे ग्रामीण दर्शकों की तरह हैं। एकदम स्वतःस्फूर्त।’

उस ज़माने में एनएसडी रेपर्टरी में एक ऐक्टर हुआ करता था – युवराज शर्मा। वह माइम (मूक अभिनय) में प्रशिक्षित था। सफ़दर ने उससे आग्रह किया कि वह हमें भी अपनी कला सिखाए। युवराज की यह कार्यशाला आठ-दस दिन की थी और इसके लिए सफ़दर ने फ़िरोज़शाह रोड पर सोवियत कल्चरल सेंटर में एक एयरकंडीशंड कमरे का इंतज़ाम कर लिया था। इस कार्यशाला में हम दर्जन भर ऐक्टर्स ने हिस्सा लिया था। कार्यशाला के दौरान एक दिन युवराज को पहुंचने में देरी हो गई थी तो सफ़दर ने राकेश से कुछ एक्सरसाइज़ कराने को कहा। जब राकेश हमें एक्सरसाइज़ कराने लगा तो कुछ सीनियर्स बेमतलब की हंसी-ठिठोली करते रहे। राकेश को याद है कि इस बात पर सफ़दर ग़ुस्सा हो गया था और उसने इस बात का इजहार भी किया था।

‘क्या नए लोगों की हौसला अफ़ज़ाई का यही तरीक़ा है।’

सोमन को भी कुछ ऐसा ही याद है। जब उसने ने सफ़दर से कहा कि यह एक शानदार कार्यशाला है, हमें और ऐसी वर्कशॉप करनी चाहिए, तो सफ़दर बोला,

‘क्यों? इन मसख़रों के लिए? जो ये जानते भी नहीं कि उन्हें क्या मिल रहा है?’

लगभग उसी समय, सितंबर में विश्व प्रसिद्ध माइम कलाकार निरंजन गोस्वामी दिल्ली आए थे। सफ़दर ने उनके सामने प्रस्ताव रखा कि वे हमारे साथ काम करें। सफ़दर और निरंजन अच्छे दोस्त थे। शायद उनकी दोस्ती तब पनपी जब सफ़दर डब्ल्यूबीआईबी में काम किया करता था। गोस्वामी जनम के साथ साझेदारी के सुझाव से ख़ुश थे। इस सलाह-मशविरे के कुछ समय बाद सफ़दर ने एक ख़त लिखा जिसमें उसने ये प्रस्ताव रखा था :

‘हम एक ऐसा प्रोडक्शन सोच रहे हैं जिसमें पेंटोमाइम के पहलुओं को थियेटर में समाहित किया जाए। कहने का मतलब ये है कि हम एक फ़ुल लेंथ नाटक तैयार

करने के बारे में सोच रहे हैं जिसमें पेंटोमाइम को एक प्रमुख कलात्मक साधन के रूप में इस्तेमाल किया जाएगा। हम माइम शो की बात नहीं कर रहे हैं। मगर हम इस बात को भी अच्छी तरह समझते हैं कि इस तरह के प्रोडक्शन के लिए आपकी देख-रेख में हमें बहुत अनुशासन और लगन के साथ माइम का प्रशिक्षण लेना होगा। इससे अंततः जो प्रोडक्शन सामने आएगा उसमें आप माइम का निर्देशन कर सकते हैं और हममें से कोई एक साथी थियेटर वाले हिस्से का निर्देशन कर सकते हैं। इस प्रकार यह एक साझा कोशिश रहेगी।'

उस साल की एक फ़ाइल में लवलीन मिश्रा की तरफ़ से सफ़दर के नाम लिखा एक ख़त भी मिलता है जिसमें वह जानना चाहती हैं कि 'बंसी कौल के निर्देशन में जो नाटक तय किया गया था', उसके बारे में बात कहां तक आगे बढ़ी है। यहां गोर्की के नाटक *ऐनीमीज़* के सफ़दर द्वारा तैयार किए गए एडेप्टेशन का ज़िक्र किया जा रहा है। जनम की फ़ाइलों में सफ़दर के लिखे कई ड्राफ़्ट ख़त भी मौजूद हैं। इनमें से एक ड्राफ़्ट दूरदर्शन के एक आला अफ़सर को संबोधित करते हुए लिखा गया है और उसमें पूछा गया है कि क्या वे नाटकों की फ़िल्मिंग की स्कीम के तहत *मोटेराम* पर ग़ौर कर सकते है या नहीं। एक और ड्राफ़्ट साहित्य कला परिषद के नाम है जहां से हमें *मोटेराम* के प्रोडक्शन के लिए पांच हज़ार रुपये का अनुदान मिला था। इस पत्र में परिषद से आग्रह किया गया है कि मंगोलपुरी, जहांगीरपुरी, नंदनगरी, दक्षिण पुरी और शकूर बस्ती में इस नाटक की सार्वजनिक परफ़ॉर्मेंस के लिए आर्थिक मदद दें। इसके लिए सफ़दर ने प्रति शो 6,555 रुपये की लागत का हिसाब लगाया था। तीसरा ड्राफ़्ट संभवतः संगीत नाटक अकादमी को संबोधित है। इसमें पेंटोमाइम पर युवराज शर्मा, देहमुद्राओं पर बंसी कौल, ऐक्टिंग पर एम. के. रैना, और थियेटर के इतिहास व सिद्धांतों पर देवेंद्र राज अंकुर के साथ कार्यशालाओं को आयोजित करने के लिए अनुदान देने की अपील है। ख़त में ये भी बताया गया है कि आने वाले समय में हबीब तनवीर, अनुराधा कपूर, गुरु जनमेजय, और पंडित नरेंद्र शर्मा के साथ भी कार्यशलााओं की योजना बन रही है। जब मैंने रैना का इंटरव्यू लिया तो उन्होंने बताया कि सफ़दर ने उनके निर्देशन में *मदर* के प्रोडक्शन के बारे में बात की थी। इस बात का एक ज़िक्र सफ़दर के चौथे हस्तलिखित ख़त के मसविदे में भी मिलता है। इस ख़त मे भी पता नहीं चलता कि ये किसके नाम लिखा जा रहा था। मगर इसमें हर साल दो प्रोसीनियम नाटक तैयार करने और ऑडिटोरियम व बस्तियों में पचास-पचास शो करने की एक महत्वाकांक्षी योजना का ज़िक्र किया गया है। साथ ही ये भी कहा गया

है कि समारोहों जैसी गतिविधियों और प्रोसीनियम नाटकों के साथ-साथ नुक्कड़ नाटक भी जारी रहेंगे। 'इस महत्वाकांक्षी कार्यक्रम की तैयारी में हम अपने अभिनेताओं का कलात्मक स्तर ऊपर उठाने के लिए कई कार्यशालाएं आयोजित करना चाहते हैं।'

मुझे लगता है कि इनमें से कोई भी ख़त भेजा नहीं गया क्योंकि अंतिम टाईपशुदा ख़तों की कोई कॉपी रिकॉर्ड्स में नहीं मिलती और ना ही उन लोगों की तरफ़ से कोई जवाब इन काग़ज़ों में मिला है जिनके नाम ये पत्र लिखे गए थे। इन अनभेजे ख़तों को देखकर ये तो पता चलता है कि सफ़दर चाहता था कि हम सबको – पुराने और नए, सभी ऐक्टर्स को – रचनात्मक स्तर पर चुनौती दी जाए, हम नए हुनर सीखें, रंगमंच के धरातल पर अपनी वाजिब जगह के लिए क़दम उठाएं। इनके अलावा भी उसके पास ना जाने कितने ख़्याल, योजनाएं, ख़्वाब थे जो लंबे समय से और लंबे समय तक उसके दिलोदिमाग़ में घूम रहे थे।

मगर जनम की एक मज़बूत सांगठनिक संरचना खड़ी किए बिना ये सब कुछ अंजाम नहीं दिया जा सकता था।

अक्टूबर 1988. **जनम का पुनर्गठन**

एक दिन सफ़दर ने हम लोगों से कहा, 'आख़िरकार अब हमारी जीबी (जनरल बॉडी) मीटिंग होगी। पिछले साल भर के काम की एक रिपोर्ट पेश करेंगे। हम खातों का लेखा-जोखा पेश करेंगे और एक नई एग्जिक्यूटिव कमेटी (ईसी) अपने संयोजक और खजांची का चुनाव करेगी।'

'नई ईसी?' मैंने पूछा। 'क्या तुम्हारे कहने का मतलब है कि हमारे पास पुरानी ईसी है?'

'अरे हां, है ना। लेकिन टॉप सीक्रेट। पुरखों का गहना है, सहेज के रखा है।' हम सब हंस पड़े।

बाद में, जब जोगी, बृजेन्द्र, और मैं घर जाने के लिए बस स्टॉप पर खड़े थे तो मैंने पूछा, 'तुम्हारे हिसाब से ईसी में कौन-कौन होगा? और कन्वीनर (संयोजक) कौन बनेगा?'

मुझे याद नहीं पड़ता कि हम तीनों ने इन सवालों के क्या जवाब दिए। मगर संयोजक कौन बनेगा, इसको लेकर हम तीनों में रज़ामंदी नहीं थी। जोगी और बृजेन्द्र को पक्का यक़ीन था कि सफ़दर ही संयोजक होगा। 'और कौन हो सकता है?'

'पता नहीं, पर तुम लोगों ने देखा नहीं कि सफ़दर दूसरों को कितना बढ़ावा

देता है? वह ईसी में तो होगा, वह सारा काम भी संभालेगा मगर संयोजक किसी “सीनियर” को ही बनवाएगा। देख लेना।’

वे दोनों मेरी दलील से मुतमईन नहीं थे मगर इस बात से उन्हें भी इनकार नहीं था कि अगर जीबी में ऐसा सुझाव आता है तो हमें एक छोटी सी बग़ावत करनी पड़ेगी।

इस तरह, 2 अक्टूबर 1988 को, यानी जनम की पहली जनरल बॉडी मीटिंग के दिन मैं थोड़े रोमांच और बहुत सारी उत्सुकता के साथ समय पर वी. पी. हाउस पहुंच गया। इस मीटिंग के मिनट्स को देखकर पता चलता है कि इसमें कुल उनतीस लोगों ने हिस्सा लिया जिनमें छह महिलाएं थीं। मौजूद लोगों में ग्यारह पुराने, यानी दो साल या इससे ज़्यादा जनम में रह चुके, और अठारह नए लोग थे। नए लोगों में ज़्यादातर पिछले छह महीने में संगठन से जुड़े थे। जोगी, बृजेन्द्र और मैंने आंखों-आंखों में एक-दूसरे को इशारे किए और बग़ावत की अपनी योजना को एक बार फिर जांच लिया। हमारा इरादा साफ़ था – अगर मतदान का मौक़ा आया तो सफ़दर को संयोजक बनवाकर ही रहेंगे। और कोई सवाल ही नहीं उठता।

ख़ैर, कार्रवाई शुरू हुई। सबसे पहले मनीष ने हमें बताया कि मौजूदा और फ़िलहाल अपना कार्यकाल पूरा करने जा रही ईसी में वह ख़ुद (संयोजक), त्यागी (कोषाध्यक्ष), और ललित थे। मनीष ने जनम की कुछ ताज़ा गतिविधियों की मौखिक रिपोर्ट पेश की और कहा कि हमें अब एक ज़्यादा बड़ी और ज़्यादा संगठित ईसी की ज़रूरत है क्योंकि अब हमारे पास ज़्यादा सदस्य हैं और हमारी गतविधियां बढ़ गई हैं। उसने ये भी कहा कि जनम हाल ही में उठे कुछ मुद्दों पर ज़्यादा कुछ नहीं कर पाया है जो कि दुख की बात है। उसने बीते साल राजस्थान में अठारह वर्षीय लड़की रूप कंवर को सती के नाम पर मार डालने की घटना का भी हवाला दिया और कहा कि हम इस पर कुछ ख़ास प्रतिक्रिया नहीं दे पाए थे।

सफ़दर ने कहा कि हम लंबे समय से अपनी शिक्षा और प्रशिक्षण को नज़रअंदाज़ करते आ रहे हैं। अब हमें इस बात की तसल्ली है कि हमने इस कमी को दूर करने के लिए क़दम उठाने शुरू कर दिए हैं। ललित ने कहा कि भविष्य में हम अलग तरह के नाटक तैयार करेंगे। हमारे हर शो में बहुत सारे बच्चे भी आते हैं इसलिए भगतसिंह जैसे विषयों पर नाटक करने के साथ हमें बच्चों के लिए भी नाटक करने चाहिए। मनीष ने कहा कि अब हमारे पास बहुत सारे सदस्य हैं इसलिए हम दो टीम बना सकते हैं, जो कि हमेशा हमारी कोशिश रही है। ये रिपोर्ट सर्वसम्मति से पारित हुई। हालांकि मिनट्स में ये भी लिखा है कि मैंने ये कहा था कि हमें मीटिंग से पहले लिखित रिपोर्ट

मिलनी चाहिए थी। रिपोर्ट पारित होने के बाद सफ़दर ने कहा 'जल्द ही हम रिपोर्ट को लिखित रूप में सभी सदस्यों के बीच बाटेंगे।'

इसके बाद कोषाध्यक्ष की हैसियत से त्यागी ने हमें बताया कि जनम के पास कुल 10,819.15 रुपये हैं। सारा नकद। हमारे रजिस्ट्रेशन के काग़ज़ों में किसी क्लर्क ने जन 'नाट्य' मंच की जगह जन 'नाटक' मंच लिख दिया था इसलिए हम अपना बैंक खाता नहीं खुलवा पाए। त्यागी ने कहा कि नई ईसी को इस गड़बड़ को फ़ौरन दूर करना चाहिए। मैं अचंभे में था – पंद्रह साल से संगठन बिना बैंक खाते के चल रहा था!

इसके बाद मनीष ने सात सदस्यीय नए ईसी पैनल का प्रस्ताव रखा : सफ़दर (संयोजक), विजय कालिया (कोषाध्यक्ष), ललित, अरुण, बृजेन्द्र, शिखा, और मैं। जोगी और बृजेन्द्र मुस्कुराए – देखा, हमने पहले ही बताया था! मुझे ईसी में शामिल किए जाने की ख़ुशी थी मगर दिल के एक कोने में इस बात का मलाल भी था कि हमारी छोटी सी बग़ावत को सामने आने का मौक़ा नहीं मिल पाया।

फिर नवनिर्वाचित संयोजक के तौर पर सफ़दर ने मीटिंग को संबोधित किया।

'हमारे सामने एक मुद्दा ये है कि दिल्ली के थियेटर की दुनिया में कैसे हस्तक्षेप करें। दिल्ली के मुख्यधारा के प्रोसीनियम थियेटर का स्तर लगातार गिरता जा रहा है। यह बात भारत के अन्य भागों के बारे में भी सही है। इसमें गिरावट के लिए टेलीविज़न को ज़िम्मेदार ठहराना ग़लत होगा। उदाहरण के लिए, बंगाल में थियेटर की गिरावट का एक लंबा इतिहास है और उसकी वजह इलेक्ट्रॉनिक मीडिया में नहीं ढूंढी जा सकती। इस गिरावट का मुख्य कारण राजनीतिक है – संगीत नाटक अकादमी और फ़ोर्ड फ़ाउंडेशन ने "एथनिक", तथाकथित "थियेटर ऑफ़ रूट्स" पर अनावश्यक ज़ोर देकर थियेटर की दुनिया में रिवाइवलिज़्म को बहुत जमकर बढ़ावा दिया है। यह थियेटर की स्वाभाविक अंदरूनी प्रक्रिया नहीं है, यह मुहिम निश्चित उद्देश्यों और बेहिसाब पैसों से लैस इन दोनों एजेंसियों के साधनों और प्रोत्साहन से चल रही है। इस मुहिम में केवल "फ़ॉर्म" यानी स्वरूप पर ज़ोर दिया जा रहा है; विषयवस्तु पर कोई ध्यान नहीं दिया जाता। हमारे जैसे सामाजिक रूप से सचेत थियेटर समूह को इस परिघटना का अध्ययन करना चाहिए और इसमें अपनी भूमिका को तय करना चाहिए। मूल प्रश्न ये है : परंपरा, देशी रूपों, और आधुनिक विचारों के बीच संबंध कैसे हों?

'दूसरी तरफ़ प्रगतिशील संगठन हैं। वे अपने नाटकों में "केवल विषयवस्तु" पर

ज़ोर देते हैं और स्टेजक्राफ़्ट और तकनीक पर लगभग कोई ध्यान नहीं देते। उनके नाटक भयानक उबाऊ होते हैं।

'जनम जैसे समूह उत्तर भारत में एक विशिष्ट सांस्कृतिक धारा के रूप में उभरे हैं। ना केवल हमें "राजनीतिक" के रूप में देखा जा रहा है बल्कि हमारे रंगमंचीय कौशल को रंगमंच की दुनिया के दूसरे लोग भी मान्यता दे रहे हैं। हमें रंगमंच के व्यापक धरातल पर अपनी भूमिका के बारे में गंभीरता से सोचना चाहिए।

'दिल्ली के सामाजिक जीवन में सांप्रदायिकता एक बहुत गंभीर ख़तरे के रूप में उभरी है। दिल्ली में अब सक्रिय सांप्रदायिक सेनाएं गठित हो रही हैं। हमें इस बारे में चिंतित होना चाहिए। *अपहरण भाईचारे का* के हमारे शो समंदर में बूंद के बराबर हैं। हमें इससे बहुत, बहुत ज़्यादा काम करना होगा। दिल्ली में बहुत सारे प्रगतिशील, लोकतांत्रिक, और धर्मनिरपेक्ष रंगकर्मी हैं। हमें उन तक पहुंचना होगा, उन्हें संगठित करना होगा।

'इन सारी चुनौतियों से निपटने के लिए, हमें ख़ुद को लगातार शिक्षित और प्रशिक्षित करना होगा – हमें सामाजिक इतिहास, संस्कृति, मंच कला, थियेटर का इतिहास, इन सबके बारे में जानना-समझना होगा। हमें अपने काम के लिए पैसे जुटाने के तरीक़े भी सुधारने होंगे। हमें रिहर्सल एवं ऑफ़िस के तौर पर एक केंद्रीय ठिकाना चाहिए, या किराए की कोई ऐसी जगह हो जहां हम अपनी प्रॉपर्टीज़ को संभाल कर रख सकें।'

नई ईसी की पहली मीटिंग जीबी के फ़ौरन बाद आयोजित की गई और मुझे मिनट्स लिखने का ज़िम्मा सौंपा गया। आगामी 15 अक्टूबर को हमारे नुक्कड़ नाटक की दसवीं सालगिरह होने जा रही थी। हम उसके बारे में योजना तैयार कर रहे थे।

2 अक्टूबर से 30 नवंबर के बीच ईसी की छह मीटिंगें हुईं। सातवीं मीटिंग 5 जनवरी 1989 को हुई जब माला को ईसी में कोऑप्ट किया गया और उसे कार्यवाहक संयोजक (ऐक्टिंग कन्वीनर) के रूप में मनोनीत किया। यह मेरी ज़िंदगी की सबसे उदास मीटिंग थी। हममें से ज़्यादातर सदस्य सिर्फ़ इस कोशिश में लगे हुए थे कि कैसे अपने आंसुओं को रोक कर रख सकें। मगर माला फ़ौरन काम में कूद पड़ी, सांगठनिक जीवन के उन छोटे-छोटे कामों में लग गई जिनके बिना आगे नहीं बढ़ा जा सकता। कभी-कभी हीरोइज़्म बिल्कुल छोटे-छोटे, नगण्य ऐक्शंस का जमा होता है।

ख़ैर, ये अभी आगे की बात थी। फ़िलहाल मैं सफ़दर से सांगठनिक कौशल

सीखने की उम्मीद कर रहा था; जिस तरह मैंने हबीब साहब और सफ़दर से थियेटर में बहुत कुछ सीखा था। उस दोपहर को सफ़दर ने नंदिता, जोगी, बृजेन्द्र, राकेश, मुझे, और शायद कुछ और साथियों को ,एक लघु टीवी फ़िल्म के लिए ऐक्टर के तौर पर भेजा था। एम. एस. सथ्यू कुसुमपुर पहाड़ी इलाक़े में यह फ़िल्म शूट कर रहे थे। ये झुग्गी-बस्ती अतिधनाढ्य वसंत विहार से चिपके एक पहाड़ी टीले पर स्थित है। हम लोग वहां शायद कुछ घंटे रहे होंगे। इसके बाद हम पैदल जेएनयू चले गए जहां हमारी मुलाक़ात आयशा और शिकमा से हुई। उस दिन गांधी जयंती थी इसलिए दारू का जुगाड़ होने की तो कोई उम्मीद नहीं थी। मगर हम एक नई शुरुआत के नशे में मदहोश थे। हम देर रात तक पार्थसारथी रॉक पर हंसते-गाते, ठहाके लगाते रहे।

अक्टूबर 1988. **नुक्कड़ नाटक के दस साल**

नई ईसी ने नुक्कड़ नाटक में हमारे दस साल को मनाने के कार्यक्रम को प्लान करना शुरू किया। हमने एक नुक्कड़ नाटक उत्सव मनाने का फ़ैसला लिया। नुक्कड़ नाटक पर एक गोल मेज़ चर्चा का भी प्रस्ताव रखा गया। ये दोनों कार्यक्रम 35 फ़िरोज़शाह रोड में आयोजित किए गए। इसका एक हिस्सा तब जेएनयू सिटी सेंटर हुआ करता था। नुक्कड़ नाटकों की परफ़ॉर्मेंस लॉन में हुई और सेमिनार इंडियन काउंसिल ऑफ़ हिस्टॉरिकल रिसर्च (आईसीएचआर) के कॉन्फ्रेंस रूम में। एक फ़ोटो प्रदर्शनी लगाने का भी फ़ैसला लिया। चर्चा के लिए एक पर्चा लिखने की भी बात हुई। हमने अलग-अलग उप-समितियां बनाईं। शिखा को प्रदर्शनी उप-समिति का ज़िम्मा सौंपा गया। इसमें शेहला, माला, राकेश, और जोगी भी शामिल थे। मैं सफ़दर, संजय, शिकमा, और नंदिता को लेकर बनाई गई सेमिनार उप-समिति का संयोजक था। शेहला ने उन गांवों, क़स्बों, शहरों को दिखाते हुए एक नक्शा तैयार किया जहां-जहां हमने परफ़ॉर्म किया था। प्रदर्शनी में जनम के नाटकों के तक़रीबन 75 फ़ोटो चुने गए। कहने का मतलब यह है कि प्रदर्शनी उप-समिति ने बहुत काम किया था। मेरी वाली उप-समिति की तरफ़ से सफ़दर को चर्चा के लिए एप्रोच पेपर लिखने का ज़िम्मा सौंपा गया। बस! और उसने पर्चा लिख दिया। हमारा काम ख़त्म।

अक्टूबर की शाम को कुल पांच परफ़ॉर्मेंस हुईं। सफ़दर ने नुक्कड़ नाटक की दुनिया में दस साल के हमारे सफ़र का परिचय दिया और रंगकर्मियों को हमारे साथ आकर काम करने का न्यौता दिया। सबसे पहले *समरथ* नाटक पेश किया गया जिसका परिचय माला ने दिया। शिखा ने थियेटर यूनियन को *मर्ज़ का मुनाफ़ा* परफ़ॉर्म

करने के लिए आमंत्रित किया। मनीष ने *राजा का बाजा* का परिचय दिया जिसके बाद चाय और नाश्ता था। इसके बाद ललित ने *गिरगिट* का परिचय दिया जो जेएनयू में सफ़दर द्वारा आयोजित की गई कार्यशाला से निकला था। अंत में मैंने *औरत* का परिचय दिया।

उस शाम के मेरे तीन इम्प्रेशंस हैं। एक तो ये कि वो शाम बहुत लंबी थी और एक के बाद एक पांच नुक्कड़ नाटक देखना बोझिल हो सकता है चाहे वे कितने भी अच्छे क्यों ना हों। दूसरी बात, सबसे लंबा नाटक सबसे पहले कभी नहीं रखना चाहिए, ख़ासतौर से अगर सबसे ख़राब परफ़ॉर्मेंस उसी की हो। हमने तय किया था कि हम सबसे पहले *मशीन* पेश करेंगे मगर सीनियर्स के दबाव में सफ़दर ने हमें मना लिया *समरथ* पेश हो क्योंकि उसमें उन्हें अपनी अभिनय क्षमता दिखाने का ज़्यादा मौक़ा मिल सकता था। बाद में ईसी की समीक्षा में नोट किया गया कि 'नुक्कड़ नाटक में अभिनय के कुछ बुनियादी नियमों की उपेक्षा, आत्मश्लाघा और कुछ ऐक्टर्स का अतिआत्मविश्वास ... *समरथ* के बढ़िया ना हो पाने के कारण रहे।' सौभाग्यवश इसके बाद थियेटर यूनियन का नाटक था जिसने दर्शकों की दिलचस्पी एक बार फिर बहाल कर दी।

तीसरी बात, आख़िर में *औरत* को पेश करना बिल्कुल सही फ़ैसला था। ये एक ताक़तवर नाटक है। इसमें नए, उत्साही कलाकार थे। इनके साथ माला के शानदार अभिनय ने उस शाम को एक बार फिर ज़िंदा कर दिया। उस शाम बहुत सारे रंगकर्मी कार्यक्रम का हिस्सा रहे।

29 अक्टूबर को नुक्कड़ नाटक पर होने वाली गोल मेज़ चर्चा में हिस्सा लेने वाले लोगों में मुझे रति बारथोलोमियो, रैना, जी.पी. देशपांडे, मदन गोपाल सिंह और रामगोपाल बजाज ख़ासतौर से याद हैं। सफ़दर ने एप्रोच पेपर पेश किया। हमने इस पर्चे की साइक्लोस्टाइल प्रतियां पहले ही सारे सहभागियों को दे दी थीं इसलिए सफ़दर ने इसे पढ़कर नहीं सुनाया। उसने पर्चे में दिए गए कुछ बिंदुओं को ज़्यादा विस्तार से पेश किया। मैं इस बात को देखकर मंत्रमुग्ध था कि वह किस आसानी से अंग्रेज़ी से हिंदुस्तानी में चला जाता था। उसकी ज़बान में उर्दू के ऐसे ख़ूबसूरत शब्द बिखरे होते थे जिनमें से कई से पहली बार मेरा साबका पड़ रहा था। जैसे मुख़्तलिफ़ (विविध) और इसरार (आग्रह) जैसे शब्द। रति ने हमेशा की तरह खुलकर अपनी राय दी और उनका कहना था कि एक दशक के अनुभवों के बाद अब नुक्कड़ नाटक को एक नई ज़मीन तलाश करनी चाहिए। रैना का अंदाज़ झकझोरने वाला था : इन

सारे फ़ोटोग्राफ़्स को देखो, सारे एक जैसे लगते हैं। तुम्हारे नाटकों में कोई विविधता क्यों नहीं होती? स्पेस के नए तरह से इस्तेमाल के लिए तुमने किया क्या है? जब तक तुम जगह को बांटोगे नहीं, कुछ नहीं होगा।'

जीपीडी ने कहा कि हमें अपने सौंदर्यबोध और उससे भी ज़्यादा अपनी राजनीति को इप्टा से आगे लेकर जाना है। 'बंबई में शिवसेना को देखो। वे अपनी सांप्रदायिक राजनीति ऐसे करते हैं मानो कोई कारख़ाना चला रहे हों। सब कुछ इतना सुनियोजित है, सब कुछ इनपुट और आउटपुट के स्तर पर तय हो रहा है। सांप्रदायिकता का मार्क्सवादी विश्लेषण कहां हैं? हम सांप्रदायिकता का ले दे कर मानवतावादी उदारवादी विश्लेषण सुनाते रहते हैं। हमारे नाटकों में बस ये नसीहत दी जाती है, "अच्छे बच्चे बनो, एक-दूसरे की जान मत लो।" मगर ये संदेश दिन-प्रतिदिन खोखला होता जा रहा है। कांग्रेस से लेकर पुरानी जनता पार्टी के सब टुकड़े यही कहते हैं। इस नसीहत से उन्हें कोई समस्या नहीं है। मार्क्सवादी पोजीशन ऐसी होनी चाहिए जो सांप्रदायिक राजनीति करने वालों को तो चोट पहुंचाए ही, उदारवादियों को भी बेचैन करे। मुझे ऐसा होता दिखाई नहीं दे रहा।'

रति, रैना, और जीपीडी की बातों का कुल योग ये था कि हमें अपनी नई दिशा ढूंढनी होगी, नए सिरे से चीज़ों को सोचना होगा, बने-बनाए सांचों को तोड़ना होगा। सफ़दर इन समालोचनाओं से उत्साहित और रोमांचित था। रचनात्मक स्तर पर वह एक लंबी छलांग लेने को तैयार था। हमें इसके शुरुआती लक्षण नवंबर में मज़दूरों की सात दिन की हड़ताल के लिए तैयार किए गए अपने नाटक में दिखाई दिए। इस नाटक का नाम था *चक्का जाम* और इसी नाटक ने आगे चलकर *हल्ला बोल* की शक़्ल अख़्तियार की।

चक्का जाम/हल्ला बोल ने क्या हासिल किया, इसको समझने के लिए हमें अस्सी के दशक के आख़िर में दिल्ली के मज़दूर वर्ग के स्वरूप को समझना होगा। हमें ये देखना होगा कि मज़दूर पूरे सात दिन की हड़ताल पर कैसे चले गए जबकि आज कोई इसकी कल्पना भी नहीं कर सकता।

अस्सी का दशक. **दिल्ली का मज़दूर वर्ग**

मज़दूरों को ये बताने की ज़रूरत नहीं होती कि उनका शोषण किया जा रहा है। घरेलू मज़दूरों को मालूम है कि वे कितनी मेहनत करते हैं और बदले में उनको कितना कम मिलता है। जब कोई मालिक वासना भरी नज़रों से उन्हें देखता है तो वे जानती हैं

कि यह उनके साथ एक हिंसा है। रिक्शे वाले अच्छी तरह जानते हैं कि दिल्ली की पैंतालीस डिग्री की तपती दोपहरी में शरीर की एक-एक पेशी से रिक्शा खींचना क्या होता है। रोज़ाना 140 औद्योगिक पुर्ज़ों पर पॉलिश करने वाले घर-खाता मज़दूर जानते हैं कि वे जिन रसायनों का इस्तेमाल करते हैं, वे उनके जिस्म को भी छीजते जा रहे है। एक दिहाड़ी राजगीर जानता है, अपना श्रम बेचने के लिए सड़क किनारे खड़े रहने का मतलब है समय को अपना दुश्मन बना लेना। सेक्स वर्कर्स पुरुषों को शारीरिक सुख बेचती हैं मगर उन्हें अच्छी तरह मालूम है कि यहां खरीदने वाला बदनाम नहीं होगा, बेचने वाली ही बदनाम होंगी। हाथ से मैला उठाने वाले भयानक गंदगी से भरे सीवरों में उतरते हैं जबकि वे अच्छी तरह जानते हैं कि बाक़ी समाज की नज़र में वह इंसानियत के लायक़ नहीं।

ग़रीब, हाशियाई, शोषित, उत्पीड़ित जन हमेशा सब कुछ सहन नहीं करते, वक़्तन-फ़वक़्तन वे अपनी ज़िंदगी के इन अमानवीय हालात के ख़िलाफ़ बग़ावत कर देते हैं। जब चीज़ें उनकी बर्दाश्त की हद से बाहर चली जाती हैं तो वे उठ खड़े होते हैं। ये वाक़ये रेत पर झाग जैसे होते हैं। उत्पीड़ितों को स्थायी बदलाव के आंदोलन में संगठित होना लाज़िमी है, मगर ये तभी होता है जब उनमें यह यक़ीन पैदा होता है कि वे जीत सकते हैं।

नवंबर 1988 में मैं ऐसे ही एक क्षण का गवाह रहा। उस समय दिल्ली, ग़ाज़ियाबाद, और फ़रीदाबाद के तेरह लाख से ज़्यादा मज़दूरों ने अपनी जायज़ मांगों के लिए आवाज़ उठाई। इनमें से ज़्यादातर लोग मज़दूर यूनियनों के तहत संगठित नहीं थे। इसी वजह से यह आंदोलन और भी महत्वपूर्ण हो जाता है। इतने सारे असंगठित मज़दूरों ने मिलकर सात दिन की एक ऐतिहासिक हड़ताल आयोजित की। यह इसलिए नहीं हुआ कि उन्हें अचानक अपनी मांगों का औचित्य समझ आ गया है – उनकी मांगें तो स्वाभाविक रूप से जायज़ थीं ही – बल्कि इसलिए कि कोई ऐसी शय थी जिसने उन्हें ये विश्वास दिला दिया था कि अब वे अपनी मांगें मनवा सकते हैं। जो लोग इस हड़ताल का नेतृत्व कर रहे थे उनके पास मज़दूर वर्ग के स्वरूप और हालात की एक मुकम्मल समझदारी थी। इसलिए उनके पास मज़दूरों को एकजुट करने के सही तरीक़े और नारे थे।

1988 की हड़ताल दिल्ली के इतिहास में मज़दूर वर्ग की सबसे कामयाब और जुझारू कार्रवाई रही है। इसी बिना पर हमें इस ऐतिहासिक संघर्ष को हमेशा याद रखना चाहिए हालांकि अब इस आंदोलन की यादें मध्य वर्ग और अन्य तबक़ों की तो

बात ही छोड़िए, ख़ुद मज़दूरों के ज़ेहन से मिटती जा रही हैं। इस हड़ताल के ब्यौरों में जाने से पहले मैं इस बात को भी जोड़ता चलूं कि 1988 की हड़ताल से पहले दिल्ली के मज़दूरों ने 1986 और 1987 में भी हड़तालें की थीं। ये हड़तालें दिल्ली में बढ़ती सांप्रदायिकता पर वामपंथ की एक सचेत प्रतिक्रिया का भी नतीजा थीं। 1984 के सिख विरोधी दंगों की यादें लोगों के ज़ेहन में अभी भी ताज़ा थीं और हिंदू दक्षिणपंथी ताक़तें अयोध्या के नाम पर बड़े पैमाने पर लोगों को गोलबंद कर रही थीं। मज़दूरों के बीच भी सांप्रदायिक सोच का असर हो रहा था। सांप्रदायिक सद्भाव समिति द्वारा शहर की विशाल आबादी को एक सांप्रदायिकता विरोधी मंच पर एकजुट करने की वामपंथी संगठनों की कोशिशों के बारे में मैंने इस किताब में पीछे ज़िक्र किया था। अस्सी के दशक में हुई ये हड़तालें इसी सिक्के का दूसरा पहलू थीं।

आज हिंदू दक्षिणपंथी ताक़तें फिर उभार पर हैं। तमाम धर्मनिरपेक्ष व प्रगतिशील लोग इस दैत्य से जूझने के लिए हाथ-पांव मार रहे हैं ताकि भारत के संवैधानिक और सामाजिक ताने-बाने को ज़िंदा रख सकें। 1988 की हड़ताल सफ़दर की कहानी से तो सीधे तौर पर जुड़ती ही है, बल्कि आज के संदर्भ को देखते हुए भी हमारे लिए ये ज़रूरी हो जाता है कि हम उस हड़ताल को और मुकम्मल तौर पर समझने की कोशिश करें।

दिल्ली की आबादी 1941 में 9 लाख से कुछ ही ज़्यादा थी जो अगले पचास साल में दस गुना से ज़्यादा बढ़ कर 1991 में 94 लाख हो गई थी। इन पचास सालों में दिल्ली की तरफ़ सबसे ज़्यादा लोग बंटवारे के समय आए थे। इन लोगों में मुख्य रूप से पंजाब से भाग कर आ रहे हिंदू और सिख शरणार्थी थे। उन्होंने इस शहर को इसका मौजूदा किरदार हासिल करने में मदद दी। उनकी संकटों से जूझने की ताक़त, रचनात्मकता, दृढ़ता, और परिश्रम ने शहर की आर्थिक शक़्ल-सूरत को तय किया है। बाद के सालों में और भी प्रवासी और शरणार्थी दिल्ली आते रहे। इनमें ज़्यादातर गांवों की जानलेवा ग़रीबी से पलायन करते ग्रामीण प्रवासी मज़दूर होते हैं। शुरुआत में दिल्ली, बंबई या कलकत्ते की तरह औद्योगिक केंद्र के रूप में विकसित नहीं हुआ बल्कि मुख्य रूप से एक प्रशासनिक केंद्र के रूप में सामने आया पर धीरे-धीरे दिल्ली का औद्योगिक विकास भी हुआ।

अस्सी के दशक के शुरुआती सालों तक दिल्ली के औद्योगिक क्षितिज और यहां के वर्ग संघर्ष पर पांच बड़ी कपड़ा मिलों का असर दिखाई देता था – दिल्ली क्लॉथ मिल (डीसीएम), डीसीएम सिल्क, स्वतंत्र भारत मिल (एसबीएम), अजुधिया

टेक्सटाइल मिल्स (एटीएम) और बिरला मिल्स (बीएम)। बड़े उद्योगों में काम करने वाले मज़दूरों में से तक़रीबन आधे इन्हीं पांच मिलों में काम किया करते थे। दिल्ली में कुछ मझोले दर्जे की फ़ैक्ट्रियां भी थी (मसलन दिल्ली फ़्लोर मिल्स, जिसमें 250 मज़दूर काम करते थे)। दिल्ली की ज़्यादातर औद्योगिक इकाइयों में तीस या इससे कम मज़दूर काम करते थे। यानी, यहां छोटे कारख़ानों की बहुतायत थी। 1988 में लगभग 30 प्रतिशत फ़ैक्ट्रियों में चार या इससे कम मज़दूर काम कर रहे थे। ज़रा सोचिए : 1988 में दिल्ली के सारे कारख़ानों में से 7 प्रतिशत से भी कम फ़ैक्ट्री क़ानून के तहत पंजीकृत थे। इसका मतलब ये है कि दिल्ली के औद्योगिक मज़दूरों की एक विशाल बहुसंख्या के पास कोई क़ानूनी सुरक्षा नहीं थी। और जहां थी, वहां लेबर इंस्पेक्टर और लेबर कोर्ट्स में रिश्वतख़ोरी और भ्रष्टाचार का बोलबाला था। लिहाज़ा, उनके फ़ैसले और कार्रवाइयां भी मज़दूरों के पक्ष में नहीं बल्कि प्रायः मालिकों के पक्ष में ही होती थीं।

लिहाज़ा, दिल्ली के मज़दूर पूंजीपति वर्ग के हाथों बर्बर शोषण का शिकार बन रहे थे। पूंजीपति न केवल अधिशेष मूल्य निचोड़ते जाते थे बल्कि मज़दूर फ़ैक्ट्री के भीतर और अपनी बस्तियों व झुग्गियों में भी मालिकों की प्रत्यक्ष और अप्रत्यक्ष हिंसा व अवहेलना का शिकार बनते थे। मज़दूरी बहुत कम थी, ज़िंदगी के हालात बहुत भयानक थे। बारह घंटे की पाली आम बात थी जबकि बहुत सारे मज़दूर तो रोज़ाना सोलह घंटे तक काम करते थे। फ़ैक्ट्री में दुर्घटना के चलते चोट और मौत आम बात थी। मुआवज़े का कोई क़ायदा नहीं था। बहुत सारे मज़दूरों को छुट्टी नहीं मिलती थी। ज़्यादातर मज़दूरों का रोज़गार बहुत नाज़ुक डोर से बंधा होता था जिसकी वजह से उन्हें बार-बार नौकरियां बदलनी पड़ती थीं। बहुत सारे मज़दूर वर्कर क्वार्टर्स में नहीं बल्कि कारख़ाने के भीतर ही छोटे-छोटे दड़बे जैसे कमरों में रहते थे। मालिक के साथ ज़रा-सा भी विवाद होने पर उन्हें नौकरी के साथ-साथ इन कमरों से भी हाथ धोना पड़ता था। ज़्यादातर मज़दूरों के नाम हाज़िरी रजिस्टर में नहीं होते थे; उन्हें ठेकेदारों की मार्फ़त काम पर रखा जाता था। मज़दूरों में महिलाओं की संख्या बहुत बड़ी थी मगर उन्हें बराबर काम के लिए मर्दों के मुक़ाबले बराबर मज़दूरी नहीं मिलती थी। बहुत सारी औरतों को यौन उत्पीड़न और हिंसा का भी सामना करना पड़ता था। गर्भवती होने का मतलब था नौकरी गंवा देना।

छोटे-छोटे गांवों से आने वाले नए प्रवासियों के लिए ज़िंदगी और भी मुश्किल थी। ऐसे बहुत सारे नौजवान निरक्षर या सिर्फ़ नाम-पता लिखने तक पढ़े-लिखे होते

थे। वे गांव के कठिन हालात से भाग कर शहर आए। यहां की भीड़, शोर, ट्रैफिक, इमारतें, ज़बान, हर चीज़ उनके लिए अंजानी और ख़ौफ़नाक होती थी। शहर में आकर वे अपने परिचितों या समुदाय के दायरे में पनाह लेते थे। इन्हीं दायरों में उन्हें रहने की थोड़ी बहुत जगह और कुछ हफ़्तों तक पेट भरने का ज़रिया मिल जाता था। मगर, उन्हें मालूम होता था कि ये इंतज़ाम वक़्ती है, उन्हें फ़ौरन अपने लिए नौकरी तलाश करनी होगी। उनके लिए शहर चकाचौंध का ज़रिया नहीं, बल्कि सदमे का सबब था। इसी वजह से बहुत-से प्रवासी शहर में आने के बाद कुछ दिन तक बाहर निकलना बंद कर देते थे या सुस्त पड़ जाते थे। कई मज़दूर तो हफ़्ते-दस दिन तक बोलचाल ही बंद कर देते थे। हालांकि मैं ये सब भूतकाल में लिख रहा हूं मगर सच्चाई ये है कि हालात आज भी कुछ बेहतर नहीं हैं। बहुत अर्थों में हालात और ख़राब हुए हैं। मोदी सरकार ने 'श्रमिक सुधारों' के नाम पर जो खेल खेला है उससे मज़दूरों के ऐसे कई अधिकार छिन चुके हैं जो उनके पुरखों ने अपनी जान दांव पर लगाकर हासिल किए थे।

और पूंजीपति वर्ग? दरअसल उसकी चांदी थी, हालांकि शिकायत करना पूंजीपति वर्ग की फ़ितरत है, और वो हमेशा सरकार के सामने हाथ फैलाए खड़ा रहता है। अस्सी के दशक में दिल्ली में पूंजीपतियों को तीन चीज़ों की गारंटी थी : यहां बेरोज़गार मज़दूरों की कमी नहीं थी जिसके चलते वे तनख़्वाह कम से कम और शोषण ज़्यादा से ज़्यादा कर सकते थे; मज़दूरों के पास उनकी हिफ़ाज़त के लिए बनाए गए क़ानूनों के तहत भी हिफ़ाज़त नहीं मिलती थी; और, तीसरी बात, चूंकि ये मज़दूर संकटों से निपटने और सामाजिक सुरक्षा के लिए अपने कुनबे, धर्म, इलाक़े, और भाषा के नेटवर्कों व समुदायों से जुड़े होते थे इसलिए इन नेटवर्कों के आधार पर ही उनको एक-दूसरे से लड़वाना और बांट कर रखना भी आसान हो जाता था।

मज़दूर संगठन

के. एम. तिवारी पूर्वी उत्तर प्रदेश के गोंडा ज़िले से हैं। बचपन में उन्होंने कुछ दिन एक नौटंकी मंडली में काम किया था और इसके बाद वे जमशेदपुर चले गए थे जहां उनके पिता इंडियन नेशनल ट्रेड यूनियन कांग्रेस (इंटक) के सदस्य थे। तिवारी ने कुछ दिन तक वहां काम किया और 1969–70 में ग़ाज़ियाबाद आ गए। यहां उन्हें एक पॉलिएस्टर फ़ाइबर प्लांट में नौकरी मिली। 1978 में यूनियन संबंधी सरगर्मियों की वजह से उनको नौकरी से बर्ख़ास्त कर दिया गया। वह तभी से यूनियन राजनीति

और कम्युनिस्ट संगठनकर्ता के तौर पर होल टाइमर की भूमिका अदा कर रहे हैं। फ़िलहाल वह दिल्ली माकपा के सचिव हैं। मैंने उनसे पूछा कि इन कठिन परिस्थितियों में मज़दूरों को कैसे संगठित करते हैं।

'औद्योगिक क्षेत्र में छोटी-बड़ी दुर्घटनाएं होती ही रहती हैं। किसी का हाथ कट गया, किसी की उंगली कट गई, चोट लग गई। इसमें हम आम वातवरण में संगठन का प्रचार रखते हैं कि किसी को कोई समस्या हो तो मदद के लिए यहां संपर्क करें। मदद का मतलब है जैसे कोई एक्सीडेंट हो, वो मज़दूर केवल बताता है, जो यूनियन का मेम्बर भी नहीं है। उसका नाम, पिताजी का नाम, कलेक्ट करके कर्मचारी राज्य बीमा निगम के अफ़सरान को फ़ौरन बताओ, रजिस्टर करो, और मुआवज़ा दिलवाने की बात करो और इलाज कराओ। हमें याद है कि 1979–80 की घटना है। राठी उद्योग – साउथ ऑफ़ जीटी रोड नाम के औद्योगिक क्षेत्र में एक फ़ैक्ट्री हुआ करती थी। बहुत बड़ा कारख़ाना था। वहां एक आदमी के पेट में सरिया घुस गया था। वहीं से एक और वर्कर रात को भाग कर आया। हम दफ़्तर में सो रहे थे। वो बोला चल कर देखो वरना मालिक उसके टुकड़े-टुकड़े करके बोरी में भर कर भट्टी में डाल देगा। हमने कुछ और साथियों को कहा कि कलेक्टर के घर जाओ और उसे बताओ कि ये हुआ है। इतने में हम फ़ैक्ट्री गेट पर पहुंचे। हल्ला मचाया और उसे रोका। इतना लोग जानते थे कि हम लोग तुरंत खड़े होंगे। फिर कारख़ाने में चर्चा होती है कि देखो हम आ गए। फिर हम भी बात करते हैं कि क़ानून लागू करवाएंगे। इससे अंदर घुसने का मौक़ा मिलता है। दूसरा है कि किसी को वेज नहीं दिया, बोनस नहीं दिया, छुट्टी नहीं देते हैं, तब आदमी जब क्राइसिस में होता है तो दाएं-बाएं देखता है कि किस से संपर्क करे। एरिया में अगर हम हैं, तो हमें ही संपर्क करेगा। फिर उसके जो मिलने वाले हैं, जैसे पांच दोस्त हैं, तो उन पांच के बीच में बैठना। पुलिस जब मालिकों के साथ मिल के रिप्रेशन करती है तो थाने पर प्रदर्शन करना। लाल झंडा लेकर जब खड़े होते हैं तो लोग देखते हैं। ऐसा समय चुनना कि हम शाम को पांच बजे प्रदर्शन करेंगे। थाने पर प्रदर्शन करने से वर्कर को ये दिखता है कि ये लोग हमें सुरक्षा दे सकते हैं।'

पत्रकार सुबोध वर्मा दिल्ली विश्वविद्यालय के सेंट स्टीफ़ंस कॉलेज में पढ़े हैं। एसएफ़आई के कार्यकर्ता रहे और फिर 1988 की हड़ताल की तैयारी के दौरान सीटू के होल टाइमर बने। हड़ताल के पहले ही दिन उनको उत्तरी दिल्ली के जीटी करनाल रोड इंडस्ट्रियल एरिया से गिरफ़्तार कर लिया गया और तीन दिन जेल में रखा गया। वह मज़दूरों के बीच विश्वास के महत्व पर बात करते हैं :

'फ़र्ज़ कीजिए कि आप एक मांग उठाते हैं। मज़दूर भी आपकी मांग से सहमत हैं। मगर ये सहमति सिर्फ़ पहला क़दम है। हो सकता है कि बौद्धिक तौर पर वे आपकी बात से सहमत हों। मगर सिर्फ़ इससे बात नहीं बनती। इसके बाद आपको कोई ऐसी चीज़ ढूंढनी होती है जिसके दम पर आप लड़ाई आगे ले जा सकें। यहां, उन मांगों को उठा रहे या उन पर काम कर रहे संगठनों के प्रति भरोसे या विश्वास का सवाल पैदा होता है। मज़दूर ये जानना चाहते हैं कि क्या वह संगठन वाक़ई सक्षम है। सबसे बड़ा सवाल सुरक्षा का पैदा होता है। क्या बाद में मज़दूरों को निशाना तो नहीं बनाया जाएगा जिसका कोई मज़दूर अकेले सामना नहीं कर सकता। क्या इस संगठन के पास पलटवार करने की ताक़त है? ये ऐसे सवाल हैं जो हमेशा बने रहते हैं और मज़दूरों के दिलो-दिमाग़ में चलते रहते हैं। ख़ासतौर से छोटे उद्योगों में काम करने वाले मज़दूरों के ज़ेहन में। उनके पास रोज़गार सुरक्षा नहीं होती। ज़्यादातर लोगों को एपॉइंटमेंट लेटर तक नहीं मिलते। उनके नाम रजिस्टरों में नहीं होते। वे हर रोज़ असुरक्षा और अपमान झेलते हैं। ऐसे हालात में ये ज़िंदगी और मौत के मुद्दे बन जाते हैं।'

जनाधार जुटाने के लिए संगठन के पास मझोले स्तर पर नेतृत्व तैयार करना होता है। नेताओं को सिर्फ़ सैद्धांतिक कक्षाओं, भाषणों, और वैचारिक शिक्षा के ज़रिए प्रशिक्षण नहीं मिलता। बेशक ये सारी चीज़ें ज़रूरी हैं, मगर पर्याप्त नहीं। इसके लिए ज़रूरी होता है कि उन्हें वास्तविक आंदोलनात्मक गतिविधियों में लगाया जाए, वे संघर्षों को आयोजित और संचालित करने का अनुभव हासिल करें, उन्हें अपनी ख़ूबियों और कमज़ोरियों को पहचानने के मौक़े मिलें। लोगों का भरोसा जीतना एक कठिन, धीमी प्रक्रिया होती है और सीधी लकीर पर नहीं चलती। इसमें उतार-चढ़ाव आते हैं, कभी धीमी तो कभी तेज़ गति आती है। लोग तरह-तरह के तरीक़े, तरह-तरह के ढंग अपनाते हैं और इस प्रक्रिया में वे बहुधा गलतियां भी करते हैं। नेतृत्व निर्माण का मसला सिर्फ़ ज़िम्मेदारियां देने का मसला नहीं है, बल्कि यह विश्वास व्यक्त करने का सवाल भी है। उस व्यक्ति को ये अहसास होना चाहिए कि अगर उससे ग़लती हुई तो ऊपर का नेतृत्व उसके साथ खड़ा होगा, उसको सज़ा नहीं देगा बल्कि सब मिलकर उसकी ग़लतियों को दुरुस्त करने में उसका साथ देंगे।

यह आत्मविश्वास सफलताओं से भी बढ़ता है। आप एक छोटे से संघर्ष से शुरुआत करते हैं जहां आपका आकलन ये होता है कि आप कामयाबी हासिल कर सकते हैं। आप उन मुद्दों को पहचानते हैं, उनके लिए सही नारे गढ़ते हैं। ऐसे नारे

जिन्हें मज़दूर भी अपना सकें। हर संघर्ष में आप ऐसी मांगें भी पेश करते हैं जो आपके हिसाब से जीती जा सकती हैं। साथ में आप ऐसी मांगें भी लेकर चलते हैं जो फ़िलहाल पूरी नहीं हो पाएंगी। क्यों? क्योंकि हर संघर्ष अगले संघर्ष की तैयारी होता है। मज़दूरों को हमेशा ये दिखाई देना चाहिए कि उनका फ़लक सीमित नहीं है। छोटी से छोटी और बड़ी से बड़ी जीत का भी समान ढंग से जश्न मनाया जाना चाहिए, उनका प्रचार किया जाना चाहिए। हर संघर्ष की कामयाबी और ज़्यादा मज़दूरों को आपकी तरफ़ आकर्षित करती है; संघर्ष के दायरे को फैलाती है।

मगर सारी यूनियनें इस तरह से काम नहीं करतीं। चाहे स्वतंत्र यूनियन हों या बुर्जुवा पार्टी के नियंत्रण वाली यूनियन हों। बहुत सारी यूनियनें तो संघर्ष में यक़ीन तक नहीं रखतीं। मज़दूर ऐसी यूनियनों को 'दस फ़ीसदी यूनियन' का नाम देते हैं। इन यूनियनों का ज़ोर इस बात पर रहता है कि कंसीलिएशन प्रक्रिया यानी सुलह-सफ़ाई के ज़रिए कोई समझौता हो जाए, मज़दूरों को थोड़ा-बहुत मुआवज़ा मिल जाए और उसमें से दस प्रतिशत या कुछ ज़्यादा कमीशन वे अपनी जेब में डालें। इसके अलावा उन्हें मालिकों से भी कोई कमीशन मिलता ही होगा। ऐसे यूनियन नेताओं की यही कमाई होती है। ऐसी यूनियनें मज़दूर वर्ग की बेहतरी के लिए वास्तविक संघर्ष करने में दिलचस्पी नहीं लेतीं। उनके लिए यहां-वहां छोटा-मोटा संघर्ष ही काफ़ी है। इससे मालिकों के बीच उनकी छवि एक शरारती तत्व के रूप में बनी रहती है और बदले में मालिक उन्हें पुचकारने, टुकड़े डालने लगते हैं। कुछ यूनियनों को मालिकों से बाक़ायदा निश्चित रक़म मिलती है ताकि वे मज़दूरों को रेडिकल रास्ते पर ना जाने दें। मज़दूर ऐसी यूनियनों के पास क्यों जाते हैं? इसकी एक वजह तो यही है कि वे भी जानते हैं कि उस यूनियन के पीछे मालिक का हाथ है। लिहाज़ा, उनको लगता है कि इस यूनियन की सदस्यता लेने से उनको कोई नुक़सान नहीं पहुंचेगा। दूसरी वजह ये है कि मज़दूर मालिकों से किसी तरह का झगड़ा मोल नहीं लेना चाहते क्योंकि क़ानूनी प्रक्रिया इतनी लंबी और थकाऊ होती है कि मज़दूर इतने दिन तक टिक नहीं सकते। ऐसे में किसी बिचौलिए यूनियन नेता की मदद से मालिकों के साथ निजी तौर पर समझौता कर लेने का लालच स्वाभाविक हो जाता है।

वास्तविक ट्रेड यूनियन राजनीति एक कठोर, बिना तड़क-भड़क का काम है। नई दिल्ली स्थिति सेंटर फ़ॉर दि स्टडी ऑफ़ डेवलपिंग सोसायटीज़ के प्रोफ़ेसर आदित्य निगम एक ज़माने में दिल्ली विश्वविद्यालय में एसएफ़आई के कार्यकर्ता हुआ करते थे। इसके बाद वह पांच साल तक सीटू के होल टाइमर रहे। उन्होंने शाहदरा

स्थित झिलमिल इंडस्ट्रियल एरिया में एक ऑर्गेनाइज़र के रूप में हड़ताल में हिस्सा लिया था। वह एक यूनियन ऑर्गेनाइज़र के दैनिक जीवन के बारे में बताते हैं :

'हड़ताल के चंद दिनों के अलावा ज़्यादातर समय कंसीलिएशन मीटिंगों में गुज़रता है। हर इलाक़े में एक लेबर ऑफ़िस होता है जहां लेबर इंस्पेक्टर बैठते हैं। आपको मालिकों के ख़िलाफ़ ख़त लिखकर या किसी भी अन्य मुद्दे पर ख़त लिखकर उनके पास भेजना होता है। क़ानूनी प्रक्रिया ही ऐसी है कि पहले आपको कंसीलिएशन प्रक्रिया से गुज़रना ही पड़ता है। आप और कोई क़दम इसके बाद ही उठा सकते हैं। मिसाल के तौर पर, अगर किसी मज़दूर को नौकरी से निकाल दिया गया है तो ये मसला भी पहले कंसीलिएशन की प्रक्रिया में ही जाएगा। इसके लिए आपको पहले चिट्ठी लिखनी होगी। जब-जब आपको कंसीलिएशन के लिए बुलाया जाएगा तब-तब आपको जाना होगा। इसके बाद अगर फ़ैसला आपके हक़ में हो गया तो ठीक वरना आप उसको लेबर कोर्ट में चुनौती देते हैं। यह एक कठिन प्रक्रिया है। जब इन स्तरों पर भी बात नहीं बनती तब जाकर आप संघर्ष के अगले स्तर पर जाते हैं। कभी-कभार फ़ैक्ट्री में यूनियन के हस्तक्षेप के बिना ख़ुद-ब-ख़ुद लोग उठ खड़े होते हैं। मसलन, किसी बड़े अफ़सर ने किसी मज़दूर के साथ बदतमीज़ी की और सारे मज़दूर उसकी वजह से तैश में आ गए। ऐसे मज़दूरों के साथ यूनियन भी फटाफट जुड़ जाती है। तब हम गेट मीटिंग और बातचीत करते हैं। मगर ऐसा भी पांच प्रतिशत से ज़्यादा समय नहीं होता। बाक़ी समय तब भी कंसीलिएशन गतिविधियों में ही जाता है। सीटू में हमारी पोजीशन ये थी कि हम अदालत के बाहर समझौता नहीं करेंगे। मगर 'दस-पंद्रह प्रतिशत' वाली यूनियनें भी थीं जो पलक झपकते मालिक के साथ समझौता करा देती थीं। समझौते में मज़दूर को जो पैसा मिलता था उसमें से दस-पंद्रह प्रतिशत ऐसी यूनियन वाले अपनी जेब में डाल लेते हैं।'

आदित्य बताते हैं कि कभी-कभी संगठन के भीतर भी ऐसी प्रवृत्तियों के ख़िलाफ़ लड़ना पड़ता है। 'होल टाइमर को मिलने वाला वेज/मानदेय बहुत कम होता है। और चूंकि होल टाइमर किसी फ़ैक्ट्री में भी काम नहीं करते इसलिए उन्हें न्यूनतम वेतन जितनी रक़म भी नहीं मिलती। जो होल टाइमर मज़दूर वर्ग से आते हैं, उनके पास तो आर्थिक साधन भी नहीं होते। मध्य वर्ग से आए होल टाइमरों के पास तो फिर भी कुछ साधन होते हैं। उनके लिए होल टाइमर वेज के ज़्यादा कोई मायने नहीं होते। उनके लिए नैतिक श्रेष्ठता का चोगा ओढ़ लेना आसान है, मगर मज़दूर वर्ग से आने वाले होल टाइमर के पीछे तो ऐसा कोई बैकअप नहीं होता। मालिक भी इस बात को

समझते हैं। वे होल टाइमर को खुलकर कहते हैं, "यार, तुम दस परसेंट अपनी जेब में रखो और काम कराओ।" आख़िरकार कुछ लोग इस जाल में फंस ही जाते हैं।'

ट्रेड यूनियन कार्यकर्ता होना एक अभूतपूर्व अनुभव होता है। बृंदा करात लंदन में नौकरी किया करती थीं। 1970 में उन्होंने अपनी नौकरी छोड़ दी और वह माकपा के साथ काम करने के लिए कलकत्ता चली आईं। जब भारत में इमरजेंसी लगाई गई तो वह कलकत्ता से दिल्ली आ गईं। वह ट्रेड यूनियन आंदोलन में अंडरग्राउंड रहकर काम कर रही थीं। उस समय उनका नाम रीटा होता था और वह उत्तरी एवं पश्चिमी दिल्ली में कपड़ा मिलों के गेट पर लोकप्रिय नेता बन गई थीं। बाद में वह माकपा उत्तरी दिल्ली की स्थानीय समिति की सचिव बनीं और उन्होंने जनरल मज़दूर यूनियन को खड़ा करने में एक अहम भूमिका अदा की। 1988 की हड़ताल में वह जनवादी महिला समिति (जेएमएस) की दिल्ली राज्य सचिव थीं। बाद में वह ऑल इंडिया डेमोक्रेटिक वीमेन्स एसोसिएशन (एडवा) की सचिव बनीं और फ़िलहाल माकपा पोलित ब्यूरो की सदस्य हैं।

उन्होंने बताया : 'जब मैं दिल्ली आई और कॉमरेड हरकिशन सिंह सुरजीत से मिली तो उन्होंने मुझसे पूछा कि मैं क्या करना चाहती हूं। मैंने कहा कि मैं ट्रेड यूनियनों में काम करना चाहती हूं। उन्होंने कहा ठीक है, दिल्ली में सबसे बड़ी ट्रेड यूनियन तो टेक्सटाइल यूनियन ही है। वो इमरजेंसी के दिन थे मगर उनको ये सुनकर ज़रा भी अजीब नहीं लगा कि एक लड़की दिल्ली के किसी भी जन संगठन में काम करने के अनुभव के बिना सीधे ट्रेड यूनियन में काम करना चाहती है। बल्कि उन्होंने इसका स्वागत किया। उस वक़्त दिल्ली राज्य समिति के सचिव मेजर जयपाल सिंह पहले ही जेल में थे। कॉमरेड सुरजीत पूरी तरह अंडरग्राउंड नहीं थे। मैं उनसे ऑफ़िस में नहीं मिली बल्कि किसी साथी के घर पर मिली थी। उन्होंने वरिष्ठ ट्रेड यूनियन नेता चाचा शादीराम से बात की जो मेजर साहब की ग़ैरहाज़िरी में दिल्ली का काम संभाल रहे थे।

'टेक्सटाइल वर्कर्स के साथ मेरी पहली मीटिंग ट्रेड यूनियन के करमपुरा ऑफ़िस में हुई थी। उस मीटिंग में कॉमरेड श्रीराम भी थे। उन्हें कपड़ा फ़ैक्ट्री से बर्ख़ास्त कर दिया गया था। बहुत समझदार और जुझारू वर्कर थे। बेइंतहा मददगार। तब ये तय हुआ कि मैं कमला नगर ऑफ़िस के माध्यम से उत्तरी दिल्ली के मज़दूरों के बीच काम करूंगी।

'उस वक़्त काम करना बहुत कठिन था क्योंकि मज़दूरों के अधिकारों पर बहुत बड़ा हमला बोला जा रहा था। कपड़ा मज़दूरों के लिए उत्पादन के नए नियम तय

किए गए थे। यूनियन संबंधी गतिविधियों को लगातार दबाया जाता था। अगर कोई यूनियन में काम करता हुआ पाया जाता था तो उसे नतीजे भुगतने पड़ते थे। आप गेट मीटिंग नहीं कर सकते थे। टेक्सटाइल में मज़दूरों के साथ किसी भी मुद्दे पर अगर आप बात करना चाहते हैं तो आपको गेट मीटिंग ही करनी पड़ेगी। हमारी यूनियन को गेट मीटिंग करने की इजाज़त कभी नहीं मिलती थी। कांग्रेस के संगठन इंटक की यूनियन की गेट मीटिंग पर कोई रोक नहीं थी। हमारे ट्रेड यूनियन ऑफ़िस के बाहर ब्लैक बोर्ड्स हुआ करते थे, जिन पर हम मज़दूरों के लिए संदेश लिखा करते थे। उन दिनों ब्लैक बोर्ड पर भी सिर्फ़ इमरजेंसी के समर्थन वाले संदेश ही लिखने की छूट मिलती थी। हमने गेट पर बैठ कर सदस्यता शुल्क जमा कराना भी छोड़ दिया था क्योंकि तब फ़ैक्ट्री मालिकों को पता चल जाता था कि कौन सा मज़दूर किस यूनियन में शामिल हुआ है। ख़ुद मज़दूरों का आत्मविश्वास भी हिला हुआ था। मालिक लोग मिलों का मशीनीकरण कर रहे थे और टू-लूम (दो करघे) की व्यवस्था लागू कर रहे थे। मतलब ऐसी व्यवस्था विकसित कर रहे थे जिसमें एक मज़दूर दो मशीनें चला सके। उस वक़्त ये बहुत बड़ा मुद्दा था। मज़दूरों में असंतोष घना होता जा रहा था।

'हम मज़दूरों के क्वार्टरों में जाकर मीटिंग करते थे। ना केवल मज़दूरों की अधिकृत बस्तियों में बल्कि आसपास की उन झुग्गियों में भी जाते थे जहां मज़दूर रहते थे। उस ज़माने में बहुत सारी झुग्गियों को बुलडोज़र से गिराकर लोगों को नंद नगरी भेज दिया गया था। मैं हफ़्तों वहां रही। रात को भी मुझे वहां रुकना पड़ता था क्योंकि आधी रात को वापस लौटने में बहुत मुश्किल होती थी। हम लोग मज़दूरों के परिवारों को अच्छी तरह जान गए थे। हम मज़दूरों की अलग-अलग संस्कृतियों को समझते थे। ये मेरे लिए बहुत बड़ी पाठशाला थी। मैं हैंडलूम वर्कर्स के बीच भी काम कर रही थी। मैं अपने आपको भाग्यशाली मानती हूं कि मुझे कॉमरेड श्रीराम के नेतृत्व में पार्टी की उत्तरी दिल्ली लोकल कमेटी में काम करने का मौक़ा मिला। यह राजनीतिक रूप से सबसे सरगर्म कमेटियों में से एक थी। इमरजेंसी के दौरान हम खुलकर काम नहीं कर सकते थे मगर मज़दूर ख़ुद-ब-ख़ुद बड़े पैमाने पर लाल झंडे की तरफ़ खिंचे चले आ रहे थे। मज़दूरों का दबाकर रखा गया असंतोष अब फूट पड़ने लगा था। उस समय बहुत सारी हड़ताल, संघर्ष, और जुझारू कार्रवाइयां हुई जिनमें हमारे संगठन ने बढ़-चढ़ कर हिस्सा लिया। उस वक़्त ये लगने लगा था कि दिल्ली की राजनीतिक आबोहवा में हम जिन बदलावों की उम्मीद कर रहे थे अब उनका वक़्त आ गया है।'

अक्टूबर 1988. हड़ताल की तैयारी

दिल्ली के मज़दूर वर्ग ने अस्सी के दशक में तीन बड़ी हड़तालों में हिस्सा लिया: 1986 की एक-दिवसीय हड़ताल, 1987 की तीन-दिवसीय (72 घंटे की) हड़ताल, और 1988 की सात दिन की हड़ताल। इन सभी आंदोलनों में न्यूनतम वेतन सबसे बड़ी मांग थी। दिल्ली में अकुशल मज़दूरों के लिए न्यूनतम मज़दूरी दर 1982 में 300 रुपये तय की गई थी जो 1988 में बढ़ाकर 562, यानी 262 रुपये अधिक, हो गई थी। मगर, इसी बीच उपभोक्ता मूल्य सूचकांक 334 अंक ऊपर जा चुका था। इसका मतलब यह है कि तनख़्वाह तो बढ़ी थी मगर उसका मूल्य घट गया था। इसलिए सात दिन की हड़ताल में एक मुख्य मांग ये थी कि न्यूनतम मज़दूरी की दर 562 से बढ़ाकर 1,050 रुपये की जाए, और मूल्य सूचकांक में प्रत्येक अंक की बढ़ोतरी पर दो रुपये का महंगाई भत्ता मिले।

दूसरी मुख्य मांग मज़दूरों की ज़िंदगी के हालात से संबंधित थी। दिल्ली के मज़दूरों की एक विशाल बहुसंख्या ग़ैरक़ानूनी मानी जाने वाली झुग्गियों में रहती थीं। ये दिल्ली के लिए कोई अनूठी बात नहीं थी। दुनिया भर के महानगरों में मज़दूरों की हालत ऐसी ही है। जैसा कि माइक डेविस याद दिलाते हैं, हम 'प्लैनेट्स ऑफ़ स्लम्स' यानी 'झुग्गियों के ग्रह' पर रहते हैं। शहरी मध्यवर्ग और रईसों को श्रम चाहिए लेकिन वे उन शरीरों से नफ़रत करते हैं जिनसे वह श्रम मिलता है। मुख्यधारा का विमर्श झुग्गियों को अपराधों और गंदगी के गढ़ के रूप में देखता है मगर सच्चाई ये है कि किसी भी शहर के सामाजिक, आर्थिक, राजनीतिक, और यहां तक कि सांस्कृतिक जीवन को भी यही झुग्गियां संभाले रहती हैं। वे ग़रीबों के विश्वविद्यालय हैं जहां वे एक महानगर में ज़िंदा रहने की कठोर कला सीखते हैं। पूंजीवाद इन झुग्गी बस्तियों के बिना ज़िंदा नहीं रह सकता। लिहाज़ा, इस हड़ताल की एक प्रमुख मांग थी कि झुग्गीवासियों को स्थायी आवास अधिकार दिए जाएं।

इसके अलावा मज़दूरों की मांग थी कि ठेका व्यवस्था ख़त्म की जाए, स्थायी काम के लिए स्थायी नौकरी दी जाए, बराबर काम के लिए बराबर तनख़्वाह दी जाए, बीस या इससे अधिक महिला कामगारों वाले कारख़ानों और प्रतिष्ठानों में बालवाड़ी (क्रेश) खोली जाएं, मज़दूर विरोधी क़ानूनों को रद्द किया जाए, और मौजूदा श्रम क़ानूनों को सही ढंग से लागू किया जाए।

1986 में पहली बार मैंने एक औद्योगिक हड़ताल को क़रीब से देखा। आमने-सामने, एसएफ़आई के कार्यकर्ताओं की एक टीम के तौर पर। उस वक़्त ट्रेड यूनियन

कार्यकर्ताओं में आम समझ यही थी कि दिल्ली में आप एक-दो दिन की हड़ताल ही कर सकते हैं। इससे लंबी कोई भी हड़ताल कामयाब नहीं हो सकती। इक्का-दुक्का फ़ैक्ट्रियों या ख़ास उद्योगों में आप भले ही लंबी हड़ताल कर लें मगर पूरे शहर के स्तर पर कई दिन की औद्योगिक आम हड़ताल? असंभव! इसकी एक राजनीतिक वजह भी थी। जब 1964 में भारतीय कम्युनिस्ट पार्टी में विभाजन हुआ और माकपा का गठन किया गया तो अन्य राज्यों के विपरीत दिल्ली में भाकपा का कोई ऐसा महत्वपूर्ण नेता नहीं था जो माकपा के साथ आया हो। सीटू का गठन 1970 में हुआ। उस समय तक दिल्ली में एकमात्र वामपंथी यूनियन एटक थी जो भाकपा से संबद्ध थी। भाकपा के कांग्रेस समर्थक रवैये की वजह से एटक भी जुझारू संघर्ष खड़ा करने से कतराती थी। बाक़ी यूनियनों से तो किसी संघर्ष की उम्मीद ही बेकार थी। लिहाज़ा, जब सीटू ने 1987 में 72 घंटे की हड़ताल का प्रस्ताव रखा, तो किसी भी दूसरी यूनियन ने उसका समर्थन नहीं किया। उनका तर्क था कि मई 1987 में न्यूनतम मज़दूरी दर 414 से 489 रुपये कर दी गई है सो अब मज़दूर और ज़्यादा इज़ाफ़े के लिए यूनियन के आह्वान पर ध्यान नहीं देंगे। मगर सीटू ने पैर पीछे नहीं खींचे और फलस्वरूप 72 घंटे की हड़ताल कामयाब रही।

कमोबेश यही कहानी 1988 में एक बार फिर दोहराई गई। इस बार भी दूसरी ट्रेड यूनियनों का यही मानना था कि सीटू अतिउत्साह में काम कर रहा है, ख़ासतौर से जबकि सरकार ने न्यूनतम मज़दूरी दर को 489 से बढ़ा कर 562 कर दिया था। उनको लगता था कि दिल्ली के मज़दूर इतनी लंबी हड़ताल में कभी नहीं टिक पाएंगे। मगर मज़दूरों में ज़बर्दस्त ग़ुस्सा था। इस हड़ताल में मज़दूरों के बीच सबसे लोकप्रिय नारा था 'जीना है तो लड़ना होगा।'

उस वक़्त दिल्ली सीटू के सचिव थे कॉमरेड सूरजभान भारद्वाज। उत्तर प्रदेश के मुज़फ़्फ़रनगर ज़िले से आए भारद्वाज का राजनीतिकरण आज़ादी के संघर्ष में हुआ था। वह कानपुर स्थित जे. के. कॉटन में नौकरी करते थे। इस दौरान वह एटक के नेता बने और 1961 में भाकपा में शामिल हुए। जब 1964 में पार्टी में विभाजन हुआ तो वह माकपा के साथ गए। ग़ाज़ियाबाद में सीटू का संगठन खड़ा करने के लिए कॉमरेड मेजर उन्हें यहां ले आए। ख़ुद मज़दूरवर्गीय परिवार से और बहुत सारे संघर्षों से गुज़रने के फलस्वरूप सीटू को इस हड़ताल के लिए तैयार करने में कॉमरेड भारद्वाज का सबसे बड़ा हाथ था। उन्होंने मज़दूरों के भीतर धधकते ग़ुस्से को पहचाना। वे समझ गए थे कि अब मज़दूर वार करने के लिए तैयार हैं।

संगठन के बिना स्वतःस्फूर्त आंदोलन धूमकेतु की तरह होता है। लेकिन स्वतःस्फूर्तता से रहित संगठन दलदल है। सीटू के नेतृत्व ने हड़ताल की सफलता सुनिश्चित करने के लिए एक बहुस्तरीय योजना बनाई। मज़दूर वर्ग के असली आकार के मुक़ाबले सीटू की वास्तविक सदस्यता बहुत ही नगण्य थी। सीटू की ताक़त ग़ाज़ियाबाद में तुलनात्मक रूप से ज़्यादा थी मगर दिल्ली की ट्रेड यूनियन राजनीति में तो सीटू की मौजूदगी बहुत ही मामूली थी।

'हमने तय किया कि हम अकेले करेंगे।' दिल्ली माकपा के तत्कालीन सचिव और सीटू के उपाध्यक्ष जोगेंद्र शर्मा ने मुझे बताया। 'मगर हम पूरी प्लानिंग करते थे। एक तो टाइमिंग देखना था। किस वक़्त मज़दूर पर किस तरह का हमला है? वो लड़ने के लिए कितना तैयार है? और अगर वो लड़ने के लिए निकल पड़े तो वो क्या भरोसा मांगता है हमसे? ये सब लीडरशिप को सोचना पड़ता है। मज़दूर केवल नारे पर हड़ताल पर नहीं जाएगा। उसको भरोसा मिलना चाहिए। वो क्या होगा? जैसे एक खूंटे के बल पर लड़ जाता है आदमी। हमें उस खूंटे को तैयार करने के लिए ऑर्गेनाइज़ेशन को तैयारी करनी थी। ये चार-पांच महीने की एक्सरसाइज थी।'

अस्सी के दशक के आख़िर तक आते-आते दिल्ली की पांचों बड़ी कपड़ा मिलें मज़दूरों की छंटनी करने लगी थीं और अगले एक दशक के दौरान एक-एक करके ये पांचों कारख़ाने बंद हो गए। इसका मतलब ये था कि हड़ताल के लिए मज़दूरों की मारक शक्ति घटती जा रही थी। अब तक कपड़ा उद्योग की संगठित और ताक़तवर यूनियनें मज़दूर वर्ग की तमाम औद्योगिक कार्रवाइयों का नेतृत्व किया करती थीं। प्रमुख ट्रेड यूनियन नेता भी इन मिलों में पांव जमा चुके थे क्योंकि यहां बड़ी संख्या में मज़दूरों तक पहुंचना और उनको संगठित करना आसान था। तब, सीटू ने अपने ढंग की एक नई कार्यशैली विकसित की। सीटू ने औद्योगिक क्षेत्र के अलग-अलग कारख़ानों में अलग-अलग घुसपैठ बनाने की बजाए पूरे औद्योगिक क्षेत्र को एक इकाई के रूप में संबोधित करने का फ़ैसला लिया – मानो पूरा औद्योगिक क्षेत्र ही एक विशाल फ़ैक्ट्री हो।

सीटू के नेतृत्व को ये अंदाज़ा था कि पूरे औद्योगिक इलाक़े तक पहुंचने के लिए आपको मज़दूरों के घरों में जाकर संपर्क करना होगा। इसका मतलब ये था कि औद्योगिक इलाक़े के आस-पास बसी सारी झुग्गी बस्तियों में बड़े पैमाने पर जाकर संपर्क किया जाए। इसमें जेएमएस की कार्यकर्ताओं ने एक अहम भूमिका अदा की। वे दोपहर को पुरुषों के काम पर जाने के बाद आसानी से मज़दूरों के घरों

में जा सकती थीं। इसके अलावा, चूंकि अब बहुत सारी महिलाएं भी मज़दूरों की जमात में शामिल हो चुकी थीं, इसलिए वे इन महिला मज़दूरों से भी खुलकर बात कर सकती थीं। बृंदा करात के शब्दों में इसका कारण ये था कि 'जेएमएस की जड़ें और आधार मज़दूर वर्ग की बस्तियों में ही था।' हाल के सालों में जेंडर आधारित भेदभाव, और सामाजिक, आर्थिक व राजनीतिक भेदभाव के आपसी संबंधों पर ग़ौर करना नारीवादी ऑर्गेनाइज़िंग और अध्ययनों का एक अहम हिस्सा बन गया है – जिसे हिंदी में इंटरसेक्शनैलिटी कहा जाता है। सात दिन की हड़ताल के लिए की गई ऑर्गेनाइज़िंग की कोशिशें इसका बढ़िया उदाहरण हैं।

अक्टूबर में 8–10 तारीख़ के बीच माकपा का दिल्ली राज्य सम्मेलन आयोजित किया गया। पार्टी नेतृत्व ने सात दिवसीय हड़ताल को एजेंडा में प्रमुखता से जगह दी और राज्य की सभी कमेटियों से आह्वान किया कि वे इसके लिए बढ़-चढ़ कर काम करें। सफ़दर भी इस सम्मेलन में एक डेलीगेट के तौर पर शामिल था।

जोगेंद्र शर्मा ने मुझे बताया, 'पार्टी की जीबी बुला कर एक-एक पार्टी मेंबर को पोलिटिकली, आइडियोलॉजिकली, ऑर्गेनाइज़ेशनली तैयार करते थे कि ये स्ट्रगल क्यों ज़रूरी है? हम क्या करेंगे तो मज़दूर तैयार हो जाएंगे? दूसरा क़दम है ट्रेड यूनियन की लीडरशिप को तैयार करना। अगर वो तैयार नहीं होगी लोकल लेवल तक, तो मज़दूर नहीं निकलेगा। उसके साथ-साथ जितने भी जनसंगठन और सिम्पेथाइज़र्स हैं उनको भी उसी रूप में तैयार करना। महिला समिति, नौजवान सभा, स्टूडेंट्स, टीचर्स, व्हाइट कॉलर, कल्चरल फ्रंट, सिम्पेथाइज़र्स। हमारी ट्रेड यूनियन की ताक़त उतनी नहीं है कि हम अकेले हड़ताल क़ामयाब बना देंगे। ये तरीक़ा हमने कमेटी फ़ॉर कम्यूनल हारमनी में भी इस्तेमाल किया था। मज़दूरों को अब खूंटा मिल रहा था। साथ ही साथ हम उन मज़दूरों में भी जा रहे थे जो हमसे जुड़े नहीं थे।'

सीटू, जेएमएस, और डीवाईएफ़आई सहित अपने विभिन्न जनसंगठनों के माध्यम से पार्टी ने मज़दूरों के बीच एक विशाल प्रचार अभियान शुरू किया। इस सिलसिले में इंद्राणी मजुमदार ने कुछ संख्याएं जमा की हैं : 'इस अभियान में कुल 6,80,000 पर्चे, 40,000 पोस्टर और 24,000 पोस्टर स्ट्रिप्स का इस्तेमाल किया गया। ... एक हज़ार से ज़्यादा नुक्कड़ सभाएं आयोजित की गईं जिनके माध्यम से अभियान मज़दूर बस्तियों के कोने-कोने में पहुंचा। इलाक़े के स्तर पर होने वाली इन मीटिंगों के अलावा 11 नवंबर से 21 नवंबर के बीच एक सेंट्रल हड़ताल रथ भी हर इलाक़े से गुज़रा। इस रथ या टेम्पो अभियान के माध्यम से जो असंख्य

मीटिंगें संबोधित की गईं उनसे मज़दूरों में ज़बर्दस्त जोश पैदा हुआ और तैयारियां एक नई ऊंचाई पर पहुंची।' उनकी रिपोर्ट हमें समझने में मदद करती है कि किस तरह : 'तैयारी के काम की सैकड़ों छोटी-छोटी बातें, थका देने वाली और अक्सर अंतर्विरोधी सांगठनिक प्रक्रियाएं सब मिलकर एक साझा और एकबद्ध योजना को दिशा दे रही थीं'।

उस वक़्त मुझे तैयारियों के इस स्तर का ज़रा भी अंदाज़ा नहीं था। ना ही मैं हड़ताल के ऐतिहासिक महत्व को समझता था। मगर सफ़दर समझता था। वह हर रोज़ सुबह पार्टी दफ़्तर में पहुंच जाता। जो भी काम वह कर सकता था, करता। दिन भर विभिन्न जनसंगठनों के कार्यकर्ता पार्टी दफ़्तर में आते-जाते रहते थे। सफ़दर सबसे बात करता। ख़ासतौर से ट्रेड यूनियन कॉमरेड्स से बात करके मज़दूरों की ज़िंदगी और काम के हालात के बारे में सीखने की, उनकी मांगों को समझने की, उनके संघर्षों, उनकी ख़्वाहिशों और उम्मीदों को जानने की हरदम कोशिश करता रहा। फ़िज़ां में बिजली कौंध रही थी, और सफ़दर के ज़रिए बाक़ी जनम तक पहुंच रही थी।

अक्टूबर 1988. **चक्का जाम की रचना**

'ये सुनो। मैंने हड़ताल के नाटक की शुरुआत लिखी है। लव स्टोरी है।'

जब हम रिहर्सल के लिए जमा हुए तो सफ़दर की मुस्कान एक कान से दूसरे कान तक फैली हुई थी। उसने जोश के साथ अपने काग़ज़ निकाले और पढ़ना शुरू किया :

कुछ अभिनेताओं का झुंड मज़दूर अधिकारों के लिए नारे लगाते हुए नाटक शुरू करता है। इसी बीच दर्शकों में से एक आदमी निकलता है और वो नाटक में व्यवधान डालता है। वो पूछता है, तुम लोग ये क्या कर रहे हो? ऐक्टर उसे जवाब देते हैं, हम नाटक कर रहे हैं। वो पलट कर जवाब देता है, नहीं, ये कोई नाटक नहीं है, ये तो नारेबाज़ी है। ऐक्टर उसे बताते हैं कि ये मज़दूरों का नाटक है। इसमें तो नारे होंगे ही। उस आदमी को तसल्ली नहीं होती। वह पूछता है, तुम लोग आम नाटक क्यों नहीं कर सकते? प्यार-मोहब्बत का, मौज-मस्ती का नाटक? ऐक्टर सोचते हैं और कहते हैं, हां क्यों नहीं कर सकते! चलो एक प्रेम कहानी पर नाटक करते हैं।

ऐक्टर्स एक पुराने हिंदी फ़िल्मी गीत की पैरोडी गाने लगते हैं। इस गीत के दौरान प्रेमियों से हमारा परिचय कराया जाता है – एक मज़दूर जोगी और उसकी प्रेमिका अश्शो। लड़का शादी के लिए उसका हाथ मांगना चाहता है इसलिए उसे लड़की के माँ-बाप से मिलना है। प्रेमी-प्रेमिका इस मुलाक़ात की रिहर्सल करते हैं जिसमें अश्शो

अपने पिता की भूमिका निभाती है। जोगी को यक़ीन है कि वह अश्शो के बाप को राज़ी कर लेगा। मगर जब उसका सामना असली पिता से होता है तो उसके हाथ-पांव फूल जाते हैं, वह अनाप-शनाप बकने लगता है। पिता उससे पूछता है कि वह कितना कमा लेता है। जोगी कहता है, 562 रुपये। ये सुनकर लड़की का पिता इस तनख़्वाह में से लड़के का सारा मासिक ख़र्च घटाना शुरू करता है। सारा हिसाब होने पर पता चलता है कि इतनी कम तनख़्वाह में एक शादीशुदा जोड़ा अपनी ज़िंदगी गुजार ही नहीं सकता। पिता कहता है कि हज़ार-ग्यारह सौ से नीचे तो बात बन ही नहीं सकती। जोगी हामी भरता है और बताता है कि सीटू वाले भी यही कहते हैं। वे माहवार 1,050 रुपये की मांग कर रहे हैं। वे इसके लिए हड़ताल करने वाले हैं। तब पिता कहता है, ठीक है फिर, जाओ, उनके साथ हड़ताल करो और तभी वापस आना जब तुम्हारी ये मांग पूरी हो जाए। इसी बिंदु पर ऐक्टर्स उस दर्शक से मुख़ातिब होते हैं जिसने शुरुआत में नाटक रुकवा दिया था।

'आपकी खोपड़ी में इत्ती-सी बात क्यूं नहीं आती कि मज़दूर की ज़िंदगी पर नाटक करेंगे तो चाहे झंडा उठाएं या ना उठाएं, नारे लगाएं या ना लगाएं, बात वहीं पर पहुंचती है कि जीना है तो लड़ना होगा। और प्यार भी करना है तो लड़ना होगा।'

इसके बाद एक दृश्य आता है जिसमें दो-तीन ऐक्टर झुग्गियों के हालात के बारे में बात कर रहे हैं। एक बुलडोज़र उनकी झुग्गी को गिराने आता है। वे मदद के लिए नेता के पास जाते हैं। नेता उनकी मदद नहीं करता। उल्टे वह उनको धमकाने के लिए अपने गुंडे भेज देता है। मज़दूरों को ये बात समझ में आ जाती है कि अधिकार किसी के देने से नहीं मिलते, वे लड़कर जीते जाते हैं। वे एक महिला मज़दूर से अपने साथ जुड़ने के लिए कहते हैं। वो कहती है कि वह उनके साथ नहीं चलेगी क्योंकि वे उसकी कोई मांग नहीं उठा रहे हैं। तब वे सोचने लगते हैं कि उस औरत की क्या मांगें हो सकती है? तब वह बताती है कि तुम लोग उन फ़ैक्ट्रियों में क्रेश की मांग क्यों नहीं करते जहां औरतें काम करती हैं, ताकि हम वहां अपने बच्चों को भी साथ ला सकें। एक महिला मज़दूर अपने बच्चे को गोद में लिए फ़ैक्ट्री में दाख़िल होने की कोशिश करती है मगर गार्ड उसे गेट पर ही रोक देते हैं।

किसी ने पूछा, 'इसके बाद क्या होगा?'

सफ़दर ने कहा, 'नहीं पता यार। देखते हैं।'

यह मसौदा वहां तक तो काफ़ी मज़ेदार था जहां लड़की का पिता जोगी की तनख़्वाह की चीर-फाड़ करता है। इसके बाद सिर्फ़ बातें थीं और नाटकीयता ख़त्म।

सफ़दर इस बात को समझ रहा था। उसने कहा कि इसे सिरे से दोबारा लिखना होगा। मुझे अच्छा लगा कि सफ़दर ने नाटक की शुरुआत उसी आम अवधारणा से की कि नुक्कड़ नाटक सिर्फ़ नारेबाज़ी का नाटक होता है और फिर वह नाटक को प्रेम कथा तक ले आया। जोगी और अश्शो के बीच का सीन मज़ेदार था। दर्शक के तौर पर आप फ़ौरन समझते हैं कि नाटक को नारों पर लौटना ही पड़ेगा। हिंदी फ़िल्मों के अति नाटकीय अंदाज़ में लिखे गए इस दृश्य में ख़ूब हंसी-ठठ्ठा था। जब हमने पहली बार सुना तो और भी मज़ा आया क्योंकि दोनों प्रेमियों के नाम हमारे बीच से ही लिए गए थे। आयशा क़िदवई और जोगी। इसीलिए, जब हमने इन दृश्यों को सुना तो हम लोगों के चेहरों पर ख़ुद-ब-ख़ुद हंसी फैल गई थी और यह भी ज़ाहिर था कि कास्टिंग का कम से कम ये हिस्सा तो पहले से तय हो चुका है! यहां एक और अंदरूनी मज़ाक है जो बाद में, सफ़दर की मौत के बाद, मुझे समझ आया जब उसके लेख प्रकाशित हुए। 'एनचांटेड आर्क' लेख एक ऐसे नाटककार के साथ बहस है जो एक सम्मेलन में नुक्कड़ नाटक सत्र की अध्यक्षता करते हुए इस बात को लेकर छाती पीट रहा था कि नुक्कड़ नाटक तो सिर्फ़ नारेबाज़ी ही कर सकता है, ज़िंदगी के किसी अहम मुद्दे पर बात नहीं कर सकता। सफ़दर का शुरुआती दृश्य नाटकीय और हल्के ढंग से इसी तर्क का जवाब दे रहा था। ये तरक़ीब कमाल की थी।

उस दिन शाम को जब हम डीटीसी बस से वापस लौट रहे थे तो मैंने सफ़दर से पूछा था कि नाटक में वो आदमी कौन है जो नाटक रुकवा देता है।

'पता नहीं। कोई दर्शक है।'

'क्या कभी ऐसा हुआ है कि किसी दर्शक ने आकर नाटक रोका हो और ये मांग की हो कि तुम कुछ और करके दिखाओ?'

सफ़दर हंस पड़ा, 'अरे नहीं। दर्शक तो इसी बात से ख़ुश हो जाते हैं कि तुम उनके सामने परफ़ॉर्म कर रहे हो। नाटक तो सिर्फ़ पुलिसवाले रुकवाते हैं।'

फिर उसने एक सीन का आइडिया बताया जो कुछ समय से उसके ज़ेहन में घूम रहा था :

एक सिपाही बीट ड्यूटी पर है। उसे एक आदमी दिखाई देता है जो कुछ नहीं कर रहा है। पुलिस वाला उससे पूछता है, तुम कौन हो? वह कहता है, ज-ज-ज-जेबकतरा। उसका शरीर डर से कांप रहा है। कितना कमा लेते हो? सिपाही पूछता है? जेबकतरा जवाब देता है, प-प-प-पचास रुपये। अरे वाह, पुलिस वाला कहता है। पच्चीस मुझे दे। जेबकतरा पच्चीस उसे दे देता है और पुलिस वाला उसे गले लगा

लेता है। फिर वह एक और आदमी से मिलता है। पता चलता है कि ये आदमी चोर है और ये सौ रुपये कमा लेता है। पुलिस वाला उससे पचास रुपये लेकर उसको भी गले लगता है। इसके बाद तीसरा आदमी मिलता है जो नशीली दवाइयों की तस्करी करता है। वह रोज़ दो सौ रुपये कमा लेता है। पुलिस वाला उससे सौ रुपये लेता है और गले लगा लेता है। फिर चौथा आदमी मिलता है जो एक मज़दूर और ट्रेड यूनियन कार्यकर्ता है। पुलिस वाला उसे पीटने लगता है।

'अच्छा है। ये सीन कहां आएगा?'

'ओह, ये मुझे नहीं पता! कभी-कभी दिमाग़ में पूरा सीन उभरता है। कभी तो उसे किसी नाटक में जगह मिल जाती है और कभी सदा यतीम ही रह जाता है।'

बात आई-गई हो गई और मैंने भी इस पर ज़्यादा नहीं सोचा। अगले दिन सफ़दर ने हमें बताया कि उसने नाटक को थोड़ा और आगे तक लिख लिया है और शुरुआती सीन को भी और मांजा है। अब नाटक रुकवाने वाला दर्शक नहीं, बल्कि एक पुलिस वाला था। वो आकर कहता है कि यहां नारेबाज़ी नहीं हो सकती क्योंकि इससे मज़दूर भड़क जाएंगे और उसको ज़िम्मेदारी दी गई है कि वह हड़ताल ना होने दे। उसके इलाक़े में नारे लगाना तो दूर, कोई सीटू का नाम तक नहीं ले सकता। तब यह पुलिसवाला सुझाव देता है कि ऐक्टर्स को कोई प्रेम कहानी वाला नाटक करना चाहिए। इस बार प्रेम कहानी में सफ़दर अश्शो की माँ को भी दृश्य में ले आया है। जोगी और अश्शो की शुरुआती बातचीत को उसने छोटा कर दिया है और उस हिस्से को लंबा कर दिया है जिसमें जोगी अपने भावी ससुर से मिलता है। इस दृश्य में ख़ूब नाटकीयता और हंसी की गुंजाइश थी। जब प्रेम कथा में हड़ताल की बात आती है तो पुलिस वाला फिर दख़ल देता है और नाटक रुकवा देता है। ऐक्टर उसकी बात नहीं मानते और कहते हैं कि तुम भाड़ में जाओ। वह उन्हें धमकी देता है, और कहता है कि वह फ़ोर्स को लेकर अभी वापस आएगा।

मैंने पूछा, 'तो क्या वो आएगा?' सफ़दर ने कहा, 'नहीं, मेरे ख्याल में नहीं आएगा। हम दूसरे मुद्दों पर चले जाएंगे।'

मैं इस उत्तर से संतुष्ट नहीं था। *मोटेराम* पर काम करते हुए एक दिन हबीब साहब ने 'चेखव की बंदूक' के बारे में बताया था। चेखव का कहना था कि अगर नाटक के शुरू में कहीं बंदूक आई है तो तो नाटक ख़त्म होने से पहले उससे गोली ज़रूर चलनी चाहिए। यानी, कहानी का हर तत्व नैरेटिव को आगे बढ़ाने वाला होना चाहिए और जो भी हिस्सा इसमें चूक जाए, उसे निकाल कर बाहर कर देना चाहिए।

पुलिसवाले द्वारा फ़ोर्स लेकर आने की धमकी चेखव की पिस्तौल का ही उदाहरण था। अगर उससे गोली चलनी ही नहीं है तो बंदूक मत दिखाओ। रात को घर लौटने पर और अगली सुबह भी मैं इस बात को लेकर उधेड़बुन में था कि आख़िर नाटक से पुलिसवाले को किस तरह निकलना चाहिए। मेरे हिसाब से उसके वापस ना लौटने का एक ही तरीक़ा हो सकता था, कि मज़दूर उसे मिलकर खदेड़ दें। मगर मुझे ये भी समझ में आ रहा था कि नाटक के शुरुआती दृश्य में इस तरह की चीज़ विश्वसनीय नहीं लगेगी। मज़दूर मिलकर पुलिसवाले को खदेड़ सकें इसके लिए पहले और बहुत कुछ होना चाहिए।

दोपहर बाद मुझे इसका हल सूझा और मैं एक वैकल्पिक दृश्य लिखने लगा। जैसे-तैसे मैंने उसे रिहर्सल से पहले लिखना ख़त्म किया। मैं नर्वस भी था और रोमांचित भी। मुझे कोई अंदाज़ा नहीं था कि औरों को यह दृश्य कैसा लगेगा और ख़ुद सफ़दर की प्रतिक्रिया क्या होगी। हबीब तनवीर जैसा कोई माहिर तुम्हारा सीन फिर से लिखे तो अलग बात है। लेकिन तुम्हारे लेखन के साथ कोई नौसिखिया छोकरा खिलवाड़ करे, ये हिमाक़त है। मन ही मन लग तो रहा था कि सफ़दर इससे ग़ुस्सा नहीं होगा, ना ही वह तौहीन महसूस करेगा। फिर अगले ही पल ख़्याल आता कि अहंकार तो अहंकार होता है, बेतुका होता है। ख़ैर, दिल की धड़कन को किसी तरह संभाले मैं रिहर्सल पर पहुंचा। अच्छे से अच्छे हालात में भी मैं बढ़िया पाठक नहीं था। हबीब साहब के शब्दों में कहें तो मैं राजधानी एक्सप्रेस नहीं, मालगाड़ी ही था। सो मैंने जोगी से गुज़ारिश की कि वह सीन पढ़कर सुनाए। जब हम घेरे में बैठे तो मैंने जोगी को कोहनी मारी।

'सफ़दर, सुधु ने एक नया सीन लिखा है।'

'बहुत ख़ूब। तो वो हमें बताता क्यों नहीं?' उसने मेरी तरफ़ देखा। मेरा मुंह सूख चुका था। एक भी शब्द निकलने का नाम न लेता था। सफ़दर मुस्कुराया 'आह, फिर हकलाने लगा? जोगी, तू पढ़ दे इसका सीन। वरना हम कल सुबह तक यहीं लटके रहेंगे।' सब हंस पड़े। मैं भी। और जोगी ने सीन पढ़ना शुरू किया :

जहां अश्शो का पिता जोगी की तनख़्वाह का सारा हिसाब लगाता है और अंत में जोगी कहता है कि वह तनख़्वाह बढ़वाने के लिए हड़ताल में हिस्सा लेगा, वहीं पुलिसवाला आकर नाटक को रोक देता है। ये तीसरा मौक़ा है जब पुलिस वाले ने नाटक रोका है। लिहाज़ा ऐक्टर उससे तंग आ चुके हैं। वे दर्शकों के सामने ऐलान करते हैं कि वे इस तरह नाटक नहीं कर सकते हैं और अपनी परफ़ॉर्मेंस बंद कर रहे

हैं। तभी एक ऐक्टर कहता है कि एक मिनट रुको, मुझे पुलिस वाले से बात करने दो। वह पुलिसवाले से कहता है, हवलदार साहब मुझे मालूम है कि आपने पहले ही कह दिया था कि हमारे नाटक में सीटू का नाम भी नहीं आना चाहिए। लेकिन अगर हमारा नाटक सीटू के ख़िलाफ़ हो तो? तब तो चलेगा ना? पुलिसवाला दिमाग़ पर ज़ोर डालता है और कहता है कि वैसे तो ऊपर से यही हुक्म मिला है कि सीटू का नाम भी नहीं आना चाहिए। मगर यदि तुम सीटू के ख़िलाफ़ ही नाटक करना चाहते हो तो इसमें कोई हर्ज़ा नहीं है। इसके बाद वह अपनी कल्पनाओं में खो जाता है जहां वह देखता है कि उसे इस कारनामे के लिए पदोन्नति मिल रही है; देखते ही देखते वह डिप्टी कमिश्नर ऑफ़ पुलिस बन जाएगा। ठीक है, करो नाटक, वह कहता है।

अब ऐक्टर फिर से नाटक शुरू करते हैं। उस वक़्त राजीव गांधी प्रधानमंत्री थे जो हरदम 'भारत को इक्कीसवीं शताब्दी में ले जाने' की रट लगाया करते थे। यही उनका पसंदीदा जुमला हुआ करता था। मुझे ज़्यादा ब्यौरे तो याद नहीं है मगर एक भाषण में उन्होंने ये कहा था कि मज़दूरों को एक बेहतर भविष्य के लिए कुर्बानी देनी चाहिए। मैंने एक दृश्य लिखा जिसमें एक नेता राजीव गांधी का भाषण पेश करता है। इसके लिए मैंने उनके असली भाषण के बेतुकेपन को थोड़ा और बढ़ा दिया था। सबसे मज़ेदार बात ये थी कि पुलिसवाला नाटक पर आपत्ति नहीं कर सकता था क्योंकि नाटक तो अब प्रधानमंत्री का ही संदेश दे रहा था। मगर अंत तक आते-आते ऐक्टर्स (जो मज़दूरों की भूमिका निभा रहे हैं) का ग़ुस्सा बढ़ता चला जाता है और वे भाषण को रोक देते हैं। तब पुलिसवाला फिर से हस्तक्षेप करता है और मज़दूरों को धमकी देता है कि उनकी झुग्गियां ढहा दी जाएंगी। यहां एक लोकल नेता अपने एक चेले के साथ दृश्य में दाख़िल होता है और वे दोनों पुलिसवाले की मदद से मज़दूरों धमकियां देने लगते हैं। अब मज़दूर सचमुच आजिज़ आ चुके हैं और वे अपनी हिफ़ाज़त के लिए एकजुट हो उठते हैं। नेता, चेले और पुलिसवाले के पास सिर पर पांव रखकर भाग निकलने के अलावा और कोई चारा नहीं बचता। यहां से नाटक महिला मज़दूर के सीन में जाना था, जिसे सफ़दर को लिखना था।

जैसे ही जोगी ने पढ़ना ख़त्म किया, सफ़दर ख़ुशी से झूम उठा। उछल कर मेरे पास आया और मुझे कस कर गले लगा लिया।

'ओए लाले की जान, तूने तो कमाल कर दिया, धोती का फाड़ के रूमाल कर दिया।'

तो इस तरह मामला तय रहा। 'रिवर्सल' सीन और बस्ती वाला सीन फ़ौरन नाटक में शामिल कर लिए गए। इसके बाद सफ़दर ने अगला सीन पढ़कर सुनाया

जिसमें एक महिला मज़दूर इस बात की शिकायत करती है कि उसे अपने बच्चे को साथ लेकर फ़ैक्ट्री में दाख़िल होने से रोक दिया गया है।

रिहर्सल के बीच में चाय ब्रेक दौरान शिकमा ने फुसफुसा कर मुझसे कहा, 'हरामी! मुझे पता है तूने ये सीन सिर्फ़ इसीलिए लिखा कि वो तुझे गले लगा ले।'

'तो तू लिख लेती।'

'हां यार! पर वो मुझे फिर भी गले नहीं लगाता। वो पूरा गुड ब्वॉय है।'

सफ़दर ने जोगी से मेरा सीन लिया।

'क्या तुम आमतौर पर ऐसे ही लिखते हो। इतना साफ़-सुथरा, कहीं कोई कटिंग नहीं? या ये फ़ेयर वर्ज़न है?'

'नहीं, मुझे फ़ेयर करने का टाईम ही नहीं मिला। और मैं क्या जानूं कि मैं कैसे लिखता हूं। मैंने तो पहली बार कोई सीन लिखा है।'

'वाक़ई? कमाल है। मेरे पहले ड्राफ़्ट में तो काट-छांट ज़्यादा, लिखाई कम होती है।'

'तुम्हारा दिमाग़ बहुत तेज़ है सफ़दर। तुम्हारे पास बहुत ख़्याल आते है। वो भी एक साथ। मेरे पास सिर्फ़ एक ही ख़्याल था और मेरी हिंदी भी तंग है इसलिए मेरे पास कोई और चारा भी नहीं था।'

हंसते हुए हम औरत वाले सीन के बारे में बात करने लगे।

'ये बढ़िया है सफ़दर, मगर इसमें पंच नहीं है।'

'अच्छा, अगर तुम लिखते तो कैसे लिखते?'

'मैं कभी लिख ही नहीं पाता! मुझे पता नहीं कि मज़दूर औरतें कैसे बोलती हैं। मगर इस औरत में कुछ है जो मुझे *औरत* के आख़िरी सीन वाली बूढ़ी औरत की याद दिला रहा है। मुझे पता है कि यहां वो गुहार नहीं लगा रही है मगर ना जाने क्यों ऐसा ही लग रहा है।'

'हम्म। देखता हूं क्या कर सकते हैं।'

अगले दिन सफ़दर ने सीन का नया संस्करण पढ़कर सुनाया। अब ये सीन पारबती नाम की एक महिला मज़दूर के साथ शुरू होता है जो फ़ैक्ट्री में प्रवेश ना मिलने पर एक से एक गालियां देते हुए एंट्री लेती है। जुझारू है, ग़ुस्से में है, पुरुष यूनियन नेताओं को खरी-खोटी सुनाने को तैयार है। और जब हमने इसकी पहली रिहर्सल की, तो माला ने उसमें चार चांद लगा दिए – उसकी वो गूंजती आवाज़, आंखों में शोले, जिस्म में बंद मुट्ठी जैसा तनाव।

बाक़ी नाटक अब पानी की तरह बहने लगा। पारबती वाले सीन के फ़ौरन बाद ठेका मज़दूरों का सीन था जिसमें रामपाल नाम का यूनियन नेता ग़ुलाम रसूल और राघवन नाम के दो ठेका मज़दूरों के साथ झगड़ा करता है क्योंकि वे हड़ताल में शामिल होने से इनकार करते हैं। सफ़दर द्वारा इन दो नामों का चुनाव इस बात की तरफ़ इशारा करता है कि मज़दूर वर्ग में बहुत सारे प्रवासी शामिल हैं। यहां भी पारबती ही यूनियन नेता को खरी-खरी सुनाती है। ये एक ऐसा सीन था जो परफ़ॉर्मेंस में हमेशा जम जाता था। मज़दूरों को इसमें अपने अनुभव की कठोर सच्चाई दिखाई देती थी। इसमें पता चलता है कि ठेका मज़दूर और पक्के मज़दूर, दोनों एक जैसी बेचैनी में जल रहे हैं। इस सीन में एकता की बुनियाद उभरती है, बिना किसी उपदेश के।

मुझे नाटक का आख़िरी सीन भी अच्छा लगा जिसमें एक आदमी लाल कपड़ा लपेटे आता है। वह हड़ताल की हिमायत में बोलता दिखाई देता है मगर पता चलता है कि वह सीटू की हड़ताल के पक्ष में नहीं है। वह मज़दूरों से सात दिन की नहीं बल्कि केवल एक दिन की हड़ताल करने के लिए कह रहा है। तब आपको पता चलता है कि उसके लाल कपड़े के भीतर गुलाबी कपड़ा है। उस आदमी की क्रांतिकारी भंगिमा एटक के हाव-भाव से मेल खाती है। जब मज़दूर उसके गुलाबी कपड़े को परे करते हैं तो नीचे कांग्रेस का तिरंगा निकलता है। मगर जब वह कुछ ऊल-जुलूल आध्यात्मिक बातें उगलने लगता है तो पता चलता है कि तिरंगे के नीचे हिंदू दक्षिणपंथियों का केसरिया कपड़ा लिपटा हुआ है। बहुत चालाकी से ये सीन ऐसी दूसरी यूनियनों के फ़रेब को उजागर करता था जो कहने को तो मज़दूरों के अधिकारों के हक़ में बोलती हैं मगर अंत में उनको धोखा दे देती हैं। दिवाकर ने ये किरदार इस अदा से पेश किया कि देखते ही बनता था। पूछने पर सफ़दर ने बताया कि वह भी नहीं जानता कि कहां से उसे यह आइडिया आया मगर ये किरदार पंडित मोटेराम शास्त्री से प्रेरित था।

'वह भी आज़ादी के संघर्ष को धराशाई करने के लिए सत्याग्रह की भाषा बोलता है। है ना?'

नाटक एक लंबी तुकबंदी के साथ ख़त्म होता है जिसमें हड़ताल की लगभग सारी मुख्य मांगों को शामिल किया गया था। जब मैंने पहली बार सुना तो लगा कि यह काम नहीं करेगा। इसमें कोई ड्रामा नहीं था। मुझे यक़ीन नहीं था कि दर्शक इतनी देर रुके रहेंगे या नहीं। मगर सफ़दर को विश्वास था कि दर्शक रुके रहेंगे।

'तू देखना, ये हिट होगा।'

हमारे पास ऐक्टर्स काफ़ी थे इसलिए कई भूमिकाओं के लिए हमने दो-दो

अभिनेताओं को तैयार किया। अश्शो की भूमिका में आयशा और नंदिता थीं। शिकमा और शिखा ने अश्शो की माँ का रोल तैयार किया। राकेश और लैंबी, दोनों लंबे अभिनेताओं ने पिता की भूमिका निभाई। जोगी और मुझे, दोनों नाटे अभिनेताओं को जोगी की भूमिका मिली। ललित और विश्वजीत ने पुलिस की भूमिका तैयार की। कुछ और भी भूमिकाएं थीं जिनके लिए दो-दो अभिनेताओं को तैयार किया गया था। सूत्रधार के रूप में बृजेन्द्र और जुझारू पारबती के रूप में माला, ये दो मुख्य किरदार ऐसे थे जिनके लिए कोई डबल कास्ट नहीं था। मैंने सफ़दर से काफ़ी मिन्नत की कि जोगी का रोल मुझे ना दे, मुझे पुलिस वाला दे। पर उसने मेरी एक न सुनी।

'जोगी तो सबसे सेंट्रल रोल है – तुम इसे क्यों नहीं करना चाहते?'

'मैं मज़दूर नहीं कर सकता। मैं अजीब लगूंगा।'

'मगर तुमने *औरत* में बाप का रोल किया था। वो भी तो मज़दूर था। कितना अच्छा किया था।'

'अरे यार सफ़दर! बस मुझे पता है कि मैं इसमें नहीं जंचूंगा। मुझे पुलिस वाला करने दो। वो मैं बहुत अच्छा करूंगा।'

'डोंट बी सिली! तुम बड़े हल्के-फुल्के हो। हमें पुलिस वाला ऐसा चाहिए जिसे देखकर डर लगे।'

मैंने हाथ जोड़े, मिन्नत की, इमोशनल ब्लैकमेल आज़माया मगर सफ़दर टस से मस न हुआ। तूरान से ईरान तक की वही मुस्कुराहट चिपकाए रहा। मैं 'जोगी' के साथ फंस चुका था।

नवंबर 1988. **चक्का जाम को खेलना**

चक्का जाम की पहली परफ़ॉर्मेंस 2 नवंबर 1988 को हुई। आईपी कॉलेज के पास माल रोड स्थित पुराने सचिवालय के बाहर, जहां लेबर कमिश्नर का दफ़्तर हुआ करता था। दिल्ली भर के सैकड़ों मज़दूर वहां पहुंचे हुए थे। मज़दूरों के तेवर गर्म थे। वे आगे की लड़ाई के लिए कमर कस के आए थे। नाटक शुरू होते ही हम समझ गए कि हमारी परफ़ॉर्मेंस हिट होने जा रही है। प्रेम कहानी को देखकर मज़दूर हंसी से लोट-पोट हो रहे थे। उनके लिए सीटू-विरोधी नाटक का 'रिवर्सल' अनपेक्षित भी था और मज़ेदार भी। जब नाटक में मज़दूरों ने नेता, उसके चेले, और पुलिस को खदेड़ा तो लोगों ने तालियां बजाईं। ठेका मज़दूरों वाले सीन में दर्शकों में लहर दौड़ गई। सफ़दर का अंदाज़ा सही साबित हुआ – आख़िरी तुकबंदी हिट रही जिसमें मज़दूरों

की मांगों को दोहराया गया था। सफ़दर ने इसके लिए जो नारे गढ़े थे उनमें से कुछ तो आने वाले दिनों में दूर-दूर तक मज़दूरों में प्रचलित हुए और जहां हमने परफ़ॉर्म नहीं किया वहां भी लोग उन्हें दोहरा रहे थे। एक सीन जो कामयाब नहीं रहा वो मोटेराम के किरदार से प्रेरित था। मज़दूरों को वो कन्फ़्यूज़िंग लगा। मगर मेरे ख़्याल में इसका कारण ये नहीं था कि सीन अपने आप में कन्फ़्यूज़िंग था। इसका कारण शायद ये था कि जिस समय यह सीन आया, तब तक नाटक का भावनात्मक धरातल बदल चुका था। अंत तक आते-आते मज़दूर अपने दुश्मन को हारते हुए देख चुके थे और उनके हौसले बुलंद थे। इस दृश्य ने उनके उत्साह पर ठंडे पानी का काम किया। सफ़दर ने पहले ही परफ़ॉर्मेंस के बाद इस सीन को नाटक से निकाल दिया। कोई नया सीन भी नहीं डाला। मगर इस कटौती से नाटक के स्तर और क्वालिटी पर कोई फ़र्क़ नहीं पड़ा। बल्कि अब ये नाटक ज़्यादा साफ़-सुथरा और पैना हो गया।

पारबती के रूप में माला की एंट्री सनसनीख़ेज़ थी। उसका ग़ुस्सा और उसके लड़ाकू तेवर न केवल महिला मज़दूरों को फ़ौरन छूते थे बल्कि सारे मज़दूर उसमें अपने आपको देख रहे थे। एक के बाद एक तमाम शोज़ में मैं माला की कड़कड़ाती एंट्री का इंतज़ार करता था क्योंकि उसके आते ही दर्शकों में एक लहर फैल जाती थी। उसे देख कर मुझे बार-बार वो लम्हा याद आता था जब पहली बार मैंने माला को *औरत* में देखा था। उसकी परफ़ॉर्मेंस से मेरा दिमाग़ झनझना उठा था। मेरे रोंगटे खड़े हो गए थे – और जब मैंने इस किताब के लिए लोगों के इंटरव्यू लिए तो पता चला कि इसने और बहुत से लोगों पर भी इसी तरह का असर छोड़ा था। मिसाल के तौर पर, मदन गोपाल सिंह ने माला की परफ़ॉर्मेंस के बारे में मुझसे विस्तार से बात की। 'ऐसा मैंने पहले कभी नहीं देखा था। उसका सतर जिस्म, जैसे वह अपने हाथ को उठाती थी, उसकी आवाज़। हर चीज़। उसे देखते ही मेरे पांव उखड़ गए थे।' और इस नाटक में भी यही हो रहा था। सालों बाद माला ने यही प्रभाव *वो बोल उठी* नाटक में भी पैदा किया था। ये कहानियों का एक त्रिफ़लक है जिसकी आख़िरी कहानी में एक महिला मज़दूर सभी महिलाओं के लिए अलग शौचालय की मांग करते हुए यूनियन नेताओं की मर्दवादी सत्ता को खुली चुनौती देती है।

चक्का जाम अभियान बेमिसाल था। पिछले तीन दशकों के दौरान मैंने अधिकांशतः ऐक्टर के तौर पर तक़रीबन चार हज़ार परफ़ॉर्मेंसेज़ में हिस्सा लिया है। इनमें से कम से कम एक तिहाई, मज़दूरों – फ़ैक्ट्री मज़दूर और अनौपचारिक क्षेत्र मज़दूर, जैसे लोडर, घरेलू कामगार, सेवा क्षेत्र के मज़दूर और फेरी वाले वग़ैरह

– के बीच रही हैं। मगर *चक्का जाम* जैसी ऊर्जा और वैसा उत्साह कभी नहीं देखा। अभियान के आख़िर में माहौल इतना गर्म हो चुका था कि कई जगहों पर मज़दूरों के ठहाकों, तालियों, और नारों की वजह से हमारे संवाद दब जाते, या फिर हमें लंबे पॉज़ लेने पड़ते।

यह नाटक मज़दूरों के मूड और अभियान के तर्क, दोनों को भली-भांति सामने लाता था। सफ़दर ने मज़दूरों की नब्ज़ पकड़ ली थी। उसका लेखन मानो मज़दूरों की चेतना से पैदा होता था और बदले में उसको सींच रहा था। *मशीन* की तरह *चक्का जाम/हल्ला बोल* भी मज़दूरों के जीवन अनुभवों को पकड़ता था और अपने वक़्त का थर्मामीटर था।

हड़ताल से एक दिन पहले हमने बुद्धिजीवियों और कलाकारों के जुलूस में हिस्सा लिया। इसके लिए बौद्धिक एवं कला जगत में अपने तमाम संपर्कों, परिचितों को खंगालने, खींचने में सफ़दर ने अहम भूमिका अदा की थी। पत्रकारों को भी उसने बड़ी संख्या में मोबिलाइज़ किया। यह जुलूस मंडी हाऊस से शुरू हुआ और कॉपरनिकस मार्ग से होते हुए, इंडिया गेट को छू कर, राजपथ पर चलते हुए बोट क्लब जाकर ख़त्म हुआ था।

इस सभा में सीटू के एक नेता ने हड़ताल की मुख्य मांगों को सामने रखते हुए भाषण दिया था। उन्होंने अपनी मांगों को इस तरह समझाया कि मध्य वर्ग के दर्शक भी उन्हें भली-भांति समझ पाएं। प्रोफ़ेसर प्रभात पटनायक हमेशा की तरह अपने चिर-परिचित सहज अंदाज़ में थे। उनको सुनकर हमेशा ऐसा लगता था मानो वे एक-एक वाक्य लिख कर लाये हैं। उन्होंने भौंडी पूंजीवादी व्यवस्था की बहुत सजीव तस्वीर खींची थी। जुलूस में नेशनल स्कूल ऑफ़ ड्रामा के विद्यार्थी भी आए थे। मेरे ख़्याल में सफ़दर ने कुछ दिन पहले जाकर एनएसडी में उनको संबोधित किया था। सो, न केवल वे लोग आए थे बल्कि उनके छात्र संघ अध्यक्ष ने इस सभा में भाषण भी दिया था और अपना समर्थन व्यक्त किया था। भीष्म साहनी आए थे। उन्होंने सभा को संबोधित करते हुए कहा कि दुनिया का महान साहित्य ग़रीबों, हाशियाई तबक़ों, महिलाओं, दलितों, मज़दूरों, और किसानों के जीवन अनुभवों को ही विषय के रूप में चुनता है। अगले दिन, जो कि हड़ताल का पहला दिन था, दिल्ली के नागरिक जब उठे तो उनके सामने एक असामान्य नज़ारा था – तमाम अख़बारों ने इस रैली को प्रमुखता से कवर किया था। कहीं भी मज़दूरों की हड़ताल की चर्चा करते हुए ट्रैफ़िक जाम या जीडीपी के नुक़सान जैसी बातें नहीं कही गई थी।

उस दिन शाम को हमें मायापुरी इंडस्ट्रियल एरिया में परफ़ॉर्म करना था। जुलूस के बाद हमारे पास कुछ घंटे का समय था इसलिए हम कनॉट प्लेस में सेंट्रल पार्क चले गए। सफ़दर चहक रहा था। वह ग़ालिब की ग़ज़लें गाने लगा, और जोगी ढोलक पर संगत देने लगा। देखते-देखते दोनों की जुगलबंदी देखने मजमा इकट्ठा हो गया। सफ़दर कुछ गाता, कुछ ग़ालिब समझाता। हमारे इर्द-गिर्द कुछ सौ लोगों की भीड़ जमा हो चुकी थी। कोई मूंगफली खा रहा था, कोई ऐसे ही मटरगश्ती करने निकला था। जब हमने अपनी महफ़िल समेटी तो सफ़दर ने जुटे दर्शकों को संबोधित किया और उन्हें आने वाली हड़ताल के बारे में बताया। उसने संक्षेप में और अपनी आसान, पुरमिठास हिंदुस्तानी में ये भी बताया कि हड़ताल किन मांगों के लिए की जा रही है। उसने अपील की कि वे भी अपने आस-पास के लोगों को हड़ताल के बारे में बताएं। भाषण के अंत में उसने नारा लगाया : इंक़लाब ज़िंदाबाद! और मज़दूर संघर्ष ज़िंदाबाद! और दर्शकों ने भी उसकी आवाज़ में अपनी आवाज़ें मिला दीं।

एक दिन हमें चांदनी चौक में टाऊन हॉल के पास परफ़ॉर्म करना था। नवंबर की शुरुआत में मेरी बहन की शादी की वजह से मैं एकाध शो में नहीं गया था। उनके अलावा बाक़ी सभी परफ़ॉर्मेंसेज़ में मैं जाता रहा। जिस दिन मेरा रोल जोगी निभाता था उस दिन भी मैं नियम से पहुंच जाता था। उस दिन जब हम टाऊन हॉल पहुंचे तो पता चला कि ललित और विश्वजीत, दोनों 'पुलिसवालों' के बीच कुछ कन्फ़्यूज़न हो गया था। दोनों ने ये सोचा कि आज दूसरे की बारी है। इस तरह दोनों आए। सफ़दर ने कहा कि आज पुलिसवाले का रोल वह करेगा। सफ़दर जनम में किसी भी पुरुष अभिनेता के किरदार के लिए एक स्थायी बदली अभिनेता था। वह मज़ाक में कहा करता था कि अब वह अपना नाम ही स्टेपनी हाश्मी रखने वाला है। अभियान के दौरान वह एक दो अभिनेताओं को अलग-अलग वजहों से पहले ही बदल चुका था। उस दिन मैं उसके पास गया और मैंने कहा कि पुलिसवाले का रोल मैं करूंगा। उसने बड़े प्यार से मना कर दिया। मैंने हाथ जोड़े, मिन्नतें कीं। उसे याद दिलाया कि मैं हमेशा इस भूमिका को निभाना चाहता था। अब जबकि मौक़ा आ ही गया है तो मुझ से ये मौक़ा नहीं छीन सकते। वह टालता रहा। मैं अड़ा रहा। आख़िरकार, न जाने कैसे, उसने मेरी बात मान ली।

मैं जानता था कि वो क्यों मना कर रहा था। उसे डर था कि मैं हकलाने लगूंगा। बाद में मुझे पता चला कि वह जोगी, बृजेन्द्र और राकेश को एक तरफ़ लेकर गया था और उनसे कहा कि चूंकि मैं अड़ गया हूं इसलिए वो मुझे परफ़ॉर्म करने देगा मगर

यदि मैं हकलाने लगूं 'तो भाई लोगो, संभाल लेनाा।' शुक्र है कि वे इस बारे में क़तई परेशान नहीं थे – तीनों चलते पुर्ज़े थे। उन्होंने उसको कहा कि तुम चिंता मत करो, आराम से बैठो। नाटक हुआ तो कमाल की रवानी से हुआ। ना कोई चिड़िया का बच्चा हकलाया, ना कोई अटका।

शो ख़त्म होते ही सफ़दर दौड़ कर मेरे पास आया और मुझे बांहों में भरकर ऊपर उठा लिया।

'ओए, कमाल कर दिया तूने! तुझे ठुल्ले का रोल ना देकर मैंने वाक़ई ग़लती की। शानदार!'

'तुम मेरी ऐक्टिंग की बात कर रहे हो या इस बात की कि मैं हकलाया नहीं?'

'ऐक्टिंग की, घोड़ू। क्या शानदार काम किया। वैसे, क्यूं नहीं हकलाया तू आज? तूने इसकी रिहर्सल तो नहीं की थी।'

'पर मैंने रिहर्सल की है, सफ़दर! मैंने इसकी हर लाईन की, हर क़दम की लाख-लाख बार रिहर्सल की है। रोज़ दोहराया है। बस फ़्लोर पर नहीं, अपने मन में।'

'वाह रे मेरे एकलव्य!'

जब हम बस स्टॉप की तरफ़ चले तो शिकमा मेरे कान में फुसफुसाई, 'उफ़्फ़। एक हमारी बदनसीबी देखो। यहां हम हैं जो दिन रात अपने रोल में जान डाले हुए हैं। हमें तो कोई गले नहीं लगाता। और एक कलंदर तू है! साला एक शो क्या किया, हग मिल गई! सरासर नाइंसाफ़ी है।'

'कला की सेवा में तेरे महान बलिदान को वो अच्छी तरह जानता है। बस बात ये है कि वो गुड ब्वॉय है।'

नवंबर 1988. **हड़ताल**

आप हड़ताल के लिए तमाम प्रोपेगेंडा और अभियान चला सकते हैं और हो सकता है कि सारे के सारे मज़दूर आपके साथ हों मगर अंततः बात तो हड़ताल वाले दिन पर आकर टिकती है।

उत्तरी दिल्ली के एक बुज़ुर्ग ट्रेड यूनियन नेता कमल नारायण, जिन्हें ना जाने क्यों सब लोग 'डॉक्टर साहेब' के नाम से पुकारते थे हालांकि वह क़तई डॉक्टर नहीं थे, के पास इसका एक फ़ॉर्मूला हुआ करता था। उनका कहना था कि एक कामयाब हड़ताल पचास प्रतिशत प्रोपेगेंडा और पचास प्रतिशत पिकेटिंग से सफल होती है। मुझे ये इल्म नहीं था कि पिकेट का मतलब बैरीकेड नहीं होता। यानी पिकेट वो ठोस

चीज़ नहीं है जो किसी का रास्ता रोकने के लिए अड़ा दी जाती है। पिकेट से मतलब है कार्यकर्ताओं या समर्थकों का समूह, जो मज़दूरों से बात करके और उन्हें हड़ताल में शामिल होने के लिए प्रेरित करते हैं। मज़दूर अंग्रेज़ी के इस शब्द का धड़ल्ले से इस्तेमाल करते थे। सो, पिकेटिंग की प्लानिंग और अमल, दोनों बड़ा नाप-तौल के करना होता है। पिकेटिंग के लिए हर इलाक़े की हड़ताल समिति मज़दूरों के साथ मिलकर कुछ ऐसे ठिकाने चुनती थी जहां से सबसे ज़्यादा मज़दूर इंडस्ट्रियल एरिया में दाख़िल होते हैं। हमारे जैसे कार्यकर्ताओं के साथ कुछ मज़दूर आधा घंटे पहले जाकर वहां तैनात हो जाते थे। पुलिस की अच्छी-ख़ासी गारद के साथ मालिक और उनके चेले भी वहां मौजूद होते थे। थोड़ी देर बाद मज़दूर आना शुरू कर देते थे।

फिर जो होता वो एक परफ़ॉर्मेंस-सा होता, जिसकी स्क्रिप्ट के आख़िरी पन्ने खो गए हों। मज़दूर आते थे, काम पर जाने की पूरी तैयारी के साथ। नहा-धो कर, कंघी करके, रोटी का डिब्बा लेकर। वे थोड़ी दूरी पर खड़े हो जाते मगर पिकेट से नहीं गुज़रते थे। मालिक और पुलिस वाले हमें आगाह करते थे कि कोई भी किसी मज़दूर को काम पर जाने से रोकने की जुर्रत न करे। पिकेट पर तैनात वर्कर्स और कार्यकर्ता कहते, हम कहां किसी को रोक रहे हैं! दस-पंद्रह मिनट में जब पर्याप्त संख्या में मज़दूर इकट्ठा हो जाते – अभी भी थोड़ा फ़ासले पर खड़े हुए हालात का जायज़ा लेते हुए – तो ना जाने कहां से अचानक मुख्य नेता हाज़िर हो जाते। उनकी आमद मज़दूरों में एक नई सनसनी पैदा कर देती और वे अपनी संख्या और अपने परिचित व सम्मानित नेताओं की अगुआई में पुलिस और मालिकों की भीड़ को चीरते हुए पिकेट में शामिल हो जाते। बहाना यह होता कि साहब, हम तो काम ही पर जा रहे थे, पर हड़ताली मज़दूरों ने जाने ही नहीं दिया। इसके बाद जोशोख़रोश के साथ नारे लगाते जुझारू मज़दूरों का यह जुलूस औद्योगिक इलाक़े से गुज़रता। अगर मालिकों के पास पुलिस के रूप में डंडे की ताक़त थी तो मज़दूरों के पास संख्या का बल था।

मैं इस बात को देखकर दांतों तले उंगली दबा लेता कि किस तरह पलक झपकते समीकरण पूरा उलट जाता था। शुरुआत में, जब हम पहुंचते, तो पुलिस की टुकड़ियां डरावनी लगतीं और हड़ताल असंभव लगने लगती। और फिर देखते-देखते, महज़ आधे घंटे के भीतर पुलिस की हवा निकल जाती और हम लगातार बढ़ती संख्या में औद्योगिक इलाक़े में धूल उड़ाते आगे बढ़ते जाते। पुलिस वालों का काम सिर्फ़ ये सुनिश्चित करना रह जाता कि कोई सिरफिरा मालिक मज़दूरों को ना भड़काए। ये जुलूस चार-पांच घंटे बाद किसी पार्क में ख़त्म होता जहां बहुत सारे कारख़ानों के

मज़दूर और नेता सभा को संबोधित करते। कुछ मध्यवर्गीय कार्यकर्ता भी मज़दूरों को संबोधित करते, उनके साहस के लिए उन्हें बधाई देते और प्रेरणा देने के लिए उनका धन्यवाद अदा करते। कुछ मौक़ों पर मुझे भी मज़दूरों को संबोधित करने के लिए कहा गया था। जब मैं भाषण देने के लिए खड़ा हुआ तो संचालक ने बताया कि मैं 'नाटक' का ऐक्टर हूं। तब दर्शकों में से कोई चिल्लाया था : 'जूते मारो' – और भीड़ ने पलट कर हुंकार भरी, 'पांच सौ बासठ'। हमारा नाटक वहां पहुंच चुका था जहां पहुंचना था। मज़दूरों के दिलों में।

हड़ताल के आख़िरी दिन मज़दूरों का जुलूस किसी पार्क में ख़त्म नहीं हुआ। मुझे मालूम नहीं कि ये बात पहले से तय थी या नहीं मगर पुलिस को चकमा देते हुए तक़रीबन पांच हज़ार मज़दूर जीटी करनाल रोड इंडस्ट्रियल एरिया से मेन रोड पर निकल आए। तक़रीबन एक-डेढ़ किलोमीटर चलने के बाद मुझे अहसास हुआ कि अब हम चल नहीं रहे हैं बल्कि लगभग धीमी गति से दौड़ने लगे हैं। थोड़ी ही देर में हम बाक़ायदा दौड़ रहे थे। दौड़ते हुए मज़दूरों का ये जुलूस चार-पांच किलोमीटर दूर पुराने सचिवालय पर जाकर ख़त्म हुआ जहां जनसभा आयोजित की गई। उस जुलूस – बल्कि उस दौड़ – की ऊर्जा को सिर्फ़ अनुभव करके ही समझा जा सकता था। यह विस्फ़ोटक थी। आज तीस साल बाद भी उस जुलूस को याद करके मेरे रोंगटे खड़े हो जाते हैं।

यह हड़ताल अभूतपूर्व सफलता के साथ ख़त्म हुई। जैसा कि इंद्राणी अपनी रिपोर्ट में लिखती हैं, 'अन्य यूनियनों द्वारा हड़ताल के प्रभाव को कम करके जताने और बताने की बार-बार कोशिशों, मालिकों के संगठनों के अंतर्विरोधी बयानों, पुलिस की भारी तैनाती और बार-बार लाठीचार्ज, आंसू गैस व गिरफ़्तारियों के बावजूद सच्चाई ये है कि 22 नवंबर से 28 नवंबर 1988 तक हर रोज़ शहर के औद्योगिक इलाक़ों में मज़दूरों की ज़बर्दस्त गोलबंदी रही और एक ऐसी खलबली थी जो हर कोने में महसूस की जा सकती थी। सात दिन की हड़ताल को कम करके नहीं आंका जा सकता था। इसकी घटनाओं और तथ्यों को तोड़-मरोड़ कर पेश किया जा सकता था, झुठलाया जा सकता था मगर इसका पैमाना और दायरा इतना व्यापक था कि मीडिया लाख चाह कर भी इसको नज़रअंदाज़ नहीं कर पाया। ... फलस्वरूप, कुछ पलों के लिए ही क्यों न हो, दिल्ली का मज़दूर वर्ग एक ऐसे शहर में लोगों की नज़र में आया जो हमेशा उनकी चिंताओं और ज़रूरतों के प्रति बेदर्दी और तटस्थता का भाव अपनाता आया है।'

अप्रैल 1989 में सरकार ने न्यूनतम मज़दूरी दर 562 से बढ़ाकर 750 कर दी (मज़दूरों की मांग 1,050 रुपये थी)। इससे भी बढ़कर, सरकार ने ये तय किया कि औद्योगिक मज़दूरों को उपभोक्ता मूल्या सूचकांक में प्रति बिंदु वृद्धि पर 85 पैसे का छमाही परिवर्तनशील महंगाई भत्ता मिलेगा। ऑटोमैटिक रिविज़न की व्यवस्था के फलस्वरूप आज दिल्ली में सारे राज्यों के मुक़ाबले सबसे ऊंची न्यूनतम मज़दूरी दर दी जाती है (हालांकि मोदी के नए लेबर कोड के चलते हो सकता है ये स्थिति जल्दी ही बदल जाए)। यह अस्सी के दशक में लाखों आम मज़दूरों के बहादुराना संघर्षों और कुर्बानियों की सबसे महत्वपूर्ण विरासत है।

मज़दूरों की इन मांगों को मानने के पीछे एक वजह ये है कि कांग्रेस ख़ुद आने वाले चुनावों के लिए असुरक्षित महसूस कर रही थी। मगर सरकार के इस रवैये से भी उसे फ़ायदा नहीं हो सका। कांग्रेस को हारना पड़ा और वी. पी. सिंह 1989 में एक अल्पसंख्यक सरकार के प्रधानमंत्री बने जिसे एक तरफ़ कम्युनिस्टों से और दूसरी तरफ़ भाजपा से समर्थन मिला। वी. पी. सिंह सरकार ने झुग्गीवासियों को स्थायी आवास पट्टे पर देने के लिए कुछ बयान तो ज़रूर दिए मगर इससे पहले कि कुछ हो पाता, भाजपा ने सरकार से समर्थन वापस ले लिया और सरकार गिरा दी। 1991 में जब नरसिम्हा राव प्रधानमंत्री बने और मनमोहन सिंह वित्त मंत्री तो आर्थिक उदारीकरण का दौर शुरू हुआ। इस नए दौर ने मज़दूर आंदोलन को बुरी तरह कमज़ोर कर दिया। 1988 के बाद दिल्ली में मज़दूरों की उतने बड़े पैमाने की कार्रवाई कभी नहीं हो सकी।

एक दिन, पिकेटिंग और जनसभा के बाद मैं और जोगी कनॉट प्लेस में मिले। ये दोपहर बाद की बात है और मैंने सुबह से कुछ खाया नहीं था। मेरे पास पैसे भी नहीं थे; जोगी के पास आमतौर पर थोड़े पैसे होते थे क्योंकि वह रात को जागरणों में ढोलक बजाया करता था।

उसने कहा, 'चल मैं तुझे ट्रीट देता हूं। कभी काके दा होटल में खाया है? नहीं ना? चल वहीं चलते हैं। वहां बढ़िया नॉन-वेज मिलेगा।'

हम टहलते हुए कनॉट प्लेस के आउटर सर्कल के बाहर म्युनिसिपल मार्केट जा पहुंचे। वहां काके दा होटल बंद था जो बड़ी असामान्य बात थी। जोगी ने कहा, 'कोई बात नहीं। यहां बहुत ठिकाने हैं। चल अगले वाले पर चलते हैं।'

वो भी बंद था। फिर तीसरा। और चौथा भी। हम पैदल चलते गए, और हमारी परेशानी बढ़ती गई। आख़िरकार हम एक जगह पहुंचे जहां कुछ लोग बाहर खड़े

थे। 'देख वो दुकान खुली लगती है! वहां भीड़ है।' स्वाभाविक है जब सब बंद है तो वहीं भीड़ होगी। जब हम वहां पहुंचे और भीतर जाने लगे तो कुछ लोग हमारी तरफ़ लपके। 'लाल सलाम कॉमरेड'।

वे सीटू के नेतृत्व में गठित होटल एम्प्लॉयीज़ यूनियन के कार्यकर्ता थे और उन्होंने हमारा नाटक देखा था। वे इस बात से बेहद ख़ुश थे कि दोनों 'जोगी' उनकी पिकेट में शामिल होने आए हैं – जिसकी बदौलत आज कनॉट प्लेस के सारे रेस्टोरेंट और ढाबे बंद पड़े थे।

दिसंबर 1988. **'रब राखा पुत्तर'**

परचम के एक नौजवान साथी, जिसने *मोटेराम* में हमारे साथ गाना गाया था, की बस से उतरते समय उसके नीचे दब कर मौत हो गई थी। उस शाम को हमने वी पी हाउस स्थित काजल के घर में उसकी याद में एक श्रद्धांजलि सभा रखी थी। इस सभा के लिए सफ़दर को बड़े साईज़ में उसकी तस्वीर फ्रेम करवानी थी। इसके अलावा उसे *हल्ला बोल* के स्क्रिप्ट की फ़ोटोकॉपी भी करवानी थी जो उसने पिछली रात को ही पूरी की थी।

इस सिलसिले में उस दिन सफ़दर और मैंने पूरा दिन साथ गुजारा। पहले हम महाटा गए। कनॉट प्लेस के मशहूर फ़ोटोग्राफ़र के यहां। सफ़दर ने दुकान के मालिक मदन महाटा से थोड़ी देर बात की। ज़ाहिर था कि दोनों एक-दूसरे को जानते हैं। महाटा साहब को जब पता चला कि सफ़दर एक नौजवान गायक की श्रद्धांजलि सभा के लिए तस्वीर चाहता है तो वे हाथों-हाथ बड़ी तस्वीर बना कर देने को तैयार हो गए। उन्होंने चाय का ऑर्डर दिया। सफ़दर और वे थोड़ा गपियाए, और आधे घंटे के अंदर फ़ोटोग्राफ़ तैयार हो गया। दिल्ली के आधुनिक वास्तुशिल्प के शौक़ीन महाटा साहब के शानदार फ़ोटोग्राफ़िक योगदान के बारे में मुझे बहुत साल बाद पता चला। उनकी दुकान से निकल कर हम पास में म्युनिसिपल मार्केट में मोती फ्रेम्स गए। इसके मालिक एक बुज़ुर्ग सरदारजी व्यक्ति थे। सफ़दर उन्हें भी जानता था। बाद में मुझे मालूम चला कि 1984 के सिख विरोधी दंगों के बाद सफ़दर ने इनके परिवार की मदद की थी। सरदार जी ने फ्रेम चढ़ाने के लिए एक घंटे की मोहलत मांगी। मोती फ्रेम्स के आसपास की दुकानों से फ़ोटोकॉपी करवाने की बजाए हम शंकर मार्केट गए। 'भूख लगी है? चल डोसा खाते हैं। और दिल्ली की सबसे बढ़िया फ़िल्टर कॉफ़ी भी!'

'अब ये मत कहना कि ये डोसे वाला और कॉफ़ी वाला भी तुम्हारा दोस्त है।' सफ़दर हंस पड़ा।

वो वाक़ई सफ़दर का दोस्त था। ये छोटी सी काउंटरनुमा दुकान थी, जहां लोग बाहर खड़े होकर ही खा सकते थे। सफ़दर को देख कर दुकानदार की आखों में ख़ुशी साफ़ ज़ाहिर थी।

'जब हम इप्टा में थे तो यहां कॉफ़ी पीने आया करते थे। मैंने तुझे बताया था ना कि इप्टा वालों ने हमें निकाल कर बाहर फेंक दिया था? नहीं? वाक़ई? फिर तो चलो, तुम्हें 33 शंकर मार्केट दिखाता हूं।'

सफ़दर क़िस्सागोई में उस्ताद था। उस दिन उसने पूरा क़िस्सा मुझे बड़े रोचक ढंग से सुनाया। कैसे उन्होंने इप्टा को दोबारा ज़िंदा किया था। वो श्यामल मुखर्जी को कितना पसंद करता था। श्यामल की सड़क दुर्घटना में मृत्यु से वह किस तरह बेज़ार था। किस तरह उन्होंने दफ़्तर पर नियंत्रण किया। जब उन्हें बाहर फेंका गया तो किस तरह उन्हें अपनी ही ख़ुराक का स्वाद पता चला। किस तरह उनके साज़ो-सामान पहली मंज़िल की खिड़की से बाहर फेंक दिए गए थे। इस सबके बीच में छोटे-छोटे क़िस्से आते जिन्हें सुनकर मैं लोटपोट हो रहा था। सफ़दर अपने रंग में था। और उसको एक उत्सुक श्रोता मिला हुआ था। उसने जनम के शुरुआती दिनों की एक से एक कहानियां सुनाईं। उसने बताया कि किस तरह अमरोहा में विनोद नागपाल ने अपने गाने से लोगों को शांत करा दिया था। इस सबके दौरान सफ़दर अलग-अलग लोगों की नक़ल करता। नाटकों की लाइनें सुनाता। गाने लगता।

वापस आकर हमने मोती फ्रेम्स से अपना फ्रेम लिया। सरदार जी ने हमसे इसका पैसा लेने से इनकार कर दिया।

'ओहो! आप अगर ऐसा करेंगे तो मुझे यहां आना बंद करना पड़ेगा।'

'पुत्तर, ये तस्वीर उस मुंडे के घर वालों को दे देना। इस बूढ़े के आर्शीवाद के साथ।'

'ख़ैर, जब आप कहते हैं तो मैं भला इनकार कैसे कर सकता हूं? मगर अगली बार। ...'

'देखेंगे, देखेंगे। रब राखा पुत्तर।'

एक-सवा साल बाद मैं फिर मोती फ्रेम्स गया। इस बार ख़ुद सफ़दर का फ़ोटो फ्रेम करवाने।

'तुम उसे जानते थे?' सरदारजी ने सफ़दर की फ़ोटो पर प्यार से उंगलियां फिराते हुए पूछा।

'जी सर। आपको याद है आख़िरी बार जब वो यहां आया था? उस दिन मैं उसके साथ था।'

'अरे हां। किसी की श्रद्धांजलि सभा थी उस दिन। कौन जानता था। ... रब अच्छे लोगों को पहले उठा लेता है।'

उनकी आंखों में नमी थी। इस बार भी उन्होंने पैसे लेने से इनकार कर दिया।

दिसंबर 1988. **ख़्वाब-दर-ख़्वाब**

हम फ्रेम लेकर शंकर मार्केट से वी. पी. हाउस पैदल गए। जाड़ों में पैदल चलने का अपना सुख है। सफ़दर के क़िस्से मुसलसल जारी थे। पार्टी दफ़्तर में कॉमरेड्स से फटाफट दुआ-सलाम करने के बाद सफ़दर ने पूछा, 'भूख लगी है, नहीं? चल पीटीआई [प्रेस ट्रस्ट ऑफ़ इंडिया, वी. पी. हाउस से सटी] कैंटीन में कुछ खाकर आते हैं।'

जब हम खा चुके तो उसने किसी मेहनतकश इलाक़े में एक सांस्कृतिक केंद्र खोलने के अपने सपने के बारे में बताना शुरू किया।

'हम थोड़ी-सी ज़मीन खरीदेंगे। उसके एक हिस्से में बाग़वानी करेंगे। ख़ुद अपनी सब्जियां उगाएंगे। हमारे पास कारपेंटरी की एक वर्कशाप होगी। बिजली की भी। फ़िल्ममेकिंग के उपकरण होंगे। एडिटिंग रूम होगा। इस फ़ील्ड में मेरे बहुत दोस्त हैं। हम उनसे कहेंगे कि वे हमें सिखाएं। उनसे ट्रेनिंग लेकर हम लोकल वर्किंग क्लास के नौजवानों को ट्रेनिंग देंगे। वर्किंग क्लास के पास अपनी कहानियां कहने के लिए साधन होने चाहिए। हम जिन बच्चों को सिखाएंगे वे ख़ुद भी बाद में ट्रेनर बन सकते हैं। हम सब साथ रहेंगे। जनम के सब लोग। एक कम्यून जैसा होगा। और हम सब थियेटर किया करेंगे। अभी की तरह नहीं, जब हम सिर्फ़ शाम को मिलते हैं। हम पूरे दिन थियेटर करेंगे। ख़ुद को प्रशिक्षण देंगे। और सीखेंगे। मुकम्मल थियेटर कलाकार बन जाएंगे। हम पूरे हिंदुस्तान से आने वाले लोगों को नुक्कड़ नाटक का प्रशिक्षण दिया करेंगे।'

'आइडिया तो कमाल का है, पर इसके लिए पैसा कहां से आएगा?'

'मैं कमा लूंगा। मुझे टेलीविज़न और सिनेमा में लिखने के ऑफ़र मिलने लगे हैं। फ़िलहाल तो मुझे वो रिजेक्ट करने पड़ते हैं क्योंकि मेरे पास समय नहीं है। अगर मैं इन ऑफ़र्स पर हां कर दूं तो पैसे का ढेर लगा सकता हूं।'

'अगर तुम ये सब करने लगोगे तो जनम कौन चलाएगा?'

'तुम चलाओगे। तुम सब लोग। कितने सारे लोग हो तुम। सब नौजवान हैं, सबके पास नई सोच है, इतनी सारी प्रतिभा है।'

शायद मेरे चेहरे पर शंका के भाव थे क्योंकि अब उसकी आवाज़ में एक संजीदगी थी।

'मैं सीरियस हूं भाई। मैं राकेश, बृजेन्द्र, शिखा, जोगी, तुम्हें, तुम सबको जनम के नए नेताओं के तौर पर देख रहा हूं। माला, ललित, कालिया, मैं, हम सब तो साथ रहेंगे ही मगर बागडोर तुम लोगों को संभालनी है। मुझे मालूम है कि तुम्हारे पास निर्देशन की प्रतिभा है। तुम बढ़िया एक्टर हो। लिख भी सकते हो। बस, हिंदी थोड़ी और सुधारनी होगी। तुम्हारे पास संगठन की समझ है। मेरे ख़्याल में राकेश भी डायरेक्टर बन सकता है। मैं उसे अपने टेलीविज़न के कामों में साथ रखूंगा। बृजेन्द्र और शिखा को संगठन चलाने का प्रशिक्षण दिया जा सकता है। जोगी तो कमाल का टैलेंट है ही। बिना पॉलिश के नगीने जैसा, जैसे त्यागी था। और भी कितने लोग हैं – नंदिता, जॉय, लैम्बी। ...'

उसी साल फ़रवरी में लाहौर की कार्यशाला में भी सफ़दर ने मेहनतकश इलाक़े में सांस्कृतिक केंद्र के आइडिया को इन शब्दों मे पेश किया था :

'अब हम एक ऐसी योजना के साथ काम कर रहे हैं जो असल में बहुत महत्वाकांक्षी है। हम एक मेहनतकश इलाक़े में ख़ुद अपना थियेटर तैयार करने की तरफ़ बढ़ रहे हैं। हम इसके लिए पैसा इकट्ठा करने वाले हैं। इसमें दो-ढाई साल का समय लगेगा। हमें इसके लिए बहुत पैसा इकट्ठा करना है। दसियों लाख रुपये जमा करने होंगे। हमारी सोच ये है कि दिल्ली की किसी मेहनतकश बस्ती में हम अपना थियेटर बनाएंगे। 1990 के आसपास या शायद एक-दो साल बाद। वहां हर तरह के स्टेज का बंदोबस्त होगा – प्रोसिनियम स्टेज, थ्रस्ट स्टेज, थियेटर-इन-दि-राउंड, वग़ैरह। फिर हम शौक़िया तौर पर काम करना छोड़ कर पेशेवर – या होल टाइमर – हो जाएंगे और थियेटर में हम एक रेपर्टरी तैयार करेंगे जो मुख्य रूप से मज़दूर बस्तियों में ही काम किया करेगी। ये थियेटर लोगों के लिए प्रशिक्षण केंद्र भी होगा ताकि देश के दूसरे भागों से आने वाले जन रंगमंच के कार्यकर्ता, नुक्कड़ नाटक कार्यकर्ता यहां आएं, सीखें, कार्यशालाएं आयोजित करें। हम दूसरों को भी कार्यशालाएं आयोजित करने के लिए आमंत्रित करेंगे। यहां तमाम तरह के नाटक हुआ करेंगे। हम मज़दूरों को ग्रीक ट्रैजेडी और शेक्सपीयर के नाटक भी दिखाएंगे।'

इस बारे में उसने औरों से भी बात की थी। उसने अपनी योजना के बारे में हबीब

साहब को बताया था। उसने सुहेल से और पुशी से बात की थी। पुशी ने उसे खरे-खरे लहजे में कहा था कि उसका ये सोचना नादानी होगी कि वो जनम और पार्टी का काम करने के साथ-साथ फ़िल्मों का काम कर सकता है। पुशी को यक़ीन था कि बंबई की चकाचौंध एक शानदार कॉमरेड को अपने जाल में फंसा लेगी। ज़ाहिर है सफ़दर उनकी बात से सहमत नहीं था। जब मैंने माकपा के महासचिव सीताराम येचुरी से बात की थी, तो उन्होंने मुझे बताया कि 1988 के दिसंबर में सफ़दर ने उन्हें एक लिखित नोट दिया था। येचुरी ने उसे आश्वासन दिया था कि जनवरी 1989 में त्रिवेंद्रम पार्टी कांग्रेस से लौटने के बाद वे पार्टी में इस पर चर्चा करेंगे। बृंदा करात भी इस नोट के बारे में बताती हैं :

'मेरी उससे बहुत लंबी बात हुई थी एक संस्था खड़ी करने के उसके विचार को लेकर। तब उसको लगता था कि संगठन के लिए वो जो कुछ कर सकता था कर चुका है। उसे पूरा विश्वास था कि ये काम अब आगे बढ़ता रहेगा। उसे लगता था कि उसे इस अनुभव के आधार पर ज़्यादा बड़े फ़लक पर अपना योगदान देना चाहिए। कई कला रूपों से लैस एक सांस्कृतिक केंद्र खड़ा करना चाहिए। वह इस काम के लिए बहुत गंभीर था। उसने एक नोट लिखा था और पार्टी को दिया था। मुझे अच्छी तरह याद है। ये एक बहुत कल्पनाशील नोट था। वो जो कुछ कर रहा था, उससे मुझे ज़बर्दस्त हमदर्दी थी और मैं समझती थी कि वो क्या चाहता है। फिर भी मुझे लगता था कि अभी जनम को सफ़दर की ज़रूरत है। इसलिए मैं कहती थी कि इन सारी चीज़ों को मिलाकर भी चलाया जा सकता है। हमारे बीच वो चर्चा चल ही रही थी। वो मुझे समझाने की कोशिश कर रहा था कि एक ज़्यादा स्थायी प्रभाव पैदा करने के लिए ये काम निहायत ज़रूरी है। ये चर्चा कभी पूरी नहीं हो पाई।'

माला को याद है कि सफ़दर और वो एक दफ़े मंगोलपुरी गए थे। वहां उन्होंने ज़मीन भी देखी थी। 'मगर कल्चरल सेंटर तो एक सपना था। कभी ना कभी कुछ ना कुछ करना था। पर ये ऐसी चीज़ नहीं थी जो फ़ौरन होने जा रही थी। जब सफ़दर को एक ख़्याल आता था तो उसके पास हमेशा बड़े-बड़े मंसूबे होते थे। ये एक सपना था। एक गंभीर सपना। मगर ये व्यावहारिक सपना नहीं था। मेरे ख़्याल में उसने भी इस बात को समझ लिया था कि इस काम को इतनी आसानी से नहीं किया जा सकता।'

माला के हिसाब से कल्चरल सेंटर से पहले उसके दिमाग़ में जो बात ज़्यादा ठोस रूप ले चुकी थी वो थी एक मेहनतकश इलाक़े में कल्चरल फ़ेस्टिवल आयोजित करने की योजना। उसने इसके लिए जनोत्सव नाम सोचा था। वह चाहता था कि बड़े-बड़े

कलाकार अपना फ़न और हुनर लेकर मज़दूरों के बीच आएं। ये काम जनसंगठनों के साथ मिलकर किया जाना था। आख़िरकार 1990 में मंगोलपुरी में सहमत की देख-रेख में जनोत्सव आयोजित किया गया। फिर 2012 में जनम ने पश्चिमी दिल्ली के शादीपुर में स्टूडियो सफ़दर की स्थापना की और इस तरह कल्चरल सेंटर अस्तित्व में आया। स्टूडियो सफ़दर आज दिल्ली का अहम वैकल्पिक सांस्कृतिक केंद्र है। इसी से सटा हुआ मे डे बुक स्टोर है जो लेफ़्टवर्ड बुक्स ने खोला है।

दिसंबर 1988. **आख़िरी महीना**

ईसी में हमने *चक्का जाम* अभियान की विस्तृत समीक्षा की। चर्चा के बाद मैंने समीक्षा रिपोर्ट लिखी थी जिसमें ये दर्ज है कि यह जनम के अब तक के सबसे सफल अभियानों में से एक था। 2 नवंबर से 21 नवंबर के बीच हमने 16 दिन में कुल 29 परफ़ॉर्मेंसेज़ की थी। 27 परफ़ॉर्मेंस सीधे हड़ताल के लिए की गईं। यह परफ़ॉर्मेंस मज़दूर बस्तियों और औद्योगिक इलाक़ों में की गई थी। हमने एक शो जेएनयू में, और एक अलवर, राजस्थान में किया। मुझे याद नहीं पड़ता कि अलवर हम किस सिलसिले में गए थे। हमने 18,000–19,000 लोगों से सीधे संपर्क किया और 3,641.77 रुपये चंदा इकट्ठा किए थे। हमारा ख़र्चा 800 रुपये के आसपास बैठा था। इस तरह हमारे पास 2,841.77 रुपये बचे थे जिसमें से आधा हमने सीटू को चंदे के रूप में दिया। इसके अलावा हमने 1,100 रुपये दो अन्य परफ़ॉर्मेंसेज़ से भी जमा किए जो अभियान से अलहदा थी। समीक्षा में कलाकारों और बुद्धिजीवियों के मज़दूरों के समर्थन में निकाले गए ज़ुलूस में जनम की भूमिका को नोट किया, और यह भी कि ज़ुलूस से प्रेस कवरेज तथा हड़ताल के लिए सकारात्मक माहौल बनाने में फ़ायदा हुआ।

समीक्षा में विभिन्न अभिनेताओं के काम का आकलन किया गया। चूंकि ज़्यादातर भूमिकाओं के लिए दो-दो अभिनेताओं को तैयार किया गया था इसलिए हर किरदार के लिए एक तुलनात्मक आकलन किया जा सकता था। उदाहरण के लिए, 'सुधन्वा, आयशा और लैम्बी के मुक़ाबले जोगेंद्र, नंदिता और राकेश ने अपनी-अपनी भूमिकाओं में बेहतर काम किया' और यह कि एक ही बार क्यों न हो, मैंने पुलिसवाले का रोल 'बढ़िया' किया। केवल माला और शिकमा दो अदाकार थीं जिन्होंने सभी उनतीस शोज़ में हिस्सा लिया और शुरू से आख़िर तक 'बेहतरीन अदाकारी' का परिचय दिया। दो-दो शो में सफ़दर ने रियाज़ और बृजेन्द्र की जगह अभिनय किया और 'बहुत बढ़िया काम करके दिखाया।'

समीक्षा में बताया गया है कि माला, विनोद और मैं, हम तीन लोग परफ़ॉर्मेंस से पहले बोलते थे और 'हड़ताल के दौरान होने वाली विभिन्न कार्रवाइयों में जनम के कम से कम दस कॉमरेड्स ने ... प्रत्यक्ष तौर पर हिस्सा लिया।' जो लोग नाटक से सीधे जुड़े हुए नहीं थे उन्होंने अभियान में कोई हिस्सा नहीं लिया और इसे सांगठनिक विफलता के रूप में दर्ज किया गया।

सबसे ज़्यादा तीखी आलोचना परफ़ॉर्मेंसेज़ के पहले और बाद में अभिनेताओं के व्यवहार को लेकर मिलती है। न केवल अभिनेताओं ने स्थानीय कॉमरेड्स के साथ जुड़ने की कोशिश नहीं की बल्कि 'हम मध्यम या उच्चमध्यवर्गीय ऐक्टर्स का एक झुंड दिखाई देते थे जिसके पास परफ़ॉर्मेंस के अलावा उन लोगों से कोई लेना-देना नहीं था जिनके लिए हम परफ़ॉर्म कर रहे थे। ... यह रवैया हमें उन लोगों से अलग-थलग कर देता है जिनसे हमें अपनी कलात्मक और राजनीतिक ख़ुराक मिलती है।'

कॉमरेड भारद्वाज ने जनम को एक पत्र लिखकर अभियान में हमारी भूमिका की सराहना की थी। उन्होंने एकजुटता में निकाले गए जुलूस के लिए हमें धन्यवाद दिया। उन्होंने सफ़दर द्वारा हड़ताल के लिए तैयार किए गए दो पोस्टरों का भी ज़िक्र किया। सफ़दर ने हमें बताया था कि मज़दूर वर्ग के उत्साह को देखते हुए अब सीटू अपने संघर्ष को और तेज़ करना चाहता है। लिहाज़ा, सफ़दर का प्रस्ताव था कि हम *चक्का जाम* को हड़ताल के बाद के हालात के हिसाब से फिर से तैयार करें।

दिसंबर की शुरुआत में हममें से कुछ लोग एक शाम को लक्ष्मीबाई नगर में माला और सफ़दर के घर में जमा हुए, नाटक में फेरबदल करने के लिए। हमने संभावित बदलावों पर चर्चा की। कुछ बदलाव तो मामूली थे। जैसे, अभी तक जोगी अश्शो के पिता को बताता है कि मज़दूर हड़ताल की योजना बना रहे हैं मगर अब वह उस हड़ताल की बात करेगा जो अभी-अभी ख़त्म हुई है। 'रिवर्सल' वाले आइडिया को सफ़दर क़ायम रखना चाहता था मगर चाहता था कि हम लोग इसके लिए एक नया सीन तैयार करें। जोगी, बृजेन्द्र, ललित, और मैं काग़ज़-पेन लेकर कंबलों में घुस गए और पूरी संजीदगी से ये दिखावा करने लगे कि हम लिखने के प्रति कितने समर्पित हैं। कुछ घंटे बाद भी हमारे पास दिखाने के लिए काग़ज़ पर कुछ नहीं था। मगर इसी बीच सफ़दर ने हमारे लिए चाय बनाने के साथ-साथ सीन भी लिख डाला था।

नए सीन में पुलिसवाले जोगी को पीटते हैं और वह ज़ख़्मी हो गया है। मगर वह लाल झंडा थामे हुए है। दूसरी यूनियनों का प्रतिनिधित्व कर रहे चार किरदार उस पर फिकरे कसते हैं।

क्यों भई, आ गए होश ठिकाने? कैसी लगी पुलिस की मार? हवालात में ठुल्लों ने रोटी-वोटी भी दी या भूखा-प्यासा ही पड़ा रहा? सीटू वालों ने जेल में चक्की भी पिसवा दी बेचारे से! झाड़ ले पल्ला सीटू वालों से। हममें से किसी की भी यूनियन में आ जा। और अच्छा तो ये है कि चक्कर ही छोड़ दे यूनियनबाज़ी का। तुझे कोई परेशानी हुई ना तो हम हैं ही।

वे उसका झंडा छीन लेते हैं। जोगी के हाथ में सिर्फ़ डंडा रह जाता है। अब जोगी उनकी तरफ़ मुड़ कर गुर्राता है, 'ख़बरदार! गद्दारो, मालिकों के दलालो, तुम्हारी हिम्मत कैसे हुई मज़दूरों के झंडे को अपने नापाक़ हाथों से छूने की।'

इस बिंदु पर आकर दूसरे ऐक्टर दख़ल देते हैं और जोगी को रोकने की कोशिश करते हैं। वे उसे याद दिलाते हैं कि उन्हें सीटू के ख़िलाफ़ नाटक करना है। अब अदाकार जोगी और किरदार जोगी, दोनों एक हो जाते हैं। वह कहता है, 'नहीं! मैं नहीं करूंगा सीटू के ख़िलाफ़ नाटक। सीटू की यूनियन मेरी यूनियन है। सीटू का झंडा मेरा झंडा है।' वह दूसरी यूनियनों की कलई खोलता है और पूछता है कि उस समय वे लोग क्या कर रहे थे जब मज़दूर इंसाफ़ के लिए लड़ रहे थे। वह चट्टान की तरह डट कर खड़ा हो जाता है। वह पुलिस की धमकियों से नहीं डरता। न मालिकों और उनके ग़ुंडों के डराने से डरता है। आख़िकार पुलिस, नेता और उसके चेलों को ऐक्टर-वर्करों की एकता के सामने दुम दबा कर भागना पड़ता है। बाक़ी नाटक कमोबेश *चक्का जाम* जैसा ही रहा।

सफ़दर ने नए संस्करण को *हल्ला बोल* का नाम दिया।

हल्ला बोल कई नकारों की एक शृंखला के रूप में सामने आता है – नारेबाज़ी के नाटक को नकार कर प्रेम कथा शुरू होती है; जब प्रेम कथा हड़ताल की तरफ़ मुड़ जाती है तो उसे नकार कर हड़ताल के ख़िलाफ़ नाटक किया जाता है; जब पुलिसवाला इसका विरोध करता है तो जोगी ये कहकर इसे नकार देता है कि वह ट्रेड यूनियन के ख़िलाफ़ नाटक नहीं कर सकता। जब गार्ड पारबती को बच्चे के साथ फ़ैक्ट्री में दाख़िल नहीं होने देता तो कुछ ट्रेड यूनियन नेता उसकी मांग को संघर्ष की मांगों में शामिल करने से इनकार कर देते हैं, और नाटक ऐसे ट्रेड यूनियन नेताओं की सोच को नकार देता है। अंत में महिलाओं और ठेका मज़दूरों की मांगों को भी संघर्ष में शामिल किया जाता है। नाटक उसी तरह ख़त्म होता है जिस तरह उसे शुरू होना था – नारों के साथ। मगर अब न केवल नारों में पहले से ज़्यादा वजन आ गया था बल्कि वे घिसे-पिटे नहीं लगते। ये नए नारे हैं, ख़ासतौर से नाटक के लिए लिखे गए।

यही कारण है कि ये नारे शायराना सुनाई पड़ते हैं, यांत्रिक अनुष्ठानों के साथ चलने वाले मंत्रोच्चार जैसे कर्कश नहीं लगते।

नाटक में पैरोडी का बढ़िया इस्तेमाल किया गया है। जब पुलिस वाला ये सुझाव देता है कि ऐक्टरों को लव स्टोरी पेश करनी चाहिए तो वे एक पुराने हिंदी फ़िल्मी गाने की पैरोडी गाने लगते हैं। इस प्रकार आगे आने वाली पैरोडी के लिए माहौल बनता है। इस गाने से लेकर जोगी-पिता वाले दृश्य के लगभग अंत तक नाटक में स्टीरियोटाइप्स की भरमार है। शर्मीली लड़की, दिलेर लड़का, दबंग पिता, फ़िक्रमंद माँ। ये सब हमारी फ़िल्मों के चिरपरिचित पात्र हैं। मगर इसके बाद एक पैरोडिक अंदाज़ में सफ़दर इन सारे स्टीरियोटाइप्स को सिर के बल खड़ा कर देता है। शर्मीली लड़की अपने रिलेशनशिप की बागडोर संभाल कर कथानक आगे बढ़ाती है। दिलेर लड़का पिता के सामने डर जाता है। पिता कुछ भोला सा निकलता है जो ये भांपने में चूक जाता है कि क्या होने जा रहा है। माँ के पास दुनियादारी की पैनी नज़र है। अंत में जब लड़का फिर से अपनी बात पर अड़ जाता है तो लड़की का पिता डरा हुआ दिखाई देने लगता है। इसमें दर्शक हंसी से लोट-पोट हो जाते हैं। जनम के इससे पहले के नाटकों में शब्दों का खेल और ह्यूमर तो ख़ूब था मगर *चक्का जाम/हल्ला बोल* पहला नाटक था जिसमें इस तरह का फ़ार्स है। हममें से किसी को भी, शायद सफ़दर को भी, उस वक़्त इसका अंदाज़ा नहीं था मगर ये हबीब साहब से जनम को मिला एक बेशक़ीमती तोहफ़ा था। एक मज़ाहिया विचार के बीज को लेकर उसे उसकी अतार्किक परिणिति तक लेकर जाना क्या होता है, ये हमने उनसे जाना।

दिसंबर के मध्य में हमने *हल्ला बोल* के शो शुरू किए। 20 दिसंबर को हम राजस्थान के चूरू ज़िले में स्थित सरदारशहर गए जहां हमने एक लेखक सम्मेलन में *औरत* और *हल्ला बोल* परफ़ॉर्म किए। 31 दिसंबर को जनम का ओखला इंडस्ट्रियल एरिया स्थित तेहखंड मोड़ पर *हल्ला बोल* का शो था। इस परफ़ॉर्मेंस में मैं नहीं गया था क्योंकि मैंने इम्तिहानों की तैयारी के चलते जनम से छुट्टी ले ली थी, हालांकि मैं कुछ पढ़ाई कर नहीं रहा था। उस दिन शाम को पुशी और सफ़दर के बीच बहस हुई क्योंकि पुशी ने जो जगह शो के लिए मुक़र्रर की थी वहां सफ़दर ने शो करने से इनकार कर दिया, यह कहकर कि यहां तो हम पहले भी परफ़ॉर्म कर चुके हैं सो हमें किसी नई जगह पर परफ़ॉर्म करना चाहिए। आख़िरकार सफ़दर की बात मान ली गई क्योंकि बक़ौल पुशी, 'वो ज़िद पकड़ लेता था तो किसी की सुनता नहीं था।' बेचारे पुशी – सफ़दर के साथ उनकी आख़िरी दोनों मुलाक़ातें बहस में ख़त्म हुईं।

उस रात ललित, बृजेन्द्र, राकेश, जोगी, और ललित के कुछ दोस्त जेएनयू कैंपस में नया साल बिताने मेरे पास आए थे। अगली सुबह, 1 जनवरी 1989 की सुबह हम झंडापुर, ग़ाज़ियाबाद में परफ़ॉर्मेंस के लिए साथ निकले – दिल में उमंग लिए, मस्ती से झूमते, आने वाले भूचाल से बेख़बर।

जिन्हें यक़ीन नहीं था

नुक्कड़ नाटक को 'सामाजिक बदलाव का थियेटर' माना जाता है। अगर ऐसा है तो प्रश्न ये उठता है : नुक्कड़ नाटक क्या बदलता है? ये ऐसा प्रश्न है जो नुक्कड़ नाटक से जुड़े हम सब लोगों से रह-रह कर पूछा जाता है। हमारे नाटक से क्या बदला है?

इसका संक्षिप्त उत्तर है : कुछ भी नहीं। ऐसा क़तई नहीं होता कि आप एक नुक्कड़ नाटक करेंगे और उसे देखने वाले रातोंरात बदल जाएंगे या अपनी ज़िंदगी मे बदलाव लाने की कसम खाएंगे। मगर, सारे संक्षिप्त उत्तरों की तरह ये भी केवल एक अर्द्धसत्य है। वास्तविकता इससे कहीं ज़्यादा जटिल होती है। उदाहरण के लिए, मान लीजिए कि आप जाति के मुद्दे पर नुक्कड़ नाटक करते हैं। क्या इससे जाति अचानक ग़ायब हो जाएगी? नहीं। क्या आपके नाटक को देखने वाले लोग ये तय कर लेंगे कि अब वे जातिवाद नहीं फैलाएंगे। नहीं, ऐसा भी नहीं होगा। ओके, शायद सभी दर्शक नहीं। तो क्या कुछ लोग जातिवाद छोड़ देंगे? नहीं, ऐसा भी नहीं होगा। ओके, चलो थोड़ा और छोटे पैमाने पर देखते हैं। क्या कुछ लोग अपनी ज़िंदगियों को नाटक में दिखाए गए नज़रिए से देखने की कोशिश करेंगे? हां, ये हो सकता है – लेकिन बहुत थोड़े लोगों के लिए। समाज को बदलने के लिए ज़रूरी तादाद में बिल्कुल नहीं।

पाउलो फ़्रायेर ने कहा था, शिक्षा समाज को नहीं बदलती; शिक्षा लोगों को बदलती है और लोग समाज को बदलते हैं। ये बात थियेटर के बारे में भी कही जा सकती है और सामान्य रूप से कला के बारे में कही जा सकती है। थियेटर समाज को नहीं बदलता, लोगों को बदलता है। और लोग समाज को बदलते हैं। मगर ये बात भी जिस हद तक शिक्षा के बारे में सच है, थियेटर और कला के बारे में उस हद तक सच नहीं है। शिक्षा तुलनात्मक रूप से काफ़ी कम समय में लोगों में बदलाव ला सकती है और लोग समाज को बदल सकते हैं। कितना कम समय? ये समय एक दशक जितना छोटा भी हो सकता है। उदाहरण के लिए, अगर एक समूचा वंचित समूह – मान लीजिए कि दलित लड़कियां – स्कूल जाना शुरू करता है तो एक दशक के भीतर आपको समाज के रवैयों में बदलाव के बीज दिखाई देने लगेंगे या कम से

कम वह एक सकारात्मक दिशा में देखने लगेगा। थियेटर और कला का असर आने में कहीं ज़्यादा समय लगता है। ऐसे में मझौला उत्तर ये हो सकता है : थियेटर कुछ लोगों को बदल सकता है, और वे एक परिवर्तनशील समाज में एक भूमिका अदा कर सकते हैं। मगर यहां कारण-प्रभाव संबंध स्थापित करना कठिन है और चाहे जो भी बदलाव आए, वह थियेटर के साथ-साथ असंख्य दूसरी चीज़ों से भी प्रभावित होगा और निश्चित रूप से शिक्षा के मुक़ाबले काफ़ी लंबा समय लेगा। ज़ाहिर है कि यह उत्तर संतोषजनक नहीं है। अगर बदलाव को साबित करना ही इतना कठिन है तो सामाजिक परिवर्तन के लिए रंगमंच का हंगामा ही क्यों करें?

कार्ल मार्क्स की सबसे मशहूर उक्तियों में से एक ये थी : दार्शनिकों ने दुनिया की व्याख्याएं की हैं। मगर मसला ये है कि उसे बदला कैसे जाए। ये फायरबाख़ पर मार्क्स की ग्यारहवीं थीसिस से है। मार्क्स की इस थीसिस की व्याख्या कैसे करें। क्या मार्क्स दुनिया की व्याख्या – या दुनिया को समझने – और उसको बदलने के बीच एक अंतर्विरोध खड़ा कर रहे हैं? बिल्कुल नहीं। यह स्वतःस्पष्ट बात है कि आप किसी चीज़ को तब तक नहीं बदल सकते जब तक आप उसे समझते नहीं हैं। तो क्या मार्क्स का कहना यही है कि दुनिया को समझने की क्रिया ख़ुद-ब-ख़ुद परिवर्तन को जन्म देने लगेगी। यानी, क्या दुनिया की व्याख्या ही उसको बदलने का सूत्र है? नहीं, ये तो क़तई सही नहीं लगता हालांकि कुछ बुद्धिजीवियों को इसमें बड़ा सुभीता महसूस होता होगा। सिर्फ़ दुनिया की व्याख्या करने से वह नहीं बदल जाएगी, चाहे आपकी व्याख्या कितनी भी सटीक क्यों ना हो।

तो फिर थियेटर क्या कर सकता है?

एक बात, थियेटर आत्मविश्वास दे सकता है। समाज में सकारात्मक बदलाव के रास्ते में जो सबसे बड़ी रुकावटें होती हैं उनमें से एक रुकावट हमारा ये विश्वास है कि हम चाहे जो कर लें, कुछ बदलने वाला नहीं है। तमाम साक्ष्य और अनुभव बताते हैं कि ये धारणा ग़लत है। इसके बावजूद ये धारणा बेहद मज़बूत है। हम जानते हैं कि लोगों ने ना जाने कितनी तरह से, कितनी तरह के मूल्यों के लिए संघर्ष किए हैं और कई बार वे कामयाब रहे हैं। भारत के अवाम ने उपनिवेशवाद से आज़ादी की लड़ाई लड़ी और कामयाब हुए। इसमें एक सदी से ज़्यादा समय लगा और हमें जो आज़ादी मिली वह ठीक वैसी नहीं थी जैसी उस संघर्ष में शामिल कई लोग सोचते थे। उदाहरण के लिए, बाबा साहेब अम्बेडकर इस बात को लेकर चिंतित थे कि हमारे गणतंत्र में एक व्यक्ति को एक वोट के बराबर तो रखा गया है मगर एक व्यक्ति एक

व्यक्ति के समकक्ष नहीं था। कहने का मतलब ये है कि निर्वाचन व्यवस्था के तहत नागरिकों के बीच औपचारिक समानता तो निश्चित रूप से एक बहुत ज़बर्दस्त और मूल्यवान प्रगति थी मगर इससे सामाजिक और आर्थिक संबंधों में समानता स्थापित नहीं हुई। और अब, जबकि इस बात के अकाट्य सबूत मौजूद है कि भारत के लोगों ने उपनिवेशवाद के ख़िलाफ़ संघर्ष करके निश्चित रूप से उससे आज़ादी पा ली है, तब भी बहुत सारे लोग इस बात पर अड़े हुए हैं कि सामाजिक या जेंडर आधारित अथवा आर्थिक समानता के लिए संघर्ष करने का कोई मतलब नहीं है क्योंकि ऐसी समानता कभी आने वाली नहीं है।

शासक वर्ग यही चाहते हैं कि हम इस सोच को अपना लें। वे चाहते हैं कि हम बदलाव में कभी विश्वास ना रखें। या हम सिर्फ़ उन बदलावों के प्रति विश्वास रखें जो सत्ता की गद्दियों पर बैठे लोग लागू करते हैं। मगर नीचे से आने वाले बदलावों का क्या? नहीं, सत्ताधारी वर्ग हमें बताते हैं कि नीचे से बदलाव नहीं आया करते। हमारे समाज में ये सोच इस क़दर फैल चुकी है कि लोगों को ऐसी चीज़ें बदलने से भी रोक देती है जो वे आसानी से बदल सकते हैं। इसीलिए मार्क्स कहते हैं कि किसी भी दौर के निर्णायक विचार शासक वर्ग के विचार होते हैं।

मगर मार्क्स ने कुछ और भी कहा था : विचार उस समय एक भौतिक बल अर्जित कर लेते हैं जब वे जनता के दिलोदिमाग़ पर छा जाते हैं। ब्रेख़्त ने इसी विचार को अपने ख़ास ढंग से व्यक्त किया था। सदियों से ये कहावत चली आ रही है कि हमारा विश्वास पहाड़ों को भी धकेल सकता है। यहाँ आशय ईश्वर के अस्तित्व में विश्वास से है। यानी, अगर तुम अपनी पूरी चेतना एक सर्वशक्तिशाली इकाई के सामने समर्पित कर दो तो वह इकाई तुम्हारे लिए चमत्कार कर देगी। ब्रेख़्त ने इसी विचार को उलट कर इसके सिर पर खड़ा कर दिया : संदेह पहाड़ों को भी हिला सकता है। कहने का मतलब ये है कि जो चीज़ अकाट्य और अचल दिखाई देती है, जो चीज़ स्थायी और 'प्राकृतिक' दिखाई देती है वह परिवर्तनशील और तात्कालिक है, क्योंकि वह प्रकृति ने नहीं बनाई है बल्कि मानव इतिहास से उपजी है। जो मनुष्यों ने इतिहास में रचा है, उसे भविष्य में वे उलट भी सकते हैं। जब स्थायी और पक्की दिखाई देने वाली चीज़ को आप संदेह की दृष्टि से देखते हैं तो आपको यह अहसास होता है कि वह बिल्कुल भी स्थायी नहीं है। संदेह लोगों को यह आत्मविश्वास देता है कि आप जीत सकते हैं। थियेटर यह भूमिका अदा कर सकता है। वह संदेह के बीज बो सकता है और इस तरह नाउम्मीद लोगों में उम्मीद और आत्मविश्वास पैदा कर सकता है।

दो, जब मार्क्स 'व्याख्या' और 'परिवर्तन' को एक-दूसरे के सामने रखते हैं तो संभवतः उनका इशारा इस बात की तरफ़ है कि व्याख्या के दो परस्पर विलोम तरीक़े हो सकते हैं। एक है यथार्थ के भीतर व्याख्या, और दूसरी, प्रस्तुत यथार्थ के परे जाने वाली व्याख्या। 1998 में हमने जिन्हें यक़ीन नहीं था नाटक किया था। इसमें हड़ताल के दौरान एक कारख़ाने में मालिक काम करवाने के लिए कुछ मज़दूर ढूंढ लाता है। वे हड़ताल तोड़क (स्ट्राइक ब्रेकर) मज़दूर हैं। बाहर, हड़ताली मज़दूर फ़ैक्ट्री की बिजली की लाईन काट देते हैं। हड़ताल तोड़क भीतर फंस जाते हैं। न तो वे काम कर सकते हैं क्योंकि बिजली नहीं है और न ही घर जा सकते हैं क्योंकि बाहर हड़ताली मज़दूरों ने घेरा डाला हुआ है। उन्हें जाड़े की रात फ़ैक्ट्री में ही काटनी है। वक़्त काटने के लिए वे एक बर्बर राजा और उसके अतिसहनशील गुलाम के बारे में एक कहानी बुनने लगते हैं। राजा कितनी भी क्रूरता करे, उसका गुलाम हमेशा सिर झुका कर उसकी बात मान लेता है। यह कहानी तीन कड़ियों में आगे बढ़ती है और हर कड़ी में राजा का कमीनापन बढ़ता जाता है। मज़दूर कहानी के अलग-अलग पहलुओं पर चर्चा करते हैं और धीरे-धीरे इस नतीजे पर पहुंचते हैं कि राजा एक ऐसा निरंकुश आदमी है जिसमें इंसानियत का एक रेशा भी नहीं है। तब, आख़िर में एक मज़दूर बाक़ियों के सामने ये सवाल रखता है : अगर तुम्हें इनमें से कोई एक बनने का, यानी राजा या गुलाम बनने का, मौक़ा मिले, तो तुममें से कौन क्या बनेगा? ज़्यादातर मज़दूर राजा बनना पसंद करते हैं हालांकि वे उससे नफ़रत करते हैं। एक मज़दूर गुलाम बनना चुनता है। बाक़ी मज़दूर उसका मज़ाक उड़ाते हैं। मगर आगे का घटनाक्रम उन्हें इस बात का अहसास कराता है कि असल में तो ये सवाल ही बेतुका है। अपनी ज़िंदगियों में उनके पास राजा बनने या ना बनने का विकल्प है ही नहीं। तो क्या इसका मतलब ये है कि उनके पास गुलाम बनने के अलावा भी कोई चारा नहीं है? नहीं। ऐसा नहीं है। वे गुलाम न बनने का चुनाव भी कर सकते हैं। कहने का मतलब ये है कि वे उस शोषक व्यवस्था को ख़ारिज करने का फ़ैसला ले सकते हैं जो उन्हें अपना शिकार बना रहा है।

व्याख्या और परिवर्तन के बारे में मार्क्स के इस वक्तव्य का पढ़ने का एक तरीक़ा इन अर्थों में देखा जा सकता है। जब मज़दूरों को राजा और गुलाम में से कोई एक बनने का फ़ैसला लेना पड़ता है तो वे उस शोषणपरक व्यवस्था के भीतर खड़े होकर उस यथार्थ की व्याख्या कर रहे हैं। मगर, जब वे महसूस करते हैं कि राजा बनने का विकल्प तो उनके पास है ही नहीं, और वे गुलाम बनने की नियति को भी ख़ारिज कर

सकते हैं तो वे इस यथार्थ की व्याख्या एक वैकल्पिक यथार्थ सामने रखकर करते हैं। ऐसी वैकल्पिक व्याख्या जो पहली वाली व्याख्या को बुनियादी तौर पर उलट देती है, पहली वाली शोषकपरक व्यवस्था के पार जाकर एक ऐसे नए यथार्थ की कल्पना करके, जो तत्काल भले ही मौजूद ना हो लेकिन आने वाले युग का यथार्थ बनने की संभावना रखता हो।

किसी ने कहा था कि कम्युनिस्ट भविष्य के निर्वासित हैं; हम वर्तमान में रहते हैं मगर हमारा काम ही है इसकी सरहद की बार-बार अवहेलना करना।

थियेटर हमें खोखले सपने या यूटोपिया के रूप में नहीं बल्कि एक ठोस यथार्थ के रूप में, संभव वास्तविकता के रूप में उस लोकातीत भविष्य को देखने में, उसकी कल्पना बुनने में मदद देता है। सफ़दर की हत्या के बाद 4 जनवरी को जब हमने *हल्ला बोल* परफ़ॉर्म किया तो उस कार्यक्रम में परचम के गीतों में से एक ये था :

तू ज़िंदा है, तू ज़िंदगी की जीत में यक़ीन कर
अगर कहीं है स्वर्ग तो उतार ला ज़मीन पर

ये एक शहीद के लिए सबसे सटीक श्रद्धांजलि थी। क्योंकि सफ़दर ठीक वही था, भविष्य का निष्कासित, थियेटर का स्पार्टाकस, एक ऐसा अविश्वासी, जो अन्याय के स्थायित्व में अपने गहरे संदेह के चलते इस आशय की एक अविचल आस्था से ओत-प्रोत हो चुका था कि एक न्यायसंगत दुनिया की रचना होकर रहेगी, यहीं और अभी।

उपसंहार

ग़ाज़ियाबाद एक विशाल ज़िला हुआ करता था। उसमें ग़ाज़ियाबाद शहर के अलावा, लोनी, मुरादनगर, मोदी नगर, बागपत, खेखड़ा, नोएडा, दादरी और हापुड़ जैसे बहुत सारे छोटे-बड़े शहर और क़स्बे शामिल थे। आने वाले सालों में ग़ाज़ियाबाद को छोटा कर दिया गया। नोएडा और दादरी को नए बने गौतमबुद्ध नगर ज़िले में रख दिया गया। बाद में हापुड़ ख़ुद एक स्वतंत्र ज़िला बन गया। अब ग़ाज़ियाबाद ज़िले में दो बड़ी औद्योगिक पट्टियां रह गईं – ट्रॉनिका सिटी और साहिबाबाद। साहिबाबाद में भी कई औद्योगिक इलाक़े हैं – लोनी, लोनी रोड, राजेंद्र नगर, आनंद विहार, मेरठ रोड, बुलंदशहर, साऊथ ऑफ़ जीटी रोड, साईट IV, वग़ैरह। ग़ाज़ियाबाद शहर चारों तरफ़ औद्योगिक इलाक़ों से घिरा हुआ है और अपने तकनीकी और इंजीनियरिंग कॉलेजों के लिए जाना जाता है। शुरुआत में ये ज़िला इंजन और पंप सेट्स, टेक्सटाइल और चीनी, स्टील और इलेक्ट्रॉनिक कारख़ानों व फ़ैक्ट्रियों के लिए जाना जाता था। अस्सी के दशक में और उसके बाद ग़ाज़ियाबाद के औद्योगिक उत्पादन में विविधता आई और यहां डाबर, हीरो साइकिल, गोदरेज, एटलस साइकिल, कोका कोला, दिल्ली प्रेस, भूषण स्टील, और ऐसे ही कई नए कारख़ाने खुले। इनमें से हीरो साइकिल जैसे कुछ कारख़ाने अब बंद भी हो चुके हैं। ग़ाज़ियाबाद में दो बड़े सार्वजनिक क्षेत्र उपक्रम हैं : भारत इलेक्ट्रॉनिक्स (बीईएल) और सेंट्रल इलेक्ट्रॉनिक्स (सीईएल)। सीटू और जनम पर हुए हमले में मारा गया राम बहादुर सीईएल में ही काम किया करता था। कुल मिलाकर ग़ाज़ियाबाद में बहुत सारे विशाल कारख़ाने नहीं है। मुख्य रूप से ये मझोले और छोटे उद्योगों वाला शहर है।

ग़ाज़ियाबाद में मज़दूर वर्ग पर हमलों का एक पुराना इतिहास रहा है। हैरिग-इंडिया इसका एक बढ़िया उदाहरण है। यहां ये हादसा 1978 में हुआ था। सीटू ने भी कई बार इस तरह के हमलों का सामना किया है क्योंकि यह इस इलाक़े का सबसे जुझारू ट्रेड यूनियन संगठन रहा है। हैरिग-इंडिया की घटना के कुछ साल बाद सीटू के ज़िला सचिव एन. सी. पाल की उन्हीं के घर में घुस कर हत्या कर दी गई थी। हालांकि मुझे इस बात का इल्म नहीं है कि यह हत्या उनकी ट्रेड यूनियन गतिविधियों के कारण ही हुई थी या इसमें कोई और भी कोण शामिल था। कुछ साल बाद मान नाम के एक और मज़दूर की हत्या हुई। वह भी सीटू से जुड़ा हुआ था। इसके बाद ईस्ट इंडिया ट्रांसफ़ॉर्मर्स में काम करने वाले विजय नारायण सिंह की हत्या हुई। 1988 में सीटू के स्थानीय नेता हरेंद्र पाल की हत्या की गई। हरेंद्र पाल ने प्रिसीज़न

मोल्ड्स ऐंड डाइज़ (पीएमडी) में हड़ताल का नेतृत्व किया था और यहां के मज़दूरों ने पुलिस का डटकर मुक़ाबला किया था।

सीटू और जनम पर जो हमला हुआ, वह इंदु प्लाईवुड नामक छोटे कारख़ाने के मालिक मुकेश शर्मा की अगुवाई में हुआ था। सफ़दर की उम्र तब 34 साल थी। मुकेश शर्मा 26 साल का था। जैसा कई जगह होता है, यहां का प्रॉपर्टी बिज़नेस या रीयल एस्टेट मार्केट भी तमाम तरह के गुंडों और अपराधियों के लिए शरणगाह बन चुका है। मुकेश शर्मा ने ज़मीनों पर ग़ैरक़ानूनी क़ब्ज़ों के ज़रिए अपना अच्छा-ख़ास नाम बना लिया था और अब पेट्रोल पंप भी चलाने लगा था। शासक कांग्रेस पार्टी का संरक्षण और स्थानीय चुनावों में उम्मीदवारी उसके लिए अपनी ताक़त बढ़ाने के ज़रिए थे। इसी से उसकी गुंडागर्दी का कारोबार बेरोक-टोक चल सकता था और चल रहा था। उसका ताऊ गांव का सरपंच था। स्थानीय लोग मुकेश से भय खाते थे। एक तो इस वजह से कि वह ख़ुद गुंडा था और दूसरे इस वजह से कि वह एक ऐसे परिवार से आता था जिसकी सत्ता और ग़ैरक़ानूनी कामों की दुनिया में गहरी पकड़ थी।

हमले वाले दिन उसके लठैतों में सुरजीत नागर था जिसको बाद में उसी के रिश्तेदारों ने पचास टुकड़ों में काट कर मार डाला था ताकि उसे एक बोरे में ज़्यादा आसानी से ठूंस सकें। एक करणसिंह था जो झंडापुर में राशन की दुकान चलाता था। भारतीय विधि व्यवस्था, हमारी इस शानदार औपनिवेशिक विरासत में मिली व्यवस्था को वह बात साबित करने में चौदह साल का समय लगा जो पूरी दुनिया उसी दिन जान गई थी जिस दिन यह घटना घटी थी। अदालत ने ये माना कि सभी चौदह आरोपी – जिनमें से दो इस बीच मर चुके थे – वाक़ई इन दोनों हत्याओं के लिए ज़िम्मेदार थे।

प्रत्येक राजनीतिक हत्या एक सार्वजनिक नज़ारा होती है, लोगों में डर और दहशत पैदा करने के लिए। सवाल ये उठता है कि इस नज़ारे का दर्शक कौन है? दाभोलकर और उनके जैसे दूसरे शहीदों के मामलों में और एम. एफ़. हुसैन जैसे लोगों, जिन पर दूसरे तरीक़ों से हमले किए गए, के मामले में, पूरा देश अपेक्षित दर्शकों में था। ये हमले इस तरह से अंजाम दिए गए ताकि मीडिया का ज़्यादा से ज़्यादा ध्यान इस तरफ़ खींचा जा सके। इनके ज़रिए हत्यारे अपने विकृत दृष्टिकोण की तरफ़ लोगों का ध्यान खींच सकें। साथ ही हमलावर भी ख़ुद को नायक की तरह पेश कर सकें। मालविका माहेश्वरी ने इस बात को अपने अध्ययन में बख़ूबी दिखाया है। कई बार तो हमलावर हमला करने से पहले ही मीडिया को ख़बर दे देते हैं और उन्हें तबाही के उस मंज़र को रिकॉर्ड करने के लिए बुलाते हैं। सफ़दर की हत्या

स्थानीय दर्शकों मे दहशत पैदा करने के लिए की गई थी। उनके लिए राम बहादुर एक कोलैटरल डैमेज से ज़्यादा नहीं था। उनके लिए उसकी कोई अहमियत नहीं थी। हत्यारे बहुत देर तक बस्ती में आतंक फैलाते रहे। हवा में गोलियां चलाते रहे, गंदी-गंदी गालियां देते रहे, दहशत का एक भौंडा नाच नाचते रहे।

सफ़दर की हत्या सुनियोजित हत्या (एसेसिनेशन) नहीं थी। ऐसा नहीं था कि हत्यारे ख़ास सफ़दर को ही मारने आए थे। उसकी हत्या एक राजनीतिक हत्या थी। मुकेश शर्मा और उसके भाड़े के गुंडे कोई शैतानी जीनियस नहीं थे, वे सिर्फ़ चवन्नी छाप गुंडे थे, ज़मीनों पर क़ब्ज़े, वसूली, कालाबाज़ारी जैसे ग़ैरक़ानूनी धरातल पर पनप रही अपनी टुच्ची ग़ैरक़ानूनी रियासत को बचाने में लगे हुए थे। दहशत उनका सबसे बड़ा सिक्का था। इसीलिए वे बंदूकें, लाठियां, और सरिए लाए थे। उनका निशाना सफ़दर नहीं था, उनका निशान था मज़दूरों का आंदोलन जो उनकी ग़ैरक़ानूनी रियासत के लिए चुनौती था।

यह वर्ग संघर्ष था। सफ़दर को इसलिए मारा गया क्योंकि उसने इस वर्ग संघर्ष में अपने आपको अपने कॉमरेड्स और हत्यारों के बीच खड़ा कर दिया। उसने अपने आप को ख़तरे में डाल दिया ताकि दूसरों की ज़िंदगी बच सके। अगर जनम की परफ़ॉर्मेंस तय समय के हिसाब से यानी एक घंटा पहले शुरू हो जाती तो शायद हम उनके हाथ नहीं आते। कौन कह सकता है! मगर मज़दूर वर्ग के आंदोलन पर हमला तब भी होता, किसी और समय, किसी और जगह पर, किसी और को शिकार बनाता। सफ़दर की बहादुरी ने कई ज़िंदगियों को बचाया।

इस हमले और सफ़दर की मृत्यु की ख़बर जितनी तेज़ी से चारों तरफ़ फैली, वो हैरतअंगेज़ बात थी। ये वो ज़माना था जब मोबाइल फ़ोन और इंटरनेट जैसी कोई चीज़ नहीं होती थी, इनका हमने नाम भी नहीं सुना था। उस समय मुझे कुछ समझ में नहीं आ रहा था। सदमे में न मैं शोक मना सकता था और न अपनी क्षणिक अल्पाकारी शोहरत से ख़ुश या भयभीत हो सकता था। देश भर में विरोध हो रहे थे। शहरों, गांवों और क़स्बों से इस हत्या के ख़िलाफ़ विरोध की ख़बरें आ रही थीं।

इसका एक कारण ये भी था कि सफ़दर के निजी संपर्कों और दोस्तियों का दायरा बहुत बड़ा था जो उसने कमोबेश अनायास मगर समय देकर खड़ा किया था। एक ऐसी कोशिश जिसमें उसे किसी नतीजे की उम्मीद नहीं थी और निजी फ़ायदे का तो कोई सवाल ही नहीं था। सफ़दर एक कुदरती ऑर्गेनाइज़र था। वह नेटवर्कर नहीं था, ऑर्गेनाइज़र था।

एक अलग स्तर पर यह ग़ुस्सा पिछले एक-डेढ़ दशक के दौरान लगातार जज़्ब होते जा रहे असंतोष का भी परिणाम था। निश्चय ही यह असंतोष आर्थिक मुद्दों पर भी था मगर पहचान पर आधारित घृणा की विचारधारा के हाथों सामाजिक ताने-बाने के लगातार टूटते जाने की वजह से भी लोगों में ग़ुस्सा पनप रहा था। फिर सफ़दर एक कम्युनिस्ट था और उसकी पार्टी माकपा और उसके जनसंगठन सीटू, एडवा, और एसएफ़आई सफ़दर की ज़िंदगी और बलिदान के संदेश को लाखों लोगों तक ले जाने में क़ामयाब रहे। अंत में, इस विरोध का दायरा और दर्जा एक सदमे से भी पैदा हुआ था। सदमा इस बात को लेकर कि भला किसी व्यक्ति को सिर्फ़ नाटक करने की बिना पर मारा कैसे जा सकता है? इस अर्थ में ये हमारे गणतंत्र के इतिहास में एक नया मोड़ था। ये ऐसा वक़्त था जब हम सड़क पर किसी कलाकार की हत्या से दहल उठे थे। और आज हम एक ऐसे मुक़ाम पर हैं जहां हमारी इंसानियत की धमनियां पथरा गई हैं, महिलाओं के बलात्कार और ग़रीब दलितों या मुसलमानों की लिंचिंग पर भी बहुत सारे लोगों की रगों में कोई जुंबिश नहीं होती।

मगर सफ़दर की ज़िंदगी और उसकी मौत हमें दिखाती है कि एक और तरह का आक्रोश संभव है। सफ़दर के नाम और उसकी स्मृति को वैसी ऐतिहासिक पहचान नहीं मिलती अगर इतने सारे कलाकार सहमत के बैनर तले इकट्ठा न होते और सहमत ने भारतीय समाज की बढ़ती बर्बरता पर प्रतिक्रिया देने के रचनात्मक तरीक़े ना ढूंढे होते। सफ़दर नायकों के रास्ते पर चलते हुए शहीद हुआ और उसका नायकत्व उन हज़ारों कलाकारों और बुद्धिजीवियों की रचनात्मकता से एक अलग शिखर पर पहुंचा था जो कट्टर धार्मिक दक्षिणपंथ के जवाब में एक सेक्यूलर प्रति वृत्तांत रचने के लिए सफ़दर के नाम पर जुटे थे।

सफ़दर की ज़िंदगी हमें इस बात का अहसास कराती है कि एक कलाकार इस दुनिया में एक अस्मितावादी उद्देश्य से चिपके बिना भी जी सकता है। वह अपने भीतर पहचानों से परे मानव मुक्ति के सपने का अथक वाहक बन सकता है। मुक्ति का एक ऐसा भव्य और निस्सीम स्वप्न जिसमें हमारी धरती पर बसने वाले सारे जीवों के लिए जगह हो।

अकबर राजा लाजवाब था, समझ में उसकी आई
या तो दुनिया सबकी है या नहीं किसी की भाई

CPI(M)
VOLUNTEER

ऊपर : ऊंट गाड़ियों से बने मंच पर नाटक करते हुए जनम, 1980 के दशक की शुरुआत।

मध्य : एन. के. शर्मा, मनीष मनोचा, सुभाष त्यागी।

नीचे : अरुण शर्मा, राकेश सक्सेना, ललित रतन गिरधर और मलयश्री।

ऊपर : *आया चुनाव* में अनिल चौधरी, सफ़दर, एनके, मुकेश कुमार, हरियाणा, 1980। फ़ोटो, सुरेंद्र राजन।
नीचे : सरदारशहर के रास्ते, 20 दिसंबर 1988। (खड़े हुए) ड्राइवर, राकेश शर्मा, हेल्पर, जोगी, सुधन्वा, विजय कालिया, त्यागी, राजू, मलयश्री, बृजेन्द्र, विनोद, ललित। (बैठे हुए) दिवाकर, शिखा, प्राची। फ़ोटो, सफ़दर हाश्मी।

Record of the performances of the Street-plays
Jana-Natya Manch - Delhi

DATE	VENUE	OCCASION	69,900 AUDIENCE	13 MACHINE	8 BABUJI	0 HATYAREY	Rs 514/- COLLECTION
15.10.'78	Satyavati College, Timarpur, Delhi.	Janvadi Vichar Manch Lekhak Shivir.	300	1	0	0	0
20.10.'78	J.N.U. Coffee House Hall, New Delhi.	Students' Union Election Day.	300	1	0	0	0
3.11.'78	J.N.U. Ganga Hostel Lawn, New Delhi.	On S.F.I.'s Invitation	300	1	1	0	Rs 101/-
12.11.'78	Sonepat city, Haryana	Preparatory meeting for Nov 19th T.U. convention. (CITU).	300	1	1	0	0
19.11.'78	Talkatora Indoor Stadium, New Delhi	National T.U. Convention against the I.R.B.	7,000	1	0	0	0
20.11.'78	Boat Club Lawns, New Delhi	Industrial Class Rally against the IRB	60,000	1	0	0	0
26.11.'78	Satyabhawan Dharmashala, Hissar, Haryana.	HSU-SFI Annual Conference.	200	1	1	0	Rs 56/-
27.11.'78	Nigam Karyshala, Town Hall, C.Chowk, Delhi	Annual Conference, Municipal Workers' Lal Jhanda Union	200	1	1	0	0
7.12.'78	Gwyer Hall Common Room, Delhi.	On Students Union Cultural Society's invitation.	100	1	1	0	Rs 91/-
9.12.'78	Delhi School of Economics Lawns, Delhi	On S.F.I.'s invitation	200	1	1	0	Rs 77/-
9.12.'78	Registrar's Office Lawns, Delhi	Delhi Univ Karmachari Association, invitation.	300	1	1	0	0
10.12.'78	Bahalgarh, Dist Sonepat, Haryana	Solidarity meeting with strikers of Rangudyog Mill (CITU).	400	1	1	0	0
.12.'78	Boat Club Lawns, New Delhi	A.I.C.P.E.A. Protest March. (CITU)	300	1	0	0	Rs 80/-
			69,900	13	8	0	Rs 4[illegible]

सामने, ऊपर से नीचे : सफ़दर की लिखाई में अक्टूबर-दिसंबर 1978 में *मशीन* के पहले शोज़ की लिस्ट। *मशीन* का पहला शो, 15 अक्टूबर 1978, (बाएं से) अरुण, मनीष, सफ़दर, त्यागी, एनके, राकेश सक्सेना। मई दिवस 1988 को स्वतंत्र भारत मिल्स के गेट पर *मशीन* का शो, (बाएं से) सफ़दर (बैठे हुए), मनीष, अरुण (बैठे हुए), त्यागी, मलयश्री (त्यागी के पीछे)। दर्शकों में विजय कालिया (गोद में बच्ची लिए), सूरजभान भारद्वाज (बैठे हुए, कालिया के पीछे, बीच में)। फ़ोटो, यूजेन वैन एरवेन।

ऊपर : मलयश्री और सफ़दर, 1970 के दशक के अंत और 1980 के दशक के शुरुआत में।

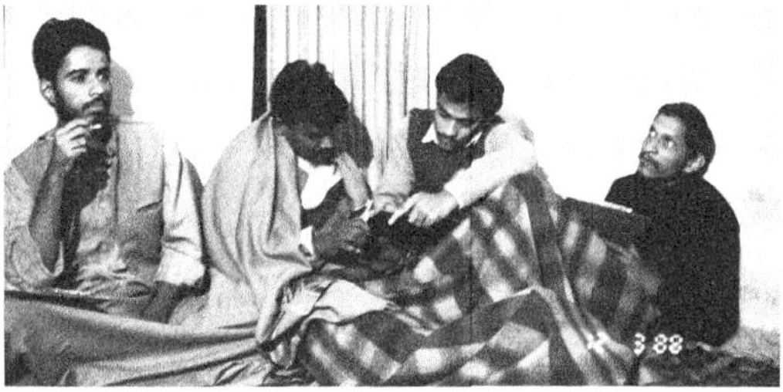

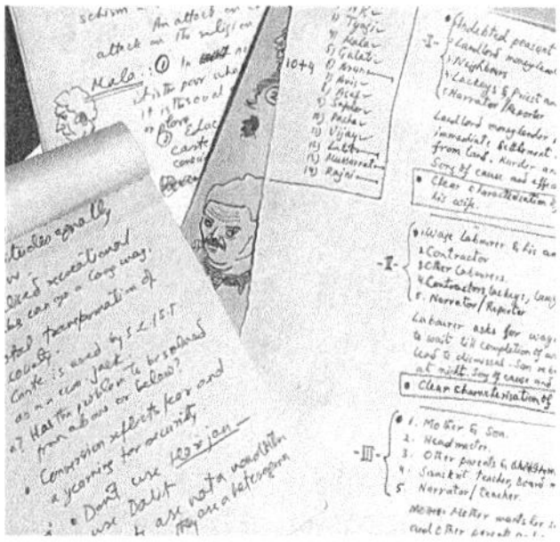

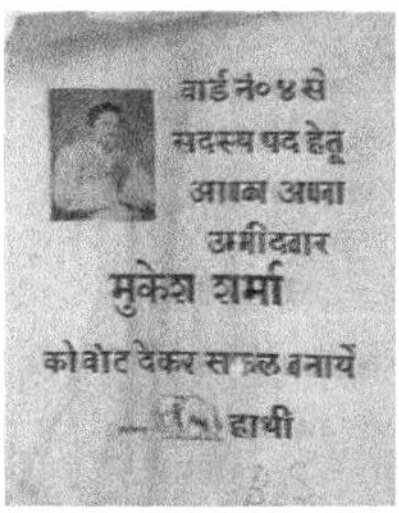

सामने : *आया चुनाव*, हरियाणा, 1980। फ़ोटो, सुरेंद्र राजन।
ऊपर, घडी की दिशा में : *मोटेराम का सत्याग्रह* का चमेलीजान सीन, सितंबर 1988। फ़ोटो, एस. त्यागराजन। रुद्रप्रसाद सेनगुप्ता, एम. के. रैना, शम्भू मित्र, अज्ञात व्यक्ति और नाग बोडस के साथ सफ़दर और एनके, भोपाल, 1983। 'हरिजन नाटक' के नोट्स। सरदारशहर में सुधन्वा, 20 दिसंबर 1988; फ़ोटो, सफ़दर हाश्मी। अंतर्राष्ट्रीय फ़िल्म फ़ेस्टिवल के मंच से शबाना आज़मी विरोध का नोट पढ़ते हुए, साथ में कबीर बेदी और विक्टर बनर्जी। फ़ोटो, शशि कुमार की फ़िल्म *सफ़दर* (1989) से। मुकेश शर्मा का चुनावी पोस्टर, जनवरी 1989, झंडापुर। 1980 के दशक के शुरुआत में परचम। हारमोनियम पर काजल घोष। मलयश्री और सफ़दर के घर पर *हल्ला बोल* लिखते हुए बृजेन्द्र, जोगी, सुधन्वा, ललित। 3 दिसंबर 1988; फ़ोटो, सफ़दर हाश्मी।

ऊपर : सफ़दर का जनाज़ा, 3 जनवरी 1989।

नीचे : 4 जनवरी 1989 को *हल्ला बोल* में त्यागी, जोगी, विश्वजीत (बैठे हुए), बृजेन्द्र, मलयश्री।

हल्ला बोल

1988

35 मिनट

10 कलाकार

सी.आई.टी.यू. के आह्वान पर, दिल्ली में नवंबर 1988 की सात दिन की औद्योगिक हड़ताल की तैयारी के लिए जनम ने *चक्का जाम* नाटक के प्रदर्शन किए। इस ऐतिहासिक हड़ताल के बाद, उस नाटक में कुछ परिवर्तन के बाद, *हल्ला बोल* नाटक के रूप में दिसंबर 1988 से खेला गया।

पात्र विभाजन

सूत्रधार

पुलिस

जोगी

अश्शो / मज़दूर 4 / औरत 1

बाबा / पात्र 1 / लीडर 1 / मज़दूर 1/ रामपाल

मज़दूर 3 / पारबती

लीडर 2 / मज़दूर 2/ गुलाम रसूल

लीडर 3 / चमचा

लीडर 4 / लोकल नेता / राघवन

अम्मा / औरत 2

एक पात्र नारे शुरू करता है। बाक़ी मज़दूर लाल झंडा उठाए जुलूस में उसके पीछे नारे लगाते हैं।

सूत्रधार : बोल मजूरे हल्ला बोल, हल्ला बोल-हल्ला बोल ...
हर ज़ोर-ज़ुल्म की टक्कर में संघर्ष हमारा नारा है
अभी तो ये अंगड़ाई है, आगे और लड़ाई है।
दम है कितना दमन में तेरे, देख लिया और देखेंगे।
जगह है कितनी जेल में तेरी, देख लिया और देखेंगे।

एक अभिनेता उठकर उनका रास्ता रोकता है। उसके सिर पर पुलिस कैप और हाथ में डंडा है।

पुलिस : ठहरो! ठहरो! मैं कहता हूं चुप हो जाओ। (*सब चुप होते हैं। सूत्रधार पुलिस से बेख़बर गाता रहता है। पुलिसवाला उसके पीछे चलता है।*) अबे सुनी नहीं? मैं क्या

कह रहा हूं। अबे ओ क्रांतिकारी, चुप हो जा। ऐसे नहीं मानेगा। (*डंडा रसीद करता है*) क्यों बे, ये क्या हो रहा है?

सूत्रधार : ड्रामा कर रहे हैं।

पुलिस : डिरामा! साले हमें चूतिया समझता है?

सूत्रधार : नहीं तो।

पुलिस : फिर?

सूत्रधार : फिर क्या?

सब : फिर क्या?

पुलिस : डिरामा ऐसे किया जाता है? (*हाथ हिलाता है*) नारे लगाके, लाल झंडे उठाके, हाथ में पोस्टर लेके। भागो यहां से सालो, नहीं तो सबको हवालात में डाल दूंगा।

सूत्रधार : (*हँसता है*) आप यक़ीन मानिए हम ड्रामा ही कर रहे हैं। आप पूछ लीजिए इन लोगों से। अरे हवलदार साब, हम सब कलाकार हैं। जन नाट्य मंच के कलाकार।

सब : हां, जन नाट्य मंच ऑफ इंटरनेशनल फ़ेम!

सभी पात्र पुलिसवाले को समझाते हैं।

पुलिस : अच्छा, अच्छा, तो डिरामा कर रहे थे।

सब : जी हां।

पुलिस : तो करो, साबास। पर जरा बढ़िया-सा।

सूत्रधार : तो आप एक तरफ़ हो जाइए। हम अभी शुरू करते हैं। चलो भई (*फिर नारा लगाता है, गाना शुरू होता है*) इंक़लाब ज़िंदाबाद, सीटू ज़िंदाबाद ...

पुलिस : ओए, ओए, ये क्या हो रहा है? डिरामा कर डिरामा। ये नारे-वारे नहीं चलेंगे।

सूत्रधार : पर हमारे ड्रामे में तो ऐसा ही होता है।

पुलिस : तुम्हारे डिरामे में होता होगा। हमारे इलाके में नहीं होता। सात दिन वाली हड़ताल के टैम से ही सख्ती के आडर आ गए हैं। एस.एच.ओ. साहब का आडर है कि जो साला सीटू का नाम लेता दिखे, फ़ौरन हवालात में डाल दो। बाद में पूछो कि क्या मांगता है।

सूत्रधार : पर हमारे ड्रामे में तो नारे लगाने ही पड़ेंगे।

सब : पर हमारे ड्रामे में तो नारे लगाने ही पड़ेंगे, हवलदार साब!

पुलिस : (*चिल्लाता है*) न, मेरे इलाके में ये सब नहीं चलेगा।

सूत्रधार : फिर?

पुलिस : फिर क्या?

सूत्रधार : फिर हम ड्रामा कैसे करें?

पुलिस : अबे जैसे डिरामा किया जाता है, और कैसे! कोई प्यार-मुहब्बत का, आसिक-महबूबा का खेल दिखाओ, कुछ नाच-गाना हो, हँसी-मज़ाक हो। कुछ ये हो, कुछ वो हो। (*हवलदार एक अभिनेत्री की तरफ़ बढ़ते हुए बोलता है*) क्या समझे?

सूत्रधार : समझ गया।

पुलिस : क्या?

सूत्रधार : आसिक-मासूका-का नाटक?

पुलिस : हां।

सूत्रधार : नारे नहीं?

पुलिस : नारे नहीं।

सूत्रधार : अच्छा ठीक है। जैसा आपका हुक्म, हम आपको आशिक़-माशूक़ावाला ही नाटक दिखाएंगे। तो साथियों, हवलदार साब नारों वाला इंक़लाबी नाटक तो करने की इजाज़त देते नहीं, इसलिए हम आपको प्यार-मुहब्बत का नाटक दिखाते हैं।

सारे पात्र आपस में बात करते हैं। बाग़ बनाते हैं। आशिक़-माशूका नाच-खेल रहे हैं।

कोरस : आ मेरे हमजोली आ, खेलें आंख-मिचोली आ,
गलियों में चौबारों में, बाग़ों में बहारों में ...

जोगी / अश्शो आंख-मिचोली खेलते हैं।

जोगी : मैं आऊं?

अश्शो : न, न।

जोगी : मैं आऊं?

अश्शो : न, न।

जोगी : मैं आऊं?

अश्शो : आ जा ...

जोगी : झुग्गी के पीछे जा बैठी, छुपकर मेरी महबूबा,
ए ... पकड़ी गई ...

कोरस : ए पकड़ी गई।

अश्शो : जोगी!

जोगी : हां, अश्शो!

अश्शो : तू पिताजी से कब बात करेगा?

जोगी : बस कुछ दिन और ठहर जा अश्शो!

अश्शो : क्यों? दो साल तो हो गए तुझे इस तरह कुछ दिन, कुछ दिन करते-करते।

जोगी : अश्शो, तू समझती क्यों नहीं। अभी मेरी तन्खा इत्ती कम है, तुझे रखूंगा कैसे।

अश्शो : पर तेरी तन्खा कब बढ़ेगी। पहले तो तू कहता था कि सात दिन की हड़ताल के बाद कुछ पता चलेगा। मुझसे और इंतज़ार नहीं होता।

जोगी : देख अश्शो, इत्ती बड़ी हड़ताल हुई है। तेरह लाख मज़दूरों ने रात दिन चक्का जाम रखा है। देखती नहीं, मालिक कित्ते घबरा गए हैं। बस, अब संघर्ष को और तेज करने की बात है। तू देखियो, अगले झटके में सरकार भी घुटने टेक देगी।

अश्शो : सच्ची?

जोगी : सच्ची।

अश्शो : ईमान से?

जोगी : ईमान से।

अश्शो : खा मेरी कसम

जोगी : तेरी कसम।

अश्शो : बाई गाड?

जोगी : बाई गाड!

पुलिस : अबे ओए, ये क्या हो रहा है। सालो, प्यार-मुहब्बत के नाटक में भी सीटू का परचार शुरू कर दिया। ये सब नहीं चलेगा।

अश्शो : ओहो, हवलदार साब! आप भी हद करते हैं। अब हमारा हीरो मज़दूर है, सात दिन तक सीटू के झंडे तले इतनी बहादुरी से लड़ा है तो सीटू का नाम नहीं लेगा। और आप किस-किस का मुंह बंद करवाएंगे? आज तो हर मज़दूर की ज़बान पर सीटू का ही नाम है।

पुलिस : न हमारे इलाके में नहीं लेगा।

सूत्रधार : मतलब?

पुलिस : मतलब ये कि हमारे इलाके के आसिक को आसिक की तरह रहना होगा। इधर-उधर की हांकेगा तो साले को हवालात में डाल दूंगा।

सूत्रधार : ठीक है हवलदार साहब वो सीटू का नाम नहीं लेगा पर अपनी तनख़्वाह की बात तो कर सकता है?

पुलिस : अब ये आसिक है या मुनीम, जो अपनी मासूका से तन्खा की बात करता है। इससे कह कि आसिकी करनी है तो ठीक से करे और अगर नहीं होता तो मैं दिखाता हूं कि इसक कैसे किया जाता है!

सूत्रधार : न, न, न, आप तकलीफ़ न करें। वो कर लेगा। कर लोगे ना भई?

जोगी : हां-हां, क्यों नहीं।

सूत्रधार : तो भाइयो-बहनो, हम नाटक में फिर थोड़ा परिवर्तन कर रहे हैं। ये तो हवलदार साब की मेहरबानी से सैंसर हो गया। चलो भई फिर से शुरू करो।

अश्शो : जोगी!

जोगी : हां अश्शो!

अश्शो : तू आज पिताजी से बात करेगा न?

जोगी : हां अश्शो, तुझे ज़बान दी है तो ज़रूर करूंगा।

अश्शो : देख घबराइयो नहीं! ज़रा डट के बात करियो, जैसे कॉमरेड नत्थू मैनेजमेंट से करते हैं।

पुलिस : क्या, क्या छोरी ये कॉमरेड-वॉमरेड कहां से आ गया?

अश्शो : ग़लती हो गई, सॉरी! ... देख घबराइयो नहीं, ज़रा डट के बात करियो जैसे भगवान राम राजा जनक से बात करते थे।

जोगी : तू फ़िकर मत कर, मैं तेरे पिताजी को यों, यों अपनी उंगली पर लपेट लूंगा। बस तू देखती जा कि तेरा जोगी किस मिट्टी का बना है।

अश्शो : बाबा, बाबा ...

बाबा : अरी कौन मर गया? क्यों गला फाड़ रही है?

अश्शो : कोई तुमसे मिलने आया है।

बाबा : कोई लेनदार होगा। कह दे, घर पे नहीं हैं।

अश्शो : लेनदार नहीं है। कोई और है!

बाबा व अम्मा का प्रवेश।

बाबा : कौन है?

अश्शो इशारा करती है। बाबा व अम्मा जोगी की परिक्रमा करते हैं।

बाबा : कौन है भई? मैं तो तुझे पहचानता नहीं। (*जोगी चुप*) अबे क्या बात है? (*जोगी चुप*) गूंगा है क्या? (*जोगी चुप*) अबे कुछ बोलेगा भी या यों ही सूम-सा खड़ा रहेगा?

जोगी : जोगी ...

बाबा : जोगी?

जोगी : जोगी, जोगी नाम है मेरा जी! नहीं, माने जोगिंदर, माने, नहीं, माने जोगिंदर सिंह, माने जोगी, जोगिंदर, जोगी जोगिंदर ...

बाबा : क्या गोभी-चुकंदर, गोभी-चुकंदर लगा रखी है। बोल किस काम से आया है?

जोगी : नहीं, माने यूं ही, बस ऐसे ही, माने टैम पास, माने मैं चलता हूं।

बाबा: (*गिरेबान पकड़के*) अबे जाता कहां है? बोल किस मतलब से आया था? मुझे तो सुसरा कोई चोर-उच्चका लगे!

अश्शो ज़ोर से रोती है।

बाबा : चुप! अरी तुझे क्या हो गया! हैं?

अश्शो : (*रोते-रोते*) ये चोर नहीं है।

बाबा : तू कैसे जानती है इसे?

अश्शो : (*रोते-रोते, हिचकियों के बीच*) ये ... माने जोगी ... माने मेरे से ... माने तुमसे, माने ... अम्मा री ...

अपनी माँ से लिपट जाती है और दोनों रोने लगती हैं।

बाबा : अरी क्या माने-माने लगा रखी है! ठीक से बोल।

अम्मा बाबा का हाथ खींचकर एक तरफ़ ले जाती है।

अम्मा : तुम भी हद करते हो! खुसफुस-खुसफुस!

बाबा : खुसफुस-खुसफुस!

अम्मा : हां! और सुनो, खुसफुस-खुसफुस!

बाबा : खुसफुस-खुसफुस, खुसफुस-खुसफुस! (*जोगी से*) अच्छा! तो ये चक्कर है। तो तू मेरी बेटी से शादी करना चाहता है!

जोगी : जी मैं, माने, वही कहने जा रहा था।

बाबा : ये माने-वाने छोड़, असली बात पर आ जा!

जोगी : जी, मैं उसको पलकों पर बिठाके रखूंगा, रानी बनाऊंगा, पूरे टब्बर पर ...

बाबा : ये डायलौगबाज़ी रहने दे, बता काम क्या करता है?

जोगी : जी, फ़ैक्ट्री में काम करता हूं।

अम्मा : क्या काम करता है? मनैजर है?

जोगी : नहीं जी, उससे थोड़ा नीचे।

बाबा : सुपरवाइज़र?

जोगी : थोड़ा और नीचे।

अम्मा : डिपाट इंचारज?

जोगी : बस थोड़ा और नीचे।

बाबा : अकौटेंट?

जोगी : थोड़ा और नीचे।

दोनों : थोड़ा और नीचे? तो क्या वर्कर है?

जोगी : जी मसीनमैन।

सब : (*कोरस*) जी मसीनमैन।

बाबा : मुझे पता था, ऐसे ही गए-गुज़रे से आएगा रिश्ता हमारी बेटी के लिए!

अम्मा : खुसफुस-खुसफुस!

बाबा : खुसफुस-खुसफुस!

जोगी : तो जी मैं ये रिश्ता पक्का समझूं?

बाबा : (*जूता हाथ में लेकर जोगी के पीछे दौड़ता है*) आ मैं तेरा रिश्ता पक्का करूं। साले, दो कौड़ी के वर्कर, फ़कीर की औलाद, साले 562 तन्खा पाता है और सपने देखता है शादी करने के!

अम्मा : (*जूता हाथ में लेकर जोगी का पीछा करती है।*) बड़ा आया शादी करने वाला! हमें अपनी बिटिया को जीते-जी नहीं मारना तेरे से शादी कराके!

अश्शो पीछे-पीछे भागती है।

अश्शो : बाबा! अरी अम्मा री! उसे मत मारो! उसे छोड़ दो!

बाबा : जूते मारूं ...

सब : 562

बाबा : थप्पड़ मारूं ...

सब : 562

बाबा : लातें मारूं ...

सब : 562

बाबा : ऐसी-तैसी

सब : 562

बाबा : नून तेल का।

सब : 562

बाबा : भाव बता दूं।

सब : 562

जोगी : देखो, देखो हाथ मत उठाना। हां!

बाबा : ज़रूर उठाऊंगा, सौ बार उठाऊंगा। 562 बार उठाऊंगा।

जोगी : मैं बताए दे रहा हूं अश्शो, रोक ले अपने बाबा को, नहीं तो ख़ून पी जाऊंगा बुढ़ऊ का!

बाबा : साले, तेरी ये मजाल कि मुझे धमकाता है। मैं तुझे गिन-गिनके जूते लगाऊंगा!

अश्शो : पहले मुझे मारो, बाद में जोगी पर हाथ उठाओ!

अम्मा : बेटी, तू मत पड़ मर्दों के झगड़े में। इधर आ जा!

अश्शो : छोड़ दो मुझे। और कान खोलकर सुन लो। मैं सादी करूंगी तो जोगी से, नहीं तो पूरी जिंदगानी कुंवारी बैठी रहूंगी।

अम्मा : हाय बेटी, ये क्या कहती है। ऐसी मनहूस बात क्यूं ज़बान पर लाती है। इस मुए 562 के वर्कर से सादी का ख्याल मन से निकाल दे।

बाबा : बिटिया, ज़रा सोच तो सही। 562 में क्या ये खुद खाएगा, क्या तुझे खिलाएगा।

अम्मा : इतनी कम तन्खा पानेवाला साल दो साल में भगवान को प्यारा हो जाएगा बिटिया! तू भरी जवानी में बेवा हो जाएगी!

बाबा : दिल्ली में वर्कर का क्या हाल है, तुझे नहीं मालूम बेटी!

अम्मा : आज नौकरी है, कल नहीं है।

बाबा : आज इस फ़ैक्ट्री में क्लोज़र, कल उसमें तालाबंदी।

अम्मा : गंदी बस्तियों में बसेरा। ना बिजली ना पानी।

बाबा : और गुंडे-बदमाशों का डेरा।

अम्मा : रोज़-रोज़ पुलिस की मार खाना।

बाबा : और तिहाड़ जेल में रात बिताना। (*चुप्पी के बाद*) बिटिया, अकल से काम ले। ये ख्याल छोड़ दे।

अम्मा : मज़दूर से सादी करने का मतलब है जीते-जी मर जाना।

अश्शो : मैं उसके बगैर नहीं रह सकती। मेरी सादी जोगी से ना हुई तो मैं जान दे दूंगी।

माँ रोती है।

अम्मा : (*बाबा से*) खुसफुस-खुसफुस

बाबा : खुसफुस-खुसफुस। (*जोगी से*) जोगी बेटा, देख, हमें तेरे से कोई दुश्मनी नहीं। तू शरीफ़ और मेहनती लड़का लगता है।

अम्मा : पर हमें अपनी बेटी के बारे में भी तो सोचना है बेटा!

जोगी : मैंने सब सोच लिया है माताजी! मैं बीड़ी, सिगरेट, चाय, सब छोड़ दूंगा।

बाबा : बचपने की बातें मत कर बेटा! मज़दूरपेशा आदमी बीड़ी-चाय छोड़ देगा तो आठ घंटे मेहनत कैसे करेगा।

जोगी : मैं घर पैसे भेजने बंद कर दूंगा। बस में आना-जाना छोड़, पैदल काम पर जाऊंगा।

साम को कोई और मजूरी करूंगा।

बाबा : (*चिढ़ाता है*) ताकि मैं दो-तीन साल में ही भगवान को प्यारा हो जाऊं।

अम्मा : (*तंज़ में*) ताकि मेरी बीवी बेवा हो जाए।

बाबा : ये सब बेकार की बातें हैं। मैंने हिसाब लगाके देख लिया है। इस शहर में हज़ार-ग्यारह सौ से कम में कोई नहीं रह सकता।

अम्मा : आदमी तो दूर, जानवर भी नहीं रह सकता!

जोगी : जी, वो यूनियनवाले भी यही कहते हैं कि वेज कम-से-कम 1050 तो होना ही चाहिए।

अम्मा : बिल्कुल सही कहते हैं।

बाबा : तो बिटुआ, कोई ऐसी नौकरी पकड़ जिसमें 1050 मिलते हों। फिर हम अश्शो की शादी तुमसे खुशी-खुशी कर देंगे।

अश्शो : पर ऐसी नौकरी मिले कहां?

जोगी : सब जगह 562 ही तो मिलते हैं।

अम्मा : तो बेटा, तू मालिक से कह-सुनकर अपनी तन्खा बढ़वाने की कोशिश तो कर।

जोगी : अजी हां, माताजी, सालों ने रो-रोकर दो साल में 73 रुपये बढ़ाए हैं, वो भी इत्ती लंबी लड़ाई के बाद। अब ये सात दिन की हड़ताल लड़ी, मालिक तो डरके मारे बढ़ाने को तैयार भी हैं, पर सरकार के कान पर अब तक जूं भी नहीं रेंगी है।

दोनों : तो बेटा, हाथ पर हाथ धरके मत बैठो, अपनी लड़ाई को और तेज़ करो।

जोगी : वो तो आपके बताए बगैर भी कर रहे हैं। अब तो सारे के सारे मज़दूर सीटू के मेंबर बनेंगे और उसका झंडा उठाकर और लंबी लड़ाई लड़ेंगे।

पुलिसवाला आता है।

पुलिस : फिर! फिर सालो, मैं कुछ कह नहीं रहा तो तुम फैलते जा रहे हो। बहुत हो गया, उठाओ अपना ताम-तोबड़ा और चलते-फिरते नज़र आओ।

सूत्रधार : हवलदार साब, आपने नारे लगाने, झंडे डठाने को मना किया था, हमने उन्हें एक तरफ़ रख दिया। अब क्या परेशानी है?

पुलिस : अबे, तो मुझे क्या पता था कि तुम झंडों और नारों के बगैर भी मज़दूरों को भड़का सकते हो। बस, अब मैं कुछ और नहीं सुनना चाहता। तुम खिसक लो यहां से।

सूत्रधार : आपकी खोपड़ी में इत्ती-सी बात क्यों नहीं आती कि मज़दूर की ज़िंदगी पर नाटक करेंगे तो चाहे झंडा उठाएं या न उठाएं, नारे लगाएं या ना लगाएं, बात वहीं पर पहुंचती है कि जीना है तो लड़ना होगा।

सब : जीना है तो लड़ना होगा।

जोगी : प्यार भी करना है तो भी लड़ना होगा।

पुलिस : तो ऐसा नाटक करने के लिए भी तुम्हें मुझसे लड़ना होगा। है कोई जो आगे आए।

सूत्रधार : भाड़ में जाओ, नहीं करते नाटक। साले, इमरजेंसी अभी लगी नहीं, ये सेंसरशिप पहले से ही शुरू हो गई। चलो साथियो, हमें नहीं करना नाटक।

सब सामान उठाने जाते हैं।

पात्र 1 : रुको, एक मिनट। (*सब रुकते हैं। हवलदार से*) आपने कहा कि नारे, लाल झंडा, सीटू वगैरा का नाम नहीं आना चाहिए। लेकिन अगर हमारा नाटक उनके ख़िलाफ़ हो तो?

पुलिस : वैसे तो एस.एच.ओ. साब का आडर है कि सीटू का नाम भी नहीं आना चाहिए। लेकिन अगर तुम उसके खिलाफ़ नाटक करो तो हो सकता है मेरी प्रमोशन हो जाए और मैं सब-इंस्पेक्टर बन जाऊं, फिर इंस्पेक्टर, फिर उसके बाद ए.सी.पी. तो हम बन ही जाएंगे ... (*सपने देखने लगता है।*)

पात्र 1 : लाठी सिंह साब, अपने हसीन सपनों की दुनिया से निकलकर ज़रा धरती पर लौट आइए। हां, तो हम फिर अपना नाटक शुरू करें। हवलदारजी, ए.सी.पी. साब, ओ डी.सी.पी साब।

पुलिस : (*चौंककर सपनों की दुनिया से बाहर आता है।*) हां, हां। (*बैठ जाता है।*) तो शुरू करो।

सब पात्र सलाह करते हैं और नाटक फिर शुरू होता है। सीटू का झंडा उठाए, कराहता, लंगड़ाता जोगी आता है।

जोगी : हम भूख से मरनेवाले, क्या मौत से डरनेवाले
आज़ादी का डंका बजाओ, उठाओ अग्नि ध्वजा ...

चार लीडर उसे घेरकर उसके गिर्द घूमते हैं।

चारों : क्यों जोगी? आ गए होश ठिकाने?

लीडर 1 : कैसी लगी पुलिस की मार?

लीडर 2 : हवालात में ठुल्लो ने रोटी-वोटी भी दी या भूखे-प्यासे ही पड़े रहे?

लीडर 3 : सीटूवालों ने जेल में चक्की भी पिसवा दी बेचारे से।

लीडर 4 : अरे ये किस खेत की मूली है। जेल में तो इनके एम.पी. तक की ठुकाई हो गई।

चारों : हा! हा! हा! हा!

लीडर 1 : हम तो पहले भी तुम्हें समझाते थे कि मत पड़ो सीटूवालों के चक्कर में।

लीडर 2 : पर न, उन्होंने तुम्हें भर्री दी और तुम कूद पड़े सात दिन की हड़ताल में।

लीडर 3 : पर हाथ क्या आया? कद्दू?

लीडर 4 : अब ऊपर से सात दिन का वेज जो कटेगा सो अलग।

जोगी : वेज कटेगा?

चारों : और नहीं तो क्या! पूरे सात दिन का!

जोगी : पर वो सीटूवाले तो कहते थे कि हड़ताल करने से 1050 वेज मिलेगा, दो रुपये आंकड़ा महंगाई भत्ता मिलेगा!

लीडर 1 : सब्ज़बाग़ दिखलाना इसी को कहते हैं। तेरे जैसे भोले-भाले मज़दूरों को लालच दिखाकर अपना उल्लू सीधा किया है इन सीटूवालों ने।

लीडर 2 : अब जाके पूछ उनसे – क्या हुआ उन वादों का। ठेकेदारी ख़त्म कराने चले

थे – हो गई?

लीडर 3 : पक्के मकान दिला रहे थे, औरतों के लिए बालघर बनवा रहे थे – मिला कुछ?

लीडर 4 : अजी ये तो कुछ नहीं – सीधे मज़दूर-विरोधी क़ानून रद्द करवा रहे थे, बंद फ़ैक्ट्रियां खुलवा रहे थे, पुलिस-दमन रुकवा रहे थे।

चारों : हा-हा-हा! यूं कहो दिल्ली में मज़दूरों के लिए स्वर्ग बनवा रहे थे।

लीडर 1 : जोगी, अब भी वक़्त है। चेत जा और झाड़ ले पल्ला सीटूवालों से।

लीडर 2 : हममें से किसी की भी यूनियन में आ जा। अब हम सब एक हो गए हैं।

लीडर 3 : और ये भी मंज़ूर नहीं तो चक्कर ही छोड़ यूनियनबाज़ी का। तुझे कोई परेशानी हुई तो हम हैं ही।

लीडर 4 : ला दे, ये झंडा हमें दे। इसे फाड़के फेंक देते हैं।

चारों : न रहेगा बांस, न बजेगी बांसुरी।

जोगी से झंडा लेते हैं। डंडा जोगी के हाथ में रह जाता है। चारों झंडे को खींचते हैं। जोगी डंडा उठाता है। झंडा वापस खींच लेता है।

जोगी : ख़बरदार! छोड़ दो झंडे को। गद्दारों, मालिकों के दलालो, तुम्हारी हिम्मत कैसे हुई मज़दूरों के झंडे को नापाक़ हाथों से छूने की!

बाक़ी कलाकार भी खड़े होते हैं।

सब : ए, ए, जोगी क्या करते हो। हमें सीटू के ख़िलाफ़ नाटक करना था। हवलदार साब बैठे हैं। बेकार में तू सबको पिटवाएगा।

जोगी : नहीं, नहीं करूंगा मैं सीटू के ख़िलाफ़ नाटक। सीटू की यूनियन मेरी यूनियन है। सीटू का ये झंडा मेरा झंडा है। मैंने देख लिया है कि सीटू ही है जो मज़दूरों के लिए लड़ती है। इस सात दिन की हड़ताल में अपने हक़ के लिए, इंसानी ज़िंदगी के लिए लड़ने का रास्ता मुझे सीटू ने ही दिखाया है। कहां मुंह काला कर रहे थे ये दूसरी यूनियनों वाले जब हम पर पुलिस की लाठियां पड़ रही थीं। क्यों घुसे बैठे थे अपने बिलों में जब मैं हवालात में भूखा-प्यासा पड़ा था। जब पुलिसवाले औरतों को पीट रहे थे, हमारे लीडरों को गिरफ़्तार कर रहे थे। मज़दूरों को फ़ैक्ट्रियों से निकलने से रोक रहे थे। इन गद्दारों को मैंने अच्छी तरह पहचान लिया है। अब मेरे लिए एक ही यूनियन है – सीटू। अब मैं ही सीटू हूं। मैं सीटू के ख़िलाफ़ एक लफ़्ज़ भी नहीं बोलूंगा। हवलदार तो क्या, चाहे दिल्ली की सारी पुलिस मेरी छाती पर सवार हो जाए – मेरी ज़बान से एक ही आवाज़ निकलेगी – सी.आई.टी.यू. ज़िंदाबाद, इंक़लाब ज़िंदाबाद!

पुलिस : साले, तू फिर शुरू हो गया? दो-चार लाठियां मारूंगा तो होश ठिकाने आ जाएंगे!

जोगी : एक नहीं, हज़ार लाठी-डंडे बरसाओ, आज मैं चुप नहीं रहूंगा। इस देश का मज़दूर अब चुप नहीं रहेगा। जो मज़दूर जान गंवाने से नहीं डरता वो लाठी से क्या डरेगा? (*गाता है*)

हम भूख से मरने वाले, क्या मौत से डरने वाले

आज़ादी का डंका बजाओ, उठाओ अग्नि ध्वजा
वर्गयुद्ध की शेष पुकार, आती है बारंबार
हो तैयार हो तैयार ...

सारे कलाकार जोगी के पीछे खड़े हो गए हैं। एक लोकल नेता और चमचा आते हैं।

नेता : ये कैसा शोर है?

पुलिस : अरे नेताजी, अच्छा हुआ आप आ गए। (*जोगी को खींचते हुए*) यह हरामज़ादा इनको भड़का रहा है। मैंने मना किया तो मुझीको आंखें दिखाता है।

नेता : साले, कल तक तो हमें देखकर कांपते थे। सात दिन की हड़ताल क्या कर ली, हमें ही आंखें दिखाते हो। आज लाल झंडे से हम ही को धमकाते हो? भूलो मत, आज तुम इन झुग्गियों में मेरी कृपा से रह रहे हो। अगर मैं चाहूं तो डी.डी.ए. के बुलडोज़र से एक मिनट में इस बस्ती को सपाट कर दें।

चमचा : नेताजी ठीक कहते हैं। आज हम इन्हीं की बदौलत तो यहां पर रह रहे हैं। सीटू के चक्कर में पड़ोगे तो यह झोंपड़े भी हाथ से चले जाएंगे।

जोगी : अरे यह कचरे के डिब्बे भी कोई मकान हैं?

बाक़ी पात्र भी बोलना शुरू करते हैं।

मज़दूर 1 : और क्या, चारों तरफ़ गंदगी ही गंदगी है।

मज़दूर 4 : पीने के पानी और गटर के पानी में कोई अंतर नहीं है।

मज़दूर 3 : आधी से ज़्यादा झुग्गियों में बिजली भी नहीं है।

मज़दूर 2 : जहां है, वहां इन गुंडों को हफ़्ता और बिजली वालों को रिश्वत देनी पड़ती है।

सूत्रधार : दूर-दूर तक कोई सरकारी अस्पताल नहीं है।

जोगी : सीटू ने कह दिया है कि इन जैसी झुग्गियों के लिए हम तुम-जैसे गुंडों को हफ़्ता ना दें।

नेता : सालो, जब ये झुग्गियां साफ़ हो जाएंगी न, तब पता चलेगा। दर-दर की ठोकरें खाते फिरोगे। फिर मत कहना कि पहले नहीं बताया।

सब : अरे जा-जा। बहुत देखे हैं तेरे जैसे। साले, फिर ऐसे कुछ कहा तो हड्डी-पसली एक कर देंगे।

नेता, चमचा और पुलिसवाला भागते हैं और बाहर निकल जाते हैं। बाक़ी अभिनेता नारे लगाते हैं।

जोगी : अपनी मांगें लेके रहेंगे।

सूत्रधार : हमें सरकार की तरफ़ से पक्के मकान मिलें।

मज़दूर 1 : जहां कूड़ा-करकट और गंदगी न हो।

मज़दूर 2 : जहां बिजली और पानी का पूरा बंदोबस्त हो।

मज़दूर 3 : जहां बच्चों के पढ़ने के लिए स्कूल हों और रोगियों के लिए अस्पताल हों।

मज़दूर 4 : जहां बच्चों के खेलने के लिए मैदान हों।

कोरस : इन मांगों के लिए, हम अपनी लड़ाई, और तेज़ करेंगे।

सूत्रधार : आज दिल्ली के मज़दूर के सब जगह यही तेवर हैं। अब वो चुपचाप बैठने को

तैयार नहीं हैं। फ़ैक्ट्रियों में वो जीने लायक वेतन के लिए लड़ रहा है, नौकरी बचाने के लिए लड़ रहा है। बस्तियों में बेहतर मकानों के लिए लड़ रहा है।

कोरस : हर जगह, हर समय इंसान का जीवन जीने के लिए लड़ रहा है।

सूत्रधार : यही नहीं, अब दिल्ली की महिला मज़दूरों ने भी संघर्ष का रास्ता अपना लिया है। आइए, आपको ऐसी ही एक महिला मज़दूर से मिलवाते हैं।

सब बैठते हैं। बच्चे को गोद में उठाए पारबती आती है।

पारबती : मैं कहती हूं तेरी लाश सड़े, उसमें कीड़े पड़ें, तेरी चिता पर कुत्ते मूतें। हराम के जने तुझे हैजा हो जाए। अंधेरगर्दी मचा रखी है हरामियों ने। थोबड़ा फाड़के कह दिया – 'बच्चा अंदर नहीं जा सकता।' बच्चे को अपने साथ काम पर ना लाऊं तो क्या सरकारी घूरे में फेंक दूं। देख लो भइयाजी, ये कैसी नाइंसाफ़ी है। कामकाजी औरत बच्चे को काम पर न ले जा सके तो काम कैसे करे? कल तलक मेरा आदमी मुन्नी को देखता था। आज उसे काम मिल गया तो मैं मुन्नी को अपने साथ ले आई। सुसरे टैमकीपर ने फाटक पर ही रोक दिया। कहता है, बच्चे को अंदर ले जाने का हुक्म न है। ठीक है, मैं भी खड़ी हूं यहीं पर। अभी शिफ़्ट छूटेगी तो बताऊंगी यूनियनवालों को कि यहां क्या चल रहा है।

हूटर बजता है। मज़दूर बाहर आते हैं।

पारबती : अरे ओ जोगी, रामपाल रे ... मेरी नौकरी चली जाएगी रे! टैमकीपर ने मुझे अंदर न जाने दिया आज।

जोगी : क्यों न जाने दिया?

चमचा : पारबती, झूठ मत ना बोले। सारी बात मेरे सामने हुई थी। टैमकीपर ने तुझे नहीं रोका था, तेरे बच्चे को रोका था।

पारबती : और कोई बोले या न बोले, ये चमचा अपनी चोंच ज़रूर खोलेगा। मैं बच्ची को अंदर ना ले जा सकूं तो क्या उसे बाहर सड़क पर पटक दूं?

रामपाल : पर तू मुन्नी को संग लाई क्यूं?

एक औरत : इसके मरद को काम मिल गया है भई, कहां छोड़कर आती?

पारबती : हां, घर में कोई ना है बच्ची को देखने वाला।

रामपाल : वो तो ठीक है पारबती! लेकिन बच्ची अंदर कहां रहेगी?

पारबती : पड़ी रहेगी एक कोने में। किसी से कुछ कहती है क्या?

चमचा : नहीं, ऐसे कैसे हो सकता है। आज ये लाई है, कल सारी उठाकर ले आएंगी। जिसे बच्चे पालने हों घर पे बैठे!

पारबती : तू तो बोलई मत। मुंह नोच लूंगी तेरा। बड़ा आया घर पर बिठाने वाला। तन्खा तेरा ताऊ देगा महीने-महीने?

दूसरी औरत : मैं तो अपने छोरे को पड़ौस में छोड़कर आती हूं। साम तलक भूखा पड़ा रहवै बिचारा।

एक औरत : मेरी लौंडिया तो दिनभर मुहल्लेभर में भटकती फिरे।

पारबती : तुम यूनियन चलाते हो, इसका कोई इंतज़ाम नहीं करा सकते?

रामपाल : इसमें यूनियन क्या कर सकती है?

पारबती : क्यों न कर सकती। मील में भी बच्चों को रखने का बंदोबस्त होना चाहिए। ये मांग भी तो थी हड़ताल की।

रामपाल : देख पारबती, हमने 1050 वेज के लिए, दो रुपये महंगाई-भत्ते के लिए, ठेकेदारी के ख़िलाफ – इत्ती बड़ी-बड़ी मांगों पर सात दिन की हड़ताल लड़ी। मालिक घबरा गए हैं। अब ज़रा-सा ज़ोर लगाएं तो उन्हें ये मांगें माननी पड़ेंगी। ये छोटी-मोटी मांगें उठाएंगे तो हमारी लड़ाई कमज़ोर हो जाएगी।

पारबती : छोटी-मोटी? ये छोटी-मोटी मांग ना है रामपाल! ये मेरी नौकरी का सवाल है।

औरतें : हां यह भी मांग थी हड़ताल की।

पारबती : निकाल, निकाल पर्चा जोगी, साफ़-साफ़ लिखा है सीटू के परचे में – जिस मील में औरतें काम करें, वहां बालघर बनाना पड़ेगा।

रामपाल : जोगी, ज़रा सोच ले। मेरी राय में इससे हमारी लड़ाई कमज़ोर पड़ जाएगी।

चमचा : हां, सही बात है।

पारबती : तू तो बकेई मत। उल्टी बात मत ना कर रामपाल। तू कैसा सीटू का लीडर है? सीटू ने ही तो बालघर की मांग रखी थी। हमारी यूनियन ने ये मांग उठाई। इसीलिए सगरी औरतें साथ आई हैं। क्यों री?

एक औरत : और क्या?

दूसरी औरत : मैं तो खासतौर पर इसीलिए हड़ताल पर गई थी।

पारबती : औरतों के आने से लड़ाई मज़बूत हुई है या कि कमज़ोर? पागल न हो तो!

दूसरी औरत : जिस मिल में हो वर्कर महिला

सब : बच्चे रखने की हो सुविधा

सूत्रधार : हर ज़ोर-जुलुम की टक्कर में ...

सब जुलूस के रूप में चलते हैं।

जोगी : गुलाम रसूल, राघवन, तुम लोग जुलूस में नहीं चलोगे क्या?

दोनों ख़ामोश खड़े हैं।

जोगी : चलो भई, देखो ये मज़दूर जुलूस में शामिल हैं। औरतें भी। तुम भी चलो।

अब भी ख़ामोश हैं।

जोगी : क्या बात हो गई?

राघवन : कामरेड, तुम्हारे कहने पर हम तुम्हारे साथ सात दिन हड़ताल पर रहे, जबकि वेज बढ़ने से हमें कोई फ़ायदा नहीं होना था। हम ठहरे ठेके के मज़दूर।

गुलाम रसूल : तुम जानते हो, आठवें दिन जब हम काम पर लौटे थे तो ठेकेदार ने वापस लेने से साफ़ इनकार कर दिया था।

रामपाल : हां, और सीटू ने ही तुम्हें वापस काम पर रखवाया था। ये मत भूलो। (*जोगी रोकता है।*)

राघवन : और बाद में ठेकेदार के गुंडों ने धमकी जो दी थी कि आगे कभी सीटू के साथ गए तो हड्डी-पसली एक कर देंगे।

जोगी : इसीलिए तो कहता हूं यूनियन में आ जाओ। अलग-थलग रहोगे तो वो तुम्हें आसानी से कुचल डालेंगे।

गुलाम रसूल : बात तो तुम्हारी ठीक है जोगी भैया, लेकिन हम यूनियन में आए तो ठेकेदार हमें खड़े-खड़े निकाल बाहर करेगा। हमारे बच्चे भूखों मर जाएंगे। चल राघवन, हम तो काम पर चलें।

रामपाल : (*राघवन की ओर आक्रामक तरीक़े से बढ़कर*) मैं देखता हूं सालो, कैसे काम पर जाते हो। मैं पहले भी कहता था जोगी, इन सालों के चक्कर में मत पड़ो। (*धक्का-मुक्की*) पक्के मज़दूरों की नौकरियां दबाकर बैठ जाते हैं, ढाई सौ-तीन सौ में काम करने को राज़ी हो जाते हैं (*धक्का-मुक्की*)। ये बेपेंदी के लोटे हैं, सालों का कोई भरोसा नहीं। (*धक्का-मुक्की*) सालो, ठेकेदार तो बाद में, पहले मैं ही तुम्हारी हड्डी-पसली तोड़ता हूं (*धक्का-मुक्की*) छोड़ दो मुझे।

राघवन : अबे जा-जा, बड़ा आया! न तेरी टांगे तोड़ डालीं तो।

जोगी उन्हें अलग-अलग करता है।

जोगी : पागल मत बनो। रामपाल, तुम्हारे जैसे ज़िम्मेदार कार्यकर्ता से ये उम्मीदें तो नहीं थी। इतनी मुश्किल से मज़दूरों में एका बना है। संघर्ष तेज़ हो रहा है, और तुम अपने भाइयों को ही संघर्ष से हटा रहे हो। भूलो मत, मालिक और उनके दलाल इसी ताक में बैठे हैं कि कोई मज़दूरो में फूट डलवाए तो वो आकर हाथ सेकें। ज़रा अक़्ल से काम लो। चलो गुलाम रसूल, राघवन, जुलूस के साथ चलो।

जोगी ठेका-मज़दूरों के पास जाता है।

गुलाम रसूल : पर जोगी भाई, हमें ये भी तो समझाओ कि तुम्हारे साथ चलकर हमें मिलेगा क्या। चाहे कुछ हो जाए, हमें तो वही 300–350 मिलने हैं।

जोगी : फिर वही बात। तुम्हें पहले भी बताया था, हमारे चार्टर में ये जो मांग है कि समान काम का समान वेतन मिले ...

कोरस : समान काम, समान वेतन ...

जोगी : ये किसकी मांग है?

गुलाम रसूल : है तो हमारी ही ...

जोगी : हां, ये तुम्हारे जैसे ठेके के मज़दूरों की मांग है। काम तो तुम करते हो कंपनी के वर्कर जितना, पर वेज पाते हो औना-पौना।

गुलाम रसूल : वेज तो कम मिलता ही है, ई.एस.आई., बोनस, बीमा, ग्रैचुटी – कुछ भी नहीं मिलता।

राघवन : और जब मर्ज़ी भेड़-बकरियों की तरह बाहर हांक देते हैं। हमारी तो लेबर ऑफ़िस में भी सुनवाई नहीं।

जोगी : तभी तो हम कहते हैं कि ठेकेदारी प्रथा को ख़त्म करो।

हल्ला बोल

सूत्रधार : ठेकेदारी का अंत करो।

कोरस : इस बीमारी का अंत करो।

सूत्रधार : ठेकेदारी का अंत करो।

कोरस : इस बीमारी का अंत करो।

गुलाम रसूल : ठेका-मज़दूरों को काम की जगह पर ही पक्का करो। कंपनी-रजिस्टर में नाम लिखो।

राघवन : बराबर वेतन लेके रहेंगे, ई.एस.आई. बोनस, बीमा, ग्रैचुटी – सब लेके रहेंगे।

रामपाल : अरे ऐसे ही नहीं मिल जाते ई.एस.आई. बोनस, बीमा, ग्रैचुटी। उसके लिए लड़ना पड़ेगा।

जोगी : सब मज़दूरों को साथ आना पड़ेगा।

सूत्रधार : सीटू का मेंबर बनना पड़ेगा।

औरत : ये लड़ाई सब मज़दूरों की लड़ाई है।

पारबती : चाहे मर्द हो या औरत।

सूत्रधार : कच्चा हो या पक्का।

रामपाल : कंपनी का हो या ठेकेदार का।

गुलाम रसूल : बाकि सारी मांगें भले ही मान लें, ये मांग कभी नहीं मानेंगे साले।

जोगी : ऐसा क्यों सोचते हो गुलाम रसूल भाई?

गुलाम रसूल : बाकि सारी मांगों पर तो सारे मज़दूर साथ हैं, ये सिर्फ़ हमारी मांग है। कल को तुम्हारी मांगें मान ली जाएंगी तो तुम हमें भूल जाओगे, हमें पता है। हमारी भलाई इसी में है कि ठेकेदार से बनाके रखें।

औरत 2 : क्या कह रहे हो गुलाम रसूल, ये सिर्फ़ तुम्हारी मांग नहीं है, ये हमारी भी मांग है। औरतें भी मरदों के बराबर कमरतोड़ काम करती हैं पर वेज कम मिलता है उन्हें।

सूत्रधार : जिन फ़ैक्ट्रियों में यूनियन नहीं हैं वहां के पक्के मज़दूरों का भी यही हाल है। मालिक 562 पर अंगूठा लगवाकर 300–400 पकड़ा देता है।

राघवन : पर भैया, जब तक हम पक्के नहीं होते, हमें बचाने वाला कोई नहीं है। चल गुलाम रसूल।

दोनों जाते हैं।

पारबती : गुलाम रसूल, राघवन! ठहरो! मज़दूर ही मज़दूर को बचाएगा। यह डर छोड़ो और सीटू में शामिल हो जाओ। इसी में सबकी भलाई है।

गाना : जैसे सुर से सुर मिले हों राग के
जैसे शोले मिलके बढ़े आग के
जिस तरह चिराग़ से जले चिराग़
ऐसे चलो भेद तेरा मेरा त्याग के
मिलके चलो मिलके चलो
मिलके चलो।

सब जुलूस की शक़्ल में खड़े हो जाते हैं।

सूत्रधार : साथियो, यह थी मज़दूरों के जीवन की जीती-जागती तस्वीर।

कोरस : लेकिन जाने से पहले हम आपसे एक बार फिर कहना चाहते हैं।

सूत्रधार : कि अपनी मांगों के लिए संघर्ष को तेज़ करना सब मज़दूरों की ज़रूरत है।

कोरस : सब मेहनत करने वालों की, सब भूखे रहनेवालों की
सब ठेके के मज़दूरों की, महकूमों की, मजबूरों की
सीटू की जो भी मांगें हैं, सब मज़दूरों की मांगें हैं
हर मेहनतकश की मांगें हैं, और हर बेबस की मांगें हैं
क्लोज़र, छंटनी, तालाबंदी, पर हो सरकारी पाबंदी
दो रुपये आंकड़ा भत्ता हो, सिर पर छत, तन पर लत्ता हो
मज़दूर विरोधी क़ानूनों को, वापस ले सरकार अभी
क्या एस्मा और क्या एन.एस.ए., सब वापस ले सरकार अभी
जिस मिल में हों वर्कर महिला, बच्चे रखने की हो सुविधा
ठेकेदारी का अंत करो, इस बीमारी का अंत करो
और बंद करो ये पुलिस दमन, ये लाठी, गोली का शासन
लड़कर लेंगे मांगे सारी, ये देखेगी दुनिया सारी
मज़बूत हमारा एका है, झंडा ऊंचा लहराता है
मज़दूर विरोधी हाकिम तक, ये संदेशा पहुंचाता है

सूत्रधार : हर ज़ोर-ज़ुल्म की टक्कर में संघर्ष हमारा नारा है!

स्रोतों के बारे में

इस किताब को लिखने के लिए मैंने सबसे ज़्यादा अपने बहुत सारे हमसफ़र कॉमरेड्स, दोस्तों और ख़ुद अपनी यादों का सहारा लिया है। मैंने जिन लोगों के साक्षात्कार लिए उनके नाम ये हैं (जिनमें अलग से तारीख़ नहीं दी गयी है, वे सभी साक्षात्कार 2019 में लिए गए हैं): आदित्य निगम, बृजेंद्र सिंह, बृजेश, बृजेश सिंह, बृंदा करात (1998 और 2019), जोगेंद्र शर्मा, जोगी, जॉय सेनगुप्ता, के. एम. तिवारी, काजल घोष, कमला भसीन, ललित रतन गिरधर, एम. के. रैना, मदन गोपाल सिंह, मलयश्री हाश्मी, मुरलीधरन, एन. के. शर्मा, पी. एम. एस. ग्रेवाल, राजेंद्र एवं मधु प्रसाद (2017), राकेश शर्मा, रथिन दास, शोहिनी घोष, सीताराम येचुरी (1998), सुहेल हाश्मी (2017), सोमन, सुभाष त्यागी, सुबोध वर्मा, विजय कालिया, एवं विश्वजीत प्रधान।

कविता नागपाल का साक्षात्कार अर्जुन घोष ने 2010 में लिया था जिनकी लिखी *ए हिस्ट्री ऑफ़ दि जन नाट्य मंच : प्लेज़ फ़ॉर दि पीपुल* (नई दिल्ली : सेज, 2012) एक मूल्यवान किताब है। सफ़दर पर इससे पहले दो किताबें आ चुकी हैं। एक है *पांचवां चिराग़* जिसमें उसकी माताजी श्रीमती क़मर आज़ाद हाश्मी ने अपने बहुत मर्मस्पर्शी संस्मरण संजोए हैं। इसे 1995 में सहमत ने प्रकाशित किया था। बाद में सुहेल हाश्मी और मधु प्रसाद ने इसका *दि फ़िफ़्थ फ़्लेम : दि स्टोरी ऑफ़ सफ़दर हाश्मी* (नई दिल्ली : वाइकिंग, 1997) के नाम से अंग्रेज़ी में अनुवाद किया। प्रभात उप्रेती ने अपने घनिष्ठ मित्र के बारे में अपने संस्मरण *सफ़दर : एक आदमक़द इंसान* (नई दिल्ली : यात्री प्रकाशन) के नाम से 1991 मे प्रकाशित किए थे।

सफ़दर के लेखन के जो अंश और उद्धरण यहां दिए गए हैं वे जनम के काग़ज़ात, उसके निजी काग़ज़ों में मौजूद अप्रकाशित नोट्स, और 1990 में सहमत द्वारा प्रकाशित *दि राइट टू परफ़ॉर्म* में संकलित लेखों से लिए गए हैं। इस किताब में सफ़दर का यूजेन वैन एरवेन द्वारा लिया गया लंबा साक्षात्कार भी प्रकाशित किया गया था। इसी साक्षात्कार का एक अद्यतन और संशोधित संस्करण *थियेटर ऑफ़ दि स्ट्रीट्स : दि जन नाट्य मंच ऐक्सपीरियंस* में प्रकाशित किया था जिसे जनम ने 2007 में प्रकाशित किया था। इस किताब में 'जनम कम्स ऑफ़ एज' शीर्षक के तहत सफ़दर के बारे में हबीब साहब की स्मृतियां भी शामिल की गई हैं। सफ़दर का कुछ लेखन *सफ़दर : सफ़दर हाश्मी का व्यक्तित्व और कृतित्व* (नई दिल्ली : राजकमल प्रकाशन, 1989) में भी मिलता है। इस किताब में भीष्म साहनी, हबीब तनवीर, एम. के. रैना और प्रसन्ना द्वारा सफ़दर को दी गई श्रद्धांजलियों

को प्रकाशित किया गया था। सफ़दर द्वारा बच्चों के लिए लिखी गई सामग्री को सहमत ने खूबसूरत किताबों की शक़्ल में निकाला है।

जनम के आर्काइव्ज़ में मूल्यवान सामग्री फैली हुई है : पत्र, नोट्स, कार्यक्रमों के ब्रोशर, सांगठनिक टिप्पणियां, मिनट्स के रजिस्टर, वगैरह। उनमें हजारों फ़ोटोग्राफ़ और अनगिनत घंटों के विडियो भी मौजूद हैं। मैंने 1989 के आख़िर तक के तमाम फ़ोटोग्राफ़्स और सफ़दर से संबंधित सभी विडियो रिकॉर्डिंग्स को देखा। जिन लोगों ने ये तस्वीरें लीं उन सभी का शुक्रिया अदा करता हूं। इनमें सुरेंद्र राजन और रथिन दास का ख़ासतौर से शुक्रिया, जिन्होंने नुक्कड़ नाटक के उन शुरुआती सालों के कुछ बेहतरीन फ़ोटोग्राफ़ लिए हैं।

इस किताब में जनम के जिन नुक्कड़ नाटकों का हवाला दिया गया है, वे सभी अशोक तिवारी द्वारा संपादित और जनम द्वारा 2010 में प्रकाशित *सरकश अफ़साने : जन नाट्य मंच के चुनिंदा नाटक* किताब में संकलित हैं। सफ़दर हाशमी और हबीब तनवीर का लिखा *मोटेराम का सत्याग्रह* 1991 में सहमत द्वारा प्रकाशित किया गया था।

बबली गुप्ता, जावेद नक़वी और कालिंदी देशपांडे के लेखों के अंश जनम की पत्रिका *नुक्कड़ जनम संवाद* (जनवरी 1998 एवं जनवरी–मार्च 1999) से लिए गए हैं।

इंद्राणी मज़ुमदार की शानदार रिपोर्ट *अनॉर्गेनाइज़्ड वर्कर्स ऑफ़ डेल्ही ऐंड दि सेवन डे स्ट्राइक ऑफ़ 1988*, वी. वी. गिरी नेशनल लेबर इंस्टीट्यूट से प्रकाशित हुई थी। यह रिपोर्ट ऑनलाईन भी उपलब्ध है।

इस किताब में जिन अन्य स्रोतों का सीधे उल्लेख किया गया है वे इस प्रकार हैं :

रति बारथोलोमियो, 'समुदायाज़ जत्था, कर्नाटका', *हाऊ*, खंड 6, संख्या 1–2, जनवरी–फ़रवरी 1984

भास्वती भट्टाचार्य, *मच अडू ओवर कॉफ़ी : इंडिया कॉफ़ी हाउस देन ऐंड नाऊ*, नई दिल्ली : सोशल साईंसेज़ प्रेस, 2018

अविक घोष, *कम्युनिकेशन टेक्नोलॉजी ऐंड ह्यूमन डेवलपमेंट : रीसेंट ऐक्सपीरियेंसेज़ इन इंडियन सोशल सेक्टर*, नई दिल्ली : सेज, 2006

मालविका माहेश्वरी, *आर्ट अटैक्स : वायलेंस ऐंड ऑफ़ेंस टेकिंग इन इंडिया*, नई दिल्ली : ऑक्सफ़ोर्ड यूनिवर्सिटी प्रेस, 2019

नरेंद्र पाणि, *स्टेजिंग ए चेंज*, बंगलौर : समुदाय प्रकाशन, 1979

ज़ोहरा सेगल, *क्लोज़-अप : मेमोआर्स ऑफ़ अ लाइफ़ ऑन स्टेज ऐंड स्क्रीन*, नई दिल्ली : वीमेन अनलिमिटेड, 2010

एम. एम. पी. सिंह, 'ए लीडर ऑफ़ टीचर्स : कुमारेश चक्रवर्ती (1933–2017)', *इकोनॉमिक ऐंड पॉलिटिकल वीकली*, खंड 53, संख्या 2, 13 जनवरी 2018

आभार

अब मैं जानता हूं कि शेली ने 'जो हम जानते हैं उसकी कल्पना' करने के बारे में जो कहा था उसका क्या मतलब था। किसी कहानी को आप जितनी बार भी सुनाते हैं, चाहे वो आपका निजी तजुर्बा क्यों ना हो, वह कल्पना की क्रिया होती है। उसकी बुनावट और बनावट, उसकी भंगिमाएं, और बारीकियां, जिनके सहारे आप कहानी को कहते हैं, सब कल्पना से बनते हैं। मेरी जगह कोई और होता तो न केवल वह इसी कहानी को अलग ढंग से सुनाता, बल्कि एक दशक या दो दशक पहले मैं भी इसे अलग ढंग से सुनाता।

बेशक, किताबें अपने लेखकों के नाम से जानी जाती हैं मगर, वास्तव में हर किताब एक साझा, सामूहिक रचना का नतीजा होती है। यह किताब भी इसका अपवाद नहीं है। जन नाट्य मंच के बिना ये किताब वजूद में नहीं आ सकती थी। इसका विषय और इसका लेखक, दोनों बुनियादी तौर पर जनम में अपने कामों और अनुभवों से ही बने हैं।

जनम सिर्फ एक संगठन नहीं है। यह एक समुदाय है। एक-डेढ़ दशक पहले बृजेन्द्र ने उन तमाम लोगों की एक फ़ेहरिस्त तैयार करने की कोशिश की थी जो जनम का हिस्सा रहे हैं। मेरा ख़्याल है कि उसकी सूची में 500 से ज़्यादा लोगों के नाम आए थे और बहुत सारे निश्चित रूप से छूट भी गए होंगे। अगर आज ऐसी कोई फ़ेहरिस्त बनाई जाए तो उसमें 1,000 से ज़्यादा लोगों के नाम आएंगे। अगर मेरे बस में होता तो मैं इस असंभव सूची में आने वाले हर शख़्स का नाम लेकर शुक्रिया अदा करता।

ऐसा करना कठिन है सो, मैंने सफ़दर की कहानी सुनाते हुए ऐसे ज़्यादा से ज़्यादा लोगों को याद करने की कोशिश की है जो कभी सफ़दर के साथ चले थे, उसके साथ काम करते थे। 1970–73 के दौरान जो लोग इप्टा के साथ थे और 1973 से 1988 के बीच जनम के साथ रहे, उन नामी और अनाम लोगों को मेरा सलाम। आप पथप्रदर्शक थे, आपने एक परंपरा की नींव डाली, जो पीछे आने वाले मेरे जैसे लोगों के लिए एक विरासत और धरोहर है।

मगर, जनम के सफ़र में इससे भी ज़्यादा लोग 1989 के बाद शामिल हुए। वे मेरे कॉमरेड, मेरे सहकर्मी, मेरे दोस्त बने। यहां उन सबका नाम दर्ज करना भी असंभव है। इसकी बजाए मैं आपसे केवल उन थोड़े-से लोगों के नाम साझा कर रहा हूं जो 1988 से जनम की एग्ज़ीक्यूटिव कमेटी (ईसी) का हिस्सा रहे हैं। ऐसा मैं इसलिए कर रहा हूं क्योंकि ये ऐसे लोग हैं जिनको न केवल जनम की जनरल बॉडी ने समय-समय पर हमारी नुमाइंदगी और नेतृत्व के लायक समझा और चुना; बल्कि, इसलिए

भी क्योंकि सांगठनिक काम, ख़ासतौर से कला संगठनों में सांगठनिक काम, को अक्सर उतना महत्व नहीं दिया जाता है जितना उसे मिलना चाहिए। लिहाज़ा, यहां जिन लोगों के नाम मैं दे रहा हूं, वे ऐसे बहुत सारे लोगों के ऐवज़ में हैं जिन्होंने साल-दर-साल जनम को अपना समय और अपनी प्रतिभा का योग दिया है। मैं ज़ाती तौर पर इन सबका ऋणी हूं।

जनम कार्यकारिणी सदस्य, 1988–2019 (कोष्ठकों में पद नामों के साथ) : अभय श्रीवास्तव, अगत शर्मा, एश्वर्ज कुमार, अनिल कोली (कोषाध्यक्ष), अर्जुन घोष, अरुण शर्मा (कोषाध्यक्ष), अशोक तिवारी (अध्यक्ष; कोषाध्यक्ष), बृजेन्द्र सिंह (कोषाध्यक्ष), बृजेश (अध्यक्ष; कोषाध्यक्ष), चिराग गर्ग, जोगी, जॉय सेनगुप्ता, जयति रॉय (कोषाध्यक्ष), कैलाश नेगी, करण आहूजा, कोमिता ढांडा (सचिव), ललित रतन गिरधर, लवलीन मिश्रा, मनोज कर्की, मलयश्री हाश्मी (संयोजक; अध्यक्ष; सचिव), नरेश पाराशर, नील डोगरा, निधि किंद्रा, प्रवीण वढेरा, प्रियंका मोंगा, राकेश शर्मा, सफ़दर हाश्मी (संयोजक), सानिया हाश्मी (सचिव), सरिता शर्मा (अध्यक्ष), सत्यम तिवारी (कोषाध्यक्ष), शकील ख़ान (कोषाध्यक्ष), शीला, शेहला हाश्मी ग्रेवाल (अध्यक्ष), शिखा सेठी, शिवानी चंदर, सोमन, सुभाष त्यागी, उत्तम हालदार, विजय कालिया (अध्यक्ष; कोषाध्यक्ष), विकास, विपुल मयंक, विश्वभानु।

मुझे एक और अद्भुत संस्थान – लेफ़्टवर्ड बुक्स – के साथ जुड़े होने का फ़ख़्र भी हासिल है। इस प्रकाशन संस्था को शुरू करने प्रकाश करात ने मुझे रिक्रूट किया था, एक ऐसे समय जब मुझे अपने भविष्य के बारे में कुछ अंदाज़ा नहीं था। ये दिसंबर 1998 की बात है। तब से अब तक मैंने दर्जनों दिलचस्प और गैर-मामूली दोस्तों व साथियों के साथ काम किया है। उन सबका धन्यवाद – खासतौर से इसलिए क्योंकि उन्हीं के सहयोग की बदौलत मैं जनम में अपनी सरगर्मियों को जारी रख पाया हूं।

फिलहाल मैं लेफ़्टवर्ड बुक्स की मौजूदा टीम का ख़ासतौर से, नाम लेकर शुक्रिया अदा करना चाहता हूं : शुवेंदु मलिक, लेफ़्टवर्ड की रीढ़; मेरे संपादकीय सहयोगी विजय प्रशाद, नज़ीफ़ मोल्ला और शिप्रा किरण; साथ में श्रीनाथ हुसैन, मनोज कुमार, शाहिद अंसारी और पुरबाशा सरकार का बांहें फैला कर शुक्रिया। जिन दो महीनों के दौरान मैं इस किताब के लिए शोध और लेखन में व्यस्त रहा, उस दौरान इन्हीं सारे साथियों की बदौलत मुझे ये भरोसा रहा कि लेफ़्टवर्ड दुनिया के क़ाबिलतरीन लोगों के हाथों में है। और प्रियंका ने स्टूडियो सफ़दर की ज़िम्मेदारी बखूबी निभाई, हरदम चेहरे पे खिलखिलाती मुस्कान के साथ।

विजय और नज़ीफ़, दोनों बेमिसाल संपादक हैं। ये किताब उनके फ़िक्रमंद निगाहों और मोहब्बत से और भी संवर गई है। इस किताब के मूल अंग्रेज़ी संस्करण को विनुता माल्या का असाधारण स्पर्श मिला है; उन्होंने इसका जिस बारीक़ी और लगन से संपादन किया वो मेरे बस की बात नहीं थी।

कई दोस्तों और कॉमरेड्स ने इस किताब की मेन्युस्क्रिप्ट को टुकड़ों-टुकड़ों में या शुरू से आख़िर तक पढ़ा और अपनी राय-सुझाव दिए। अनु यादव, बृजेश, दीप्ती महादेव, कोमिता ढांडा, मलयश्री हाश्मी, नीरज मलिक, पी. एम. एस. (पुशी) ग्रेवाल, सानिया हाश्मी, सत्यम तिवारी, शायोनी मित्रा और विनुता माल्या। सभी गज़ब के पाठक हैं!

शरना दस्तूर ने इस किताब को डिज़ाइन किया है। शरना मेरी घनिष्ठ दोस्त और कमाल की डिज़ाइनर हैं। जब वह अपने कम्प्युटर पर डिज़ाइनिंग का जादू बिखरेती हैं तो उनके बगल में बैठना

ही मेरे लिए एक पाठशाला-सा अनुभव हो जाता है। बीते सालों के दौरान उन्होंने लेफ़्टवर्ड के लिए बहुत सारी किताबों के कवर बनाए हैं, और इस किताब पे भी शरना मेहरबान हुईं।

सफ़दर ने माकपा में शामिल होने के लिए मुझसे 1988 में बात की थी। मैं माकपा से जुड़ा उसके जाने के साल भर बाद। उसके बाद से पार्टी ही मेरा चिराग़े-राह रही है। मैंने पार्टी में जो कुछ देखा, अनुभव किया और सीखा है, यह किताब उसी के छोटे से हिस्से को दर्ज करने की एक कोशिश है। यह कठिन परिस्थितियों में हमारे बहुत सारे कॉमरेड्स के मिसालिया और प्रेरक कामों और उपलब्धियों का दस्तावेज़ है। ख़ासतौर से ट्रेड यूनियन की सरगर्मियों वाले हिस्से फ़ील्ड में अपने कॉमरेड्स को काम करते देखने पर मिले अनुभवों का एक रोज़नामचा है। उन सारे साथियों को लाल सलाम।

इस किताब के लिए शोध करते हुए मैंने बहुत सारे लोगों के साक्षात्कार भी लिए थे। मैं उन तमाम लोगों की सहृदयता से अभिभूत हूं जिन्होंने सहर्ष मुझे अपना समय दिया। उनके नाम मैंने 'स्रोतों के बारे में' शीर्षक के तहत दिए हैं। उनके अलावा अनुराधा कपूर और माया राव ने नुक्कड़ नाटकों की दुनिया में अपने कामों के बारे में भी बहुत मूल्यवान जानकारियां दीं। ज़्यादातर साक्षात्कारों को कोमिता ने कमाल की रफ़्तार से ट्रांसक्राइब किया। कुछ साक्षात्कारों को नज़ीफ़ ने भी ट्रांसक्राइब किया है।

शुरुआत में मैंने एक अलग किताब की कल्पना की थी। वह किताब मैं *आर्ट अटैक्स* की लेखिका मालविका माहेश्वरी के साथ मिलकर लिखने वाला था। कई वजहों से ऐसा नहीं हो पाया। फिर भी मुझे उनके साथ हुई चर्चाओं से बड़ा फ़ायदा हुआ और उन्होंने अपने शोध के दौरान जमा किए गए दस्तावेज़ मेरे साथ साझा किए।

मुझे इस किताब को मौजूदा शक़्ल-सूरत में लिखने का आइडिया माकपा और सहमत के राजेंद्र प्रसाद (राजन) के साथ हुई एक बातचीत से मिला था, हालांकि उन्हें इस बात का इल्म भी नहीं होगा। ना वे मुझे टोकते, ना यह किताब शक़्ल लेती।

योगेंद्र दत्त के अनुवाद की क्या तारीफ़ करूँ। उनकी महारत का नतीजा आप के हाथ में है। बस ये कहूंगा की उनके साथ इस किताब को हिंदी में लाना एक बेहद सुखद अनुभव था, जिसमे मुझे उतना ही मज़ा आया जितना सीखने को मिला। यक़ीनन सफ़दर को भी उनका अनुवाद पसंद आता।

अब कुछ ऐसे हमसफ़रों का भी ज़िक्र जिन्होंने ख़ुद अपने आप को इस किताब की रचना प्रक्रिया में हिस्सेदार बना लिया और अपनी सहृदयता से हमें लाजवाब कर दिया है। जैसे ही सोशल मीडिया में इस बात का ऐलान किया कि मैं ये किताब लिखने जा रहा हूं, चेन्नई से ए. मंगई ने मुझसे ख़ुद संपर्क किया और पूछा कि क्या वह इसका तमिल में अनुवाद कर सकती हैं। ज़ाहिर है मैं ख़ुशी से फूला नहीं समाया क्योंकि मैं तो दशकों से ख़ुद उनके रंगमंच और चिंतनशील कामों का प्रशंसक रहा हूं। मुझे इस बात की ख़ुशी है कि कन्नड़ पढ़ने वालों को भी यह किताब जल्दी ही पढ़ने को मिलेगी। कन्नड़ा नुक्कड़ नाटक आंदोलन के महारथी एम. जी. वेंकटेश ख़ुद इसका अनुवाद करने वाले हैं। मलयालम भाषी पाठकों के लिए मेरे दोस्त और साथी प्रकाशक रूबीन डीक्रूज़ इसका अनुवाद करने वाले हैं।

गीता हरिहरन और प्रबीर पुरकायस्थ ने हमेशा मेरा प्रोत्साहन किया है, और कई तरह से अलग अलग वक़्त पे मेरी मदद की है। मैं उनका ऋणी हूं।

इनके अलावा ऐसे लोग भी हैं जो महज़ अपनी मौजूदगी से मेरी कोशिश में ऊर्जा के स्रोत रहे हैं। राना पिछले दो ढाई दशकों से मेरी ज़िंदगी में एक अटल उपस्थिति हैं। इसी तरह माला के माता-

पिता, बाबा और अपर्णा दी, दोनों बाकमाल शख़्स मेरे लिए बहुत गहरे मायने रखते हैं। इस किताब को देखते तो वे बहुत खुश होते।

मेरी माँ कालिंदी देशपांडे ने अपनी ज़िंदगी के अलग-अलग मौक़ों पर न जाने क्या-क्या किरदार अदा किए : होमगार्ड; माहिर राइफ़ल शूटर; प्रशिक्षक फ़ायरफ़ाइटर (अग्निशमनकर्मी); शायद एकमात्र महिला, जिसने बंबई की सड़कों पर बेस्ट की डबलडेकर बस चलाई; मराठी, हिंदी, अंग्रेज़ी, फ्रेंच, जर्मन, संस्कृत, कन्नड़ा, गुजराती भाषाओं की वक्ता और पाठक; बाद के सालों में उन्होंने अपनी पीएचडी के लिए शोध हेतु कामचलाऊ बांग्ला और कोकबोरोक भी सीख ली थी हालांकि असमय देहांत की वजह से उनकी पीएचडी पूरी नहीं हो पाई; शानदार बावर्ची; माली; रंगकर्मी और निर्देशक; लेखक; अनुवादक; नुक्कड़ नाटक कलाकार और नाटक लेखिका; नारीवादी कार्यकर्ता; और अटल कम्युनिस्ट। इस फ़ेहरिस्त में कुछ चीज़ें निश्चित रूप से छूट गई होंगी मगर आपको मेरा भाव समझ में आ गया होगा।

मेरे पिता गोविंद देशपांडे (या गोपू या जीपीडी या जीपी) का बायोडाटा मुक़ाबलन साधारण है। वह केवल अंतर्राष्ट्रीय मामलों और चीनी राजनीति के विशेषज्ञ; मराठी के प्रख्यात नाटककार; सांस्कृतिक समालोचक; *इकोनॉमिक ऐंड पॉलिटिकल वीकली* (ईपीडब्ल्यू), जिसके बारे में उनके दोस्त मज़ाक में कहा करते थे कि उसे जीपीडब्ल्यू कहा जाए तो बेहतर होगा, के नियमित लेखक; मार्क्सवादी बुद्धिजीवी; मराठी, हिंदी, अंग्रेज़ी, जर्मन, चीनी, संस्कृत और गुजराती भाषाओं के माहिर वक्ता।

एक बार आई ने मुझे जनम के अपने तजुर्बों पर एक किताब लिखने को कहा था। बाबा ने अगर ज़िंदगी में मुझे कुछ करने के लिए टोका था तो वो थी पीएचडी की डिग्री। आई, काश मैं ये किताब दस साल पहले लिख लेता; और बाबा, ये रही मेरी पीएचडी। ये किताब आप दोनों को मेरा उपहार है।

उसको शायद मालूम नहीं मगर मैं अपनी बहन अश्विनी को किसी सूरमा से कम नहीं मानता। एसएफ़आई की कार्यकर्ता और परचम की गायिका के तौर पर वही मुझे, व्यंजना में कहूं तो, उंगली पकड़ कर, एक्टिविज़्म की दुनिया में लाई। मुझे जनम की तरफ धकेलने वाली भी वही थी। ताई मेरी ज़िन्दगी में एक अटल और अविचलित प्रेज़ेन्स रही है। भास्कर के साथ मिल कर उसने अपनी बेटी केतकी के लिए एक खुशहाल और सुरक्षित परिवार की रचना की है। अरे हां, केतकी, एक स्मार्ट, तेज़-तर्रार और ज़हीन लड़की जो जब मुझे मामा कहती है तो अनायास सीना फूल जाता है। वही मुझे हिंदी फ़िल्मों और ऑनलाईन संस्कृतियों की नई दुनियाओं से वाक़िफ़ कराती है, उनकी लंबी सैर पर लेकर जाती है। और हां, वह केक और कुकीज़ बनाने में भी माहिर है। भास्कर और अश्विनी भी उम्दा बावर्ची हैं जिस बात की तस्दीक़ उनके सारे दोस्त और मेहमान भी करेंगे।

विजय प्रशाद पिछले दो दशकों से मेरा दोस्त, कॉमरेड, मेरा जुड़वां रहा है। आमतौर पर तो वह लिखता है और मैं संपादन करता हूं। इस बार हमने अपनी भूमिकाएं बदल ली हैं। इस किताब को अपने ही सिर में दर्जनों बार लिख लेने के बाद मैंने आख़िरकार इसे काग़ज़ के हवाले कर दिया है। इस किताब की मौजूदा गढ़न, इसका तर्क और इसकी तराश, इसकी शैली और इसकी राजनीति, ये सब उससे कहीं ज़्यादा विजय की देन हैं जितना वो समझता है।

और माला। जनम का शानदान आर्काइव कायम रखने में तमाम लोगों के मुक़ाबले सबसे बड़ा

योगदान उसी का है। वैसे तो वह ख़ुद ही एक चलता-फिरता आर्काइव है। उसी ने ऐसे हालात पैदा किए कि मुझे लिखने की फ़ुर्सत मिल पाई और मैं रोज़मर्रा की मसरूफ़ियात और ध्यान भटकाने वाली चीजों से बचकर रह पाया। राजनीतिक रंगमंच में मेरा काम और इसके बारे में मेरी समझ असंख्य ढंग से माला की मदद से ही पुख़्ता हुई है। इस किताब के लिए कुछ दफ़े मैंने उसका औपचारिक साक्षात्कार लिया, मगर असल में मैं पिछले तीन दशकों से उसके साक्षात्कार ही लेता आ रहा हूं। वह मेरी सबसे घनिष्ठ दोस्त, हमसफ़र, कॉमरेड, नेता, ध्रुवतारा रही है।

ये किताब माला को मेरा सलाम है।

SAFDAR
DIED BUT NOT
IN
VAIN